북한의 미국 대통령 암살음모사건

FULL FORCE AND EFFECT

북한의 미국 대통령 암살음모사건

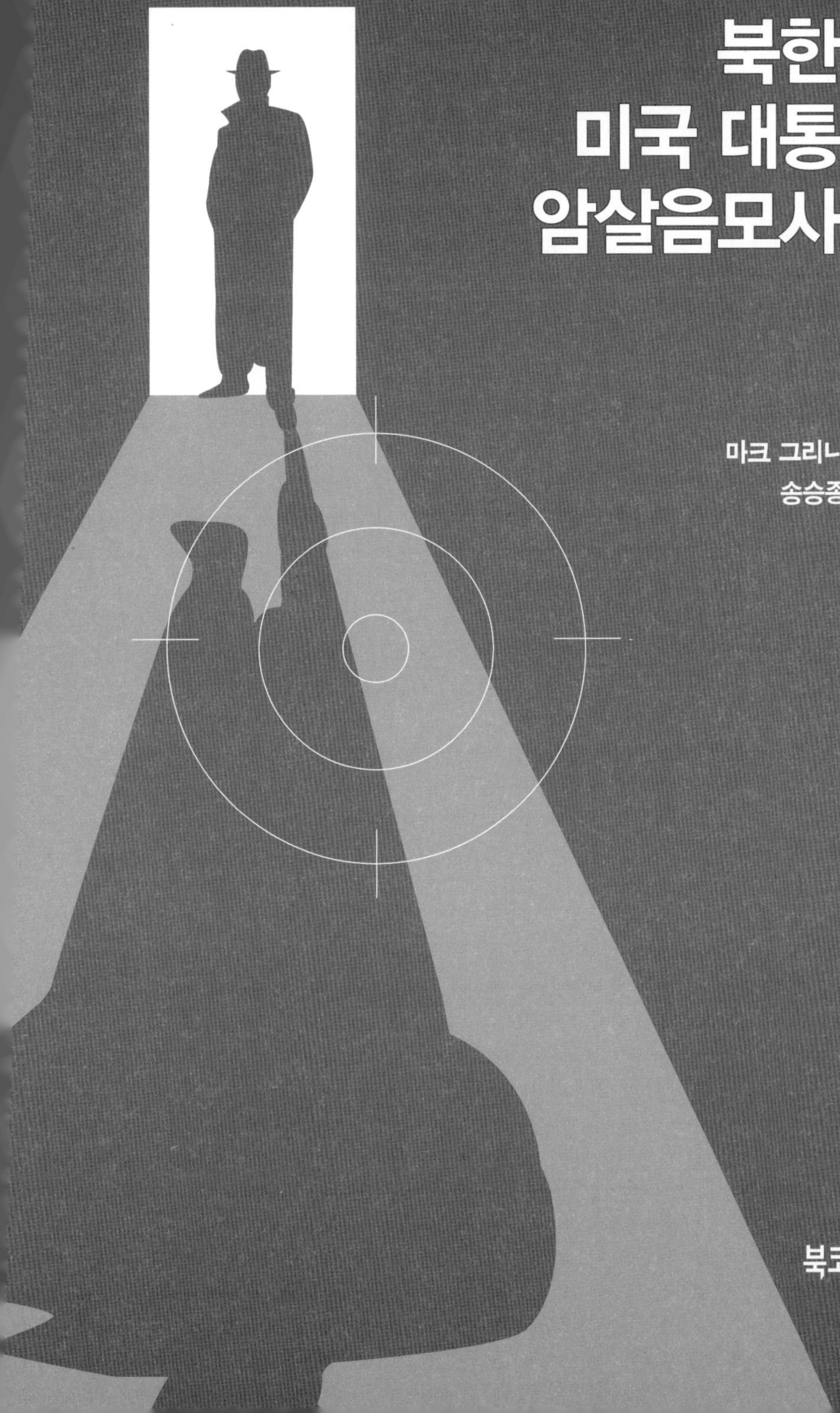

마크 그리니 지음
송승종 옮김

북코리아

등장인물

미국 정부

잭 라이언 Jack Ryan | 미합중국 대통령

스콧 애들러 Scott Adler | 국무장관

메리 팻 폴리 Mary Pat Foley | 국가정보국 국장

제이 캔필드 Jay Canfield | 중앙정보국(CIA) 국장

브라이언 칼훈 Brian Calhoun | CIA 국가비밀활동부 부장

로버트 버지스 Robert Burgess | 국방장관

아널드 반 담 Arnold Van Damm | 대통령 비서실장

호레이쇼 스타일스 Horatio Styles | 멕시코 주재 미국대사

앤드리아 프라이스 오데이 Andrea Price O'Day | 미국 비밀경호국 소속 특수대원

데일 허버스 Dale Herbers | 미국 비밀경호국 소속 특수대원

마이크 피터스 Mike Peters | 미국 국립지리정보국 지역국장

애넷 브롤리 Annette Brawley | 국립지리정보국 소속 영상분석 전문가

'캠퍼스' 사

게리 헨들리 Garry Hendley | '캠퍼스' 사/'헨들리' 사 사장

존 클라크 John Clark | 작전 담당 국장

도밍고 '딩' 차베스 Domingo 'Ding' Chavez | 선임 작전관

도미니크 '돔' 카루소 Dominic 'Dom' Caruso | 작전관

샘 드리스컬 Sam Driscoll | 작전관

잭 라이언 주니어 Jack Ryan, Jr. | 작전관, 미국 대통령 아들

개빈 비에리 Gavin Biery | 정보기술 담당 국장
아다라 셔먼 Adara Sherman | 군수/수송 담당 국장

북한

최지훈 | 북조선인민공화국 대원수이자 최고 지도자
리태진 | 북조선인민공화국 대외정보부 부장, 인민군 중장
황민호 | 국영 광산회사인 조선 천연자원 무역회사 사장

기타

웨인 '듀크' 샤프 Wayne 'Duke' Sharps | 전직 FBI 대원이자 '샤프 글로벌 인텔리전스 파트너스' 사 사장
에드워드 라일리 Edward Riley | 전직 MI6 지부장, '샤프 글로벌 인텔리전스 파트너스' 소속 직원
베로니카 마르텔 Veronika Martel | 전직 프랑스 정보부 직원, '샤프 글로벌 인텔리전스 파트너스' 소속 직원
콜린 헤이즐턴 Colin Hazelton | 전직 CIA 요원, '샤프 글로벌 인텔리전스 파트너스' 소속 직원
헬렌 파워스 Helen Powers 박사 | 호주 지질학자
오스카 로블라스 데 모타 Óscar Roblas de Mota | 멕시코 억만장자이자 '뉴 월드 메탈 LLC' 사 회장
대릴 릭스 Daryl Ricks | NSW 1그룹, 에코 소대, 네이비실 5팀 소속 해군 특수전 분대장
말레니 아옌데 Marleni Allende | 유엔 제재위원회 소속 칠레 법률자문관
산티아고 말도나도 Santiago Maldonado | 멕시코 말도나도 카르텔 두목
에밀리오 Elimio | 말도나도 카르텔 소속 조직원
아딜 자리프 Adel Zarif | 이란인 폭탄 제조 전문가
캐시 라이언 Cathy Ryan | 미국 대통령 영부인

프롤로그

존 클라크는 남들이 뭐라고 하든 상관하지 않았다. 여긴 아직 사이공이란 말이다.

물론 존은 사이공의 역사를 알고 있었다. 40년 전 공산주의자들이 북쪽에서 밀고 내려와 이곳을 차지한 것을 말이다. 그놈들은 이곳을 차지한 자기네 지도자를 기념한답시고 '호찌민 시(Ho Chi Minh City)'로 이름을 바꿔놓았다. 모름지기 승자가 전리품을 차지하는 법이다. 공산주의자들은 협조자들을 처형하고, 믿을 수 없는 자들은 감옥에 가두고, 정치와 문화, 그리고 이곳에 사는 사람들의 삶 자체를 송두리째 뒤바꾸어 놓았다.

지금은 이곳이 좀 달라진 듯싶지만, 클라크에게는 여전히 예전과 마찬가지였다. 초저녁의 징그러운 열기, 숨 막힐 듯이 빽빽한 정글과 뒤섞인 매캐한 배기가스, 향을 피운 냄새, 담배 연기, 양념에 절인 고기, 질식할 듯 대로를 가득 메운 군중들의 웅성거림, 활기에 가득 찬 거리의 등불들.

그리고 위험이 곳곳에서 느껴졌다. 눈에는 보이지 않지만 마치 진격하는 군대처럼 위험이 서서히 다가오고 있었다.

놈들은 과거에 죽기 살기로 싸웠던 원수의 이름을 본떠 도시 이름을 짓거나, 아니면 뭐가 됐든지 제멋대로 이름을 붙일 수도 있었겠지만, 사이공 8구역의 노천카페에 앉아 있던 66세의 클라크에게는 아무래도 상관없었다.

여긴 여전히 그 '망할 놈'의 사이공이란 말이다.

클라크는 야외 활동에 편리한 황갈색 스포츠 코트를 옆자리의 의자에 걸쳐 놓고, 셔츠 깃을 풀어 젖힌 채 다리를 꼬고 앉아 있었다. 머리 위에서 꿈지럭거리며 돌아가는 야자수 이파리처럼 날개가 넓적한 선풍기는 뜨거운 공기를 뒤적일 뿐이었다. 젊은 남녀들이 주위를 빙글빙글 돌듯이 뒤쪽의 테이블이나 노천카페 앞쪽의 사람들로 붐비는 보도로 바삐 돌아다녔지만, 클라크는 돌부처처럼 미동도 하지 않았다.

그러나 눈동자만은 예외였다. 그의 시선은 거리를 주시하며 부지런히 앞뒤를 살폈다.

그의 뇌리 속에 남아 있는 옛날 사이공의 기억과는 달리, 군복 차림의 미국인들이 전혀 눈에 띄지 않는 것이 새삼스럽게 느껴졌다. 얼추 40년 전 그는 칙칙한 올리브색 의복이나 정글 위장복 차림으로 이 거리를 터벅거리며 걸었었다. CIA의 베트남 주재 군사지원-연구관찰단(MACV-SOG: Military Assistance Command, Vietnam-Studies and Observations Group)과 함께 이곳에 왔을 당시, 클라크는 민간인 복장을 착용하는 경우가 거의 없었다. 그는 네이비실(Navy SEAL, 미 해군 특수부대) 요원이었다. 당시 전쟁이 한창이었고, 베트남에서 CIA가 지휘하는 특수작전 임무를 수행하고 있었지만, 미국인에게는 전투복 차림이 제격이었다.

또 눈에 띄는 것은 자전거가 많이 보이지 않는다는 사실이다. 그때만 해도 거리를 돌아다니는 바퀴 달린 교통수단의 90%는 자전거였다. 지금도 물론 자전거가 좀 보이기는 하지만, 대부분 스쿠터나 오토바이, 그리고 소형 자동차가 도로 위를 줄지어 달리고, 지나다니는 행인들의 무리가 인도를 가득 메웠다.

그리고 군복 차림으로 이곳을 지나는 사람은 한 사람도 없었다.

그는 작은 비스트로 테이블 위에서 깜빡거리며 타오르는 촛불을 바라보며 녹차를 들이켰다. 클라크는 차를 별로 좋아하지 않았지만, 이 카페에서는 맥주나 심지어 와인도 팔지 않았다. 그래도 이곳은 후인티풍(Huynh Thi Phung)

거리 맞은편에 위치한 프랑스 식민지 양식의 대형 레스토랑인 '리옹도르(the Lion d'Or, 황금사자)'를 관찰할 수 있는 명당자리였다. 과거의 기억 속에 남아있는 자기 모습을 지우는 것이 꽤나 힘들었지만, 클라크는 어렵사리 마음속에서 전쟁을 잊을 수 있었다. 왜냐하면 오늘 밤 클라크의 임무는 그가 앉아 있던 곳으로부터 25야드 떨어진 레스토랑에서 홀로 구석진 테이블에 앉아 술을 마시는 남자를 감시하는 것이었기 때문이다.

클라크가 감시하는 '표적'은 그보다 몇 살 젊고, 대머리에 체격이 뚱뚱한 미국인이었다. 이유는 모르지만 클라크의 눈에 오늘 밤 이 남자의 심사가 편치 않다는 것이 분명해 보였다. 화가 잔뜩 난 표정으로 어금니를 꽉 다문 채, 마치 분노가 폭발하기 직전인 것처럼 과장되게 상체를 거칠게 흔들어댔다.

클라크는 연민의 정을 느꼈다. 자신도 그날따라 유난히 기분이 나쁜 상태였기 때문이다.

그는 잠시 자신의 목표물을 주시하다가 시계를 보고는, 왼쪽 손에 들고 있던 작은 무선 장치의 버튼을 눌렀다. 옆자리에 아무도 없었지만, 그는 부드러우면서도 큰 소리로 외쳤다. "1시간 경과. 이 친구가 누굴 만나려는지 몰라도, 만나기만 해도 영광으로 여기라는 듯이 마냥 기다리게 만드는군."

클라크의 바로 뒤쪽에는 식민지풍의 주상 복합형 사무실 건물이 보이는데, 3층 높이의 지붕 위에는 세 사람이 나란히 낮은 자세로 바닥에 엎드려 있었다. 은은한 색깔의 복장에 배낭을 짊어진 사내들은 그 밑의 거리를 유심히 내려다보았다. 이들은 클라크와 연결되어 있는 이어폰을 통하여 클라크의 메시지를 수신하였다.

세 사람 중에서 가운데 있던 도밍고 '딩' 차베스는 식당에 앉아 있는 남자에게 니콘 카메라 렌즈의 초점을 맞추었다. 그리고 자신의 통화 스위치 버튼을 누르고는 부드러운 목소리로 대답했다. "오늘따라 손님의 기분이 별로야.

주먹을 막 휘두르는데, 벽이라도 때려 부수려나 봐."

클라크가 밑에서 대답했다. "만일 이 뜨거운 열기 속에서 여기 앉아 역겨운 녹차를 계속 마셔야 된다면, 나 같아도 똑같이 그러겠어."

차베스는 불편한 듯 목청을 가다듬고는 이렇게 말했다. "어, 여긴 별로 덥지 않아. 우리 셋 중에서 한 명이 지상으로 내려가고, 당신이 지붕 위로 올라오는 게 어때?"

곧장 답변이 날아왔다. "안 돼. 현 위치에서 움직이지 마."

"알겠어."

샘 드리스컬(Sam Driscoll)이 낄낄거렸다. 그는 차베스 옆, 몇 피트 떨어진 곳에 엎드려 있었다. 그는 레스토랑 북쪽을 망원경으로 감시하다가, 도로 쪽으로 시선을 돌려 무슨 이상한 낌새가 있는지를 살펴보았다. 그는 주변의 동료들에게 뭔가 중얼거렸지만, 이어폰으로 목소리를 송신하지는 않았다. "누군지 성실 한번 고약하군."

차베스로부터 몇 야드 떨어진 오른쪽에서는 잭 라이언 주니어(Jack Ryan Jr.)가 카메라 초점을 맞추고 감시 구역 남쪽의 보도 위를 오가는 행인들을 주시하였다. 그의 눈길은 택시 문을 열고 나오는 다리가 늘씬한 금발 여성에게 꽂혔다. 그는 금발 여성에서 눈을 떼지 않으면서 이렇게 물었다. "클라크에게 뭔 일이 생겼나? 그 친구가 우리들 중에서 제일 성격이 무던한 편인데, 오늘은 하루 종일 신경질이네."

지붕 위에는 세 명의 미국인들밖에 없었지만, 차베스는 성인이 된 이래 거의 평생 동안 이런 일을 해온 베테랑이었다. 그는 자기 목소리가 뒤편의 금속 에어컨 배관을 따라 전달된다는 것을 잘 알고 있었으므로, 마치 도서관에 앉아있는 학생처럼 작은 목소리로 대답했다. "이곳은 클라크 씨에게 사연이 깊은 곳이야. 아마 옛날 생각이 되살아나서 그러는 거 같아."

"맞아, 그 친구는 전쟁 강박증에서 해방되어야 해." 라이언이 맞장구쳤다.

어둠 속에서 딩이 미소를 지었다. "부분적으로 맞는 소리이기는 해. 클라크는 저 카페에 앉아 옛날에 봤던 더러운 장면을 되새기는 거야. 자기가 저지른 끔찍한 일도 말이야. 그러면서 자기가 25살 네이비실 시절에 망아지처럼 여기저기 뛰어다니던 생각을 하고 있겠지. 본인이 간절히 원해서 현역으로 돌아오긴 했지만 아마도 겁이 날 거야. 전쟁이 나건, 안 나건 마찬가지거든."

라이언이 말했다. "그 나이치고는 잘 견디고 있어. 저런 사람과 같은 팀이라니 우리에게는 행운이지."

드리스컬은 엎드린 상태에서 복부를 움직여, 경사진 아스팔트 지붕 위에서 좀 더 편안한 자세를 취하면서도, 테이블에 앉아 있는 사내에 초점을 맞춘 망원경에서 눈을 떼지 않았다. "클라크 말이 맞아. 조만간 저놈이 누군가를 만날 것 같지가 않아. 10배율짜리 망원경으로 녀석이 술 마시고 취하는 걸 들여다보느라 세월 다 가게 생겼어."

샘이 표적에 초점을 맞추는 동안, 라이언은 후인티풍 거리를 따라 북쪽을 향하여 발걸음을 옮기는 금발의 여인을 계속해서 주시했다. 그는 여인을 리옹도르 레스토랑의 정문까지 추적했다. "희소식이야. 오늘 밤 재밌겠는데."

차베스가 라이언의 시선을 따라갔다. "진짜? 뭔데?"

잭은 여인이 인도에서 레스토랑 쪽으로 방향을 급하게 틀어, 사나이가 앉아 있는 테이블로 곧장 향하는 것을 보았다. "표적이 도착했어. 근데 그 여자 엄청 섹시해."

차베스는 이제 자신의 망원경으로 여인을 보았다. "돼지처럼 살찐 녀석이 독주를 홀짝거리는 것을 보는 것보다 낫구먼." 그는 다시 통화 스위치를 눌렀다. "존, 우리가 말이야—"

클라크의 목소리가 탁탁거리면서 차베스의 송신음을 눌렀다. 클라크의 지휘망은 다른 송신음들을 침묵시킬 수 있었기 때문이다. "나도 그 여자 봤어. 그 연놈들의 목소리를 듣지 못해 환장하겠군."

지붕 위의 남자들은 신경질적으로 웃어젖혔다. 젠장, 정말이지 오늘 밤 클라크의 기분이 영 좋지 않았다.

1

콜린 헤이즐턴(Colin Hazelton)은 여인이 자리에 앉는 순간, 휴대전화를 들여다보며 시간을 체크하는 제스처를 보였다. 그녀가 1시간이나 늦게 왔으므로, 비록 소극적으로나마 불쾌함을 드러내 보이고 싶었다.

그녀는 스커트의 옷매무새를 가다듬고 다리를 꼰 다음에야 그를 올려다보았다. 여인은 그가 휴대전화를 꺼내 시간을 체크하는 것을 눈치채고는 앞에 놓인 물컵을 집어 들어 한 모금 들이켰다.

헤이즐턴은 휴대전화를 주머니에 다시 떨구어 넣고, 진토닉 반 잔을 쭉 들이켰다. 명불허전이라고, 과연 그녀가 소문대로 절세의 미인임을 인정하지 않을 수 없었다. 조각상 같은 몸매에 금발 머리, 그리고 매너에는 우아함과 침착함이 흘러넘치는 듯하였다. 하지만 아직도 분한 마음에 심사가 틀어져 있던 헤이즐턴은 미모에 감탄할 겨를이 없었다. 딱히 그녀에게 열 받은 게 아니라 여러 가지로 화가 나 있었으므로, 확실히 오늘 밤에 만난 연락책에게 추파를 보낼 기분은 아니었다.

제기랄, 이 여자가 말이야, 1시간이나 날 기다리게 만들었단 말야. 그러니 매력이고 뭐고 따질 게 뭐냐고.

두 사람이 부르기도 전에 웨이터가 나타났다. 여기는 그런 장소다. 후인티풍 거리의 다른 구역에서 흔히 볼 수 있는 싸구려 선술집이나 다방이 아니다.

여인은 완벽한 프랑스어를 구사하며 화이트 와인을 한 잔 주문했다. 헤이즐턴은 그녀의 발음으로 프랑스 원어민이란 걸 알았지만, 그의 상관은 가쁜 숨을 몰아쉬면서 그녀의 아몬드색 눈동자와 나긋나긋한 몸매에 대해 이미 알려준 터였다.

헤이즐턴은 여인이 전직 프랑스 첩자라는 생각이 들었다. DGSE이거나 DCRI 출신일 수도 있고, 2008년 DCRI로 개편되기 이전의 DST에서 일했을지도 모른다.* 헤이즐턴이 이 바닥에서 일하는 동안 만났던 사람들의 대부분은 하나같이 전직 정보 요원들이었으므로, 클라크가 그렇게 상상하는 것도 무리는 아니었다.

그는 여인이 아직도 자기소개를 하지도 않았다는 사실에 놀라지 않았다. 하지만 늦게 나타난 것에 다소간 뉘우치는 기색을 보일 것으로 기대했다. 그러나 그녀는 지각한 것에 대해 한마디도 하지 않는 대신, 이렇게 말문을 열었다. "작전 환경에 대해 어떻게 생각하세요?"

"환경이라뇨?"

"고객이요. 회사에서 고객에 대해 알려주지 않던가요?"

이제 그녀는 약간 혼란스런 표정을 지었다. "그 사람들이 왜 그랬죠? 그 고객은 내가 브리핑받은 것과 달라요."

"제가 설명을 드리죠, 뭐. 고객이란—"

여인은 가느다란 손을 위로 올렸다. 손톱은 완벽한 매니큐어로 단장되어 있었고, 로션을 바른 피부가 번들거리며 빛을 뿜었다. "그 사람들이 제게 브리핑해주지 않을 때는, 제가 그걸 알면 안 된다는 뜻이죠." 그녀는 헤이즐턴을 훌

---

* DGSE(Direction générale de la sécurité extérieure = Directorate of General Exterior Security 대외안보총국), DCRI(Direction centrale du renseignement intérieur = Central Directorate of Interior Intelligence, 국내중앙정보국), DST(Direction de la Surveillance du Territoire = Directorate of Territorial Surveillance, 국토정찰국)

낏 쳐다보았다. "당신이 이런 일에 초짜 같지는 않으니까, 그 정도는 틀림없이 아실 거예요." 프랑스어 억양이 거칠었지만, 여인의 영어 솜씨는 완벽하였다.

그는 또다시 진토닉을 들이켰다. "때로는 모르는 게 약이죠."

"아마도 그건 당신 철학이지, 제 철학은 아녜요." 그녀는 단호한 투로 잘라 말했다. 그녀는 이쯤에서 본론으로 들어가고 싶었다. "그래서… 서류를 갖고 계시다는 건가요? 아니라는 건가요?"

헤이즐턴은 묵고 있던 호텔 로비 뒤편의 바에서, 그리고 이곳에서, 오늘 하루 종일 술잔을 홀짝거리느라 어눌해진 혓바닥 사이로, 느릿느릿하면서도 부드럽게, 그러나 각각의 단어마다 힘을 주면서 이렇게 말했다. "망…할…놈…의… 북…한."

프랑스 여인은 아무 말도 하지 않았다.

그가 말했다. "당신 이미 이걸 알고 있었죠, 안 그래요?"

여인은 대답하지 않았다. 대신 이렇게 대꾸했다. "당신 아주 감상적인 분이시군요. 그쵸? 이거 참 놀랄 일이네요. 당신이 허겁지겁 임무를 부여받았다는 걸 알아요. 누군가가 병이 나서 명단에서 빠지고, 그런 다음 당신이 호출을 받았겠죠. 하지만 뉴욕에 계신 분들은 당신같이 감상적인 여행사 직원을 보내지 말았어야 돼요." 헤이즐턴은 테이블 밑으로 하이힐 구두의 뾰족한 끝이 발목 옆의 다리를 더듬는 것을 느꼈다. 한때 그의 인생에서 이런 일이 벌어지면 흥분에 빠졌던 시절이 있었지만, 그건 흘러간 옛날 이야기였다. 이건 공식적인 업무란 말이다. 그는 여인이 서류 가방을 갖고 있는지 알아보려고 수작을 부린다는 걸 알고 있었다. 곧이어 여인의 엄지발가락이 사내의 발 옆에 있던 서류 가방을 톡톡 차는 소리가 들렸다.

그녀는 말했다. "제게로 그걸 밀어주세요, 부탁이에요."

거구의 미국인이 그곳에 앉아 있었다. 그는 피아노를 치듯 테이블 위를 손가락으로 두드리며 생각에 잠겼다.

그는 여인의 얼굴에서 실망하는 기색을 살폈지만, 그녀는 사내가 꿈지럭거리는데도 신기할 정도의 침착함을 보였다. 몇 초가 지나자 그녀는 목소리의 어조를 조금도 바꾸지 않고 다시금 재촉했다. "제게로 그걸 밀어주세요, 부탁이에요."

그는 오늘 밤 어떻게 해야 될는지 알 수가 없었다. 서류를 넘겨줄까? 아니면 모조리 세절시켜서 물고기 밥처럼 강물에 버릴까? 온종일 그는 각각의 행동 방책에 어떤 결과가 따르는지를 저울질해 보았다. 그러나 이제 마음의 평정이 찾아왔고, 자신도 모르게 "그러니까 말이죠, 난 사이코 같은 인간 백정 놈들에게 심부름이나 해주려고 이번 일을 맡은 게 아녜요."라고 말했다. 그러고는, "이런 허접한 일을 하지 않고도 완수해야 될 업무가 있단 말입니다."

"무슨 말씀이신지 모르겠군요." 여인은 이렇게 말하면서 무심한 표정으로 거리를 바라보았다. 그녀는 지루한 듯 보였으나, 헤이즐턴은 그녀가 주변을 감시하고 있다는 것을 알아챘다.

헤이즐턴은 화가 난 듯이 팔을 허공에 내저었다. "될 대로 되라지. 넌 빠져요."

반대로 여인은 아무런 감정도 보이지 않았다. "빠진다구요?"

"난 당신에게 서류를 주지 않을 거요."

이제 그녀는 잠시 한숨을 내쉬었다. "돈 때문에 그러시는 건가요? 만일 그렇다면 당신이 직접 뉴욕에 말씀하셔야 될 거예요. 전 이렇게 할 아무런 권한이 없다는—"

"돈 때문이 아니오. 이건 선과 악에 관한 문제지요. 당신은 전혀 그런 생각을 하지 않았어요? 안 그래요?"

"제 직업은 그런 거와 아무 관계가 없다구요."

헤이즐턴은 완전히 조롱하듯 여인을 바라보았다. 그는 결심을 내렸다. "서류가 진짜 필요한지 스스로 물어보세요. 하지만 당신은 이 서류를 손에 넣을 수 없을 거요." 그는 여인이 들을 수 있을 정도로 소리를 내어 가방을 발로 걷어찼다.

여인은 고개를 끄덕이며 침착한 표정을 지었다. 무심한 듯한 표정이 그에게는 이상하게 보였다. 그는 여인이 비명을 지르고 소리를 칠 것으로 예상하였기 때문이다. 그녀는 그저 "일이 복잡하게 될 거예요. 뉴욕 사람들이 화를 낼 거구요."라고 말했다.

"망할 뉴욕 놈들."

"제가 당신의 도덕적 십자군 전쟁에 뛰어들 것으로 생각하지 않으셨으면 좋겠군요."

"아가씨, 난 당신이 뭘 하든 말든 상관이 없다구요."

"그렇다면 내가 이 자리를 박차고 나가서 전화를 해도 전혀 신경 쓰지 않겠군요."

헤이즐턴은 잠시 숨을 멈추었다. 과로와 여행으로 인한 부담이 얼굴에 나타났다. "그자에게 전화하세요."

"그 사람은 누군가를 보내서 당신의 가방을 가져가게 할 거예요."

이제 헤이즐턴이 미소를 지었다. "그에게 한번 해보라고 하시지. 하지만 당신이 말한 대로, 난 이런 일에 초짜가 아녜요. 내게도 몇 가지 비장의 카드가 있다고요."

"당신을 위해 드리는 말씀이지만, 그런 카드를 갖고 계시길 바라요." 프랑스 여인은 자리에서 일어서더니, 은쟁반에 와인을 받쳐 들고 웃으며 다가오는 웨이터 옆을 지나갔다.

잭 라이언은 길 건너 지붕 위에서 이 장면을 남김없이 지켜보았다. 물론 대화하는 목소리를 듣지는 못했지만, 신체 언어는 분명하게 식별할 수 있었다.

"만일 이게 '묻지마 데이트(a blind date)'였다면 서로 마음에 들지 않았던 것 같군."

딩과 샘도 키득거렸지만, 모두는 여전히 임무 수행 중에 있었다. 이들은 늘씬한 여인이 지갑에서 전화를 꺼내 통화를 하면서 북쪽으로 걸어가는 모습을 지켜보았다.

드리스컬은 통화 스위치를 눌렀다. "클라크? 당신 헤이즐턴과 있을 거야? 아니면 저 여자에게 누굴 보내줄까?"

클라크는 재빨리 대답했다. "저 여잔 가방을 노리고 있어. 그러니 이제 저 가방이 우리 임무의 일부가 된 거지. 아직… 난 저 여자에 대해 알고 싶어. 너희들 중 한 명이 저 금발의 여인에게 가봐. 나머지는 현 위치에서 가방을 잘 지켜보고."

잭과 샘은 망원경에서 눈을 떼고 지붕 위에서 그들 사이에 있는 차베스를 바라보았다. 차베스는 "난 여기 있을 거야. 너희 둘 중에서 결정해."라고 말했다.

이제 잭이 샘을 흘낏 쳐다봤다. 샘은 다시 천천히 망원경으로 목표물을 조준하였다. "네가 가."

잭은 함박웃음을 지었다. 이 웃음은 지붕 꼭대기에 가장 밝은 빛을 비추는 것 같았다. "샘, 내가 신세 한 번 진 거야."

그는 일어나 순식간에 비상계단을 내려가더니, 카메라를 가방에 넣고 어둠 속으로 걸음을 재촉하였다.

샘과 딩은 콜린 헤이즐턴이 마지막 진토닉을 비운 다음, 웨이터에게 몸짓으로 한 잔 더 달라는 모습을 바라보았다. 샘은 과장된 표현으로 물었다. "저 친구가 뭣 때문에 저기서 어정거리지? 또 다른 엿 같은 데이트가 있나보지?"

저 아래 있던 클라크도 똑같은 생각을 하고 있었다. 그의 목소리는 자갈이 굴러가듯 짜증 나고 화난 것처럼 들렸다. "오늘은 여기서 네 번째로 토닉이나 마시고 있어야 할 모양이구먼."

웨이터가 술을 가져오자 헤이즐턴은 자기 앞의 테이블에 두라고 손짓하더니, 웨이터에게 뭐라고 말했다. 길 건너에서 지켜보던 세 명의 미국인들은 그가 화장실이 어디냐고 묻는 줄 알았다. 왜냐하면 웨이터가 건물 뒤쪽을 가리켰기 때문이다. 헤이즐턴이 일어서더니, 술잔과 코트와 가방을 자리에 그대로 둔 채 건물 뒤편으로 향했다.

잠시 동안 세 명의 헤드셋은 침묵을 지켰다. 그런 다음 딩이 “존? 저거 아무 일 없겠어?”라고 물었다.

클라크는 두 번째 보스인 딩이 뭘 묻는지를 알고 있었지만, 그는 자기가 무엇을 생각하고 있는지를 밝히지 않고 드리스컬에게 질문을 던졌다. “샘? 어떻게 생각해?”

드리스컬은 망원경의 초점을 조절하여 빈 테이블과 헤이즐턴이 앉아 있던 의자 뒤에 걸쳐놓은 코트, 그리고 다른 의자 위에 놓여 있는 가방을 들여다보았다. 그는 부유해 보이는 고객들이 주변을 서성거리거나 자리에 앉아 있는 레스토랑 내부의 다른 테이블들도 바라보았다. 잠시 후 그의 시선은 가방으로 되돌아갔다. 그는 이렇게 말했다. “만일 자기의 연락책에게 건네주기를 거부할 만큼 중요한 것이 가방에 들어 있다면, 어째서 그는 소변을 보러 화장실에 가면서 가방을 테이블에 그대로 두었을까?”

클라크는 “가방을 그냥 내버려둔 게 아냐.”라고 대답했다.

“그렇다면 가방은 미끼로구나.”

“그래, 맞아.”

잠시 후 드리스컬이 말했다. “무슨 말이냐 하면… 헤이즐턴은 자리로 돌아오지 않을 거야. 그는 건물 앞쪽에서 누군가가 자기를 감시하는 것으로 의심하고 뒷문으로 빠져나간 거야.”

딩도 맞장구쳤다. “전형적인 ‘먹튀(dine-and-dash)’ 수법이지.”

클라크가 말했다. “맞았어. 내가 레스토랑에 들어가서 뒷문으로 나갈 거야. 저 골목은 남북을 가리키지만, 그가 묵고 있는 호텔은 우리 뒤편에 있어. 너희 두 사람은 여기서 계속 망을 보면서, 남북 방향의 교차로를 잘 감시하도록 해. 헤이즐턴이 날아다니는 재간이 없다면 우리가 가서 그 친구를 다시 데려와야 돼.”

클라크는 다방에서 술값으로 테이블 위에 동(dong, 베트남 지폐) 지폐 몇 장을 올려놓았다. 방금 마신 진토닉이 배 속을 휘저어 놓았다. 그는 재킷을 집어 들고 길 건너 '리옹도르' 레스토랑으로 향했다.

막 커브를 돌던 클라크는 뭔가를 발견하고 갑자기 걸음을 멈췄다. 그는 다시 인도로 올라가 사방을 살폈다.

그는 송화기에 부드러운 목소리로 말했다. "라이언, 네 자리 지켜."

'다오깜목(Dao Cam Moc)' 가(街)를 향하던 잭 라이언 주니어는 클라크의 지시를 받고 제자리에 서서 "현재 멈췄음."이라고 대답했다. 그는 문 닫힌 전자제품 상점의 진열대를 들여다보는 시늉을 하였다.

클라크가 물었다. "네 위치가 어디야?"

잭은 휴대전화를 꺼내 이 지역의 지도를 들여다보았다. 여러 색깔의 점들이 한 팀에 속한 네 사람의 위치, 아니 정확하게 말해서 벨트의 허리춤에 달려 있는 GPS 추적 장치의 위치를 나타냈다. 클라크를 나타내는 녹색 점은 여전히 남동쪽으로 두 블록 떨어진 옥외 다방에 위치하고 있었다.

라이언이 대답했다. "내 위치는 당신이 있는 곳에서 두 블록 북서쪽이야."

클라크는 이어폰을 통해 라이언에게 설명했다. "난 지금 거리 반대편에서 접근하고 있는 오토바이를 탄 네 명의 괴한을 감시하고 있어. 놈들은 한 팀 같아."

잠시 후 망원렌즈가 달린 카메라를 갖고 아직 지붕 위에 있던 차베스가 이어폰에 대고 물었다. "검정색 두카티(Black Ducatis, 이태리제 오토바이) 말이지?"

클라크가 답했다. "맞아, 그거야. 놈들은 서로 다른 옷을 착용하고 서로 반대편에서 접근하고 있지만, 똑같은 오토바이를 타고 헬멧도 똑같은 걸 착용한 것 같아. 이건 우연의 일치가 아냐."

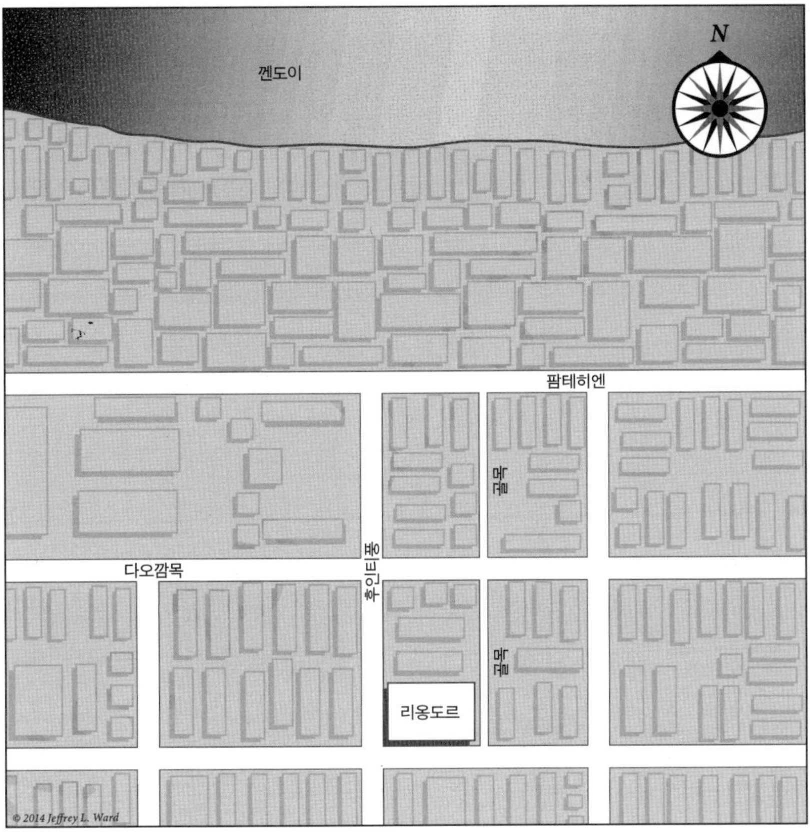

호찌민 시가 지도

딩은 저 아래 거리에 있는 네 대의 오토바이를 모두 카메라에 담았다. 몇 초 후 이들은 사방으로 흩어졌다. "존, 눈썰미가 좋네."

"난 여기가 처음이 아냐. 주변에서 뭔가 이상한 낌새가 보이면 금방 알 수 있지. 잭, 네 위치에서 계속 북쪽으로 이동해. 만일 헤이즐턴이 저 골목을 따라 이 구역 끝까지 걸어갔다면, 그가 '팜테히엔(Pham The Hien)' 가(街)로 나오기 전에 앞장설 수 있을거야. 그러려면 뛰어가야 할 거야. 오토바이 탄 놈들 조심하고, 놈들이 네가 무엇을 감시하는지 눈치채지 못하게 해야 돼."

라이언은 여전히 상점 진열대의 최고급 카메라들을 들여다보는 시늉을 하였다. 그는 이번 여행에서 처음으로 피가 심장을 통해 박동하는 것을 느꼈다. 지루하던 저녁에 갑자기 긴박감이 고조되었다.

잭은 조깅 모드로 들어갔다. "빨리 뛰어가자. 오토바이 탄 놈들과 나란히 달리다가, 헤이즐턴이 골목을 빠져나가기 전에, 내가 먼저 골목 입구에 도착해야 돼."

클라크가 말했다. "샘과 딩, 무슨 수를 써서라도 라이언을 따라잡아야 돼."

차베스가 답했다. "나도 그쪽으로 가는 중이야. 잠시 후에 지붕에서 내려갈 거야. 잭, 우리는 네 뒤로 3분 거리에 있어. 우리가 널 따라잡을 때까지 헤이즐턴에게 너무 가까이 가지 마."

콜린 헤이즐턴은 레스토랑의 골목길로 나와 호주머니에 손을 꽂아 넣고 북쪽으로 걸어갔다.

그는 자신이 매우 값비싼 결정을 내렸다는 사실을 잘 알고 있었다. 비싸다는 의미는 그가 지난 나흘간 일한 대가로 한 푼도 받지 못할 것이고, 임무수행 중단을 결정한 대가로 직장을 잃게 될 것이기 때문이다. 그러나 동시에 300달러짜리 코트와 400달러짜리 가방을 레스토랑에 버려두고 왔으므로, 그 대가는 더 비싼 것이었다.

6만 달러의 빚을 지고 있고, 스파이 짓 말고는 돈 버는 재간이 별로 없는, 직업의 내리막길에 접어든 사람에게는 온통 나쁜 소식뿐이었다.

그렇더라도 오늘 처음으로 헤이즐턴은 마음의 평온을 느꼈다. 비록 값나가는 소지품을 레스토랑에 버려두고 오긴 했지만, 50달러짜리 청구서를 치르지 않고 튀었으니, 이것만큼은 작은 승리로 기록되어야 마땅하였다.

그제야 겨우 희미한 미소가 얼굴에 피어올랐다.

하지만 미소는 오래 계속되지 않았다. 그는 자신을 여기 으스스한 골목으로 데려오고, 이런 결정을 내리도록 하고, 주변의 분위기에 어울리게 음산한 기분에 젖게 만든 여러 사건들을 생각해 보았다.

'샤프 글로벌 인텔리전스 파트너스(Sharps Global Intelligence Partners: SGIP)' 사장인 웨인 '듀크' 샤프(Wayne 'Duke' Sharps)가 맨해튼 '어퍼 웨스트사이드(Upper West Side)'에 위치한 자신의 사무실에서 기업 스파이 활동을 의미하는 '기업정보'와 관련하여 콜린 헤이즐턴을 인터뷰한 것은 지금부터 딱 1년 전의 일이었다. 샤프는 전직 CIA 직원인 헤이즐턴에게 '샤프 파트너스'에서의 업무는 안전하고, 은밀하고, 정치적 색깔이 없지만, 그가 더 이상 미국을 위해 일하지 않는다는 점을 감안해야 함을 분명히 강조했다. 대신에 그는 돈을 벌기 위해 일하게 될 것이라고 하였다.

헤이즐턴은 그의 말에 반론을 제기하며, 자신은 결코 조국을 배신하는 짓을 하지 않을 것이라고 말했다. 이에 대해 샤프는 "우리는 미국의 국익을 해치는 행위를 하지 않습니다."라고 답변했다. 그는 헤이즐턴의 생각을 비웃었다. "여기 SGIP에서 우리는 악마가 아니지만, 천사도 아닙니다."

콜린 헤이즐턴은 그 정도라면 괜찮다고 생각했다. 그는 공군 조종사를 그만두고 나서, 다음의 직업으로 CIA를 택했다. CIA에서 산전수전 다 겪으며 고생깨나 했지만, 세월 앞에서 그의 행동도 달라졌다. 그는 주로 북아프리카의 신흥 국가들을 대상으로 투기성 국제투자에 손을 대었으나, 하나같이 예기치 못한 '아랍의 봄(the Arab Spring)' 기간 동안 파산하고 말았다.

직업이 필요하였던 헤이즐턴은 이 일을 맡게 된 내력이 그러했다.

그리고 기업정보 업무에 정치적 색채가 없다는 샤프의 약속도 사실인 것으로 드러났다. 지난 1년간 헤이즐턴은 자신의 임무나 고객에 대하여 의심해 본 적이 없다.

이번 주까지는 그랬다.

월요일 샤프는 헤이즐턴을 프라하로 급히 보내, 그곳 정부 관리들을 만나 다섯 명분의 여행 서류를 가져오도록 하였다. 이런 것은 CIA 작전관 출신에게 별로 짜릿한 일이 아니었다. 왕년에 그는 전 세계 수백 명의 요원들이 가명으로 여행할 수 있도록 서류를 주선해 주었다. 샤프 사 직원으로 일하면서도 이런 것은 별로 이례적인 업무가 아니었다. 헤이즐턴은 취업 비자를 얻지 못하는 고도의 기술을 보유한 외국인 전문가들을 미국으로 데려오는 일에도 관여한 적이 있다. 그는 이것을 좋은 일이라고 생각하였다. 자신이 했던 일은 미국 관료제를 엿 먹인 것이지 미국의 국익을 훼손한 것이 아니었기 때문이다.

대개 서류를 점검하는 것은 그가 수행해야 할 업무의 일부였다. 그러나 이번은 그렇지 않았다. 어떤 이유에서인지 몰라도 그가 프라하에서 받은 서류는 비닐 가방에 봉인되어 있었고, 그가 받은 지시는 이 봉투를 호찌민 시에 있는 연락책에게 넘겨준 다음 뉴욕으로 돌아가는 것이었다.

다섯 세트의 서류들이 다섯 명의 체코 전문가들을 위한 것이고, 이 사람들은 미국이 아니라 베트남을 경유해서 다른 나라로 갈 것으로 그는 짐작했다. 프라하를 출발하여 다른 나라로 간다면, 미국은 애매한 경유지가 될 것이기 때문이다. 헤이즐턴은 이 사람들이 일본이나 싱가포르, 어쩌면 호주로 가서 일할 것으로 생각했다.

그에게 서류를 검사할 수 있는 권한이 허용되지 않은 것은 이상한 일이었지만, 그냥 넘어가기로 했다.

이것이 프라하에서 여기까지 비행기로 날아온 어젯밤까지 생긴 일이다. 착륙하기 전 1시간 반 동안, 이 건장한 미국인은 남은 진토닉을 비우고는 수화물과 서류 가방 속에 물건을 챙겨 넣기 시작했다. 서류들로 가득 찬 비닐 봉투는 수화물 가방 속에 단단히 갈무리하여 넣어 두었지만, 바닥에 재킷을 내려놓으려고 신발을 옆으로 약간 움직이려던 그는 가방 옆이 약간 찢어진 것을 발견하고 소스라치게 놀랐다. 그가 지난 80년대부터 사용하였던 수화물 가방이 낡아 속에 있던 비밀 칸막이가 마침내 찢어진 것이다. 찢어진 곳을 손보려 하였지만, 상태가 더 나빠졌을 뿐이었다. 이는 초보자나 겁을 낼 만한 실수였지만, 헤이즐턴은 초짜가 아니었다. 하지만 내내 술을 마시고 있었던 그에게 머피의 법칙에 따라 좋지 않은 일이 생긴 것이다.

일등석에 앉아 베트남 이민국 심사대를 통과해야 할 것을 생각하고는 벌써부터 진땀을 흘리기 시작했다. 만일 이민국 직원이 수화물 가방을 샅샅이 뒤진다면 그가 숨긴 서류가 들통날 것이다. 그러나 재빨리 생각을 가다듬은 헤이즐턴은 CIA 요원 중에서 베트남에서 수색을 당했다는 이야기를 들어본 적이 없다는 것을 알아챘다. 만일 그가 가방의 비밀 칸막이에서 서류를 끄집어내어 허리춤에 두른 전대(錢帶)에 집어넣는다면 괜찮을 것 같았다.

그러나 이렇게 하려면 우선 커다란 사각형 모양의 비닐 봉투에서 서류를 꺼내야 한다는 것을 알게 되었다.

헤이즐턴은 화장실로 서류 봉투를 가져가 변기 위에 올라앉아 이빨로 봉투를 물어뜯었다. 그 속에는 각각 여권, 운전 면허증, 신용카드, 봉투에 넣은 편지 등이 담긴 작은 비닐 백 다섯 개가 들어있었다. 그 속을 들여다보면 안 되는 것을 뻔히 알면서도 그는 서류들을 뒤적거리기 시작했다.

여객기 승무원이 화장실 문을 노크하여, 조종사가 불안정한 기류를 예상하고 있다면서 자리로 돌아가라고 말했다.

그러나 헤이즐턴은 승무원의 말을 무시했다. 그의 관심은 온통 여행 서류에 집중되었다. 그는 검정색 외교관 여권을 발견하였지만 놀라지 않았다. 비록 여기저기 약간 수정을 거치긴 했지만 이것들은 전부 가짜가 아니라 합법적인 것이었다. 그는 사진들을 하나하나 들여다보았다. 네 명은 코카서스 남성이었고, 한 명은 코카서스 여성이었다.

겉모습만 보아서는 이들이 체코인인지 확신할 수 없었으나, 그에게 이들의 출신국은 문제가 아니었다.

진짜 문제는 이들의 행선지였다. 각 개인의 소지품 속에 들어 있는 편지는 체코 정부가 발행한 여행 허가서로서, 해당 여권을 소지한 외교관들에게 북한 주재 체코 영사관에서 근무할 수 있도록 여행을 허가한다는 내용이었다.

북한이라고? 헤이즐턴은 지난 1년간 지멘스(Siemens), 마이크로소프트, 랜드로버, 메르스크(Maersk) 같은 회사들을 위한 기업정보 업무를 위해 닥치는 대로 뛰어다녔다.

이제 내가 세계에서 가장 잔인하고 폭압적인 정권을 위해 일하고 있단 말야?

화장실에 앉아 있는 동안 헤이즐턴은 불안정한 난기류 때문에 이쪽 벽에서 저쪽 벽으로 어깨를 부딪쳤다. 그는 이 다섯 사람들이 북한에 몰래 잠입하려는 핵물리학자라고 확신했다. 그게 아니라면 도대체 뭐란 말인가? 북한은 전에도 핵 전문가를 데려오려다 들킨 적이 있는 데다, 거의 선석으로 중국의 합작회사들만 관여하는 채광을 제외하면, 이렇다 할 주요 산업이란 게 없는 나라였다. 물론 그는 이 사람들이 핵물리학자인지 여부를 확신할 수 없었지만, 이들이 중국인 채광업자가 아니란 것 정도는 알 수 있었다.

그리고 그는 이것이 샤프 사가 북한을 골탕 먹이려고 벌이는 공작이 아니라는 것을 알았다. 듀크 샤프는 고귀한 목적을 위해 독재자를 응징할 위인이 아니었다. 그는 돈을 위해 이런 짓을 하는 것이고, 돈의 힘으로 북한으로 전문가들이 몰래 흘러 들어가는 것이고, 그래서 지금 여기서 이런 일이 벌어지고 있는 것이다.

그는 눈을 감고 여전히 화장실 변기 위에 앉아 비행기 칸막이벽에 머리를 뒤로 기댔다. 그는 혼잣말로 중얼거렸다. "개자식들."

듀크 샤프가 흉악한 인물들을 북한이라는 '은둔의 왕국'으로 잠입시킨다는 사실에 헤이즐턴은 열을 받았지만, 자신이 그런 샤프 같은 사람을 도와주고 있다는 사실에 몸서리를 쳤다.

헤이즐턴은 허리춤에 숨긴 혁대 속에 서류들을 숨겨 공항의 이민 수속대를 무사히 통과하였다. 그런 다음 1시간 후 공항으로부터 1시간 떨어진 호텔에 도착한 그의 등줄기에는 말라붙은 식은땀이 아직도 남아 있었다. 그는 오후 내내 로비에 앉아 술을 마시면서, 돈과 직업과 경제 문제를 해결해야 할 필요 같은 것들을 생각했다. 그가 간절히 바라 마지않던 소망은 기분 좋게 술에 취해 있는 동안, 적당한 때가 되어 호찌민 시에서 만난 연락책에게 서류를 넘겨주고, 그리하여 자신이 잘못을 저지르고 있다는 죄책감에서 벗어나는 것이었다.

이제 헤이즐턴은 로비의 바에서 마신 여섯 잔, 레스토랑에서 마신 석 잔의 진토닉—다 합쳐서 반 파인트(pint, 작은 맥주병 용량)가 넘었다—도, 자신이 북한을 위해 일하고 있다는 수치심을 씻어내기에는 어림도 없었다.

그가 오늘 밤 멈칫하다가 레스토랑에서 미모의 프랑스인 스파이에게 서류를 넘겨주기를 거부하였던 것은 이런 사연이 있었기 때문이다. 만일 예정대로 서류를 인계하였더라면, 그녀는 시내 어딘가에 묵고 있는 다섯 명의 여행객들에게 이것을 가져다주었을 것이다. 그러나 프랑스 첩자는 아마도 지금쯤 듀크 샤프에게 전화로 이 사실을 고자질하였을 것이다. 바야흐로 술에 잔뜩 취한 61세의 콜린 헤이즐턴은 누군지 몰라도 허리춤의 커다란 전대에 넣어 꼭꼭 숨겨둔 더러운 서류를 찾아오라고 샤프가 보낸 괴한들을 피하기 위해 제3국 뒷골목에서 비틀거리며 이리저리 쫓겨야 할 처지에 놓이게 되었다.

휘청거리며 앞으로 걸어가는 동안 혹시 누가 자신을 감시하고 있는지 촉각을 곤두세웠으나, 지난 이틀 동안 그를 따라다니는 사람을 발견할 수 없었다. 그는 뒷골목을 따라 두 블록 정도 걸어서, 시내를 관통하는 몇 개의 염수(鹽水) 운하 중 하나인 '껜도이(Kenh Doi)'로 간 다음, 전대를 풀어서 운하 물 속에 서류들을 버릴 계획이었다. 그러고 나서 공항으로 가 아침 일찍 첫 번째 비행기를 타고 미국으로 돌아가서는, 의심할 여지도 없지만 듀크 씨로부터 친히 전화로 해고되었다는 통보를 들을 참이었다.

먹고살기 위해서라면 비행기 조종간도 잡아 볼 생각이었다. 나이도 좀 들었고 최근의 비행시간에 대한 기록도 없지만, 이따위 베트남 같은 후진국이라면 고물 프로펠러 비행기를 모는 일자리 정도는 어렵사리 찾아낼 수 있을 것이다. 어쩌면 빚을 갚기도 전에 죽을 테지만, 적어도 '아시아의 악마(Asian Dr. Evil)', 그리고 사람을 파리처럼 죽이는 그 부하들의 하수인으로 전락하지는 않을 것이다.

헤이즐턴은 계속 걸었다. 이곳은 프랑스 식민지 시대의 건축물과 유흥가로 가득 찬 8구역으로, 거리가 활기에 흘러넘쳤지만, 이제 그는 운하 부근의 상업지역을 지나가고 있었다. 쓰레기를 손에 든 레스토랑 직원이 헤이즐턴 옆으로 지나가고, 늙은 여자가 스쿠터를 타고 골목을 통과하였다.

그가 운하를 향해 왼쪽으로 꺾는 순간 엔진 소리가 거의 나지 않는 이태리산 검정색 '두카티 디아벨(Ducati Diavel)' 오토바이를 탄 두 명의 사나이가 방금 헤이즐턴이 지나간 골목길을 질주하였지만, 그는 오토바이 소리를 듣기니 두 사람의 모습을 보지도 못하였다. 게다가 비슷하게 생긴 또 다른 두 대의 오토바이가 이미 그보다 앞서서 길목에 자리 잡고, 미리 파 놓은 함정에 헤이즐턴이 빠져들기를 기다리고 있으리라고는 꿈에도 생각하지 못하였다.

2

잭 라이언은 '팜테히엔' 가 동쪽의 어둠 속으로 걸어가고 있었다. 그 앞에서 콜린 헤이즐턴이 거리를 가로질러 골목길에서 나오는 모습을 발견하였다. 잭은 좌측으로 방향을 틀어 호텔로 향할 것으로 예상했지만, 놀랍게도 버튼다운식 흰색 셔츠 차림에 넥타이를 느슨하게 맨 그 미국인이 도로로 나와 라이언 쪽의 거리를 향해 걷기 시작했다.

"제기랄." 낭패한 잭은 헤이즐턴이 자신을 알아보지 못하도록 얼굴을 돌린 상태에서 계속 걸으면서도, 보행 속도에 변화를 주지 않으려 조심했다. 잠시 동안 잭은 자신이 들키지나 않았을까 걱정했지만, 헤이즐턴은 그에게 관심을 두는 것 같지 않았다.

헤이즐턴이 전방으로 40야드 떨어진 인도 위로 올라가 좁고 어두컴컴한 또 다른 뒷골목으로 들어서자 잭은 깜짝 놀랐다. 이 길은 곧장 제8구역의 북쪽 경계선 노릇을 하며 동서로 흐르는 운하인 '껜도이'에 이르고, 잭이 이 구역의 지도를 연구한 바에 의하면, 거기는 선창과 선상 가옥과 다 쓰러져가는 낡은 아파트 건물들 외에는 아무것도 없는 곳이었다.

왜 이 사내가 호텔로 돌아가지 않는지 헷갈린 잭은 몇 블록 더 걸어간 다음, 그가 걸어가는 뒷골목과 평행하게 나 있는 골목으로 올라가기로 마음먹었다.

잭은 걸음을 재촉하면서 잠시 휴대전화에 나타나는 지도로 자신의 위치를 확인한 다음, 이어폰으로 통신을 시작했다. "여기는 라이언. 내가 표적을 발견했다. 그의 위치는 운하에서 두 블록 남쪽이고, 현재 북쪽으로 이동 중이다. 만일 그가 어딘가에 타고 갈 보트를 묶어 놓지 않았다면 곧 앞에서 길이 끊길 것이다. 그 사람보다 앞질러 가서 뭘 하려는지 지켜보겠다. 나는 그와 나란히—"

잭은 통신을 중단했다. 바로 앞에서 두 대의 검은 두카티 오토바이가 잭의 앞을 지나 골목을 달려 거리를 가로질렀다. 그들은 헤이즐턴으로부터 불과 약 200피트 거리에 있었다. 강에서 가까운 조용한 이 구역에서 그들은 숙련된 CIA 베테랑의 눈을 피할 수가 없었다.

오토바이를 타고 있던 사내들이 그저 헤이즐턴을 감시하려는 것은 전혀 아니었다. "라이언?" 딩은 이어폰으로 라이언을 불렀다. "헤이즐턴과 통신이 안 돼?"

"안 돼. 난 여기 있어. 하지만, 두카티 오토바이 두 대도 여기 세워놨어. 놈들은 틀림없이 헤이즐턴을 추적하고 있을 거야. 단순한 감시치고는 너무 공격적인 행동 같아. 내 생각엔 놈들이 헤이즐턴과 한바탕 붙으려는 거야."

이번에는 드리스컬이 끼어들었다. "우리가 발견하지 못한 곳에 차량을 준비해 둔 상태에서 헤이즐턴을 추격하는 것이 아니라면, 놈들의 목표는 헤이즐턴을 납치하려는 게 아니라, 뭔가 더 심한 짓을 저지르려는 거야."

잭은 그 말에 동의하면서도, 매 순간마다 이번 활동의 심각성이 갈수록 커진다는 사실에 어안이 벙벙했다. "제길, 이러다가 정말 살인나겠네."

딩이 대화에 끼어들었다. "잠깐. 헤이즐턴은 기업정보 업무로 여기 온 사람이야. 그 사람의 마지막 작전은 마이크로소프트사가 부탁한 건이었어. 우리가 볼 때 헤이즐턴이 누군가가 자기를 죽일지도 모른다고 걱정하는 것 같진 않던데. 만약 살인이 벌어진다면 일이 엄청 커질 거야."

잭은 이제 오토바이 두 대가 동쪽 방향에서 팜테히엔 거리로 들어간 다음, 라이언을 지나 서로 갈라지는 모습을 보았다. 한 대는 헤이즐턴이 걸어갔던 길 동쪽으로 평행하게 난 골목으로 들어가고, 다른 한 대는 라이언이 걸어가려는 길의 서쪽으로 평행하게 나 있는 골목으로 들어갔다.

잭은 헤이즐턴이 들어간 거리를 지나쳤다. 얼핏 처음 두 대의 오토바이가 강변까지 계속 연결된 길쭉한 두 채의 2층 창고 건물 사이로 꺾어 들어가는 모습이 보였다. 그는 걸음을 재촉하면서 머잖아 한바탕 충돌이 벌어질 것을 예견하였다. 헤이즐턴이 걸어가는 길은 운하 앞에서 끊어질 것이므로, 그는 길을 되짚어 이쪽 방향으로 다시 걸어올 것이기 때문이다.

건물 사이를 보려고 길모퉁이로 뛰어가던 잭은 무선 송신기에 대고 이렇게 말했다. "딩, 네 말이 맞아. 하지만 헤이즐턴은 네 명에게 포위되어 도망칠 구멍이 없어. 뭔가 일이 터질 거야."

이번에는 존 클라크의 목소리가 이어폰을 울렸다. "헤이즐턴을 데리고 급히 탈출하는 데 필요할지 모르니, 내가 차를 한 대 준비할게. 하지만 교통이 혼잡해서 시간이 좀 걸릴 거야. 딩, 그리고 샘. 빨리 라이언이 있는 곳으로 달려가. 잭, 넌 어떤 일이 있더라도 절대로 끼어들지 마. 넌 비무장 상태잖아."

이제 잭은 "알았어."라고 부드럽게 대답하면서, 길모퉁이에 도착해서는 뒤로 몸을 기대며 무슨 일이 벌어지는지를 염탐하였다.

헤이즐턴이 '껜도이(Kenh Doi)'에 도착해 보니 폭이 50야드 정도가 되는 새까만 운하가 눈앞에 펼쳐졌다. 건너편 5구역에는 불빛이 몇 개 반짝거리기는 했지만, 그쪽도 마찬가지로 창고 건물들뿐이어서 지금처럼 늦은 저녁에는 사람들의 움직임이 별로 없었다. 그리고 운하가 도심의 거의 중간을 관통하기는 했지만 밤에는 이쪽 구간의 운하에서 보트도 거의 돌아다니지 않았다.

헤이즐턴은 있는 힘을 다해서 서류를 찢어버린 다음 '껜도이' 운하에 내다

버릴 작정이었다. 그는 서류들을 조각조각 찢어서 강물에 흘려보낼 것이므로 북한인들에게는 쓸모없게 될 것이다.

그러나 뒤에서 오토바이의 조용한 엔진 소음이 들리자, 그는 이런 계획이 수포로 돌아가게 되었다는 것을 깨달았다.

그는 오토바이를 탄 놈들이 자신을 쫓아 여기까지 따라온 것을 알고 있었다. 이들은 굳이 자신들의 존재를 숨기려 들지도 않았다. 그리고 놈들뿐만이 아니었다. 헤이즐턴은 이들 말고도 더 따라오는 놈들을 보지 못하였지만, 뒤에서 어슬렁거리며 다가오는 폼이 누군가 다른 사람이 이곳으로 오기를 기다리고 있다는 인상을 풍겼다.

콜린 헤이즐턴은 비록 술에 취해 있었으나, 감각만큼은 여전히 예민하게 살아 있었다. 하기야 그는 평생 동안 이런 짓을 하면서 살아오지 않았던가.

아니나 다를까 그의 직감이 적중했다. 그의 눈앞에서 한 쌍의 헤드라이트가 켜지더니, 하나는 동쪽으로부터 선창을 따라 강변길로 가고, 다른 하나는 서쪽으로 갔다. 이들은 헤이즐턴 쪽으로 방향을 돌리더니 서서히 그에게 다가갔다.

마침내 그들은 헤이즐턴을 손아귀에 넣기 직전이었다. 헤이즐턴은 놈들이 누군지 알 것 같았다. 놈들은 듀크 샤프가 보낸 직원 나부랭이가 아니었다. 시내에는 그 프랑스 여자와 손잡고 있는 무리들이 득시글거리고 있어서, 헤이즐턴을 덮치는 데 소요된 시간은 그가 예상했던 며칠이 아니라, 단 몇 분에 불과하였던 것이다.

오토바이 두 대가 헤이즐턴의 몇 피트 앞에서 멈추더니 엔진을 껐다. 놈들은 여전히 헬멧을 쓴 상태에서, 헬멧에 달린 가리개를 아래로 내렸다. 뒤에 따라오던 두 놈은 20야드 뒤에서 멈췄다. 자신감에 넘치는 듯 정숙하게 돌아가는 오토바이 엔진 소리는 헤이즐턴에게 더 이상 도망칠 곳이 없다는 것을 속삭여주는 것 같았다.

헤이즐턴은 여기서 빠져나가려면 놈들에게 말을 잘해야 한다는 것을 알았다. 제일 가까운 곳에 있는 오토바이를 탄 놈을 바라보면서, 그자가 우두머리일 것이라고 생각했다. 그는 억지로 웃으며 "당신들이 내일까지 준비가 안 될 거라고 생각했지. 내가 당신들을 과소평가한 거야."라고 말했다.

오토바이를 탄 괴한들은 아무도 입을 열지 않았다.

헤이즐턴이 계속했다. "참 잘했어요. 뉴욕에서 당신들을 일찌감치 여기로 보냈던 모양이지? 뉴욕 사람들은 내가 겁먹을 거라고 생각했나? 기가 막혀서. 이런 걸 보고 '예상된 기습'이라고 하는 걸세." 그는 다시 낄낄거리며 반복하였다. "참 잘했어요."

가장 가까운 오토바이를 탔던 자가 내리더니, 손을 뻗으면 닿을 수 있는 거리까지 다가왔다. 거울처럼 물체가 비치는 헬멧 가리개를 착용한 모습이 마치 로봇같이 보였다.

헤이즐턴은 어깨를 으쓱했다. "거기 멈춰. 알겠어? 이번에는 손님이 북한이야. 당신들이 아는지 모르겠지만, 듀크는 지구 상에서 최악의 인간들과 거래하고 있는 거라고."

괴한은 헬멧으로 손을 가져가더니 이제 가리개를 들어 올렸다. 헤이즐턴은 이런 동작에 약간 흠칫했다. 처음에 이 남자는 계속해서 얼굴을 가리는 데 만족하는 것 같지 않았던가. 하지만 헤이즐턴은 괴한이 얼굴을 보이는 이유는 둘이 서로 아는 사이이기 때문일 거라고 생각했다. 샤프가 고용한 전직 CIA 요원들이 부지기수라는 것 정도는 헤이즐턴도 알고 있던 터였다.

콜린 헤이즐턴은 불빛 아래서 놈의 얼굴을 잘 들여다보려고 약간 몸을 숙이다가, 얼굴을 보는 순간 뒤로 멈칫 물러섰다.

괴한은 헤이즐턴이 모르는 사람이었다. 이자는 아시아인의 얼굴을 하고 있었다. 표정이 강인하고 냉혹하였다.

북한인이었다.

그는 "오우, 이제 알겠다."라고 말하더니 다시 한 번 억지웃음을 보였다. "우리 요전에 만난 적이 있던가?"

북한인이 말했다. "문서를 내놔."

헤이즐턴은 허리춤을 더듬더니 어깨를 으쓱해 보였다. "문서를 보려고? 내가 그걸 서류 가방에 놔두고—"

"가방은 비어 있었어." 북한인의 오른손에서 자동 권총이 나타났다. 헤이즐턴은 무기에 대해서 잘 몰랐지만, 그것이 진짜라는 것을 의심하지 않았다. 뒤에 있던 두 명의 괴한이 부르릉거리며 오토바이 엔진 소리를 내기 시작했다. 앞에 있던 다른 괴한은 오토바이에서 몸을 위로 일으켜 세웠다.

이 장면을 낱낱이 주시하던 잭 라이언 주니어는 창고 모퉁이 부근에서 머리를 뒤로 젖히고 있었다. 그는 무릎을 땅에 대고 앉아 통화 버튼 스위치를 눌렀다. "여기는 라이언. 내가 직접 눈으로 보고 있다. 네 명이 표적 주변을 에워싸고, 그에게 총을 겨누고 있다."

딩이 답변했다. 숨소리로 미루어 볼 때 그는 뛰어오고 있는 것이 분명했다. "널널한 회사 일거리치고는 심하구먼. 계속 몸을 숨기고 있어. 우리가 지금 '쩐쑤언소안(Tran Xuan Soan)' 가(街)에 있으니, 약 90초 후면 네게 도착할 수 있어."

잭이 말했다. "만일 놈들이 사람을 죽이려고 온 거라면, 헤이즐턴이 90초를 버티지 못할 거야."

클라크가 무선망에 대고 소리를 쳤다. "그게 살인사건이라도 무기도 없는 네가 무슨 재간으로 막을 수 있겠어. 난 지금 차량으로 이동 중이야. 3분 내지 5분이면 도착해." 무선망에서 클라크가 앞에 있는 차량들에게 비키라고 요란하게 경적을 울리는 소리가 들렸다.

라이언은 본능적으로 골목에 뛰어들려고 생각했다가, 만일 이 사건이 진짜 총격전으로 번진다면 무기가 없는 상태에서 속수무책일 거라고 경고한 클라크의 말이 옳다는 것을 깨달았다.

그러나 잭에게 묘안이 떠올랐다. "존, 내가 굳이 싸움에 끼어들 필요는 없어. 놈들이 한눈팔게 만들 거야."

클라크가 재빨리 대답했다. "야, 네 맘대로 해. 대신 극도로 신중해야 돼."

라이언은 클라크의 지시를 따르지 않았다. 그는 이미 휴대전화로 지도를 들여다보면서 재빨리 행동 계획을 수립했다. 배낭에서 카메라를 꺼내 들고는 숨을 크게 내쉬며 준비에 들어갔다.

오토바이를 타고 온 북한인은 미국인의 가슴에 총을 들이밀었다. 그는 아무 말도 하지 않았다.

항복의 표시로 손을 위로 천천히 올리던 헤이즐턴은 거의 패닉 상태에 빠졌다. "절대 이럴 필요가 없잖아. 난 당신들을 위협한 적이 없어. 우격다짐으로 하지 말고 최소한 신사적으로 하자고." 미국인은 주위를 둘러보았다. 온몸을 휘감는 공포의 전율 속에서, 그는 끔찍한 위기 상황에 빠졌다는 사실을 절감하였다. 헤이즐턴은 지금처럼 고주망태가 되지만 않았더라도 이런 컴컴한 뒷골목을 돌아다니지 않았으리란 것을 알았다. 특히 지금처럼 누군가가 자기를 쫓아올지도 모르는 것을 걱정하면서 말이다.

물론 북한 공작원들이 뒤를 밟고 있다는 것을 알았다면, 아무리 술에 취했어도 지금처럼 스파이 활동의 불문율을 깨는 일은 없었을 것이다. 헤이즐턴은 자동 권총의 시커먼 총구를 노려보면서도, 지금 벌어지는 일을 도저히 믿을 수 없다는 생각을 지울 수 없었다. 그는 한 번도 총구 앞에 서 있었던 적이 없었다. 언젠가 덴마크에서 거리 깡패들에게 혼쭐이 났던 때를 제외하고는, 직업적 활동 기간 중에서 진정한 위험에 노출되어 본 적이 한 번도 없었다. 지금 같은 상황과 비슷했던 적은 더더구나 없었다. 당시 순간의 공포심으로 정신이 마비될 지경이었지만, 자기가 술에 취했다는 것을 깨달을 정도의 침착함은 잃지 않았다. 그는 갈라진 목소리로 이렇게 말했다. "전대에 있어, 허리에 차고 있는 전대 속에 있다고."

바로 그때 콜린 헤이즐턴의 왼쪽 어깨에서 약 25피트 떨어진 아파트 건물의 문이 열렸다. 커다란 가방을 끌고 나오던 두 명의 여자들은 즉시 자기들 앞의 좁은 골목 한복판에 서 있는 사내들을 바라보았다. 북한인이 이들에게 총을 겨누자, 여자들이 비명을 지르면서 건물 안으로 뛰어 들어갔다.

북한인은 뒤에 있던 동료가 고함치며 경고하는 소리를 들었다. 눈을 돌려 미국인이 이들 옆을 지나 운하에 이르는 거리를 향해 뒤뚱거리며 달려가는 모습을 발견했다.

그는 오토바이 엔진의 출력을 잔뜩 끌어 올리며 미국인을 향해 돌진할 채비를 갖추었다. 다른 오토바이들도 마찬가지로 요란한 엔진 소음을 내며 으르렁거렸다.

"어이! 어이!" 반 블록 정도 떨어진 물결 모양의 양철 판으로 지은 창고 건물 모퉁이 뒤에서 누군가가 영어로 소리질렀다. 네 명의 오토바이 사내들은 몸을 돌려 검은 머리에 턱수염이 덥수룩한 젊은 백인을 바라보았다. 그는 사내들을 향해 카메라를 들고 있었다. "모두들 웃으세요!" 카메라 플래시가 10차례 정도 연신 터지며 어두운 골목을 환하게 비췄다.

카메라맨에게서 가장 가까운 오토바이 두 대가 스로틀(throttle)을 바싹 잡아당겨 거리 위에서 방향을 빙그르 돌리자, 바퀴의 고무가 타면서 시커먼 연기가 피어올랐다. 이들은 카메라를 든 백인 남자를 향하여 돌진하기 시작했다. 북한인들 중에서 두목과 다른 한 명은 헤이즐턴과 그가 차고 있는 전대를 찾아 추격을 벌였다.

맨 앞에서 달리던 북한인은 권총을 재킷 속에 집어넣더니, 허리에 차고 있던 칼집에서 기다란 단검을 빼어 들었다.

3

콜린 헤이즐턴은 지난 30년 동안 가벼운 조깅 외에는 달려본 적이 없었다. 그러나 신체에 내장되어 있던 아드레날린 덕분에 그는 불과 20초 만에 운하까지 한걸음에 달려갈 수 있었다. 운하 앞에서 헤이즐턴은 길 오른쪽으로 방향을 틀었다. 두 대의 오토바이가 그의 뒤를 바싹 추격해 왔다. 그는 선창을 가로질러 뛰어가 운하 강물에 뛰어들 생각도 해 보았다. 하지만 강물의 흐름이 어떤지 모르는 데다, 쫓아오는 젊은 괴한들이 헤엄을 쳐서 자기를 따라잡을 것이 틀림없었다. 아니면 물속에 집어넣어 익사시킨 다음 전대를 빼앗아 갈 것이다. 그래서 헤이즐턴은 한 블록의 거리를 골목을 따라 달린 다음, 우측으로 몸을 돌려 또 다른 컴컴하고 좁은 골목으로 뛰어갔다.

오토바이들은 자신만만하게 다가왔다. 헤이즐턴의 귀에는 괴한들이 굳이 오토바이 스로틀을 올리려 하지도 않는 것같이 들렸다.

"사람 살려!" 그는 부근의 아파트 건물들을 향해 소리를 질렀다. 그의 눈은 아파트 발코니와 창문들을 훑어보며 누군가가 구해주기를 애타게 찾았다. 그는 뒤에 따라오는 사내의 권총을 떠올리며, 자신의 목덜미 뒤에 언제 총알이 박힐지 모른다고 생각했다. 그는 사람들이 모여 있는 곳을 찾기만 하면 된다는 것을 알고 있었다. 마침 헤이즐턴은 그 지역을 잘 알고 있었다. 몇 블록만 더 가면 사람들이 많이 모인 곳에 이를 것이고, 이렇게 되면 무사히 목숨을 건질 수 있게 될 것이다.

도밍고 차베스와 샘 드리스컬은 8구역의 어두컴컴한 거리를 있는 힘을 다해 내달려, 잭 라이언을 표시하며 점멸하는 회색 GPS 불빛과의 거리를 좁혔다. 라이언의 목소리가 이어폰에 들릴 무렵, 딩은 30초 만에 처음으로 차량의 내비게이션을 흘낏 쳐다보면서, 2차선 도로에서 제대로 방향을 틀었는지를 확인했다.

"딩, GPS에서 내 위치를 찾았어?"

여전히 지도 위의 작은 점을 쳐다보면서 차베스가 대답했다. "오케이. 지금 네가 뛰어가는 것 같은데?"

"세기랄, 맞아. 뛰어가고 있나고. 두 놈의 무상 괴한이 오토바이를 타고 내 뒤를 빠짝 쫓아오고 있어." 차베스는 왼쪽 어깨 너머에 빽빽이 들어찬 아파트 건물들 속에서 오토바이 엔진이 우르릉거리는 소리를 들었다.

"곧 너를 따라잡을 거야."

"너희 중 한 명은 헤이즐턴에게로 가. 그는 운하 쪽으로 달려갔어. 아직 서쪽으로 오지 않았으니, 동쪽을 찾아봐."

달리면서 딩은 샘을 불렀다. "라이언에게로 뛰어가! 헤이즐턴은 내가 찾아볼게!"

콜린 헤이즐턴이 놈들의 손아귀를 벗어날 가망은 전혀 없었다. 오토바이를 탄 북한인 중 두목이 늙고 몸집이 거대한 미국인에게 달려가 기다란 단검을 옆구리 높이로 잡더니, 팔을 앞으로 쭉 뻗어 등 뒤를 찔렀다. 다시 팔을 앞으로 뻗어 헤이즐턴의 왼쪽 견갑골을 관통시키고는, 재차 칼을 뽑아 재빨리 오른쪽 등 뒤의 똑같은 자리를 다시 찔렀다.

부풀어 올랐던 헤이즐턴의 허파로부터 거의 즉시 바람이 빠져나가면서 칼에 베인 내장에서 피가 솟구쳐 올랐다. 그는 몇 피트 더 뛰어갔다. 등에 입은 상처에도 불구하고 달리는 걸음걸이에 아무런 변화가 없는가 싶더니, 곧 가쁜 숨을 내쉬며 컴컴한 거리 한복판에 엎어졌다. 속도를 줄이던 오토바이들이 멈추어 섰다. 오토바이의 주차 받침대를 내려 두카티를 정지 상태에 놓더니, 재빠르면서도 아무 일도 없었다는 듯 오토바이에서 내려왔다. 이들은 부상자에게 다가갔다. 이들은 기어가려 애쓰는 헤이즐턴을 무릎으로 찍어 눌렀다.

두목이 그의 주머니와 셔츠를 더듬기 시작하더니, 마침내 숨겨진 전대를 찾아냈다. 그는 비대한 허리춤의 옷단을 와락 잡아당겨 단검으로 땀과 피로 범벅이 된 흰색 '찍찍이(Velcro)' 전대를 잘라내고는, 문서들이 그 안에 들어있는지를 잽싸게 확인했다. 여권 중 하나에 피가 묻어 있었으나, 모든 서류들이 다 그대로 있었다.

이제 헤이즐턴은 옆으로 누운 자세가 되었다. 그는 오른팔을 뻗어 힘없이 서류를 잡으려는 몸짓을 보였다. 소리를 지르려 했지만, 등 뒤로 단검이 뚫고 지나간 구멍과 입의 두 곳에서 불규칙하게 쌔근거리는 소리만이 새어 나올 뿐이었다.

북한인은 헤이즐턴을 내리갈겨 가냘픈 신음 소리를 침묵시키고는 몸을 일으켜, 오토바이에 다시 올라탔다. 그의 동료도 오토바이를 타더니, 자동 권총을 옆구리에 붙인 상태에서 사방을 두리번거리며 거리 주변에 어떤 위협도 없음을 확인하였다.

이들은 다시 오토바이 시동을 걸고는 백인 사진사를 사냥하는 대열에 동참하기 위해 몸을 돌려 다른 방향으로 달리기 시작했다.

라이언은 이제 다섯 블록 떨어진 곳에 있었다. 껜도이 운하 가까이에 들어선 아파트 건물들 주변에는 여전히 컴컴한 거리와 주차장들뿐이었다. 그는 헤이즐턴에게 무슨 일이 벌어졌는지 궁금했다. 그는 헤이즐턴을 위해 최선을 다했건만, 그것으로도 충분하지 못하였을 것이 걱정되었다. 그는 아파트 건물에서 두 명의 여자들이 걸어 나와 오토바이 괴한들의 주의를 분산시키는 것을 지켜보고 있었다. 놀랍게도 그 순간 헤이즐턴은 운하 쪽으로 달아났다. 잭은 이런 행동이 끔찍한 잘못이라고 생각했다. 물론 헤이즐턴이 무장 괴한들에 둘러싸여 살아날 확률이 없다는 사실을 확신하지 않았더라면 말이다.

아니면 단지 술에 취하여 겁에 질린 나머지 자기가 무장 괴한들보다 더 똑똑하고 강하고 더 빠르다고 착각하고 도망을 치기로 작정했는지도 모를 일이었다.

라이언은 후자일 것이라고 믿었다.

전직 CIA 요원에게 일말의 희망을 줄 요량으로 라이언은 골목길에 뛰어들어 오토바이 괴한들의 주목을 유도하고, 카메라 플래시를 터뜨려 관심을 분산시킨 다음, 이번에는 적어도 몇 놈의 관심이 나이 들고 느려터진 헤이즐턴으로부터 자신에게 돌려지기를 기대하면서, 방향을 틀어 죽을힘을 다해 도망치기 시작했다.

그 부분에서 잭의 계획은 효과를 거두었다. 거리에 나뒹굴고 있던 알루미늄 쓰레기통 두 개를 뛰어넘어 질주하면서, 잭은 두카티 헤드라이트 불빛과 엔진 소리로 미루어 오토바이가 자기 뒤로 불과 50피트 정도밖에 떨어지지 않았다는 것을 알 수 있었다. 이들의 오토바이가 딱 3초 후에 쓰레기통을 부서뜨려 그 안에 있던 쓰레기가 사방으로 날렸다. 잭은 길모퉁이에 쌓여있던 목재 팰릿(pallet)을 뛰어넘은 다음, 몸을 돌려 이것들을 오토바이 앞쪽으로 휙 집어 던졌지만, 팰릿이 바퀴에 으스러져 질주하는 오토바이의 속도를 전혀 줄이지 못하였다. 그는 화분에 심어져 있는 나무를 돌아 몸을 숙이더니 다시 방향을 바꾸었다.

두카티 오토바이는 잭의 주변에서 빙그르 원을 그리며 또다시 속도를 높였다.

라이언은 추격하는 데 지친 괴한들이 총을 쏠지 모른다고 생각했다. 그래서 달리는 속도를 불규칙하게 변화시키며 좌우로 몸을 흔들고, 쓰레기나 주차된 스쿠터, 보도 위의 박스 같은 것을 펄쩍펄쩍 뛰어넘고, 전신주 주변으로 뛰어가면서 예측할 수 없을 정도로 방향을 이리저리 바꾸었다.

그러나 오토바이 괴한들이 끈질기게 추격하고 있어서, 잭 라이언이 도로 위를 질주하는 한 이들을 따돌릴 방법이 없었다.

잭에게 지도 위에서 좁은 골목을 돌아다니는 그의 위치를 GPS로 확인할 수 있도록 잠시만 가만히 서 있으라고 이어폰에 대고 소리를 지르는 샘 드리스컬의 목소리가 들렸다. 그러나 잭은 고함 소리에 귀를 기울일 처지가 아니었다. 몸을 숙여 사무실 빌딩 옆의 좁은 골목 위에 낮게 걸려 있는 전선들을 피하면서 잭은 무작정 전속력으로 달렸다. 그는 왼쪽으로 급히 몸을 틀고는 콘크리트 계단을 뛰어내려, 아파트 건물의 주차장을 향하여 달리기 시작했다. 계단을 질주해 내려온 오토바이 괴한들은 잭을 손으로 잡을 수 있는 거리까지 육박하였다. 뒤에서 총소리가 들리더니 총알을 맞은 계단 바닥에서 불꽃이 튀었다. 라이언은 뒤따라오는 괴한들의 보스가 누군지 몰라도 이들에게 총기를 사용해서라도 자신을 해치우라는 지령을 내렸을 것이라고 생각했다. 물론 라이언은 왜 놈들이 자기를 죽이려 하는지 영문을 알 수 없었다. 자신과 동료들은 콜린 헤이즐턴의 뒤를 따라오다가 이런 엄청난 사건에 휘말리게 된 것이지만, 지금 잭은 그걸 생각할 겨를이 없었다. 우선 놈들의 총부리에서 벗어나는 것이 급선무였다.

길게 이어지는 콘크리트 계단의 바닥에는 2층 건물에서 삐져나온 접시 모양의 인공위성 수신 안테나가 있었다. 안테나가 눈높이에 있었지만, 잭이 이것을 잡으려면 달리는 가속도를 이용하여 거의 15피트를 날아가야만 했다. 잭은 질주하던 모멘텀을 살려 계단을 박차고 점프하여 공중에서 발을 굴렀다. 높은 계단에서 앞으로 뛰어내린 잭은 상당한 거리를 날아갈 수 있었다.

그는 손으로 4피트 넓이의 위성 안테나 접시의 금속 팔을 잡고, 마치 올림픽 경기장의 철봉 선수처럼 발을 앞뒤로 크게 흔들었다.

오토바이에 탄 두 명의 괴한은 잭을 쫓아 계단 밑으로 질주했다. 괴한들은 계단이 끝나는 주차장 바닥에 도착해서는, 잭을 잡으려고 앞바퀴를 홱 돌리며 방향을 바꾸었다. 오토바이 타이어들이 동시에 귀를 찢는 듯한 날카로운 소음을 내었다.

잭은 접시 안테나 팔을 잡고 흔들어 발이 지면에 수평이 되도록 자세를 취할 수 있었지만, 허공을 높이 찬 반동을 이용하여 발코니에 기어 올라갈 수 있을 정도에는 미치지 못했다. 대신 그네처럼 뒤로 몸을 다시 흔들어 발코니의 금속 난간을 잡으려고 안간힘을 썼다.

갑자기 안테나 팔이 체중을 이기지 못하고 부러지자, 겨우 굵은 배선만으로 지탱되던 발코니 난간도 함께 찢어져 나갔다.

그 바람에 잭은 10피트 아래로 계단으로 떨어졌다. 안테나 접시의 일부도 함께 떨어져 나갔지만 배선 덕분에 완전히 몸체에서 분리되지는 않았다. 처음에 잭은 지상에 잘 안착했으나, 발을 헛디뎌 앞으로 고꾸라지면서 계단 밑의 주차장 바닥에 뒤로 넘어졌다. 오토바이 괴한은 불과 20피트 앞에 있었다.

잭은 무장 괴한들을 올려다보았다. 오토바이 괴한들은 마치 자신들의 행운을 믿을 수 없다는 듯 서로 재빨리 시선을 교환하더니, 그중에서 한 명이 권총을 빼어 들었다.

그러나 그가 방아쇠를 당기기도 전에 검은색 옷차림에 턱수염을 기른 사나이가 오른쪽에서 전속력으로 달려들어 마치 미식축구 경기장의 수비수가 태클을 걸듯이 몸을 던지자, 그 충격으로 괴한이 오토바이에서 떨어지면서 손에 쥐고 있던 권총을 놓치고 말았다.

다른 두카티를 타고 헬멧을 쓰고 있던 두 번째 괴한이 소란스런 장면을 향하여 권총을 든 팔을 돌리려 했지만, 틀림없이 서양인으로 보이는 턱수염의 사나이가 배낭을 벗어 머리 위로 번쩍 치켜들더니, 막 총구에서 불을 뿜던 괴한의 팔을 내리쳐 총을 바닥에 떨어뜨렸다. 한밤중의 공기를 찢으며 총소리가 요란하게 울리자, 번쩍거리는 섬광으로 주차장이 온통 폭발하는 듯하였다. 오토바이 괴한은 인도 위로 한 걸음 물러섰다. 그는 재빨리 무릎을 구부려 달아날 준비를 했지만, 일어서기도 전에 턱수염의 사나이가 다가와 그의 헬멧 가리개를 발로 걷어찼다. 방탄 플라스틱 재질의 헬멧이 충격을 흡수해 주긴 했지만, 괴한은 힘찬 발길질에 목이 비틀어진 상태에서 뒤로 벌러덩 자빠졌다. 그 바람에 인정사정없이 딱딱한 주차장 바닥에 헬멧을 쓴 머리를 강렬하게 처박더니, 그만 현장에서 의식을 잃고 뻗어버렸다.

샘 드리스컬은 오늘 저녁 가벼우면서도 외곽이 튼실하게 생긴 큼지막한 솔로몬 부츠를 신고 있었던 사실에 흐뭇하였다. 그렇지 않았더라면 자기 앞에서 고꾸라지던 괴한이 머리에 착용한 헬멧에 틀림없이 발이 으스러졌을 것이다. 아직도 그 충격으로 발등에 지독한 통증을 느꼈다.

그는 5분간 전력 질주하며 달려오는 동안, 휴대전화의 지도에서 라이언의 GPS 위치를 확인하기 위해 딱 두 차례 걸음을 멈추었을 뿐이었다. 위협이 가라앉고 라이언도 안전해지자, 샘은 신발을 벗어 발을 흔들면서 통증을 달랬다. 바닥에 있던 배낭을 집어 들고, 두 놈을 묶어놓을 노끈을 찾았다.

라이언이 땅바닥에 자빠져 있는 괴한들을 여전히 바라보며 "고마워."라고 말했다.

샘은 자신의 솜씨를 느긋하게 즐길 기분이 아니었다. 가쁜 숨을 간간이 몰아쉬면서 그는 이렇게 말했다. "저놈이 배낭에 총질을 했어. 카메라와 망원렌즈는 회사 재산이지만, 태블릿 컴퓨터는 내 거야. 근데 컴퓨터 스크린에 총알이 박혔지 뭐야." 그는 라이언을 쳐다보며 "네가 컴퓨터 사 줄래?"라고 물었다.

라이언은 무릎에 손을 올린 채, 지난 몇 분간 벌어졌던 격렬한 동작의 여파로 여전히 숨을 헐떡거렸다. 그는 억지로 웃음을 보였다. "야, 물론이지. 내가 아이패드 사줄게. 네가 원하면 내가—"

이어폰을 통해 이번에는 딩 차베스의 목소리가 울렸다. "클라크? 헤이즐턴이 당했어. 지금 위독해! 차가 필요해, 당장!"

잭과 샘은 약속이나 한 듯이 동시에 인도에 떨어져 있던 권총을 집어 들고, 실신한 채 쓰러져 있는 두 명의 괴한을 내버려두고, 넘어진 두카티 오토바이를 일으켜 올라탔다.

차베스를 도우려 오토바이를 달리기 시작할 무렵 멀리서 사이렌 소리가 요란하게 울렸다.

몇 초 전, 있는 힘을 다해 뛰어서 건물 모퉁이를 돌아 현장에 도착한 딩 차베스는 거구의 사나이가 컴컴하고 텅 빈 2차선 도로 한가운데를 기어가는 모습을 발견했다. 흰색 셔츠 차림의 대머리가 콜린 헤이즐턴이라는 것을 알아본 차베스는 그에게 달려갔다. "이봐, 헤이즐턴! 빨리 가자고!"

딩이 부축하여 일으켜 세우려 했으나, 헤이즐턴은 다리에 체중을 실을 수가 없었다.

딩은 헤이즐턴의 폐에서 바람이 '쉭 쉭' 하며 빠져나오는 소리를 들었다. 전직 CIA 공작원의 등은 온통 피로 젖어있었다. 몇 초가 지나서야 상처의 규모를 파악하였지만, 셔츠를 관통한 찢어진 틈으로 손가락을 더듬어 손상된 부위를 찾아낼 수 있었다. 딩은 헤이즐턴의 셔츠를 찢어 등 뒤쪽, 그리고 견갑골 밑에 생긴 작고 깊숙한 자상(刺傷)을 노출시켰다.

"망할," 딩이 말했다. 그는 몸통에 생긴 깊숙한 상처들이 뭔지를 잘 알고 있었다. 구멍처럼 생긴 두 개의 상처를 누르는 것으로는 헤이즐턴에게 아무 소용이 없었다. 내상으로 인해 피가 신체 속으로 흘러 들어가고, 바람이 빠진 허파는 피부에 생긴 상처와 멀찌감치 떨어져 있었기 때문이다. 흉곽 뒤편에 붙어있는 허파는 찔린 상처 사이로 피를 뿜으며 기껏해야 10% 정도의 기능만을 발휘하고 있었다. 딩은 상처의 구멍을 막고 폐에 다시 공기를 주입해야만 했다.

어두운 거리의 한복판에서 여전히 무릎을 꿇은 자세로 그는 배낭 속에서 검은색의 작은 주머니를 꺼냈다. 이건 별것이 아니라 단지 팀에 소속된 각 개인들이 항상 들고 다니는 개인용 응급 세트였을 뿐이다. 딩은 주머니에서 밀봉 붕대를 꺼내 입으로 포장을 물어뜯었다. 그는 상처에서 나오는 피를 팔뚝으로 훔쳐내고는 각각의 상처 구멍에 밀봉 붕대를 붙였다. 다른 조치를 취하기 전에 상처를 완벽하게 밀봉해야 한다는 것을 잘 알고 있었으므로, 그는 피부를 강하게 눌러 압력을 가했다.

헤이즐턴의 몸을 똑바로 눕힌 차베스는 눈동자가 초점을 잃고 풀려 있다는 것을 알아챘다. 그는 서둘러 흔히 '구강 대 구강 호흡'으로 알려진 인공호흡을 실시하여, 폐가 지속적으로 혈액에 산소를 공급할 수 있을 만큼 기능을 발휘하도록 애를 썼다.

그는 통신장비에 소리를 지를 만큼의 시간 동안에만 인공호흡을 중단했다. "클라크? 헤이즐턴이 당했어. 지금 위독해! 차가 필요해, 당장!"

클라크는 황급히 답변했다. "지금 가고 있어!"

"놈들은 다 사라졌어?" 클라크가 물었다.

딩은 "그렇다"고 답변하려다가, 고개를 들어 저 멀리 거리에서 헤드라이트 불빛 한 개가 나타난 것을 발견했다. 불빛은 움직이지 않았지만 오토바이 엔진이 조용하게 부르릉거리는 소리를 들을 수 있었다.

그가 대답했다. "아냐. 적어도 오토바이 한 대가 돌아왔어. 아마 헤이즐턴의 지원군이 어떻게 그렇게 빨리 나타났는지 생각해보는 거 같아." 딩은 도망칠 수도 있었지만, 콜린 헤이즐턴을 길 한가운데 내버려두기를 원치 않았다. 지금 이 순간 그에게는 다른 사람의 관심이 필요하였다. 누군가가 심장의 박동이 계속되도록 도와주지 않는다면 그는 단 1분도 목숨을 부지하지 못할 것이다.

잭 라이언 주니어가 팀원들을 연결시킨 무선망의 통화 스위치를 눌렀다. “잭과 샘이 오토바이와 총을 갖고 네게 가고 있어. 딩, 우리가 도착할 때까지 숨을 곳을 찾아봐.”

그러나 여전히 딩은 길 한가운데서 그대로 자리를 지키며, 계속해서 인공호흡을 실시하여 심장의 박동을 유지시키는 용감한 노력을 기울였다.

오토바이 한 대가 앞쪽으로 방향을 돌리더니 헤이즐턴이 쓰러진 곳을 향하여 달려오기 시작했다.

입에서 나오는 소리로 헤이즐턴이 스스로의 힘으로 숨을 쉬고 있음을 확인한 딩은 다섯 번째 인공호흡을 마치고는 이렇게 말했다. “오토바이 탄 녀석이 내게로 오고 있어. 이놈이 뭘 하려는지 모르지만, 내가 도망치면 헤이즐턴은 죽을 거야.”

클라크가 말했다. “20초만 있으면 거기 도착해.”

딩은 다가오는 헤드라이트를 주시했다. 오토바이는 세 블록 떨어진 교차로 신호등을 지났다. 그는 신호등 불빛으로 검정색 두카티 오토바이, 그리고 괴한이 길 한가운데에 있는 차베스와 헤이즐턴을 겨누고 몸 앞쪽에 뭔가를 잡고 있는 것을 발견했다.

딩은 만사를 체념한 듯이 부드럽게 속삭였다. “10초 내로 오면 좋겠어.”

차베스는 비무장 상태였다. 그의 임무는 전직 CIA 중견 공작원이 이곳 베트남에서 무엇을 하고 있는지 확인하는 것이었다. 위협 매트릭스(threat matrix)를 고려해 보건대, 총기를 휴대하고 이 나라를 돌아다니는 것은 현명치 못한 행동이었다.

하지만 이제 그런 행위가 착오였음이 분명해졌다.

거리를 올라오던 오토바이는 속도를 내어 교차로로 접근했다. 오토바이 괴한은 여전히 전방을 향하여 총을 내밀어 차베스를 겨냥하였다.

그가 방아쇠를 당기자 총구에서 불꽃이 튀며, 반동으로 총이 위쪽으로 솟구쳤다. 차베스가 할 수 있는 일이라고는 길바닥에 가급적 낮게 엎드린 채, 몸으로 콜린 헤이즐턴을 덮어 보호하는 것뿐이었다. 그는 총알이 바로 머리 위로 지나간 것을 느꼈다.

딩의 왼쪽으로 두 번째 발사한 총알들이 도로 위로 날아오면서 불꽃을 튀겼다. 그는 이제 헤이즐턴에 대한 흉부 압박을 중단하였으나, 괴한의 오토바이가 근접함에 따라 다음번 사격이 표적을 명중시킬 것임을 알게 되었다.

딩은 다시금 괴한이 총을 겨누는 것을 보았지만, 달리 도망칠 방도가 없었다. 이제는 총알 세례를 피할 수 없게 된 것이다.

이때 문짝이 네 개 달린 세단이 동쪽으로부터 교차로를 향해 달려오더니, 헤드라이트를 끈 채 엔진에서 굉음을 내며 전속력으로 가속 페달을 밟았다. 두카티를 타고 있던 괴한은 왼쪽에서 들리는 차량의 굉음을 감지하고는, 차량과 충돌하기 0.5초 전에 고개를 돌려 돌진하는 차량을 발견했다. 그는 황급히 총을 집어넣고 오토바이의 방향을 틀려고 하였지만, 세단은 피할 틈을 주지 않고 그대로 납작하게 깔고 지나갔다. 불꽃과 파편들이 어지러이 공중에 흩날리고, 충격 지점에서 사방으로 시커먼 연기가 솟구쳤다.

오토바이 괴한은 세단에 깔려 으스러졌다. 헬멧은 거리의 아래쪽으로 튀었다. 딩은 헬멧 속에 머리통이 없을 것으로 짐작했지만, 확신할 수는 없었다. 확실히 차량의 충격은 무시무시하였다.

차베스는 움찔했지만 즉시 돌아와 헤이즐턴에게 인공호흡을 해 주었다.

세단은 라이언과 드리스컬이 두 대의 두카티 오토바이를 타고 차베스 뒤에 나타났을 때 멈추어 섰다. 이들은 오토바이에서 내려 딩을 일으켜 세워준 다음, 팔과 다리를 들어 헤이즐턴을 세단에 집어넣었다.

존 클라크가 운전대를 잡았다. 그의 앞에 있던 에어백이 터지고 앞 유리 전체에 대각선으로 금이 갔으나 여전히 차가 굴러가는 데는 문제가 없었다.

샘이 앞자리에 앉고, 잭과 딩은 헤이즐턴을 데리고 뒷자리에 앉았다. 클라크는 문이 닫히기도 전에 차를 출발시켰다. 그 뒤로 사이렌이 울리고 차량 경광등이 비에 젖은 거리와 아파트 건물의 유리창에 반사되어 번쩍거렸다.

클라크는 뒷좌석에 앉은 사람들에게 물었다. “다친 사람 없어?”

딩이 말했다. “헤이즐턴뿐이야.”

“목숨을 건질 수 있을까?”

딩은 백미러로 존과 눈을 맞추더니 고개를 흔들었다. 하지만 “일단 병원으로 데려가자.”고 말했다.

목소리로 미루어 그가 얼마나 겁을 먹고 있었는지 분명히 알 수 있었다. 누구도 헤이즐턴을 살릴 수 없었지만, 그렇게라도 하지 않을 도리가 없었다.

드리스컬은 이미 ‘걸프스트림 제트기(Gulfstream jet)’에 탑승해 있던 조직의 보스에게 전화를 걸고 있었다. “셔먼, 여기는 드리스컬. 공항으로 이동하는 중. 도착 예정 시간은 25일. 총 인원 네 명. 생명 위독으로 탈출, 반입 품목 없음. 부상자 없음. 위협 조건 적색. 확인 바람.”

팀의 ‘수송 · 군수 담당 조정관’이란 직책을 갖고 있는 아다라 셔먼(Adara Sherman)은 현장에서 활동하는 작전요원과의 전화 통화로 모든 사항을 낱낱이 반복하여 점검한 다음, 그 공항에 도착하면 비행기가 준비될 것이라고 알려주었다.

대원들은 잠시 침묵을 지켰다. 세단에서 들리는 것이라고는 주로 피곤에 지친 대원들의 거친 숨소리와 차베스가 헤이즐턴의 뚱뚱한 상체를 계속해서 누르며 가슴에 인공호흡을 실시하는 소리, 그리고 부상자의 입과 코에서 쌔근거리며 새어 나오는 희미한 바람 소리였다. 전직 CIA 요원의 입술에 혈액이 거품처럼 묻어 나왔는데, 이것을 본 차베스는 자신이 우려했던 대로 부상자의 폐가 내상을 입었음을 알 수 있었다.

이번에 딩은 제대로 알아맞혔다. 헤이즐턴은 목숨을 건지지 못할 것이다.

부상자를 내려다보던 차베스는 헤이즐턴이 눈을 뜨고 있는 것을 발견하고 소스라치게 놀랐다. 그는 가냘프게 쌔근거리는 숨소리 밑으로 마침 무슨 말을 하려는 듯 입술을 달싹거렸다.

차베스는 가까이 몸을 숙였다. “그게 뭔데?”

헤이즐턴은 다시 시도했다. "샤… 샤프."

차베스는 재빨리 고개를 끄덕였다. "우리도 알아. 우리는 지금 듀크 샤프를 위해 일하는 거야. 누가 널 공격했는지 알아?"

헤이즐턴은 세차게 고개를 끄덕이고, 뭔가 말을 하려고 기를 썼지만 애처롭게도 입에서는 꼬르륵거리는 쉿소리만이 새어 나왔다.

그는 팔을 뻗어 뒷좌석 여기저기로 마구 흔들어댔다.

라이언은 그가 뭘 하려는지 알아챘다. "펜을 달라는 거야. 빨리!"

드리스컬은 조수석 앞의 사물함에서 노트와 펜을 꺼내주었다. 글씨를 쓸 수 있도록 딩이 노트를 받쳐 들자, 헤이즐턴은 펜을 집어 그 위에 뭔가를 미친 듯이 쓰기 시작했다. 세단 내부가 너무 어두워 글씨를 읽을 수 없었지만, 딩은 사내의 손바닥이 피로 흥건하고 종이 위도 피범벅이란 것을 알았다.

15초가 지나자 헤이즐턴이 멈추었다. 그의 손에서 펜이 떨어지더니 힘없이 머리가 옆으로 축 늘어졌다.

딩은 두 손가락으로 사내의 경동맥을 짚었다. 30초가 지난 후 그는 "존… 공항으로 가."라고 말했다.

클라크는 "알았어."라고 말하고는 다음번 교차로에서 방향을 틀었다. 병원에 들르기 위해 시간 낭비할 여유가 없었던 것이다.

차베스는 의자 뒤로 몸을 내던졌다. 헤이즐턴의 주검이 그와 라이언의 무릎 위에 걸쳐져 있었다. 지난 10분 동안 차베스는 심지어 자신의 목숨까지 걸면서, 그를 살리기 위해 할 수 있는 최선을 다했다. 이제 다 부질없는 짓이 되어 버렸고, 그를 살리기 위해 발버둥 치며 애쓰느라 몸과 마음이 지칠 대로 지쳐 버렸다.

라이언은 노트를 들고 손전등 불빛을 비추었다. "망할 녀석, 필체가 개발새발이군."

클라크가 말했다. "그런 걱정은 일단 비행기 탄 다음에 합시다."

4

베로니카 마르텔은 안가의 문에 들어서기 위해 문이 두 개 달린 소형 현대차의 방향을 틀기 전, 다시 한 번 백미러를 들여다보았다. 그녀는 여기까지 차를 몰고 오는 동안, 주변의 교통 흐름을 100번도 넘게 체크하였다. 깜깜한 밤에는 체크하기가 어렵기도 하였지만, 5분 전쯤부터 비가 오기 시작하고 나서는 어떤 차가 뒤따라오는지 식별하는 일은 거의 불가능에 가까웠다. 그래도 여인은 속으로 아무 일이 없다고 되뇌었다. 호찌민 시 중앙에서 '투둑(Thu Duc)'까지 외곽 도로를 빙 돌아 운전해 오는 동안 누군가가 뒤를 밟고 있다는 낌새는 채지 못하였다. 그래서 여인은 작전보안을 별로 걱정하지 않고 2층짜리 빌라에 차를 정지시켰다.

자갈이 깔린 원형 주차장은 빌라 입구의 옆에 위치하고 있다. 그녀는 이러한 위치상 이점을 잘 활용하여, 여차하면 신속하게 탈출할 수 있도록 현대차를 도로 방향으로 주차시켜 놓았다. 마르텔은 어떠한 구체적인 위협도 감지하지 못하였으나, 현재 작전 중이었고, 이 정도의 초보적인 스파이 활동은 이미 제2의 천성으로 굳어져 있었다.

여인이 호찌민 시에 위치한 리옹도르 레스토랑에서 미국인과 접촉한 것은 1시간 30분 전의 일이었다. 투둑은 시내 중심에서 불과 10마일 정도 떨어져 있었으나, 자신의 통제관이 지시한 것보다 더 오랜 시간을 투자하여 장기간 동안 왕복하며 이동로를 감시해 오고 있었다.

여인은 원형 주차장에 정지한 소형 현대차 안에서 차량 지붕 위로 떨어지는 빗소리를 들었다. 빌라 안으로 들어갈 수도 있었지만, 그렇게 하지 않기로 마음먹었다. 빌라로 들어가 보았자 다른 사람들의 눈에 띌 것이고, 통제관의 전화를 기다리는 동안에 친구도 아니고 가족도 아닌 이웃 사람들과 잡담이나 해야 할 것이기 때문이다. 마르텔은 이럴 기분이 전혀 아니었다. 그녀는 특별히 호감을 주는 사람이 아니었고, 수다를 잘 떠는 체질도 단연코 아니었다. 그래서 혼자 차 안에 앉아 지붕에 후드득거리며 떨어지는 빗소리를 감상하며 골똘히 생각에 잠겼다.

'북한이라. 맙소사!'

그녀는 눈을 감고 머리를 의자의 뒤로 기댔다.

'내가 어쩌다 이 지경이 되었을까?'

38세의 베로니카 마르텔은 뉴욕 시에 소재한 '샤프 글로벌 인텔리전스 파트너스'의 직원이었다. 듀크 샤프는 프랑스 해외 정보기관인 DGSE에서 10년 이상 중동 · 유럽 주재 대사관에서 정보관으로 근무하다가 그만둔 그녀를 헤드 헌팅 업체를 통해 스카우트하였다.

이제 그녀는 브뤼셀에 위치한 '샤프 파트너스' 유럽 지사에 적을 두고 있기는 하지만, 기업정보 업무의 속성으로 인해 전 세계 방방곡곡을 누비고 다녔다. 지난 6개월간 그녀는 뭄바이, 오사카, 모스크바, 그리고 마드리드 등지에서 작전을 수행했다.

그리고 어쩌다 베트남까지 오게 된 것이다. 호찌민 시는 낯선 곳이었지만, 베로니카는 뉴욕 본부가 보내는 곳이라면 어디든지 가야 했고, 이번 임무는 유럽에서의 작전과 비슷한 것이었다. 아니 최소한 오늘 저녁, 자신의 접선 상대가 프라하에서 가져오도록 임무가 부여된 서류를 자기에게 넘겨주기를 거부하여 일방적으로 작전을 망쳐버리기 전까지는 그러하였다.

여인은 그 사실을 뉴욕 통제관에게 즉시 보고했다. 작전이 엉망으로 된 책임을 지지 않을 셈이었다. 뉴욕 본부는 그녀에게 안가로 복귀할 것을 지시하면서도, 본부가 사태를 수습하기 위한 방도를 모색하는 동안에 서두르지 말고 시간을 가지라고 덧붙였다.

헤이즐턴에게서 문서를 탈취하기 위한 노상강도 행위를 저지른 것이 꺼림칙하였던 베로니카는 뉴욕에 있는 통제관이 어떻게 사태를 수습하겠다는 건지 모르겠다고 생각하면서도, 본부의 명령에 따랐다.

그녀가 눈을 감고 있을 때 전화벨이 울렸다. 벨 소리는 현대차 지붕에 후드득거리며 떨어지는 빗소리보다 더 시끄러웠다. "네?"

"통제관이오. 내가 당신을 현지 공작원과 연결시켜 주겠어."

'현지 공작원?' 베로니카 마르텔이 알고 있기로, 오늘 저녁을 망쳐버린 주제넘은 대머리 미국인을 빼면 이 지역에 근무하는 샤프 사 직원은 자기뿐이었다.

전화가 잠시 뜸을 들이더니 수화기 너머로 투박한 아시아인 악센트가 섞인 목소리가 들려왔다. "서류 뭉치는 내가 갖고 있소. 5분 이내로 당신의 안가에 도착할 거요."

그녀는 목소리의 주인공이 북한인임을 확신하였다. 그자는 현지 공작원이 아니지만, 그럼에도 불구하고 그녀가 수행하는 임무와 관련된 당사자이다. 이런 것은 굳이 묻지 않아도 뻔한 것이었다.

"여기 와 있어요."

남자가 재빨리 물었다. "당신이 그자를 만났을 때 혼자였나요?"

"접선 상대요? 난 그렇게 짐작할 뿐이에요. 내 임무에는 그 남자가 누군가로부터 엄호를 받고 있는지 여부를 살피는 건 포함되지 않았다구요. 왜 묻죠?"

질문에 대한 답변 대신 "5분"이라는 말과 함께 전화가 끊어졌다.

베로니카는 작은 현대차에서 기어 나와 빌라의 정문으로 걸어갔다. 며칠간 빌라에 묵고 있었으므로 열쇠를 갖고 있었지만, 사전에 약정된 신호에 따라 문을 노크하였다. 현관에서 잠시 기다리자 안에서 자물쇠가 열리는 소리가 들렸다.

그녀는 북한인을 만났다. 그는 안가를 사용하는 사람들을 감시하는 세 명의 경비 직원 가운데 한 사람이었다. 다시 말하지만, 이들은 샤프 사 직원이 아니라 작전과 관련된 당사자였다. 3인의 사나이들은 그녀로부터 거리를 떼었고, 그녀도 이들로부터 거리를 두었다. 이 남자가 문 앞에서 아무 말도 하지 않았지만, 베로니카는 그가 영어나 프랑스어를 하지 못한다는 것을 알고 있었다. 그는 문 앞의 통로를 지나 거실로 들어갔다.

베로니카는 우산을 접고 코트를 걸었다. 그런 다음 혼자 서서 창밖의 빗줄기를 내다보며 자동차의 불빛이 진입로에 들어서기를 기다렸다.

그녀는 서류 뭉치가 도착할 때까지 다른 사람과의 접촉을 피할 생각이었지만, 몇 분 후 지금 당장 누구와 대화할 기분이 아니었던 것 못지않게, 이곳 베트남에서 업무 상대를 체크하는 것이 자신의 임무라고 판단했다.

베로니카는 거실에 들어가서 소파와 의자에 앉아 있는 남자 네 명과 여자 한 명 뒤에 세 명의 경비 직원들이 벽을 따라 서 있는 것을 발견했다. 이들 다섯 명은 모두 코카서스인들이었다. 이들 다섯 사람들은 베로니카가 방에 들어서자 그녀를 뚫어지게 바라보았다. 이들의 얼굴은 촛불에 반사되어 번들거렸다. 호박색(amber)의 희미한 촛불 속에서도 마르텔은 이들의 눈동자에서 불안감을 느낄 수 있었다.

그녀는 이들을 진정시키기 위해 몇 마디 해야 할 것 같은 의무감을 느꼈다. 마르텔이 영어로 말했다. "모든 게 순조롭게 되어가고 있어요. 난 방문객이 도착하기를 기다리고 있어요. 이들이 도착하면 다음 단계로 넘어갈 거예요."

누군가가 말을 꺼내기도 전에 현관에서 노크 소리가 들렸다. 세 명의 경비가 마르텔을 바라보더니 문 앞으로 걸어가기 시작했다. 그러나 그녀는 이들에게 자리에 가만히 있으라고 손짓을 하고는 문으로 걸어갔다.

그녀가 문을 열자 검은색 오토바이 재킷을 입은 남자가 있었다. 그는 아시아인이었다. 그녀는 사내가 다른 사람들과 마찬가지로 북한인일 것이라고 짐작했다. 하지만 당연히 그따위 멍청한 질문은 하지 않을 생각이었다.

사내는 손에 들고 있던 서류 폴더를 내밀었다. "아무도 못 봤소?"

그녀는 폴더를 받아 들고는 말했다. "이미 내게 물어봤잖아요. 뭐가 잘못됐나요? 무슨 일이 벌어진 건가요?"

그녀는 남자를 지나 원형 주차장으로 걸어갔다. 두 명의 사내가 오토바이에 앉아 비를 맞고 있었다. 마르텔 앞에 있는 사내의 것으로 짐작되는 세 번째 오토바이가 이들 옆에 세워져 있었다.

북한인은 현관으로 걸어 들어가 문을 닫았다. "그 미국인에게 일행이 있었소. 우린 이런 사실을 연락받지 못했어요."

"나도 몰랐어요. 전에 말했듯이, 그 사람이 누군가의 보호를 받는지 여부를 감시하는 것은 제 임무가 아니었어요." 사내가 답변에 만족하는 것 같지 않은 눈치를 보이자, 그녀가 덧붙였다. "내 업무 성과에 불만이 있으면 뉴욕에 전화를 걸어 말씀하세요."

북한인은 화가 난 듯 콧구멍을 벌름거렸다. 마르텔은 이 사람이 누군가가 이런 식으로 말하는 것에 익숙하지 않아서일 것으로 짐작했다. 그녀는 사내의 벌름거리는 콧구멍을 무시하고 폴더를 뒤적거리기 시작했다. 폴더 속에서 마르텔은 다섯 개의 마닐라지로 만든 폴더를 발견했다. 그녀는 폴더를 하나하나씩 열어 다섯 세트의 서류, 즉 EU 외교관 여권 세트를 펼쳐보였다. 이것들은 보다 정확히 말해서 북한에 부임하는 체코 외교관이 소지할 여권이었다. 신용카드도 고무줄에 묶여 있었다.

그녀는 거실로 돌아갔다. 검정색 재킷을 착용한 북한인이 뒤를 따라왔다. 베로니카는 각각의 여권에서 사진이 나온 페이지와 비자를 바라보면서, 앞에 앉아 있는 사람들을 한 사람씩 서류들과 찬찬히 대조해 보았다. 이들은 불안한 표정으로 마르텔이 무슨 말을 하기를 기다리며 조용히 앉아 있었지만, 그녀는 서두르지 않았다.

모든 서류는 마지막 여권을 제외하고 완벽한 것처럼 보였다. 여권의 표지에 빨간색 잉크의 얼룩이 묻어 있었다. 마르텔이 엄지손가락으로 표지의 돌출된 글씨를 가만히 문지르자 빨간색 얼룩이 쉽사리 벗겨졌다.

엄지손가락을 들여다보던 마르텔이 그것이 누군가가 금방 흘린 핏자국이란 것을 알았다.

그녀는 속으로 '맙소사.'라며 놀랐다. 이 사람들은 미국인으로부터 폭력으로 이걸 강탈해 온 것이다.

마르텔은 북한인을 흘깃 쳐다보았다. 그의 눈동자가 그녀에게 고정되었다. 틀림없이 그는 마르텔이 핏자국을 발견하는 모습을 알아챘을 것이다. 마르텔은 사내가 자신의 불편한 심기를 즐기고 있다고 생각했다.

베로니카 마르텔이 입을 열었다. "모든 것이 순조롭게 되어가고 있어요." 북한인은 아무 말도 없이 나갔다. 얼마 후 그녀는 세 대의 오토바이가 시동을 걸고 출발하는 소리를 들었다.

마르텔은 테이블 위에 서류를 올려놓고 전등을 가까이 가져왔다. 그곳에 있던 일행 모두에게 이렇게 말했다. "당신들이 탑승할 비행기는 오전 9시 30분에 출발하여, 평양에는 11시 35분에 도착할 거예요. 난 여러분 각자의 위장신분(legend)*을 훑어볼 테니, 여러분들은 몇 시간 눈을 붙이도록 하세요. 내일 아침 6시 정각에 모두 기상시켜 드릴게요."

집 안에 있던 다른 여자로, 40대로 보이는 빨간 머리의 여인이 소파에서 일어서 마르텔에게 다가갔다. 악센트로 보아 그녀는 호주인이 틀림없었다. "개인적으로 한 말씀 드려도 될까요?"

---

* 역주: 틀림없이 '관용여권'에 표기된 국적, 나이, 이름, 주소 등등이 모두 '가짜'일 것이므로, 이들을 '진짜' 주인공들과 비교하자면 '위장신분'이 필요할 것이다. 스파이 용어로 '위장신분(legend)'이란 가공의 인물에 대한 출신 및 성장 배경이나 일대기(biography)를 자신의 것이라고 주장하는 행위를 의미하며, 실제 문서의 형태 또는 머릿속의 암기를 통해 그러한 주장을 뒷받침하기 위해 철저한 훈련을 받는다.

베로니카 마르텔이 그저 어깨를 으쓱해 보이고 주방으로 들어가자, 여인이 따라왔다. 그녀는 마르텔보다 훨씬 키가 작고 약간 더 무거워 보였다. 집 안의 조명도 그녀에게는 별 도움이 되지 않았다. 마르텔이 보기에 빨간 머리의 여인은 며칠간 한숨도 못 잔 것 같았다. 그녀는 다섯 명의 호주인들 모두에게 지난 며칠이 대단히 힘든 기간이었다는 것을 알고 있었다. 마르텔이 이들과 1주일 내내 함께 지냈기 때문이다.

프랑스 첩자는 이렇게 물었다. "파워스 박사님, 뭘 도와드릴까요?"

호주 여인은 문을 꽉 닫았다. 그녀는 나지막이 말했다. "말이죠, 저는… 우리는 여기 오기로 합의했었죠. 확실히 보수는 믿을 수 없을 만큼 거액이지만, 마치 일종의 모험 같아요, 안 그래요?"

"질문의 요지가 뭔가요?"

"전 시드니에 가족들을 두고 왔어요. 6개월만 일한 다음에 돌아갈 거예요. 그게 합의된 사항이죠."

마르텔은 카운터 위로 손을 뻗어, 완벽하게 다듬어진 손톱으로 타일 표면을 가볍게 톡톡 두드렸다.

파워스 박사가 계속했다. "저… 저는 그저 약속된 조건들이 제대로 지켜졌으면 해요."

마르텔은 가만가만 속삭일 기분이 아니었다. "파워스 박사님. 내 임무는 당신이 은밀하게 시드니를 출발해서 안전하게 평양에 도착하도록 도와주는 거예요. 그 이상이 아니라구요. 당신이 북한과 합의한 게 뭐가 되었든지 간에, 그건 당신하고 북한과의 문제예요."

파워스는 불안한 시선으로 거실 문을 바라보았다. "전 그 사람들을 믿지 않아요. 이들은 마치 우리를 죄수처럼 감시하고 있어요. 제가 물어도 대답도 안 해요. 제 생각에… 당신은 그들과 함께 일하고 있잖아요. 절 도와주실 수 있나요? 그 사람들에게 그저 약속된 조건들에 대해 좀 더 솔직하게 말해 달라고 부탁할 순 있지 않나요? 부탁이에요."

마르텔은 카운터 위에 올려져 있던 파워스의 손을 잡아 여인의 작은 어깨 위에 올렸다. "박사님, 저도 이해해요."

나이가 더 많은 빨간 머리의 여인은 안심한 듯 보였다. "당신이 그럴 거라는 것을 알았어요."

마르텔이 말했다. "박사님이 보기에 제가 여자고, 눈이 동그랗고, 그러니 여기서 경비원 행세를 하는 북한 사람들보다 제가 더 동정적일 것이라고 생각한다는 걸 이해해요. 하지만 이 말은 전혀 진실이 아니지요. '그들'은 박사님께 도움이 되지만, '저'는 그렇지 않단 말씀이에요." 마르텔은 손을 내리고 문 쪽으로 걸어갔다. "박사님이 평양에 도착하면 틀림없이 근심이 덜어질 거예요."

파워스는 하마터면 고함을 지를 뻔했다. "지금 말씀하신 게 얼마나 웃기는 이야긴지 몰라요?"

마르텔은 빨간 머리 여인의 분노에 눈도 꿈쩍하지 않았다. "전 북한 사람들을 위해 일하는 데 동의하지 않았어요. '당신'은 그랬지만 말이죠. 당신이 내린 결정이니 그 결정에 맘 편하게 생각하는 게 좋을 거예요. 그 사람들은 여기까지 와서 당신이 맘을 바꾸는 걸 용납하지 않을 테니까요." 그녀는 더 이상 입을 열지 않고 거실로 돌아갔다.

마르텔은 서류들을 나눠주고 다섯 명 각자의 개인별 '위장신분'을 훑어보면서, 이들 호주인들에게 무슨 일이 생기지나 않을지 걱정이 되었다. 북한인들을 위해 일하는 것은 틀림없이 수많은 걱정거리를 자초하는 짓이지만, 다섯 명 모두가 북한과의 계약을 마친 다음에는, 출발할 때보다 더욱 두둑해진 주머니를 가지고 돌아올 것으로 기대하였다. 물론 이는 불법적인 일이고, 이들은 이걸 알면서도 돈을 벌기 위해 가는 것이다.

마르텔은 이 다섯 사람들이 북한을 위해 뭘 하려는 것인지 거의 모르고 있었다. 하지만 설령 알고 있었더라도 그녀는 어떠한 도덕적 관점 같은 것으로 인해 이런 작전을 걱정하지 않았을 것이다. 이 사람들은 핵물리학자나 로켓과학자가 아니라지 않은가. 이들은 그저 지질학자들일 뿐이다. 비록 북한인들을 위해 일하더라도, 물론 이들은 아무에게도 위협이 아닐 것이다. 이는 단지 기업체들이 둘러대는 일종의 상업적 또는 외교적 속임수에 불과한 것이므로, 전혀 위험할 것이 없을 터이다.

그래서 마르텔은 잠시 멈추어 여권에 묻은 핏자국, 그리고 틀림없이 피를 흘린 장본인이었을 짜증스런 미국인을 생각해 보았다. 만일 북한인들이 외국에서 폭력을 휘둘러서라도 이들 지질학자의 여행을 기필코 성사시키기로 작정하였다면, 아마도 이것에 걸려있는 이해관계는 그녀가 생각했던 것보다 훨씬 더 클 것이다.

그녀는 애써 불안감을 떨치려 했다. 이런 기술은 첩보원이란 직업을 갖고 살아오는 내내 갈고닦아 온 것이기도 하였다.

지금 당장 그녀가 원하는 것은 다섯 명을 내일 아침 9시 30분에 출발하는 평양행 비행기에 태우고, 안가의 보안 상태를 점검하고, 그런 다음 집으로 돌아가는 것뿐이었다.

베로니카 마르텔에게 그 외에 다른 것들은 아무래도 상관이 없었다.

5

오전 1시가 막 지나자, '탄손누트(Tan Son Nhat)' 공항 맨 동쪽 끝에 위치한 현지 고정 공작원의 격납고에 네 명의 '캠퍼스(Campus)' 공작원들과 전직 CIA 첩자 콜린 헤이즐턴의 시신을 태운 찌그러진 회색 세단이 들어섰다.

격납고에 위치한 유일한 비행기인 미끈한 흰색의 '걸프스트림 G550'은 이미 지상 승무원에 의해 보조 동력 장치에서 분리된 상태에 있었다. 이들 승무원은 차량이 탑승구 계단으로 접근하자 재빨리 사라졌다.

사내들이 차량에서 내리자 고정 공작원 사무실에서 매력적인 여성이 걸어 나왔다. 금발 머리는 단정하게 쪽 찐 모양이었고, 그녀가 착용한 비행기 승무원 유니폼은 완벽하게 다림질이 되어 있었다.

'아다라 셔먼'의 공식 직함은 '캠퍼스 G550'의 항공 조정관이었지만, 이는 단지 그녀에게 맡겨진 여러 임무들 중 하나에 불과하였다. 그녀의 임무는 항공기의 안전을 책임지고, 조직의 공작원 개개인에 대한 여행 일정을 주선하고, 세관에 관련된 문제를 해결하고, 여타 부과된 과제들을 수행하는 것이었다.

클라크는 운전석에서 내리자마자 셔먼에게 다가갔다. "다시 만나서 반갑군요."

"저도요, 클라크 씨."

"상황이 어때요?"

"괜찮은 거 같아요. 세관은 손보아 두었고, 지상 승무원과 사무실 직원들도 모르는 체 하고 있어요."

"그렇게 하느라 돈 좀 들었을 거 같군요."

"다른 데보다 여기서는 조심하는 게 더 싸게 먹히는 거예요. 사체 옮기는 걸 도와드릴까요?"

"우리가 할게요. 그저 조종사에게 우리가 1시간 전에 이 나라에서 출발했어야 했는데 늦었으므로, 좀 서둘러주면 고맙겠다고 전해 주세요."

셔먼은 비행기 계단으로 향했다.

드리스컬과 라이언이 콜린 헤이즐턴의 시신을 비행기에 옮기는 동안, 클라크와 차베스는 '고정 공작원실'이나 공항 직원이 이처럼 비밀공작이 탄로날 수도 있는 결정적 시점에 격납고를 들여다보는 실수를 하지 않도록 입구에서 보초를 섰다.

이미 아다라는 시신을 담은 가방을 객실 바닥에 갖다 놓았다. G550의 화물칸에 몇 개의 휴대용 시신 가방이 준비되어 있다는 사실은 '캠퍼스' 작전의 공작원들이 수행하는 임무가 얼마나 위험한 것인지를 상기시켜 주는 것이었지만, 시신 백이 실제로 사용된 것은 이번이 처음이었다. 헤이즐턴의 사체는 시신 가방에 넣어 지퍼로 채운 다음, 비행기 후미 칸막이벽과 화물 적재실 중간에 눈에 띄지 않도록 은밀히 만들어 둔 격벽(隔壁) 속에 갖다 놓았다. 특별히 이 격벽은 온전한 사체를 숨기기 위해 만들어진 것이었으나, 그 공간은 헤이즐턴의 거구를 겨우 집어넣을 수 있을 정도였다. 각각의 공작원들이 격실에 직접 들어가 시험해 보기도 하고, 심지어 실제로 공작원 중 한 명이 그 속에 숨어 이민국과 세관의 검사를 통과하기도 하였다.

모든 공작원들은 이 격벽을 제작한 사람이 자기가 직접 사용할 계획을 갖고 있지 않았다는 데 동의하였다.

그러나 헤이즐턴은 하등 불만이 없었다.

모든 사람들이 비행기에 탑승하고 해치를 폐쇄하자, 조종사가 활주로 위를 질주하기 시작했다. 거의 텅 빈 활주로에서 처음에는 천천히, 그러나 곧 가속도를 붙여 달리더니 몇 분도 지나지 않아 상공에 날아올랐다.

비행기가 수평을 잡은 직후, 아다라는 승객들에게 커피, 주스, 물 등을 제공했다. 클라크는 비행기 후미 칸막이벽 근처에 혼자 앉아, '캠퍼스' 회장이자 제트기의 소유자인 '게리 헨들리(Gerry Hendley)'에게 전화를 걸었다. 클라크는 커피를 마시면서 그동안 벌어졌던 일들을 꼼꼼하게 복기하기 시작했다.

곧 팀원들 모두가 비행기 중간의 티크 목재로 제작된 테이블에 모여 앉아, 콜린 헤이즐턴이 부상으로 사망하기 직전에 휘갈긴 글씨를 검사하였다. 클라크와 차베스는 돋보기를 썼지만, 교정시력으로도 글씨를 알아보기 힘들었다. 페이지 전체에 모두 합쳐서 네 개의 단어만 쓰여 있는 것이 분명했다. 한 개는 따로 떨어져 있고, 그 밑에 두 개가 더 있었다. 그런 다음 바닥에 네 단어가 적혀 있었지만, 한 단어 위에 다른 단어들을 겹쳐서 휘갈긴 글씨였다. 지독한 악필 전체에 핏자국마저 덕지덕지 묻어있어 헤이즐턴의 필체를 식별하는 작업이 한층 어려웠다.

차베스가 말했다. "첫 번째 단어는 네 글자로 되어 있지만, 온통 핏자국에 가려서 읽을 수가 없어. 무슨 말인지 모르겠어. 그 밑에 단어 두 개가 있어. 첫 번째 것은 마치… '스카타(skata)'라고 쓴 건가?"

클라크는 "그건 그리스어로 '똥(shit)'이란 뜻이야."라고 말했다.

"넌 그리스어도 할 줄 알아?" 라이언이 놀라서 물었다.

"아냐, 하지만 '레인보우' 사에 있을 때 그리스인들을 직원으로 쓴 적이 있어. 내 밑에서 일하면서 그런 욕이 나왔겠지. 그런 욕설은 숱하게 들었어."

드리스컬은 종이를 자기 쪽으로 돌려서는 몸을 가까이 숙였다. "이건 '스카타'가 아냐. 내가 보기엔 '스칼라(skala)' 같아."

모두가 다시 들여다본 다음 차베스와 라이언은 드리스컬의 해석에 동조했고, 클라크도 다수결 법칙에 승복했다. "오케이, '스칼라'야. 적당한 이름 같군. 아마도 중부 유럽이겠지?"

라이언이 벌써 랩톱 컴퓨터를 꺼내 구글로 단어를 검색하는 동안, 아다라 셔먼은 그의 옆에 있는 도자기 커피 잔에 커피를 채웠다. 그는 환호를 지르며 말했다. "찾았다! 이건 폴란드에 있는 마을 이름이야." 그런 다음 덜 흥분된 목소리로 "잠깐. 불가리아에도 같은 이름의 마을이 있는걸. 쯧. 우크라이나에도 있고, '페로 제도(Faroe Islands)'에도 또 하나 있어."라고 말했다.

드리스컬이 중얼거렸다. "빌어먹을. 거참 도움이 안 되네."

차베스가 말했다. "아마 사람 이름일 수도 있어. 내가 CIA에 근무할 당시, 그런 이름을 가진 헝가리 육군 대위를 알고 있었지. 하지만 그 친구는 15년 전 고공 낙하 도중에 추락사했어. 클라크, '스칼라'라는 이름을 가진 사람 알아?"

클라크가 고개를 가로저었다. 그는 이제 다음 단어에 집중하는 중이었다. "이게 뭐지? 네 글자인가? 'IATA'인 거 같아. 전부 대문자야."

라이언이 이 글자도 구글로 검색했다. "'국제항공운송협회(International Air Transport Association)'. 그저 우연의 일치일 수도 있어."

셔먼이 차베스에게 오렌지 주스를 부어주었다. 아무도 그녀의 의견을 묻지 않았으므로, 셔먼은 대화 도중에 한마디도 하지 않았다. 그러나 글씨가 쓰인 페이지를 흘낏 쳐다보고 "프라하"라고 말했다.

네 명의 사내들이 그녀를 쳐다보자, 이렇게 분명하게 설명했다. "미안. 이건 ICAO(International Civil Aviation Organization, 국제민간항공기구) 공항 식별 부호예요. 그건 체코 공화국 프라하의 '바츨라프 하벨(Václav Havel)' 공항이죠."

딩이 끼어들었다. "난 프라하 공항 부호가 PRG인 줄 알았는데."

셔먼이 웃었다. "당신은 상업용으로 사용되는 IATA 부호를 생각하는 거예요. 그런 건 비행기 티켓에서나 티켓을 예약할 때 사용되죠. ICAO는 조종사들이 사용하는 거예요."

"헤이즐턴'도' 조종사였어. 그는 전직 공군 장교 출신이고 다발(multi-engine) 민간 항공기 비행 면허도 갖고 있어."

라이언이 말했다. "'스칼라'는 체코인의 이름일 수도 있지. 아마 우리가 프라하의 '바츨라프 하벨' 공항에 가서 '스칼라'라는 이름을 가진 사람을 찾을 수도 있어. 그 사람을 만나려면 운이 좋아야 하겠지만 말이야."

클라크가 입을 열었다. "지금은 우리가 워싱턴 DC로 가고 있어. 돌아가서 해야 될 첫 번째 우선순위는 이것에 대해 확실히 알고 있는 사람과 마주 앉아, 그 사람이 알고 있는 모든 것을 찾아내는 거야. 그런 다음에 어떻게 할지를 결정하자구."

나머지 사람들이 노트를 들여다보았다. 그 단어는 모두에게 분명했다.

DPRK(Democratic People's Republic of Korea, 조선민주주의인민공화국).

샘이 한마디를 던져 모든 사람들의 말문을 막았다. "난 이놈들을 혐오해."

제트스트림은 새벽을 향하여 북동쪽으로 날았다. 비행기 후미에 탄 네 명의 사내들은 가급적 많이 잠을 자려고 애를 썼다. 어젯밤 헤이즐턴에게 벌어진 일은 다만 시작에 불과하고, 더 많은 골칫거리들이 기다리고 있을 것이기 때문이다.

6

1년 전

기억할 수 있는 징징 지난 28년간, 북한의 최시훈은 앞으로 그가 언젠가 이 나라의 지도자가 될 것이라고 말하는 무리들에 둘러싸여 있었다. 이런 말을 입에 올리는 대부분은 아첨꾼들이었다. 최지훈은 '아첨꾼'이란 단어를 들어본 적이 없지만 말이다. 그는 이런 무리들을 단지 '중요하지 않은 자'들과 같은 의미로 받아들였다. 그는 여전히 이들을 신뢰하였다. 그가 이들을 믿은 이유는 자기 아버지이자, 그가 소중하게 생각하는 유일한 인물이 그렇게 말해주었기 때문이다. 최리홍은 아들인 최지훈에게 언젠가 자기가 죽고 나면, 젊은 최지훈이 자신을 대신하여 북한의 '최고 지도자(the Supreme Leader)'로 등극하게 될 것이라고 말했다.

최지훈의 아버지는 아들에게 그가 통치자의 자리에 오를 것이라고 약속했지만, 아들에게 알려주지 않은 것이 한 가지 있었다. 아들인 최지훈이 나라를 다스릴 능력이 있다는 사실을 자기는 전혀 믿지 않는다는 점을 말이다. 최리홍은 나약하고 게으르고 별로 똑똑하지도 않은 자기 아들을 모든 사람들 중에서 최고의 아첨꾼으로 간주하고 있었다. 22세의 나이로 당 간부가 된 최지훈의 임무 중 하나는 북한 전역을 돌아다니면서 국가의 역사적 사건들을 기념하는 예술 작품을 설치하는 일이었다. 최지훈은 이 일을 아비의 주머니를 터는 수단으로 삼았다. 최지훈이 제작을 명령하는 모든 그림과 동상들은 하나같이 최리홍을 위한 것이었는데, 이는 노골적으로 아비의 환심을 사는 동시에 후계자로서의 지위를 굳히는 방법이었다.

그러나 최리홍은 달리 선택의 여지가 없다고 생각했다. 그는 이 나라를 자신의 형제들 중 한 사람에게 물려줄 마음이 없었다. 형제들이 저마다 아들들을 두고 있어, 최리홍은 조카들이 북조선의 지도자에 오르도록 허용하지 않을 심산이었다. 그러면서 이렇게 될 경우, 미래 세대들에게 자신의 위대한 업적이 퇴색될 수도 있다는 냉소적 이유를 대었다.

이러다 보니 최지훈 입장에서 후계자는 따 놓은 당상이었다. 오로지 나약하고 게으른 최지훈만이 이 나라를 다스리는 데 적합한 유일한 후계자가 된 것이다. 그는 아들이 북조선의 훌륭한 지도자가 되지 못할 것이란 점을 알고 있었다. 하지만 마침내 최리홍에게 있어 혈통의 권위를 계승하고, 나아가 자신의 영생불멸을 계승하는 것이 자신의 통치를 받고 있는 2,500만 인민들의 목숨보다 더 중요한 것이 되었다.

최리홍은 북조선이 나약하고 게으른 아들의 통치를 받을 준비를 거의 해놓지 않았다. 최리홍이 아들의 무능함을 깨달은 것은 그가 한사코 최리홍이 데리고 있던 여섯 명의 가신들을 자신의 개인참모로 삼아, 이들과 손잡고 나라를 통치하겠다고 고집을 부렸을 때였다. 이들 가신은 최리홍이 지난 20년간 권좌에 있을 동안에 데리고 있던 사람들이다. 이들 중 하나인 외무장관은 자신의 형제였다. 최리홍은 정권 잔당들을 아들의 손아귀에 맡기는 것이 절대로 유능한 '최고 지도자'를 대신할 수 없다는 점을 알고 있었지만, 그는 그렇게 하는 것이 그나마 최지훈이 스스로 자초하게 될 완벽한 파멸로부터 나라를 구하는 길이라고 생각했다.

그러고 난 다음에 일이 터진 것이다. 최지훈이 27세가 되던 해에 아버지가 죽자, 그는 북한 최고 지도자가 되었다. 최지훈이 갓 물려받은 권력에 취하여 환락에 빠져 있을 동안, 처음에 여섯 명의 가신들은 효과적으로 나라를 다스렸다. 권력은 단지 새로운 직책만을 가져다준 것이 아니라, 더 이상 아비가 자신의 일거수일투족을 감시하지 않는다는 것을 의미하였다. 최지훈은 과거보다 더욱 방탕하게 돈을 낭비했다. 이제 새로운 동상과 그림에 온통 아비의 얼굴을 새겨 넣고, 공원과 스포츠 경기장과 기념물에 아비의 이름을 새겨 넣었다. 북조선의 시골 전역에 극심한 기근이 휩쓸고 지나는 와중에도, 그는 '배(ship) 떼기'로 사치품을 밀수하여 들여왔다.

그러나 최지훈은 권좌에 오른 몇 개월 후부터 변하기 시작했다. 그는 사치 방탕에 덜 탐닉하는 대신 자신에게 쏟아지는 세인들의 관심으로 인한 편집광 증세를 보이기 시작했다. 아비의 사망 1주년 기념식에서 최지훈은 스스로의 권위를 내세우고 모든 국사에 더 큰 통제력을 행사하기로 작정했다.

그에게 있어 군대와의 관계보다 더 중요한 것은 없었다. 왜냐하면 이들이 자기 생존의 열쇠를 쥐고 있기 때문이다. 인민들에게 아비에 대해서는 '친애하는 지도자'라고 부르고, 자신은 모든 군대의 지휘관을 의미하는 '대원수'로 부를 것을 요구했다. '흰색 장갑'을 끼고 당 지도자들의 자제들을 위한 행사에서 고작해야 4주일 동안 거들먹거린 것이 군대 생활의 전부였음에도 불구하고, 그의 경력이 신속하게 날조되어, 승무원들을 살리기 위해 고속도로 위에 고장난 비행기를 안전하게 비상착륙시킨 전폭기 조종사이자, 납치되어 남한에서 노예로 팔려 간 북한군을 구출하려고 33회에 걸쳐 남한에 은밀하게 침투한 특수부대 공수 낙하 요원이라고 터무니없이 주장하였다.

이러한 위대한 공적들을 학교에서 가르치고, 이 사건들을 칭송하는 노래를 만들고, 텔레비전과 라디오 다큐멘터리 특집들은 자칭 동료 군인과 공군부대 장병이라는 사람들과 인터뷰한 기사를 방송했다.

대원수의 군대에서 보냈다는 역사란 것이 모조리 '엿 사 먹는(bullshit)' 이야기들이었지만, 이런 사실을 속속들이 알고 있던 자들은 이런 말을 입 밖에도 끄집어내지 않았다. 사실을 아는 자들은 날조가 사실보다 더 중요하다는 점을 알았기 때문이다. 이들에 의하면 날조를 유지하는 비결은 이것에 이의를 제기하는 자들이 하나같이 목숨을 부지하지 못하도록 만드는 것이다.

최지훈의 아비는 유순한 '비둘기'가 단연코 아니었다. 최리홍은 처형과 강요된 기근이란 방식으로 수만 명의 동족을 떼죽음에 몰아넣었다. 그는 남한에 야포를 발사하여 여러 차례 한반도를 전쟁의 위기로 몰고 갔다. 그러나 최지훈은 더욱 '악랄한' 인물로 변신하여 악명을 떨쳤다. 그는 신무기 구매와 개발을 밀어붙이고, 국경 일대에서 도발적 군사훈련을 실시하도록 명령했다. 그는 이웃 국가들의 영토 위를 날아가는 미사일 시험 발사를 하고, 조선중앙통신의 TV 방송국은 남한, 미국 및 일본을 협박하는 기사를 매일같이 보도하였다.

최지훈의 '힘자랑'은 국제 무대에서만 벌어지지 않았다. 시간이 흘러 자신의 역할이 더욱 익숙해짐에 따라, 그는 국내적으로 갈수록 더 많은 권력을 휘둘렀다. 그는 아비가 물려준 여섯 명의 가신들로부터 권력을 박탈하였다. 이들 여섯 명에 의한 여하한 반발도 자신의 통치에 대한 직접적 위협으로 간주했다. 국내 · 외적 위협에 대한 최지훈의 편집광적 증세가 늘어남에 따라 가신들을 제거하는 일이 불가피한 과제가 되었다.

이런 결심을 내린 지 한 달 이내에, 가신들 중 다섯 명이 국가에 무수한 반역죄를 저질렀다는 이유로 처형되었다. 그러나 여섯 번째 인물을 제거하는 일은 한층 더 어려웠다. 최상우는 최지훈의 삼촌으로서, 아비의 외교장관을 지낸 70세의 외교관이었다. 아비가 죽은 후 최지훈은 최상우를 국내 최고 외교관 직위보다 한 등급 낮지만 여전히 중요한 직위인 중국 대사로 내보냈다. 중국은 북한에게 특별하게 가까운 우방으로 간주되는 나라이다. 비록 지금은 어린 최지훈의 호전적이고 도발적인 행동으로 인해 예전보다 관계가 덜 밀접해졌다고는 하지만, 아직도 양국은 동맹국이다. 어쨌거나 중국이 가장 원하지 않거나 또는 필요로 하지 않는 것은 한반도의 불안정이다. 따라서 중국과 인접국들과의 관계가 급속도로 냉각되었다.

중국이나 다른 몇몇 국가들과의 소규모 교역을 제외하면, 북한 경제는 사실상 폐쇄된 상태에 있다. 이 나라 재화의 95%가 국영 회사에서 생산된다.

여전히 중국은 북한의 최대 교역 대상이며, 중국은 북한의 산업에 대해 광산 분야에서 가장 큰 영향력을 행사하고 있다. 오랫동안 중국에게 있어 북한의 진정한 가치는 땅속에 묻혀있다고 알려져 왔기 때문이다.

북한에서 일하던 한 무리의 중국인 지질학자들이 북서쪽 산악 지대에서 매장된 값비싼 희토류(rare earth)의 존재를 발견하였다고 밝힌 이래, 양국 관계의 모든 것이 변화하였다. 북한인들은 중국과 석탄, 철, 은, 니켈 등에 대한 수백 건의 공동 광물 채광 계약을 체결했지만, 이러한 희토류의 발견은 예외적인 것이었다. 지질학자들이 광산에서 시험적으로 채굴해 본 결과, 이들의 주장은 갈수록 점점 더 낙관적인 방향으로 힘을 얻었다.

마침내 중국은 모두 합쳐서 213톤에 이르는 세계 최대의 희토류가 '한국만(Korean Bay)' 해안 지대 부근에 위치한 평안북도 지방의 험준한 산악 지역 밑에 자리 잡은 '정주'라는 곳 부근에 매장되어 있을 가능성이 있을 것으로 판단했다.

중국의 국영 채광 회사는 20년간 광물 개발권을 확보하여 서류에 서명하였고, 이들은 이 지역 일대에서의 작업에 필요한 인프라를 구축하기 시작했다.

그런 다음 1년간의 힘들지만 생산적인 진전이 이루어진 후, 최지훈은 삼촌을 광물에 관한 협의의 중심국인 중국이란 국가의 대사에 임명했다. 그는 삼촌에게 중국이 자기들에게 새로이 안겨 줄 부(wealth)가 그런대로 괜찮기는 하지만, 중국은 북한에게 단순한 물질적 '부'보다 더 중요한 무엇인가를 가져다줄 수 있다고 설명했다.

최지훈의 삼촌은 혼란스러웠다. "대원수님, 그 사람들이 뭘 가지고 있습니까?"

"이들은 우리에게 필요한 기술을 갖고 있어요."

삼촌의 얼굴이 환해졌다. "네. 이미 최신식 굴착 장비들을 들여놨습니다.

생산성을 최대화시켜 주는 컴퓨터도 지금 이 순간에도 설치되고 있습니다. 내년에 계획대로 채광이 이루어지면, 우리는—"

"난 채광 기술에 대해 말하는 게 아녜요, 삼촌. 난 미사일 기술을 말하는 겁니다."

"미사일요?"

"물론이죠. 중국인들은 우리와 중거리 및 장거리 대륙간 탄도미사일 기술을 공유하려 들지 않아요. 내겐 전문가가 필요해요. 난 북한에서 자체적인 국내 장거리 로켓 산업을 일으키고 싶은데, 중국이 이런 일에 핵심입니다."

최지훈의 삼촌은 마치 영특한 조카의 계략에 강한 흥미를 느꼈다는 듯, 하늘을 내다보며 천천히 고개를 끄덕거렸다. "우리에게 대륙간탄도탄(ICBM)을 공급해 주는 조건하에서만, 중국과 희토류 채광에 대한 동반자 관계를 유지하시겠다는 말씀이십니까?"

최지훈이 말했다. "삼촌, 바로 그 말이에요."

삼촌은 이 조카를 평생 동안 알고 있었다. 여전히 형에게 그랬던 것처럼, 조카에게 조언해 줄 말을 조심스럽게 가려야 한다는 것이 이상하게 느껴졌다. 하지만 그는 어떻게 하는 것이 자신에게 유익이 되는지를 알고 있었다. "제 생각에 대원수님이 그렇게 하신 건 현명하고 기민한 외교입니다. 저는 중국도 대원수님처럼 영특했으면 좋겠습니다. 저는 중국 외교관들이 비현실적인 태도로 나오고, 우리의 합리적 요청을 거부하여, 수지맞는 채광 활동을 위태롭게 만들 것이 걱정입니다."

최지훈은 마치 그것이 하찮은 걱정거리인 것처럼 말하는 삼촌의 발언을 일축하였다. "삼촌은 '짱깨(gang-jae)*'들과 관계가 좋으시잖아요." '짱깨'는 '중국놈(Chinks)'이라고 부르는 것과 비슷하게 중국인을 경멸적으로 표현하는 말이다. 이 말에 최지훈의 삼촌은 저도 모르게 움찔하려는 것을 가까스로 참았

* 역주: 필자는 'jang-gae'라고 썼어야 하는데 'gang-jae'로 오기한 것으로 보인다.

다. "삼촌, 놈들이 절대로 거절하지 못하게 만드셔야 합니다."

평양에서 협상이 벌어졌다. 중국 지도자급 인물들 여럿이 평양에 와서, 공손한 태도로 북한과의 희토류 채광 계약을 지속하기 위해 거의 무엇이든 제공할 준비를 하였다.

'거의' 말이다.

북한 협상자들이 만일 중국이 북조선에게 탄도미사일 물질과 센터를 운용할 수 있는 전문 지식을 포함하여 탄도미사일 센터를 제공해 주지 않는다면 중국과의 희토류 채광 계약이 무효가 될 것이라고 설명하자, 중국인들은 베이징으로 돌아가 비밀리에 중국공산당 중앙위원회와 협의한 다음, 북한으로 다시 돌아왔다. 이들은 더 많은 식량, 더 많은 돈, 더 '많은' 재래식 무기, 중국 해군과 동등한 수준의 해군 군사기술 등을 제공하겠다고 말했다. 이들은 북한의 교역권을 확대시켜 주고, 채굴된 희토류의 가공에 더 좋은 조건을 제의하였다. 아울러 중국 고위급 인사들의 외교적 공식 방문을 추진하여 국제 무대에서 북한의 어깨를 세워주겠다는 제안과 함께, 최지훈이 국빈 자격으로 중국을 방문하도록 초청하였다.

그러나 최지훈은 외교관을 양성하는 데 적합한 방식으로 양육된 인물이 아니었다. 그는 태어난 이래 원하는 것이라면 거의 모든 것을 차지하면서 살아왔다. 주변 사람들은 그의 심기를 거스르는 날에는 죽음의 형벌을 면치 못한다는 것을 알고 있었다. 따라서 협상가로 치자면 진실로 그는 끔찍한 인물이었다. 고집불통이고, 비타협적이고, 참을성이 없었다.

최지훈은 중국의 모든 제안을 거부했다. 그는 미국을 공격할 수 있는 핵무기 운반 수단을 원했다. 그의 생각에 이것만이 외부 세계의 공격과 암살로부터 안전을 확보할 수 있는 유일한 길이었다.

중국은 북한이 자력으로 장거리 ICBM을 만들 수 있는 기술에 접근하도록 허용하기를 거부했다. 이것은 중국이 미국을 보호하려고 하였기 때문이 아니다. 천만의 말씀이다. 단지 중국은 북한이 일단 가장 위험하면서도 국제 문제에서 가장 귀중한 협상 카드를 손아귀에 넣은 다음에는 무슨 짓을 저지를지 알고 있었기 때문이다. 북한이 핵무기를 실제로 사용할 수도 있고, 또 사용하지 않을 수도 있지만, 중국이 우려하는 것은 핵무기 폭발로 수백만 명이 죽을지도 모르는 미국인들의 목숨이 아니었다. 이들이 정작 우려한 것은 국제 사회에서 왕따가 된 불량 국가가 국제 무대에서 새로이 확보한 권력을 마구 휘두르고, 제멋대로 지역을 위협할 것이 불 보듯 뻔하다는 사실이었다.

한반도 불안정은 중국의 국익에 결코 도움이 되지 않았다.

평양에서 정주광산의 희토류 협상이 시작된 지 한 달이 지날 무렵, 중국 협상 대표들은 광산에 있는 모든 중국인들을 72시간 이내에 떠나게 하라는 통보를 받았다. 중국 국영 광산 '시날코 · 민메탈(Chinalco and Minmetals)'의 중역들이 북한인들을 설득하려 안간힘을 썼지만, 정작 최지훈이 아무 융통성도 발휘하지 않은 것을 뻔히 알고 있는 북한 관리들은 감히 최지훈의 요구 사항에 융통성을 보이려 들지 않았다. 비록 중국 지질학자들과 엔지니어들이 북조선에서 가급적 많은 광물을 채굴하는 데 괄목할 만한 업적을 보였지만, 정주광산에서 일하던 중국인들은 대부분의 장비들을 내버려둔 채 황망히 북한을 떠났다.

최지훈이 국영 기업체인 '조선 천연자원 무역회사'의 사장에게 광산을 개방하여 채굴 활동을 계속하도록 요구하였지만, 노천광산은 하룻밤 새에 동면에 들어간 듯 활동이 중단되었다.

사실을 말하자면, 북한인들은 자체의 힘으로 희토류를 채굴할 장비나 광산을 운용하는 노하우도 갖고 있지 못하였다. 게다가 중국인들이 발전기를 떼 가는 바람에, 정주에 연결된 전선의 발전량만으로는 광산을 움직일 수도 없었다.

광산 업무를 총괄하는 사장이 침착하고 조심스럽게 최지훈에게 이런 사정을 낱낱이 설명해주었고, 이러한 솔직함은 그에게 큰 행운을 가져다주었다.

최지훈은 비록 이자를 처형하지 않았지만, 냉큼 강제 노동 수용소에 처넣었다.

중국인들과의 희토류 협상 결렬로 또 한차례의 풍파가 벌어졌다. 최지훈은 삼촌인 주중대사가 이 문제에서 '정직한 중재자(honest broker)'가 아니었다고 판단하였다. 정작 협상을 망친 것이 자신의 비타협적 요구 조건 때문이었지만, 최지훈은 그에게 중국과의 협상 좌초에 대한 개인적 책임을 물었다.

최지훈의 아비의 동생인 삼촌은 다른 방식으로 카드를 구사하였더라면 북조선을 다스릴 수도 있었던 인물이었지만, 이 사건으로 직책에서 해임되어 북한 북동부에 위치한 청진의 수용소에 감금되었다.

7

현재

미국 대통령 '잭 라이언(Jack Ryan)'은 양복 상의를 걸치면서 백악관을 걸어 나왔다. 그는 공보 비서실을 지나 그 옆의 각료실로 들어서면서 옷매무새를 만지고 넥타이를 반듯이 하였다. 그의 앞에는 오후 3시에 열리는 회의를 벌써부터 기다리고 있던 10여 명의 남녀들이 있었다. 이들은 대통령이 입장하자 자리에서 일어섰지만, 그는 재빨리 손짓으로 그들에게 자리에 앉도록 하였다. 라이언은 테이블 앞에 앉아, 누군가가 이미 그곳에 갖다 둔 커피 잔에 손을 뻗었다.

영부인인 캐시(Cathy)는 남편이 오후에 커피 마시는 것을 달가워하지 않았지만, 지난번 신체검사에서 혈압이 너무도 양호하였으므로, 그는 1주일에 닷새 동안 가볍게 구운 검정색 자메이카산(産) 원두커피를 하루에 5온스씩 어렵사리 얻어 마시는 데 성공했다.

그리고 라이언은 특별히 이번 '외교적 대성공'에 기분이 우쭐했다.

그는 국가안보회의를 비롯해서 대부분의 회의에 단골로 등장하는 참석자들의 면면을 확인하였다. 국무장관 '스콧 애들러(Scott Adler)', CIA 국장 '제이 캔필드(Jay Canfield)', 국가정보국 국장 '메리 팻 폴리(Mary Pat Foley)', 국가안보보좌관 '졸린 로빌리오(Joleen Robillio)', 국방장관 '밥 버지스(Bob Burgess)' 등이 테이블 북쪽에 라이언 가까이 앉아 있었다. 좀 더 떨어진 곳에는 군, 정보기관, 국무부 등에서 나온 더 많은 남녀들이 자기들 앞에 서류와 태블릿 컴퓨터를 갖고 앉아 있었다.

라이언의 비서실장인 '아니 반 담(Arnie Van Damm)'도 참석하였다. 그러나 비서실장 '아니'는 대통령이 다른 누구에게보다 귀를 기울이는 사람인 데다, 대통령의 '초시계(stopwatch)'도 갖고 있다. 그는 잭 라이언을 만나는 사람들의 시간에 대하여 막강한 통제력을 행사하였다. 이런 이유로 라이언은 '아니'가 매 회의마다 어떤 이익이 걸려있는지를 파악하고 어떤 위기 사태가 벌어지더라도 관련자들이 필요한 경우 대통령에게 접근할 수 있도록, 백악관의 중요한 회의에 그의 참석을 원했다. 라이언은 다른 대통령들이 비서실 조무래기들이 끄적거린 사안에 억지로 스케줄을 맞추느라, 정작 국제적 위기 사태가 임박하였던 날, 1년간 쿠키를 제일 많이 팔아 판매왕에 오른 걸스카우트 소녀가 국방부 차관보다 더 많은 관심을 끌었다는 어처구니없는 이야기를 듣고 있었다.

라이언은 저 나름대로 남들 눈에 띄지 않도록 하면서 지인들과 갖가지 미팅을 갖고 있었지만, 임박한 재앙에 관심을 집중하기 위해 걸스카우트 단원들을 손사래 치며 돌려보내는 데는 아무런 어려움도 느끼지 않았다.

오늘의 회의는 며칠 전 계획된 것이다. 원래 주제는 러시아가 장악한 동부 우크라이나에서 벌어진 일련의 공격적인 러시아 군대의 움직임에 관한 것이었지만, 오늘 아침 라이언은 중부 유럽에서의 분란이 그보다 더 심각한 위기 사태로 인해 뒷전에 밀려나야 한다는 소식을 미리 전해 들었다. 라이언은 국제 무대에서 생긴 온갖 골칫거리들이 편리하게 한 줄로 늘어서 주기를 바라면서도, 수십 년간 정부에서 일을 해온 터인지라, 비상 상황이 발생하면 이런 골칫거리들을 옆으로 길게 세워 협조된 공격으로 동시에 해치우는 것이 더 낫다는 것을 알고 있었다.

경험을 통해 라이언은 훌륭한 리더십이란 다재다능하고, 융통성 있고, 화재가 발생했을 때 기꺼이 소방수 역할을 자처하는 것이라는 사실을 터득하였는데, 오늘 회의에서 마지막 순간에 주제가 바뀐 것은 모범적 리더십의 의미를 상기시키는 또 하나의 모범 사례인 셈이다.

또 그는 모범생이 꼬박꼬박 숙제를 해 가듯, 꼼꼼히 회의 준비를 하는 버릇을 들였다. 그는 아무 준비도 없이 덜렁 회의장에 가는 사람이 아니었다. 그는 꼬박 1시간을 들여 국가 정보 판단서, 브리핑 자료, 서적, 심지어 '오늘의 위기(the crisis du jour)'에 관한 가공되지 않은 '원형 정보(raw intel)' 자료를 숙독하였다.

며칠 전 북한에서 도청한 정보에 의하면, 북한은 최신식 ICBM인 장거리 미사일에 연료를 주입하고 발사대로 이동시켰다. 이들은 분명히 시험 발사 같은 작업을 준비하고 있었는데, 그 이유는 종전의 미사일 발사가 성공을 거두지 못하였기 때문이다. 충분히 이해가 가는 일이지만 이번의 새로운 시험 발사는 백악관의 불안감을 자극하였고, 라이언은 회의에 앞서 북한 미사일 기술에 대한 지식을 머릿속에 집어넣기 위해 벼락치기 공부를 하는 중이었다.

라이언은 자리에 앉자마자 말문을 열었다. "내가 듣기로 오늘 회의의 주제가 바뀌었다던데, 다시 말해서 북한이 미사일을 발사했다는 의미일 텐데요."

국방장관 밥 버지스가 고개를 끄덕이며 "그렇습니다."라고 말했다.

라이언이 한숨을 쉬었다. "자세히 말해 주세요."

"대통령님, DIA(Defense Intelligence Agency, 국방정보국)에서 나온 '리처드 워드(Richard Ward)' 대령이 브리핑해 드리겠습니다."

40대에 들어선 장신의 홀쭉한 육군 대령이 테이블 멀리에서 일어났다. 그는 손에 레이저 포인터를 들고 있었고, 앞에는 소속 기관인 DIA에서 가져온 밀봉된 서류철이 놓여있었다. 워드 대령 옆에는 DIA 소속 여군 소령이 태블릿 컴퓨터로 멀리 벽에 걸려있는 대형 플라스마 스크린 위의 지도와 그래픽을 움직였다. 스크린에는 최초 한반도 전체가 나타났지만, 곧 줌(zoom)을 당겨 북한 지역을 보여주었다.

워드 대령이 말했다. "대통령님, 안녕하십니까. 어젯밤 북한 시각으로 오후 10시, 워싱턴 시각으로 6시간 전, 북한은 북서쪽에 위치한 동창리 발사대에서 '은하-3호' 또는 '갤럭시-3호'로 불리는 로켓을 발사했습니다. 이 시설은 '서해 위성발사대'라고도 알려져 있습니다."

그러자 스크린에 100피트 길이의 로켓이 나타났다. "아시는 바와 같이, 북한은 '은하-3호'를 우주 발사체라고 주장하고, 기술적으로는 정확한 표현이지만 소모성 운반용 로켓에 불과하므로, 북한이 제작한 가장 최신의 작품이면서도 아직 성능이 입증되지 않은 ICBM인 '대포동-2호'와 거의 동일합니다."

이런 것들은 라이언이 벌써 알고 있는 내용이었다. 대령은 라이언이 직업의 일부로서 이런 내용들에 대해 무슨 수를 써서라도 가급적 많이 숙지하는 것을 신조로 삼고 있다는 걸 모른 채, 대통령을 얕보려는 의도가 아니었지만 다소 지나친 의욕과 진시함을 앞세웠다.

라이언은 손을 내저었다. "맞아요. 북한이 위성 발사를 주장하는 건 ICBM 시험 발사를 위장하는 수작이에요. '은하-3호'는 핵무기를 충분히 적재할 수 있을 만큼 크고, 추정되는 사거리에 의하면 이건 캘리포니아 북쪽까지 탑재물을 운반할 수 있어요."

"맞습니다, 대통령님. '만일' 북한이 어렵사리 핵무기 소형화에 성공하였다면 말입니다. 우리는 북한이 그런 기술을 완벽히 터득했다고 확인하지 못하고 있지만, 그럴 거라는 의심은 갖고 있습니다. '은하-3호'는 100킬로 중량의 탑재물을 운반할 수 있고, 만일 소형화 기술을 마스터하였다면 100킬로 장비 속에 엄청난 성능의 탄두를 채워 넣을 수 있습니다."

라이언이 말했다. "아니면 북한이 소형화 기술을 '절취'했을 수도 있어요."

이러한 대통령의 언급이 자신에게 맡겨진 브리핑의 일부가 아니었으므로 약간 평정심을 잃기는 했지만, 대령은 고개를 끄덕였다.

"계속하세요, 워드 대령." 대통령이 말했다.

이제 스크린에는 발사된 로켓/미사일이 1단계에서 분리되는 장면이 그래픽으로 묘사되었다. "우리는 발사를 추적할 수 있는 많은 센서, 즉 '계측 및 기호 정보(measurement and signature intelligence)' 자산을 배치해 두었습니다. 이 센서들을 통해서 우리는 발사대를 출발한 로켓에 어떤 일이 벌어졌는지에 대해 퍼즐 조각을 맞추듯이 알아낼 수 있습니다. 약 2분간 1단계가 지속되어, 대략 '태천'의 동부 해안선에 해당하는 북한 상공 위로 고도 120킬로 지점에서 '연료 소진(burntout)' 현상이 발생하였고, 추진체 분리가 양호하게 이루어졌습니다. 2단계 연료 소진은 동해 상공 약 350킬로에서 발생했습니다. 그 이후 3단계가 시작되기 전에 분명히 로켓이 기능 고장을 일으켰던 것으로 보입니다. 로켓 발사가 참담하게 실패하여, 삿포로 서쪽 80마일 지점의 동해 상으로 추락했습니다."

로켓 발사 실패가 못내 흡족하였으나, 라이언은 만일 로켓에 핵 물질이 탑재되어 있었더라면 일본의 항의로 초래될 외교적 여파가 핵폭발의 위력에 못지않게 요란했을 것이라는 점을 알고 있었다.

스콧 애들러도 같은 생각을 하고 있었다. "틀림없이 일본은 본토 부근에 그처럼 가까이 로켓 잔해들이 떨어지는 것을 기뻐하며 흥분하지 않았을 것입니다."

제이 캔필드가 말했다. "일본은 확실히 열 받았을 겁니다. 하지만 제가 보기에 그것이 시애틀이나 샌프란시스코로 처박히는 것보단 낫습니다."

라이언이 계속해서 워드 대령에게 말했다. "뭐가 잘못되었는지 알 수 있겠소?"

"MASINT, 즉 '계측 및 신호 정보'가 2단계 엔진 소진 이후, 그러나 추진체 분리 이전에 발생한 비정상적 화염을 감지하였습니다. 얼마 동안 시험을 해 보아야 알겠습니다만, 소위 '단분리 실패(staging failure)' 같은 것이 발생한 것으로 보입니다. 이건 특히 북한 같은 나라에서는 이례적인 현상이 아닙니다. 이들이 지난번 '은하-3호'를 발사했을 때 1단계 분리에서 사고가 났으므로,

이번에는 그보다 조금 더 앞으로 나간 셈입니다."

"화염의 지속 시간은 얼마였나요?" 라이언이 물었다.

확실히 대령은 이런 돌발 질문에 놀란 것 같았다. 그는 밑을 내려다보더니 재빨리 앞에 놓인 자료들을 뒤적이기 시작했다. 아이패드를 갖고 있던 여군 소령도 잠시 허둥대더니 마침내 찾던 것을 발견하였다. 그녀는 그 페이지를 워드 대령에게 내밀었다.

"지연되어 죄송합니다, 대통령님. 화염은 약 2초간 지속되었습니다."

라이언이 얼굴을 찡그렸다. "그렇다면 '단분리 실패'로 보긴 좀 그렇구먼, 안 그래요? 대개 '단분리 실패'에서는 로켓이 폭발하기 전에 부분적인 '연소 정지(flameout)'가 발생해요. 내가 볼 때, 이건 순간적인 폭발 같아요. 아마 지상 통제 센터가 어떤 다른 이유로 로켓이 궤도에 진입하지 못하는 걸 발견하고, 발사를 일부러 중단시켰을 거예요. 그저 버튼을 누르기만 하면 날아가던 ICBM이 공중에서 폭발하는 거죠. '은하-3호'에도 비행 종료(flight termination) 시스템이 장착되어 있나요?"

워드 대령은 갖고 온 서류들을 더 뒤적였다. "저… 실제로 그 질문에 대한 답변을 갖고 있지는 못합니다, 대통령님. 북한의 중거리 탄도미사일에는 비행 종료 시스템이 없지만, ICBM은 훨씬 더 크기 때문에 제가 볼 때는 갖고 있을 것 같습니다."

라이언이 물었다. "그럴 것 '같다(might)'고?" 그는 이런 식의 정보 브리핑을 좋아하지 않았다. 그리고 워드 대령의 표정으로 볼 때, 그가 좋아하는 타입의 브리핑 같지도 않다.

"죄송합니다, 대통령님. 우리는 그 질문에 대하여 '그렇다, 혹은 아니다'를 말씀드릴 수 있는 확실한 정보를 갖고 있지 않습니다."

"러시아는 중거리 미사일과 더 큰 ICBM에 비행 종료 시스템을 갖고 있고, 중국도 갖고 있어요. 그렇죠?"

"그렇습니다, 대통령님."

"그렇다면… 북한의 미사일 시스템이 러시아 시스템에 기반을 두고 있고, 중국의 기술을 사용하고 있으니, 틀림없이 미사일 구조도 비슷할 거예요."

워드 대령은 답변하지 않았다.

"그래요, 아니면 안 그래요? 워드 대령."

"저… 그렇습니다만…."

"아니면 '뭐(what)'요?"

"하지만 북한은 자기들이 복제하는 시스템의 여러 측면에서 상당히 많은 '지름길(shortcut)'을 택했습니다. '은하-3호'에 비행 종료 시스템을 장착하였을 가능성이 있습니다. 저희가 이 문제에 대해 갖고 있는 '원형 정보'로는 딱 부러지게 말씀드릴 수가 없습니다."

라이언은 불만족스러웠지만 화제를 돌렸다. "좋아요. 어떤 이유에서 미사일이 실패했다 칩시다. 그다음으로, 만일 이것이 성공한다면 어떤 일이 벌어질 것인지 논의해 보자구요. 북한 핵무기의 '효율'을 판단하는 문제에 있어, 우리는 지금 어디쯤 와 있나요?"

이 질문에 워드 대령은 한결 자신이 있다고 생각했다. "북한은 약 50킬로의 무기급 플루토늄 재고를 보유하고 있으며, 대부분은 기존의 핵무기를 만드는 데 사용되었습니다. 또한 이들은 우라늄 농축 시설도 갖고 있습니다. 이들은 영변에 노출된 시설을 갖고 있지만, 우리는 이것이 우라늄에 대한 관심이 평화적 목적에 있다는 것을 과시하기 위해, 장소를 위장한 것에 불과하다고 거의 확신하고 있습니다. 이들은 다른 비밀 시설들도 갖고 있습니다만, 이들이 어디 장소에 위치하고 있고 효율은 어느 정도인지는 불확실합니다." 대통령이 얼굴을 찌푸렸다. "북한에 대한 정보가 빈약하다 보니 이런 일이 벌어지는구먼."

DIA 국장 '메리 팻 폴리'가 끼어들었다. "북한에서 가장 최근에 실시된 핵 실험에서는 플루토늄이 아닌 우라늄이 사용되었던 것으로 보입니다. 만일 사정이 그러하다면, 이는 북한이 우라늄 농축 시설들을 확장하고 있다는 사실을 보여주는 것입니다."

"이들은 세 차례 지하 핵실험에서 성공을 거두었습니다. 이들이 플루토늄으로 제조한 핵폭탄을 갖고 있다는 점은 의심할 여지가 없습니다. 우리는 북한이 3~5발의 핵무기를 갖고 있는 것으로 추정하고 있습니다. 핵무기의 위력은 의문이지만, 이런 사실만으로도 위협이 되고 있다는 점은 분명합니다."

폴리 국장이 발언을 마치자, 워드 대령이 덧붙였다. "앞서 말씀드린 대로, DIA는 북한이 핵무기 소형화 기술을 터득한 단계에 도달한 것으로 추정하고 있습니다. 따라서 이론상 북한은 '노동 미사일' 중 하나에 소형 플루토늄 핵탄두를 장착할 수 있는 수준에 있을 것으로 보입니다. 만일 이것이 사실이라면, 이들이 사거리가 더 멀리 나가는 중거리 로켓에 핵탄두를 장착할 수 있다고 보는 것은 지나친 억측이 아닐 것입니다." 이어서 워드 대령이 재빨리 덧붙였다. "우리는 미사일의 조준 능력이 부정확하고, 핵탄두의 효율도 낮을 것으로 생각합니나."

라이언이 물었다. "얼마나 낮은가요? '대포동-2호'의 추정되는 정확도는 얼마인가요?"

"알 수 없습니다. 약 25%의 확률로—"

라이언이 말을 끊었다. "정확도라고 하면 몇 마일, 10마일, 100마일 중에서 뭘 기준으로 판단한 거예요? 대략적으로 말해 보세요."

워드 대령은 다시 노트를 쳐다보았다.

라이언이 한숨을 내쉬었다. "대령. 귀관은 너무 신중해요. 여기서 말하는 사람은 우리 둘뿐이잖아요. 우리가 귀관을 여기 데려온 것은 앞에 있는 서류를 읽으라는 게 아녜요. 그건 나도 읽을 수 있어요. 난 귀관이 뭘 알고 있는지, 그리고 뭘 '생각'하는지를 듣고 싶단 말이에요."

워드 대령이 목청을 가다듬었다. "네, 대통령님. 우리는 '대포동-2호'가 성공적으로 실전에 배치된다면 25~50마일 오차의 정확도를 가질 것으로 생각합니다."

이제 애들러 국무장관이 끼어들었다. "미사일이 정확할 필요는 없어요. 그건 테러 무기입니다. 공갈 협박의 수단이죠. 최지훈은 전술적 이점을 노리는 게 아닙니다. 그는 지역에서 돈과 권력을 노리고 있어요. 세계에서 가장 조악한 핵폭탄이 세계에서 가장 부정확한 ICBM과 결합되면 많은 사람들이 겁을 먹게 될 것입니다."

라이언이 끄덕였다. "예를 들면, 나 같은 사람이라도 겁을 먹을 거예요."

"저도요." 애들러도 동의했다. "여전히 여기서 논의되는 것을 기억하는 것이 중요합니다. 북한의 핵 산업 전체가 지구를 멸망시키려는 어떤 '미치광이' 음모가 아니라, 전 세계의 존경을 받아보려는 '미치광이' 음모입니다."

라이언이 말했다. "나도 동의해요. 하지만 그걸 '미치광이' 같은 짓으로는 생각하지 않아요. 북한의 GDP는 케냐와 잠비아의 딱 중간에 있어요. 만일 우리가 군사적 요인이 아니라 경제적 요인만을 고려한다면, 우리가 '루사카(Lusaka)'에 대해서만큼이나 평양에 대해 신경을 쓰지 않을 겁니다."

참모장 '아니 반 담'이 서류를 읽다가 헷갈린다는 표정으로 대통령을 쳐다보았다.

"'루사카'는 잠비아 수도야, '아니'." 라이언이 덧붙였다.

'아니'는 고개를 끄덕이고 다시 서류를 쳐다보았다.

라이언이 말했다. "이미 북한은 핵무기를 갖고 있지 않았다면 받지 못하였을 것보다 더 많은 관심을 받고 있어요. 하지만 그들은 모든 핵무기 보유국들이 받고 있는 존경을 자기들도 받기를 원해요. 솔직히 말해, 만일 북한이 캘리포니아를 공격할 수 있는 ICBM을 보유하게 된다면, 난 어쩔 수 없이 북한을 핵무기 보유국으로 존중해 줄 도리밖에 없어요."

라이언이 워드 대령에게 다시 관심을 돌렸다. "요약하자면, 우리는 3단계 이전에 로켓 발사가 실패한 것을 알고 있고, 우리는 실패한 이유를 모르지만, 계속해서 원인을 조사해 보는 중이다, 이 말이군요."

워드 대령이 멋쩍은 듯 대꾸했다. "네, 대통령님. 불행하게도 우리가 알고 있는 것이 그 정도입니다."

라이언이 말했다. "오케이. 브리핑하느라 수고했어요."

두 명의 DIA 직원이 메리 팻 폴리 국장을 쳐다보자, 폴리는 이들에게 고개를 까딱거린 다음 시선을 문 쪽으로 향했다. 워드 대령과 여군 소령은 보고서 가방을 챙기고 문 쪽으로 걸어가기 시작했다.

라이언이 이들을 불렀다. "대령? 소령?"

두 사람은 뒤꿈치로 180도 회전하였다. "네?"

"귀관들은 갖고 있는 자료로 최선을 다했어요. 메시지를 전달하는 사람에게는 잘못이 없어요. 난 그저 메시지에서 좀 더 많은 것이 필요해요."

"알았습니다, 대통령님." 두 명의 DIA 직원이 말했다.

"그리고 다음에 올 때, 브리핑이 아니라 토의할 준비를 해 오게. 난 한번 입을 열기 시작하면 남들과 쉽게 수다를 떠는 사람이라오. 귀하들은 많은 것을 알고 있지만, 난 귀관들이 만났던 사람 중에서 가장 호기심 많은 '놈'이었을 거요."

다시 한 번 "알겠습니다, 대통령님"이라고 복창한 다음 두 명은 회의실을 나갔다.

이들이 떠나자 스콧 애들러가 웃었다. "그 대령은 방금 징집병들을 태운 버스에서 내린 신병 같더라고요. 대통령님이 화염 연소 시간에 대해 질문하셨을 때 그 친구가 '멘붕(deer-in-the headlights)'에 빠진 표정을 지은 것을 알아보셨나요?"

잭이 어깨를 으쓱했다. "내가 좀 오버한 것 같아요. 내가 북한 시스템에 대한 1차 정보들을 너무 많이 읽다 보니 말이지. 솔직히, 난 내게 갖다 준 보고서에 있는 것보다 더 많은 정보를 설명해 줄 것으로 기대했어요. 우리가 알고 있는 지식에 너무 허점이 많더군요."

"네, 저도 압니다."

캔필드가 덧붙였다. "대통령님. 어째서 북한에 관한 우리의 지식에 허점이 많은지를 이해하시는 것이 중요합니다. 우리의 SIGINT(신호정보), ELINT(전자정보), 그리고 MASINT(계측 · 기호정보) 등은 꽤 양호한 편입니다. 우리는 우주 기반 플랫폼, 공중 기반 플랫폼, 해상 플랫폼, 심지어 해저 플랫폼도 갖고 있고, 이것들이 하나같이 북한을 지향하고 있습니다. 물론 우리는 사이버 플랫폼도 갖고 있습니다. 하지만 우리에게는 HUMINT(인간정보)가 없습니다. 우리가 갖고 있는 대부분의 인간정보는 남한으로 도망친 탈북자에게서 나옵니다. 탈북자들의 정보는 대개 질이 형편없습니다. 남한으로 넘어오는 탈북자들이라고 해 보았자 자급자족 농민, 노동자, 청소년들뿐입니다."

잭이 말했다. "그러니까 우리가 북한 사정에 깜깜하다, 이런 얘기네요."

"인간정보 관점에서 우리는 거의 그렇습니다. 우린 북한의 하위직 정부 관리를 몇 명 매수해 두었습니다. 하지만, 우리가 약간의 영향력을 미칠 수 있는 평양의 고위 간부들과는 주기적으로 통신을 주고받을 수가 없습니다. 그런 통신이 가능하다고 해도 말이죠. 북한 땅 전체에 CIA가 운용하는 미국 정부의 자산이 단 하나도 없습니다. 심지어 냉전이 최고조에 달했을 때에도 우린 항상 소련에 첩보원을 보유하고 있었습니다. 하지만 오늘날 우리는 북한 사정에 대해 깜깜 절벽입니다."

"오케이." 라이언은 이렇게 말한 다음 테이블 위에 손가락을 두드렸다. "실패한 로켓 발사로 다시 돌아가 봅시다. 우리가 모두 발사 실패에 환호하고 싶지만, 북한의 문제란 것"—그는 재빨리 한 손을 위로 들어 올렸다—"북한의 문제들 중 '하나'는 이들에게 나쁜 뉴스가 우리에게 반드시 좋은 뉴스가 아니란 점이에요. 우리가 전에도 이런 걸 본 적이 있어요, 맞죠? 이들은 당혹스런 실패를 저질러 놓고, 되레 무력을 휘두르는 것으로 대응하였던 적이 있어요. '힘자랑' 말이에요."

메리 팻이 맞장구쳤다. "장거리 미사일이 2단계 '단분리'에서 폭발하자, 이들은 동해에 20여 발의 단거리 미사일을 '시험 발사' 했었죠."

버지스 국방장관이 말했다. "혹은 이들이 연평도 같은 섬에 대포를 쏘아

대거나, 아니면 38선 이남으로 소형 잠수함을 침투시키곤 하였습니다."

라이언이 덧붙였다. "새로 권좌에 오른 최지훈은 우리에게 자신이 아비 못지않게 녹록지 않은 인물이란 걸 자기 방식대로 과시하려 애쓰고 있습니다."

국가안보보좌관이 말했다. "대통령님. 제 견해에 대해 한 말씀 드려도 되겠습니까? 이런 걸 모두 감안하더라도 북한은 현재 우리의 주된 문제가 아닙니다. 비록 한반도에 일부 새로운 형태의 '저강도 분쟁'이 벌어지고 있지만, 세계에는 더 중요한 다른 이슈들이 있습니다. 제가 보기에 우리는 신의 은총에 의해 북한이 플루토늄 폭탄으로 캘리포니아를 공격하지 못하기를 빌면서, 눈을 돌려 러시아, NATO, 중국, 중동, 그리고 좀 더 긴박한 다른 여러 가지 사안들에 초점을 맞추어야 합니다."

잭이 고개를 끄덕이고는 눈을 비볐다. "왜 이 너절한 놈들이 한 줄로 나란히 서서, 한 번에 한 놈씩 덤벼들지 않는 거지?" 회의실 내에서 낄낄거리는 웃음을 참는 소리가 들렸다. "그래서… 이 노릇을 어찌하면 좋겠소?"

애들러가 말했다. "저는 유엔 안보리로 갈 것을 제안합니다. 북한을 규탄하는 결의안을 밀어붙이는 겁니다."

"유엔이라고요? 진담이에요? 무슨 목적으로?" 라이언이 물었다. "중국은 무조건 거부권을 행사할 거요. 러시아도."

이제 애들러는 머리를 흔들었다. "중국과 북한은 옛날처럼 가까운 맹방이 아녜요. 최지훈이가 최리홍의 자리를 차지하고 나서, 여기저기 들쑤시고 돌아다니면서 불안감을 조성하는 바람에 중국이 핏대가 났다고요. 거 작년에 중국과 북한이 희토류 광물권 문제로 와장창 한판 붙었잖습니까. 중국이 우리한테 찬성표를 던질 리는 만무하지만, 기권표는 얻을 수 있어요."

국가안보보좌관 로빌리오가 덧붙였다. "러시아는 비토를 놓을 테지만, 이렇게 되면 다시 한 번 러시아의 외교적 고립을 자초하는 결과가 될 겁니다. 우리가 새로운 안보리 결의안을 통과시킨다면, 러시아를 코너로 몰아 놓고, 북한을 질책*할 수 있습니다. 그야말로 '돌멩이 한 개를 던져, 두 마리의 새를 한 꺼번에 잡는' 일거양득이죠."

라이언이 되받았다. "그건 돌멩이 한 개로 새 두 마리를 잡는 게 아녜요. 그건 날아가는 새 두 마리에 대고 무작정 소리를 지르는 거랑 같은 겁니다. 러시아는 누가 뭐래도 눈 하나 깜짝하지 않을 것이고, 최지훈은 안보리가 뭔 소리를 하건 아무 신경도 안 쓸 거예요. 최지훈의 관심은 권력을 유지하고 행사하는 것뿐이지요. 그 이상이 아녜요."

애들러도 물러서지 않았다. "유엔이 비록 힘은 없지만, 북한에 대한 제재조치는 새로운 드라마틱한 사건을 일으키지 않으면서도, 우리가 기대하는 이상으로 이미 엄격하게 시행되고 있습니다. 외교적으로 말해서, 우리가 택할 수 있는 건 별로 없어요." 그는 맞은편에 앉은 버지스 국방장관을 바라보며 말을 이었다. "대통령님, 국방장관을 보내서 평양을 공격하지 않는 한, 유엔 결의안은 우리가 갖고 있는 유일한 무기입니다."

라이언은 테이블 위에 팔꿈치를 올렸다. "재래식 무기, 핵무기, 탄도미사일 할 것 없이 북한의 무기 개발 프로그램에 광범위한 제재조치를 취해지고 있지만, 이들은 여전히 ICBM을 발사하고 핵실험을 하고 있어요. 중국은 우리 못지않게 북한의 핵무기 보유를 바라지 않아요. 그래서 중국이 북한에게 핵무기를 주지 않는 겁니다. 러시아는 불난 집에 부채질하고 있어요."

캔필드가 동의했다. "맞습니다, 맞고요. 러시아는 북한의 핵무기에 아무 신경도 안 씁니다. 그래서 이 문제가 새로운 골칫거리인데, 북한은 뭐든지 현찰로 구매하고 있어요. 북한이 ICBM을 실전 배치하기 위해 넘어야 할 장애물은 오로지 두 개뿐입니다."

"그게 뭐죠?" 라이언이 물었다.

* 역주: 원문에는 'censor'로 되어 있지만 이는 '검열'이란 뜻이라서 문맥에 맞지 않는다. 저자가 '질책하다, 힐난하다'를 뜻하는 'censure'와 깜빡 혼동한 것으로 보인다.

"하나는 경제제재입니다. 러시아는 북한에 몰래 금지된 품목과 기술을 팔아먹다가 들키는 걸 원치 않습니다. 그랬다가는 외교적인 상처를 입게 될 테니까요. 그래도 러시아가 그런 짓을 하긴 하지만, 조심하고 있습니다. 다시 말해서 기껏해야 북한에 기술이 찔끔찔끔 넘어가고 있다는 겁니다."

"다른 장애물은요?"

"다른 문제는 간단히 말해 돈입니다. 북한은 구제 불능일 정도로 가난한 나라이고 서방국에 숨겨놓은 경화(硬貨)도 별로 없습니다. 만일 느닷없이 북한에게 엄청난 액수의 현찰이 생긴다면, 이들은 러시아와 부도덕한 사설 방산업체에게 돈다발을 안겨주는 대신에, 지금보다 훨씬 좋은 서비스를 받을 수 있게 될 겁니다. 러시아는 언제나 자기들이 갖고 있는 걸 팔아먹으려 할 것입니다. 만일 북한이 단지 수백만 달러가 아니라, 수억 달러의 돈다발을 흔들며 유혹한다면, 기술의 확산 속도가 급격히 증가할 것이고, 결과적으로 그들은 무기고를 가득 채울 정도로 많은 ICBM을 '갖게 될' 것입니다."

잭은 나머지 국가안보회의 참석자들을 위해 일목요연하게 설명했다. "북한이 가난해야 미국의 국익에 도움이 된다. 우리가 이런 것을 전 세계에 대놓고 말을 할 수는 없다. 이렇게 되면 주민들을 굶기는 당사자는 북한 정권인데도, 그 비난을 우리가 뒤집어쓸 것이기 때문이다. 그러나 우리는 수단과 방법을 가리지 말고 최지훈 정권이 경제적으로 번창하지 못하도록 막아야 한다."

메리 팻이 말했다. "유엔 제재조치의 위반이란 수백만 달러어치의 돈과 물건이 북한 정권으로 들락날락거린다는 걸 의미합니다."

잭이 말을 받았다. "우리는 협상 테이블에 불러내기 위해 지난 두 세대에 걸쳐 북한을 고사시키다시피 하였지만, 북한은 여전히 끄떡없어요. 우린 북한에 대한 더 많은 정보가 필요해요."

그는 메리 팻과 제이를 바라보았다. "이런 정보가 절실히 필요합니다. 나도 여러분들이 수많은 업무들로 바쁘다는 걸 알아요. 하지만 이번에 DIA 브리핑을 받아보니, 북한이 샌프란시스코까지 탑재물을 날려 보낼 수 있는 능력을 과시하기 전까지 우리가 북한의 능력에 대한 확실한 정보를 입수하지 못할 것이란 사실이 뻔히 보이더군요. 그때가 되면 무슨 조치를 취하기에 너무 늦은 시점이 될 겁니다. 여러분들이 북한에 대한 '인간정보'를 개선시켜 주길 바랍니다."

몇 분 뒤에 회의가 끝나자, 메리 팻 폴리는 버지니아 주 매클레인에 소재한 국가정보국 건물로 돌아갈 채비를 하면서 의자에서 일어섰다. 대통령이 오늘 보고받은 정보 브리핑에 만족하지 못했으므로, 그녀는 해야 할 일이 엄청나게 많아졌다. 메리 팻은 캔필드 CIA 국장을 만나 이 문제를 의논했다. 두 사람이 똑같은 부담을 느끼고 있었기 때문이다.

그녀가 각료 회의실을 나와 대통령 비서실의 소지품 바구니에서 휴대전화를 꺼내 손에 들자 전화기가 진동하였다.

"폴리."

"메리 팻? 게리 헨들리야."

폴리는 백악관 서쪽 건물의 홀을 향해 걸어갔다. 그녀는 게리의 목소리에서 무슨 일이 잘못되었다는 걸 직감했다. "무슨 일이야?"

"지금 통화할 수 있어?"

메리 팻이 주변을 둘러보았다. 온통 주변에 수많은 남녀들이 걸어 다녔다. "조금 있다가 차에 돌아가서 전화할게. 한 가지만 말해줘. 이거 콜린 헤이즐턴 건이야?"

"맞아."

"그 사람 잘 있어?"

게리가 전화에 한숨을 쉬었다. "아냐. 안녕하지 못해, 죽었어. 그 사람 죽은 거 같아."

충격을 받아 무릎에 힘이 쫙 빠진 폴리는 홀에서 걸음을 완전히 멈추었다. "'죽었다'고?"

8

1년 전

북한 최고 지도자 사무실은 '룡성 관저' 또는 '55호 관저'로 불린다. 이 건물은 평양 북쪽 교외에 위치한 작은 호수에 자리 잡고 있으며, 이는 지도자가 사용하는 10채의 관저 건물들 중 하나이다.

건물의 면적은 몇 평방마일에 해당하며, 울타리와 대문들로 둘러싸여 있다. 주거 시설은 재래식 공격과 핵무기 공격을 견딜 수 있도록 건축되었고, 외국의 군대와 국내의 반란으로부터 최고 지도자를 보호한다는 오직 한 가지의 임무를 수행하기 위해 2개 여단에 해당하는 엘리트 경비대 병력이 이곳을 지키고 있다.

오전 10시경 관저 외곽의 검문소에 검정색 리무진이 도착했다. 무장 경비원이 운전사와 뒷좌석에 앉아 있는 작고, 대머리에 회색 양복을 걸친 54세의 깡마른 남자를 점검하였다. 곧 리무진이 룡성 관저 언덕을 통과하여 북쪽으로 향했고, 도중에 몇 군데 검문소에서 정지한 끝에, 마침내 55호 관저의 입구에 도착했다. 차에서 내린 대머리 사나이와 수행원들은 건물 안으로 안내를 받았다. 그러자 대원수의 여성 보좌관들이 사내를 으리으리한 응접실 안으로 데려갔고, 그는 등이 꼿꼿하게 세워진 의자에 앉았다.

그 앞에 녹차가 놓이고, 두 번째 녹차가 테이블 맞은편의 비어있는 소파에 놓였다.

정적 속에서 심란하게 앉아 있던 사내는 침착한 모습을 보이기 위해 모든 정신을 집중시켰다.

사내의 이름은 '황민호'로, 국영 광산회사인 '조선 천연자원 무역회사'의 신임 사장이었다. 직책에 임명된 지 1주일도 되지 않아, 최지훈을 만나기 위해 여기 온 것이다. 이는 이 나라 최고 지도자이자, 황민호 인생의 모든 순간이 엮여 있는 개인적 숭배의 중심인물과 마주 대하게 되는 최초의 면담이 될 참이었다.

황민호 부모 중에서 아버지는 운전사 그리고 어머니는 어린이들의 유모로, 북한 노동당 부주석이었던 어느 대령의 개인참모였으며, 이들은 모두 북한 사회 전체의 토대를 이루는 온갖 선전 선동을 열렬하게 신봉하는 전형적인 인물들이었다. 황민호는 노동당이나 정부가 아니라 국가의 지도자를 숭배하도록 교육을 받았다. 지도자는 모든 것을 창조하고 인민에게 모든 축복을 내려주는 자비로운 신이었다. 최지훈의 조부, 그런 다음 그의 아비, 그리고 오늘날에는 최지훈 자신이 곧 황씨 가문이 이룩한 우주의 중심이었다.

황민호는 진실이라고 믿는 것에 대해 의문을 제기한 적이 결코 없었다. 지도자의 완벽함과 박식함은 해가 뜨고 지는 것만큼이나 분명하게 확립된 사실이었다. 그렇더라도, 새로운 직책에 승진된 황민호의 마음은 불안하였다.

황민호는 자신의 상관에게 어떤 일이 벌어졌는지를 똑똑히 보았다. 상관은 더할 나위 없이 최선을 다해 어려운 직책을 수행하였다. 대원수는 불가능한 것을 요구하였고, 그 불가능한 것이 달성되지 못하자, 집에 있던 상관이 붙들려 갔다. 국영 광산회사에서 나돌고 있는 소문에 의하면 그는 북한 동해안 부근의 악명 높은 재교육 수용소인 '9호 교화소'로 보내졌다고 한다. 소문이 맞다면 세련된 60대의 전직 광산회사 사장은 하루에 한 컵의 보리죽으로 연명하면서 탄광에서 중노동에 시달리고 있을 것이다.

황민호는 조선 천연자원 무역회사에서 전임자의 모든 발언을 모조리 제거하라는 명령을 받았다. 그 사람이 존재하였던 사실 자체를 말살하라는 것이다. 두말할 나위도 없이 황민호는 자신에게 부여된 명령을 충실히 이행하였고, 대원수의 결정을 마음속으로도 의심하지 않았다(어린 소년 시절, 그의 어머니는 국가 지도자가 독심술을 갖고 있으니, 생각 속에 늘 지도자에 대한 감사와 사랑의 마음을 품으라고 가르쳤다). 그러나 아무리 세뇌 교육을 받았더라도 황민호는 지각을 갖고 있는 존재였으므로, 그가 상관의 직책을 물려받으라는 명령을 받았을 때 이처럼 한없는 영예가 한없는 위험으로 느껴지는 것을 어찌할 도리가 없었다.

제55호 관저의 으리으리한 응접실에 앉아 있던 황민호는 특히 녹황색 군복 차림으로 두 명의 조선인민군 소속 무장 경비대원이 방 안에 들어서자, 자신에게 닥칠 위험을 생각해 보았다. 이들은 어깨에 늘어뜨린 AK-47 소총을 휴대하고 문 앞에 자리를 잡았다. 네 명이 더 안으로 들어와 그의 앞에 놓인 소파 뒤에 섰다. 황민호는 이들이 '조선노동당 중앙위원회 조직지도부' 예하 '제5과'에 소속된 자들로, 대원수의 개인 경호원이란 것을 알았다. 또다시 인민복 차림의 두 사람이 들어왔다. 이들은 이런저런 형태의 개인 비서인 것처럼 보였다.

곧 최지훈이 들어오자 황민호는 오늘 면담이 주선된 이유를 알 수 있었다. 최지훈은 그에게 정주에 위치한 희토류 광산의 외국인 합작에 관한 자신의 결심을 알려주었다. 중국인들이 몇 주일 전 희토류 광산에서 쫓겨 나간 이후, 이들을 비록 프로젝트의 동등한 파트너까지는 아니더라도 최소한 외국의 계약 고용인 정도로 인정하여 다시 데려오자는 이야기가 있었다. 황민호는 직원을 보내 정주광산에서 요구되는 자세하고 정확한 관련 정보들을 수집하였는데, 이러한 정보 속에는 외부의 도움이 없으면 채광 활동이 성공할 가능성이 없다는 사실은 쏙 빠져 있었다. 그는 최고 지도자도 전적으로 같은 결론에 이를 것이라고 예상하였다.

조선인민군 소령 복장의 여성 비서가 녹음 재생기를 들고 들어왔다. 그녀는 황민호 맞은편 소파 옆에 있는 의자에 장비를 설치했다. 기계 설치가 준비되자 그녀는 황민호에게 절을 하였고, 황민호도 답례를 하였다.

모든 사람들은 서로를 '동무'라고 불렀다.

모든 사람들은 조용히 앉거나 선 상태에서 30분 이상을 기다렸다. 황민호는 더 오래 기다릴 각오를 하고 있었지만, 아름다운 여성 직원이 옆문으로 들어와 황민호 건너편에 놓여있던 컵에 녹차를 따랐다. 그는 이것을 보고 대원수가 오고 있다는 걸 알았다.

어느 누구도 감히 이 나라 지도자에게 식어빠진 차를 대접하지 않을 것이기 때문이다.

몇 초 후, 최지훈이 거대한 이중문을 열고 관저에서 들어섰다. 옆에는 군복 차림의 나이 든 네 명의 사내들을 거느리고 있었다. 황민호는 전에도 수없이 많이 이 나라의 지도자를 본 적이 있었다. 그 자신이 북한의 엘리트로서 때때로 최고 지도자가 참석하는 행사에 참석하였기 때문이다. 그때마다 항상 황민호의 눈에는 티끌 하나 없이 완벽하고 풍성한 검정색 인민복 차림의 어린 지도자가 보였다.

황민호가 벌떡 일어설 때 그의 평온한 얼굴은 주체할 수 없는 기쁨으로 부들부들 경련을 일으켰다. 최지훈이 다가오자 그는 헤아릴 수 없을 만큼 여러 번 절을 하면서도 말은 하지 않았다. 이것이 대원수를 맞이하는 방식이었으므로, 황민호는 감히 이런 '망할' 예의범절을 어기려 들지 않았다.

군복 차림의 사내들은 벽을 따라 죽 늘어섰다. 손에 노트와 펜을 들고 있던 이 사람들이 미소를 보이자 황민호도 그들에게 고개를 숙였다. 그는 우아하고 비굴하게 보이려 노력하면서도, 지나치게 허리를 꺾지 않으려 조심하였다. 이런 인사는 오로지 대원수에게만 바쳐야 하는 것이었기 때문이다.

최지훈은 미소를 보이며 황민호 맞은편에 앉았다. 팔을 뻗어 잔을 집어 들더니 잠시 조용하게 차를 마셨다. 그는 마치 휘하 졸개들이 제자리에 앉아 있는지를 확인하려는 듯, 밝으면서도 음험한 눈길로 방 안을 둘러보았다. 잠시 후 그는 황민호를 바라보았다.

"황 '동무', 누가 그러던데 당신 아버지가 안 대령의 운전사였다면서?"

황민호의 심장이 벌렁거리고 눈동자가 환희의 눈물을 참기 위해 일그러졌다. 부모가 아직도 생존하고 있었으므로, 그는 대원수가 부모의 인생에 대해 뭔가를 알고 있었다고 그들에게 말해주면 격렬한 행복감에 휘말리게 될 것을 알고 있었다. 그는 의자에 앉은 채로 절을 하면서 목소리를 진정시키려고 애를 썼다. "네, 대원수님 말씀이 맞습니다. 대원수님께서는 그 말씀으로 저희 가문에 크나큰 영광을 내리어 주시었습니다."

그러나 최지훈은 이미 다른 주제로 넘어가고 있었다. "중국인들은 정주에 돌아오지 않을 거야. 우린 중국인 없이 채광을 계속한다."

황민호는 이 주제에 관한 모든 사실과 정보를 꿰뚫고 있었다. 북한은 값나가는 여러 천연자원들을 풍부하게 보유하고 있으니, 심각한 전력 부족으로 인해 외부의 도움이 없이는 채광이 불가능하였다.

중국인이 안 온다면, 누가 온다는 거지?

브라질이 북한의 합작 광산 사업에 약간 참여하고 있지만, 중국 이외에 정주광산에 대해 알고 있는 나라는 없으며, 외부의 도움을 받지 않는다면 자신의 생전에 희토류가 채광될 수 없다는 사실을 황민호는 알고 있었다.

황민호는 지도자의 결정을 듣고 아무 말도 하지 않았다. 최지훈은 마치 대답이 지연되고 있다는 신호를 보내기라도 하려는 듯 머리를 뒤로 한껏 젖혔다. 조금이라도 무례한 기미를 보였다가는 데꺽 모가지가 잘릴 것을 황민호도 알고 있었다. 반대 의견을 제시하는 것은 죽음의 형벌에 처할 수 있는 죄목이며, 북조선에서 이에 대한 판단은 지극히 주관적이었다. 조금도 과장하지 않고 말이다.

황민호는 재빨리 정신을 차렸다. 그는 절을 하면서 말했다. "아닙니다, 대원수님. 물론 저도 전적으로 찬동합니다. 저는 단지 정주광산의 어려운 사정을 생각하고 있을 뿐입니다. 북조선은 거의 모든 광산의 채광 활동에서 중국인들과 손을 잡아왔습니다. 하지만, 정주광산에서는 중국을 너무 믿었습니다."

"그러한 의존은 네 전임자가 범한 잘못이야. 난 그에게 그것이 '주체사상'에 어긋난다고 말해주었지. 그는 중국에게 기술 면에서 우리를 따돌리도록 방치한 데 대한 죄를 받고 있는 것이야." '주체사상'이란 북한의 자립 철학을 말한다. 북한에서 이런 '주체'란 것과 최씨들에 대한 숭배는 국가의 공식적인 종교나 마찬가지였다.

황민호가 말했다. "네, 네, 물론입니다, 저도 찬동합니다."

"좋아."

"그러나…."

"'그러나'라니?"

"저희들이 희토류 광석을 캘 수 있습니다. 우리 북조선은 전 세계에서 가장 우수한 채광 능력을 보유하고 있습니다." 만일 황민호가 어느 정도 계산된 과장을 떠벌리지 않았더라면 직장에서 지금처럼 출세하지 못하였을 테지만, 그렇더라도 방금 입에 올린 것은 새빨간 거짓말이었다. "하지만 희토류 원석의 실제 가공 과정은 항상 중국에서 이루어졌습니다."

"'가공 과정'이라니, 무슨 말이야?"

황민호는 질문을 받고 당황하였다. 이에 대한 내용은 모두 이미 제출한 보고서에 들어 있었다. 그가 말했다. "원석은 정주에서 캐내지만, 트럭에 실어 중국으로 보냅니다. 즉 바스트네사이트(bastnäsite), 모나자이트(monazite), 제노타임(xenotime) 등 세 종류의 희토류들은 따로따로 식별하여 분쇄 과정을 거친 다음, 분쇄된 가루에 서로 다른 화학물질을 혼합하여 다른 광물들로부터 희토류 산화물을 분리시켜야 합니다. 이처럼 고도로 기술적인 과정에는 지질학자, 화학자, 컴퓨터, 그리고 컴퓨터 전문가 등이 필요합니다."

최지훈은 아무 말도 없었다.

황민호가 물었다. "저희가 계속해서 정화 작업을 위해 광석을 중국으로 보내야 합니까?"

"물론 아니지. 우린 여기서 그 작업을 할 거야. 우리의 광물 매장량이 세계에서 최대일 뿐 아니라, 우리 과학자들과 기술도 세계 최고니까 이런 광물을 캘 수 있는 거야."

황민호는 어쩔 수 없이 세차게 고개를 끄덕였다. 최지훈이 황민호에게 명령한 것은 전에 존재하지도 않았던 산업을 새로 만들어 내라는 것이었을 뿐 아니라, 동시에 어떤 북한인도 직접 해 본 적이 없는 가공 과정을 채택하라고 요구하는 것이었다.

최지훈은 주변에 앉아 있던 군복 차림의 사내들을 죽 둘러보았다. 황민호는 그 이유를 알 수 없으면서도 이런 침묵을 좋아하지 않았다. 침묵을 깨고 그는 이렇게 입을 열었다. "저희가 가공 능력을 개발하겠습니다." 그러고는 "우리가 세계를 이끌어 갈 것입니다."라고 한술 더 떴다.

이제 최지훈이 미소를 보이자, 황민호는 회의가 끝날 것임을 알았다. 대신 최지훈은 이렇게 말했다. "대단히 좋군. 난 동무에게 모든 것이 순조롭게 이루어지도록 지침을 주겠어. 이제, 동무는 언제까지 이걸 해야 하는지 궁금하겠지. 이 광산은 북조선에게 막대한 돈을 벌어다 줄 것이고, 우리가 국가 안보를 지키려면 이런 돈이 필요해. 그렇더라도, 이걸 동무가 하려면 일할 시간이 필요하기 때문에 난 서두르지 않을 거야." 그는 마치 생각에 잠긴 듯 위를 쳐다보더니 말했다. "동무가 정주에서 언제부터 채광 사업으로 수익을 내야 하느냐 하면…."

황민호가 볼 때, 최지훈은 마치 이런 노력이 얼마나 복잡한 것인지, 또는 희토류 광물의 채광과 가공에 얼마나 많은 인프라가 소요되는지 까맣게 모르면서도 아무 생각도 없이 불쑥 마감 시한을 고를 것처럼 생각되었다. 황민호는 다른 국가들이 희토류 산업을 일으키는 데 수십 년 걸린다는 걸 알았지만, 최지훈이 그만큼의 시간을 줄 리가 만무하였다. 그래도 그가 최소한 10년에서 15년의 시간을 줄 것으로 기대했다.

대신 최지훈이 말했다. "앞으로 18개월."

대머리 사나이는 가슴이 철렁했지만, 아랫입술이 약간 파르르 떨리기는 하면서도 가까스로 태연한 표정을 유지할 수 있었다. 그의 앞에 놓인 과제는 실현이 불가능한 것이었으나, 그는 이 문제에 논의의 여지가 없다는 것을 알았다. 대원수가 이미 말을 하였으므로 말이다.

황민호는 대원수를 흠모했다. 이 나라와 그의 부모는 황민호가 그렇게 믿도록 세뇌시키는 데 성공하였으며, 그는 최지훈에 대한 자신의 헌신을 의심하지 않았다. 그러나 비록 그렇더라도 그는 최지훈이 뱉어 낸 말이 미친 소리란 걸 알았다.

지극히 짧은 찰나의 망설임 끝에 황민호가 말했다. "네. 조선 천연자원 무역회사의 신임 사장으로서, 저는 대원수님께 투쟁에서 위대한 승리를 거둘 것임을 약속드립니다." 그러고는 "또한 대원수님의 계속적인 지도에 한없는 영광을 느낍니다."라고 덧붙였다.

최지훈은 진정으로 오늘의 대화에 흡족한 듯 웃으며 고개를 끄덕이고는 자리에서 일어났다.

황민호도 재빨리 일어서서 평소의 버릇대로 광채를 발하는 듯한 화사한 웃음과 허리를 깊숙이 꺾어 넣는 인사를 시작하였는데, 이같이 철저하게 굴종적인 모습은 앞에 있는 사나이가 정확하게 18개월 후 자신을 강제 수용소에 처박도록 명령할 것이라는 예상으로 인해 더욱 그 정도를 더하였다.

9

현재

칠흑 같은 어둠에서 선잠을 깬 색 라이언은 졸음으로 여전히 눈꺼풀이 묵직한 데다, 마음은 자신이 어디에 있는지 몰라 갈피를 잡지 못하고 텅 빈 듯이 공허하였다. 그는 창문을 두드리는 빗소리를 들으며, 생각을 돌이켜 얼마 전에 벌어졌던 일을 기억하려 애썼다.

'비행기 시차 때문에 나른한 것 같아. 색, 이번에 넌 어디로 갔던 걸까?'

피곤이 너무 심하다 보니 생각의 속도가 굼뜨기 짝이 없었다. 베트남, 헤이즐턴, 오토바이, 비행기에 올라 죽음의 냄새와 함께 귀국한 일, 지구 반대편, 전날 밤 볼티모어에 도착한 이후의 피곤함.

비로소 그런 다음에야 불현듯 생각이 스쳤다. 지금 자신이 어디 있는지를 말이다.

그는 집에 있었다. 그가 마련한 새 집은 버지니아 주의 포토맥 강을 내려다보는 '올드 타운 알렉산드리아(Old Town Alexandria)'에 위치한 현대식 콘도였다. 너무 많이 여행을 다니다 보니 그는 자기 집에 대해 거의 모르고 있었고, 새로운 거처에 익숙해지기까지 약간의 시일이 걸렸다. 마침내 그는 침대에서 굴러 내려와, 어둠 속에도 가는 길을 기억하기를 바라면서 주방으로 걸어갔다.

잭은 6주일 전 '오로노코 가(Oronoco Street)'에 새로운 집을 구입했지만, 아직도 마치 전혀 새로운 집처럼 느껴졌다. 그는 1주일 전까지 첨단 스파이 활동과 작전을 위한 훈련을 받느라 전 세계를 돌아다녔다. 그래서 바로 지난주 잭과 같은 부서에 속한 다른 동료들이 아시아 지역에 특별 임무를 받고 급히 출발하였던 것이다. 라이언은 새로 이사 온 알렉산드리아 주소에서 불과 6일이나 7일 정도만 머물 것을 알고 있었다. 그래서 전 세계를 빙 돌아 피곤한 비행기 여행을 마치고 집에 돌아와 이른 아침에 잠을 깨다 보니, 방향감각을 잃고 여기가 어딘지 몰라 어리둥절하였던 것이다.

그는 이제 뒤죽박죽 엉망이 된 머릿속을 정돈하느라 커피 기계에 '파드(pod)'를 한 개 넣고, 물통에 물을 채우고, 기계의 전원을 켜고, 컵을 커피 기계 주둥이 밑에 갖다 놓았다. 눈을 감은 채 서 있는 동안, 커피 기계가 뜨겁고 검은 액체를 컵에 쏟아 놓았다. 어느덧 일종의 상류층 '커피족'이 된 잭은 시음장에서는 '파드' 커피가 '진짜' 커피의 적수가 되지 못하지만, 실전에서는 '파드' 커피가 한참 앞서간다는 사실을 알게 되었다.

잭은 어두운 주방에 서서 시커멓게 녹은 블랙커피를 마셨다. 커피가 내려가면서 목구멍 속이 타들어가는 듯하였지만, 잠을 깨려면 이런 충격이 필요했다. 머리는 여전히 아시아 뒷골목 속을 헤매고 있지만, 오늘부터 출근해야 했기 때문이다.

거리 바깥에서 천둥소리가 들렸고, 라이언은 위층으로 올라가 샤워를 했다.

메릴랜드 주 콜롬비아에서 몇 년간 살다가 라이언이 여기로 이사 온 이유는 단지 일하던 직장이 여기로 옮겨 왔기 때문이다. '헨들리 어소시에이츠(Hendley Associates, 이하 헨들리 사)'의 사무실은 그동안 워싱턴 DC 북쪽에 위치한 메릴랜드 주 '웨스트 오든턴(West Odenton)'에 있었으나, 중국인 공작원들이 '캠퍼스(The Campus)'의 존재를 눈치챈 다음, 몇 달 전 그 건물이 문을 닫았다. 중국 특수부대 소속 팀이 건물을 급습하여 몇몇 직원이 살해되자, 중국인들의 위협이 사라졌음에도 불구하고 '헨들리 사'의 '백색 요원'과 '캠퍼스'의 '흑색 요원' 들은 더 이상 추가로 안전이 위협받지 않도록 건물을 폐쇄했다.

'캠퍼스' 회장인 게리 헨들리는 지난 몇 개월의 대부분을 새로운 장소를 물색하는 데 보낸 끝에, 마침내 알렉산드리아의 '올드 타운'에 건물을 정한 것이다. 새로운 '헨들리 사' 빌딩은 포토맥 강과 멀리 워싱턴 DC의 스카이라인이 보이는 '노스 페어팩스(North Fairfax)' 가의 벽돌로 지은 4층짜리 연방 사무실 빌딩에 있었다. 빌딩은 헨들리의 필요에 완벽하게 안성맞춤이었다. 이것은 원래 예비역 미 육군 대장이 운영하던 정부 소속 정보 하청업체가 지었는데, 워싱턴 DC 시내로 사무실을 이전한 다음에 그대로 두었던 것이다.

라이언은 흑회색의 세로줄 무늬 양복에 빨간 실크 넥타이를 착용하고 출근했다. 이러한 그의 근무 복장은 두툼하고 검은 턱수염, 그리고 셔츠 칼라 밑으로 약간 내려간 브라운색 머리와 대조를 이루는 것이었으나, 그에게 턱수염과 모발은 양복보다 더 중요한 것이었다. 그의 아버지는 미국의 현직 대통령이었으므로, 잭은 늘 관심의 초점을 모든 수단을 다해 남들의 관심과 시선을 피하는 데 두었다. 그리고 이런 면에서 거의 임무 완수에 성공하였다. 지난 몇 달 동안 그에게 다가와 대통령 아들인 '잭 라이언 주니어'가 아니냐고 알아본 사람은 단지 두세 명에 불과하였기 때문이다.

잭은 양복에 보푸라기가 없나 거울을 들여다본 다음, 침대 옆 탁자에 가서 회중시계 옆의 침실에 있던 검은색 가죽 권총집에서 검은색 권총을 빼어 들었다. 그는 총기를 오른쪽 바지의 허리띠 속으로 집어넣고, 왼쪽 허리띠에는 여분의 탄창이 담긴 작은 가죽 주머니를 넣었다.

'캠퍼스' 요원들은 몇 가지 이유로 버지니아로 건물을 옮긴 것을 고맙게 생각하였지만, 중요한 특전 중 하나는 총기 휴대를 훨씬 까다롭게 규제하는 인근 워싱턴 DC와 메릴랜드와는 달리, 총기를 합법적이고 손쉽게 휴대할 수 있다는 점이었다. 잭이 주로 휴대하는 무기는 호주산 '글락(Glock) 19' 권총으로, 짤막하고 까맣고 거의 특징이 없는 자동 권총에는 끄트머리에 구멍이 나 있는 9밀리 '중공탄(中空彈)' 16발이 들어있다. 이 권총은 수동식 외부 안전장치 같은 부가 기능 없이, 단순하면서도 효과적인 무기이다. 방어적 목적에서 권총을 휴대할 때 그래야 하지만 일단 권총에 실탄을 장전한 후에는, 언제 방아쇠를 당기더라도 틀림없이 총알이 발사되었다. 권총에는 방아쇠를 당기는데 걸리적거리는 잡다한 별도의 레버나 스위치나 버튼 같은 것이 없었다.

라이언은 자신을 총잡이라기보다는 정보분석관으로 간주하였지만, '캠퍼스'에 몸을 담은 지난 몇 년에 걸쳐, 여러 번 총격전에 뛰어든 적이 있었다. 이런 총싸움은 직업상 벌어지는 일이었으므로, 라이언은 들키지만 않는다면 가능한 한 종종 권총을 소지하고 다녔다.

잭 주니어는 지붕이 달린 뒷문 테라스에서 버튼을 눌러 우산을 펼치고는 뒷문을 잠갔다. 그런 다음 배낭을 메고 뒤편 정원에 달린 쪽문을 통해 집을 빠져나왔다. 그는 진입로에 주차된 E-클래스 검정색 메르세데스 벤츠를 지나 거리를 걸어 내려갔다.

라이언은 걸어서 출근하기를 즐겼다. 워싱턴 DC 주변의 벨트웨이 지역에서 이처럼 가까운 곳의 일자리를 찾는 것은 천국을 발견하는 것 못지않게 힘든 일이었을뿐더러, 오늘처럼 비가 오는 날 아침에 차를 갖고 나갔다가는 혼잡한 교통에 꼼짝달싹하지 못하기 십상이었기 때문이다.

10분 후 그는 헨들리 사 입구에서 우산에 붙은 빗방울을 털어내고, 방탄유리 앞에 서서 로비 내부에 있던 네 명의 경비원 중에서 한 명이 벨을 눌러 부르기를 기다렸다.

10여 명의 무장 직원들이 헨들리 사의 경비대원으로 일하고 있었다. 그들은 모두 일급비밀 취급 인가증을 소지한 전직 CIA 소속 준군사 부대의 공작요원 출신들로서, 사설 부문의 '고정(static)보안' 분야에 고용되어 근무하고 있었다. 이들은 자신들이 경비하는 조직이 비밀 정보 회사이며, 자신들의 직책에 부합되는 한 가지의 추가적 관심 사항을 제외하면, 이 조직에 대해 어떠한 사항도 알려고 해서는 안 되었다. 한 가지 관심 사항이란 대통령의 아들이 이 회사의 분석관이라는 사실이다. 잭 주니어는 물론 외근이 있는 경우를 제외하면 매일 아침 8시에 출근하였다. 어느 누구도 잭 주니어가 회사의 활동에서 어떤 위상을 갖고 있는지 몰랐지만, 어떠한 '고정보안' 요원도 맨 꼭대기 층에 위치한 사람들이 수행하는 업무의 진정한 범위를 알지 못하였다. 이곳의 경비 요원들은 이따금 미국 대통령의 아들이 '캠퍼스' 회장 게리 헨들리의 지시에 따라 재정분석 같은 업무를 수행하러 출장을 나가는 정도로 짐작하고 있었다.

헨들리 사의 보안 담당 국장은 47세의 전직 육군 레인저 출신의 '브라이스 제닝스(Bryce Jennings)'라는 사람이었다. 제닝스는 비밀 보안의 세계에서 산전수전 다 겪은 베테랑이었다. 그는 육군에서 제대한 후, 10년간 CIA의 시설 보안을 담당하였다. 그가 직업상 보안 업무를 수행하는 동안 바그다드에서 폭탄이 폭발하고, 카불에서 총상을 입고, 예멘 수도 '사나(Sana)'에서 그리고 미널라에서 또 한차례 특수 임무 건물을 덮치려는 기습적 공격을 격퇴하고, 튀니지에서는 총구를 겨누고 대사를 납치하려는 현지 경찰서장을 위시한 내부 공격을 물리치고 튀니지 주재 미국대사를 구출하는 작전에 참여한 적도 있었다.

제닝스는 자신의 직업 생활에서 숱한 것을 보아왔지만, 지금은 그처럼 위험한 임무를 뒤로한 채 미국으로 돌아와, 부인 및 어린 딸과 더 많은 시간을 보낼 수 있게 된 것에 감사하고 있었다. 미국으로 돌아와 이 새로운 직책을 맡으라는 제의가 들어오자 냉큼 수락했지만, 그는 게리 헨들리 회장에게 버지니아에 위치한 알렉산드리아의 건물에 대한 책임을 이집트 알렉산드리아에서와 마찬가지로 진지하게 완수할 것이라고 엄숙히 서약했다.

라이언은 얼마 후 벨 소리에 따라 작은 로비 안으로 들어가, 우산을 우산걸이에 떨어뜨렸다.

브라이스는 엘리베이터 옆의 책상 뒤로 갔다. "안녕, 잭." 제닝스는 처음 대여섯 번은 '라이언 씨'라고 부르려 했지만, 라이언은 그때마다 호칭을 교정하여 '이름'을 부르도록 하였다. 마침내 제닝스도 태도를 누그러뜨려 지금은 '잭'이라고 부르고 있다.

라이언이 말했다. "어이, 브라이스. 오늘 밤 비가 개면 내츠(Nats)와 필리스(Phillies) 야구 게임을 보러 가지."

"그래, 나도 갈 거야. 필리스가 타격은 좋지만 내츠에서는 곤잘레스가 마운드를 지키고 있으니 문제가 없지."

라이언은 오리올스(Orioles) 팬이었지만, 제닝스가 '워싱턴 내셔널스'의 못 말리는 광팬이고, 근무가 없는 날에는 가급적 모든 게임마다 6살배기 딸을 데리고 간다는 걸 알고 있었다.

라이언이 엘리베이터로 걸어갈 때 제닝스가 말했다. "오늘 밤 행운을 빌어. 하지만 오리올스는 토요일 더블헤더(double-header)를 하러 가야 돼. 그러니 비가 오길 바라겠지."

제닝스는 눈을 가늘게 뜨고 짐짓 인상을 험악하게 찌그러뜨렸다. "너 말이야, 진짜 홈팀을 응원해야 돼, 네 아버님도 말이지."

잭이 엘리베이터에 올라 뒤로 돌았다. "어, 그럴 거야. 우리에게 모두 워싱턴 DC가 홈팀이 아냐, 브라이스."

제닝스는 머리를 흔들고 엘리베이터 문을 닫았다.

중국인들이 '캠퍼스'를 공격한 이후, 비밀 정보조직은 규모가 더 작고, 군살을 뺀 조직으로 변신하였는데, 이들의 사무실이 이런 분위기를 반영했다. 75명에 미달되는 남녀 직원들이 건물에서 근무하였고, 이들 중 절반은 오로지 백색 공작에 투입되었다. 건물의 첫 번째 두 층은 모두 금융거래 업무를 전담했다. 3층에는 양쪽 기관에 소속된 IT 부서, 회의실 및 작은 휴게실이 있었다. 장비실과 '캠퍼스'의 메인 컴퓨터, 그리고 '캠퍼스' 작전 본부는 모두 안전한 건물의 지하에 위치하였다.

잭이 탄 엘리베이터가 2층에서 멈추자, '개빈 비에리(Gavin Biery)'가 들어와 3층 버튼을 눌렀다. 개빈 비에리는 '캠퍼스'의 IT 국장으로, 비록 이 회사의 작전을 담당하는 사람들이 인정하기를 싫어했지만, 그가 없으면 '캠퍼스'도 존재할 수 없을 정도였다.

"안녕, 개브."

"라이언, 잘 다녀왔어? 당신들 기분 좋게 휴가라도 갔다 왔어?"

대개 비에리는 버지니아에 위치한 컴퓨터들로 '캠퍼스' 작전을 지원하지만, 베트남 작전이 갑자기 생기는 바람에 개빈이 끼어들지 못했다. 그렇더라도 개빈 비에리는 '캠퍼스' 공작원들에게 발생한 모든 사항을 통보받았을 것이므로, 라이언은 굳이 이번 작전에 대해 함구할 필요가 없었다.

잭이 말했다. "오우, 한바탕 난리를 쳤어. 우리 '표적'이 눈앞에서 살해되고, 딩과 샘도 사격을 당하고, 클라크는 '멍청이'를 렌터카에 태우고 말이지. '당신의' 주말은 어땠어?"

엘리베이터가 딩동 소리와 함께 정지하자, 개빈이 누른 층에서 문이 열렸다. 그는 라이언이 방금 말한 게 진담인지 아닌지 긴가민가하여 입을 반쯤 벌린 채 잠시 그곳에 서 있었다.

마침내 그가 말했다. "내가 그 작전에 끼지 못해 미안했어."

직업 생활 기간 중 개빈은 컴퓨터 지원을 제공해 주기 위해 여러 번 이들의 작전에 동참한 적이 있으며, 제한적이나마 이러한 현장 경험으로 인해 완벽하게 자격을 구비한 첩보원이라고 스스로 자처하고 있었다. 비록 컴퓨터 천재가 현장에서 경이로운 기여를 하였다고는 하지만, 나머지 팀원들은 이런 개빈의 가당찮은 자부심에 실소를 금치 못했다.

잭이 말했다. "개빈, 여기서 내려야 돼."

"맞아." 개빈이 3층 홀로 내리면서 말했다. 하지만 여전히 라이언이 해외에서 벌어진 일에 대해 말해 준 것이 자기를 놀리려는 농담인지 아닌지 아리송하였다.

잭은 주방에 가는 길에 4층 사무실에 들러 가방을 던져놓았지만, 홀을 걸어가면서 자기 책상의 끄트머리에 누군가가 앉아 있는 모습을 발견했다. 가까이 다가가서는 그것이 자기 사촌 '도미니크 카루소(Dominic Caruso)'라는 걸 알아보았다. 잭은 돔(Dom)을 거의 3개월간 만나지 못했다. 돔은 잭과 마찬가지로 '캠퍼스' 작전 요원이었지만, 이들은 저마다 특화된 개인별 훈련을 위해 사방으로 뿔뿔이 흩어지고, 전 세계를 돌아가며 개인별로 교대를 한다. 돔이 다른 사람들보다 더 오랜 기간 동안 훈련에서 빠져있었으므로, 그와 잭은 몇 주일 동안 서로 대화를 하거나 이메일을 주고받지 못하였다

두 사람은 서로 부둥켜안았다. 카루소가 말했다. "만나서 반가워, 사촌."

포옹 뒤에 장난삼아 바보같이 코믹한 몸짓으로 가슴을 서로 부딪치고 나서 라이언이 말했다. "나도 그래. 젠장, 돔. 너 훈련깨나 오래 받더라. 나랑 다른 녀석들은 뼈 빠지게 일하는데, 넌 어디서 푹신한 유도 매트 위에서 뒹굴고 말이야."

카루소가 머리를 꼿꼿이 세웠다. "진짜? 게리가 너한테 말하지 않던?"

이번엔 라이언이 머리를 곧추세웠다. "내게 뭔 말을 해?"

카루소는 멈칫하더니 입을 열었다. "신경 꺼. 만일 게리가 말해주지 않았다면, 넌 몰라도 돼."

사실을 말하자면 돔 카루소는 지난 몇 주일 동안 전투의 와중에 있었다. 돔은 잠재적 파괴력이 엄청난 유출된 정보가 이란인의 수중에 넘어가지 못하도록 막느라 인도 대륙으로 날아가, 중앙아시아를 거쳐, 나중에는 유럽까지 가면서 한바탕 전투를 벌였다. 나머지 팀원들은 사태에 끼어들지 않고 거리를 두었으나, 돔은 지금에야 비로소 자신이 위험한 곳에 가 있다는 소식을 다른 팀원들이 통보받지 못하였다는 것을 알게 되었다.

헨들리는 돔이 개입되어 있는 것을 알았지만, 확실히 이 사실을 다른 팀원들에게 알리지 않았다. 이것을 가리켜 '작전보안'이라고 하는 것이다. 그는 이미 헨들리가 설명이랍시고 말하는 것을 들을 수 있었지만, 어쩐지 앞뒤가 맞지 않았다. 그런 이야기를 듣고 오히려 돔은 지난번 작전에서 홀로 고군분투하였다는 느낌을 더 강하게 받았다.

라이언이 말했다. "나한테 말해줘. 무슨 재미난 일 있었니?"

지금 그 얘기를 꺼내는 게 맞는지조차 확신할 수 없었던 돔은 "나중에."라고 대답했다. "난 너희들이 일 때문에 출장 갔다는 말을 들었어. 뭐 신나는 일 없었어?"

잭이 어깨를 으쓱해 보인 다음, 팔을 카루소의 어깨 위에 올렸다. "커피나 한잔 하면서 말해 줄게."

존 클라크는 8시가 지난 직후에 4층 사무실에 도착하여, 가방을 내려놓자마자 홀 밑에 있는 잭 라이언 주니어 사무실에 전화를 걸었다.

벨이 두 번 울리자 잭이 전화를 받았다. "어이, 존."

"내 생각에 돔이 너랑 같이 전투에 참가했더구나."

잭이 낄낄거렸다. "그거에 대해 우리가 할 말이 좀 있지."

"맞아. 네가 말하기 전에 걔를 내게 보내줘."

"알겠어."

1분 후 카루소가 클라크 사무실에 들어와 문을 닫았다. 두 사람은 악수를 하였다.

클라크가 말했다. "네가 이리로 오기 전에 전화하려고 했지만, 지난주에 우리가 하마터면 황천길로 갈 뻔했어."

"알아, 나도 들었어. 자세한 이야긴 못 들었지만, 잭이 대충 알려주더라. 근데 잭은 내가 얼마나 위험한 상황에 있었는지 모르는 것 같아."

"게리와 난 일부 업무를 떼어 따로 구분하기로 결정했어. 넌 지난번 작전에서 단독 임무를 수행했어. 공작원이 현장에서 단독으로 활동하면 다른 요원들에게 알려줄 필요가 없지."

돔이 말했다. "나도 이해해."

"좋아." 문제가 해결되었으므로, 카루소는 다른 팀원들에게 자신의 작전에 대해 말해줄 필요가 없게 되었다. "기분 어때? 다시 일하러 갈 수 있겠어?"

"물론이지. 준비 완료야."

클라크가 말했다. "베트남에서 어떤 일이 벌어졌는지 네게 말해줘야 할 것 같아. 우린 오전 9시 회의 시간에 이 문제와 관련해서 추가적인 임무를 받을지도 모르겠어."

돔이 의자를 끌어당겼다. "네 얘기 한번 들어 보자!"

10

1년 전

최고급 승용차량 행렬이 광산회사 사장 황민호가 1시간 전에 통과하였던 것과 동일한 외곽 검문소에 멈추었다. 선두 차량이 군복을 착용한 경비원에게 서류를 넘겨주자, 곧 다섯 대의 차량 모두가 거의 텅텅 비다시피 한 아스팔트 도로를 따라 다시 조선 천연자원 무역회사 일행보다 훨씬 빠른 속도로 이동하기 시작했다. 이들은 다음번 검문소에서 속도를 늦추지도 않고 통과하여 목적지인 숲이 우거진 언덕으로 향했다.

차량 행렬은 제55호 관저 입구에서 멈추었고, 인민군 장교임을 나타내는 회색 군복을 착용한 총 15명의 사내들이 모두 차에서 내렸다. 규모가 큰 이곳 무장 경호 부대가 이들의 신원을 단지 간단하게만 확인하였으며, 곧 이들 무리는 궁전의 문을 지나 이동하였다.

이 집단의 핵심은 52세의 날렵한 리태진 중장으로, 가슴에 하나 가득 훈장을 주렁주렁 단 채, 턱을 내밀고 어깨를 뒤로 젖힌 자세로 자신만만하게 걸었다. 그의 얼굴은 아무 감정도 드러내지 않고 무표정하였지만, 눈치 빠른 사람이라면 돌처럼 굳은 시선 속에서 뭔가 서글픈 듯한 낌새를 느낄 수 있었을 것이다.

그의 수행원 여섯 명은 입구의 홀에 남아 있었다. 그들은 단지 호위병들로서, 오늘 회의에는 참석할 필요가 없었다. 그리고 추가로 여섯 명이 관저에서의 회의와 동시에 정치국 위원들과 내부 회의실에서 협의를 갖기 위해 잠시 들렀다. 다섯 명은 경호원들이 지키고 있는 다른 출입구를 통해 리태진을 따라 대원수의 개인 관저로 향하였다.

이들은 일련의 계단을 올라 기다란 메인 갤러리 홀에 들어섰다. 여기서 리태진은 벽시계를 흘끗 쳐다보고 자신이 대원수와 만나기 위해 정시에 도착했으므로, 아마 앞으로 불과 1시간만 기다리면 될 것이라고 생각했다. 최지훈의 아비도 시간을 잘 지키지 않았지만, 최지훈은 특별히 사람들을 기다리게 만드는 데서 즐거움을 느끼는 것 같았다.

메인 갤러리 홀을 반쯤 내려간 리태진과 수행원들은 대원수 거주 지역으로부터 걸어오는 민간복 차림을 한 작은 무리의 사람들과 마주쳤다. 리태진은 무리 중 한 사람이 고위직이란 걸 알았다. 수행원이 그에게 말을 하고, 나머지 사람들은 그 뒤를 따랐기 때문이다. 그 사람이 지나가면서 리태진과 서로 눈을 마주쳤고, 리태진은 그가 자기보다 나이가 몇 살 어리고 대머리에 키가 작은 사람이란 걸 알아챘다.

리태진은 자신이 방금 대원수와 알현을 마치고 나오는 그 사람을 모른다는 사실이 짜증 났다. 만일 이 대머리 친구가 대원수의 측근이고 적어도 장군이 아니라면, 그는 아마도 틀림없이 중요한 인물일 것이다. 그리고 만일 그가 군인이 아니더라도 리태진이 이 사람의 신상을 손바닥처럼 훤하게 알지 못하는 데 대한 이유가 될 수 없었다.

리태진은 새로 신설된 '대외' 정보부의 부장으로서, 달리 말하면 그가 반드시 제55호 관저의 모든 방문객을 알아야 하는 이유가 없지만, 모든 인민군 장군들이라면 모름지기 능숙한 정치적 관계 형성에 대한 책임도 갖는 법이다. 제55호 관저를 경호하는 임무는 북한 국내 정보기관인 국가안전부의 소관이었다. 리태진은 평양 시내와 정부에서 중요한 인물을 꿰고 있었다.

그러나 그는 이 작은 사내를 모르고 있었다.

그가 보좌관에게 다가가 머리를 기울이자, 장군이 말하지 않아도 원하는 것이 무엇인지를 알고 있는 보좌관이 입을 열었다.

그는 부드럽게 속삭였다. "황민호입니다. 지난주 신임 조선 천연자원 무역회사 사장이 되었습니다."

리태진은 마치 이미 그 사실을 알고 있기라도 하듯 고개를 끄덕거렸다. 그는 이름을 들은 적이 있었고, 대원수와 약속이 있다는 사실도 알았었다. 또 리태진은 황민호의 상관을 잠옷 차림으로 있던 집에서 체포하여 헬기에 태워 재교육 수용소로 보내라는 명령, 그리고 이놈이 6주일 이내에 죽을 것이라는 점도 알고 있었다.

그는 걸어가면서 속으로 '재교육 완료'라고 중얼거렸다.

리태진은 황민호란 인물이 궁금했다. "이자의 파일이 필요해. 국기안전부에 연락해 봐. 그럴듯한 이유를 만들어." 그의 목소리는 목재 바닥에 메아리를 만들어 울려 퍼졌고, 만일 따라오는 10여 명의 남녀 수행원들의 발자국이 목소리와 동시에 메아리를 만들지 않았더라면 황민호는 리태진이 말하는 내용을 알아들었을 수도 있었을 것이다.

몇 분 뒤 리태진은 뒤에 마지막 수행원을 남기고, 이제 홀로 금박으로 빛나는 사무실에 앉았다. 그는 최지훈이 전국에 걸쳐 10여 개 궁전에 이런 사무실을 갖고 있다는 것을 알았으며, 자신도 이런 방과 다른 비슷한 방에서 열리는 여러 회의들에 참석해 본 적이 있으나, 어느 한 방에 지금처럼 혼자 남겨진 적은 한 번도 없었다.

이거 참 이상하군.

그는 왜 오늘 이 자리에 호출되었고, 자기 보좌관들을 들어오지 못하게 했는지 알 수 없었다. 별로 가능성은 없어 보이지만, 어쩌면 그가 새로운 직책인 정찰총국장에 오른 것을 환영하는 하나의 형식적인 절차일지도 모른다고 생각했다. 만일 그 말이 맞다면, 틀림없이 수행원이 참석했을 것이고, 행사를 지켜보기 위해 속기사며 사진사 등등이 구름처럼 몰려들었을 것이다.

따라서 이건 뭔가 다른 일이다. 그러나 그것이 뭘까? 리태진은 이미 군사정보 분야에서 25년 이상 근무해 왔으나, 지금 그는 그럴듯한 시나리오를 머리에 떠올릴 수가 없었다.

비록 자신이 곧 알현하게 될 사람이 이 나라 모든 민간인들의 생사여탈권을 쥐고 있더라도, 그는 조금도 걱정하지 않았다. 그는 만일 최지훈이 자기를 죽이기를 원한다면, 그는 이처럼 개인적으로 만나지도 않았을 걸 알았다.

리태진이 고통스럽게 인식하는 바와 같이, 이런 살인은 최지훈이 아니라 대리인들이 집행하는 것이었다.

리태진은 정찰총국장에 오른 지 1주일 동안에 대원수로부터 정확하게 두 개의 명령을 받았다. 첫 번째 명령은 리태진에게 전임자를 체포하라는 것이었다. 그는 마지못해 이 명령을 따랐다. 그는 전임자인 강 장군과 10년 이상 같이 일했고 그는 이 늙은이를 좋아하였기 때문이다.

강 장군의 '범죄'는 최근 장거리 미사일 발사의 실패였다. 그런데 바다 상공에서 폭발하였던 것과 같은 ICBM은 조선인민군 미사일 지도국의 책임 소관이었고, 강 장군의 정찰총국은 미사일 발사와 직접 관련되어 있지 않았다. 몇몇 미사일 지도국 국장들이 체포되었고 이 와중에 정찰총국도 연루되었는데, 그 이유는 해킹 활동을 통하여 프랑스 우주 회사로부터 미사일 유도 소프트웨어를 절취하려고 정찰총국이 오랫동안 공들여 왔던 계획이 최근에 실패로 돌아갔기 때문이다. 최지훈은 이 실패를 미사일 발사 실패와 한데 묶어 정찰총국과 미사일 지도국의 국장들을 불명예스럽게 현직에서 파면하라고 명령하였던 것이다.

두 번째 최지훈의 명령은 이날 오후 리태진에게 하달되었다. 그에게 직접 전달된 짧은 메시지는 불명예의 대가로 24시간 이내에 강 장군을 죽이라는 명령이었다.

메시지 하단에 한 글자가 추가되었다.

이 단어는 처형의 방식을 구체적으로 적시했다.

'개들'

손끝에 느슨하게 걸려 있는 명령지에 경악하고 속이 메스꺼워진 리태진은 전화기 벨 소리가 정신을 바짝 차리게 할 때까지, 혼자 15분간 사무실에 앉아 있었다. 전화는 리태진의 직속상관인 장관에게서 걸려 온 것으로, 명령을 제대로 이해했느냐고 묻는 것이었다. 그의 명령은 곧 최지훈의 명령이었다.

문제가 있을 수 없었다. 리태진은 명령을 완벽하게 이해하고 있었기 때문이다. 그는 늙은 상관을 이런 목적을 위해 청진 강제 노동 수용소에서 기르는 일곱 마리의 굶주린 개들에게 먹잇감으로 던져 줄 참이었다. 그는 장관에게 명령이 가장 빠른 시간에 집행될 것이라고 확인시켜 주었다.

그러나 그 외에도 뭔가 다른 것이 있었다. 장관은 리태진에게 직접 눈으로 처형을 지켜보고, 명령대로 완벽하게 이행되는지를 확인하라고 하였다.

리태진은 이해하고 있고 명령에 따를 것이라고 말하였지만, 그는 청진까지 직접 이동하여 친구이자 멘토였던 전임자가 자기 눈앞에서 참혹하게 죽어가는 모습을 지켜보라는 명령을 받은 진짜 이유를 알고 있었다. 그가 이러한 끔찍한 광경을 목격하도록 강요되는 이유는 신임 사장으로서 협력하려는 의욕을 한층 고취시킬 필요가 있는데, 최지훈과 장관의 견해에 의하면 이를 위한 최선의 방안은 리태진에게 만일 임무 완수에 실패하면 어떤 일이 벌어지는지를 자세하게 가르쳐주는 것이다.

북한 대외정보 부서의 신임 국장에게 깊은 인상을 남겨주기 위해 실로 엄청난 수준의 공포가 사용되었지만, 1주일 전 이빨을 박박 갈면서 무시무시하게 달려드는 일곱 마리의 굶주리고 흉악한 맹견들에게 전임자가 갈가리 찢겨 죽음을 당하는 광경이 밤마다 악몽처럼 되살아나 리태진을 괴롭혔다. 꿈속에서 리태진은 개들이 뜯어먹도록 구덩이에 처박혀 있지는 않았지만, 이런 장면은 직책 수행 능력에 대한 신임을 잃을 경우에는 쉽사리 현실로 다가올 것임을 잘 알고 있었다. 꿈속에서 다행히 그는 처형 장면의 증인이었다.

하지만 그의 악몽은 실제 상황이나 사실상 마찬가지였다.

금빛 장식이 번쩍거리는 의전실에 홀로 앉아 있던 리태진의 마음은 맹견들의 구덩이에서 맴돌다가는 더 끔찍하고 무서운 장면으로 옮겨 가며 갈피를 잡지 못하고 있었다. 강 장군이 개들에게 물려 죽은 다음에 가족들도 마찬가지로 처형되었다는 소식이 정찰총국에 전해졌다. 그의 아내, 세 명의 성인 자녀와 그들의 배우자, 그리고 심지어 그의 어린 손자 · 손녀들마저 한밤중에 청진으로 끌려가 총살되었다. 이들에게 어떠한 고발장도 낭독해 주지 않았고, 이들이 왜 죽어야 하는지에 대해 설명해 주지도 않았다.

리태진은 머릿속에 북한 사회에 대한 불순한 생각이 떠오르는 것을 떨치는 데 애를 먹고 있었지만, 그런 생각은 한 무더기의 속기사, 장군, 경호원, 그리고 마침내 대원수가 들어오면서 깨끗이 달아났다. 최지훈은 한 손에 코냑 잔을 들고 다른 손에는 손수건을 들고 들어왔다. 그는 검정색 인민복 차림이었다. 리태진은 순전히 군사적 행사가 있을 때 이따금 군복을 착용하는 것을 제외하고 언제나 최지훈이 오직 인민복 차림으로 있는 모습을 보았다. 또 리태진은 앞에 앉아 있는 자신과 이런저런 물건들을 포함해서, 실내를 날카롭게 둘러보는 최지훈의 눈동자가 유난히 빠르게 움직인다는 것을 알았다. 최지훈은 서있는 시계, 물통, 벽에 걸린 아비의 사진 등을 바라보았다.

최지훈은 다짜고짜 말했다. "동무는 프랑스에서 유도 미사일 소프트웨어를 확보하는 데 실패한 작전에 전혀 관여하지 않았지?"

리태진은 이것이 질문인지 발언인지 구분할 수 없었다. 그는 머리를 흔들었다. "아닙니다, 대원수님. 저는 사이버 작전에 일체 관여하지 않습니다."

최지훈은 이미 그것을 알고 있는 것 같았다. "강 장군이 실패했다고 해서 동무를 의심하는 건 아냐. 난 동무를 전폭적으로 믿어."

리태진은 네 번 절을 하고 대원수에게 사의를 표명했다. 그는 리태진이 절하는 것에 만족한 듯 보였다. 그러자 최지훈이 말했다. "미사일 지도국이 일을 더 잘해야 했는데, 강 장군은 이들에게 도움을 줄 기회가 있었는데도 실패했단 말이지."

리태진은 무슨 말을 해야 할지 알고 있었다. 그는 목청을 높여 찬성했다.

그러자 최지훈은 술병을 쳐다보고 말했다. "내가 지고 있는 짐은 말야… 내 아버지, 그리고 할아버지처럼, 역사 문제에 해박한 전문가가 되었다는 거야."

"모든 인민들이 그 사실을 잘 알고 있습니다, 대원수님."

"난 우크라이나, 리비아, 이라크 같은 나라에서 벌어진 걸 보고 대단히 큰 충격을 받았단 말이야. 이 나라들이 가장 강력한 무기를 포기했지만, 별로 좋은 대접을 받지 못했어. 아니, 이들은 별 볼 일 없는 나라가 되어 버린 거야. 순한 양처럼 말이지."

"네." 리태진이 말했다. '맞아, 그러니 지금부터는 미사일 지도국의 문제에 대해 이야기해야 돼.'

최지훈이 코냑을 홀짝거렸다. "우린 더 좋은 로켓을 만들어야 한다. 더 멀리 날아가고 더 믿을 수 있는 미사일 말이야. 우린 개발하고, 개발하고 또 개발해야 돼!"

리태진이 "전적으로 찬동합니다."라고 말했다. 물론 최지훈은 대화의 주제와 상관없이 이런 반응에 익숙하였다. 그가 "싫어"라는 단어를 마지막으로 들었던 것은 9살 때였다.

"우린 플루토늄 폭탄을 갖고 있고, 우라늄 농축 작업도 진행 중이야. 우린 폭탄을 소형화하여 탄두로 만들었지. 우리나라는 힘을 갖고 있지만, 그 힘을 날려 보낼 수단이 없어."

이 말에 경악한 리태진은 고개를 뒤로 젖혔다. "저는 지난번 '로동 미사일'

시험 발사가 완벽하게 성공했다고 들었습니다. 당시 저는 정찰총국에서 해외 문제에 온통 신경을 집중시키고 있었습니다. 제가 잘못 알고 있었습니까?"

최지훈은 손사래를 쳤다. "'로동 미사일'은 사거리가 900킬로지. 그러다 보니 고작해야 방어용 무기란 말이다. 맞아, 우린 서울을 날려버릴 수 있지만, 미국의 공격으로부터 우리를 보호해 주지 못해. 미국은 우리 북한을 파멸시키기 위해 기꺼이 남조선을 희생시키려 들 거야. 우린 뭔가 미국 대륙까지 날아갈 수 있는 무기가 필요해. 아직 '대포동-2호'는 실전에 배치할 만한 수준이 아냐. 정찰총국은 내게 곧 실전 배치될 수 있다고 말하지만, 조만간 그렇게 되긴 힘들 거야."

리태진은 북조선의 군부 인사들이 대원수로부터 실컷 잔소리를 들었을 것으로 짐작했다. 하지만 다행히 리태진과 정찰총국은 탄도미사일 개발에 대한 책임을 지고 있지 않았다.

최지훈은 몸을 앞으로 숙였다. "우리 군대, 우리 과학자, 이 사람들은 우리에게 필요한 기술을 제공해 주지 못하고 있다구. 난 동무가 밖에 나가서 구해 왔으면 좋겠어."

리태진은 비확산에 관련된 제재조치, 그리고 서해와 동해에 돌아다니는 선적 화물을 검사하는 해상봉쇄에 대해 생각해 보았다. 또 그는 서방측이 북한에게 밀수될 것으로 우려하는 이중 용도 품목들을 포함해서, 로켓 같은 온갖 무기들을 제작하는 데 관련되는 품목들의 생산과 판매가 강력하게 통제되고 있는 것을 생각해 보았다.

한마디로, 그는 앞에 놓여 있는 10여 가지 장애물들을 생각해 보았다.

그러나 리태진은 자신이 유일하게 말할 수 있는 것을 입에 올렸다. "물론입니다, 대원수님. 저는 실패하지 않을 것입니다."

"동무에게 3년을 주겠어."

이제 그는 청진 수용소에 있던 일곱 마리의 맹견들이 강 장군을 잡아먹은 다음에, 벌써부터 굶주리기 시작했는지를 생각해 보았다.

"3년 말입니까? 3년 이내에…."

"3년이란 기간은 그 시간 내에 미사일 지도국이 '대포동-2호'를 실전 배치해야 된다는 말이야."

리태진의 이마에서 자주색 실핏줄이 몇 차례 맥박을 쳤지만, 그는 눈에 띄는 반응을 보이지 않았다. "이건 많은 시간이 아닙니다."

"3년은 내가 동무에게 주어야만 '되는' 시간보다 더 많은 거야. 우리나라가 3년 이내에 적의 공격을 받지 않을 거라고 생각하나?"

리태진은 침착하게 말했다. "솔직하게 말씀드려, 전 모르겠습니다."

"모르지, 동무는 모를 거야. 미국 놈들의 공격을 막을 유리한 수단은 '대포동 2호'뿐이라고. 실전에 배치되고 믿을 수 있는 미사일 말이야. 우리의 핵과학자들은 제 몫을 잘 했어. 이들은 핵탄두 소형화에도 성공했단 말이지. 하지만 우리는 이걸 미국 본토로 날려 보낼 수 있어야 돼."

최지훈은 손가락 세 개를 내밀었다. "3년이야. 안 그러면 누군가 다른 사람한테 시킬 거야."

리태진은 만일 최지훈이 누군가 다른 사람을 고르기로 결정한다면, 자신에게 어떤 일이 닥칠 것인지를 알고 있었다.

11

현재

오전 9시가 되기 직전, 세 대의 대형 밴이 헨들리 사의 사무실이 위치한 '노스 페어팩스' 가 밑에 위치한 주차장으로 진입하였다. 거리에서는 보이지 않는 건물의 입구에 차량들이 정지하자, 대형 밴의 모든 문들이 동시에 열리면서, 한 무리의 무장한 젊은이들이 쏟아져 나왔다. 곧 눈에 두드러지게 보이는 63세의 여인이 가운데 차량에서 내리더니 당당한 걸음으로 입구로 들어갔다. 그녀는 입구에서 전직 사우스캐롤라이나 주 상원의원이자, '헨들리' 사와 '캠퍼스' 사의 회장인 '게리 헨들리'의 영접을 받았다.

게리는 국가정보국 국장인 '메리 팻 폴리'가 피곤에 지쳐 있다고 생각했다. 그는 폴리가 국가정보국장을 맡은 이래 열심히 일했다는 것을 알고 있다. 하기야 그녀는 전 세계 최고의 정보기관에서 가장 직책이 높은 최고위직 정보담당자이므로, 그 직책에 오랜 근무시간과 높은 스트레스가 수반되는 것은 전혀 놀랄 일이 아니다. 설령 그렇다고 하더라도 게리는 메리 팻이 심히 걱정되었다.

두 사람은 같이 엘리베이터를 타고 4층의 회의실로 올라갔다. 엘리베이터

안에서 메리 팻이 말했다. "난 새 건물이 맘에 들어요." 그녀는 억지웃음을 보이려 했지만, 메리 팻과 남편인 '에드'를 오랫동안 알고 지냈던 게리는 여인이 그저 수다를 떠는 시늉을 하고 있을 뿐이란 것을 알 수 있었다.

그는 여인을 편하게 해주려 노력했다. "고마워요. 운이 좋아 이 건물을 얻게 되었죠. 사설 군납업자가 포기한 덕택에 우리가 들어온 거예요. 이 건물에 필요한 시설들이 고루 갖춰져 있어서, 우린 그저 열쇠를 바꾼 다음 컴퓨터를 연결했을 뿐이지요."

그녀가 상냥하게 고개를 끄덕였다.

게리가 말했다. "콜린 헤이즐턴 건은 안되었어요. 당신도 그 사람을 잘 알잖아요, 그죠?"

메리 팻이 다시 고개를 끄덕였지만, 아무 대답도 하지 않았다.

1분 후 두 사람은 회의실에 들어섰다. 테이블에 앉아 있던 다섯 명이 일어서 앞으로 걸어 나왔다. 존 클라크, 도밍고 차베스, 도미니크 카루소, 샘 드리스컬, 그리고 잭 라이언 주니어는 모두 국가정보국장과 악수를 교환한 다음 다시 자리에 앉았다.

오늘 아침 메리 팻이 여기 온 이유는 자신의 개인적 요청으로 '캠퍼스'가 베트남에 파견되었었기 때문이다. 국가정보국장으로서 메리 팻은 미국 정부 내에 갖가지 정보 자산을 보유하고 있지만, 굳이 게리 헨들리와 그 팀들에게 콜린 헤이즐턴과 관련된 문제를 도와달라고 부탁하였다. 그런 조사가 민감하고 공식 채널에서 다루기에 적합하지 않았기 때문이다.

말할 필요도 없이 그녀는 이제 그러한 결정이 중대한 실수라고 생각하고 있다.

존 클라크는 '캠퍼스' 팀이 호찌민 시에 도착한 이후, 비행기 점검판 밑에 콜린 헤이즐턴의 사체를 숨긴 채 걸프스트림 제트기에 탑승하여 태국 상공을 넘어오기까지의 사이에 벌어졌던 모든 사건들을 일일이 설명하는 것으로 회의를 시작했다. 그는 팀의 다른 요원들도 특정 사건에 대한 자신들의 견해를 밝히도록 요청했다. 메리 팻은 브리핑이 진행되는 내내 조용히 자리에 앉아 있었지만, 도밍고가 부상당한 헤이즐턴을 거리에서 발견하여 그를 구하려 사투를 벌였던 장면을 설명하자 감정이 북받치는 모습을 보였다.

딩은 메리 팻이 그런 표정을 보이는 것을 한 번도 본 적이 없었으므로, 그녀의 정신적 불안감을 덜어줄 생각에 재빨리 세세한 설명의 수위를 낮추었다.

메리 팻은 콜린이 마지막 노트에 DPRK라는 글씨를 썼다는 이야기를 듣고 미심쩍은 표정을 지으며, 그 종이를 자기에게 보여 달라고 요청했다. 클라크가 종이를 넘겨주자, 그녀는 다른 사람 못지않게 글씨를 해독하는 데 애를 먹었다.

모든 사람들이 사후 검토 보고를 마치자, 메리 팻은 잠시 정신을 가다듬고 이렇게 말했다. “난 사태가 이 지경이 되기 전에 중단시켰어야 했어요. 난 상황이 이렇게 심각한 줄 몰랐죠. 만일 내가 알았더라면… 빌어먹을. 난 이것이 단순한 기업정보 문제인 줄 알았어요. 좀 수상하지만 말이죠. 최악의 경우라고 해 봤자, 사기 사건 정도로 생각했어요. ‘이런 일’은 상상도 못 했죠.”

클라크가 부드럽게 대답했다. “전 만일 ‘헤이즐턴’이 이걸 그저 기업정보 문제라고 생각했다면 놀랐을 겁니다. 그가 판단한 위협 분석에 의하면, 신체적 위험에 노출되리란 점을 조금도 생각하지 않은 것 같아요.”

그러자 메리 팻이 말했다. “전 해답을 알 것 같지만, 그 해답을 일단 접어두고 좀 더 질문을 해야 될 것 같아요. 이게 그저 무작위로 우연히 벌어진 ‘길거리 범죄’일 가능성은 없나요?”

잭 주니어가 이 질문을 받았다. “전혀 없어요. 제 눈으로 헤이즐턴이 괴한들에게 당하는 장면을 목격했거든요. 이놈들 솜씨는 프로급이었어요. 헤이즐턴을 표적으로 삼은 다음, 몇 블록을 이동하면서 추적했어요. 그가 왜 표적이 되고 살해되었는지 이유를 모르지만, 이 사건은 전혀 우연히 벌어진 게 아닙니다.”

폴리는 대답에 만족한 듯 보이면서도, 여전히 충격을 받은 표정이 뚜렷했다.

게리가 말했다. “자, 메리 팻, 우리가 당신에게 질문을 해도 놀라지 않으시겠죠? 왜 당신은 우리에게 헤이즐턴의 뒤를 따라가라고 했지요? 제 생각에 당신은 뭔가 불법적인 일에 헤이즐턴이 연루되어 있다고 의심했던 것 같은데요?”

그녀는 물을 한 모금 마셨다. “콜린, 에드, 그리고 나는 모두 CIA에서 잔뼈가 굵었어요. 헤이즐턴은 CIA에 들어오기 전에 공군 조종사였지요. 그는 타고난 정보관이었어요. 우리 조직에서 최고 중 하나였죠. 현장을 떠난 후, CIA 7층에서 에드 밑에서 일했고, 나와 에드 두 사람 모두의 신임을 받는 동료가 됐어요.

내가 CIA에서 퇴직하고 국가 대테러 센터를 운영하기 시작하면서, 콜린을 우리 조직으로 데려오고 싶어 했죠. 언제나 그랬지만, 그를 대상으로 특별 개인보안 점검을 실시했어요. 그가 벌써 30년씩이나 CIA에서 근무했었기 때문에 이건 그저 형식적인 절차였어요. 하지만 점검 과정에서 몇 가지 문제가 드러났어요.”

“문제라뇨?” 게리가 물었다.

“돈 문제예요. 콜린은 몇 군데에 의심스런 투자를 하고 있더군요. 그는 모아두었던 돈을 몽땅 끌어모아서, 특별히 높은 수익률을 줄 것으로 생각되는 곳에 투자했어요. 다른 사람들은 거들떠보지도 않는 제3국에 대한 고위험 투자였지요. 콜린은 자기가 그 지역을 잘 안다고 방심했어요.”

“그래서 어떤 일이 벌어졌나요?”

메리 팻은 가슴을 끌어당겼다. “아랍의 봄이 터졌어요. 튀니지가 뒤집어지고, 리비아가 쫄딱 망하고, 이집트도 좌충우돌하더니 소용돌이에 빠지더군요.”

라이언이 휘파람 소리를 냈다. “제기랄. 헤이즐턴이 북아프리카 지역에 투자했단 말이죠?”

메리 팻이 어깨를 으쓱거렸다. “그는 전에 좀 괜찮은 투자를 했어요. 그러자 사태를 예측할 수 있는 자신의 능력을 과신하기 시작했어요. 그래서 헤이즐턴이 쪽박을 차게 된 거예요. 남의 돈을 빌리게 되었고, 곧 갚을 수 있을 거로 생각했겠죠. 하지만 빌린 돈도 모두 날리고 말았어요.

우리가 헤이즐턴의 투자에 대해 알았을 무렵에는 투자가 여전히 잘 되고 있었어요. 하지만 우린 그를 국가 대테러 센터로 데려올 수가 없었어요. 그가 외국에 투자한 돈들이 잘못될 가능성이 너무 많았기 때문이죠. 그런데 CIA에서 그가 일부 구좌를 보고하지 않았다는 걸 발견했어요. 헤이즐턴은 단순한 실수를 한 거라고 말했고, 나도 그 말을 믿었어요. 콜린은 뛰어난 조종사 출신에, 일류 정보관이었고, 대국적인 관점에서 보면 간부가 될 수 있는 훌륭한 자질도 갖고 있었어요. 하지만 그는 서류 업무에서 영 엉망이더군요. 그 무렵 헤이즐턴은 CIA 비밀 업무에서 손을 떼고 7층에서 행정 업무를 맡았죠. 개인적으로 난 그가 퇴직을 하도록 허용되어야 한다고 생각했어요. 하지만 신임 CIA 국장 '제이 캔필드'는 철저히 원리 원칙적인 양반이라서, 그가 연금을 받을 자격이 생기기 1년 전에 CIA에서 쫓아냈어요. 그때가 이집트에서 쿠데타가 벌어진 직후였어요. 콜린은 알거지가 된 거죠. 그는 직장을 잃고 절망적인 지경에 빠졌어요. 에드와 난 개인적으로 돕고 싶었지만, 그 사람은 자존심이 너무 세더군요. 그는 우리 전화를 받지도 않았어요.

나는 나이가 지긋한 우리 동료로부터 그가 뉴욕에 있는 '듀크 샤프' 사에서 일하기 시작했다는 이야기를 들었어요. 난 듀크란 사람을 그가 FBI 대(對)정보과에서 퇴직하기 전부터 알았어요. 민간 부문으로 옮겨 간 이후로 그 사람은 뻔뻔스러운 기회주의자로 전락하더군요."

존 클라크가 말했다. "그자는 천하의 쓰레기 같은 놈이에요."

딩도 끄덕이며 동의했지만, 젊은 '캠퍼스' 요원들은 모두 놀라 서로를 마주 보았다.

메리 팻도 공감했다. "'샤프 글로벌 인텔리전스 파트너스'는 온 천지에서 수백 명의 전직 스파이, 군인, 형사들을 고용하고 있고, 듀크 씨는 딱 어디라고

할 수도 없이 거의 모든 수상한 거래에 족적을 남기고 있어요. 아직도 듀크 씨는 도덕적으로 의심스런 전직 스파이들뿐 아니라, 한 가지를 더 갖고 있는데, 그건 변호사들입니다. 법무부가 '샤프' 사의 문을 닫게 하려고 기를 쓰지만, 그의 사업은 나날이 번창하고 있습니다."

게리 헨들리가 말했다. "헤이즐턴이 샤프 사에서 일하고 있다는 걸 발견하고 어떤 조치를 취했나요?"

"처음에 난 그저 실망했지요. 하지만 크게 걱정은 안 했어요. 물론 샤프 사 직원들 중 일부가 법망을 피했지만, 그는 전혀 문제 될 소지가 없는 조사 문제를 맡으면서 회사의 장부도 대외적으로 공개했어요. 난 콜린이 미국의 국익에 위배될 짓을 할 거라고는 전혀 생각하지 못했어요. 그래도 난 미덥지 못해 일부 우리 조직원들을 그에게 붙여두었어요. 혹시라도 그가 여권을 들고 해외로 나가면 경보음이 울리도록 미리 손을 써 놓았던 거죠. 그런데 일전에 보니 그가 프라하로 날아가더군요. 그곳까지 사람을 딸려 보내려 했지만, 누굴 붙여 놓기도 전에 헤이즐턴이 체코를 출발하여 베트남으로 갔어요. 그곳에 있는 우리 회사의 조직원들이 다른 업무에 투입되어 있었고, 난 현지의 베트남 당국을 긴장시키고 싶지 않았어요. 그래서 내가 당신에게 도와달라고 전화를 했던 거예요, 게리. 존, 당신과 당신의 팀원들이 호찌민 시까지 그를 따라갔죠. 난 그가 어떤 위험에 빠져 있으리라곤 생각하지 못했어요. 난 그저 헤이즐턴이 불법 행위를 저지르는지 여부를 알고 싶었을 뿐이에요."

게리는 메리 팻이 헤이즐턴에게 벌어진 일로 인해 일종의 책임감을 느끼고 있음을 알 수 있었다.

그가 말했다. "당신이 그를 죽인 게 아네요. 그래요, 그는 운이 나빴어요. 하지만 대부분 스스로 자초한 결과예요."

"나도 알아요, 게리. 그렇지만 정보 분야에서 오래 일하다 보면, 드물기는 하지만 누군가 언제까지나 곁에 있어주기를 간절히 바라는 사람이 있게 마련이죠. 그는 참 좋은 사람이었고 실력이 출중한 정보관이었어요. 마지막 몇 년간은 그렇지 못했지만, 적어도 오래전에는 그랬었죠. 에드와 나는 모두 그에게 신세 진 게 너무 많아요."

회의장 내부가 잠시 조용하더니 클라크가 목청을 가다듬고 말했다. "불행한 일이지만, 우린 살인자가 누군지 전혀 파악하지 못했고, 내가 죽인 괴한의 시체를 확인할 틈도 없이 그곳을 빠져나왔어요."

메리 팻이 대답했다. "그저 여러분들이 살아서 복귀한 것에 감사드려요."

라이언이 아이패드를 끄집어냈다. "하지만 그가 죽기 직전에 헤이즐턴이 어떤 여자를 만났어요. 두 사람은 짧으면서도 겉으로 보기에 열띤 대화를 나누었어요. 목소리를 들을 수 없었지만, 그 여자는 뭔가 헤이즐턴이 갖고 있는 것, 아니면 적어도 갖고 있다고 생각되는 것을 달라고 하더군요. 여자는 그걸 손에 넣지 못했어요."

라이언이 헤이즐턴과 테이블에 앉아 있던 늘씬한 금발의 사진을 꺼내자, 메리 팻이 앞으로 숙여 찬찬히 들여다보았다. "이 여자가 누군지 모르겠어요. 나한테 이메일로 보내주면, 국가정보국에 안면 인식을 요청할게요."

잭이 말했다. "우리도 해 봤는데, 운이 없는지 파악이 안 되더라고요."

메리 팻이 인상을 찌푸렸다. "여기 '캠퍼스'의 안면 인식 소프트웨어가 미국의 국가정보국만큼 좋거나 더 나을 거라고 얘기하시는 거예요?"

사실이지 그건 똑같은 시스템이었다. IT 국장 개빈 비에리는 국가정보국의 영상 데이터베이스에 몰래 비집고 들어가, CIA가 사용하는 것과 동일한 소프트웨어를 사용하고 있었다. 정작 국가정보국장인 메리 팻만 그런 사정을 모르고 있었을 뿐이다.

게리가 재빨리 끼어들었다. "우리가 그렇게 말하는 건 아녜요. 잭이 기꺼이 젊은 여성의 사진을 이메일로 보내드릴 겁니다. 부디 행운이 따르길 빕니다."

메리 팻은 이 대목에서 일어나 회의가 종료되었음을 알렸다. "자, 여러분. 물론 난 어떤 일인지 모르지만 헤이즐턴이 관여했던 일이 걱정돼요. 특히 만약에 그것이 북한에 관련된 일이라면 말이죠. 하지만 내가 여러분들을 이번 작전에 투입한 것은 오랜 친구를 염려했기 때문이지, 그가 위험에 처했기 때문이 아니었어요. 그리고 이제 저의 오랜 친구가 죽었어요. 난 조사를 할 겁니다. 당신이나 당신의 팀원들이 이 문제로 더 이상 목숨을 걸기를 원하지 않아요. 지금 전 세계적으로 이거 말고도 문제가 얼마든지 많아요. 비록 헤이즐턴에 의하면 북한이 이 문제에 개입된 것으로 추정되더라도, 난 '캠퍼스'가 불확실한 상황에서 일종의 기업 범죄 문제에 개입하도록 강요하지 않을 겁니다. 아마도 이건 마약, 돈세탁, 심지어 무기 거래일 수도 있어요. 우리는 현지 당국과 협력해서 최대한으로 밝혀낼 겁니다. 그것으로 충분했으면 좋겠어요."

메리 팻 폴리가 잠시 후에 떠나자, 게리 헨들리는 다섯 명의 공작원들과 함께 다시 자리에 앉아 그들이 선택할 수 있는 대안을 논의했다.

딩이 말했다. "게리, 당신에 대해선 모르지만, 난 우릴 베트남에서 거의 죽일 뻔했던 놈들이 누군지 궁금해 미칠 지경이에요."

"나도 그래요." 라이언과 드리스콜도 동의했다.

클라크는 좀 더 외교관처럼 말했다. "우리 모두는 이제 방금 정상적인 작전 임무로 복귀했어요. 아직 구체적인 임무를 받지 못한 상태라 당분간 업무 부담이 가벼울 것이므로, 아마 이 문제를 좀 더 파고들 여유가 있을 것 같군요."

헨들리는 이 문제를 다시 생각해 보았지만, 곧 이렇게 말했다. "걱정 말아요. 우린 이 문제에서 손을 떼지 않을 거예요. 누가 콜린 헤이즐턴을 죽였는지 몰라도, 그자들은 헤이즐턴이 누군지 알고 있었다는 점을 염두에 두고 활동하는 편이 안전할 것 같아요. 다시 말해서 전직 CIA 고참 직원을 서슴지 않고 죽일 수 있는 악당들이 돌아다니고 있다는 거죠. 나로서는, 국가정보국이 공식적으로 우리 활동을 인정해 주든지 아니든지 관계없이, 우리가 철저히 조심해야 된다는 점을 강조하고 싶군요."

딩이 웃었다. "당신이 그 말씀을 해주시기 바랐어요. 다음 단계로 뭘 해야 될지 생각해 보셨나요?"

클라크가 답했다. "내게 생각이 있어요. 난 단지 메리 팻에게 부담을 주고 싶지 않아요."

게리가 한숨을 내쉬었다. 그도 자신이 그런 생각을 좋아하는지 확신이 없었다. "듀크 샤프 말이에요?"

"그래요. 그렇다고 우리가 뉴욕 시내에서 미국 시민들을 기웃거리며 염탐하기 시작하려는 건 아네요. 어쨌거나 아직은 아닙니다. 지금 당장은 공개된 자료들을 탐색하여 샤프 씨와 그의 작전 활동에 대해 무슨 특이한 사항이 있는지 살펴보기로 하죠. 우리가 너무 호들갑을 떨면 샤프 씨가 금세 눈치를 챌 거예요. 샤프 씨와 그의 직원들은 자체 보안에 매우 철두철미합니다. '샤프' 사는 녹록지 않은 회사니까, 우습게 보면 안 돼요."

12

1년 전

조선 천연자원 무역회사 사무실은 250만 명이 거주하는 수도 평양에서 '중앙 구역'에 위치하고 있다. 이는 중앙에 타워가 있고 근처에 광업회사와 관련이 있는 몇 개의 작은 빌딩들로 구성된 대형 복합건물이다. 광업은 북한 경제에서 규모가 가장 큰 부문으로, 평양의 사무실에 수천 명, 그리고 전국에 백만 명가량이 직원으로 일하고 있었다.

지난 2주일 동안 전체 조직의 최정상에 오른 황민호는 자신이 여기까지 올라온 것에 매일 아침마다 경탄을 금치 못하였다.

당 엘리트를 위해 일하는 직원의 아들로 태어난 황민호는 이 나라 자녀들의 99%가 누리지 못하는 기회를 부여받았다. 다른 모든 북한 주민들과 마찬가지로 여전히 그의 미래는 당에 의해 사전에 결정되었다. 그는 베이징 대학으로 유학을 하여 공학을 전공한 다음, 평양대학에서 공부를 계속하여 공공정책 분야에서 석사 학위에 해당하는 자격을 얻었다. 그는 자강도에서 조선노동당 관리로서 경력을 시작했다. 자강도는 북한에서 석탄 산업의 중심지 가운데 하나였으며, 황민호의 공학적 배경은 광산이 직면한 문제들을 해결하는 데 도움이 되었다.

그가 조선노동당에서 국영 광업 조직으로 옮겨 온 것은 자연스런 일로서, 나이 30세에 조선 천연자원 무역회사의 관리부에 안락하게 자리를 잡았다.

그는 아직 둘 다 10대 청소년 시절, 노동당 행사에서 첫 번째 아내를 만났으나, 그녀는 22살 생일이 되던 날 출산 도중에 사망했다. 그 순간 황민호는 남편에서 총각으로 신분이 바뀌었고 이 사건은 그에게 엄청난 영향을 미쳤다. 그 후 20년간 오로지 자신의 경력에만 전력투구하던 그는, 마침내 양강도 구리 광산에서 젊은 간호사를 만났다. 황민호와 황소라는 1년 후 결혼을 했다.

그는 빼어난 지성, 차분한 매너, 그리고 근면한 직업의식 등으로 군계일학과 같은 인물로서, 지난 20년간 조직의 최상층부로 오른 끝에, 마침내 나이 50세에 석탄 · 구리 광산 분야의 최고 책임자가 된 것이다.

평안북도 정주에서 희토류가 발견되었을 때, 회사의 대다수 고위직 인사들은 이 새로운 천연자원을 캐기 위해 중국과의 협력으로 관심의 초점을 돌렸다. 반면, 황민호는 자체의 채광 활동에 집중하여, 오로지 석탄과 구리를 캐내는 일에 전념한 끝에, 마침내 정주 희토류 광산을 둘러싸고 중국과 관계가 파탄 지경에 이르렀던 사건의 여파가 가라앉자, 조직에서 살아남은 고위직 간부는 황민호가 거의 유일하였다. 전임 사장이 투옥되자 그는 조직을 맡으라는 명령을 받았고, 그것이 자신의 인생과 나아가 아내, 자녀 및 부모의 인생에서 가장 자랑스러운 순간이었지만, 여전히 그는 마음속으로 석탄과 구리에 관심을 기울이고 싶은 심정이었다.

그럼에도 불구하고 이제 조직을 맡은 그는 더 이상 희토류 채광에서 손을 뗄 여유가 없게 되었다. 사실 그 일은 업무의 80%를 차지하였다. 중국이 여전히 북한과 구리 광산, 아연 광산, 텅스텐 광산, 그리고 반쯤은 폐광된 금광 등에서 손을 잡고 있었으므로, 그는 이런 곳에서의 문제로 강동 재교화 수용소에 끌려갈 걱정은 없다고 확신했다. 그래서 황민호는 앞으로 1년 6개월 이내에 희토류를 제대로 캐내지 못하면 장갑 트럭 뒷자리에 실려 강동에 위치한 수용소로 끌려 들어갈 것이라는 사실을 알았다.

황민호는 9살 아들과 8살 딸의 아버지로서, 스스로를 가족적인 사람으로 생각했지만, 북한의 모든 다른 남자들과 마찬가지로 그가 바치는 충성의 우선 순위는 국가이지 가족이 아니었다. 그래서 오늘 아침에도 그는 새벽이 되기도 전에 대동강을 굽어보는 간부 거주 지역에 위치한 주택 앞에서 운전사를 만나 사무실로 향했다. 이들은 넓고 텅 빈 도로를 조용히 달렸다. 아직 사방이 어둑어둑하였고, 전력의 부족으로 수도 평양의 거리에 불빛이 거의 없었지만, 높은 아파트 단지와 사무실 건물 꼭대기에는 선전 문구를 적은 네온사인이 휘황찬란한 빛을 내고, 밝은 조명이 주요 교차로와 원형 로터리 중앙에 서 있는 최지훈의 거대한 동상들을 비추었다.

운전사가 20분 이상을 달리고, 다시 10분간 컴컴한 복도를 지나고 7층 계단을 오른 끝에 황민호는 손에 오늘의 첫 번째 찻잔을 들고 책상에 몸을 숙인 채 랩톱 컴퓨터를 켤 수 있었다.

자정 무렵 황민호는 오늘도 다른 날과 마찬가지로 끝날 것 같은 느낌이 들었다. 일은 많이 했지만, 그렇다고 특별히 내세울 것도 없었다. 또한 정주광산의 사정을 개선하려는 그의 노력이 여느 때처럼 한 걸음도 앞으로 나가지 못하였다. 오늘 아침 그는 수력발전소 제작 및 수입 업체인 국영 조선기계제작소 대표들과의 회의에 시달렸는데, 1시간 회의의 상당 부분을 이들이 지난번 회의에서 약속한 사항을 지키지 않았다고 질책하고, 또 이들에게 광산의 산출물을 더 많이 생산할 수 있도록 전력 생산을 증가시켜달라고 애원하는 데 허비하였다.

이제 그는 오후에 몇 블록 떨어진 압록강개발은행을 방문할 준비를 시작했다. 황민호와 그의 부상(副相, vice ministers)들은 종류가 몇 안 되지만 국제 제재의 대상에 포함되지 않는 물품들을 구입할 수 있는 자금을 해외에서 조달하기 위해 필사적으로 노력했는데, 그들에게 자금을 제공해 줄 해외 후원자를 물색하기는 더욱 어려운 일이었다. 국가적인 비효율성과 서방측에 의한 대북

제재조치로 인해 황민호가 국내에서 구할 수 있는 자산은 제한적이었으므로, 그에게 있어 압록강개발은행은 지극히 가냘프고 허술하면서도 그나마 기대해 볼 수 있는 유일한 생명줄이었다.

그가 오늘 세 번째로 마신 찻잔의 찌꺼기를 마저 먹으려고 컵에 손을 뻗치는 순간, 약간 흥분한 듯 꽥꽥거리며 목청을 높이는 비서의 목소리가 인터컴을 통해 들려왔다.

"황 사장님. 죄송합니다만, 리태진 장군이란 분이 찾아오셨습니다."

황민호는 고개를 뒤로 젖혔다. 그는 도통 이 사람이 누군지 알 수가 없었다. '리'씨 성을 가진 사람은 수십 명을 알고 있고, 이들 대부분이 군 장교들이지만, 그는 오늘 이 사람들 중 누구와도 만날 계획이 없었다. "그 사람이 나와 약속을 했나?" 그는 정부 관리에게 사전 통보도 없이 누군가가 불쑥 찾아왔다는 이야기를 들어 본 적이 없었다. 심지어 하위 계층에서도 사전에 준비할 사항이 있을 것이거늘, 하물며 북조선 최대 규모의 산업 부문을 담당하는 국영회사의 사장인 황민호를 만나려면 그것이 진작에 그날 황민호의 스케줄에 들어있는 것이 당연한 일이었다.

잠시 목소리가 멈추더니 그의 비서가 거의 비명 소리를 질렀다. "대단히 죄송합니다만, 지금 그분이 들어가고 있습니다!"

사무실 문이 열리자 황민호는 황급히 일어났다. 그의 눈앞에 가슴에 훈장을 주렁주렁 매단 녹색 인민군 군복 차림의 장군이 나타났다. 황민호는 지난주 제55호 관저를 방문하는 동안에 그를 만난 것을 기억했다.

황민호의 심장이 약간 쿵쾅거렸다. 그가 말했다. "제가 체포되는 겁니까?"

"아닙니다, 동무. 불쑥 찾아온 데 대해 사과드립니다." 그는 황민호의 책상으로 다가가 고개를 숙였다. "정찰총국의 리태진 장군입니다."

황민호도 인사를 했다. "'해외' 정보기관이요? 제가 뭘 도와드릴까요?"라고 하며 어깨를 움찔거렸다. "저는 한 번도 이 나라를 떠나 본 적이 없습니다."

리태진이 희미하게 웃었다. 하지만 황민호는 이 사람이 피곤하거나 슬픈 것같이 보였다. "제가 여기 온 것은 동무를 첩자로 고용하려는 게 아닙니다. 앉아도 될까요?"

"차를 좀 내오라고 하겠습니다."

"아뇨, 그냥 말씀 나누시죠." 리태진이 책상 앞의 의자를 끌어당기자, 황민호는 천천히 자기 의자에 앉았다. 슬픈 표정을 한 이 건방진 장군은 마치 황민호 사무실에 주인 행세를 하러 온 사람 같았다. 이것은 회의를 진행하는 정상적인 방법이 아니었고, 황민호는 말할 수 없이 황당한 기분이었다.

두 사람이 자리에 앉자 리태진이 말했다. "동무께서 최근 사장에 임명되신 것을 축하드립니다. 저도 불과 2주일 전에 정찰총국을 맡았습니다."

"동무, 저도 축하드리고 행운을 빕니다. 모든 영광을 대원수께 올립니다."

리태진이 불쑥 말했다. "저는 동무가 곤경에 처한 것을 알고 있습니다."

황민호가 사무실 주변을 둘러보며 말했다. "제 '곤경'이라뇨?"

"네. 동무는 18개월 이내에 성수 북쪽의 산악 지대에 위치한 너절한 구덩이를 세계 최대의 최첨단 광산으로 탈바꿈시켜야 합니다. 이런 일을 가능하게 만들 수 있는 유일한 파트너는 중국이지만, 중국인들은 이 나라에서 쫓겨 나갔습니다. 왜냐하면 대원수님이 우리에게 ICBM을 제공할 것을 요구하셨지만, 일언지하에 거부했기 때문이지요. 동무는 이 사업을 위해 합법적으로 서방국 기업들과 손잡을 수도 없습니다. 이유는 우리가 필요한 기술과 전문 지식을 갖고 있는 국가들은 첨단 장비의 수출과 사업상 여행을 규제하고 있고, 북조선에 대한 가혹한 제재조치가 더욱 강력하게 동무의 숨통을 조이게 될 위험이 있기 때문이죠."

황민호는 이 사람을 그저 멍하게 바라보았다. 그 말은 사실이지만, 고난과 역경에 대해 불평하거나 이 문제를 거론하는 것조차도 '주체사상'에 어긋나는 행위이다.

리태진이 계속 말을 이어갔다. "동무는 성공하지 못할 거요. 그리고 전임자에게 무슨 일이 벌어졌는지를 보았으니, 실패가 어떤 결과를 가져올 것인지도 알고 있을 것이오."

황민호는 약간 가쁜 숨을 내몰았다. "나는 광산이 틀림없이 요구된 시간 내에 목표 생산량에 도달할 수 있도록 성실하게 일하고 있습니다."

"원하는 만큼 열심히 일하세요. 사실 동무는 저 책상 뒤에서 쇠사슬로 묶여 끌려 나가는 마지막 순간까지 일할 수 있어요. 누군가 엄청나게 도움을 주지 않으면 그런 목표를 달성할 수 없을 겁니다."

"총국장님, 제가 뭘 해드리면 되겠습니까?"

이미 빳빳하고 엄격한 표정을 짓고 있던 리태진은 어쩐지 의자에서 더욱 꼿꼿한 자세를 보였다. "황 동무와 나는 공통점을 갖고 있습니다. 우리 두 사람의 머리 위에서 초시계가 돌아가고 있어요. 나는 북조선을 위해 성공적으로 작동하는 ICBM을 만들어 내기 위한 하드웨어와 노하우를 확보하라는 명령을 받았습니다. 저는 3년 내의 시간을 받았고, 그래서… 동무보다 시간이 2배가 많습니다. 만일 내 과업이 황 동무의 과업보다 더 어렵지 않다면 난 그것을 행운으로 생각할 겁니다."

이제 황민호는 머릿속이 혼란스럽고 불안해졌다. "동무가 이야기하시는 것은 나의 정상적인 권한에 속하지 않는 사항입니다. 이것에 대해 누구에게 이야기하는 것은 보안—"

"난 보안에 신경 쓰지 않아요. 동무는 보안을 위반하지 않을 겁니다. 동무의 개인 파일과 정보 파일을 속속들이 다 읽어 보았어요. 동무는 누구에게도 위협이 되지 않습니다."

"네. 물론 아닙니다. 자, 어서 말씀해 보세요, 리태진 동무."

"우리는 다른 공통점도 갖고 있습니다. 조강지처와 우리에게 의존하는 두 아이들 말이에요. 만일 내가 실패하여 내가 죽는 것으로만 끝난다면, 그건 하찮은 걱정거리에 불과합니다."

황민호가 말했다. "내 인생은 중요하지 않아요. 난 대원수님의 만수무강을 위해서 살고 있습니다." 이는 공산주의 이론과 개인적 숭배에 대한 공식적인 당의 교리이다.

그리고 리태진은 동의하지 않았지만, 말을 바꾸었다. "자, 황 동무. 우리가 성공하면 대원수님께 건강과 번영을 드릴 수 있고 우리의 가족도 살릴 수 있어요. 틀림없이 동무도 이것이 합당한 결과라는 데 동의하실 겁니다."

황민호는 그저 머리를 끄덕였다.

"동무는 18개월 이내에 희토류 금속을 생산하고 가공하고 시장에 판매해야 합니다. 나는 3년 내로 ICBM을 실전 배치해야 하구요." 그는 희미한 미소를 보였다. "지금 상태대로라면, 우리는 모두 실패할 거예요. 그렇게 되면 나는 동무보다 딱 18개월 더 오래 목숨이 붙어 있을 겁니다."

황민호가 어깨를 으쓱했다. "내가 실패하면 실패하라지요. 총살당하는 것보다 더 무서운 게 있습니다."

리태진은 자리에서 벌떡 일어나 사나운 표정을 지었다. "동무 말이 맞소! 그리고 나는 총살보다 더 끔찍한 장면을 보았어요. 그들이 내 전임자인 강 상군을 굶주린 개에게 먹이로 던져주었어요. 전임자가 2분 40초 만에 저항을 멈추자, 개들이 달려들어 전임자의 목을 물어뜯었어요. 무슨 말이냐 하면, 2분 40초 동안 전임자는 자신의 운명을 눈으로 보고, 느끼고, 알았다는 것이지요. 난 군대 생활을 통해 수백 명을 처형했어요. 사실 내일 아침에도 처형을 감독하러 갑니다. 하지만 강 장군에게 닥친 일은 사람으로서는 도저히 견딜 수 없이 끔찍한 공포입니다."

황민호의 얼굴이 하얗게 질렸다.

"그게 전부가 아녜요. 그가 실패한 결과로 가족들도 목숨을 잃었어요."

황민호는 종종 반역자의 가족들이 죽임을 당한다는 것을 알고 있었다. 이는 은밀하게 벌어지는 관행이었다. 반대로 군대는 국가에 저항하는 행위가 초래하는 결과가 반역자의 목숨에만 그치지 않는다는 점이 알려지기를 원한다. 이런 관행은 가족이 사회 전체에 위협이 되는 제집 식구들을 고발하도록 부추긴다.

리태진이 계속했다. "최 동무가 강 장군처럼 화려하게 실패한다면, 동무도 똑같은 운명을 겪게 될 것이오. 심지어 내게 동무의 최후를 지켜보라는 명령이 떨어질지도 몰라요. 그리고 동무는 내가 그 자리에 있기를 바랄 겁니다. 굶주린 개들이 동무의 살점을 뜯어 먹는 동안, 내가 18개월 후에 동무와 똑같은 형벌을 받게 될 것이란 것을 알고 위안을 받을 것이기 때문이지요."

"동무가 여기 온 것은 나를 동정하기 위해서인가요?"

"아뇨. 이런 얘기를 하는 이유는 우리가 서로를 필요로 한다는 사실을 동무에게 알려주기 위해서입니다."

"동무는 뭘 제안하시는 겁니까?"

리태진이 황민호를 바라보며 웃었다. "난 우리 조직들 간 동반자 관계를 제안합니다. 사실은 우리 둘 사이의 동반자 관계 말이죠."

"동반자 관계라뇨? 이해가 안 갑니다."

"외부의 도움이 없으면 동무의 노력은 반드시 실패합니다. 난 그런 도움을 줄 수 있어요. 동무가 필요한 것은 북조선의 국경 밖에 있는 것이고, 난 국경 밖에 나가서 그걸 가져올 수가 있습니다. 중국이 아니라 다른 곳에서 말이죠. ICBM을 만드는 데 필요한 물자와 노하우를 구할 수 있는 사람, 그리고 우리가 채굴한 희토류 광물을 가지고 나가 세계시장에서 은밀하게 판매할 수 있는 사람을 찾아서 여기로 데려오는 겁니다."

"동무는 그 대가로 뭘 원하십니까?"

"20%요."

"어떤 것의 20%죠?"

"모든 것의 20%지요. 이 돈은 곧장 보위부 금고로 들어갑니다. 1년 이내에 이 돈은 금년도 정찰총국 예산의 3배가 될 거예요. 이 돈이 있으면 필요한 기술을 확보할 수 있습니다."

황민호가 웃음을 터뜨렸다. "중국에 의하면 희토류 광산의 값어치가 미국 돈으로 12조 달러에 이른다고 합니다. 동무 생각에 내게 12조 달러의 20%를 맘대로 빼돌릴 권한이 있다고 봅니까?"

"만일 동무가 노동 수용소에 가지 않고 자녀들의 목숨을 살리려면, 황 동무가 방법을 찾을 수 있다고 생각해요. 난 국제은행 구좌 네트워크를 갖고 있으니, 동무가 돈을 다른 곳으로 돌리는 걸 도와줄 수 있어요. 그리고 12조 달러는 광산의 수명이 다할 때까지 모두 개발할 경우의 총액이에요. 난 단지 광산에서 벌어들인 외화를 우리가 ICBM을 실전 배치하는 데 사용할 수 있다는 동무의 약속만 있으면 됩니다."

"동무는 미사일을 구입할 건가요?"

"아뇨, 난 미사일 '산업'을 구입할 겁니다."

황민호의 얼굴에 미소가 되돌아왔다. "동무는 자신만만하시군요."

"이건 자신감이 아니라 '영감'이에요." 리태진은 앞으로 몸을 숙였다. "동무의 전임자를 굶주린 맹견들이 미친 듯이 달려들어 뜯어 먹는 장면을 보는 것처럼 '영감'을 받은 적이 없어요."

겁먹은 황민호가 움찔하더니 이렇게 말했다. "리 동무, 원하는 길 말해보세요."

"아뇨. '동무'가 원하는 걸 말씀하세요. 그러면 원하시는 대로 해드릴게요. 난 책상을 줄이고, 부서를 줄이고, 출장소도 줄이고 자산을 옮겨서, 필요한 만큼 이 계획에 예산을 쏟아붓고, 해외 공작원들에게 임무를 주어, 이 작전에 가용한 모든 에너지를 집중시킬 겁니다."

"작전이요? 미안합니다만, 난 정주의 희토류 광물의 채광과 가공을 위해 동무가 무슨 도움을 줄 수 있다는 건지 이해가 가지 않습니다."

"내가 할 수 있는 일의 몇 가지 예를 들어드리지요. 난 유엔 관리들을 매수하여 은행과 무역에 대한 제재를 느슨하게 만들 수 있고, 서방국 스파이들을 고용하여 전 세계의 희토류 시설에 침투시켜 동무가 알기를 원하는 정보를 빼내도록 할 겁니다. 난 해외 광산회사들과 거래를 해서, 그들의 전문 지식으로 동무의 광산을 은밀한 방식으로 도와주도록 만들 계획입니다. 내가 화학자, 지질학자, 공학자… 이런 사람들에게 비밀 고용계약을 제안하면, 동무는 이들 중에서 원하는 사람을 골라잡을 수 있을 것이고, 나는 밖으로 나가 필요하다면 총으로 협박하여 납치해서라도 이들을 데려올 겁니다. 난 동무가 필요한 물품이 배달되도록 주선하고, 이것들이 제재조치와 서해에서 금수조치를 집행하는 선박의 검색을 통과할 수 있도록 보장할 것입니다. 나는 러시아에 있는 동지들을 규합하여 관련된 산업들의 컴퓨터 시스템을 해킹해서 동무가 희토류 채광을 위한 청사진을 작성하는 데 도움을 줄 것입니다. 나는 전 세계적으로 홍보 분야에도 자본을 투자하여 동무의 광산에서 채굴된 희토류가 수출될 준비를 갖추는 대로 시장에서 거래되도록 분위기를 잡아 놓을 것입니다."

황민호는 평생 그런 이야기를 들어본 적이 없었다. 물론 과거에도 그의 사무실이 해외 정보를 요청했지만, 리태진의 제안은 그가 생각해 본 적이 있는 것보다 천문학적으로 스케일이 큰 것이었다. 리태진은 단지 정주 광산의 채굴과 가공 과정의 성공을 보장하는 데 필요한 것들의 윤곽만을 제시하였을 뿐이다. 그가 말했다. "믿을 수 없군요. 동무가 이렇게 할 수 있다면, 우린 성공할 수 있어요."

"자, 동의하시나요?"

그가 잃을 게 뭐겠는가? "동의합니다."

리태진이 말했다. "난 이 일을 성사시키는 데 필요한 파이프라인을 구축하기 위해, 우리나라 밖에서 동반자 관계를 형성해야 합니다. 만일 동무가 보기에 우리 사업에 동참시키기 위해 내가 알아보아야 할 기업이나 개인이 있다면 말씀해 주세요. 동무의 제안을 듣고 싶습니다."

황민호가 즉시 머리를 끄덕였다. "한 사람의 이름이 생각납니다. 동무가 이 사람을 후원자로 관여시킬 수 있다면, 나와 동무는 성공할 수 있어요."

정찰총국장은 눈썹을 추켜올렸다. "누군지 말씀해 보세요."

"오스카 로블라스 데 모타(Óscar Roblas de Mota)."

리태진이 생각에 잠겨 머리를 끄덕였다. 그도 이 사람에 대해 훤히 알고 있었다. "'오스카 로블라스'라. 네, 그래요. 물론이죠."

13

현재

거의 매일같이 아침 6시가 되면, 버지니아 수 애넌데일(Annandale)의 '제이호크(Jayhawk)' 가에 위치한 작은 집에서는 사람이 살고 있음을 알리는 첫 번째 생명의 신호가 나타났다. 43세의 '애넷 브롤리(Annette Brawley)'는 자명종 시계를 누르고 침대에서 일어나 앉은 자세를 취한 다음, 전등불을 켰다. 불빛은 커튼을 지나 작은 마당과 좁은 거리를 비추었다. 그녀는 잠시 침대에 앉아 눈을 비비면서, 오늘이 겨우 화요일밖에 안 되었다는 좌절감을 달래고는 천 근같이 무거운 다리를 이끌고 가까스로 일어섰다.

자리에서 일어나자마자 그녀는 침대를 정리했다. 군대에서 제대한 지 8년 이상이 지났지만, 이것은 육군에서 근무하는 동안에 익힌 오랜 버릇이었다. 특히 이 과정은 신속하고 간단명료한 것이었는데, 옆에서 같이 잠을 자는 사람이 없으므로 자기 쪽 침대만 다시 정리하면 되기 때문이다.

그런 다음 그녀는 주방으로 들어가 커피포트의 버튼을 누르고, 냉장고에서 계란 판을 집어 들었다. 그러고는 선반 위에 있던 시리얼 봉지를 가져다가 두 그릇에 부었다. 이때쯤이 되면 머리가 맑아져 신체의 자동조종장치를 해제하고, 지금 자신이 실제로 무엇을 하고 있는지 생각할 수 있었다.

그녀는 두 사람분의 아침 식사를 준비하고는, 정확하게 6시 15분이 되자 좁은 홀을 지나 집 뒤편으로 걸어가 좁은 계단을 올라간 다음, 층계의 맨 꼭대기에 있는 문을 똑똑 두드려 노크했다. 노크를 마친 그녀는 문을 열었다. 아무도 노크에 대답하지 않을 것이므로 이는 단지 형식적인 것에 불과하였고, 그녀는 오늘의 과업을 완수하기 위해 좀 더 적극적인 수단을 사용할 필요가 있었다.

'스테퍼니 브롤리(Stephanie Brawley)'는 16세 소녀로서, 그녀는 자기 엄마보다 더 아침에 일어나는 것을 싫어했다. 그리고 그녀는 엄마를 그다지 좋아하지도 않았다. 그래서 피곤에 지쳐 목이 잠긴 엄마의 목소리에 잠을 깰 때마다 그녀의 심술은 2배로 늘어났다.

"'스테프(Steph), 일어날 시간이야. 계란 프라이를 좀 해 놓았단다."

"엄마가 싫어." 스테퍼니가 툴툴거렸다.

"얘야, 나도 알아." 애넷은 돌아눕는 딸의 눈을 비벼 졸음을 쫓아주면서 태연하게 대답했다. "시리얼도 좀 준비해 놓았어."

"불 끄란 말이야!"

애넷은 전등불을 켜둔 채 딸의 방을 나섰다. 그녀는 온갖 불평을 늘어놓으며 투정 부리는 딸의 목소리를 뒤로하면서 계단을 내려가 커피 잔을 집어 들었다. 아침마다 고래고래 소리를 지르는 딸의 불평 소리를 듣는 것은 어느덧 매일 일상적으로 반복되는 일과가 되었다. 그녀도 자신을 슬프고 우울하게 만드는 딸의 유난스러운 소동이 싫었다. 하지만 마음을 상하지 않고 평정심을 유지하려고 최선을 다했다. 애넷은 부모가 이혼한 다음 엄마와 함께 살아야 했으므로, 사춘기 소녀 시절의 즐거운 추억이 별로 남아 있지 않았다.

아니, 어쩌면 그녀는 엄마에게 난폭하게 굴었던 것 같다. 그래서 지금 딸 스테퍼니가 매일 아침 고함을 지르며 난리를 피워도 이것이 그저 운명의 복수이겠거니 생각하며, 때가 되면 금방 지나갈 일이라고 스스로를 다독였다.

애넷은 2007년 남편이 죽은 이후로 줄곧 혼자 살았다. 펜실베이니아 주 방위군 하사이던 남편은 아프가니스탄 '낭가르하르(Nangarhar)' 주에 위치한 대대본부에서 정보분석관으로 근무하고 있었다. 그의 근무지는 전투 현장에서 멀찌감치 떨어져 있었고, 애넷은 남편이 아프간에서 가장 안전한 보직을 받았던 것으로 생각했다. 그러나 그는 타고 있던 장갑 험비 차량이 적대 세력이 설치한 급조 폭발물에 걸려 현장에서 즉사하고 말았다.

당시 현역이던 애넷은 카불에서 남편의 근무지 서쪽에서 육군 정보관으로 근무하고 있었다. 8살 난 딸 스테퍼니는 피츠버그에 있는 애넷 엄마에게 맡겨졌었는데, 남편이 전사했다는 소식을 들었을 때 공교롭게도 자기 엄마가 집에 없어 2배로 힘들었던 기억이 새로웠다.

과연, 스테퍼니가 보여주는 10대 소녀로서의 난폭한 행위는 변명의 여지가 없지 않았지만, 애넷은 딸이 이걸 변명거리로 삼게 그냥 내버려두지 않을 참이었다.

매일 아침 역경과 고난을 견디며 한바탕 소동을 피운 끝에 가까스로 딸을 문밖으로 밀어내 학교로 보낸 다음, 사실이지 애넷은 스프링필드까지 출근하기 위해 짧은 거리를 운전하는 시간을 즐기고 있었다. 그녀는 더 이상 육군의 현역군인이 아니었지만, 8시 직전에 '포트 벨부아(Fort Belvoir)'의 정문을 통과했다. 정문을 지나 꼬불꼬불한 도로를 조금 올라가면 목적지가 나온다. 워싱턴 DC에서 펜타곤과 미 의회 의사당 다음으로 규모가 세 번째로 큰 정부 건물인 '국립 지리정보국(National Geospatial-Intelligence Agency: NGA)'이 그것이다.

NGA는 미 국가정보국(Office of the Director of National Intelligence) 산하에 있는 16개 정보기관 중 하나이면서도, 아마도 가장 덜 알려진 기관일 것이다. 과거 '국가 영상 및 지도 제작국'이었던 NGA는 국방부의 전투 지원 기관이자, 동시에 미 정보조직의 일부로서 이중적 기능을 수행하고 있다. NGA는 불과 몇 년 전에 창설되었지만, 이곳에 있는 시설과 세인트루이스에 위치한 또 하나의 거대한 건물에 막대한 자원을 쏟아부었다.

이 조직의 연간 예산은 50억 달러이며 군인과 민간인을 합쳐 수천 명의 인력을 거느리고 있다.

경비원에게 배지를 보인 후 스캐너에 입력시킨 다음, 지갑을 테이블에 올려 검사를 받고 금속 탐지기에 통과시켰다. 약 1/3이 군복을 착용한 다른 직원들과 홀을 한참 걸어 내려가면, 밑으로 내려가는 에스컬레이터가 나오는데, 그 위의 벽에 커다란 글씨로 NGA의 모토가 새겨져 있다.

"지구를 알자… 길을 알려주자… 세계를 이해하자."*

그녀는 자유의 여신상을 옆으로 눕혀 놓을 수 있을 정도로 공간이 거대한 아트리움**을 지나, 실내 중앙에 여섯 개의 유리로 된 출입구 중 하나로 가서 배지를 판독기에 읽혔다. 출입문을 통과하면 앞쪽에 여러 대의 엘리베이터들이 늘어서 있다. 그녀는 엘리베이터로 4층으로 올라가 아트리움 위에 걸쳐져 있는 홀을 지나 또 하나의 복도를 내려가서는, 네 번째로 배지를 스캔하고 작은 사무실에 들어갔다.

애넷은 NGA의 영상 전문가로서, 다른 소소한 데이터들을 편집하고 분석하는 일과 함께, 영상 조작 및 화질 개선 소프트웨어를 이용하여 온갖 종류의 사진을 검토하는 것이 그녀의 일상적인 임무였다. 그런 다음 그녀가 그날의 발견 사항을 정리하여 '해설 보고서'를 작성하면, 이것들은 NGA가 작성한 보고서의 수신처인 정책 결정자, 전쟁 지휘부, 비상 대응반 등에 배포된다.

비록 그녀는 자기 손으로 세계를 바꿀 수 없다는 것을 인식하고 있었지만, 자신이 하는 일이 흥미롭다고 생각하면서, 맡은 일에서 잘하고 있다는 사실에 위안을 느끼고 있었다. 성인이 된 이래, 애넷은 오직 정보 업무에 매달렸

---

* 원문: "KNOW THE EARTH… SHOW THE WAY… UNDERSTAND THE WORLD."

** 역주: 현대식 건물 가운데의 높은 곳에 유리로 지붕을 만든 공간

다. 육군 정보 부서에서 군 복무를 마친 후, 그녀는 이곳에서 민간 분석관 자리를 차지하였다. 그녀는 일과 동료들과 맡은 임무 자체를 좋아했다.

말썽 많은 사춘기 딸을 둔 미망인으로서, 인생의 여기저기가 부서져 엉망이 되고 스트레스가 심했지만, 브롤리는 매일같이 이곳에 출근하여, 개인적으로 한 번도 방문해 본 적이 없는 지구 반대편에서 가져온 영상과 데이터를 분석하는 일에 온전히 전념하고, 그곳에서 벌어지는 실상에 대하여 일관된 그림을 만들어 내는 일로 미력하나마 조국에 기여할 수 있는 것을 위안으로 삼고 있었다.

그녀의 사무실은 동아시아부(部) 소속으로, 자신의 초점은 북한이었다. 사무실에 근무하는 대부분의 직원들은 불투명하고 미스터리한 북한 정부나 핵 · 미사일 프로그램 같은 '섹시한 주제'에 대부분의 시간을 보냈지만, 경제과에 속한 애넷 브롤리는 거의 모든 일과를 오로지 북한의 채광산업에 집중하였다.

그녀가 광업 전문가가 된 것은 바위를 캐내는 일이 좋아서가 아니라, 맡은 임무가 북한의 경제 분야이고, 또 광업이 북한의 주요 산업이라는 단순한 이유 때문이었다.

NGA의 공간정보 기술은 단순히 그림과 지도를 들여다보는 차원을 훨씬 뛰어넘는 것이다. NGA는 무선전화 송신탑과 심지어 소셜 미디어까지 포함하여, 우주 · 공중 · 해상 · 지상에서 운용되는 정보 수집 플랫폼이 수집한 온갖 종류의 데이터를 사용한다.

그러나 북한에 적용되는 정보수집 활동은 별로 많지 않다. NGA는 '은둔의 왕국' 내부의 휴대전화 데이터를 거의 또는 전혀 들여다볼 수 없으며, 북한에서 소셜 미디어는 금지되어 있다. 하지만 그녀가 사용할 수 있는 다른 공간정보분석 도구가 있었다. 위성사진과 밀수꾼과 탈북자들이 갖고 나오는 비디오, 그리고 심지어 북한의 선전 자료들도 자료 뒤에 숨겨진 알짜배기 첩보를 수집하는 데 활용되었다.

오늘 아침 그녀는 NGA의 '국가정찰실(National Reconnaissance Office)'이 운용하는 첩보 위성 중 하나인 'KH-2'가 새로 보내온 영상들을 살펴보기로 결정했다. 그녀는 앞에 놓인 세 대의 27인치 모니터 중 하나에 파일을 올려놓고, 그 옆의 데이터 스크린으로 입수된 영상의 위치에 대한 GPS 정보를 확인했다.

그녀는 5분을 투자하여 평양 바로 외곽에 위치한 텅스텐 광산에서 진행 중인 도로 사업 현장을 검토해 보고는, 한 달 전에 마지막으로 들여다본 이래 바뀐 것이 전혀 없다는 것을 발견하고, 이 내용을 업무 일지에 기록해 두었다.

그런 다음 컴퓨터 스크린에 정주 희토류 광산의 좌표를 입력시켰다.

1년 전 그녀는 거의 모든 시간을 정주광산에서 벌어지는 활동들을 관찰하는 데 보냈다. 하지만 당시는 중국인이 그곳에 있었고, 실제 채굴 활동이 활발하게 이루어지는 시점이었다. 그때 미국의 정책 결정자들이 정주에 관심을 기울였던 이유는, 그곳에 약 12조 달러에 달하는 희토류 광석이 매장되어 있다는 소문이 중국에서 나돌았기 때문이다. 이런 소문에 미국 정부가 우려하자, 애넛은 오랜 시간 동안 현장에서 벌어지는 진전 상황을 추적하였다. 그녀는 약간의 광석이 그저 몇 대의 궤도 차량에 실려, 아마도 중국의 희토류 제련소 중 한 군데로 가져가 가공하기 위해 노천광산에서 중국 국경을 향해 북쪽으로 이동하는 모습을 찾아내었다. 중국인들이 광산에서 내쫓기자—애넛은 북한 지도자 최지훈이 광산 계약을 취소시켰기 때문에 중국인들이 그곳을 떠났다는 CIA 정보분석 보고서를 받았다—그다음부터 광산에 대한 관심이 재빨리 사그라졌다. 모든 사람들이 내린 결론에 의하면, 고작해야 북한은 계속해서 소량의 광석을 채굴하여 희토류 가공을 위해 중국으로 보낼 것이다. 그녀는 자신이 분석한 결과를 토대로, 중국의 도움이 없는 한 정주광산이 겨우 연간 생산능력의 4%밖에 발휘하지 못할 것이라는 결론을 내렸다.

정주광산이 '생명보조 장치' 신세를 지는 모습을 보이자, 그녀는 북한에 있는 다른 광산들로 관심을 돌렸지만, 매달 정주 지역으로 되돌아와 위성 영상을 들여다보며 달라진 것이 있는지 점검하였다. 지난 1년 동안 매번 정주 지역으로 되돌아와 그녀가 발견한 것이라고는 북한이 아직도 뭔가를 캐내려 기를 쓰고 있지만, 자신들이 무엇을 하는지 잘 알고 있던 중국인들과 손잡았을 때와 비교해보면 북한의 채광 활동이 껍데기에 불과하다는 사실이었다.

KH-12 위성이 촬영한 최신 디지털 영상을 들여다보던 브롤리는 그곳에 구름 한 점도 없다는 것이 흐뭇하였다. 우선 그녀는 광산 주변의 건물들을 무시하고 곧장 산비탈에 위치한 노천광산에 초점을 맞추었다. KH-12 위성 카메라의 해상도는 환상적인 수준이었다. 그녀는 불도저와 흙을 퍼 나르는 다른 토목공사 장비들을 식별하였다. 심지어 어찌나 날씨가 청명하였던지 사람들의 그림자도 알아볼 정도였다.

그러나 광산에 별다른 것이 보이지 않았으므로, 그녀는 스캐닝하며 남쪽으로 내려갔다. 광산에서 몇 킬로 떨어진 곳에 작은 도시 정주의 모습이 보였다. 그녀는 광산과 혹시라도 관련이 있을지 모르는 도시 다른 곳에서 새로운 산업 또는 상업 활동이 벌어진 흔적이 있는지를 찾아보기 위해, 언제나 기차역과 근처에 위치한 화물 야적장을 들여다보기를 즐겼다.

오늘 아침 그녀는 즉시 뭔가를 발견하고 중얼거렸다. '거참, 이상하다.' 기차역 부근의 야트막하고 납작한 호텔의 옆에 위치한 주차장에 16개의 직사각형 물체들이 죽 늘어서 있었다. 만일 1년 전 정주에 대한 영상을 분석하는 데 200시간 가까이 투자하지 않았더라면, 그녀는 결코 도시 한가운데서 나타난 이상한 징후를 발견하지 못했을 것이다. 또한 그녀의 머릿속에는 정주시의 이미지가 각인되어 있어서, 수백 동에 달하는 모든 개별 건물까지는 아니더라도 광산 개발과 관련된 건물들이 포함된 시내의 배치를 한눈에 알아볼 수 있었다. 지난달만 하더라도 직사각형의 물체들은 존재하지도 않았다. 그녀는 과거 영상들을 꺼내 재차 확인할 수도 있었지만, 너무도 그 사실을 확신하고 있었던 데다가 지금은 너무 궁금하여 그럴 여유가 없었다.

그녀는 사각형 물체들이 뭔지 알아보았다. 이들은 광산이나 건설 현장에서 흔히 나타나는 모습이기 때문이다. 도시에서 유일한 호텔 옆에 단정하게 줄을 맞춰 배치된 모양을 보니, 이들이 이곳에 거주하지 않는 외부 근로자들을 위해 북한 정부가 가져다 놓은 숙소라는 걸 알 수 있었다.

이 사각형을 숙소 건물이라고 판단할 수 있었던 이유는 야외에 만들어 놓은 화덕 부근에 작은 별채들이 줄지어 있었기 때문인데, 그녀는 이들이 조악한 형태나마 음식 준비를 하는 시설이란 점을 알아보았다.

애넷의 판단에 의하면 이들 16채의 임시 건물은 대략 150명의 근로자들을 수용할 수 있다. 하지만 '어떤' 일을 위한 근로자일까? 정주시에 공장이 몇 개 있었지만, 그렇게 큰 규모는 아니었다. 부근에 있는 중공업 시설은 광산이 유일하다.

그녀는 광산으로 되돌아가면서 영상을 스캐닝하였다. 이곳에는 광산 채굴이나 주변에 위치한 다른 구조물의 건축과 같이 중요한 활동이 전혀 이루어지고 있지 않았다. 그녀는 정주시를 다시 한 번 샅샅이 훑으며, 신축 건물이 세워지거나 거대한 대원수 동상이 새로 건축되는 징후가 있는지를 살폈다. 그래도 별다른 단서가 잡히지 않자, 그녀는 도시 주변의 도로와 철로 궤도를 스캐닝하면서, 어디서 150명의 근로자가 투입될 만한 새로운 프로젝트가 진행되는지를 열심히 찾아보았다.

1시간 내내 씨름하였건만, 남들에게 보여줄 만한 것을 전혀 발견하지 못하였다.

그러나 애넷 브롤리는 군대에서 끈질긴 인내력과 추진력을 체득하였으며, 정보학교에서 영상의 미묘한 차이를 식별해 내는 기술을 배웠다. 그녀는 영상 이미지에 뭔가가 있다는 것을 알고 있었으므로, 포기하지 않고 끈질기게 파고들었다.

인공위성의 감시로부터 은폐하기 위해 많은 군사활동이 지하에서 벌어지는 북한 같은 나라에서, 그녀는 미사일 산업 같은 무엇인가를 발견한 것이 아닐까 의심하기 시작했다. '서해 위성발사대'는 남서쪽으로 25마일 떨어진 '서한만(西韓灣)'으로 돌출된 작은 반도에 위치하고 있으므로, 그곳에서 정주에 이르는 지하에서 비밀 프로젝트가 벌어지고 있는지도 모를 일이었다.

자신이 알고 있는 대로 북한이 움직이는 패턴에 부합되지는 않았지만, 그녀는 매일같이 서해 지역에 온통 관심을 집중시키고 있는 같은 분석 팀에 속한 동료들에게 영상을 보여주고 의견을 물어보았다.

그녀는 2시간씩이나 헛수고했다고 느끼며 약간 짜증 난 기분으로 점심식사를 하러 막 일어서려던 찰나, 문득 한 가지 생각이 뇌리를 스쳤다. 정주광산 서쪽에는 수력발전 댐이 있었는데, 포장도로를 따라 불과 10분 정도 차를 타고 가면 닿을 수 있는 거리였다. 이 댐은 임시 숙소 건물이 위치한 곳에서 약 1시간 떨어진 곳이었지만, 그녀는 여전히 혹시라도 외부 근로자들이 이곳의 댐을 수리하러 온 것이 아닐까 생각해 보았다.

그녀는 댐 지역 전체를 훑어보기 위해 모니터의 확대된 이미지에서 벗어났다가는, 다시 줌을 당겨 이미지의 크기를 확대시켰다. 애넷은 혹시라도 무슨 일이 진행되는 징후를 발견할 수 있을까 싶어, 댐을 따라 노다시 잔잔히 살펴보았지만 아무것도 찾을 수 없었다.

'젠장.' 그녀가 기억하는 한, 댐은 마지막으로 그 지역에 세워진 거대한 구조물이었다.

별생각 없이 그녀는 영상을 좌우로 움직이면서 수력 발전소로 생겨난 저수지의 제방 근처를 살폈다. 저수지 북쪽 제방에는 사각형 건물들로 이루어진 작은 마을이 있었다. 그녀는 댐으로부터 가장 먼 곳에 위치한 제방의 왼쪽으로 시선을 옮길 참이었다.

그러나 그녀는 시선을 멈추고 얼굴을 모니터에 바싹 갖다 대었다.

"'도대체' 이게 뭐지?"

지면 위로 올라온, 일종의 트랙 같은 곳의 양쪽을 따라 기다란 금속 지붕이 늘어서 있었다. 지붕의 동쪽에는 둥그런 구조물들이 있었다. 애넷은 마치 탱크처럼 보인다고 생각했다. 그녀는 전체 건물군 속에서 26동의 구조물, 그리고 차량 몇 대가 근처에 주차되어 있는 것을 발견했다.

"아니… 빌어먹을… 이게 다 뭐야."

그녀는 자신이 보고 있는 것이 뭔지를 알 것 같다고 생각했지만, 분명하게 확인할 셈으로 오른쪽의 모니터로 의자를 돌려, 구글 검색창에 뭔가를 입력시키고는 이미지를 화면에 올렸다. 그것은 말레이시아에 있는 'LAMP'의 현장이었다. 'LAMP'란 '라이너스 신소재 공장(Lynas Advanced Materials Plant)'의 약자로서, 호주의 '라이너스' 광산회사가 소유한 희토류 제련소이다.

애넷은 북한 산악 지대에 위치한 저수지 근처로 다시 돌아갔다. 그런 다음 LAMP를 다시 살펴보았다. 두 군데의 장소가 거의 똑같았다.

그녀는 큰 소리로 소리쳤다. "야, 난데없이 너희들 여기서 뭘 하는 거냐?"

키보드에 뭔가를 타이핑하자 세 번째 모니터에서 전형적인 희토류 제련소의 설계도 그림이 나타났다. 1분 이내로 그녀는 동그랗게 생긴 탱크가 희토류 산화물 분리 장치의 일부란 것을 알아냈다.

이것이 그녀에게 확인시켜 주는 사실은 분명하였다. 북한이 희토류 채광 사업을 재개, 그것도 대대적으로 재개하였다는 것이다. 북한은 중국인들을 내쫓은 데다, 심지어 희토류 광석의 가공도 중국에 의존하지 않고 있었다.

이런 것을 다 하려면 최첨단 장비, 그리고 엄청난 전문 지식과 숙련된 인력이 필요하였다.

그리고 애넷은 단 1초도 북한이 제힘으로 그렇게 할 수 있다고 생각하지 않았다.

애넷 브롤리는 아트리움에 있는 두 개의 카페테리아 중 하나로 달려 내려가 바나나 한 개와 동물 모양 크래커 한 봉지만 집어 들고 와, 점심시간 내내 일에 매달렸다. 그녀는 경악할 만한 조사 결과를 정리하고, 간단하면서도 강렬한 인상을 주는 파워포인트 발표 자료를 준비하면서 틈틈이 음식을 먹었다.

육군 정보부대에서 그녀의 주 무기는 파워포인트 슬라이드 자료였다. 파워포인트는 전투 작전에 참여한 군인들에게 상당한 경멸과 모욕을 받았으며, 그녀는 이것을 당연한 일이라고 인정하였다. 그녀는 한밤중에 주택가 문짝을 걷어차고 쳐들어가는 특공대원이나 총잡이가 아니라 정보 업무에 빠삭한 컴퓨터광이었다. 그러나 슬라이드를 다른 사람에게 보여줄 때 특공대원들이 눈알을 부라리며 못마땅한 표정을 짓더라도, 애넷은 자신이 최선을 다하였고, 또 최선을 다한 슬라이드 작품이 군인들을 위험에서 구하는 데 기여하였다는 생각에 위안을 얻었다.

NGA에서 애넷의 상관은 '마이크 피터스(Mike Peters)'라는 이름의 해병 대령이었다. 애넷은 자기보다 나이가 몇 살 어린 피터스를 난폭하면서도 잘생긴 남자라고 생각하였다. 때때로 그녀는 피터스가 동료들 중에서 민간인 직원들보다 현역들을 부당하게 더 편애한다고 생각했다. 하지만 그는 애넷이 열심히 근무하고 있다는 것, 그리고 군인과 민간인을 불문하고 몇몇 젊은 동료들처럼 사무실에서 별것도 아닌 일로 난리법석 호들갑을 떨지 않는다는 점을 인정해 주는 것 같았다.

애넷은 오후 3시 30분에 피터스의 사무실 문을 두드렸다. 그녀는 온라인에 올라와 있는 그날의 스케줄을 보고, 다음번 약속 시간까지 30분의 여유가 있는 것을 확인했다.

피터스는 읽고 있던 서류에서 눈을 떼었다. "어이, 브롤리. 어쩐 일이죠?"

"뭔가 쓸 만한 걸 찾아냈어요. 10분간 시간 낼 수 있어요?"

"10분 이상 시간 있어요. 5시 30분에 회의가 있지만 그때까진 괜찮아요."

그녀는 '그러면 좋겠어.'라고 생각했다.

애넷은 그의 컴퓨터에서 파워포인트를 열어, 사무실에서 멀리 벽 쪽에 있는 모니터로 보냈다. 두 사람은 함께 10분 동안 영상을 검토했다. 그녀는 상관에게 정주시 호텔 근처에 생긴 임시 숙소, 시내 곳곳에 주차되어 있는 새 차들, 그리고 마지막으로 정주시 북쪽의 댐 부근에 있는 가공공장도 보여주었다.

프레젠테이션을 마치자 피터스 대령은 모니터에서 몸을 돌려 그녀를 바라보았다. “그러니까 중국 국영 광산 ‘시날코 · 민메탈(Chinalco and Minmetals)’이 다시 정주로 돌아와, 이들이 희토류 광석을 가공한단 말이죠? 왜 그렇게 해야 할 필요가 있을까요?”

“그렇지 않아요. 중국인들은 국경 너머에 제련소를 갖고 있고, 거기까지 도로와 철로가 연결되어 있고, 교량도 지날 수 있어요.”

“당신의 결론은 뭔가요?” 그가 물었다.

“내가 도달할 수 있는 유일한 결론은 중국인들이 개입되어 있지 않다는 거예요.”

“그러니까 자체적으로 희토류를 뽑아낼 수 있을 정도로 북한의 국내 채광 기술이 발전되었다는 말이죠?”

브롤리는 머리를 흔들었다. 그녀는 자신의 분석이 ‘사안의 핵심’을 짚었다고 생각했다. 그녀는 매사에 터무니없는 상상력을 발휘하는 타입이 아니었다. 그것은 실수를 저지르는 첩경이기 때문이다. 그렇더라도 일단 확신이 설 경우에는, 앞뒤 가리지 않고 자신의 의사를 분명히 나타냈다. “마이크, 제가 이 광산을 오랫동안 지켜본 결과에 의하면, 단연코 북한이 이런 일을 단독으로 하는 게 아녜요.”

“그럼 누가 그 일을 하는 거죠?”

“인공위성 사진만으론 알 수 없어요. CIA가 그곳에 사람을 보내 알아봐야 돼요.”

피터스가 웃었다. “휴게실 같은 데서 ‘미션 임파서블’ 영화를 보여주지 않던가요?”

브롤리도 웃었다. “미안해요, 하지만 믿기지가 않는 모양이죠? 전 ‘인간정보’를 몰라요. 단지 건물 지붕과 숫자를 알아냈을 뿐이에요. 현장에서 답을 찾으려면 누군가가 그리로 가야 할 거예요.”

피터스는 브롤리의 작품을 좋아했다. 그녀는 20명 남짓한 비슷한 등급의 직원들 대부분에 비해 한결 신중하였다.

"좋은 자료예요."

"고마워요."

"아마도 이 자료는 국가정보국까지 올라갈 거예요. 누가 알아요, 대통령 일일 브리핑에까지 올라갈지?"

브롤리는 눈을 동그랗게 떴다. 그녀의 책상 위에는 웃고 있는 '잭 라이언' 대통령의 사진이 놓여 있었다. 사무실에 있는 대통령의 팬들도 사진을 보고 그녀를 놀려댔었다. "어쩌면 파워포인트를 하나 더 만들어야 할까 봐요. 해상도를 더 또렷하게 만들고, 색깔도 더 집어넣고요."

피터스는 머리를 흔들었다. "정보기관에 근무하는 사람들은 모두 대통령이 직접 '원형 정보'를 보기를 좋아한다는 걸 알아. 하지만 국가정보국의 폴리 국장은 대통령과 함께 백악관에 앉아 파워포인트를 넘기는 걸 즐기지 않거든. 그러니 당신이 프레젠테이션 해야 되는 일은 걱정하지 않아도 돼. 애넛은 정말 좋은 자료를 보고해 주었어. 이제 사무실로 돌아가 더 많은 작품을 만들어요."

"더 많이요?"

"애넛, 이것으로 끝난 게 아녜요." 그는 펜의 끄트머리로 노천광산을 톡톡 두드렸다. "이놈들이 계속 파는 동안, 당신도 계속 파야 돼요." 피터스 대령은 만족한 듯 그녀에게 윙크를 보냈다.

"피터스 대령님, 금방 머리에 떠오른 생각인가요, 아니면 얼마 동안 생각해 두었던 건가요?"

그는 자랑스럽게 대답했다. "방금 생각난 거예요. 앞으로도 내가 수백 번 그렇게 하는 걸 보게 될 거예요. 어때 괜찮죠, 안 그래요?"

14

1년 전

1주일 전 황민호 사장은 예고도 없이 사무실에 나타난 리태진 정찰총국장을 딱 한 번 만났고, 그때 리태진은 군복을 입고 있었다. 황 사장은 그가 집을 나설 때는 언제나 조선인민군 군복 차림일 거라고 생각했다. 그래서 황민호는 오늘 아침 52세의 리 국장이 옅은 회색 양복 차림에 파란색 넥타이를 맨 모습을 보고 깜짝 놀랐다. 황민호는 리태진이 오히려 군복 차림보다 더 멋있게 보인다는 점을 인정했다. 좀처럼 가족과 저녁에 산책할 틈도 없어, 조선 천연자원 무역회사의 사무실까지 계단을 오르느라 숨을 헐떡거리는 황민호와는 달리 확실히 리태진은 주기적으로 운동을 하고 있었다.

두 사람은 평양 순안 국제공항의 비즈니스 라운지에 서로 마주 보고 서 있었다. 두 사람은 각자 소규모 수행원들을 데리고 왔다. 리태진은 대령 몇 명과 경호원들, 그리고 황민호는 개인 비서 한 명과 국장 몇 사람, 그리고 고위급 기술 자문관들을 동반하였다. 시간이 새벽 5시밖에 되지 않았으므로, 첫 번째 비행기는 8시 30분이 되어야 출발할 것이다. 그래서 군인들과 정부 관리들은 저마다 자리를 잡고 앉아 있었다. 만일 오늘의 출장을 위협할 정도로 우려스러운 상황이 발생했다고 판단된다면, 리태진은 공항 전체를 폐쇄시킬 수도 있을 것이다.

비록 24시간짜리 해외 출장이었지만, 황민호 사장은 아직도 자신이 이 나라를 떠난다는 사실을 믿을 수가 없었다. 평범한 북한 인민들은 거의 모두 평생 동안 외국에 발을 들여놓지 못하며, 고위급 정부 관리라도 힘깨나 써야 그런 기회를 잡을 수 있다. 북한은 전 세계에서 가장 폐쇄된 사회이며 정부가 외부 세계로부터 인민들을 분리시키는 것은 인민들에게 전해지는 메시지를 통제할 수 있는 능력 중에서 핵심적 요소이다.

그러나 리태진은 이번 여행을 앞장서서 지휘했다. 그는 황민호와 자기 자신, 그리고 총 아홉 명의 통역관과 수행원들의 여행을 주선하고, 극히 이례적인 상황이라는 이유를 대며 까칠한 인민보위부의 견제를 무마하였다. 허가되지 않은 출국을 사형에 해당되는 반역 범죄로 간주하는 북한은 해외여행을 대단히 심각하게 받아들이고 있어, 리태진과 정찰총국은 출장을 성사시키기 위해 온갖 장애물들을 뛰어넘어야 했다. 그는 대원수가 승인한 활동을 수행한다는 명분을 앞세워 대부분의 관료주의적 요식 행위들을 억지로 건너뛰었다. 사실 리태진은 여행 허가를 받기 위해 최지훈의 사무실까지 올라갔으며, 며칠간 리태진과 황민호가 직접 회의에 참석하여 보안 부서 책임자들의 질의 · 응답을 통과하고, 대원수에 대한 충성을 맹세한 후에, 그리고 부하들로 위장한 국내 보안기관 요원들이 수행원 명단에 포함된 후에야 비로소 해외여행이 성사될 수 있었다.

황민호의 경우에는 서방국의 납치, 혹은 세상 사람들이 다 알고 있는 바와 같이 망명이 시도될 가능성을 차단하기 위해, 그를 감시하기 위한 여러 명의 국가 보안기관 요원들을 대동하지 않은 채, 고위직 광업회사 중역이 일종의 조직화된 대표단을 이끌고 비행기로 북한을 떠난다는 자체가 거의 드문 일이었다.

그리고 황민호의 해외 출장도 흔치 않은 일이었지만, 리태진 같은 인물이 북한을 떠나 외국으로 간다는 것은 거의 전례가 없는 일이었다.

그러나 리태진은 기어코 일을 성사시켰다. 이번 작전이 성공하지 못하면 목숨이 위협을 받게 될 것이라는 사실에 의하여 고도의 동기가 부여되었으므로, 정찰총국장과 그 부하들은 고리타분한 규정집 같은 것은 과감하게 던져버렸다.

공항 직원의 무전 연락을 받고 난 후, 전 인원들은 지상으로 연결되는 터미널 뒤편의 계단을 줄지어 내려온 다음, 금방 부서질 듯 삐걱거리는 버스를 타고 빨간색, 흰색, 청색으로 북한 국적기를 뜻하는 '고려항공'이라는 글씨가 새겨진 'TU-134' 쌍발 엔진 제트기에 올랐다.

제트기 트랩의 계단을 오르는 황민호의 다리가 후들거렸다. 이는 여행에 대한 흥분이 아니라—그는 외국으로 나가는 것에 아무런 스릴도 느끼지 못하였다—진정한 두려움 때문이었다. 그는 54년 동안 외부 세계에 대한 온갖 무서운 이야기를 들으며 북한에서 살아왔다. 고향에는 미국인 GI(병사)—외국인들은 모두 사악한 것으로 간주되었다—가 비명을 지르는 북조선 어린아이를 대검으로 찌르는 모습의 동상이 서 있었고, 남한과 일본에 대한 질병, 도처를 횡행하는 범죄, 육체적 타락 등에 대한 온갖 섬뜩한 이야기들이 전설처럼 전해져 내려왔다.

그는 눈물을 참으며 아내와 아이들을 껴안고 전날 밤을 보내면서, 이들에게 비록 자신이 돌아오지 못하더라도 부디 용기를 잃지 말고, 대원수에 대한 믿음을 지키라고 비장하게 당부해 두었다.

비행기에 오른 황민호는 좌석을 골랐다. 비행기는 약 80명을 태울 수 있었으나 고작 16명이 탑승했을 뿐이었다. 리태진 옆에 자리를 잡고 말없이 앉아 있던 그의 손이 떨렸다. 그는 비행기가 착륙하면 어떤 광경이 펼쳐질 것인지를 상상해 보았다.

이들을 싣고 남쪽으로 이륙한 비행기는 아침 안개를 뚫고 상공으로 올랐다. 황민호는 리태진이 그날 늦게 열리게 될 회의에 대한 전략을 열심히 언급하는 동안 건성으로 고개를 끄덕거렸다.

4시간 후, 황민호는 미지수로 가득한 여행의 두려움을 잊고 업무에 깊이 몰두하였다. 그는 연료를 재보급하고 비행 출발지에 혼선을 빚게 할 목적으로 비행기가 라오스 '비엔티안(Vientiane)' 공항에 착륙했을 때, 눈을 잠시 서류에서 떼었을 뿐이었다. 30분 후, 비행기가 다시 하늘에 올랐다.

이들은 오후 중반의 빗줄기 속에서 싱가포르에 두 번째로 착륙하여, 현지 정찰총국 공작원의 영접을 받고 '만다린 오리엔탈(Mandarine Oriental)' 호텔로 향했다.

황민호는 공항 로비의 화려하고 장엄한 모습을 보고 눈을 의심하였다. 실제로 제55호 관저의 내실을 직접 목격한 몇 안 되는 사람들 중 한 명으로서, 그는 아무 거리낌 없이 이 호텔이 대원수의 궁전보다 더 호화롭다고 말할 수 있었다. 그는 정부 고관이나 왕족이 아닌 평범한 사업가들도 고급스럽게 꾸미고 다니는 것을 보고, 그는 리태신도 똑같은 생각을 하고 있는 것임을 알아차렸다. 그는 난생 이런 모습을 본 적이 없다는 듯, 리 국장이 눈이 휘둥그레져서 정신없이 사방을 두리번거리는 모습을 보았다.

두 사람은 엘리베이터를 타고 호텔 귀빈실로 올라가면서, 자기들이 목격한 호텔의 화려한 시설에 대해 입을 열지 않았다. 좌우 양쪽에 국내 보안기관 요원들이 서 있었으므로, 두 사람은 자기들의 행동이 감시를 받고 있다는 것을 알았다.

호텔 꼭대기 층 홀에서 양복을 착용한 네 명의 날렵한 사내들이 북한에서 온 일행을 맞이하였다. 북한 대표단의 통역은 중년의 북한 여성이었다. 그녀가 사내들에게 영어로 말하자, 모두는 면적이 2,500평방피트(70평)에 달하는 귀빈실로 안내되었다.

황민호와 리태진은 모두 멀리 이곳까지 만나러 온 사내를 알아보고 미소를 지었다. '오스카 로블라스 데 모타(Óscar Roblas de Mota)'는 인상적인 인물이었다. 체격이 건장한 73세의 이 남자는 놀라울 정도로 날씬하고 머리를 염색하였으며, 최소한 겉보기에도 생기가 넘쳐흘렀다. 그는 리태진보다 머리 하나가 더 크고, 황민호보다도 키가 더 큰 장신이었다. 그는 영국의 최고급 양복점에서 맞춰 입은 멋들어진 검정색 스리피스 정장 차림이었다. 바닥에서 천장까지 온통 유리로 된 창문 옆에 서 있던 그는 쾌활하고 재빠른 걸음으로 손님들에게 다가왔다.

그는 이루 형언할 수 없을 정도로 막강한 권력과 힘을 가지고 있다는 듯한 목소리로, 두 사람을 핵무장 국가에서 여기까지 날아온 가장 중요한 손님이 아니라, 사인을 받기 위해 줄을 서 있는 팬들을 대하듯이 자신을 소개했다.

그러나 그것이 바로 '로블라스'의 방식이었다. 성공한 사람들 중 일부는 결코 자신의 성취에 부합되는 개성을 만들어내지 못한다. 하지만 '오스카 로블라스'는 진정한 승자로서, 그 정도는 진작에 터득하고 있었다.

로블라스는 멕시코에서 세 번째 부자이며, '포브스(Forbes)'가 선정한 전 세계 부자 명단에서 28위를 차지하였다. 그는 자신의 회사가 지난 35년간 퍼뜨린 소문대로, 밑바닥에서 자수성가한 사람이 아니었다. 사실 그의 가문은 3대를 거슬러 올라간 선조 대에서 구리 광산으로 거금을 모았다. 아직도 전국에서 구리와 아연을 채광하고 있는 로블라스 가문의 회사인 '그루포 파시피코(Grupo Pacífico)'는 멕시코 전역에 걸쳐 토지를 임대하여 유전 사업으로 돈을 벌었다. 그런 다음 오스카 로블라스는 역외 회사와 제한적 합작을 통해 전 세계에 걸쳐 광산을 확장하는 방법으로 막대한 부를 축적하였다.

그는 모잠비크에 티타늄 광산의 일부, 보츠와나와 시에라리온에 다이아몬드 광산 등, 전 세계 도처에 10여 개 광산들을 소유하였거나 지금도 소유하고 있다. 황민호가 로블라스를 알게 된 것은 로블라스가 과거 북한과 손을 잡고 광산에 투자하였기 때문이다. 비록 오늘의 회의에서 제의될 규모에 비하면 형편없이 작은 액수에 불과하였지만 말이다.

모든 사람들은 단지 회의를 위한 목적으로 귀빈실로 들여온 커다란 회의용 테이블에 착석하였다. 북한 보안 요원 한 사람이 작은 기구로 실내에 도청장치가 없는지 확인해 본 다음, 로블라스는 불편한 질문으로 회의를 시작하였다. 질문은 통역사를 거쳐 처음에는 영어, 다음에는 한국어로 전달되었다.

로블라스가 물었다. "전임 김 사장님은 어떻게 지냅니까? 전 그분과 함께 대흥에 위치한 마그네사이트 개발 프로젝트에서 몇 년간 즐겁게 일했습니다. 그분은 매우 유능한 분입니다. 황 사장님, 제가 듣기로 그분이 질병에 걸리는 바람에, 전임자 대신 조선 천연자원 무역회사 사장에 오르셨다더군요."

황민호는 어떻게 말해야 할지 몰라 잠시 숨을 멈추었다. 회의용 테이블 멀찌감치 앉아 있던, 함께 따라온 보안 요원이 무표정한 얼굴로 그를 바라보았다.

황민호가 "네"하고 통역사에게 대답했다. 그는 황민호의 말을 영어로 술술 통역하였다. "그는 지금 병에 걸려 있습니다만, 곧 회복될 겁니다. 하지만 업무가 너무 고되어 그에게 지금으로서는 무리입니다. 그래서 아름다운 정원을 돌보면서 행복한 내 가족들과 보처럼 한가한 시간을 즐기고 있습니다."

로블라스는 웃지 않고 고개를 끄덕였다. "이해합니다."

하지만 황민호는 멕시코인이 정말로 잘 이해했는지에 강한 의구심을 가졌다. 그는 수십 년간 북한에서 '탄광 벤처' 사업에 관여해 왔다. 전임자 김 사장이 저지른 정도의 반역 행위가 북한 지도부에 의해 가혹한 징벌을 받는다는 것은 하등 놀랄 일이 아니었다.

황민호는 일단 이 문제를 접어두고, 중국과 합작을 하지 않으면서 정주 희토류 광산의 채굴을 재개하는 방안을 제의하는 데 나머지 시간을 할애했다. 그는 리태진이 어떻게 필요한 일부 기술과 첩보를 확보하는 데 도움을 줄 것인지를 설명하면서, 이 사업을 위해서는 최초 경화의 투자와 함께, 광산의 풀가동에 필요한 모든 것을 입수하기 위한 외국 합작 형태의 지원 조직이 필요하다는 점을 부연하였다.

로블라스는 공손한 표정으로 경청했지만, 놀랍게도 흥분된 것 같은 반응을 보이지 않았다. 주기적으로 각국 정부의 광산 장관들이 그에게 찾아와 도움을 청하였다. 불과 1개월 전, 콩고 장관이 그에게 접근하여 새로운 콩고 철강 광산에 대한 합작을 제의했으나, 로블라스는 거절했다. 그가 고용한 지질학자가 광산의 매장 규모에 의문을 표시한 데다, 다른 곳에 보유하고 있는 콩고 광산의 수익률도 마땅치 않았기 때문이다.

북한인들은 그를 만나기 위해 먼 길을 마다하지 않고 달려왔다면서, 그가 놓치고 싶어 하지 않을 기회를 보장해 주겠다고 말했다. 물론 그는 이것이 최근 중국인들을 내쫓은 희토류 광산에 대한 것임을 알고 있었고, 물론 그도 관심이 있었다. 그는 전 세계 광산 업계에서 벌어지는 모든 소식을 훤히 꿰고 있었으므로, 정주와 같은 희토류 광산은 절대로 놓쳐서는 안 되는 것이었다. 그는 중국인들이 머물기를 원했지만 최지훈이 쫓아내었음을 알고 있었다. 그래서 로블라스는 호기심에 싱가포르로 날아와, 세뇌 교육으로 멍청해진 북한인들이 자기에게 뭘 제의하고 싶어 하는지 들어볼 심산이었다.

로블라스는 만일 북한이 광산의 가치와 계약 조건 모두가 자신이 투자할 가치가 있음을 확실하게 보여준다면, 그리고 오직 그런 조건에서만, 비유적으로 그리고 실제로, 돈을 아낌없이 투자하여 태산이라도 움직일 준비가 되어 있었다.

황민호는 그에게 중국이 작성한 원래의 매장량 발견 보고서를 보여주었다. 영어로 된 보고서를 받아본 로블라스는 자기 눈을 의심했다. 그는 중국이 최지훈의 '중국인 퇴출' 결정에도 불구하고 동반자 관계를 유지하기 위해 갖은 노력을 다할 정도로 북한에 엄청난 희토류가 매장되어 있다는 사실을 알고 있었지만, 현재 가치로 미화 12조 달러에 달하는 광석이 땅속에 묻혀있다는 주장은 멕시코인의 입장에서 실로 경악스러운 것이었다.

그는 여러 사안들에 대해 딱 부러지는 명확한 설명을 요구했지만, 황민호는 이에 대한 준비가 잘 되어 있었다. 그는 발견 사항을 정리한 보고서에 서명한 지질학자들의 이력서, 그리고 시험 결과로 도출된 통계 수치 등을 제시하였다.

그런 다음 황민호와 리태진은 로블라스의 발언에 화들짝 놀랐다.

"난 관심이 있어요. 하지만 사업가로서, 어떤 위험부담을 져야 하는지 알아야 합니다. 나는 지난 20년간 북한에 가 본 적이 없어요. 만일 프로젝트에 투자를 해야 한다면, 내 눈으로 직접 보고 싶군요."

처음에 황민호는 머리가 혼란스러웠다. "중국인들이 발견한 내용들은 이 자료 속에 있습니다. 시간적 여유가 있는 대로 천천히 읽어 보시는 게—"

로블라스의 말에 통역이 중단되었다. "아뇨. 난 북한에 가서 물건들을 직접 보기를 원해요. 광산, 가공공장을 세우자고 제의하신 장소, 당신들이 지금 그곳에 갖고 있는 인프라 등등 전부 말이죠. 만일 내가 본 것이 맘에 든다면, 그리고 만일 그곳에 충분한 잠재력이 있고 동반자 관계에 대한 조건이 맘에 든다면, 우린 함께 사업을 할 겁니다."

황민호가 대답했다. "물론이죠. 언제 가고 싶으십니까?"

"내가 알기로 지금 공항에 비행기가 기다리고 있을 텐데요. 난 오늘 밤 당신들과 가고 싶습니다."

"'오늘 밤'이요?"

"네. 만일 내가 지금 가지 않고, 당신들이 나를 1주일이나 한 달 동안 기다리게 한다면, 그동안에 당신들은 광산에서 눈속임을 할 수 있는 시간적 여유를 갖게 될 겁니다. 내가 방문하는 것에 대비해서 전기를 다른 데서 끌어들인다거나, 평양에 있는 발전기를 떼어서 산속에 갖다 둔다거나 하는 것 말이에요. 또 나의 방문에 대비하여 북한에 있는 모든 숙련 광부들을 정주에 데려다 놓거나, 이들에게 새로운 작업복을 입힐지도 모르죠. '친구여', 난 오랫동안 이런 걸 다 봐왔어요, 그런 눈속임을 훤히 다 알고 있단 말이에요."

황민호는 움찔하였지만, 거의 회의 시간 내내 침묵을 지키던 리태진이 갑자기 일어섰다. 군인 냄새를 물씬 풍기며 그는 이렇게 말했다. "꾸물거리지 말고 당장 출발합시다."

비록 영접 위원회가 불과 12시간의 여유밖에 없었고, 그의 도착을 촬영하는 카메라들도 없었지만, 평양에서 오스카 로블라스는 마치 북한을 공식 방문하는 국빈처럼 극진한 대접을 받았다. 그는 '백화원 초대소'같이 귀빈들을 위해 특별히 건축된 영빈관에서 기라성 같은 고위직 인사들을 만났으며, 이들은 하나같이 만일 로블라스가 정주광산에 대한 합작을 개시할 경우에는 전폭적으로 협조하겠다고 약속하였다.

북한에서의 광산 합작과 관련하여 로블라스가 갖고 있던 또 다른 걱정거리는 사업으로 이윤을 남겨야 하는 문제였는데, 북한인들이 초지일관하여 자신들의 협상 목표를 고수하며 그를 안심시켜 주었으므로, 로블라스는 정주광산으로 출발하기도 전에 합작에 동의하려는 마음이 우러나왔다.

다음 날 아침 이들은 기다란 차량 행렬을 이루어 북쪽으로 출발했다. 로블라스는 리태진, 황민호와 함께 군용 SUV에 탑승했다. 이들은 차를 타고 이동하는 동안 거의 입을 열지 않았다. 이미 하고 싶은 말을 다 해놓은 상태였으므로, 멕시코 출신의 거한은 눈으로 광산을 보는 것 외에 할 일이 별로 없었다.

하루 종일 로블라스는 광산과 광산에서 서쪽으로 몇 킬로 떨어진 가공시설이 들어서기로 제안된 장소를 둘러보았다. 땅속에서 파낸 희토류 위를 걸어가느라, 에나멜 가죽으로 반짝이던 그의 구두가 진흙과 자갈로 범벅이 되었다. 그는 무릎을 꿇고 앉아 손가락으로 희토류를 손에 쥐어 보았다.

마침내 그는 황민호와 리태진에게 웃으며 이렇게 말했다. "멕시코의 '시에라마드레(Sierra Madre)' 광산과 차이가 없군요."

두 사람도 미소로 화답하였다.

다음 10달 동안 멕시코시티의 사무실에 앉아, 로블라스는 비밀리에 회사 중역들과 거의 아무것도 없는 상태에서 희토류 채굴 장비를 설치하는 데 필요한 것들이 무엇인지를 식별해 내는 데 골몰하였다. 얼마나 많은 양의 물을 갖고 들어갈 것인지부터 시작하여 채광 활동이 성공을 거두기 위해 반드시 우회해야만 되는 유엔의 제재 목록에 이르기까지 모든 품목들을 일일이 따져보았다. 그는 황민호와 그의 고위직 간부들과 밀접하게 협력하였고, 북한의 해외정보기관 총책임자인 리태진과도 손을 잡고, 그에게 채광 '작전'의 성공을 촉진하기 위한 '전투 계획'을 수립하도록 지시하였다.

황민호가 제시한 조건이 좀 기이하였지만, 로블라스는 그런대로 받아들일 만한 조건이라고 생각했다. 조건에 의하면 로블라스가 북한의 해외 구좌에 수백만 달러의 돈을 예치시켜야 했으므로, 물론 처음부터 막대한 액수의 자본지출이 필요하였다. 이러한 현금 리베이트는 북한인들에게 엄청난 액수의 거액이었지만, 로블라스에게는 아무것도 아니었다.

그런 다음 로블라스는 자기 돈을 들여서 북한으로 장비와 인원을 이동시켰다. 로블라스는 이를 위해서 약 6천만 달러 이상이 소요될 것으로 추산하였다. 그는 최지훈이 18개월 이내에 희토류를 생산할 것을 요구하였다는 이야기를 전해 들었고, 이것이 촉박한 시한이긴 하였지만, 땅속에 묻혀있는 12조 달러의 노다지를 생각할 때마다 로블라스는 자다가도 벌떡 일어날 정도로 기운이 뻗쳤다.

로블라스에게 있어 세 번째로 지출해야 하는 항목의 금액이 가장 컸다. 광물 가공 시설에서 희토류 생산이 시작되는 날, 그는 북한인들에게 5억 달러의 현찰을 일시불로 지급해야 한다. 이미 이런저런 명목으로 지출을 한 뒤에 다시 내놓아야 할 이 돈은 당연히 막대한 금액이었지만, 이 단계 이후부터는 계약 조건이 로블라스에게 확실히 유리하도록 되어 있었다. 그는 5년간 비용을 회수하게 될 것이고, 그다음에는 엄청난 순수익을 거두게 될 것이므로, 그의 주된 근심거리는 긁어모은 수익금을 어떻게 세탁할 것이냐는 문제였다.

멕시코 사업가의 관점에서 볼 때, 북한인들이 사업 초기부터 거액의 수익을 챙기는 데 유리하도록 계약서를 작성했던 이유가 현찰의 유입이 필요했기 때문이라는 점은 분명한 것이었다. 로블라스는 그 이유를 알지 못하였으나,

묻지도 않았다. 그는 북한이 찢어지게 가난한 나라란 것을 알았고, 자신의 돈이 북한 인민들의 삶을 개선하는 데 쓰이기를 바랐지만, 그렇게 될 가능성이 거의 없다는 사실도 알고 있었다. 그는 혹시라도 북한이 이 돈을 사치품이나 핵미사일(nuclear missiles)을 사들이는 데 쓰지나 않을까 궁금했지만, 이런 궁금증은 잠시뿐이었다. 사실이지 그는 아무래도 상관없었기 때문이다.

로블라스는 사업이 진행되는 모든 과정에서 자신의 이름이 외부에 알려지지 않도록 철저하게 비밀에 부쳤다. 그리고 설령 이 사실이 알려지더라도, 마치 북한이 스트라디바리우스(Stradivarius)가 명품 바이올린을 연주하듯 세계의 광물 산업을 제멋대로 손아귀에 주무르며 인력, 두뇌, 기계, 천연자원 등 온갖 필요한 것들을 제 마음대로 들여오는 모양새로 비치게 될 것이었다. 많은 사람들은 북한이 외부의 도움을 받는 것으로 의심할 테지만, 과거 덜 금지된 세계의 다른 국가들에서 그러하였듯이, 로블라스는 이번 합작 사업에서도 자신의 역할을 비밀에 부쳐둘 생각이었다.

이 계획을 성사시키는 데 겪어야 할 고난들에 대하여 직원들이 작성한 갖가지 목록과 도표와 백서들 중에서, 원광석의 가공보다 더 두드러진 문제는 없는 것처럼 보였다. 로블라스와 황민호는 광산을 세우고 원광석을 캐낼 수 있고, 일단 원광석이 제련된 후에는 세계시장에서 가장 비싼 값을 받도록 로블라스가 북한인들을 도와줄 수 있지만, 고도로 기술집약적인 광석의 가공 과정은 로블라스와 '그루포 파시피코' 사의 범위를 훨씬 벗어나는 것이었다. 전 세계에서 몇몇 광산이 자체 가공 시설을 갖추고 있지만, 이런 나라는 미국, 중국 그리고 캐나다뿐이었다. 심지어 호주도 말레이시아에 위치한 호주인 회사에 광석을 보내 가공을 위탁하고 있었다.

그러나 북한에게 이런 방식은 적용될 수 없었다. 이들은 스스로의 능력으로, 그것도 정주광산에서 원석을 가공만 하는 것이다.

이것은 로블라스가 '듀크 샤프'에게 부탁해야 할 또 하나의 심각한 문제였다.

지난 10년간 로블라스의 '그루포 파시피코'는 떳떳하지 못한 기업 스파이와 조사 활동의 대부분을 뉴욕에 위치한 듀크 샤프의 솜씨에 의존하였으므로, 이번에도 '샤프' 사와 또다시 계약하는 것은 간단한 일이었다.

카리브 해의 세인트 마틴 섬에 있는 최고급 호텔에서 로블라스는 직접 듀크 샤프에게 북한에서 추진하려는 사업의 전체 그림에 대하여 설명해 주었다. 로블라스가 사설 정보 회사인 '샤프' 사에 지불할 실비 정산 계약에 동의하자, 전직 미국 스파이는 즉석에서 이를 수락했다.

샤프는 활동의 대가로 터무니없는 금액을 불렀다. 때때로 이 뻔뻔한 미국인은 거의 갈취에 해당하는 비용을 요구하고, '진짜' 더러운 일에는 손을 대지 않고 몸을 사리는 등 오스카 로블라스의 속을 뒤집어 놓았다. 샤프는 스파이 행위, 불법 행위 그리고 일정한 경계를 뛰어넘는 행위까지 마다하지 않았지만, 정작 로블라스의 요청을 수행하는 샤프 사 직원이 때때로 극단적인 수단을 동원할 필요성에 봉착하는 경우, 샤프는 자신이 떳떳해야 되는 당위성을 내세우며 진정으로 더러운 일에는 손을 대려 들지 않았다.

그러나 이런 샤프 사와 그 직원들도 요긴하게 쓸모가 있었다. 이들은 외국인들을 북한으로 밀입국시키고, 자재 반입과 생산 시설에 필요한 독점 소프트웨어를 절취하고, 선출직 관리들과 유엔 회원국들에게 북한이 원하는 방식에 찬성하도록 압력을 행사하여 북한이 계속해서 자금과 물자를 움직일 수 있도록 도움을 주었다. 사실 따지고 보면 듀크가 너무 많은 수고비를 요구하고, 로블라스의 적들에 대한 암살, 납치 또는 구타 같은 것을 거절하긴 했지만, 듀크 샤프와 그 직원들은 그만한 값어치를 하였다.

15

현재

책상 위에서 휴대전화의 알람이 울리기 시작하자 존 클라크는 읽던 서류를 내려놓고 알람을 껐다. 그는 한숨을 내쉬었다. 오전 10시가 되었기 때문이다. 매일같이 이 시간에 운동을 해야 되었다.

'제기랄.' 그는 중얼거렸다. '매일 빼놓지 않고 10시가 돌아오네, 안 그래?'

그는 일어나 사무실 문을 닫은 다음, 책상 서랍을 열어 검정색 라켓볼을 꺼냈다. 그는 의자에 기대앉아 오른손에 공을 들고, 있는 힘을 다해 공을 쥐어짜기 시작했다.

클라크는 메릴랜드 주 에미츠버그(Emmitsburg)의 농가에 손수 지은 작은 체육관에서 온갖 종류의 운동을 하고 있었지만, 실제로 그는 이런 운동들을 즐기고 있었다. 하지만 그의 손을 치료하는 운동은 끔찍하게 고통스러웠다.

클라크의 손은 2년 전 러시아인들의 고문을 받다가 부러졌고, 그동안 지금까지 대여섯 번의 재활 수술을 받았지만 오른손 집게손가락은 여전히 뻣뻣하고 약했다. 손가락의 작은 부속 관절들 주변에 생긴 관절염과 상처가 문제의 주된 원인이었고, 의사는 그에게 상처를 치료하기 위해 할 수 있는 조치를 다하였다고 말했다. 존은 의사에게 상황을 호전시키기 위해 할 수 있는 일이 무엇인지 묻자, 그는 그저 어깨를 으쓱할 뿐이었다.

"운동이요, 매일같이 근육을 강화시키고 세포조직을 당겨주는 운동이 좋아요. 딱 하나 문제는 손가락 마디의 관절염이에요. 그 손가락을 운동시키려면 통증을 느낄 거예요. 매일같이 아플 겁니다."

의사는 자신이 노인에게 완벽한 회복을 포기하고 그저 편안히 은퇴 생활을 즐기라고 말하는 것처럼 느꼈다. 하지만 의사는 존 클라크가 어떤 사람인지 모르고 있었다. 클라크는 의사가 불과 10초 동안에 말해준 초보적 의학 지식을 기꺼이 가슴에 새기고, 끔찍하게 손상된 손을 낫게 하는 데 필요한 충고로 받아들였다. 그날 이후 그는 매일 20분간 이루 말할 수 없이 고통스러운 스트레칭과 강화 훈련을 계속하였다.

의사의 말이 맞았다. 정말 아팠다. 많이. 매일같이. 그리고 이처럼 지옥 훈련을 반복하였지만, 클라크의 오른쪽 집게손가락이 여전히 말을 듣지 않아 사격할 때는 가운뎃손가락으로 방아쇠를 당겼다. 그러다보니 '캠퍼스' 내에 클라크가 가운뎃손가락을 내밀 때는 "장난이 아니다."라는 농담이 나돌았다. 하지만 지난 몇 달 동안 매일 10시마다 지옥 훈련을 거듭한 덕분에, 그의 손은 눈에 띌 정도로 나아졌다.

힘껏 공을 쥐어짜자, 강렬한 불덩어리가 손등을 타고 올라와 집게손가락을 후려쳤다. 그는 통증으로 움찔 하고 놀랐다.

그때 라이언이 사무실 문을 활짝 열었다.

클라크는 재빨리 공을 집어넣고 문을 잠갔다. 잭 라이언 주니어가 손에 종이를 들고 앞에 서 있었다. 그의 얼굴에 웃음이 가득하였다.

"야, 노크하고 들어왔냐?"

라이언은 "미안해, 존."이라고 했지만, 너무 흥분해서 건성으로 한 말이었다.

클라크는 길게 한숨을 내뿜었다. "손에 든 거 뭐야?"

"스칼라(Skala)." 클라크가 반응을 보이지 않자, 라이언이 말했다. "헤이즐턴이 죽어가면서 쓴 이름 기억해?"

"물론이지. 그 사람 누구야?"

"헤이즐턴은 그자가 프라하 공항과 관련되어 있다고 말했어. 하지만 그건 막다른 골목 같았어. 우리가 공항과 관련이 있는 이름을 가진 사람을 발견할 수가 없었기 때문이지. 그런데 드디어 내가 '카렐 스칼라(Karel Skála)'라는 이름을 가진 사람을 찾아냈어. 이 사람은 체코 공화국 외교부에 소속된 하급 영사 직원이었는데, 유럽연합(EU) 사무국에 근무하고 있어. 그는 프라하에 있는 외교부 건물의 사무실에서 활동하고 있지만, 수상한 커넥션 같은 건 발견하지 못했어. 그런데 좀 더 뒷조사를 해보니, 그 사람은 여행하는 EU 외교관들을 프라하 '바츨라프 하벨(Václav Havel)' 공항의 통관 · 이민실에서 직책상 만나는 걸 알게 되었지."

감명을 받은 클라크가 말했다. "이 친구가 헤이즐턴에게 뭔가를 주었고, 북한인들이 그걸 노렸다고 보는 것은 지나친 억측이 아니야. 헤이즐턴이 뭘 갖고 있었기에 그자들이 관심을 보인 걸까?"

클라크는 그의 질문에 대한 답변을 알고 있었다. 그는 그저 라이언도 알고 있는지 확인하고 싶었다.

라이언이 자신 있게 대답했다. "아마 여행 서류일 거야. 그건 외교부 소관이지. 여권, 입국 비자 또는 다른 EU 서류 등을 발급하는 것 말이야. 스칼라가 수행하는 특정 업무에는 체코 외교관들의 여행 서류를 준비하는 것이 포함되어 있지. 이 사람은 자기가 헤이즐턴에게 뭘 주었는지 알고 있으니까, 아마도 왜 누군가가 헤이즐턴을 죽였는지 알 거야. 내 생각엔 우리가 그 사람을 한번 만나봐야 되겠어."

클라크가 일어섰다. "우선 팀원들을 만나보고, 게리에게 말해 보자."

20분 뒤 게리는 모든 '캠퍼스' 요원들에 둘러싸인 채 회의실에 앉게 되었다. 그는 머리의 관자놀이를 비볐다. "체코 공화국으로 가서, 이 '스칼라'란 사람에 대해 알아보겠단 말이군."

라이언이 말했다. "그래요."

"은밀하게? 아니면 까 놓고?"

"물론 은밀하게죠."

게리가 클라크를 쳐다봤다. "존, 자넨 어떻게 생각해?"

클라크가 말했다. "난 찬성이에요. 라이언과 카루소를 프라하에 보내시죠. 두 사람이 거기 있는 동안, 나머지는 뉴욕으로 가는 겁니다. 사람을 붙여서 '샤프 글로벌 인텔리전스 파트너스'가 무슨 꿍꿍이를 갖고 있는지 알아볼 필요가 있어요."

샘이 말했다. "존, 너도 샤프 사가 뭐 하는 사람들인지 알잖아, 안 그래?"

"알아."

"넌 듀크 샤프와 친한 사이지?"

클라크가 드리스컬을 흘끗 쳐다봤다. "난 듀크 샤프가 다 죽어가더라도 눈 하나 깜짝 안 할 거야."

"너랑 메리 팻도 그 사람한테 똑같은 감정을 갖고 있는 거 같더라. 대체 그 사람이 어쨌기에?"

"듀크 샤프는 9.11 테러 직후에 FBI의 방첩과에 근무하고 있었어. 여기 맨해튼에서 일하다가, 맨해튼 지부장으로 승진되었지. 당시 우린 FBI 지부장이 매사에 앞장서서 솔선수범해야 한다고 생각하고 있었어. 모든 사람들은 끝까지 자리에 남아 하던 일을 계속해야 된다고 생각했지만, 듀크 샤프는 9.11을 개인적으로 돈벌이를 할 수 있는 기회로 간주했나봐. 그 사람은 FBI를 관두고 나서 개인 컨설팅 회사를 차리더군. FBI는 그의 전문성이 필요했어. 그래서 그 사람에게 몇 차례 일거리를 부탁하면서 돈을 주었던 거야."

샘이 어깨를 으쓱하며 말했다. "자본주의가 다 그렇지 뭐."

"일이 갈수록 꼬였어. '샤프 파트너스'는 오로지 연방 정부와 일하려고 세웠던 것인데, 해가 지날수록 서서히 민간 부문으로 발을 넓혀가더니, 기업들의 정보와 방첩 업무를 지원해 줄 새로운 '과(課)'나 '실(室)' 같은 조직을 신설하더군. 내가 듣기로 그 사람 솜씨는 뉴욕에서 첫째 손가락에 꼽히고 있었어. 그래서 연방 정부는 그 사람을 믿고 손을 떼고 있었던 거야. 그런데 얼마 후, 그 사람이 민간 부문에서 하는 일이 모든 사람들이 생각하는 그런 '민간 부문'과 다르다는 게 분명하게 드러났지. 사우디 사람의 부탁을 받고 뉴욕에 있는 이스라엘 모사드 요원들의 신원을 염탐하고 다니다가 들켜버린 거야."

샘이 말했다. "맙소사. 그런데 왜 그런 놈이 감옥에 들어가지 않았지?"

"샤프는 자기가 어떤 걸프 지역 국가의 석유 회사를 위해, 경쟁 회사에 대한 기업정보를 건네주는 줄 알았다고 오리발을 내밀었지. 그리고선 자기가 모사드 요원들을 미행했다는 혐의에 대해서 '무죄'라고 주장했어. 그는 청문회에도 끌려갔지만 별의별 이유로 청문회 얘기가 밖으로 새 나오지 않더군."

"맞아. 결국 정부도 그가 의도적으로 외국인 실력자를 위해 일했다는 사실을 입증하지 못했어. 라이언 대통령의 특별 지시로 연방 계약을 몽땅 박탈당하자, 모든 사람들은 이런 계약을 뺏기고 나서는 '샤프 파트너스'가 공중분해될 것으로 생각하고 있었지. 그런데 웃기는 일이 벌어졌는데…."

샘이 믿을 수 없다는 듯 고개를 흔들었다. "그 사람은 더 이상 미국 사람들 돈이 필요 없어."

"맞아. 그는 FBI 고위직 경력과 연방정부 계약 수주 실적을 팔고 돌아다니면서, 외국인들과 뭔지 알 수도 없는 숱한 거래를 성사시켰지. 기본적으로 그 사람이 미국에서 어떤 인간으로 타락했느냐 하면, 미국인처럼 행세하는 첩자가 필요하거나, 미국 땅 아니면 미국으로 위장하는 곳에서 작전을 하는 데 도움이 필요할 때, 악당들이 전화로 불러낼 정도가 되었단 말씀이야."

"그런데 아무도 그자의 범행을 밝혀내지 못했다는 거야?"

클라크는 머리를 흔들었다. "밝혀진 게 개뿔도 없어. 샤프는 외국인 법인을 갖고 있고, 이 법인은 어떤 수상한 정부나 범죄 집단들이 그를 고용하기 위해 세워 놓은 다른 외국법인들과 협력을 하고 있어. 이런 수법을 쓰니까 꼬리가 잡히지 않았던 거야. 적어도 지금까지는 항상 그래왔단 말이지." 클라크가 코웃음쳤다. "만일 이런 반역자 새×가 간첩 행위를 할 목적으로 다른 국가 행위자로부터 단 한 푼이라도 돈을 받았다는 증거를 내가 발견하는 날에는, 이 자식의 쌍방울을 FBI 건물 계단에 못으로 박아 놓고, 자신들의 경력과 경험을 아직 범죄 행위에 팔아먹지 않은 정부의 근면한 남녀 직원들에게 선물로 줄 테야."

클라크는 곧 떠날 준비를 했다. "우린 오늘 준비를 하고, 장비를 모으고, 작전지역에 수송수단과 안가를 확보해야 돼. 난 IT 담당자들과 얘기를 해서 샤프의 사무실 외곽에 설치된 감시 카메라를 훔쳐보는 방법을 찾아보겠어."

게리가 말했다. "좋아. 난 두 가지 작전에 모두 동의해. 동지들, 행운을 비네. 이번 일이 꽤나 만만치 않을 거야. 샤프와 그 졸개들은 솜씨가 대단하고, 뉴욕은 그놈들 텃밭이거든. 이놈들을 지하철에서 해치우거나, 병목 같은 데서 낚아채기 힘든 거야. 왜냐하면 놈들이 오히려 너희들을 '먼저' 덮칠 테니까."

클라크가 말했다. "당신 말이 맞아요."

라이언은 왜 자기에게 해외공작 임무가 부여되었는지 이해했다. 그는 지난 몇 년간 턱수염이나 다른 신체적 특성을 이용하여 변장을 하면서 신분을 숨기고 있어, 심지어 미국의 길거리에서도 그를 알아본 사람이 거의 없었다. 그러니 하물며 프라하에서 그는 더욱 눈에 띄지 않을 것이다. 그는 현직 대통령의 아들이라는 어설픈 유명세가 매번 작전할 때마다 위협 요인으로 꼽혔던 것을 못마땅하게 생각했지만, 자신을 원망하는 도리밖에 없었다. 아버지 이름이 세상에서 흔하디흔한 이름이란 사실이 원죄였지만, 일찍이 잭 주니어는 명성을 추구하는 삶이 아니라 비밀스런 직업을 추구하는 삶을 사는 길을 택했다. 하지만 유명세와 익명성이란 것은 정반대의 개념이었다.

라이언은 자신의 삶이 유별나다고 생각했다. 이 사실이 때때로 짜증스럽기도 하였지만, 그는 어떤 일이 있어도 인생을 다른 무엇과도 바꾸지 않을 것이란 점을 알고 있었다. 그는 이렇게 말했다. "게리, 고마워요. 너무 욕심부리는 것 같지만, 개빈도 우리랑 같이 가면 좋겠어요."

게리가 놀라서 물었다. "프라하까지? 뭣 때문에?"

"스칼라가 이번 사건에 어떤 방식으로 개입되었는지 몰라도, 내 생각에 그는 정부의 공식적인 직함을 통해서가 아니라, 뒷구멍으로 호박씨를 까고 있어요. 그럴 만도 하죠. '샤프 글로벌 인텔리전스 파트너스'는 체코 정부와 계약 관계에 있지 않기 때문에, 내가 보기에 만일 그가 샤프를 위해서 일하고 있다면 부업 삼아 그 짓을 하는 것 같아요. 무슨 말이냐 하면, 그는 이 일에 개입된 제3의 인물과 접촉하는 수단으로 개인 전화나 컴퓨터를 사용하고 있다는 거죠. 내 짐작으로는 그자가 갖고 있는 전화나 컴퓨터 같은 전자 도구에서 몽땅 빼내, 누구와 접촉하는지 알아내야 돼요. 그자가 눈치채지 못하게 감쪽같이 정보를 빼내려면, 촌각을 다퉈서 서둘러야 합니다."

"만일 그가 데이터를 지워버렸다면 어떡하지?"

라이언은 망설이지 않고 대답했다. "아, 그자가 그렇게 했을 거예요. 하지만 난 개빈이 일하는 걸 눈여겨봤어요. 그 친구는 한번 물면 절대 놓지 않아요. 만일 어떤 흔적이 있는데 그게 지워졌다면, 개빈은 그걸 반드시 다시 복원할 겁니다."

게리는 생각에 잠겼다. 그는 매번 '캠퍼스'가 촌각을 다투는 작전을 벌일 때마다 비에리를 현장에 보내고 싶은 생각은 눈곱만큼도 없었다. 따지고 보면 '캠퍼스' 작전 중에서 분초를 다투지 않는 게 있을까마는, IT 국장은 오직 한 명뿐이지 않은가.

잭은 고용주의 망설이는 모습을 보고 말문을 열었다. "물론 내가 '카렐 스칼라'의 대갈통을 후려갈겨서 이리로 끌고 올 수도 있어요."

그저 웃자고 한 농담이었지만, 게리는 짜증 난 듯 인상을 찌푸렸다.

라이언이 너스레를 떨었다. "죄송해요. 그냥 농담한 거예요. 괜찮아요. 개빈이 없어도 돼요. 우리가 할 수 있어요."

게리가 클라크의 눈치를 살폈다. 그래 봬도 그가 '캠퍼스'의 작전 담당 국장이 아니던가. “내가 개빈을 프라하로 보낸다면, 이것이 뉴욕에서의 작전에 부정적인 영향을 주게 될까?”

클라크가 머리를 가로저었다. “우린 샤프 사무실의 설계 도면, 직원 명단, 뭐 이런 것들이 필요해요. 만일 몰래 잠입해서 정보를 빼내야 한다면, 건물의 보안장치를 무력화시켜 둘 필요가 있어요. 이런 일에는 비에리 직원의 실력이 더 쓸 만할 겁니다.”

“오케이.” 게리가 라이언과 카루소에게 몸을 돌렸다. “개빈을 데리고 가. 하지만 데리고 갈 때 모습 그대로 반납해 줄 거라고 약속하는 조건에서만 허락할 거야.”

잭과 돔이 웃음으로 답을 했다.

개빈 비에리는 ‘헨들리’ 사에서 신축 건물 입주를 기뻐하지 않은 사실상 유일한 직원이었다. 직함은 전에 비해 달라진 것이 없지만, ‘웨스트 오든턴’에 있었을 때에 비해 사무실 면적이 절반 이하로 줄어들었으므로, 그는 이것을 개인적인 모욕으로 간주하고 있었다.

그렇다. 이제 ‘캠퍼스’ 조직의 몸집이 작아졌으므로, 전과 같이 넓은 공간이 필요 없게 되었고, 게리는 옛날 주소에서 개빈이 사용하던 장비보다 훨씬 나은 기술을 확보하도록 보장하는 데 돈을 투자하였지만, 개빈은 더 큰 활동에 자신이 행사하였던 일종의 ‘통제력’을 아쉬워했다. ‘웨스트 오든턴’에는 더 많은 컴퓨터와 인력이 있었고, 개빈 비에리는 이 모든 것들의 주인이었다.

‘캠퍼스’라는 이름의 조직이 창설되었던 여러 해 전, 이 조직은 메릴랜드 주 ‘포트 미드(Fort Meade)’에 위치한 NSA 건물, 그리고 버지니아 주 ‘매클레인(McLean)’에 있는 CIA 건물 사이에 전송되는 위성 자료를 중간에서 가로채는 방법으로 대부분의 ‘원형 정보’를 입수하였다. 이를 위해 웨스트 오든턴의 5층 건물 지붕에는 위성 자료를 훔치는 데 필요한 수많은 접시 안테나들이 빼곡히 들어찼다.

전파는 접근 자체가 어려운 데다 설상가상으로 암호화되어 있어, 공기 중에서 낚아채더라도 이것을 해독하여 정보를 만들어낼 수가 없었다. 비에리와 그의 직원들은 최신식 암호 해독 소프트웨어를 사용하여 이 문제를 해결하였는데, 이를 위해서는 방대한 분량의 첨단 하드웨어가 필요했다.

그러나 해가 지남에 따라 기술이 진보하였고, 이제 개빈은 가상 사설 네트워크를 통해 개발한 백도어(back door) 프로그램을 사용하여, 정부 내 네트워크뿐 아니라 '합동 범세계 정보통신체계(Joint Worldwide Intelligence Communications Systems: JWICS)'의 모든 자료에 접근할 수 있는 능력을 갖게 되었다.

이제 접시 안테나, 수 마일에 이르는 동축 케이블, 암호의 해독 · 복호 과정만을 위한 중앙 컴퓨터 같은 것은 종적을 감추었다. 비에리는 여전히 이곳 '알렉산드리아(Alexandria)' 건물에 중앙 컴퓨터를 갖고 있었지만, 이것을 다른 프로젝트에도 사용할 수 있었다.

개빈은 이러한 인공위성 접시 안테나와 거미줄처럼 얽혀있던 케이블들을 그리워했다. 개빈은 중국인들에 의한 '웨스트 오든턴' 건물 습격 사건이 벌어진 후, 오직 필요할 때만 JWICS에 연결하는 가상 사설 네트워크를 개발했다. 따라서 '캠퍼스'는 더 이상 무선통신을 가로채기 위해 직접 송 · 수신 네트워크에 접속할 필요가 없었다. 개빈은 거대한 컴퓨터 및 통신 건물이 사라진 것을 애통하게 생각했으나, 그는 새로운 시스템의 설계자이기도 하였으므로, 객관적으로 볼 때 그는 이제 새로운 건물이 더 새롭고, 더 안전하고, 더 접속 환경이 양호한 상태에 있다는 사실을 인정하지 않을 수 없었다.

그러나 비에리가 웨스트 오든턴 건물에 있던 '헨들리' 사 시절을 그리워하는 데는 또 하나의 이유가 있다. 그 건물의 카페테리아 음식은 기막히게 맛있었다. 반면 이곳의 휴게실에는 스낵머신이 있을 뿐이었다. 물론 근처에 레스토랑들이 있기는 하다. 대다수 직원들은 점심을 먹으러 남쪽으로 몇 블록 떨어진 '킹 스트리트'까지 걸어가지만, 개빈은 좀처럼 점심을 먹을 시간을 낼 수가 없었다. 대개 그는 밖에서 피자나 샌드위치를 배달시켜 먹지만, 오전과 오후의 중간에 활력을 충전시키기 위한 간식을 먹었다. 그런데 간식 시간이 되면 그 망할 놈의 스낵머신과 씨름을 벌여야 했다.

오전 10시 30분, 개빈은 작은 휴게실에서 스낵머신에 25센트짜리 동전을 집어넣고 있었다. 그는 스낵을 고른 다음 신음 소리를 내며 짜증을 부렸다. 튀긴 블루베리 파이가 스낵머신의 플렉시글라스(plexiglass) 윈도우와 과자 봉지 사이에 끼었기 때문이다.

그가 말을 뱉었다. "환장하겠네." 그는 몇 차례 유리 윈도우를 주먹으로 탕탕 두드려 보았지만 소용이 없자, 혹시라도 동전이 더 있나 찾아볼 생각에 주머니를 여기저기 뒤졌다. 이 모습은 그가 무슨 수를 쓰더라도 기필코 튀김 과자 봉지를 손에 넣고야 말 것임을 암시하였다.

그가 동전 찾기에 몰두해 있는 사이, 잭 라이언과 돔 카루소가 층계를 통해 휴게실로 들어왔다.

잭이 말했다. "네 비서가 여기로 오면 널 찾을 수 있다고 했어. 오전 간식 시간?"

"머릿속에 있는 두뇌들을 풀가동하려면 엄청난 연료가 필요해, 라이언."

"흠, 지당한 말씀이지요." 잭이 말했다.

돔이 거들었다. "어이, 개브. 우리랑 잠시 여행을 떠나는 게 어때?"

개빈은 흥분을 억누를 수 없었다. 이 말에 놀라서 몸을 빙그르 돌리는 바람에 주먹에 쥐었던 동전들이 떨어져 타일 바닥 여기저기에 튀어 다녔다. "좋지! 어디로, 언제 가는데?"

"프라하, 곧 출발해. 오늘 밤."

56세가 된 개빈의 입이 귀밑까지 찢어지고, 가슴이 흥분으로 부풀어 올랐다. "프라하? 중부 유럽에서 흥미진진한 곳이야. 자갈로 덮인 거리. 가스 등불. 안개. '망토와 대검(cloak-and-dagger)'이 나오는 진짜 스파이 활동에 완벽하게 어울리는 도시야."

잭이 약간 눈을 굴리며 놀렸다. "넌 스파이 소설을 너무 많이 읽은 거 같아. 이번엔 '망토와 대검' 같은 게 없어. 그보다는 호텔 방에 죽치고 앉아, 우리가 휴대전화나 랩톱 컴퓨터를 갖고 나타나 네게 해킹을 부탁할 때까지 기다려야 할 거야."

"그 정도는 할 수 있어." 개빈이 어깨를 으쓱했다. "그래도 신나는걸."

그가 약간 실망한 듯이 보이자, 카루소가 한마디 했다. "만일 그렇게 하는 게 더 기분이 좋다면, 호텔 방에서 우리를 기다리는 동안 '망토'를 걸치고 있지 그래?"

라이언이 웃자, 비에리도 장단을 맞췄다. "그래도 망토가 없는 거보다 더 낫다, 그치?"

돔은 오도 가도 못하고 스낵머신 속에 갇혀버린 과자 봉지를 바라보았다. 그가 기계의 글라스 윈도우를 주먹으로 두들기자 봉지가 바닥에 떨어졌다. 돔은 그걸 꺼내면서 말했다. "개빈, 왜 그래. 이런 불량 식품은 목숨을 위협하는 거야."

개빈이 돔의 손에서 과자 봉지를 잡아채면서 말했다. "아냐, 도미니크. 이란 사람들과 총싸움하는 게 진짜 목숨을 위협하는 거야."

라이언은 돔이 비에리를 째려보는 걸 알아챘다. 비에리도 자신이 깜빡 실언했음을 깨달았다. 개빈은 불편한 듯이 목청을 가다듬었다. "그래. 음, 직원들에게 컴퓨터에 있는 사용 설명서를 읽어보라고 말해 주는 게 좋겠어. 며칠 동안 이 사람들이 컴퓨터에 대한 골칫거리를 가져와도 도와줄 수 없기 때문이야." 그러고는 층계를 향해 달려갔다.

라이언은 자신의 사촌을 쳐다봤다. "저 친구가 뭐라고 말한 거야?"

"아무것도 아냐."

"그러지 말고 말해봐."

"클라크가 말하는 건 우리가 때때로 스스로 일을 할 수 있도록 훈련되어 있어야 한다는 거야. 전체를 위해서 각자의 업무에 구획을 나누자는 거지. 모종의 문제가 터졌고, 일단 내가 그 문제를 가공했어. 지금부터는 다음 문제로 넘어갈 시간이야." 돔은 사촌에게 찡끗하며 윙크를 보내며 손으로 어깨를 철썩 때렸다.

"그러나—"

"'그러나' 같은 소리 하지 마."

라이언이 한숨을 내쉬었다. "알겠어."

16

유엔 결의안 1874호는 만일 어느 회원국이 화물이 대량살상무기와 관련된 물질을 포함하고 있다고 믿을 만한 합리적 근거가 있다고 판단하는 경우에는, 회원국들에게 국제법에 따라 북한을 출입하는 화물들을 검색할 수 있는 권한을 승인하였다.

모든 국제법과 마찬가지로 이 결의안에도 의심스러운 행위로 간주되는 형태의 행동을 포함하면서도 여기에 국한되지 않는 회색 지대가 존재한다. 그리고 '합리적 근거'란 서로 다른 국가들에게 서로 다른 의미를 가질 수 있는데, 이는 다시 말해서 운송 중인 화물의 차단이 서로 다른 다양한 사례에 똑같이 적용되지 않는다는 것을 의미한다.

그러므로 라이베리아 선적의 초대형 화물선으로서 인천항을 향하여 서쪽으로 공해 상을 항해하는 '에메랄드 인데버(Emerald Endeavor)' 호의 행동은 말할 필요도 없이 대단히 수상하였으므로, 유엔 결의안 1874호를 알고 있는 모든 사람들은 이 결의안이 틀림없이 이런 특정한 상황에 적용되는 것으로 생각했다.

'에메랄드 인데버' 호가 표면적으로 밝힌 화물은 쿠바산 설탕이며, 실제로 그 배는 6주 반 전에 아바나 항구를 출발하였지만, 그 이후에는 카리브 지역을 벗어나고 나서는 이상한 항로를 택하였다. 어느 날은 필리핀 '바탕가스(Batangas)' 항구에서 선박 자동 식별 장치(Automatic Identification System: AIS)의 송신을 느닷없이 중단시켰다. AIS는 300톤 이상의 화물을 적재하고 해상을 이동하는 모든 선박들에게 요구되는 것이고, '에메랄드 인데버' 호는 2,300톤짜리 선박이었으므로 AIS의 송출을 중단시키는 것은 심각한 기계적 결함의 결과이거나, 국제 해양법의 명백한 위반 중 한 가지에 해당된다.

또 지난 24시간 동안 이 배를 무선으로 호출해 보았지만 소용이 없었다. '에메랄드 인데버' 호의 함상 통신 체제가 고장 났을 가능성이 있지만 만일 실제로 그런 결함이 발생하였다면 선장에게 중대한 문제가 되었을 것이다. 하지만 이 선박은 여러 '피난항'을 경유하면서 항로를 따라 남한 연해의 북쪽을 향하여 아무 일도 없었다는 듯이 항해하였다.

어떤 유엔 회원국도 유엔 규정에 따라 선박을 차단할 수 있지만, 모든 유엔 회원국이 그렇게 할 능력을 갖고 있지는 못하였다. 사실 만약에 국제 제재를 위반한 화물을 적재하고 있다면, 그 선박의 승무원들은 전속력으로 도망치거나 아니면 심지어 무기나 다른 수단을 사용하여 승선을 격퇴하는 방법으로 해상 차단에 당연히 저항할 것이므로, 결의안 1874호를 집행하려는 선박은 차단을 시행하기 전에 두 가지를 충분히 갖고 있어야 한다.

속도와 대포가 그것이다.

현재 자정이 훨씬 지난 시각에 '에메랄드 인데버' 호는 불과 몇 시간만 있으면 북한에 있는 해주항 남쪽의 영해에 진입할 참이어서, 북한인 선장은 이게 거의 자유의 몸이 되었다고 안심하고 있었던 것으로 보인다. 그런데 바로 그때, 레이더에 거의 항로를 벗어난 선박을 나타내는 커다란 점이 보이는가 싶더니 방향을 돌려 시속 45노트의 빠른 속도로 자기에게 다가오는 것을 발견하였다. 레이더에 나타난 크기를 가진 대형 선박이라면 도저히 그처럼 고속으로 질주하는 것이 불가능하였다.

물론 그것이 현대식 전함이 아니라면 말이다.

곧 선장은 누가 자신을 추적해 온 것인지를 알고 있었다. 사실 그의 무선 장비는 고장나있지 않았고, 무전을 통해 한국어로 미 해군 전함 '프리덤(Freedom)' 호가 유엔 결의안 1874호를 집행할 예정이라고 여러 차례 알려주었으므로, '에메랄드 인데버' 호는 엔진을 공회전시킨 상태로 정지하여 선박의 검색에 대비해야 할 의무가 있었다.

선장은 이런 사태가 벌어지면 그 시간 이후로 한바탕 결투를 벌이지 않고는 해주항구로 들어갈 수 없을 것임을 알았다. 그는 정선하라는 메시지의 수신을 거부하고, 선박의 이동속도를 늦추려 하지도 않았다.

정선 요구에 순순히 응하지 않는, 바다를 향해 중인 2,300톤짜리 화물선에 승선 및 검색을 실시하는 임무가 23세에서 40세에 이르는 두 그룹으로 나뉜 여덟 명의 미군 수병들에게 부여되었다. 여덟 명은 이처럼 벅찬 과제를 감당하기에 별로 많지 않은 인원이었지만, 최정예로 정평이 난 네이비실 5번 팀 '에코 소대(Echo Platoon)'에 속한 '알파' 분대와 '브라보' 분대에게 이런 건 늘 벌어지는 일이었다.

37세의 분대장 '대릴 릭스(Daryl Ricks)'는 캘리포니아 주 치코(Chico) 출신으로, 알파 분대원 여덟 명을 책임지고 있었다. 그와 일곱 명의 특수전 요원들은 공기 주입식 군용 쾌속정인 '조디악(Zodiac)'에 올라타고 시속 38노트의 속도로 빠르게 '에메랄드 인데버' 호의 선미로 접근했다. 군용 고속 보트가 시커먼 물살을 헤치고 달리면서 물보라를 일으키고 요란한 모터 소리를 냈지만, 아직 '에메랄드 인데버'는 이들의 접근을 눈치채지 못하였는데, 이유는 거대한 MH-60S 시호크(Seahawk) 헬기 두 대가 거대한 화물선 선미의 350야드 상공에서 빙빙 돌며 선회하고 있었기 때문이다. 요란한 소음을 내며 30분가량 선회하던 헬기들이 저공비행으로 '에메랄드 인데버' 호 갑판에 특수전 요원들을 낙하시키자, 눈부신 조명을 받으며 노천갑판에 서 있는 여덟 명의 모습을 함상 브리지에서도 뚜렷하게 볼 수 있었다.

MH-60 헬기는 오늘 아침 두 가지 임무를 갖고 있었다. 하나는 군용 고속 보트의 접근을 은폐하기 위해 가능한 한 많은 소음과 함께 조명 라이트를 비추는 것이다. 다른 하나는 릭스 분대장이 요청하는 즉시, 브라보 분대원 여덟 명을 선박의 갑판 위에 착륙시키는 것이다.

해상에서 선박을 덮치는 관행을 "함상 승선 작전"이라고 하는데, 이런 작전에서 네이비실 부대는 단연 최고로 손꼽히고 있었다. 분대원들 각자는 이런 사태에 대비하여 훈련을 받았을 뿐만 아니라, 이런 사태가 닥치기를 손꼽아 기다리고 있기도 했다.

이들의 계획은 다음과 같이 간단명료한 것이었다. 먼저 알파 분대는 선미에서 갈고리 모양의 장대를 이용해서 배 위로 기어올라 노천갑판에 도착한 다음, 네 명 두 개 조로 나누어 교대로 달리면서 선루 갑판의 계단을 점령한다. 이들이 브리지 위로 올라가는 동안, 브라보 분대는 헬기에서 신속하게 로프를 타고 선미로 내려가, 함상 브리지에서 지켜보는 선박 승무원들의 관심을 유도하고 갑판에 쌓여있는 컨테이너를 엄호물로 활용한다. 이런 작전을 통해 총 16명의 요원들이 신속하게 선박의 여러 진입 지점을 점령한다. '밑에서 올라오는' 알파 분대는 조타실로 돌진하고, '위에서 내려오는' 브라보 분대는 엔진실로 직행한다. 두 개 분대는 조타실과 엔진실에 있는 승무원들을 붙잡아 화물과 분리시킨다. 이런 작전이 계획대로 성공을 거두면 자체적으로 신속하게 화물실을 검색하고, 그러는 동안 '프리덤' 호에 있는 해병대원들이 검색을 돕기 위해 승선한다는 것이다.

만일 조금이라도 밀수품이 숨겨져 있는 기미가 발견되면 이 선박을 인천항구로 끌고 가 진짜 검색을 시작할 예정이었다.

16명의 네이비실 대원들은 모두 특수작전에 적합하도록 SOPMOD(Special Operations Peculiar Modification, 특수작전 특화 변형)가 장착되고, 사용자가 각 개인의 선호와 임무에 맞도록 무기를 맞춤식으로 제작된 콜트사 M4A1 카빈 소총을 휴대하였다.

릭스 분대장의 카빈 소총에는 SOPMOD에 딸려 나오는 온갖 요란스러운 부가 기능들이 완벽하게 구비되어 있지는 않았지만, 회중전등, 열상 관측 장비, 적외선 조명, 수직형 그립, 소음기 같은 여러 장치들이 잔뜩 달려있어 무척 인상적이었다. 다른 분대원들의 무기에 수류탄 발사기, 레이저, 조준경 등이 장착되어 있었지만, 모든 화기는 동일한 구경 5.56밀리 소총탄을 사용하였고, 불가피할 경우에는 어떤 대원이라도 총격전에서 쓰러진 다른 동료들의 소총을 집어 들고 사격할 수 있었다.

이들은 이마에 야간 투시경을 장착하고, 아랫부분에 흰색 턱의 이미지가 새겨진 검정색 방한모 마스크를 쓰고 있어, 보는 사람으로 하여금 한결 특별히 무시무시한 느낌이 들게 하였다.

200야드 떨어진 곳에 있던 릭스는 소총의 열상 조준경을 통해 후미 갑판 위를 샅샅이 훑어보고 있었다. 그는 갑판을 감시하는 동안 헤드셋에 대고, 굉음을 울리며 돌아가는 선박 엔진 소리에도 목소리가 들릴 수 있을 정도로 분대원들에게 고함을 질렀다. "브라보 분대, 위치로! 알파 분대, 위치로! 앞으로 2분!"

릭스는 화물선 위를 선회하던 MH-60S 헬기를 타고 있던 특수전 요원인 '마티 '본즈' 해크워스(Marty 'Bones' Hackworth)'가 고함을 지르는 소리를 헤드셋을 통해 들었다. "알겠다, 분대장! 우리는 지금 로프를 내리는 중이다!"

그러자 보트 옆에 있던 동료가 분명한 네덜란드 악센트로 릭스에게 말했다. "분대장님, 놈들이 우리가 오는 걸 눈치챘어요."

릭스는 헨드릭스(Hendriks)의 말이 옳다는 것, 그래서 놈들에게 발각되어 골치 아프게 되었다는 것을 알았지만 단지 이렇게 말했다. "참 내, 놈들이 가만히 좀 있으면 좋겠어."

헨드릭스가 대답했다. "전 아직도 왜 우리가 은밀하게 배에 올라가서, 완벽하게 기습을 하지 않는지 모르겠어요. 젠장, 우리가 지난 4시간 동안 놈들에게 '우리가 지금 가고 있다!'고 말해준 꼴이 됐잖아요."

릭스는 열상 조준경에서 눈을 떼지 않았다. "헨드릭스, 그놈의 규정 때문에 그런 거야. 놈들에게 우리의 승선을 허락할 기회를 줘야 한대."

"그게 아니라 놈들에게 우리를 쏴 죽일 기회를 주는 거예요."

릭스는 말다툼할 기분이 아니었다. 헨드릭스는 삐딱한 데가 있지만 대개 별 문제가 없었는데, 릭스 분대장은 일단 실탄이 날아다니는 총격전이 벌어졌다 하면 사자의 심장을 가진 용맹스럽기 짝이 없는 거구의 네덜란드인이 자기 몫 이상을 감당해 낸다는 것을 잘 알고 있었기 때문이다. 릭스는 임무 수행에 지장이 없다면 헨드릭스가 구시렁거리며 투덜대는 걸 내버려 두었는데, 때로 그의 불평이 엄청 재미있기도 하였다.

하지만 지금은 아니었다. "입 닥치거라!"

"넵, 분대장님."

'그리저(Greaser)'란 이름의 특수전 부대원이 뒷자리에 앉아 네이비실 요원의 옆에서 고속 보트를 몰고 있었다. 그리저는 폭파 전문가였지만, 지금 그의 임무는 접어서 휴대할 수 있는 탄소섬유질의 '갈고리 장대'를 선박의 난간에 걸치는 것이었다. 이것이 설치되면 여기에 탄소섬유 장대로 강화된 폴리에스터 재질의 '파이어라이트(Firelight) II' 공격용 이중 사다리를 매달아, 전투 장비를 완전히 갖춘 세 명의 특수 요원들이 동시에 올라갈 수 있었다.

그리저는 총 6미터 길이의 장대를 폈다. 이는 '에메랄드 인데버' 호의 선미에 달린 난간에 닿을 수 있는 높이였다. 그는 사다리가 매달린 장대를 들고 고속 보트가 정위치에 도착하기를 기다렸다.

쾌속정 '조디악'은 마지막 50야드를 날듯이 달려와서는 화물선의 우현을 따라붙었다. 그리저는 장대의 갈고리를 난간 위로 충분히 높이 부착한 다음, 장대의 아랫부분에 달린 작은 컴퓨터 스크린을 들여다보았다. 스크린은 초소형 어안(魚眼)렌즈를 통해 갈고리 꼭대기 부분을 비췄고, 스크린을 통해 그는 '파이어라이트' 사다리를 타고 오르는 특수 요원들에게 말썽을 부릴 만한 사람이 상부 구조물이 위치한 갑판 후미에 보이지 않는다는 것을 확인했다.

"갈고리 성공, 이상 무!"

"출발!" 릭스가 소리치자, 알파 분대원들이 한 명씩 차례로 갑판을 향해 20피트 높이의 사다리를 오르기 시작했다.

'파넬(Parnell)'이 선두에 서고, '엘리존도(Elizondo)'와 '존스(Jones)'가 뒤를 따랐다. 이들이 난간 꼭대기에 도착하자, 다음으로 '타케나카(Takenaka)', 릭스 분대장, 그리고 헨드릭스 등 세 명이 올라오는 것을 엄호했다. 끝으로 '스토벌(Stovall)'과 그리저가 마지막에 올라왔다.

파넬이 장대를 지탱하고 있는 갈고리에 '캐러버니어(Carabineer)' 잠금장치를 부착하여 사다리를 더욱 견고하게 고정시키고, 고속 보트가 어둠 속으로 방향을 틀어 사라지자, 여덟 명의 사나이들이 두 개 팀으로 갈라져, 갑판 상부 구조물의 양쪽 계단으로 달려갔다. 릭스는 세 명을 이끌고 좌현으로 이동하고, 타케나카는 다른 세 명의 선두에 서서 우현으로 이동했다.

이들의 전방에서 80야드 떨어진 곳에 네 개의 로프가 헬기에서 갑판으로 떨어지더니, 검은색 복장에 해골 그림이 그려진 방한모 차림의 사내들이 로프를 타고 '에메랄드 인데버' 호 위로 미끄러지듯 내려왔다.

"분대장님, 누군가가 움직입니다."

릭스는 주갑판과 이층 갑판 사이의 금속 바닥에 무릎을 꿇고 자세를 낮추었다. 그는 전방을 살펴보고, 그리저가 몸짓으로 신호를 보내기를 기다렸다. 그리저로부터 불과 50피트 전방에서 두 명의 사내들이 난간에 서서 선미 쪽을 바라보았다. 릭스에게 처음에는 이들의 뒷모습만 보였지만, 릭스는 이들이 헬기가 하늘 높이 솟구쳐 사라지는 장면을 주시하는 것을 지켜보았다.

릭스는 이 두 사내가 브라보 분대의 네이비실 요원들이 주갑판을 내려와 상부 구조물로 접근하는 모습을 감시하고 있었다는 것을 알았다. 그는 이들이 무기를 휴대하고 있지 않다는 것을 확인할 필요가 있었다.

이들 중 한 명이 칼라슈니코프 소총을 들고 옆으로 약간 몸을 틀었다. 소총의 몸체가 접혀진 상태였지만, 릭스는 소총에 탄창이 달린 것을 볼 수 있었다. 사내는 자기 앞의 갑판 쪽으로 총을 겨누더니, 어색한 동작으로 몸에서 총을 떼었다.

심장이 딱 두 번 고동치는 시간에 릭스 분대장은 그가 군인이 아니란 걸 알아챘고, 이 사람을 어떻게 해야 할지 망설여졌다. 하지만 그 사내는 군인이 아니더라도 갑판 아래에 있는 분대원들에게 위협이 되었다.

릭스는 엄지손가락으로 M4 소총의 안전장치를 해제하고, 번개같이 두 발의 실탄을 반자동으로 사격했다. 두 발이 모두 사내의 머리 뒷부분에 명중했다. 열상 조준경을 통해 릭스는 두개골이 파열되면서 시커멓고 뜨뜻한 물체가 터져 나오더니 사내의 그림자가 갑판 위로 쓰러지는 모습을 지켜보았다.

조준경으로 보이는 두 번째 사내는 비무장 상태였던 것 같았으나, 릭스는 AK 소총이 그 사람 앞에 떨어지는 걸 보았다. 사내가 총을 내려다보는 순간, 릭스 분대장의 오른쪽에서 소음기를 통과한 짧고 나지막한 총성이 울렸다.

그리저가 짧은 거리에 있던 사내의 등 뒤 한복판에 세 발의 총알을 박아 넣자, 잠시 후 네 명의 대원들이 다시 사다리를 기어오르기 시작했다.

1분 후 릭스, 그리저 그리고 존스는 어두컴컴하면서도 널찍한 '에메랄드 인데버' 호의 브리지에 도착했다. 엘리존도는 다른 알파 분대원들과 떨어져 있었다. 이들은 말레이시아인 또는 아마도 인도네시아인들로 보이는 여덟 명의 남자들을 구금하여, 손목과 팔을 등 뒤로 돌려 묶어 놓는 중이었다.

이제 브라보 분대는 아래 갑판으로 내려가, 숨어 있던 승무원들을 붙잡아 끈으로 묶어 놓았다.

그러나 릭스 분대장과 두 명은 여전히 할 일이 남아 있었다. 이들 앞에는 두 명의 고참 승무원이 있었다. 다시 릭스는 이들 중 한 명을 필리핀인이거나 말레이시아인, 그리고 다른 한 명인 선장을 북한인으로 생각했다. 두 명의 승무원은 얌전했다. 이들은 조타 장치에 등을 대고 손을 높이 들었지만, 머리가 희끗희끗한 선장은 사납게 소리를 지르더니, 자기 앞에 있던 해골 마스크 차림의 무장 대원들에게 4인치 길이의 단검을 앞뒤로 난폭하게 휘둘렀다.

릭스는 절대적으로 필요한 경우가 아니면 사격하지 말라는 명령을 받고 있었다. 그는 대원들이 화물을 신속하게 검색하려면 선장의 도움이 필요하다는 것을 알고 있었다. 그는 미리 배워 놓은 몇 마디 한국어를 구사했다. 그는 한 손에 카빈총을 들고, 장갑을 낀 다른 손으로는 손바닥을 아래로 향하는 제스처를 보이면서 몇 번이고 반복해서 "엎드려! 엎드려!"라고 소리쳤다.

선박 브리지에서 문화적 장벽을 넘어보려던 릭스 분대장의 시도는 전혀 소용이 없었다. 필사적인 심정에서 그는 마스크를 벗고 웃으면서 말했다. "안녕?" 그가 이렇게 말한 것은 이것이 그가 유일하게 알고 있는 상냥한 단어였기 때문이다. 그러면서도 여전히 그는 M4 소총의 총구를 사내의 가슴에 겨누고 있었다.

선장은 계속해서 칼을 휘둘렀고, 패닉 상태에 빠져 반항을 멈추지 않았다.

릭스가 다시 사정하듯이 "엎드려!"라고 소리쳤다. 하지만 그는 사내의 눈동자를 들여다보고 그가 엎드리지 않을 것임을 알았다. 그는 최악의 순간을 대비하여 마음을 가다듬었다.

릭스의 얼굴은 침착한 표정을 지었지만, 그는 대원들에게 연결된 통신장비의 마이크에 이렇게 말했다. "이자가 두 걸음만 더 다가오면 골로 보낼 거야."

"알았습니다." 뒤에서 그리저와 존스가 대답했다.

선장은 앞으로가 아니라 뒤로 두 걸음을 떼면서 칼날을 목에 갖다 대었다.

릭스가 소리쳤다. "안 돼요! 안 돼요!"

키 작은 백발의 사내가 소리를 지르더니 번쩍이는 칼날로 목을 그었다. 목덜미의 기도가 터지면서 곧장 콸콸거리는 소리와 함께 피가 솟구쳤다.

선장이 칼로 목을 깊숙이 찌르는 공포스러운 장면에 넋을 잃은 릭스는 자기 앞에 선혈이 낭자한 모습을 지켜보았다.

"씨×!" 그리저가 릭스 바로 뒤에서 이렇게 외치더니 앞으로 이동하기 시작했다.

"움직이지 마." 분대장이 소리쳤다. "잠시 기다려—"

선장은 손에서 칼을 떨어뜨리면서 조타 장치와 선장이 앉는 의자 중간의 갑판 바닥에 쓰러졌다.

"저 칼 치워!" 릭스 분대장이 명령하자, 그리저가 앞으로 뛰어나가 칼을 멀리 차버리고 나서 부상당한 선장을 갑판에 뉘었다. 그는 선장의 몸을 굴려 뒤로 돌린 다음, 조끼 주머니에서 노끈을 꺼내 손목을 묶었다.

릭스는 분대 위생병인 '조셉 존스' 상병에게 몸을 돌렸다. "조-조, 이 사람에게 할 수 있는 걸 해봐." 릭스는 이렇게 말하면서도 수혈과 수술을 받지 않고는 선장이 살아날 수 없고, 여기서 그렇게 될 가능성이 전혀 없다는 사실을 알고 있었다.

선장은 곧바로 죽었다. 위생병이 기도를 개방시키기 위해 튜브를 상처에 삽입시켰지만, 솟구치는 피를 지혈시켜 작은 몸집의 선장을 살릴 시간적 여유가 없었다. 릭스는 내내 그에게 몸을 숙이고 있었지만, 그의 관심은 바로 발아래의 갑판 위에서 벌어지는 활동과 무선을 통해 끊임없이 업데이트되는 주변의 상황으로 갈라져 있었다.

브라보 분대와 알파 분대 화기반은 배에서 12명의 승무원들을 생포했다. 이들은 모두 몸수색을 거쳐 손이 묶였고, 상부 구조물 바로 앞에 있는 주갑판에 늘어섰다. 네이비실 대원들이 이들을 감시했다.

존스는 배낭에서 사체 포장용 백을 꺼내 선장의 시신을 덮었다.

그리저는 릭스 옆에 서서 시체를 내려다보았다. "분대장님, 이제 한시름 놓았으니 이 배에서 밀수품들을 좀 발견했다고 알려주시죠."

릭스가 대답했다. "그럴까?" 그는 분대의 무전병인 타케나카를 불러, '프리덤' 호에 무전을 날려 이 배가 안전하게 확보되었다고 알려주라고 말했다.

헨드릭스, 엘리존도, 파넬, 그리고 스토벌은 브리지에서 다른 동료들과 합류하여 녹색 플라스틱 백에 덮여 있는 사체를 바라보았다.

헨드릭스가 물었다. "담배 좀 한 대 태우셨어요?"

그리저가 분대장을 위해 대답했다. "한 대 피우셨어. 세상에 자기 목을 긋다니."

"맙소사. 왜 이자가 그렇게 했을까?"

릭스는 무덤덤하게 대답했다. "왜냐면 그는 사악한 서방국으로 도망치고 싶지 않았기 때문이야. 그리고 자기 목을 긋는 게 북한으로 돌아가는 것보다 낫다고 생각한 거지. 이런 일에 실패하고 북한에 돌아가 봤자, 더 심한 꼴을 당할 테니까."

파넬이 말했다. "자기 손으로 피를 토하는 것보다 더 나쁜 일이 있을까 싶네요."

릭스가 먼저 파넬을 쳐다보고, 나머지 분대원들도 둘러보면서 말했다. "몇 달 전에 어떤 보고서를 읽었어. 북한군 소령이 한국인에게 정보를 제공하고 있다는 의심을 받게 되었대. 실제로 정보를 주지 않았는지 몰라도, 그는 그런 의심을 받았다는 거야. 그래서 북한 정부가 그 사람을 잡아서 처형했어."

대원들은 분대장의 입에서 폐부를 찌르는 한마디가 나오기를 기다렸다. 이들은 모두 그 말이 재미없을 것이란 사실을 알고 있었다.

릭스가 말했다. "그 사람을 망할 놈의 화염방사기로 죽였어. 이들은 불쌍한 소령을 진흙 구덩이에 처넣고 불로 태워서 인간 바베큐를 만든 거야. 게다가 뜸을 들이면서 천천히 그 짓을 했다는 거야."

"하나님 맙소사." 스토벌이 중얼거렸다.

릭스가 말했다. "공해 상에서 차단 작전을 수행하는 우리의 상대는 독특한 이유로 동기유발된 적들이다. 이자들은 막다른 궁지에 몰린 필사적인 무리야."

릭스는 해골 그림이 그려진 마스크를 손가락으로 만지작거리며 콜트 소총을 들어 올렸다. "우리는 자신을 무시무시한 악당이라고 생각하지만, 한 가지는 잊지 말도록 하자. 여기서 누구에게도 겁을 주지 말도록 해. 이 사람들은 벌써 더 끔찍한 일을 겪었잖아."

'프리덤' 호에 승선해 있던 20여 명의 해병대원들이 20분 이내로 '에메랄드 인데버' 호에 도착했다. 릭스는 평균 나이가 20세에 불과한 이 병사들이 습격에 참여하여, 실제로 총을 쏘면서 '치고 빠지는' 작전을 경험할 수 있는 기회를 가졌더라면 좋았을 것이라고 생각했다. 반면 대형 선박의 화물과 컨테이너를 뒤지고 다니는 것이 따분한 일이겠지만, 그래도 몇 시간 동안 다른 배에서 시간을 보낼 기회를 갖게 될 것이다.

이들은 90분 후에 자신들이 쫓고 있던 것을 찾아내었다. 1번부터 4번까지 화물은 모두 쿠바 농업기관의 표시가 찍힌 정제되지 않은 80파운드짜리 설탕 부대들이었다. 7번 화물도 마찬가지였다. 그러나 선박 중앙 앞부분의 5번과 6번 화물에는 40피트짜리 컨테이너들이 쌓여있었다. 해병대원들이 잠긴 컨테이너 문짝을 부수자, 그 속에 갖가지 기계 부품들이 가득 차 있었다. 이 물건들은 배관 및 에어컨 장비, 구식 보일러 부품 등으로 보였다. 이들은 모두 녹슬고 부서진 중고품으로, 배에 싣고 전 세계를 돌아다닐 만한 물건들이 아니었다. 하지만 해병대원들이 30분 동안 커다란 금속 장비 덩어리들을 끌어내자, 섬유 유리 포장지에 싸인 대형 알루미늄 튜브들이 모습을 드러냈다. 각각의 포장 용기에는 아무런 표식도 되어 있지 않았지만, 튜브들은 직경이 약 6.5피트이고 길이가 18피트였다. 해병대원들은 인천항에 끌고 들어오기 전까지 단지 두 개만을 발견했으나 철저히 조사해 본 결과, 정밀하게 제작된 '오링(O-rings)'과 연결용 볼트가 담겨있는 세련된 플라스틱 상자와 함께 총 여섯 개의 정밀 알루미늄 튜브들이 발견되었다.

젊은 해병대원들은 처음부터 의심했지만, 한국 전문가들은 이들이 발견한 것들을 확인시켜 주었다. 이들은 대륙간 탄도미사일의 속이 '빈 단계(hollow stage)'로서, 이들은 아직 성공하지 못한 북한의 장거리 핵 투발 운반체인 '대포동-2호' 미사일의 지름과 크기가 딱 맞았다.

이런 물건들이 모두 어디서 흘러 들어오는 것인지를 결정하는 것은 서방측 정보기관들의 그다음 과제였다.

17

프랑스 정보원 베로니카 마르텔이 택시에서 내린 곳은 88번가와 콜럼버스 가의 모퉁이였다. 그녀는 쏟아지는 빗줄기를 피해 검정색 우산을 쓰고 있 있지만, 동시에 편리하게도 마찬가지의 검정색 우산을 들고 다니는 다른 보행자들 속에 끼여 들어갈 수 있었다.

마르텔은 뉴욕 시 어퍼 웨스트사이드(Upper West Side) 지역에서 굳이 '감시 탐지 경로(surveillance detection route: SDR)'를 운용해야 할 만한 특별한 이유가 없었다. 그녀는 트리폴리나 부카레스트나 두브로브니크(Dubrovnik)에 있는 것이 아니고, 당시 시점에는 임무를 수행하고 있지도 않았다. 하지만, 마르텔에게 있어 SDR은 인생의 일부나 마찬가지였다. 그녀는 자신의 안전을 지키기 위해 어떤 것도 우연에 맡기지 않고, 모든 기회를 잠재적 위험으로 예상하고, 스파이 기술의 세세한 사항들을 꼼꼼하게 실천하였다.

모든 사람들과 모든 물건들에 경계심을 갖는 이유는 모두 하나의 간단한 설명으로 요약된다. 베로니카 마르텔은 이 세상을 믿지 않았던 것이다.

비록 SDR 기법을 적용하느라 빗속을 뚫고 오전부터 세계에서 가장 혼잡한 대도시 거리들을 동서남북 사방으로 돌아다녔지만, 그녀는 오전 10시 정각에 '샤프 글로벌 인텔리전스 파트너스' 사의 사무실에 도착했다. 건물 지하층 로비에서 경비원에 의한 간단한 보안 점검을 거친 후, 두 사람이 엘리베이터를 타고 건물 5층으로 올라가자, 기업정보 문제에 관한 한 미국에서 가장 성공적인 기업 중역실의 대리석 출입문이 열렸다.

로비에는 여섯 명의 경비원들이 근무하고 있었다. 이들은 모두 양복 차림에 이어폰을 끼고 있는 머리가 희끗희끗한 나이 지긋한 남자들로서, 육체적 활동으로 여전히 단련된 당당한 체격을 갖고 있어, 눈에 두드러지면서도 위험한 인물로 보였다. 마르텔은 이 경비원들이 모두 벨기에 지부 사무실과 전 세계에 흩어져 있는 26개 지부의 경비대원들처럼 전직 군인들이란 것을 알고 있었다. 이 사람들은 상냥하고 프로들이었지만, 하나같이 그녀를 힐끔힐끔 곁눈질했다. 마르텔은 으레 남자들이 자기에게 곁눈질을 하려니 생각하였고, 언제나 마찬가지로 그녀는 이런 시선이 불편하고 짜증 날 뿐이었다.

그녀는 뉴욕에 자주 오지 않으며, 3년 전 그에게 고용된 이후 '웨인 샤프' 씨를 만나보지 못하였다. 그녀는 거의 언제나 현장에서 뛰고 있었고 그런 생활을 즐겼지만, 이 회사 회장으로부터 호출을 받고 나서는 이따금 중역들에게 자신의 존재를 상기시켜 주기 위해 본사에 가끔 들러 얼굴을 보이며 눈도장을 찍는 것이 그럴 만한 가치가 있다고 생각하였다.

그녀는 자기가 불려 온 이유를 알 것 같았다. 2주일 전 호찌민 시에서 벌어졌던 이상한 작전이 마음에 걸렸다. 안가에 있었던 북한인들, 곧 자신들이 저지르게 될 일에 대한 두려움에 떨고 있던 호주인들, 마르텔에게 서류 뭉치를 넘겨주기를 끝끝내 거부했던 미국인 접선 상대. 서류에 묻어 있는 핏자국은 누군가가 힘으로 이것을 빼앗아 왔음을 말해주는 것이었다.

베로니카는 자신이 모든 일을 제대로 처리했다는 것을 알고 있었다. 지시받은 대로 말이다. 그러니 무슨 골치 아픈 일이 벌어질 턱이 없었다. 그녀는 단지 어떤 일을 협의하거나, 아니면 회사와 관계된 모든 일이 만족스러운지 알아보거나, 아니면 적어도 잠자코 얌전하게 시키는 일이나 잘하라고 자기를 불러들인 것이라고 생각했다.

그리고 베로니카는 이런 것들에 대해 문제가 되고 말고 할 건더기가 전혀 없었다.

그녀는 능력만 가지고 이 자리에 왔다고 보기에는 너무 나이가 어리고 매력적으로 보이는 비서의 안내를 받아 웨인 샤프의 사무실로 들어갔다. 베로니카는 사무실에 들어서자 걸음을 멈추고 잠시 주변을 둘러보았다. 50층에 자리 잡은 호화로운 사무실은 바닥에서 천정까지 유리로 되어 있어, 콜럼버스 애비뉴(Columbus Avenue)와 77번가를 내려다볼 수 있었고, 거리 건너편에 '아메리카 자연사박물관'의 눈부신 경관도 한눈에 들어왔다. 샤프는 발을 책상에 올린 채 커다란 회전의자에 앉아 있었다. 그는 아랍어로 전화 통화를 하고 있었다. 마르텔은 그의 아랍어 실력이 상당하다는 걸 알아보았다.

그녀는 널찍한 사무실 맞은편의 움푹 들어간 손님 대기 구역에 놓여있는 현대식 섹셔널 소파 세트 위에 앉았다. 앞에는 커피와 녹차가 있었지만, 베로니카는 그저 소파만을 물끄러미 바라보았다. 듀크 샤프는 유난히 여색을 밝히는 호색한으로 정평이 나 있었으므로, 베로니카는 60세의 이 남자가 얼마나 많은 여자들을 이 사무실에 데려왔을지 궁금했다.

그녀는 마음속에서 이런 생각을 쫓아내려 애썼다. 샤프가 어설픈 수작을 걸어오면 다짜고짜 창문 밖으로 내던져, 콜럼버스 애비뉴를 분주하게 오가는 차량들의 물결 속으로 처박아 놓을 참이었다.

마침내 그가 전화를 끊고는 베로니카가 너무 과격하다고 생각할 정도로 의자를 빙그르 돌렸다. 그는 소파에서 일어선 베로니카를 향해 사무실을 가로질러 걸어왔다. 그는 건장한 몸집을 가졌지만 매력적이라고 할 정도는 아니었다. 지난 3년간 만나보지 못한 사이에 그의 얼굴은 눈에 띌 정도로 주름살이 늘었다.

"친애하는 마르텔 양." 그가 환하게 웃으며 말했다.

"샤프 씨, 만나 뵈어 정말 기뻐요."

그가 말했다. "날 듀크라고 불러줘요."

마르텔은 속으로 말했다. '모든 사람에게 듀크로 불러달라고 말하겠지.'

그녀도 화답했다. "저도 베로니카로 불러줘요." 이렇게 말한 것은 그 사람의 친근함을 좋아했기 때문이 아니라, 그렇게 말해야 할 의무감 같은 것을 느꼈기 때문이다. 어쨌건 그녀는 유럽인이었고, 정상적인 유럽인들은 업무상으로 만나는 동료의 '이름'을 불러주는 경우가 거의 없다.

더구나 베로니카 마르텔은 정상적인 사람이 아니었다. 그녀는 모든 사람들을 멀찌감치 떼어놓는 편을 더 좋아했다.

두 사람이 자리에 앉았다. 베로니카는 녹차를 더 좋아했지만 샤프는 묻지도 않고 그녀에게 커피를 따라 주었다. 그는 여기까지 여행을 오는 데 힘들지 않았는지, 그녀가 일하고 있는 벨기에 사무실 사정은 어떤지, 최근에 파리의 도시 행정 담당자를 만났던 일은 잘 되었는지, 그리고 자기 딸의 문제가 얼마나 골치가 아픈지 등에 대해 이야기를 나누었다.

이런 이야기들은 한가한 잡담이었다. 이런 것들은 애당초 듀크의 관심사가 아니다. 임의의 시점에 듀크는 수백 명의 첩보원들을 고용하여 전 세계에서 수십 건의 임무를 수행하고 있다. 베로니카가 보기에 듀크는 그녀가 엘리베이터를 타고 사무실로 올라오는 사이에 자기 파일을 잠깐 들여다본 것처럼 생각되었다.

한가한 잡담이 끝나자 샤프는 본론에 들어갔다. "베로니카, 당신에 대한 보고서를 읽어봤어요. 베트남에서 눈부신 활약을 했더군요. 우리 회사에서 당신은 떠오르는 샛별이에요. 난 당신이 더 잘해주기 바라요."

그녀는 건조한 웃음을 보이면서도, 그에게 여권에 묻은 핏자국에 대해서는 말하지 않았다. 베로니카는 그가 이 사실을 알고 있는지 짐작할 도리가 없었지만, 자기 입으로는 그 얘기를 꺼내지 않았다. 왜냐하면 자신이 실제로 '샛별'이었기 때문이다. 그녀는 임무를 완수한 후에 입을 조개처럼 꼭 다무는 첩보원이었다.

베로니카는 임무가 복잡하게 돌아가게 된 데 대해 샤프 회장이 일말의 죄책감을 갖고 있을 것으로 짐작했다.

그러기는커녕 샤프는 그렇게 말했다. "당신을 DGSE(프랑스 대외안보총국)에서 훔쳐 낼 수 있어 얼마나 행운이었는지 몰라요."

베로니카는 정신을 가다듬은 다음, 살랑살랑 꼬리를 치면서 이렇게 대답했다. "운이 좋아서가 아녜요. 돈이 많았기 때문이죠. 그래서 날 '훔칠 수' 있었던 거예요. 더구나 난 DGSE에서 쫓겨난 신세였고, 갈 곳도 별로 없었죠."

그는 베로니카의 말에 어떻게 대꾸해야 할지 망설이며 잠시 입을 벌린 채 머뭇거렸다. 분명히 그는 이것을 농담으로 받아들였다. 요란한 목소리로 크게 웃었기 때문이다. "당신이 프랑스에서 문제를 갖고 있긴 했지만, 우리가 당신을 헐값에 데려온 건 아녜요. 그건 분명한 사실이죠. 하지만 당신은 정말이지 제값을 톡톡히 하고 있어요."

"난 스스로 쓸모 있는 존재가 되기 위해 노력한답니다."

그는 과격할 정도로 고개를 흔들며 소파 위에서 자세를 고쳤다. 이 동작에 놀란 베로니카는 그가 자기에게 슬그머니 다가오는 게 아닐까 생각했지만, 대신 그는 다리를 꼬고 앉았다. 그녀는 샤프가 자신의 화들짝 놀란 표정을 보고 마지막 순간에 겁을 먹었던 게 아닐까 생각했다.

잠시 후 그가 말했다. "당신에게 새로운 임무를 주겠소. 내 예상으로는 몇 주일 계속될 것 같지만, 금방 끝날 수도 있어요."

"좋아요."

"이건 베트남에서 수행했던 임무의 연장이에요."

"그래요?"

"이 작전을 시작하면 당신이 아직 모르고 있는 배경지식에 대해 브리핑을 해 줄 거예요. 북한인들이 희토류 광산에서 엄청난 매장량을 발견했어요. 내가 짐작하기론 중국인들이 발견했는데, 정신 나간 최지훈이 중국인들을 쫓아내고, 이제 자기들 손으로 광석을 캐내려는 거예요."

베로니카가 말했다. "인민들을 먹여 살리지도 못하고, 전깃불도 안 들어오는 너절한 나라가 제 손으로 최첨단 광산 분야에 뛰어든다고요?"

"만일 그들이 진짜 자기들 힘으로 그렇게 한다면, 우리 도움을 필요로 하지 않았을 거예요. 그런데 그게 아녜요. 이들이 혼자가 아니란 말이죠. 우리 고객은 북한이 아녜요. 이렇게 하는 건 물론 불법이죠. 우리 고객은 '뉴 월드 메탈 LLC(New World Metals LLC)'란 회사예요. 10여 개의 껍데기 유령회사들을 앞세워 멕시코에서 활동하는 광산 컨소시엄인데 완벽하게 합법적인 회사죠. 이들은 제3자로서 광산 분야에 합작 파트너가 될 수 있는 전적으로 합법적인 계약을 맺고 있어요."

베로니카는 이런 이야기에 따분했다. 그래서 샤프에게 자신의 지루함을 말로 설명해 주었다. "내 임무는 뭐죠?"

"캘리포니아로 가세요."

그녀는 소파에서 허리를 똑바로 세웠다. 거참 괜찮은 소린데. 어쨌거나 그 빌어먹을 베트남보다는 훨씬 낫잖아.

"북한은 결코 중국이 일단 광산에서 원석을 캐낸 다음에는 이걸 희토류로 가공해 주지 않을 것으로 생각해요. 하지만 이건 그들에게 심각한 문젭니다. 왜냐면 희토류 가공이 유난히 복잡한 것이라서, 특수 장비와 노하우가 필요하죠. '뉴 월드 메탈'이 가공 시설을 세우는 데 필요한 컴퓨터를 유럽에서 구입하고, 불가리아를 거쳐 항공편에 북한으로 보낼 거예요. 하지만 '독점 소프트웨어'가 없으면 무용지물이죠. 이들은 우리에게 캘리포니아 '밸리 플로어(Valley Floor)'에 있는 '뉴코프(NewCorp)'란 희토류 회사로 사람을 보내, 북한에 가공공장을 짓기 위해 컴퓨터에 사용할 독점 소프트웨어를 구해 달라고 부탁했어요."

베로니카 마르텔에게 캘리포니아란 샌프란시스코의 '선창가'라거나 로스앤젤레스의 '로데오' 같은 것을 의미하였다. 웨인 샤프는 캘리포니아에 있는 이런 곳이 아니라, 여기서 훨씬 멀리 떨어진 곳의 무슨 노천광산 같은 것을 이야기하는 것 같았다. 그녀는 여전히 회사의 지시에 순종하는 직원이었다.

"알겠어요, 듀크. 제가 특별히 할 일이 뭐죠?"

"우린 소프트웨어가 필요해요. 세트로 몽땅 말이에요. 그걸 확보하세요."

"물론이죠."

그는 다시 소파 위에서 몸을 꼼지락거리더니, 이번에는 의심할 겨를도 없이 베로니카에게 바싹 다가갔다.

그녀는 재빨리 일어섰다.

듀크는 그저 웃기만 했다. 베로니카가 보기에 분명히 그는 자기가 그렇게 나올 것을 예상하여 조금도 개의치 않는 것 같았다. 베로니카는 듀크가 먹잇감을 실제로 죽이는 것보다 쫓아가는 데 더 짜릿한 흥분을 느끼는 사람이라고 생각했고, 자기가 이런 면에서 그를 충분히 짜릿하게 흥분시켜 주었다는 것을 알았다.

그는 조금도 주저하지 않고 마치 아무 일도 없었다는 듯이 행동했다. 그도 자리에서 일어났다. "당신의 접선 상대는 '에드워드 라일리(Edward Riley)'예요. 아는 사람인가요?"

그녀는 인상을 찌푸렸다. "이태리에서 스캔들을 일으켰던 사람이죠?"

"맞아요. 그건 지나간 일이에요. 그는 좋은 사람이지요. 영국인이긴 하지만, 그게 문제 될 건 없어요. 그는 '뉴 월드 메탈'에서 모든 사업을 머리 위에서 발끝까지 몽땅 책임지는 사람이죠. 우린 당신에게 어떤 종류의 희토류 가공 장비를 생산하는 캐나다 회사의 품질관리관이란 직책을 줄 거예요. 당신은 그 회사에서 기계류들에 대해 좀 알아보고, 이들이 활동하는 모습을 조사해 보세요. 이렇게 하는 동안에 우리에게 필요한 소프트웨어에 자연스럽게 접촉할 수 있을 거예요."

"좋아요." 그녀가 말했다.

듀크가 그녀를 보고 웃었다. "만나서 반갑소. 다시 만날 때까지."

그는 그녀의 손을 잡고 흔들더니, 손을 꼭 쥐었다. 그는 머뭇거렸다. 그녀는 그가 뭘 하려는지 알고 있었다. 그는 여인에게 다가가려던 육체적 접근이 실패로 돌아가자, 뭔가 그녀의 환심을 살 만한 근사한 말을 생각해 내려고 애썼다. 그녀는 자신을 유혹하려는 그의 멘트가 노골적이고 멋대가리 없을 것이라고 예상했다.

그녀의 예상이 옳았다.

"당신의 냉랭함은 오직 당신의 성적 매력을 높여줄 뿐이오. 누가 이런 얘기를 해주지 않던가요?"

"물론 내 면전에서는 그런 말을 한 사람이 없었어요, 듀크." 그녀는 웃으면서 그에게서 손을 빼냈다. 뒤로 돌아서서 사무실을 나서던 베로니카는 한 걸음씩 옮길 때마다 뒷모습을 뚫어지게 바라보고 있을 그의 강렬한 시선을 느낄 수 있었다.

18

평소 같았으면 미국 대통령 잭 라이언은 북한으로 밀반입되던 대량살상무기 물질이 압수된 사건과 같이 중대 사태가 발생하면 이를 논의하기 위해 국가안보회의 전체회의를 소집하였을 것이고, 그는 막 그런 조치를 취할 참이었다. 하지만 '아니 반 담' 비서실장이 메리 팻 폴리 DNI 국장과 제이 캔필드 CIA 국장을 모두 접촉하자, 두 사람은 그에게 몇 시간 동안 회의를 연기시켜 달라고 요청했다. 그 시간은 현재 벌어지고 있는 사태의 실상에 관해 대통령에게 더 크고 더 나은 그림을 제시하는 데 반드시 필요하다는 것이었다.

미합중국 대통령이 회의를 소집했을 때 "노"라고 말하는 것은 정상이 아니지만, 반 담은 라이언이 필요한 업무를 수행할 수 있도록 시간적 여유를 더 주는 데 아무 문제가 없을 것임을 알고 있었다. 그래서 그는 회의를 다음 날 오전 9시로 연기하였다. 일정을 수립하는 사람의 입장에서 이로 인한 유일한 문제는 대통령이 내일 아침 일찍, 러시아에서 개최되는 NATO 정상회담에 참석하기 위해 런던으로 출발해야 한다는 것이었다.

대통령 전용기인 '에어포스원'에 비행하는 동안 워싱턴과 접촉을 유지할 수 있도록 안전한 텔레콤 보안 장비가 장착되어 있어 화상 회의를 실시할 수도 있었다. 하지만 마지막 순간에 메리 팻은 이른 아침 앤드류 공군기지로 가서 대통령과 함께 런던으로 비행기를 타고 날아가면서 직접 브리핑을 실시하겠다고 결정했다. 잭과 30년 이상 친근한 관계를 유지했고, 어떤 공직자와 함께 근무했던 것보다 더 오래 일했지만, 메리 팻은 잭이 소매를 걷어붙이고 정보 업무 자체를 직접 수행해 보는 것을 얼마나 즐기는지를 잘 알고 있었다.

그녀는 오늘의 회동에서 분명한 목표를 갖고 있었다. 메리 팻은 만일 자신이 제시한 정보를 미합중국 대통령이 공감하고 또 이해한다면, 그를 설득하는 것이 훨씬 용이해질 것임을 알고 있었다. 따라서 런던까지 왕복 비행은 1시간 남짓 그의 온전한 관심을 확보하기 위해 치러야 할 작은 비용에 불과할 것이다.

라이언은 에어포스원의 대통령 집무실에서 메리 팻과 단독 회동하는 것을 수락했다. 국가안보회의 전체회의는 당분간 연기될 것이다.

비행기가 활주로에 진입하고 있을 때, 라이언은 책상에 앉아 이른 아침의 서류 작업에 분주했다. 그는 옆에 열려있는 문에서 노크 소리를 들었다. 눈을 들어보니 '아니 반 담'이 서 있었다.

"비행기 이륙할 때 안전벨트를 매야 하지 않아?" 라이언이 물었다.

"안 그래?" 라이언의 책상 의자에는 안전벨트가 있었지만 옆으로 대롱거리고 있었다.

그가 말했다. "하도 오래 비행기를 타고 돌아다니다 보니, 이젠 모르는 게 하나도 없어. 첫째, 비행기가 활주로에서 속도를 높이면 안전벨트를 매고, 책상을 치워야 돼." 그는 웃으면서 커피 잔을 낚아챘다. "그런 다음 커피가 쏟아지지 않게 커피 잔을 잡아야 되는 거야."

반 담이 방으로 들어와서 책상 맞은편 의자에 앉았다. 거기에도 안전벨트가 달려 있었다. "비행기를 싫어하는 사람에게 말해주는 건데, 비행기를 자주 타면 요령이 생기게 돼."

라이언이 낄낄거리며 웃더니 서류를 다시 내려다보았다. 그는 비행기가 아직 활주로를 달리고 있으며 이륙하려면 아직 몇 분 더 있어야 한다는 것을 알고 있었다. "무슨 일이야?"

'아니'가 대답했다. "비밀경호국이 멕시코시티에 대해 다시 보고하고 싶답니다."

라이언이 시선을 들지 않고 고개를 흔들었다. "이미 말했잖아. 내가 취소하는 게 아냐. 그쪽에서 포기를 해야 되는 거야."

'아니'는 라이언의 참모들 중에서 주기적으로 보스와 말다툼을 벌일 수 있는 유일한 사람이었다. "제가 보기에 대통령님이 재고하셔야 됩니다. 우리에게 빠져나갈 구멍이 있으니, 그 점은 걱정 마세요. 아시아와 우크라이나에도 관심을 가져야 할 문제가 많습니다. 멕시코의 로페스 대통령은 초청을 거절하더라도 이해할 겁니다."

이제 라이언이 고개를 들었다. "안 돼, '아니'. 난 갈 거야. 비밀경호국이 방문을 반대하는 구체적인 주장이 뭔데?"

"지, 제 생각에 이 사람들은 직접 대통령님께 이에 대하여 말씀드리기를 바라고 있습니다."

"난 '당신'에게 묻고 있는 거야."

"그건 '말도나도(Maldonado)'에 관한 문제입니다."

대통령이 손사래를 쳤다. "그건 6개월 전 일이야."

"그 사람들이 걱정하는 건—"

라이언은 집무실 옆에 있는 복도를 향해 소리쳤다. "앤드리아(Andrea), 잠깐 이리 와 보겠어?"

선임 경호관인 '앤드리아 프라이스 오데이(Andrea Price O'Day)'가 한걸음에 달려왔다. "부르셨습니까?"

"권총을 휘둘러서 제발 '아니'를 쫓아내 주게. 하지만 이렇게 하면 규정에 위배된다고 이유를 내겠지."

앤드리아가 웃으며 반 담을 쳐다보았다. "지금부터 저분을 철저히 감시해 드릴까요? 제가 보기엔 전혀 악의가 없는 것 같은데요."

라이언이 말했다. "자네들은 뭣 때문에 내가 멕시코에 가는 걸 반대하지?"

앤드리아가 대답했다. "제가 반대하는 건 아닙니다, 대통령님. 선발대의 위협 평가 결과에 의하면 몇 가지 우려 사항이 있는 것 같다는 이야기를 들었습니다."

라이언이 어깨를 으쓱했다. "그래서 내 문제로 말할 것 같으면, 내가 직접 가야 되나?"

"그렇게 말씀드린 게 아닙니다. '제'가 말씀드리자면, 대통령님이 백악관을 절대로 벗어나지 않는 편이 좋습니다. 하지만 이건 제가 드릴 말씀이 아닙니다, 대통령님."

라이언은 잠시 책상 위를 손가락으로 두드리더니 이렇게 말했다. "난 갈 거야. 어떤 멕시코 범죄조직의 사이코 개나발 같은 녀석이 산속에서 날 위협하는 트위터를 보냈다는 이유로 도망 다니는 모습을 보이지 않을 거라구. 대통령이란 사람이 아이큐가 두 자리 숫자밖에 안 되는 하찮은 깡패들에게 굽실거려서야 되겠는가."

'아니'가 말했다. "하지만—"

라이언이 말을 잘랐다. "만일 비밀경호국이 미팅을 원한다면 만나주겠어. 하지만 내가 만나주는 것은 이들을 존중하기 때문이야. 난 멕시코 방문을 취소할 생각이 없어. 그 사람들에게 그렇게 말해두는 것이 우리 두 사람의 시간을 절약하는 방법일 걸세."

그는 앤드리아를 바라봤다. 그녀도 고개를 끄덕였다. 그녀에 관한 한, 이제 문제가 해결된 것이다. "저도 대통령님을 모시고 가겠습니다."

"그렇다면 문제가 다 해결된 거야." 오데이가 자리로 돌아가자, 라이언이 '아니'를 다시 돌아보았다. "비행기가 가속하기 5초 전이야. 안전벨트를 매는 게 좋겠어." 육중한 보잉 747 비행기가 진동을 하며 활주로에서 가속하자, 두 사람은 서둘러 안전벨트를 맸다.

오전 7시 15분에 비행기가 이륙한 직후, 라이언은 정보국장을 불렀다. 마침 그녀는 고위급 회의실에서 아이패드로 작업을 하며 커피를 곁들인 머핀으로 아침 식사를 마친 상태였다. 그녀가 계단을 올라 대통령 집무실로 들어가자, 라이언이 책상 뒤편에 앉아 있었다. 그는 와이셔츠에 넥타이를 매고 있었으나, 그 위에 에어포스원 조종사 잠바를 걸치고 있었다. 그는 손짓으로 그녀를 작은 사각형 회의실 테이블로 부르면서, 책상에서 종이를 몇 장 집어 들었다. 라이언이 맞은편에 앉자, 그녀는 테이블 옆으로 의자를 끌어당겼다.

"제가 옆에 앉아도 될까요? 제 태블릿 컴퓨터로 보여드릴 게 있습니다."

그는 "에드에게도 알려주지 않았다면 말이야."라고 조크를 하였다.

메리 팻은 웃으면서 옆자리에 앉았다. 자리에 앉는 동안 승무원이 커피를 더 부어 주었다.

라이언이 물었다. "'에메랄드 인데버' 호의 차단에 대한 북한의 반응을 확인해 보았나요?"

폴리가 머리를 흔들었다. "아직 못 해 봤습니다. TV를 켤 시간이 없었어요."

라이언이 물었다. "그자들이 무슨 말을 했을지 짐작이 되나요?"

"모르겠습니다. 아마 '이런 불법 차단 행위는 미국이 저지른 전쟁 행위다'라는 게 아닐지 싶어요."

라이언은 금일의 '대통령 일일 보고'란 파일을 내려다보았다. 이 속에는 북한 대사가 전날 밤 발언한 내용을 요약한 보고서가 포함되어 있었다. 그는 이것을 조용히 읽더니 이렇게 말했다. "아주 좋아요, 메리 팻." 그는 발언 내용을 읽었다. "'우린 미국에 의한 이런 불법적 차단을 전쟁 행위로 간주한다'."

메리 팻은 라이언의 칭찬에 겸연쩍은 손짓을 하였다. "뻔한 이야기죠. 이자들은 언제나 똑같아요."

"그래서, 발견된 물질에서 뭘 알아낸 거지? 보나마나 미사일 부품이겠지?"

"그렇습니다. 이들 튜브는 중국제 '둥펑(Dongfeng)-3A' 미사일의 스펙과 정확하게 일치합니다. 이건 중국제 1단 중거리 핵 탄도미사일입니다."

라이언은 머리가 혼란스러웠다. "'중국제'라고? 그건 말이 안 되는데요. 중국은 그걸 트럭에 실어 국경을 넘어 보낼 수 있잖아요. 왜 중국은 그걸 공해로 보내 차단 작전에 걸려들게 했을까요?"

폴리가 대답했다. "중국이 이걸 만들거나 인도한 게 아닙니다."

"하지만 당신 말이—"

"이건 위조품입니다."

잭이 고개를 갸웃했다. "짝퉁이라고요?"

"네. 이것들은 중국산 중거리 미사일 DF-3A의 동체에 사용되는 튜브와 똑같이 만들어 낸 복제품입니다. 하지만 이들은 '프레시좀 아에로 툴루즈(Précision Aéro Toulouse)'라는 프랑스 민간 기업이 만든 겁니다."

"거참 흥미롭군요. 왜죠?"

"우리가 생각한 것은 이렇습니다. 우린 모두 북한이 장거리 ICBM을 실전 배치하는 데 곤란을 겪고 있다는 사실을 알고 있습니다. 왜냐면 실전 배치에 가장 근접한 '대포동-2호' 미사일이 시험 발사에서 1단계와 2단계 사이, 아니면 2단계와 3단계 분리에 계속 실패하였기 때문입니다. 그 말은 북한이 사용하는 2단계에 뭔가 문제가 있다는 걸 의미합니다."

"좋아요. 계속하세요."

메리 팻은 잭이 볼 수 있게 아이패드를 테이블 옆으로 밀고는, 화면을 밑으로 넘기면서 미사일 사진과 도표 몇 장을 보여주었다. 각각의 사진에는 제목과 촬영 시간, 그리고 설명이 포함되어 있었다. 라이언은 몇몇 사진들이 공개 첩보에서 가져온 것이고, 다른 것들은 일급비밀 출처에서 나온 것을 알았다.

"이들이 지금 사용하는 2단계는 '로동' 중거리 탄도미사일에서 떼어 낸 거예요. 기본적으로 북한은 억지로 1단계 로켓을 3단계 로켓의 가운데에 집어넣으려고 하니까 문제가 생기는 거죠."

"그렇게 상상할 수도 있습니다."

"로켓과학은 장난이 아닙니다." 메리 팻이 킬킬거리고 웃었다. "하지만 우리가 알기로는 중국도 장거리 미사일을 만들 때 비슷한 방법을 쓰고 있습니다. 둥펑-3A 1단계 로켓을 장거리 ICBM의 2단계로 사용하는 거죠."

"북한은 대포동-2호에 둥펑 로켓을 사용하기를 원합니까?"

"그런 것 같습니다. 지난 1990년대에 중국은 북한에게 둥펑-3A 미사일 한 발을 주었습니다. 북한은 결코 실전에 배치하지 않고, 이것을 몽땅 해체한 다음에 자기들 장비 속에 하나씩 집어넣은 겁니다. 이제 중국이 최지훈에게 원하는 ICBM 기술을 인도해 주기를 거부하니까, 북한은 프랑스 우주 항공회사를 이용해서 둥펑-3A 미사일의 복제품을 만들어 내려는 겁니다."

라이언이 물었다. "중국 제품을 복제해서 말인가요?"

"아닌 것 같습니다. 우린 이 프랑스 회사가 북한이 소유하고 있는 둥펑-3A 미사일 한 발에서 떼어낸 튜브를 사용하여 미사일 부품들을 실제로 재설계하고 있는 것으로 보고 있습니다."

잭은 '에메랄드 인데비' 호에서 압수한 튜브를 촬영한 사진들을 훑어보았다. "와우!"

메리가 말했다. "'와우!'라고 감탄하시는 게 당연합니다. 이런 튜브들을 재설계하자면 특허 도구와 첨단 기계를 갖고 있어야 합니다."

라이언이 뻔한 소리를 하였다. "이런 걸 싸구려로 만들 수는 없겠지요."

"전혀 싸게 먹히지 않습니다. 우린 지난 이틀간 꼬박 이 사안을 들여다보았습니다. '프레시종 아에로' 사는 8개월 반 전에, 1,700만 유로의 대금을 받았습니다. 이건 미화로 거의 2,500만 달러에 해당됩니다."

"정말 걱정되는군요. 우린 북한이 그 많은 돈을 보내면서 뭘 기대하는지, 아니면 '프레시종 아에로'가 이미 그것들을 보냈는지도 모르고 있어요."

"우린 반드시 알아내야 합니다. 프랑스 정부와 상의해 보셨나요?"

"아뇨. 하지만 그렇게 되면 문제가 생깁니다. 프랑스 회사 중에서 유독 특정 회사의 은행구좌를 확보하기 위해 노력한다는 것을 프랑스 정부가 알지 못하도록 각별히 조심해야 할 필요가 있습니다. 어쨌든 그 사람들이 무슨 말을 할지 뻔합니다. '북한과는 아직 거래가 없습니다. 이건 룩셈부르크에 위치한 유령회사와 거래한 겁니다.' 하고 발뺌할 테니까요."

라이언이 한숨을 쉬면서 '에메랄드 인데버' 호에서 압수된 튜브들을 다시 들여다보았다. "이 장비들은 '틀림없이' 국제 비확산 협정을 위반하였을 겁니다."

"그런 말씀에는 논쟁의 소지가 있습니다."

라이언이 메리 팻에게 몸을 돌리자, 그녀는 재빨리 손을 들어 보였다. "제가 대통령님과 논쟁하자는 게 아닙니다. 물론 이런 종류의 '이중 용도' 부품들은 국제 협정에 금지되어 있지만, 기업들은 그것이 ICBM을 만드는 최종 사용자에게 명백히 인도되지 않는 한 문제가 없다고 주장합니다. 그러나 그건 '귀에 걸면 귀걸이, 코에 걸면 코걸이' 식입니다. 오늘날 지구 상에 민간위성을 만드는 기업의 숫자가 많다 보니, 미리 빠져나갈 구멍을 만들어 놓은 다음에 그럴듯한 핑계를 앞세워 대량살상무기 확산에 관여하는 '프레시종 아에로' 같은 회사와도 거래를 하고 있을 겁니다."

라이언은 안경 밑으로 눈을 비볐다. "난 프랑스 대통령에게 전화를 걸어 내가 알고 있는 걸 알려줄 참이오. 마치 우리가 다른 국가로부터 첩보를 전해 들은 것처럼 말할 겁니다. 그는 내 말을 믿지 않겠지만, 그렇더라도 내게 따지고 들지는 못할 거예요."

폴리가 말했다. "대통령님, 여기서 문제의 핵심은 우리가 '에메랄드 인데버' 호에서 발견한 물질이 아닙니다. 진짜 문제는 북한이 이런 물질을 세계시장에서 구입할 수 있는 경화를 갖고 있다는 겁니다."

"얼굴 표정을 보니 뭔가를 알고 있는 것 같군요."

"그렇습니다. CIA는 한동안 북한의 금융 관행을 면밀히 조사한 결과, 이것이 새로운 첩보와 정확하게 일치한다는 사실을 발견했습니다. 우린 '프레시종 아에로'에게 지급된 돈의 흐름을 그 회사의 두바이 은행 구좌까지 추적해 보았습니다. 물건을 구입하고도 1,300만 달러가 구좌에 남아 있습니다."

"북한은 이런 돈으로 뭘 하려는 거죠?"

"우린 한 가지 가설을 세웠습니다. 이 가설 때문에 어제 저와 제이가 대통령님을 뵐 수 없었던 겁니다. 우린 꼬박 3일간 이 가설에 매달리고 있습니다. '에메랄드 인데버' 호가 붙잡히기 전부터 말입니다."

라이언이 가까이 몸을 숙였다. "말해 보세요."

"대통령님, 북한이 정주광산에서 희토류 생산을 재개했다는 강력한 증거를 입수했습니다."

라이언이 말했다. "제길."

메리 팻이 계속했다. "국립 지리정보국(NGIA) 분석관들에 의하면, 북한의 북서쪽에 위치한 희토류 광산이 또다시 풀가동을 시작했다는 징후를 포착했다고 합니다. 더구나 이들은 이것이 중국의 도움 없이 이루어지고 있다고 말합니다."

라이언이 말했다. "중국인들은 몇 달 전 거기서 쫓겨나지 않았나요?"

"네, 약 1년 전에 그랬습니다. 중국 보고서를 작성한 담당자는 이런 관계에 아무 변화도 없다고 하는데, 그렇다면 북한이 그곳에서 어떻게 생산 활동을 진척시켰는지 궁금합니다. 특히 이들이 희토류 원광석에서 정제된 물질을 뽑아내기 위한 가공공장을 실제로 짓고 있다는 증거가 있기 때문에 더욱 그렇습니다. 이는 북한이 지금과 같은 세련된 수준의 능력에 도달하려면 몇 광년(light-years)이란 엄청난 세월이 걸릴 텐데 말입니다. 심지어 중국도 원광석을 중국에 있는 제련소로 가져가서 가공했거든요."

"중국은 북한이 자기들을 따돌리고 있다는 걸 알고 있나요?"

"우리가 북한에 관해 알고 있는 거의 모든 사실들은 통신 감청, 미심쩍은 인간정보 자산 또는 공개 출처 등을 통하여 중국에서 나온 겁니다. 이런 출처에서 정주광산에 대해 아무 언급이 없으므로, 적어도 현재 시점에서 중국이 이 사실을 까맣게 모르는 것으로 추정됩니다."

라이언이 물었다. "NGA 영상이 있나요?"

메리 팻은 오래전부터 라이언이 1차 정보를 요구한다는 것을 알고 있었다. 그녀는 태블릿 컴퓨터를 뒤적거리기 시작하더니, 상공에서 밀집 건물의 모습을 촬영한 일련의 영상들을 보여주었다.

"어떻게 생각하세요?" 메리 팻이 잠시 물었다.

"내 생각에 이런 영상을 해독하는 분석관이 NGA에 있다는 것이 행운이에요. 노천광산이 분명하게 보이지만, 이 탱크와 건물들은 모두 어떤 종류의 공장에 속한 것들처럼 생각되는군요."

메리 팻은 태블릿 컴퓨터에서 다른 페이지를 열었다. 스크린에 두 개의 영상이 등장했다. 하나는 "정주댐" 그리고 다른 하나는 "LAMP"라는 제목을 달고 있었다.

"왼쪽에 있는 것이 북한의 원광석 가공 시설입니다. 우린 이것을 '정주댐'이라고 부르는데, 이유는 이것이 명칭을 가진 구조물 중에서 가공 시설과 가장 가깝기 때문입니다. 다른 영상은 말레이시아에 위치한 희토류 가공공장인 LAMP의 사진입니다. 두 사진에서 산화 탱크를 한번 비교해 보세요."

라이언이 들여다보더니 두 개의 시설이 매우 흡사하다는 데 동의했다.

메리 팻이 말했다. "우리가 작년에 중국에서 감청한 첩보에 의하면, 정주광산은 앞으로 20년에서 30년 사이에 북한에게 약 12조 달러의 경화를 가져다줄 수 있다고 합니다. 이런 종류의 엄청난 잠재력을 갖고 있다면 북한이 새로운 시설을 지어 가동하는 데 도움을 받을 수 있는 누군가 새로운 파트너를 발견했다고 해도 놀랄 일이 아닙니다."

라이언이 말했다. "그리고 이 새로운 누군가가 기회를 잡고 북한에게 경화를 지불해 주고 있는 것이군요. 그리고 이건 다시 '에메랄드 인데버' 호에 실려 있던 미사일 튜브와도 관계가 있고 말이죠."

폴리가 고개를 끄덕였다. "맞습니다. 북한은 장차 희토류 생산으로 벌어들이게 될 경화를 담보로 해외 구좌에서 돈을 받고 있고, 이들은 이 돈으로 ICBM의 실전 배치에 필요한 탄도미사일 기술을 사들이는 겁니다. 그 이유는 북한이 아직 북미 대륙에 도달할 수 있는 ICBM을 갖고 있지 못하기 때문이죠."

라이언은 거의 중얼거리다시피 하며 말했다. "이건 시간문제로군."

"네. 만일 북한이 희토류 광산으로 벌어들이게 될 돈의 일부를 손에 넣게 된다면, 경제학의 냉정한 법칙에 따라 북한은 미국을 위협하는 데 필요한 기술과 전문 지식을 사들일 수 있을 겁니다."

라이언이 말했다. "그래서 이따금 외교에서는 복잡한 사안을 단순화시키는 경향이 있습니다. 대부분의 상황은 사람들이 짐작하는 것처럼 제로섬 게임이 아닙니다. 하지만 이건 바로 그 제로섬 게임 상황입니다. 북한의 성공은 미국의 실패를 의미합니다. 우리는 희토류 채굴을 중단시키고, 미사일 프로그램에 쏟아붓는 '현찰의 수도꼭지'를 틀어 잠가야 합니다."

"지당한 말씀입니다. 하지만 북한이 유령회사를 통해 경화를 거래할 수 있는 은행구좌를 갖고 있는 한, 우린 이들을 막을 도리가 없습니다."

잭이 옆에 있는 비행기의 둥그런 창문을 내다보았다. 비행기는 벌써 메인주의 해변을 벗어나 북동쪽을 향해 날아가고 있었다. 밑에는 믿을 수 없을 정도로 파란색의 대서양이 보였다. "우린 북한에 순항미사일을 날려 노천광을 부숴놓을 수가 없어요. 다만 우린 서방국가들 중에서 누가 북한을 위해 자금을 공급하고 있고, 어떻게 그렇게 하고 있는지를 알아내야 합니다."

"'어떻게'는 문제가 아닙니다. CIA는 북한의 해외 구좌가 발견된 10여 개 국가에 있는 30개 은행의 리스트를 작성했습니다."

"이 은행들이 어디 있던가요?"

그녀는 아이패드 컴퓨터를 내려다보더니 파일을 찾아 열고는, 큰 소리로 읽었다. "홍콩, 바누아투, 브루나이, 싱가포르, 멕시코, 스위스, 몰타, 벨리즈, 니카라과, 그리고 케이맨 제도입니다."

"금융 자산을 동결하라고 직접 압력을 넣을 수 있는 국가가 아니군요."

"전혀 아닙니다."

좌절감에 빠진 라이언이 말했다. “누가 북한과 손을 잡고 광산을 개발하고 있는지 찾아내는 건 어때요?”

“말보다 실천이 너무 어렵습니다, 대통령님. ‘프레시종 아에로’ 사와 거래를 조사해 보았지만 오리무중입니다. 이 거래를 추적하더라도 실제 광산 개발의 파트너를 찾아낼 수 없습니다. 단지 유령회사로만 연결될 뿐이지요. 틀림없이 북한은 이런 회사를 앞세워 미사일 프로그램을 위해 해외에서 부품들을 구입하고 있을 겁니다.”

잭은 몸을 돌려 심각한 표정으로 DNI 국장을 바라보았다. “메리 팻, 고장 난 녹음기처럼 말하긴 싫지만, 당신은 내가 무슨 말을 하려는지 알고 있잖아요.”

“좀 더 많은 첩보를 달라고 하시는군요.”

그가 고개를 끄덕였다. “어떻게 입수하건 관계없어요. 북한이 미국에 도달할 수 있는 ICBM을 손에 넣게 되는 날에는 천지개벽이 일어날 겁니다. 아시아뿐만 아니라 전 세계적으로 말이죠. 우린 북한이 유엔의 제재조치를 위반했다고 처벌할 수가 없어요. 이미 그렇게 하고 있기 때문이죠. 난 북한의 해외구좌에 압박을 가하는 새로운 제재조치를 통과시키라고 유엔에 압력을 넣을 수 있지만, 그건 요원한 일이고 하룻밤 사이에 해낼 수도 없어요. 하지만 만일 누가 북한의 희토류 광산을 돕고 있는지 찾아낼 수 있다면, 적어도 이자를 맹렬히 추적하여, 최소한 새로운 수입의 원천을 방해할 수 있을 겁니다.”

메리 팻은 자신의 임무가 거의 불가능에 가깝다는 것을 알았지만, 일단 상관으로부터 임무를 받은 것이다. “네 알겠습니다, 대통령님.”

19

리태진 총국장은 헬기를 타고 평양시 북동쪽 외곽에 위치한 강동공항으로 날아갔다. 그와 함께 여덟 명의 부하와 여덟 명의 경호원들이 이동했다. 이들의 대부분은 뒤에 따라오는 헬기에 탑승했다.

두 대의 러시아제 Mi-8 헬기가 정오에 착륙하자, 잠시 후 헬기에서 내린 리태진은 대기하고 있던 메르세데스 벤츠의 뒷좌석에 탔다. 일행의 대부분은 군용차량에 탑승하여 목적지를 향해 달렸다.

강동군은 평양의 중심인 '최리홍 광장'으로부터 불과 30마일 떨어진 평양시 교외에 위치한 번창하는 도시였지만, 최지훈은 여기 두 번째의 대궐 같은 관저를 갖고 있어, 최지훈이 이곳에 머무는 동안에 호출을 받은 사람들은 누구든지 형편없는 도로를 2시간 동안 자동차로 달려 이곳까지 와야만 했다. 물론 정부나 군대의 고위직이라면 헬기를 타고 오면 그만이었다.

북한이란 나라의 공식 정책은 소위 '선군정치'로 불린다. 이는 국가의 자원 중에서 가장 좋은 것을 골라, 조선인민군에게 가장 좋은 의식주를 제공한다는 정부의 정책이다. 대다수의 당 간부들은 군대 경력을 거쳐 고위직에 오르며, 내각의 상당수의 고위직 인사들도 현역 인민군 장교들이다.

군 고위 인사에게는 헬기에 탑승할 자격이 주어지며, 차량에 탑승하여 도로를 달릴 때에는 일반인들의 차량 통행을 차단할 수 있는 권한이 부여된다.

군대는 선군정책을 통해 북한의 엘리트 계층으로 뿌리를 내렸다.

리태진의 헬기 비행은 불과 10분밖에 걸리지 않았고, 20분간 리무진으로 달린 끝에 호화판 맨션 부근 곳곳에 마련된 검문소를 지나 정문에 도착했다.

그는 당 중앙 지도부 산하 '제5과'에 소속된 경호원 다섯 명의 안내를 받아 작은 연회실 홀에 들어갔다. 이들은 최지훈의 개인 경호원들로서 리태진을 공손하게 대접하였지만, 진정한 존경심을 보이지는 않았다. 그가 앉은 작은 테이블에 녹차가 놓여 있었다.

여기서 그는 1시간 23분을 기다렸다.

그는 아무런 불평도 하지 않았으며, 어떤 언짢은 표정도 보이지 않았다. '제5과' 경호원들이 방 안에 빙 둘러서서 그에게 감시의 눈을 집중시키고 있었기 때문이다.

마침내 최지훈이 들어오자, 리태진은 즉시 일어서서 자연스럽게 움츠러들려는 본능을 억눌렀다.

대원수의 인민복 상의가 반쯤 열려 있고, 눈동자는 충혈되어 있었다. 최지훈의 머리칼은 너무 짧게 깎아 덥수룩하다는 인상을 주지는 않았지만 최지훈의 얼굴에 남아 있는 주름 자국은 방금 전까지 침대에 누워있었음을 나타내는 단서가 되었다. 그의 푸짐한 볼퉁이 살은 여느 때보다 더 핑크색을 띠고 있었다.

리태진은 거의 순간적으로 대원수가 술에 취해 있다는 것을 알아챘다. 그는 전에도 이 지도자가 다양한 형태로 만취한 모습을 본 적이 있었다. 리태진은 대개 룡성에서 주기적으로 열리는 축하연에 이따금 참석한 적이 있었다. 최지훈은 늦게 도착하는 버릇이 있었지만, 항상 손에 술병을 들고 있는 모양으로 보아 의심할 여지가 없이 몇 시간 전부터 술잔치가 시작되었음을 알 수 있었다. 그는 절대로 다른 많은 간부들처럼 술을 마시고 나서 자빠지거나 정신을 잃어버리는 일이 없었지만, 주변에서 여전히 파티가 벌어지고 있는 와중에도 커다란 테이블에 풀썩 누워 곯아떨어지거나 시무룩한 표정을 짓기 일쑤였다.

리태진은 지도자가 술에 취해 있는 모습에 놀라지 않았지만 가슴이 철렁했다. 왜 그곳에 와 있는지를 잘 알고 있던 리태진은 알코올에 찌든 대원수가 자신과의 대화를 한결 불안하게 만들 것임을 직감했다.

미국인들은 프랑스에서 정밀가공 2단계 튜브를 몰래 들여오려던 북한의 시도를 좌절시켰다. 아직도 리태진은 최지훈이 멋대로 정한 일정의 마감 시한이 다가오기 전에 성공할 시간적 여유가 있었고, '오스카 로블라스'로부터 리태진이 주체할 수 없을 정도로 많은 돈이 더 들어오면 튜브를 구할 수 있는 다른 기회를 가질 수 있었지만, 그는 최지훈이 자신에 대한 신뢰를 잃고 당장 지금 이곳에서 모가지를 자를 것이 걱정되었다.

리태진은 약속한 3년간이라는 목표를 대원수가 지켜야 할 필요가 전혀 없고, 변덕 부리기로 마음먹으면 언제라도 자기를 굶주린 개들에게 집어 던질 수 있다는 사실을 너무나도 잘 알고 있었다.

최지훈은 리태진에게 건성으로 고개를 끄덕거리며 테이블에 앉았고, 오랫동안 고개와 허리를 깊숙이 꺾는 인사를 마친 리태진도 자리에 앉았다.

최지훈은 잠시 검정색 브랜디가 담긴 술잔을 빙빙 돌렸다. 그는 액체가 소용돌이치는 모습에 집중하는 듯이 보였다. 리태진은 지도자가 혀 꼬부라진 목소리로 뭔가 터무니없는 말을 할 것으로 생각했지만, 일단 입을 열자 최지훈의 목소리가 낭랑하였고, 발음도 명료하면서 신랄하였다.

"또 한 번 선적이 차단당하고, 인천항에 끌려갔어. 이것 때문에 우리 진도가 얼마나 늦어졌는가?"

리태진은 턱을 쳐들었다. 그는 오늘 이른 아침부터 이 회의에 참석하라는 호출을 받았는데, 이는 회의가 하루 종일 계속될 것을 각오해야 함을 의미했다. "운이 없었습니다. 미국 전함 '프리덤'은 우리가 필요로 하는 커다란 품목의 확보를 어렵게 만들었습니다. 작은 품목들은 항공기로 실어 올 수 있고, 우리는 지금까지 이런 방법을 통해 좋은 결과를 얻었습니다. 하지만 우리는 여전히 해상에서 문제를 겪고 있습니다."

"문제는 미국이야." 최지훈이 말했다.

"지당하신 말씀입니다, 대원수님. 유엔의 다른 나라들은 해상 차단을 시행하지 않습니다. 잭 라이언이 백악관에 돌아오기 전에, 전직 대통령인 '에드 킬티(Ed Kealty)'는 지금처럼 우리나라로 들어오는 선적을 괴롭힌 적이 없었습니다."

"그래서 문제는 특히 잭 라이언이란 말야."

"역시 지당하신 말씀입니다. 하지만 걱정 마십시오. 우리가 더 많은 로켓 튜브를 주문하여, 이것들이 러시아의 다른 회사에서 제작되고 있습니다. 물품 인도에 6개월이 걸리지만, 우리는 이것들이 도착할 무렵에는 다른 모든 준비를 끝낼 것이며, '대포동-2호'의 실전 배치 임무는 더욱 성공에 가까워질 것입니다."

사실 러시아인들은 돈을 받기 전까지는 절대로 물건을 보내지 않았고, 그는 로블라스가 그에게 500만 불을 입금시킬 때까지 돈을 지불할 수가 없었다. 만일 그 망할 놈 황민호의 희토류 가공공장이 제대로 가동되었더라면 이런 일은 벌어지지 않았을 것이다.

리태진은 추가적으로 이러한 자세한 이야기를 하여 최지훈의 속을 뒤집는 짓을 피했다.

최지훈이 아무렇지 않게 물었다. "미국인들이 다음번 선적도 지난번처럼 차단하지 않을까?"

리태진은 미소를 보였다. 그의 슬픈 눈동자는 밝아지지 않았지만, 그래도 얼굴에 미소가 나타났다. "러시아인들은 An-225 비행기를 갖고 있습니다. 이 비행기는 공중으로 튜브를 수송할 수 있을 만큼 큽니다. 우린 해상 차단을 걱정하지 않아도 됩니다."

"너에겐 2년도 안 남았어."

"네, 대원수님. 알고 있습니다."

"잭 라이언 대통령은 임기가 2년 남았다."

"이것도 알고 있습니다, 대원수님. 만일 그가 없었더라면, 우리는 더 빨리 미사일을 실전 배치할 수 있었을 것입니다."

"네 전임자도 잭 라이언에 대해 불평을 많이 했다." 최지훈은 오랫동안 벌컥거리며 브랜디를 들이켰다. "이런 걸 변명이라고 하는 거다. 라이언이 문제이긴 하지만, 그래도 우리는 성공해야 돼."

리태진은 잠시 테이블 건너편을 바라보았다. 최지훈의 눈은 술기운으로 게슴츠레했지만 눈동자가 흔들릴 정도는 아니었다. "랭군에 대해 동무는 뭘 알고 있나?"

리태진은 최지훈이 미얀마의 수도가 어딘지 알고 있느냐고 물은 것이 아니라, 그곳에서 벌어진 특정한 사건을 묻는 것임을 알았다. 랭군이 북한 정보기관에게 너무도 각별한 중요성을 갖기 때문에, 북한 지도자가 랭군을 정보기관에게 말할 때 그것이 갖고 있는 의미는 단 하나뿐이다.

리태진은 자신 있게 대답했다. "1983년 10월 9일입니다. 저는 당시 인민군 소위였습니다. 저는 우리 선조들의 용맹성을 결코 잊지 않을—"

최지훈은 마치 리태진이 말하고 있지 않은 듯이 동시에 말을 했다. "1983년 10월 9일. 내 할아버지는 한국 대통령이 버마 순교자의 능을 참배할 때 죽이라고 세 명의 암살자들을 보냈다. 하지만 자동차 행렬이 교통 체증으로 지연되는 바람에 폭탄으로 전두환을 죽이지 못했다."

물론 리태진은 모든 이야기를 알고 있었다. 21명이 죽었고 46명이 부상을 입었다. 그는 왜 최지훈이 31년 전의 일을 끄집어내는지 이유를 몰랐다.

최지훈이 말했다. "역사 전문가로서 난 어떤 일이 벌어질 수 있었는지를 상상해 보지 않을 수가 없다. 만일 랭군 거사가 성공했더라면, 남한은 정세 불안정에 빠졌을 것이다. 우리 인민군이 그들보다 더 강했으므로, 미군의 의지가 흔들렸을 것이다. 내 할아버지는 1년 아마도 2년 이내에 한반도 전체를 차지할 수 있었을 것이며, 우리는 믿을 수 없이 강해졌을 것이다. 1990년대 기근으로 인한 문제들은 결코 일어나지 않았을 것이고, 미국은 압력과 제재조치가 헛된 시도라는 것을 인정했을 것이다. 경제가 성장하고 군대도 막강해졌을 것이다. 만일 그날 오후 랭군 시내의 교통이 덜 복잡했더라면, 오늘 우리가 어떤 위치에 있었을지를 생각해 보거라." 최지훈은 아쉬움의 미소를 지었다.

리태진은 고개를 끄덕였다. 의심할 바도 없이 최지훈의 결론은 건전한 것이었다. 그리고 의심할 바도 없이 리태진은 이처럼 건전한 결론이 아니라면 언급하지 않을 작정이었다.

최지훈이 말했다. "동무가 보기에 또 어떤 일이 벌어졌을까?"

"죄송합니다. 솔직히 말씀드려 저는 모르겠습니다."

"내 아버님은 잭 라이언에 의해 죽임을 당하지 않았을 것이다."

"대원수님의 아버님 말입니까?"

"미국인이 내 아버님을 독살했다. 그것 말고 어떻게 설명할 수 있겠나? 그는 건강한 분이었다. 어쩌면 귀가 약간 어두웠는지 모르지만, 아버님 주치의들은 건강하게 20년에서 30년을 생존하실 거라고 말했다."

리태진은 순간적으로 그럴 리가 없다고 생각하였지만, 그는 틀림없이 최리홍 주치의들이 자기들에 대한 책임을 회피하려고 최리홍이 독살되었다고 주장했을 것임을 알았다. 리태진은 최리홍이 죽었을 당시 정찰총국의 작전 담당 책임자였으며, 그와 그의 부하들에게 암살의 증거를 찾으라는 명령이 하달되었다. 리태진은 그런 증거를 발견하지 못하였다. 그런 증거가 없었기 때문이다.

최지훈은 다시 랭군으로 화제를 돌렸다. "내 할아버지께서 한국 지도자를 공격하라고 명령을 내릴 정도로 용감하셨던 것은 그분이 선견지명을 갖고 계셨기 때문이야. 리 동무, 그것에 대해 잠시 생각해 보라고."

리태진은 세 명의 암살자들이 진정으로 용감한 사람들이며, 남한 대통령을 공격한 다음에 자결하라는 명령을 내렸던 사람보다 더 용감하다는 점을 인정하지 않을 수 없었다. 하지만 물론 그는 이것에 대해서는 입도 뻥끗하지 않았다.

최지훈이 남은 술을 마저 들이키자, 아리따운 젊은 소녀—리태진은 나이가 기껏해야 17세 정도라고 생각했다—가 빈 연회장에 크리스털 술병을 가져와 최지훈의 술잔을 채웠다. 최지훈은 그녀를 보지 않고, 계속해서 말을 이어갔다.

"만일 랭군 거사가 성공했더라면 우리나라의 운명이 달라졌을 테지. 정말이지 세계의 역사도 말이야."

리태진이 절을 하며 말했다. "그렇습니다."

"만일 동무가 잭 라이언을 제거할 수 있다면, 난 우리나라에 비슷한 결과를 가져올 것으로 확신하네. 동의하는가?"

리태진의 가슴이 철렁 내려앉았다. 그는 다시 한 번 불가능한 임무를 부여받은 것이다. 하지만 그는 이렇게 말했다. "예, 전적으로 공감합니다."

최지훈이 말했다. "다른 누군가가 개입된 것처럼 보이게 하는 것이 어렵다는 걸 나도 알아." 최지훈은 테이블 너머에서 반쯤 몸을 앞으로 숙였다. 리태진은 의심할 여지가 없이 그가 잡고 있는 술잔이 아니라, 피부에서 브랜디의 냄새가 물씬 풍겨 나오는 것을 느낄 수 있었다. "하지만 그건 동무의 문제야."

불편한 침묵이 흐르자 리태진은 자기가 말할 차례란 것을 깨달았다.

"네. 그런데… 확실히 그의 죽음으로 이득을 볼 사람들이 많습니다."

"물론이지. 동무는 어떻게 그를 죽일 건가?"

리태진은 움찔하면서 눈을 깜빡거렸다. 그는 자기에 대한 최지훈의 신임을 더욱 굳건하게 만들 수 있는 무엇인가를 말할 필요가 있었다. 그는 자기가 의심하거나 주저하는 모습을 보이지 않으려 애를 썼다. 그는 머릿속에서 생각하는 대로 말을 하면서도, 입에서 한 마디 한 마디를 끄집어내느라 진땀을 흘렸다. "우선 그의 외국 순방 일정을 파악하겠습니다. 그리고 저는 중동 지역의 폭탄 제조 전문가를 이용하겠습니다. 우리나라와 시리아, 이란과의 우호 관계를 잘 이용하여 이런 전문가를 물색하는 겁니다. 저는 대리인(proxy)들을 통해 거사를 꾸미겠습니다.” 그는 서둘러 덧붙였다. “하지만 저는 계획의 모든 국면에 개입할 것입니다. 절대로 실패하면 안 되니까 말입니다. 잭 라이언은 지금 삼엄한 경호를 받고 있지만, 만일 혹시라도 그의 목숨이 위협을 받는다는 믿을 만한 첩보를 입수하게 되면, 미국인들은 암살자로부터 대통령을 보호하기 위해 더욱 철저한 수단을 강구할 겁니다. 두 번째 기회란 없습니다.”

최지훈은 생각에 잠긴 듯 고개를 끄덕였다.

리태진은 그에게 즉각 실천에 옮기라는 명령이 떨어질 것을 우려했다. 그래서 그는 대원수의 비위를 거스르지 않도록, 경고의 메시지 위에 교묘하게 존경의 표현을 켜켜이 쌓는 수법을 이용하여 재빨리 말했다. “저는 영명하신 대원수님께서도 세계 역사를 통달하시었기 때문에 잘 아실 것으로 확신하면서도, 이런 작전에 얼마나 큰 위험부담이 따르는지를 제 자신에게 상기시키기 위해 이런 말씀을 드리고자 합니다. 하지만, 미국이 모욕과 위협과 공격에 어떻게 대응하는지를 기억할 필요가 있습니다. 진주만 기습이 하나의 예입니다. 일본의 해군 제독 ‘야마모토 이소로쿠’가 말했듯이, 진주만 기습으로 그들은 잠자는 거인을 깨웠던 것입니다. 미국은 도발자들의 행위를 오랫동안 철저히 조사해 본 다음, 만일 우리가 저지른 것으로 의심될 경우에는, 반드시 우리나라에 복수를 하려 들 것입니다.”

리태진은 최지훈이 이런 말들의 의미를 제대로 이해하기를 바랐지만, 최지훈이 브랜디 술잔을 쥔 손을 내젓자 잔에 담겼던 브랜디가 약간 테이블 위로 쏟아졌다.

“동무가 말하는 중동의 폭탄 제조자는 입을 나불거리도록 살려두면 안 돼.”

최지훈은 마치 멋들어진 이 한마디로 모든 문제들이 풀렸다는 듯 만족스럽게 웃어젖혔다.

리태진은 지도자의 웃음에 화답하는 데 어울릴 만한 말을 생각해 내려 필사적으로 애를 썼다. “네, 대원수님. 참으로 탁월하신 발상이십니다.”

20

런던 태생의 '에드워드 라일리(Edward Riley)'는 뉴욕을 별로 좋아하지 않았다. 미국이 자신의 모국이 아니었기 때문이다. 하지만 그의 모국이 자신을 별로 좋아하지 않자, 그는 5년 전 미국으로 건너와 주어진 환경에 최선을 다하여, 어떻게든 잘 살아 보리라고 작심하고 있었다.

그가 주어진 환경에서 최선을 다하겠다고 작정한 핵심 요소들 중에는 라일리가 아침 한나절의 차량 흐름 속을 헤치며 '웨스트사이드 하이웨이'를 달리면서 몰고 있는 자동차도 포함되었다. 이것은 칠흑 같은 검은색의 BMW i8 전기 스포츠카이다. 이 차는 마치 주차장을 빠져나가기 전 요리용 스프레이를 뿌린 듯 반짝반짝 윤기가 흘렀고, 콧대 높은 '어퍼 웨스트사이드'의 사람들도 공기역학적으로 설계된 늘씬한 그의 차를 바라보면서 고개를 돌리고 휘파람을 불어대며 감탄하였다.

에드워드 라일리는 사람들의 관심을 즐겼는데 이건 참으로 이상한 일이었다. 에드워드 라일리는 스파이였기 때문이다.

정보기관의 첩보 요원들이 명성을 추구하는 것은 금기의 대상이다. 하지만 명성을 얻으려는 에드워드 라일리의 노력은 명백히 인상적이었다. 그는 영국 정부 산하 정보기관인 MI6의 지난 30년간 역사에서 가장 나이가 젊은 지부장이었다. 이제 36세의 라일리는 그보다 나이가 2배나 많은 사람들조차 부러워할 정도로 풍부한 경험과 화려한 이력의 소유자였다. 라일리는 신변 안전을 걱정하는 스파이라기보다는, 마치 홍보 담당자처럼 사방에 자신의 이력과 경험을 자랑하고 다녔다.

엷은 갈색의 머리를 짧게 자른 젊은이 에디(에드워드의 애칭)는 언어와 문화를 좋아했다. 운동기구 회사의 제조 담당 대표이던 그의 부모는 유럽을 여행하며 돌아다녔고, 10살의 나이가 되었을 때 유럽 대륙 중에서 안 가본 나라가 없을 정도였다. 더구나 외조부들은 여름만 되면 어린 에디를 부모의 손에서 '떼 내어' 아프리카, 아시아, 남아메리카 등으로 돌아다니는 못 말리는 여행광이었다.

에디는 아버지의 사업을 물려받아 계속해서 세상을 구경할 계획으로 명문학교인 이튼(Eaton)스쿨에 들어가, 그곳에서 미래의 계획에 따라 프랑스어와 아랍어와 러시아어를 배웠다.

그는 정보 업무에 어울리는 완벽한 후보가 아니었다. 대부분의 스파이들이 적어도 조국의 깃발에 어느 정도의 충성심을 갖고 있지만, 라일리는 그렇지 않았기 때문이다. 이는 그에게 애국심이 없다는 뜻이 아니라, 사실은 조국이니 동포 같은 따위는 안중에도 없다는 의미였다. 하지만 이튼스쿨의 교수 중 한 사람이 영국 정부의 비공식 채용관(recruiter)이었는데, 그는 직감에 따라 에디 라일리를 추천했다. 머잖아 수업이 끝난 후 중년의 여성이 에디를 찾아왔고, 그에게 공무원 시험을 쳐 볼 생각이 있느냐고 물었다.

그는 솔직하게 대답했다. "별로요."

그러나 그녀는 물러서지 않고 끈질기게 설득하면서, 공무원이 되면 누릴 수 있는 여행이나 문화 연구 같은 것에 대해 한바탕 선전을 늘어놓았다. 그리고 몇 초 후 갑자기 전등불이 꺼지자, 에디는 이것이 자신을 영국 첩보 기관에 끌어들이기 위한 시도라는 것을 알아챘다.

그리고 그것이 재미있을 것 같기도 하였다. 사실 젊은 라일리는 제임스 본드 첩보 영화 중에서 다섯 번 이상 보지 않는 영화가 없었다. 그래서 "별로요"라는 대답이 "좋지요"라고 바뀌었다.

그렇다고 MI6에 직접 지원할 수 있는 것은 아니다. 대신 후보자는 영국 외무성에서 '조정관(coordination staff)'이라는 직책에 지원하게 되는데, 이 직책은 해외 정보 담당자를 의미하는 인사 부호였다. 라일리도 이런 절차를 통해 지원했고, 훈련 과정을 가뿐하게 끝마쳤다. 그런 다음 곧 그는 세상 밖으로 나갔다. 다른 모든 젊은 첩보 요원과 마찬가지로 먼지투성이의 외딴 초소에 배치되어 힘겹게 실전에서의 각종 요령을 터득했다.

예멘의 '사나(Sana)', 나미비아의 '빈트후크(Windhoek)'를 거쳐, 우루과이 수도 '몬테비데오(Montevideo)'로 영전되었다.

그가 남미에서 1년을 보내는 사이, 경험 많은 정보관들이 중동 지역에서의 전쟁에 너무 많이 몰려드는 통에, 유능하면서도 쉽사리 자리 이동이 가능한 젊은 직원들에게 몇몇 노른자위 보직이 개방되었다. 그는 핀란드에서 1년 근무한 다음 영국령 버진아일랜드에서 1년 이상 시간을 보냈다. 명성을 쌓은 라일리는 27세의 나이로 유럽으로 돌아와 불가리아에서 부(副)지부장을 맡았다. 그는 이제 '떠오르는 스타'로 부상한 것이다.

그는 지부장이 가족의 질병으로 본국에 소환되었기 때문에 이 보직에서 6개월도 근무하지 못했다. 원래 MI6는 젊은 부지부장이 아니라 좀 더 나이 많은 직원으로 교체하려 했지만, 지부장 '대리'로 근무한 기간이 1개월에서 3개월, 그리고 6개월에 접어들었다. 그러자 라일리가 우연하게 떠맡은 직책에 가장 적합한 인물이라고 누군가가 결심하자, 서류 작업이 완료되어 새로운 직책을 공식적인 것으로 기정사실화하였다.

런던에 있던 에드워드 라일리는 27세의 어린 나이에 불가리아 지부장이 되어, MI6의 30년간 역사에서 가장 젊은 지부장으로 기록되었다.

그러나 라일리는 여기에 그치지 않았다. 중요한 사실은 그가 열심히 일했고, 개인적 이득을 얻기 위해서라면 다른 사람과 상황을 이용하는 데 조금도 주저하지 않는 인물이라는 점이다. 30세 생일을 맞이할 무렵, 거침없는 기세로 뻗어가던 경력 덕분에 그는 이태리 지부장으로 승진했다. 이 자리는 근처에 있는 불가리아의 작은 사무실과는 비교할 수 없을 정도로 중요한 보직이었다.

하지만 갑자기 로마에서 일이 터졌다. 그는 본부의 명령을 위반하여 현지 범죄조직들 중 하나와 손을 잡고, 사실상 모든 러시아 범죄인들이 그러하듯 모스크바에 있는 정부와 연계되어 있는 러시아 마피아의 현지 조직을 와해시켰다. 라일리에게 박살 난 범죄자들이 러시아 해외 정보기관인 SVR에게 일러바치자, SVR은 라일리를 처치하기 위한 작전에 돌입했다.

러시아인들은 라일리가 영국 지부장이란 사실을 알고 치명적 수단으로 죽이기보다—라일리를 죽이면 그럴 만한 가치가 있는 것보다 더 큰 문제를 야기시켰을 것이다—그를 표적으로 삼아, 단지 다른 곳으로 보내기를 원했다.

러시아인들은 그에게 트릭을 썼다. 이런 수법에 당하고 나면 자기 자신 이외에는 비난할 사람이 없는 법이다. 이들은 간단한 미인계를 동원했다. 에드워드에게는 영국인 부인과 세 명의 어린 아이들이 있었지만, 어느 날 그는 단골 카페인 '비아 베르가모(Via Bergamo)'에 들렀다가 옆에 앉아 있던 '알리나(Alina)'로 불리는 24세의 루마니아 모델을 만나 대화를 시작했다.

그녀는 교환학생이라고 소개하면서 교과서보다는 자신에게 말을 걸어오는 핸섬한 영국인에게 더 큰 관심을 보였다. 하지만 그녀의 미모에 홀랑 반해버린 라일리는 그녀와 대화를 계속했다. 그는 한번 시작하면 끝장을 보는 사람이라고 자부하고 있었으므로, 자신이 함정에 빠졌다는 사실을 단 한순간도 생각해 보지 않았다. 그가 전화번호를 묻자 여자가 거부하고는 자리에서 일어나 사라졌다. 하지만 며칠 후 그녀는 똑같은 카페에 다시 나타났다. 이번에 두 사람은 '비아 피아베(Via Piave)' 가를 산책하였다. 머잖아 이들은 어찌어찌하다가 '비아 본콤파니(Via Boncompagni)' 가에 있는 옥스퍼드 호텔의 로비로 들어갔다.

그는 어떻게 지갑 속에 가명으로 된 신용카드가 들어 있었고, 그것이 호텔 데스크 직원에게 건네졌는지 통 알 수가 없었다. 또 그는 어떻게 자신과 알리나가 4층 스위트룸의 침대 속에 들어가게 되었는지 도저히 이해할 수 없었다.

일을 치르고 난 그는 도무지 알 수 없는 미스터리투성이라고 생각했다.

알리나는 자신이 러시아인들을 위해 일하고 있다는 것을 몰랐다. 대신 그녀는 어느 타블로이드 신문사의 영국인 기자를 유혹하는 일에 고용된 것으로 생각했다. 그녀는 두둑한 사례비를 받았고, 사실 그 신문사가 존재하기는 하였다. 하지만 알리나는 그것이 대부분의 영국 언론사와 마찬가지로 러시아 커넥션이 소유하고 있고, 러시아 정보기관의 지령을 받아 움직이고 있다는 사실을 꿈에도 몰랐다.

라일리를 일단 미인계에 빠뜨렸고, 젊은 영국인 스파이를 현장에서 덮치기 위한 파파라치 사진사도 대기하고 있었지만, 일이 그리 간단하지만은 않았다. 라일리는 대부분의 바람둥이 스파이들처럼 스파이라는 신분을 육체적 쾌락에 이용하였다. 1개월 동안 그와 루마니아 애인은 MI6의 훈련 교관들이 자랑스럽게 여겼을 은밀한 관계를 유지했다. 이들은 '대포폰'을 사용하고, 반드시 '감시 탐지 경로'를 거쳐 미행하는 사람이 없다는 것을 확인한 다음에야 인적이 드문 카페를 이용하였으며, 만나는 시간과 장소를 자주 변경했다. 알리나는 파파라치 사진사에게 두 사람이 어디 있는지와 무엇을 할 것인지를 계속해서 귀띔해 주었지만, 라일리는 누가 자기를 추적하는지를 모르면서도 이들보다 한 걸음 앞서 미행을 따돌렸다.

휘영청 달빛이 밝은 어느 날 밤, 이태리의 사르디니아(Sardinia) 섬의 해변에서 마침내 파파라치 사진사의 카메라가 들이닥쳤다. 실오라기 하나 걸치지 않은 알몸으로 있던 라일리와 알리나의 현장을 덮친 것이다. 연신 카메라 플래시가 터지고 요란한 셔터 소리가 들리자, 31세의 에드워드 라일리는 자신의 직업과 결혼 생활이 파탄 지경에 이를 것임을 깨달았다.

영국 타블로이드 신문은 이 짜릿한 기삿거리로 흥분의 도가니에 빠졌다. 상반신 가슴을 훤히 드러낸 금발의 여인 위에 올라탄 웃통을 벗은 꽃미남 스파이, 그리고 기습적으로 들이댄 카메라 렌즈를 마치 놀란 토끼 눈처럼 바라보는 모습을 찍은 사진은 지저분한 밀회의 현장을 거침없이 보여주었다.

타블로이드 신문의 기사 제목은 "영국 정보원의 추잡한 서커스"였다. 다음 날 신문 기사를 들여다본 라일리는 자기 목이 잘릴 것을 알았다. 그는 너절한 타블로이드 신문이 기사를 쓴 사람의 신분을 밝히고 기사가 "러시아 해외정보부의 도움으로 작성"되었음을 인정하는 품위를 보여주지 못한 것을 혀를 차며 탓하였다.

물론 라일리는 신속히 런던으로 소환되었다. 그는 몇 년간 일했던 정보기관에서 수치스럽게 해고되고, 그 후에도 파파라치 사진사들이 계속해서 런던 고급 주택가인 '나이츠브리지'의 아파트까지 쫓아와 그와 가족들의 사진을 찍어댔다.

내면에서 일종의 멘붕 상태 같은 것을 경험한 라일리는 자기보호 본능을 발동하여 자신의 행위에 대한 책임을 인정하는 영민함을 포기하고는, 이 모든 비극의 원인을 자신이 아니라 모국인 영국에게도 돌렸다.

그는 몇 달간 곧잘 역경을 잘 견디나 싶었지만, 불미스러운 스캔들로 자기 나라에서 가장 대중적으로 잘 알려진 스파이로 살아가는 것은 쉬운 일이 아니었을 것이다. 마침내 라일리는 조국인 영국을 버리고 도망치기로 작정했다.

바로 그때 듀크 샤프가 쏜살같이 라일리를 낚아챘다. 라일리는 그를 한 번도 만나본 적이 없었으며, 뭔지 모르지만 지저분한 명성을 갖고 있는 인물 정도로만 알고 있었다. 듀크는 에드워드에게 한번 만나보자고 제안했다. 물론 이에 소요되는 제반 비용을 '샤프 글로벌 인텔리전스 파트너스'가 부담하는 조건으로 말이다. 에드워드는 제안을 받아들였다. 그는 미국인이 자기 회사 업무에 대해 떠벌리는 입담 좋은 장광설을 듣고는 그 자리에서 함께 일해보자는 제의를 수락했다. 에드워드는 비록 상업적 신분이긴 하지만 정보 세계에 다시 돌아올 수 있게 된 것에 열광했다. 그는 부도덕한 짓도 서슴지 않았다. 그는 돈 되는 일이라면 뭐든 마다하지 않았다. 선악이나 옳고 그름 따위는 문제가 아니었다. 이제는 내 실속만 챙기면 그만이라고 생각했다.

물론 그는 새로 얻은 악명으로 인해 정보 자산으로서 전혀 쓸모없는 존재가 된 것이 아닌지 걱정했다. 그러나 에드워드 라일리가 전혀 예상하지 못했던 사건이 벌어졌다. 라일리는 어쩐 일인지 이번 사건에서는 자신의 명성이 유리하게 작용한다고 생각했다. '샤프 파트너스'에서의 고리타분한 구닥다리 정보 업무에서는 그의 명성이 쓸모가 있었다. 그는 회사의 중요한 인물들을 만났고, 잠재적 고객과 CEO들과 함께 식사를 하고, TV 호스트로 출연하여 거대 뉴스 매체의 뉴욕 지사로부터 영국에서 벌어지는 정보와 관련된 사안에 대한 자신의 견해를 밝혔다.

이렇게 하여 그는 많은 돈을 벌었다. 샤프는 MI6와는 달리 맡은 작전에서 성공한 공작원들에게는 더 많은 보수를 주었다. MI6에서는 아이슬란드에서 푸짐한 고래 고기로 저녁 식사를 즐기며 정보원을 만나는 6년 차 공작원이나, 체첸의 더럽고 악취가 풍기는 지하실에서 러시아의 구소련 첩보 부대원과 총격전을 벌이는 6년 차 공작원이나 똑같은 액수의 봉급을 받았다.

라일리는 TV에서 약간의 '각광'을 받았지만, 샤프 사의 간판급 스타는 아니었다. 그것은 샤프의 영역이었다. 하지만, 36세의 영국인은 놀라울 정도로 열심히 뛰었다. 부여받은 작전을 밑바닥부터 시작하여 성공시켰고, 수많은 시간과 노력을 아끼지 않았다. 그는 정보 자산을 운용하면서 MI6 지부장이었을 때 부하 직원들과 첩보원들에게 기대했던 것과 같은 수준의 탁월함을 가차 없이 요구했다.

샤프는 라일리를 어려운 임무에 투입했고, 라일리는 전혀 개의치 않았다. 더도 말고 덜도 말고, 그는 오로지 돈을 위해 뛰고 있었다.

MI6에서 쫓겨난 지 3년이 되었을 무렵 그는 자기 인생을 돌아보고는, 맡은 직업과 부도덕한 인생을 자신이 엄청나게 좋아하고 있다는 사실을 발견했다.

그는 속으로 영국 정부에게 '엿 먹어라!'라고 소리쳤다.

에드워드 라일리는 BMW 스포츠카를 '콜럼버스 서클' 근처의 '만다린 오리엔탈'의 발레 주차장에 세웠다. 그는 차에서 내리면서, 반가움에 어쩔 줄 몰라 환한 웃음을 지으며 발레파킹을 하려고 다가오는 도미니카 젊은이에게 윙크를 보냈다.

"오늘 밤 여기 묵으시게요?" 호화로운 스포츠카를 몰아볼 생각에 흥분하여, 거의 침을 질질 흘리면서 그가 말했다.

"오늘은 그저 '아시에이트' 레스토랑에서 누굴 만나 차나 한잔하려고."

그는 발레파킹을 마치고 다가왔다. "방금 택시를 타고 온 숙녀분이 아닌가요?"

"키가 늘씬하고, 금발에, 쭉쭉빵빵이던가?"

도미니카 청년은 웃었다. 그는 라일리 같은 인생을 원했고, 그런 사실을 구태여 숨기려 하지도 않았다. "바로 그렇습니다요."

영국인은 기분이 날아갈 듯 째졌다. "한 번도 직접 만나본 적이 없지만, 상당한 미인이란 소문은 들었어."

"대단한 미인입니다, 선생님. 오늘 저녁에 즐거운 시간 가지세요. 이 녀석(스포츠카)은 제가 잘 돌볼 테니까요."

라일리는 독신이었다. 서류상으로는 아니지만 말이다. 런던에서 그의 결혼 생활은 MI6에서 쫓겨나는 순간 파탄 지경에 빠졌다. 그의 아내도 제 갈 길을 가고 있었다. 서로 왕래한 것이라고 해 보아야, 일전에 아내에게 미리 연락을 취해서 영국으로 가 '공식적인 방문'을 하거나, 또는 아내가 이혼 서류에 서명을 받으러 미국으로 건너온 것이 전부였다. 비록 한 번도 만난 적은 없지만, 이 프랑스 여자와 침대에 누울 생각에 기분이 짜릿했지만, 이번 작전은 대단히 중요한 것이어서 업무와 쾌락이 뒤죽박죽되지 않도록 조심할 참이었다.

이번만큼은 여자에게 손대지 않겠다고 작정했다.

그는 거의 비어있는 레스토랑의 뒷자리 구석에 있는 테이블에서 등을 벽쪽으로 향한 채 앉아 있던 베로니카 마르텔을 만났다. 그녀는 일어나 악수를 하였고, 그는 베로니카의 눈동자를 바라보며 과연 소문대로 천하의 절세미인이라며 감탄해 마지않았다.

라일리는 그녀가 이미 상대방을 알고 있다고 확신했다. 아니면 그녀는 러시아 정보기관이 전 세계 사람들이 알기를 원하던 것을 알고 있을 것이다. 그녀는 우아하게 품위를 지키며 이에 대해서는 입도 뻥끗하지 않았지만, 여인이 그의 인생을 망가뜨린 스캔들을 알고 있다는 사실이 두 사람의 만남을 무겁게 짓누르는 것 같았다.

하지만 라일리는 이런 것이 자신의 권위를 위협하도록 내버려두지 않을 것이라고 속으로 다짐했다. 그는 절세의 미인과 업무와 관련된 피상적인 문제들에 대해 몇 분간 잡담을 나누었다. 여기까지의 비행과 묵고 있는 호텔, 뉴욕과 미국에 대한 인상 등등. 그는 상대가 대단히 지적이면서도 자신을 극도로 경계하고 있다는 것을 알아챘다.

마침내 그는 오늘 만남의 주제로 들어갔다. "저는 듀크 씨가 당신에게 '밸리 플로어(Valley Floor)' 임무에 대해 이야기해준 것으로 알고 있어요."

"그래요."

그가 말했다. "별로 나쁘지 않은 근무지예요. 라스베이거스에서 40마일이내니까, 매일 출퇴근할 수 있을 거예요. 실제론 그 지역에 다른 옵션이 없으니, 그렇게 하셔야 될 거예요. 우린 당신을 좋은 호텔에 묵게 하고, 잘 돌봐드릴 겁니다.

1주일 정도는 그저 자리를 잡는 데 신경 쓰세요. 출근하기 전에 여기서 탐지 장비에 대한 훈련을 받게 될 거예요. 따라서 당신이 해야 할 일은 희토류 수력 분리 시설의 기계에서 수치를 읽는 방법을 익히는 겁니다. 우리 과학 및 기술부는 당신에게 시스템 서버에서 우리가 원하는 소프트웨어를 직접 절취할 수 있는 능력을 갖고 있는 휴대전화를 드릴 거예요. 하지만 소프트웨어에 접근하기 위해서는 당신이 시스템 관리자로부터 패스워드를 빼내셔야 해요."

"해보면 될 것 같아요."

라일리가 말했다. "물론이죠. '뉴 월드 메탈' 사는 이번 달 북한으로 향하는 원광석 가공 장비를 선적할 예정이에요. 그리고 유럽에서 컴퓨터가 항공편으로 수송될 것이므로, 우리에게 시간이 별로 없어요. 이 기계들은 모두 제련에 필요한 것이죠. 채광 기계는 이미 그곳에 설치되어 있어요."

"그 사람들이 어디서 그걸 구했답니까?"

"중국인들이 하도 급하게 쫓겨 나가는 바람에 미처 모든 것들을 가져갈 수가 없었지요. 이들은 광산이 이윤을 남길 수 있는 능력을 발휘할 만큼 충분한 장비를 남기진 않았어요. 하지만 당시만 해도 채광 작업이 일부 진행 중이었어요. 가면 갈수록 채굴한 원광석이 쌓이게 될 테니, 지금부터는 가공 장비가 가장 중요하게 된 겁니다."

"그렇다면 꾸물거리지 말고 당장 시작해야겠군요."

"아주 좋아요. 전 오늘 훈련 교관을 비행기에 태워 뉴욕으로 불러들일 겁니다. 교관은 브라질 여성으로, 현지에서 다양한 금속 채광 업무를 수행하는 '베일(Vale)' 사의 직원이에요. 그녀는 당신이 '뉴코프(NewCorp)' 회사의 시설에서 수행하게 될 것과 똑같은 일을 하고 있지요. 당신은 3일 동안 그녀와 함께 일하면서 실력을 합법적인 직원의 수준으로 끌어올리셔야 돼요. 전 당신이 그렇게 할 수 있을 것이라 믿어요."

베로니카는 직업 생활을 통해 온갖 다양한 역할들을 맡아왔다. 호텔 데스크의 직원에서 소프트웨어 엔지니어, 생선 장수, 대학교수, 심지어 '르망(Le Mans)' 레이스의 비키니 모델까지 안 해 본 역할이 없었다. 그녀는 72시간 동안의 집중훈련을 받으면 전문가들이 엄격하게 조사해 보지 않는 한, 웬만한 역할을 모두 소화해 낼 수 있었다.

"최선을 다할게요." 그녀가 말했다.

라일리는 잠시 찻잔을 바라보았다. "듀크 씨가 질문하지 않았을 질문을 하나 드리죠. 북한에 직접적인 이득을 주는 일을 하는 것에 대해 어떻게 생각하세요?"

마르텔은 라일리가 즉흥적으로 질문을 던진 것만큼이나 이해타산이 빠른 사람이었다. "전 그런 것에 아무 관심이 없어요."

"좋은 답변이에요. 새빨간 거짓말이지만, 그 거짓말을 제가 듣고 싶어 하는 거짓말로 받아들이겠어요. 전 당신이 베트남에서 북한 공작원과 직접 만났다는 것을 알고 있어요. 그건 어설프게 손댄 한심한 사건이지, 제가 한 일이 아녜요. 제가 작전을 책임지고 있는 한, 이런 수준의 전문가답지 못한 졸렬한 일은 벌어지지 않을 거예요. 당신에게 그걸 약속해 드리죠.

전 당신이 우리가 뭘 하고 있는지를 이해하기 바라요. 마지막 종착점은 광산이에요. 거액의 돈이 '뉴 월드 메탈'로 들어오고, 그중 일부가 샤프 사로 떨어질 겁니다. 우린 북한에게 고용된 직원이 아녜요. 우린 스스로 자랑스럽게 생각할 수 없는 일을 하면 안 됩니다."

마르텔은 여권에서 핏자국을 닦아 낸 샤프 사의 미국인 직원에 대해 말할까 생각하다가 그만두었다. 라일리는 이번 작전을 새롭게 시작하기를 바랐고, 그녀도 같은 생각을 갖고 있었다. 골 때리는 주제를 구태여 반복하여 꺼낼 필요가 없었다. 그녀는 라일리가 이번 일에 대한 자신의 의욕에 대해 걱정할 필요가 없음을 이해하기 바랐다. 이건 그저 직업적인 일에 불과하였다. 다른 모든 일과 마찬가지로 말이다.

"라일리 씨, 당신의 배려에 감사드리지만, 저의 사기에 대해서는 걱정하실 필요가 없어요. 전 솔직히 우리가 뭘 하건, 누굴 위해 일하건, 아니면 누구에게 일하건 아무 상관도 하지 않아요. 당신이 '밸리 플로어'에서 맡은 제 임무를 간명하게 잘 설명해 주셨지만, 저는 최선의 능력을 다해서 지시받은 사항에 따를 겁니다. 저는 그 이상의 특별한 관심이 필요 없다는 점을 분명하게 말씀드리고 싶어요."

"저도 말씀하신 그대로 공감합니다. 우린 도덕이란 것이 그저 걸림돌에 불과한 중요한 업무를 앞두고 있는 두 사람의 남녀입니다."

"라일리 씨, 정말이지 적절하게 잘 표현해 주셨군요."

에드워드 라일리는 만면에 웃음을 보이며 말했다. "당신과 저는 완벽하게 잘 지내야 합니다, 마르텔 양."

21

오전 9시가 되기 전에 백악관 웨스트 윙 아래에 위치한 상황실의 회의실이 중요한 인물들로 가득 차기 시작했다. 대통령이 곧이어 도착하였고, 그는 앞에 앉아 있던 11명의 남녀에게 자리에 앉으라는 손짓을 하였다.

'금일의 의제'에 적혀있고 또 각자의 자리에 놓여있는 브리핑 서류에 의하면, 오늘 회의의 초점은 거의 우스울 정도로 간단한 것이었다.

"북한 문제에 대한 해법으로 유엔 제재조치를 이끌어내는 방안".

미국과 유엔은 지난 7년간 북한에 관한 해법을 모색해 왔으며, 라이언이 브리핑 서류의 제목을 알아보고는 신음 소리를 내면서, 점심 시간 전까지 유엔이 해결책을 찾아내기를 고대한다고 중얼거렸다.

테이블을 중심으로 대통령 앞에는 대부분 안보보좌관실 직원들이 앉아 있었지만, 상무부와 주유엔 대사관, 그리고 '아니 반 담' 비서실장도 있었다.

회의는 제이 캔필드 CIA 국장이 거액의 돈이 예치된 케이맨 제도와 싱가포르의 은행으로부터 브루나이, 안티구아, 멕시코, 싱가포르 및 다른 곳의 규모가 작은 구좌들로 돈을 옮기는 북한의 특정 수법에 대하여 설명하는 것으로 시작했다. 지난 몇 개월 동안 몇 차례 거액이 지불된 것이 분명하였지만, CIA는 은행 시스템에 접근하여 이 돈이 어디로 갔는지 행방을 확인할 수 없었다.

대단히 자세하면서도 이따금 알쏭달쏭하게 난해한 설명이 끝난 후, 캔필드는 간명하게 설명 내용을 요약했다. "대통령님, 누군가가 북한에게 무진장 많은 돈을 지불하고 있고, 그다음으로 북한은 시간을 지체하지 않고 무진장 많은 돈을 어딘가에 쓰고 있다는 것이 분명합니다. 우린 누가 북한에게 돈을 주고 있고, 북한이 사들이고 있는 전체 규모가 어느 정도인지는 아직 모릅니다."

다음으로 미국의 주유엔 대사 '대니엘 러시(Danielle Rush)'가 북한에 대한 기존의 경제제재를 강화하는 유엔 결의안을 통과시키기 위해 국무부, 상무부, 재무부와 협력하여 발전시킨 방안을 제시하였다.

대통령은 말없이 20분간 발표 내용을 들었다.

발표가 끝나자 라이언은 안경 밑으로 손가락을 넣어 피곤한 눈을 비볐다. "나도 우리가 이런 거래를 중단시켜야 한다는 걸 알아요. 하지만 유엔이 북한에 새로운 경제제재를 취한다고 해도 뭘 얻을 수 있는지 모르겠어요. 그저 유엔이 앞으로 뭘 할 것이냐에 대해 이야기하는 것뿐이잖아요. 유엔은 아무것도 하지 못해요. 이건 집행 기구가 아녜요. 유엔이 제재조치를 시행하려면 회원국들에게 의존해야 합니다. 하지만 어떻게 북한과 손잡고 돈을 벌고 있는 이런 나라들이 새로운 제재조치에 따를 것으로 생각할 수 있다는 거죠?"

국무장관 스콧 애들러(Scott Adler)가 답변을 자청했다. "우린 고의로 제재조치를 우회하는 국가는 미국 상무부의 일방적인 제재를 받게 될 것이라는 점을 강력하게 말해주고 있습니다. 우린 유럽과 아시아 국가들이 순순히 우리 말을 듣도록 대단히 시끄럽게 압박을 가하고 있습니다. 일단 이런 조치에 대한 유엔의 동의를 얻게 되면, 우린 이 조치가 보다 효과적으로 시행되도록 자체적인 수단을 추가시킬 수 있습니다."

제재조치의 취지와 논조를 논의하면서, 이 문제에 관해 30분간 갑론을박이 이루어졌다. 마침내 라이언 대통령은 이것이 필요한 절차라는 점을 수긍했다. 그는 고개를 끄덕이며 말했다. "좋아요. 내 입으로 한 번도 이렇게 말해 본 적이 없지만, 난 유엔이 여기서 중요한 역할을 수행한다는 사실을 인정해요.

미국과 유럽은 이미 북한과 협력하는 은행들에 대해 제재를 가하고 있어요. 하지만 이 문제에 관련된 것으로 파악된 은행들은 하나같이 북한에 대한 국내 제재의 구속을 받지 않는 국가들에 있어요."

러시 대사가 말했다. "우리는 교역과 금융거래를 금지하는 취지의 어휘, 말하자면 제3국의 사람, 은행, 그리고 다른 상업체 등이 북한과의 무역을 촉진하지 못하도록 제한하는 어휘가 필요합니다."

유엔 대사가 말했다. "만일 유엔 안보리 회원국인 우리가 이런 새로운 제재조치를 추진한다면, 첫 번째 단계는 안보리 제재위원회에 이를 회부하는 겁니다. 이들은 10일 이내에 요구된 조치가 유엔 경제제재의 필요 사항에 부합되는지 여부를 투표로 결정해야 합니다. 이는 절차적인 사항에 대한 투표로서 별로 중요한 문제가 아닙니다만, 그럼에도 불구하고 장애물인 것만큼은 분명합니다. 유엔 헌장에는 의미가 모호한 어휘들이 대단히 많기 때문에, 제재위원회에 소속된 유엔 직원들이 이런 요청이 정당한지 여부를 결정해야 합니다."

라이언이 말했다. "우린 제재위원회 대표단이 소속된 국가의 정부에 압력을 넣을 수 있어요."

러시 대사가 고개를 흔들었다. "소용없습니다. 물론 제재에 관한 투표에서는 각국 대사들이 자국의 이익에 따라 투표할 겁니다. 하지만 규정에 관련된 투표에서는 유엔 직원들이 투표합니다. 이들은 그저 관료들에 불과합니다. 저는 이들을 우리가 손도 댈 수 없는 사람들이라고 말하는 게 아닙니다만, 이들은 국제법 전문가들이고, 따라서 헌장을 해석하여 그 결과에 따라 투표하는 것을 자랑으로 삼는 사람들입니다."

라이언이 고개를 끄덕였다. "좋아요. 즉시 제재조치의 초안을 작성합시다. 난 우리가 일을 진척시키기 위해 가급적 빨리 뭔가 서명할 것이 필요해요. 매일 북한이 이 많은 해외 은행구좌에 이 많은 현금을 갖고 있다면, 갈수록 이들이 ICBM을 손에 넣을 수 있는 날이 더 가까워질 겁니다."

애들러가 말했다. "대통령님, 저는 한 가지를 완벽하게 분명히 말씀드리고 싶습니다. 만일 우리가 또 하나의 제재조치를 밀어붙이려 서두른다면, 우린 수적으로 밀릴 겁니다. 세계에는 많은 나라들이 있고, 또 북한이 희토류 광물 분야에서 상당한 잠재력을 갖고 있다는 사실을 알고 있는 막강한 회사들이 많이 있습니다. 예를 들면 컴퓨터에 사용되는 전자석(electro-magnets)이 필요한 거대 기술 기업들, 그리고 이런 회사에서 세금을 거두는 프랑스, 독일, 일본, 대만 같은 국가들은 이런 제재조치를 무력화시켜야 한다는 압력을 상당히 많이 받게 될 겁니다."

라이언이 껄껄 웃었다. "전에 수적으로 부족했던 장본인은 나예요. 제길, 난 지난 1시간 반 동안 이런 걸 주장하는 여러분들을 노려보고 있었어요."

방 안에 웃음보가 터졌다.

애들러는 웃으면서도 논점을 흩트리지 않았다. "외교적으로, 정치적으로, 그리고 심지어 윤리적으로 말해, 우리가 대량살상무기나 인권유린 같은 것과 하등 관계도 없는 기업을 제한하려는 소문이 새 나가게 되면 우리 입장이 대단히 곤란해질 겁니다. 우린 기본적으로 전 세계를 향하여, 우리 자신을 보호하기 위해 2,500만 명의 북한 사람들이 계속해서 굶주리기를 바란다고 말하는 것과 다름이 없습니다."

라이언이 말했다. "당신도 알다시피, 그건 말도 안 되는 헛소리예요. 지금 굶고 있는 북한인 중 어느 누구도, 북한이 희토류 생산을 시작하더라도 '켄터키 프라이드치킨'을 한 바구니 얻어먹을 수 있는 게 아니라구요."

'아니' 비서실장이 애들러의 주장에 한마디 했다. "하지만 만일 우리가 북한에 대해 해외 공산품의 반입을 차단하도록 밀어붙인다면 언론에서 그런 식의 기사를 쓸 겁니다. 대통령님, 정치적으로 볼 때 이건 막다른 골목에 제 발로 걸어 들어가는 격입니다."

라이언이 가슴을 위로 끌어당겼다. "난 더 이상 정치 같은 건 안 해요. 난 지난번 선거에서 이겼고 더 이상 출마할 수도 없어요. 당신들도 아시잖아요, 안 그래요?"

반 담은 이 말에 눈을 굴리며 말했다. "전 대통령님에 대해 말씀드린 게 아닙니다. 중간선거가 다가오는데, 대통령님의 하원 장악력이 약한 데다가 상원도 막상막하입니다. 만일 우리에게 유리하도록 사태를 호전시킬 수 있는 이슈들에 집중한다면, 남은 2년간 행정부가 원하는 방향대로 대통령님께서 국정을 이끌어 갈 수 있을 겁니다."

"국민들은 온통 자기들 발등에 떨어져 있는 당면한 과제들에만 관심을 집중시킵니다. 언론은 국내 문제를 보도한 다음에, 러시아 · 우크라이나 문제, 그리고 마지막으로 중동 문제를 다룹니다. 미사일 실험이나 프랑스에서 들여오던 로켓 튜브의 차단 같은 것이라고 하더라도, 북한의 미치광이 같은 짓은 아예 언론과 국민들의 관심 사항이 아닙니다. 그건 고작해야 일회성 기삿거리에 불과합니다. 미국은 북한에 더 이상 관심이 없습니다."

"'아니', 지금 유행하고 있는 일에 집중하는 게 내 임무가 아니라고. 당신도 알잖아. 이 문제가 다른 세계적 분쟁 지역에서 벌어지는 사건들처럼 겉으로 드러나지 않았다고 해서, 내가 그걸 무시할 수 있다는 의미는 아녜요."

"좋습니다." 반 담이 말했다. "하지만 제가 경고합니다. 이 사안에 대해 대통령님께는 친구가 많지 않을 겁니다."

22

'헨들리' 사의 '걸프스트림 G550' 제트기는 볼티모어/워싱턴 국제공항을 출발하여 프라하의 '바츨라프 하벨(Václav Havel)' 공항으로 향하는 밤샘 비행을 시작했다. 이 비행기는 5,000마일 이상을 비행할 수 있으므로, 대서양을 가로지르는 4,200마일의 비행은 중간에 재급유를 위해 기착할 필요도 없는 가뿐한 여정이었다.

아다라 셔먼은 비행기에 탑승한 잭 라이언, 돔 카루소, 그리고 개빈 비에리의 시중을 들어주었다. 비행기가 이륙한 후, 그녀는 이들에게 음료수를 갖다 주었고, 세 사람의 승객들은 곧 시작될 작전에 대비하여 객실 중앙에 설치된 4인용 회의실 탁자에 앉았다.

이들의 계획은 오늘 밤 비행기가 날아가는 시간을 이용하여, 프라하에서 작전하게 될 지역의 사정에 익숙해지는 것이었다. '카렐 스칼라'는 프라하에서 관광객들에게 바가지를 씌우기로 악명이 높은 '올드 타운'과 '흐라드차니(Hradčany)' 동쪽으로 멀리 떨어진 '지즈코프(Žižkov)' 지구에 살고 있었다. 이곳은 아파트 건물, 노동자 계급의 거주 지역, 지자체 공원들로 이루어진 거대한 지역으로서, 세 명의 사내들은 목표물에 대한 어떤 종류의 감시 패키지를 적용하려면, 지도에 코를 박으며 돌아다니지 않아도 될 정도로 이 지역을 잘 알아야 한다는 것을 알고 있었다.

프라하 동쪽 지역에 익숙해지기 위해 이들이 오늘 밤 랩톱에서 사용하는 프로그램은 최첨단 수준이었다. 개빈은 최근 '캠퍼스' 공작원들에게 이들의 컴퓨터에 사용되고 있는 국립 지리정보국(National Geospatial-Intelligence Agency: NGA)'의 새로운 소프트웨어에 대해 브리핑해 주었다. 이것은 소위 '세계지도(Map of the World: MOTW)'라고 불리는 믿을 수 없을 정도로 자세한 쌍방향 지도 표시 서비스로서, 이는 팀원들에게 사실상 지구 상의 어느 지점도 보여주는 동시에, 미국 정보기관이나 다른 '파이브 아이즈(Five Eyes)' 회원국들에게 알려진 지역에 관한 모든 데이터를 검색할 수 있는 손쉬운 인터페이스를 제공해 주었다. '파이브 아이즈'란 미국이 생산한 정보를 공유하는 호주, 캐나다, 미국, 영국, 뉴질랜드 등 영어권의 5개국을 말한다. '세계지도'는 5개국의 정보조직뿐 아니라 공개 첩보에서 추려 낸 수백만 개의 첩보들을 담고 있다.

이들은 목표로 선정한 아파트 건물을 검색하는 것으로 '세계지도'의 성능을 시험하는 데 시간을 보냈다. 몇 차례의 클릭을 통해 이들은 건물 외관, 뒤편의 주차장, 내부 복도의 사진, 감시 카메라의 각도와 배치도, 그리고 심지어 건물 관리인의 컴퓨터 파일 속에 저장된 임대차 계약서에서 입주자들의 신상 자료도 파악할 수 있었다.

'세계지도'는 스테로이드 약물 주사를 맞은 구글처럼 믿을 수 없이 훌륭한 자산으로서, 잭과 돔은 이것이 자기들이 지금까지 사용하고 있는 '이글뷰(EagleView)'를 대체할 수 있다는 것을 알았다. '이글뷰'도 양호한 편이었으나, 특정 거리의 모퉁이에 있는 특정 쓰레기통이 비워지는 시간을 알려주지 못하였다. 만일 미국 정보기구의 누군가가 공개 출처 데이터베이스나 링크된 정보로부터 이 특정한 정보의 '비트(bit)'에 들어갈 수만 있다면, '세계지도'는 그런 것까지 알려줄 수 있었다.

개빈 비에리는 현장에서 신속하게 참고할 수 있도록 이 서비스의 휴대전화 버전을 잭과 도미니크의 아이패드 휴대전화에 저장시켜 주고, 심지어 자기가 만들어 낸 특허 애플리케이션을 시험해 보았는데, 이 애플리케이션은 사용자가 큰 소리로 휴대전화에 명령을 내리면, '세계지도'의 첩보를 이용하여 컴퓨터로 해답을 구한 다음, 사용자에게 큰 소리로 알려주는 기능을 갖고 있었다.

이들이 저녁을 먹으며 소프트웨어의 성능에 대해 논의해 볼 때, 개빈이 잭에게 한번 시험해 보라고 말했다.

"뭘 물어보지?"

"원하는 건 뭐든 물어봐. 내가 말한 대로, 아직 베타 상태에 있으니 너무 거칠게 다루지는 말아."

잭이 잠시 생각하더니, 전화의 버튼을 눌렀다. "세계지도"라고 말하여, 컴퓨터에게 자기가 '세계지도' 애플리케이션을 말하고 있다는 것을 알려주었다. "네가 프라하 공항에서 경찰이 가장 적게 배치된 곳을 알려줘."

비행기 객실에 있던 모든 사람의 눈이 휴대전화에 쏠렸다. 몇 초 후 여자의 목소리가 나왔다. "미안합니다. 이해하지 못했습니다."

잭이 개빈에게 인상을 찌그렸다. "미안, 개브. 하지만 난 이것이 실전에 사용될 준비가 되었다고 생각하지 않아."

그러나 비에리는 잭의 손에서 전화기를 낚아챘다. 그는 말했다. "'세계지도', 프라하 '바츨라프 하벨' 공항에 경찰이 몇 명 있지?"

잠시 멈추더니 약간 컴퓨터화된 목소리로 휴대전화가 대답했다. "정확한 답변은 알 수 없어요. '바츨라프 하벨' 공항에 지자체 경찰이 있고, '바츨라프 하벨' 공항에 연방 경찰서가 있고, '바츨라프 하벨' 공항에 공항 경찰서가 있습니다. 터미널 위치, 전화번호, 또는 이메일 주소를 알려드릴까요?"

잭과 돔의 눈이 휘둥그레졌다.

개빈이 웃었다. "휴대전화는 수백만 '비트'를 사용할 수 있어. 우리가 정확하게 질문하면 쓸모가 있어."

돔이 조크 했다. "이제 우리가 이걸 갖고 있다고 칩시다. 이건 대체 뭐하는 데 필요하지?"

개빈은 못마땅한 듯 눈을 굴리고 다시 저녁을 먹기 시작했고, 아다라는 모든 사람의 와인 잔에 와인을 부어주었다.

저녁 식사 후 아다라는 테이블을 치우고 세 사람에게 커피를 내 주었다. 라이언과 비에리는 조금도 꿈지럭거리지 않고 아다라에게 훌륭한 서비스에 감사한다며 인사하였고, 심지어 그녀에게 여행을 위해 도와줄 일이 있느냐고 너스레를 떨기도 하였지만, 카루소는 오늘 밤 비행기에 탑승한 사람 중에서 객실 앞쪽의 주방에서 아다라가 접시를 닦고 수건을 치우는 일을 도와준 유일한 승객이었다.

개빈과 잭은 일에 너무 몰두한 나머지 이 사실을 모르고 있었지만, 카루소는 비행기 앞좌석에 앉아 셔먼과 비행시간 내내 끝없이 잡담을 나누었다.

G550은 오전 9시에 착륙하였고, 세 명의 '캠퍼스' 공작원들은 비행기에서 내려, 세관을 통과한 후 비행기가 정지한 격납고에서 이들을 기다리도록 셔먼이 사전에 준비해 둔 검정색 메르세데스 E-클래스 세단에 탑승했다. 이들은 수하물 가방을 집어 던져 넣고는, 직접 차를 몰고 프라하 3번 지구를 향해 아침의 교통 흐름 속으로 직접 뛰어들었다.

어제 라이언이 스칼라에 대해 자세하게 조사해 둔 덕분에 팀은 그 사람에 대해 약간의 기본적인 첩보를 갖게 되었지만, 그의 버릇이나 이동에 대해서는 별로 알 수가 없었다. 스칼라가 두 개의 상이한 장소에 위치한 두 개의 상이한 사무실에서 일하고 있었으므로, 라이언은 작전의 단순화를 위해서 그가 일하고 있는 장소에 대해 감시하지 않기로 결정했다. 직장에서 감시하는 것이 성공할 확률은 기껏해야 50:50 정도인 것으로 보였다. 대신 이들은 이 남자를 집에서 감시하고, 집을 나설 때 미행하고, 이틀간 출근하기 전 습관과 움직임을 살펴보기로 하였다. 물론 뭔가 엄청나게 좋은 기회가 제 발로 찾아오기 전에는 말이다.

이들의 목표는 무엇이 되었든지 간에 그가 휴대하는 개인용 전자 제품을 들여다보는 것으로, 만일 스칼라의 휴대전화나 컴퓨터 같은 것을 몰래 볼 수 있다면, 이를 통해 헤이즐턴과 다른 사람들의 행적들을 역추적하여, 누가 전직 CIA 요원을 죽였는지에 대해 단서를 찾아낼 수 있을 것으로 기대하였다. 잭은 스칼라가 매일 출퇴근하는 시간 동안에 그의 휴대전화를 훔칠 수 있을 것으로 생각했다. 그와 도미니크는 최근 라스베이거스 출신의 소매치기 대가로부터 맹훈련을 받아, 자기들의 소매치기 기술에 어느 정도 자신감을 갖고 있었으며, 스칼라가 지하철이나 신호등을 기다리며 서 있는 동안 휴대전화를 슬쩍 빼낼 생각이었다. 만일 성공한다면 더 심한 수단을 쓸 필요가 없을 것이다.

따라서 일단 더 과격한 수단들은 고려 대상에서 제외했다. 라이언은 어쩌면 이번 여행에서 보다 노골적인 수단을 써야 할지도 모른다는 것을 알았다. 다짜고짜 카렐 스칼라에게 달려들어 그에게 협조해야 할 필요성을 강조하고, 그래도 말을 듣지 않으면 노상강도같이 전화기를 강탈한다는 것이다.

이 시점에서는 그의 집에 몰래 잠입하는 방안은 고려되지 않았다. 왜냐하면, 라이언의 생각에 스칼라는 집을 나서면서 랩톱이나 휴대전화 같은 것을 남겨두지 않는다는 것이었다. 현재로서 그들은 시간적 여유를 가지고 그에게 접근할 수 있는 최선의 기회를 포착할 수 있도록 목표물을 주시하되, 일단 기회가 오면 그때부터 시작하기로 하였다.

대부분의 경우에 있어 현장에서 활동하는 '캠퍼스' 공작원들은 총기를 휴대하지 않았지만, 클라크는 베트남에서 당했던 기습적인 위험을 고려하여, 돔과 잭이 체코 공화국에서 작전하는 동안 권총을 휴대하기로 결정했다.

무장한 상태로 여러 나라들을 돌아다니는 것은 어려운 일이었다. 자기용 비행기를 몰고 오지 않는 한, 총기를 휴대하고 어떤 나라에 입국하기는 불가능했다. 걸프스트림 자가용 제트기의 경우라도, 이민국과 세관이 착륙한 비행기를 둘러보는 동안에는 모든 총기를 잘 숨겨두는 조치를 강구해야 할 필요가 있었다. 이는 어려운 일이 아니었다. 객실과 조종석의 기존 점검판 뒤에 특수 비밀 칸막이가 마련되어 있어, 일단 이민국과 세관의 검사가 완료된 후에 잭과 돔은 무기를 숨겨둔 장소에서 꺼내, 개인의 품속에 집어넣으면 그만이었다.

이제 두 사람은 '스미스 앤드 웨슨(Smith & Wesson)' 소형 9밀리 자동 권총을 바지 아래의 비밀 주머니에 휴대하였다. 권총집에는 '선더웨어(Thunderwear)'라는 기발한 상품명이 새겨져 있었는데, 그 이유는 권총이 총기 휴대자의 사타구니 바로 위에서 발사되기 때문이었다.

미국에 있을 때 클라크는 공작원들에게 몇 시간 동안이나 '선더웨어'와 작고 가벼운 권총을 사격하는 방법을 훈련시켰다. 돔과 잭은 각자 수백 번에 걸쳐 바지 아래에서 권총을 뽑아내는 연습을 하였다. 돔은 7야드 거리에서 0.85초의 속도로 권총을 뽑아 목표물의 중앙을 명중시킬 수 있었다. 라이언은 그 시간을 1.01초까지는 낮출 수 있었다. 깊숙이 숨겨놓은 위치에서 무기를 뽑아내는 것이 어려운 일이기는 했지만, 이들에게 소요된 시간은 대부분의 경찰관이 임무 수행 중에 벨트에서 권총을 빼내 사격하는 데 걸리는 시간보다 빨랐다.

개빈은 이번에 같이 여행을 온 팀의 젊은이들과는 대조적으로 총을 휴대하지 않았는데, 이것이 그를 무척이나 성가시게 하였다. 섭섭함을 위로해줄 셈으로 카루소는 개빈에게 살상력이 떨어지는 호신용 여행 도구를 주었다. 그는 개빈의 아이폰을 받아 새로운 배터리 케이스에 끼웠다. 케이스는 개빈이 사용하는 모델보다 더 견고하고, 보통 케이스보다 더 두꺼웠지만, 돔은 그에게 이 도구가 어떻게 작동되는지를 보여주었다. 개빈은 이것이 보통의 평범한 휴대전화 보호 장비가 아니란 것을 알았다. 대신 케이스 옆에 달린 고무 뚜껑을 엄지손가락으로 열고 그 밑에 있는 작은 빨간색 버튼을 누르면, 케이스가 780만 볼트가 흐르는 전기 충격기로 변모하였다.

이 장비는 단 한 차례 3초간만 충격을 가할 정도의 전류를 생산하였으며, 돔은 개빈에게 이 장비를 건네주면서, 영화나 텔레비전에 나오는 전기 충격기의 효과나 강도가 매우 과장되었다고 말해주었다. 그러나 이는 다른 무기가 없고 다른 육박전 기술도 갖고 있지 못한 사람에게는 적절한 상황에서 마지막 방어 수단으로 사용될 수 있는 도구였다.

라이언과 카루소는 '캠퍼스'의 기술 · 장비 부서에서 비슷한 성능의 전기 충격기를 휴대하라는 제의를 받았으나, 이들은 제의를 거절했다. 두 사람은 상대방의 목에 전기로 충격을 가하는 것보다, 콧잔등을 후려갈김으로써 더 좋은 결과를 얻을 수 있다고 판단했다. 또한 이들은 여러 가지 무도의 고수였으므로, 별도의 훈련도 필요가 없었다.

스칼라는 '올샤니(Olšany)' 공동묘지 서쪽으로 두 블록 떨어진 '크리스타노바(Křišťanova)' 가에 위치한 중산층 아파트 건물 5층의 침실 두 개짜리 방에 혼자 거주하고 있었다. 라이언은 근처에 감시 장소를 확보해 두었다. 그는 룩셈부르크에 등록되어 있는 '캠퍼스' 산하의 페이퍼 컴퍼니의 명의를 사용하여, '바라노바(Baranova)' 가 부근의 창고 사무실 공간을 개조한 건물의 6층을 3개월간 임대해 두었다. 사무실 공간의 남쪽 창문들은 스칼라가 살고 있는 건물의 출입문과 그 옆의 주차장을 관측할 수 있었지만, 지붕으로 올라가 신체를 노출시키지 않고는 창문을 통해 집 안을 들여다볼 수 없었다. 그래서 이들은 지붕에 무선 카메라와 장거리 레이저 마이크를 설치하고, 고무 케이스에 작은 구멍을 내서 카메라가 교차로를 가로질러 창문을 '볼' 수 있게 만들었다. 이 장비들에 수신되는 음성과 비디오 영상은 비에리의 컴퓨터로 연결되어, 이들은 목표 지점의 아래층을 눈으로 보고 귀로 들을 수 있게 되었다.

이들은 사무실 공간 구석에서 3인조 '고정 감시' 작전을 준비하고, 이 작전이 큰 사무실의 다른 곳에서 보이지 않도록 책상들을 6피트 높이로 쌓아 은폐하였다. 이들은 일단 실내에서 자리를 잡자, 여행 가방에서 쌍안경 두 개를 꺼내 삼각대에 설치했다. 쌍안경 렌즈는 스칼라의 아파트 건물 입구와 그 옆의 주차장에 초점을 맞추었다. 또 이들은 두 번째 지향성 마이크를 꺼내 바깥 창문에 달고, 거리에서 건물 위쪽을 쳐다보더라도 그 안에 감시 팀이 활동하는 흔적을 눈치채지 못하도록 침대보로 창문을 가렸다.

이들은 데드볼트 자물쇠를 보강하기 위해 실내에서 잠긴 사무실 입구에 침낭 두 개와 고무로 만든 도어매트를 깔아 놓았다. 또한 이들은 한가한 시간에 그의 얼굴을 살펴볼 수 있도록 두 개의 대형 '카렐 스칼라' 사진을 쌍안경 근처의 커튼에 붙여 놓았다.

개빈은 랩톱 하나를 책상에 놓고, 다른 하나는 배낭에 넣어 문 앞에 두었다. 잭은 프라하 시내 거리나 지하철을 따라 정부 관리를 미행할 경우에는 개빈도 따라와야 한다고 설명했다. 그 이유는 만일 이들 공작원이 스칼라의 휴대전화를 확보할 경우에는 이것을 개빈에게 주어 가능한 한 신속하게 휴대전화에 들어 있는 모든 데이터를 다운로드 받아야 되기 때문이다. 이상적인 시나리오는 무엇을 잊어버렸는지도 모르는 사이에 스칼라의 주머니에 휴대전화를 다시 집어넣는 것이라는 데 모두가 동의하였다.

잭은 개빈에게 대부분의 시나리오가 계획대로 맞아 들어가지 않기 일쑤이기 때문에, 어떤 상황에도 대처할 수 있도록 준비할 필요가 있다고 말했다. 잭은 이런 임무를 계획해 본 적이 있었고, 그는 어느 곳에서든지 간에 작전을 실행에 옮길 때에는 어느 정도의 융통성과 여분의 공간을 확보하는 데 감각이 뛰어났다.

잭, 돔 그리고 개빈은 오후 3시에 모든 준비를 완료하였다. 스칼라 아파트 내부에 설치된 레이저 마이크에서 아무런 소음도 들리지 않았으므로, 이들은 그가 아직 집에 들어오지 않았다는 것을 상당한 정도로 확신할 수 있었다. 이건 놀랄 일이 아니었다. 그들은 스칼라가 오후 5시 이후에 돌아올 것으로 짐작하고 편안한 자세로 기다리기로 하였다.

앉아서 기다리는 동안 개빈은 컴퓨터에서 '세계지도'를 검색하고, 스칼라에 관한 기본적 자료들을 이용하여 그가 살고 있는 아파트의 임대 기록을 해킹하였다. 해킹된 서류에서 스칼라가 몰고 있는 차는 흰색 '폭스바겐 골프'라는 것을 알 수 있었다. 번호판이 임대 기록에 나타나 있었지만, 개빈은 스칼라가 '크리스타노바'에 있는 아파트 건물에서 주차장을 예약해 두었는지는 알 수 없었다.

카루소는 삼각대에 설치된 쌍안경으로 아파트 건물 옆의 주차장에서 번호판과 일치하는 차가 있는지를 살폈다. 그는 금방 흰색 '골프' 차량을 발견하였고, 지금의 위치에서는 주차증 번호를 읽을 수 없었지만, 이 차가 자신들이 찾고 있는 스칼라의 소유라고 생각했다. 이들은 이것을 이상하다고 생각했다. 왜냐하면 그날이 평일이고 스칼라가 지금 일하고 있을 것으로 짐작했었기 때문이다.

카루소가 말했다. "아마 지하철을 타고 출퇴근하는 모양이지."

그것은 편리한 추론이었지만, 저녁 7시가 되어도 자기들이 찾고 있는 사람과 비슷하게 생긴 사람이 아파트에 들어오거나 나가는 것을 발견하지 못하자, 이들은 의심을 품기 시작했다.

그리고 자정이 다가와도, 찾고 있는 목표물이 얼씬거리는 기미가 보이지 않고 아파트 내부에서 아무런 소음도 들리지 않자 이들의 고민이 커졌다.

이들은 그저 갖가지 추측을 하면서 시간을 보냈다. 시간이 갈수록 혹시라도 이자가 사무실에 늦게까지 야근하는 게 아닌가 하는 예상이 가물가물해졌다. 스칼라는 결혼하지 않았으므로, 이들은 그가 여자 친구 집에 머물고 있지나 않을까 생각했다.

아니면 남자 친구일지도 모른다. 라이언은 자기가 노리는 목표물에 대해 충분히 알지 못하였으므로, 그의 생활에 대한 실질적인 추정이 어려웠다.

팀원들은 교대로 잠을 잤다. 한 사람은 불침번을 서고, 두 사람은 잠을 자되, 2시간마다 교대를 하는 식으로 밤새도록 근무했다.

다음 날 아침 9시가 되어도 스칼라가 여전히 나타나지 않자, 노리는 목표물을 찾아 지구 반 바퀴를 날아온 이 남자들은 스칼라를 볼 수 있는 또 한 번의 기회를 잡기 위해 평일 내내 기다려야 할지도 모르는 가능성에 대비했다.

장기간의 감시는 젊은 사람들보다는 나이가 든 개빈에게 훨씬 버겁고 고된 일이었다. 돔은 FBI와 '캠퍼스' 사에서 10년 이상 감시 작전에 투입된 경험이 있었다. 그는 따분함, 감시에 반드시 필요한 끈질긴 집중력, 그리고 하루의 일과와 활동을 통제하는 것이 감시자가 아니라 감시 대상자라는 엄연한 사실에서 비롯되는 형편없는 잠자리와 식사의 어려움 같은 것들에 이미 숙달되어 있었다.

라이언은 이처럼 고된 삶에 보낸 시간이 돔의 경우보다 훨씬 적었지만, 과거 몇 년 동안은 자기 일의 핵심 요소가 주차된 차량에서 몇 시간 동안 앉아 있기, 며칠 동안 어두운 실내에서 웅크리고 있기, 플라스틱 포장 용기에 담긴 배달된 음식이나 식어 빠진 음식 먹기, 팀 동료의 입 냄새와 땀 냄새 견디기 등인 것처럼 보였다.

그는 따분하게 기다리는 시간을 별로 개의치 않았지만, 목표물을 미행할 때의 짜릿함과 임무가 성공했을 때의 보상을 매우 좋아했고, 이런 것들 덕분에 따분한 기다림도 그럴 만한 가치가 있다고 생각하였다.

열악한 음식과 불편한 잠자리에 관한 한, 개빈은 수십 년의 관록을 갖고 있었다. 이것은 거의 항상 의자에 앉아 일하는 IT 전문가의 삶에서는 불가피한 현상이다. 하지만 오랜 세월 언제 잠에서 깨어나 정신을 차리고 있어야 하는지, 어디를 가야 하는지, 그리고 무엇을 해야 하는지에 대해 알지 못하는 데서 오는 좌절감과 스트레스는 그의 건강을 크게 해쳤고, 얄팍한 담요만 두른 채 딱딱한 마룻바닥에서 잠을 자는 것은 56세의 개빈에게는 허리와 목에 참을 수 없는 통증을 가져다주었다.

감시를 시작한 지 24시간이 지나도 스칼라가 오지 않자, 이들은 집에서부터 그를 추적하려던 계획이 소용없을 것임을 깨달았다.

확실히 이놈은 프라하를 떠나 다른 곳에 머물고 있는 것이 틀림없었다.

감시를 시작한 첫날부터 잭과 돔은 스칼라가 살고 있는 건물에 곧장 쳐들어가, 그가 살고 있는 아파트가 아니라 그의 우편함을 뒤져보는 방안을 만지작거리며 생각해 보았다. 이들은 '세계지도'의 영상을 통해 우편함이 로비 끄트머리에 있다는 것을 알고 있었다. 하지만, 처음에 이들은 이런 생각을 접었다. 이들 중 누구도 헤이즐턴을 둘러싼 상황을 속 시원하게 설명해 줄 만한 어떤 편지가 우편함에 얌전히 놓여있을 것이라고는 단 1초도 기대하지 않았다. 따라서 우편함에서 쓸 만한 물건을 건질 수 있는 확률은 매우 낮았다. 만일 뭔가 이번 작전에 예상하지 못한 나쁜 일이 벌어져 사태가 시끄럽게 된다면, 로비에서 이웃 주민들 중 누군가가 그들을 가리키며 여기 살지 않는 낯선 사람이라고 고래고래 소리라도 지르는 날이면 만사 도루묵이 될 우려가 있었다. 잭과 돔은 지금까지 일해 오면서 잘못된 순간에 머피의 법칙에 따라 일을 그르친 숱한 경험을 갖고 있었으므로, 이들은 우편함을 일단 건드리지 않기로 결심했다. 하지만 이제 문제는 쓸 만한 정보를 발견할 수 있는지의 여부가 아니라, 도대체 스칼라가 어디 있는지를 찾아내는 일이었다. 그의 우편함을 들여다보면 틀림없이 누군가가 우편물을 집어가고 있었는지 여부를 알 수 있을 것이고, 이렇게 되면 수수께끼를 풀 수 있는 또 하나의 퍼즐 조각을 갖게 될 것이다.

우편함을 뒤지는 일에 돔이 앞장섰다. 두 사람은 모두 지난 몇 년간 열쇠따기에 탁월한 실력을 보였지만 돔이 약간 더 나았다. 우편함을 지키고 있는 작은 '텀블러(tumbler)' 자물쇠는 돔에게 아무것도 아니었다.

오후 1시경 그는 골동품 목재 테이블을 배달하던 두 명의 짐꾼이 들어올 수 있도록 문을 잡아준 다음에 아파트 건물 안으로 들어왔다. 짐꾼들이 엘리베이터 안으로 사라지자, 작고 스산한 로비에는 두 사람만이 서 있었다. 하지만 돔은 마치 이 건물의 입주자라도 되는 듯 성큼성큼 걸어갔고 누구도 그를 보는 사람이 없었다.

그는 곧장 자물쇠 위의 색인표 속에 스칼라의 이름이 블록 활자체로 쓰여 있는 우편함으로 향했다. 그는 마치 두 개로 된 열쇠 따개 세트가 하나의 열쇠라도 되는 듯이 한 손으로 열쇠를 땄다. 우편함을 여는 데는 12초가 걸렸고, 마치 우편함이 튀어나올 듯 세차게 열리자 그는 황급히 입구를 닫고 내용물에 손도 대지 않은 채 다시 우편함을 잠갔다.

10분 후 그는 반 블록 떨어진 6층의 사무실 공간으로 되돌아갔다.

라이언이 물었다. "뭘 알아낸 거야?"

"우편함 속에 별의별 게 꽉 차 있더군. 그자는 적어도 요 며칠간 여기 없었어."

"제길." 라이언이 말했다. "이거 참 엄청난 시간 낭비로군."

카루소가 말을 받았다. "꼭 그런 건 아냐. 로비에는 아무것도 없었어. 우린 '세계지도'를 통해서 감시 카메라가 어디 있는지 알고 있어. 뭔가 일을 꾸미는 게 어때?"

잭이 그 말을 이해했다. "그자의 집으로 들어가 보잔 말이지?"

돔이 끄덕였다. "사람들이 퇴근하기 전에 지금 바로 들어가는 거야." 이런 이야기에 약간 어리벙벙해진 개빈은 침묵을 지켰지만, 그래도 호기심이 생겼다. "오늘 밤 늦게 들어가지 그래?"

카루소가 대답했다. "왜? 그때가 되면 모두들 퇴근해 있을 거고, 배경 소음이 적으면 작은 소리라도 크게 들릴 거야. 사람들이 우릴 보면 뭐 하고 있는지 궁금하게 여길 테지. 하지만 만일 우리가 지금 들어가서 마치 우리가 거기 살고 있는 사람인 것처럼 행세하면, 아무도 우리를 거들떠보지 않을 거야."

개빈이 상황을 이해하고는 이렇게 말했다. "원한다면 내가 감시 카메라를 무력화시킬 수 있어."

라이언이 고개를 갸웃거렸다. "정말? 어떻게?"

"이 아파트 건물은 유럽에서 규모가 가장 큰 경비 회사를 고용하고 있어. 우린 2년 전 파리에서 작전하느라 그 회사의 서버에 '백도어' 프로그램을 깔아 두었지. 그래서 난 지금 그 회사 서버에 들어가, 카메라를 끄거나, 아니면 카메라 각도를 올려서 우리가 들어가도 다른 곳을 비치게 만들 수 있어."

"그거 굉장하네." 라이언이 말했다. "그럼 우리가 거기 들어가 있을 동안에 카메라를 꺼버려."

개빈이 랩톱을 꺼내 손가락으로 키보드를 두드리더니 얼굴을 들고 말했다. "난 어디 있지? 날 혼자 남겨두고 가진 않겠지, 그치?"

돔은 눈을 굴렸지만, 잭이 이렇게 말했다. "개브, 너 혼자 있어도 괜찮을 거야. 우린 네가 건물 입구를 감시하면서, 헤드셋에 귀를 기울이고 있으면 좋겠어. 혹시라도 아파트를 뒤지는 사이에 스칼라가 나타나면 네가 우리에게 알려줄 수 있도록 서로 통신망을 유지할 거야."

"만일 그자가 '진짜' 나타나면 어쩌지?"

라이언이 대답했다. "그런 일이 벌어지면 임기응변으로 대처해야지."

개빈은 이렇게 하는 것이 조금도 맘에 들지 않았고, 그의 얼굴에 못마땅한 표정이 역력하였다. 하지만 그는 테이블에서 랩톱을 집어 삼각대에 올려놓은 쌍안경 있는 곳에 자리를 잡았다. 여기서 그는 랩톱 컴퓨터를 통해 지붕 위에 설치된 카메라가 비추는 장면을 볼 수 있는 데다, 레이저 마이크와 지향성 마이크에 잡히는 소음, 그리고 잭과 도미니크의 통신장비를 통해 들리는 소리들도 들을 수가 있었다.

두 사람은 모자를 쓰고 선글라스로 눈을 가린 다음 문으로 향했다.

이들은 출발하기 전에, 잭이 개빈을 돌아보았다. "만일 뭔가 이상한 게 보이거든 우리에게 알려줘."

"알았어." 비에리는 마치 자기가 목표 장소에 침투해 들어가는 사람인 것처럼 씩씩한 목소리로 두 사람에게 대답했다.

23

오늘 아침 애넷 브롤리는 일찍 사무실에 도착했다. 그녀는 주방 식탁 위 '치리오스(Cheerios)' 시리얼 박스와 시리얼 그릇과 스푼 옆에, 딸 앞으로 상냥하면서도 사과의 마음이 담긴 메모를 적어 남겨두었다. 그녀는 뒤 데라스에 있는 화분에서 데이지 꽃 한 송이도 꺾어 작은 꽃병에 꽂아, 시리얼과 함께 테이블 위에 놓았다.

애넷은 의심의 여지도 없이 스테퍼니가 꽃을 쳐다보지도 않고, 상냥한 메모도 구겨서 쓰레기통에 내다 버릴 것을 잘 알고 있었다. 아마도 딸은 이미 그렇게 했을지도 모르지만, 애넷은 자명종 시계를 스테퍼니 방 앞의 층계 입구에 두었기 때문에 오늘 아침 스테퍼니의 분노가 엉뚱한 곳에 쏠리지 않을까 의심하였다. 이 말이 무슨 뜻인가 하면 일단 시계가 종소리를 울리기 시작하면 스테퍼니가 침대에서 일어나 층계 밑으로 쏜살같이 뛰어 내려와 직접 자명종을 끄지 않으면 종소리가 멈추지 않는다는 것이었다.

그것은 딸이 짜증 부리는 소리를 들으면서도 자기 손으로 직접 스테퍼니를 깨워 학교로 보내는 것처럼 확실한 방법은 아니겠지만, 애넷은 새로운 인공위성 영상을 들여다보기 위해 일찍 출근해야 했으므로, 그보다 더 나은 방법을 찾을 수가 없었다.

오전 7시, 애넷은 평소보다 1시간 일찍 사무실에 도착했다. 그녀는 새로운 정주광산 바로 북쪽에 생긴 희토류 가공공장에 나타난 '외부' 근로자의 정체를 밝히는 것을 개인적인 사명으로 간주하고 있었다. 이는 힘든 작업이었다. 북한 상공을 통과하는 궤도 위성인 KH-12가 제공하는 영상의 해상도는 인상적이었다. 기상이 맑은 경우, 애넷은 자동차 면허판까지 식별할 수 있었다. 해상도가 뛰어나다고는 하지만, 운 좋게 면허판에 쓰여 있는 글자까지 읽을 수 있을 정도로 여러 가지 조건들이 맞아떨어지는 적은 극히 드물었다. 그러나 150명 정도로 보이는 근로자들의 신원을 밝히는 일은 결코 쉬운 작업이 아니었다.

그녀는 두 가지 '작업가설(working assumptions)'을 설정했다. 첫째, 애넷은 이들이 북한 노동자가 아니라고 가정했다. 만일 이들이 북한인들이라면 정주 호텔 부근에 설치된 임시 숙소 건물 주변에 보안 조치가 강구되었을 것이다. 물론 북한은 인민들에게 조지 오웰이 '동물농장'에서 말한 수준의 감시와 경계 수단을 강구하고 있을 테지만, 이 건물들은 아무리 보아도 북한 도시의 내부에 세운 일종의 '무장 수용소(armed camp)'처럼 보였다. 애넷은 만일 이 사람들이 북한의 현지 근로자들이라면, 이들 주변에 그렇게 많은 숫자의 경비원이나 총이나 출입문이 필요 없을 것이라고 판단했다.

아냐. 이들은 북한인들이 아니라 외국인 근로자들이야. 하지만 '어디서' 온 외국인들이란 말인가?

그녀는 트레일러 주변에 서 있는 사람들 중에서 뚜렷하게 코카서스인이나 흑인처럼 보이는 사람을 식별할 수 없었다. 모든 사람들은 아시아인들처럼 보였지만, 이들이 북한 광부들인지 아니면 다른 아시아 국가에서 온 근로자들인지 구분할 수가 없었다. 물론 만일 이들이 다른 나라에서 온 근로자들이라면, 중국인 합작 회사가 1년 전 북한에서 내쫓기지만 않았던들 중국인이 첫 번째 후보로 꼽혔을 것이다.

그녀는 세 대의 모니터로 각각 쓰레기통, 차량, 그리고 옷가지 같은 것들을 가능한 한 가장 가까이 들여다보면서 탐색을 멈추지 않았다.

오전 8시, 그녀는 뭔가를 발견하였음을 직감했다. 15분 후, 가시적인 증거를 잡았다는 짜릿한 흥분이 강렬한 전류처럼 온몸을 뒤흔들었다.

오전 8시 30분 사무실에 도착한 애넷의 상관 피터스 대령은 애넷 브롤리가 얼굴에 하나 가득 함박웃음을 지으며, 갓 뽑아 온 커피 두 잔을 손에 들고 잠겨 있는 문 앞에서 기다리고 있는 것을 발견했다.

그는 건성으로 웃으며 답례했다. "좋은 아침, 브롤리. 당신이 파워포인트를 들이대기 전에 내게 딱 2분만 시간을 주면 안 될까?"

그녀는 여학생처럼 대답했다. "부~탁해요. 몇 분만 시간 내시면 돼요."

그는 한숨을 내쉬었다. "쓸 만한 거예요?"

"아마 깜짝 놀라실 걸요."

"그럼 빨리 합시다." 그는 이렇게 말하고 문을 열어 브롤리를 들여보냈다.

애넷 브롤리는 피터스에게 주려고 뽑아온 커피를 내려놓았다. 피터스는 데스크 위에 가방을 올려놓자마자 컴퓨터 화면을 그녀 쪽으로 돌리고 벽 스크린에 화면을 띄우는 서버에서 파워포인트를 열기 시작했다. 이렇게 하는 동안 그녀가 말했다. "희토류 광산 제련소에서 일하는 사람들이 누군지 알아요."

그녀는 정주의 임시 숙소 사진을 올렸다. 애넷은 숙소 건물 외곽에 설치된 몇 개의 경비 초소를 빨간색 동그라미로 표시했다. "그래서 먼저 경비원들을 보세요. 이 경비원들은 마치 쌍방향을 경계하는 것처럼, 숙소의 안과 밖을 동시에 바라보면서 근무하고 있어요. 이 사람들은 현지 북한 주민들이 이 근로자들과 만나는 걸 원하지 않아요. 따라서 이 근로자들은 현지 북한인들이 아닌 거죠."

"나도 동의해요." 피터스가 말했다.

그녀가 슬라이드 화면을 바꾸자, 이제 일종의 취사시설 같은 것이 화면에 나타났다. 목재를 땔감으로 사용하는 난로였다. 여자들이 냄비를 들고 걸어 다녔다. "이곳은 외부 근로자들을 위한 취사 지역인 셈이죠. 이건 야외 화덕이고 그 위에 석쇠가 올려져 있어요. 따라서 이 시설은 건물에 딸린 야외 취사장이에요. 물탱크도 있어요."

"맞아." 피터스가 말했다. "그런데 냉장고도 없어. 형편없군."

"그래요. 우리는 냉장고가 없는 걸 상상할 수도 없지만, 그 사람들에게는 그렇지 않아요. 제3국의 대부분은 고기를 냉장고에 넣어두지도 않아요. 제가 이런 얘기를 딸에게 하면 토하려 하겠지만, 사실이지 딸아이가 먹는 음식 중에서 어떤 걸 보면 제가 토할 것 같다니까요."

화덕 부근의 사각형 모양의 물체가 쌓여있는 곳에 또 하나의 빨간색 동그라미가 표시되어 있었다. "이건 뭐지?" 그가 물었다. "닭장인가?"

"아뇨." 그녀가 대답하면서 클릭하자 화면이 확대되었다.

피터스가 몸을 앞으로 숙였다. 이건 확실히 우리였다. 옆에 서 있는 여자의 신장과 비교해 보면 우리 크기는 대략 2평방피트였다. 해병 대령은 우리 안을 들여다보았다. 잠시 후 그가 말했다. "잠깐. 이거… 개야?"

"맞아요, 개예요." 그녀가 대답했다. "우리가 20개니까, 개가 20마리죠. 이 영상은 24시간 전에 들어온 거예요." 그녀가 마우스를 클릭하자 다음 사진이 올라왔다. 이것은 같은 지역을 찍은 사진이었다. "그리고 이건 불과 6시간 반 전에 촬영한 취사시설이에요."

피터스가 숫자를 세었다. "우리 여덟 개가 없어졌군."

"외부 근로자들이 여덟 마리의 개를 먹어치운 거죠."

"그러니까… 이 외부 근로자들은 한국인이란 말인가? 한국인들은 가끔 개를 먹잖아요, 그죠?"

"그렇대요. 하지만 어떤 다른 아시아 문화권에서도 개를 먹어요. 베트남, 인도네시아, 대만, 중국 같은 나라요."

"근데 이 사람들이 중국인은 아니란 걸 우리도 알잖아요."

"맞아요. 우린 이 사람들이 중국인이 '아닌' 다른 나라 사람이란 걸 알고 있죠. 그런데 오직 중국인들만이 희토류 가공 경험을 갖고 있어요. 어떤 다른 나라도 이런 사업을 해 본 적이 전혀 없어요."

이제 피터스가 머리를 갸웃거렸다. "하지만… 중국인들은 쫓겨났는데."

브롤리가 환하게 웃었다. "중국의 국영 광산기업인 '시날코 · 민메탈(Chinalco and Minmetals)'이 쫓겨났지만, 제가 보기에 외부 근로자들은 중국인이 소유하고 있는 '깡패 광부들(gangster miners)'인 게 틀림없어요."

"'깡패' 광부라니?"

"네. 전 세계에는 불법 광산회사들이 많이 있어요."

"그걸 어떻게 알지?"

그녀는 마우스를 클릭하여 다음 슬라이드를 보여주었다. "이건 몽골에 있는 희토류 광산인데, 상하이에서 활동하는 불법 조직이 운영하는 '깡패 광산'이죠. 이 영상은 지난 8월에 찍은 겁니다." 광산에는 사람들이 바글거릴 정도로 많았다. 승용차, 트럭, 흙을 옮기는 장비 등도 보였다. "이 광산은 몇 년 동안 신통치 않은 성적을 보였지만, 그래도 문을 열어두면서 그럭저럭 광물을 캐내고 있었지요. 숙소를 기준으로 보면 근로자 숫자는 약 350명 정도예요."

그녀는 다음, 다음, 그다음 슬라이드로 넘어갔다. 이들은 모두 같은 광산과 주변의 건물들을 보여주었다. 유일한 차이점은 좌상단에 붙어 있는 날짜가 바뀌었다는 것뿐이었다. 10월, 11월, 12월.

그녀는 4월부터 촬영한 다음 영상을 올렸다. 피터스는 잠시 바라보다가 이렇게 말했다. "이거 환장하겠네."

애넷은 입이 귀밑까지 찢어질 정도로 활짝 웃었다. "모두들 어디로 갔을까요? 알아맞혀 보시죠."

"북한으로? 정주광산으로?"

"끝내주게 잘 맞히셨네요. 북한의 국영 광산기업이 깡패 광부들을 고용한 게 틀림없어요. 왜냐면 북한은 희토류 광산을 스스로 운용할 수 있는 전문 지식이 없거든요. 가공 시설도 마찬가지에요. 유일한 차이점이라면 어떤 이유에서건 중국은 이런 경험을 가진 근로자들이 필요할 거라는 점이죠. 기존의 깡패 광산에서는 자체적으로 원광석을 가공하지 않고 있어요."

피터스는 데스크에서 일어섰다. 그는 아직 커피를 한 모금도 마시지 않았다. "우리 당장 이걸 5층으로 가져갑시다. 국장님께 개고기 얘기를 하기엔 조금 이르기는 하지만, 당장 윗분들에게 보여드려야 해요."

"'우리'가요?" 그녀가 물었다. "제 꼬락서니가 말이 아닌데요."

그는 웃으면서 이렇게 말했다. "브롤리, 당신 좀 피곤해 보여요. 한동안 꼼짝도 않고 일한 표시가 나요. 당신이 너무 안 좋게 보이지 않도록 나도 머리를 좀 헝클어야 될까 봐요." "대령님이 그래 봐야 소용없을걸요."

24

프라하 시내 '크리스타노바' 가에 위치한 카렐 스칼라의 아파트 건물에 침투해 들어간 시각은 오후 2시였다. 모든 일이 순조롭게 진행되었다. 라이언과 카루소가 계단을 올라갈 때 어떤 노인이 건물을 나서자, 이들은 문이 닫히기 전에 안으로 들어갈 수 있었다. 일단 건물 내부로 들어간 두 사람은 우측으로 이동하여 벽 쪽에 가까이 다가섰다. 그런 다음 아무도 눈치채지 못하게 계단을 올라갔다.

오후 이 시간 무렵이면 계단이 비어 있었다. 그래서 누구에게도 들키지 않고 5층까지 걸어 올라갔다. 카렐 스칼라가 살고 있는 집의 문으로 가서, 돔이 열쇠를 따는 동안 라이언이 문을 노크했다.

문을 두 번, 세 번 노크하던 라이언이 돔에게 머리를 끄덕이고는 옆으로 비켜섰다. 돔이 무릎을 꿇은 자세로 열쇠를 따는 작업을 시작하자, 라이언의 숙달된 시선은 복도와 비상계단 쪽을 주시했다. 엘리베이터 출입구가 계단보다 가까이 있었지만, 잭은 엘리베이터 문이 열리기 한참 전에 누가 그것을 타고 올라오는 소리를 들을 수 있었다. 아니, 이제 두 사람의 주된 걱정거리는 5층에 거주하는 다른 다섯 명의 아파트 주민들 가운데 한 사람이 집 밖으로 나오거나, 아니면 활짝 열려 있는 복도 끝의 비상계단을 통해 누군가가 나타날 가능성이었다.

두 사람은 서로 아무 말도 주고받지 않았다. 라이언은 사촌에게 '×나게' 빨리 서두르라고 재촉하고 싶은 마음이 굴뚝같았지만, 그런 충동을 간신히 억눌렀다. 그는 돔이 자기보다 더 빨리 열쇠를 딸 수 있다는 것을 알고 있었으므로, 자제력을 발휘하여 침착하게 기다렸다.

마침내 잭은 자물통의 걸쇠가 딸깍 열리는 소리를 듣고, 문을 통해 사촌을 따라 안으로 들어갔다.

현관은 작고 어두컴컴하고 평범하였다. 현관을 지나자 마찬가지로 어둑한 약 20피트의 복도로 연결되었다. 복도의 중간 오른쪽에 아치 모양의 입구가 있었고, 입구 너머에는 잘 꾸며놓은 거실이 보였다. 작은 아파트에 단 한 개의 전등불도 켜져 있지 않았으므로, 잭은 소파 옆의 전등 스위치를 눌러 주변을 살펴보았다. 모든 것은 깔끔하게 잘 정돈되어 있었다.

두 사람은 혹시라도 아파트 내부에 누군가가 있는지 알아보기 위해 공기 냄새를 맡아보았다. 하지만 모두 특별한 냄새를 탐지하지 못했다.

이들은 집 안에 아무도 없는 것을 확인하기 위해 양쪽으로 갈라져 신속하면서도 신중하게 실내를 수색해 나갔다.

돔이 조용히 말했다. "뒤쪽에 사무실이 있는데, 컴퓨터가 없어. 손님방도 비었고."

잭이 말했다. "안방 침실은 여기서 오른쪽이야. 허접한 물건들이 사방에 있어서, 이곳을 수색하려면 시간이 좀 걸릴 거야. 여기저기 잘 살펴보자고. 난 사무실에서 시작할 테니, 넌 침실부터 살펴봐."

그리고 잭은 개빈을 호출했다. "개빈, 아무 이상 없어?"

개빈 비에리가 감시 위치에서 대답했다. "바깥은 이상 무."

잭은 안방 침실로 다시 들어가 뭔가 흥미로운 것이 있는지 조사했지만, 별로 시간은 많이 걸리지 않았다. 20대 후반의 스칼라는 정상적인 교육을 받은 유럽인 남성처럼 생활하는 것으로 보였다. 침대 위에 옷가지, 책, 잡지 같은 것이 굴러다녔고, 벽에 싸구려 예술품이 걸려 있었다. 이 사람은 확실히 스쿼시를 좋아하는 것 같았다. 선반에 스쿼시용 라켓과 신발 같은 것이 있었고, 스칼라가 트로피를 들고 스쿼시 코트에서 포즈를 잡은 사진이 작은 트로피 옆의 옷장 위에 올려져 있었다.

잭은 안방 침실로 들어가 약품 서랍을 뒤졌다. 이 사람은 남성 탈모 증세를 완화시켜주는 처방약, 그리고 배탈을 치료하기 위한 일반 의약품을 복용하고 있는 것처럼 보였다.

아파트 반대편에서 돔은 사무실을 샅샅이 조사했다. 그는 체코어를 말하거나 읽을 수 없었으므로 스칼라의 작은 책상 위에 있던 서류나 메모를 읽지 못했지만, 엄청나게 흥미로운 것은 눈에 띄지 않았다. 그는 책상 밑을 더듬어 서랍을 꺼내 비밀 칸막이 같은 것이 있는지 조사하고는, 작은 사무실의 책꽂이 뒤편도 살펴보았다. 이 방에서 아무것도 발견하지 못한 그는 손님방으로 들어가 침대 밑을 점검한 다음, 욕실로 들어가 뒤지기 시작했다.

스칼라의 욕실에서 옷장을 열어본 잭은 스칼라가 갖고 있는 의복들이 범상치 않다는 것을 알아챘다. 한쪽에는 양복, 옷장의 반대편에 있는 다른 쪽에는 겨울용 코트들이 단정하게 다림질된 상태로 걸려있었다. 잭은 만일 스칼라가 마음만 먹는다면 이곳이 금고 같은 것을 숨겨두기에 좋은 장소라고 생각했다. 그래서 그는 손으로 코트를 더듬으면서 옷장을 조사해 보았다. 그는 혹시라도 금고나 숨겨진 출입구가 있는지를 살피던 돔은 주방에서 잭을 불렀다.

"여기에 도청기를 심어놓을 수 있지만, 만일 우리가 프라하를 떠나기 전에 그가 나타나지 않는다면 여기로 다시 돌아와서 도청기를 떼어 가야 돼."

잭은 옷장 뒤편의 합판을 손으로 만지작거렸다. 그가 옷걸이에서 코트 몇 벌을 집어 바닥에 떨어뜨리자, 폭 1.5피트에 높이 몇 피트가 되는 합판이 느슨해져 있는 것을 발견했다. 그는 합판을 잡아당기기 시작하면서 통신장비에 대고 이렇게 말했다. "어이, 사촌. 와서 이것 좀 봐. 내가—"

커다란 합판이 쉽게 떨어져 나가자, 그 뒤에 창백한 표정의 백인이 속옷 차림으로 무릎을 꿇고 있는 것이 보였다. 충혈된 그의 눈동자가 크게 벌어지더니 손에 커다란 금속 물체를 손에 잡았다.

그 사람은 소리를 지르며 금속 물체를 번쩍 들어 올렸다.

"아니 이게 웬—" 잭은 깜짝 놀라 뒤로 펄쩍 뛰었다. 뒤로 물러선 것은 참으로 잘한 행동이었는데, 그 이유는 그 남자가 은신처에서 금속 물체를 휘두르며 뛰쳐나왔기 때문이다.

잭은 침대 위로 구르면서 스쿼시 장비들이 놓여 있던 선반까지 뒤로 물러섰다. 남자는 앞으로 달려 나와 침대 위로 뛰어오르더니, 무기를 번쩍 들어 내리치려는 동작을 취했다. 그것은 크고 무거운 황동 램프로서 사내는 그것을 마치 양손으로 사용하는 칼처럼 휘두를 참이었다.

라이언이 소리쳤다. "잠깐!" 하지만 남자는 침대에서 뛰어 내려오며 다시 램프를 휘둘렀다. 빙그르 몸을 돌려 몸을 피하던 라이언은 황동 램프에서 뿜어져 나오는 '휘익' 하는 바람 소리를 뺨으로 느낄 수 있었다.

라이언은 사촌이 주방에서 자기를 부르는 소리를 들었다. "잭?"

라이언은 대답할 여유가 없었다. 잭은 남자가 무거운 물체를 들고 재빨리 달려들자 옷장 쪽으로 몸을 날렸다. 남자가 다시 램프를 휘둘렀지만 잭은 침대 밖으로 떨어지면서 복도 쪽으로 도망쳐 간신히 램프에 얻어맞는 불상사를 피하였다.

그는 왼쪽으로 몸을 굴리며 그 남자에게 다시 소리치며, 이번에는 이렇게 말했다. "스칼라, 잠깐!"

돔 카루소는 주방에서 복도로 몸을 돌렸다. 그는 이미 '선더웨어' 권총집에서 총을 빼 들고 있었지만, 스칼라는 카루소가 총을 쏘기도 전에 달려들었다. 스칼라가 들고 있던 황동 램프가 강철과 고분자 화합물로 제작된 권총을 내리치자, 카루소의 권총이 땡그랑 소리를 내며 바닥에 나뒹굴었다.

카루소는 뒤쪽으로 펄쩍 뛰면서 스칼라가 휘두르는 두 번째 공격을 피했다. 하지만, 이번에는 재빨리 괴한과 권총 사이의 공간으로 몸을 날린 다음, 괴한을 붙잡아 그의 머리를 복도 벽에 사정없이 처박았다. 그가 들고 있던 황동 램프가 딱딱한 마룻바닥에 요란한 소리를 내면서 떨어졌고, 돔이 다시 이 남자를 거세게 밀쳐내자, 스칼라의 뒷머리가 사정없이 벽에 부딪치면서 바닥에 미끄러져 넘어졌다. 돔은 넘어지는 충격으로 얼떨떨한 스칼라를 발로 밟고는, 주먹을 단단히 말아 쥐고 턱뼈를 향해 수직으로 강펀치를 날리려던 찰나였다.

잭이 소리를 질렀다. "안 돼! 때리지 마. 그 사람이 스칼라야."

돔은 남자의 얼굴을 잠시 내려다보더니, 주먹의 힘을 뺀 다음 뒤로 돌아 권총을 집어 들었다.

잭이 일어나 속옷 차림에 어벙한 표정을 짓고 있는 이 남자를 내려다보았다. "영어 할 줄 알아?"

체코인은 불과 28세였지만, 금발 머리에는 벌써 숱이 거의 없었다. 눈동자는 기이할 정도로 충혈되어 있었고 온몸에서 땀과 오줌 냄새가 진동했다. 잭의 첫인상은 그 남자가 마약중독자같이 보인다는 것이었다.

스칼라가 천천히 고개를 끄덕였다. "네."

"옷장에서 넌 무슨 ×랄을 하고 있었던 거야?" 잭이 물었다.

그는 몇 차례 기침을 했다. 그의 목은 마치 종이처럼 말라 있었다. "당신들 같은 개××를 피하려고 숨어있었죠."

"우리가 여기 올 거란 것을 어떻게 알았지?"

이 질문에 남자는 혼란스러워했다. 답이 뻔한 질문이었기 때문이다. 그는 눈을 비볐다. "당신… 당신들 북한인들 아녜요?"

카루소가 권총을 권총집에 넣었다. 그는 이 남자와 싸우는 와중에 권총을 놓친 것에 핏대가 나 있었다. 이 남자는 훈련을 잘 받아서가 아니라 운이 좋아 권총을 잡은 자기 손을 내리쳤기 때문이다. 그의 목소리에는 분노가 섞여 있었다. 그는 이렇게 쏘아붙였다. "네 눈에는 우리가 망할 북한 놈들처럼 보이냐?"

잭이 덧붙였다. "우린 미국인이야."

스칼라가 말했다. "그래서요? 내가 마지막으로 대화를 나누었던 미국인은 북한인들을 위해 일하더군요."

잭은 '헤이즐턴이야'라고 생각했지만, 입에 올리지는 않았다. 대신 그는 이렇게 말했다. "우린 북한인들과 한패가 아냐. 북한인들이 너를 쫓고 있던?"

스칼라는 고개를 끄덕거리기만 했다. 그는 아직도 정신이 돌아오지 않았고, 그저 겁이 났을 뿐이었다.

잭이 말했다. "거실에 앉아 잠시 이야기를 해 보자. 바깥에 우리 요원이 있고, 그 사람과 통신을 유지하고 있지. 누군가가 나타난다면 우리에게 알려줄 거야."

이 말에 스칼라는 조금 안심이 된 것 같았다. "맥주 한잔 마시고 싶군요."

돔이 주방에 가 냉장고에서 맥주를 꺼내 스칼라에게 건네주는 동안, 잭은 침실로 들어가 옷장 뒤에 있는 작은 은신처를 들여다보았다. 그것은 폭이 2피트, 높이가 5피트, 깊이는 불과 1.5피트였으며, 죽은 사람을 담는 관보다 작았지만 관처럼 속이 어두웠다.

스칼라가 북한인들에게서 어찌나 겁을 먹었던지 자기 집에서 거의 생매장되다시피 하였고, 이런 사실을 깨달은 라이언은 온몸에 공포의 전율을 느꼈다.

은신처 구덩이 안에서 라이언은 스칼라의 휴대전화와 랩톱을 발견했다. 이것들은 모두 충전기에 연결되어 있었다. 잭은 이것들을 빼내 거실로 가져갔다. 여기서 그는 돔이 손에 맥주를 들고 서있는 것을 발견했다. 스칼라는 욕실에서 소변을 보는 중이었지만, 돔은 그가 벽 위에 나 있는 작은 창문을 통해 도망치지 못하도록 문을 열어놓고 있었다.

소변을 마친 스칼라는 욕실 밖으로 나와, 복도를 지나 출입구로 연결되는 아치형 입구의 건너편에 있던 소파에 앉았다. 돔은 그에게 맥주를 건네주고는 그 옆에 앉았다. 잭은 스칼라 왼쪽의 의자에 앉았다.

잭이 물었다. "벽 속에 얼마나 오래 숨어있었지?"

남자는 시계를 잠시 내려다보더니 이렇게 답했다. "거의 이틀하고 반나절이요. 난 밤에 몇 분 동안 나와서 돌아다니고 화장실을 사용했어요."

"누구에게서 숨으려는 건데?"

그는 질문에 대답하지 않고, 대신 이렇게 물었다. "당신들은 '누구'세요?"

"우리 친구 중 한 사람이 당신을 공항에서 만났지. 그는 우리가 당신을 만나보기를 원했어."

"어떤 친구요?"

"콜린 헤이즐턴."

스칼라는 그 이름에 전혀 반응을 보이지 않았다. 잭이 말했다. "키가 큰 미국인이야. 나이는 60대고."

"맞아요." 그는 머리를 끄덕이며 말했다. "그래서 만일 당신들이 그 사람의 친구라면, 당신들은—"

돔이 말을 가로챘다. "이미 우리가 누굴 위해 이러는 게 아니라고 말했잖아. 누군가가 헤이즐턴을 죽였어. 우린 그게 북한인들 소행이라고 생각해. 우리가 여기 온 것은 왜 그랬는지를 알아보려는 거야."

스칼라가 작은 목소리로 말했다. "그들이 그를 죽였어요." 그는 놀란 것 같지 않았으나, 이 말의 무게가 그를 짓눌렀다. 그는 맥주병의 1/3을 벌컥벌컥 마셨다. 그의 공포는 피로보다 더 큰 것 같았고, 손이 떨리고 있었다.

잭이 말했다. "당신이 헤이즐턴에게 서류를 넘겨줬어."

스칼라가 고개를 끄덕였다. "네. 다섯 세트의 서류였어요. EU 외교관 여권과 체코 여행 허가서죠."

"서류의 사본을 아직 갖고 있나?"

"아뇨. 전부 지워버렸어요." 그는 어깨를 으쓱했다. "당연히 그렇게 했죠. 난 그 일로 붙잡히기 싫었어요."

울화통이 치민 잭이 몸을 움찔했다. "어떤 사람들의 서류였지?"

"전 몰라요. 단지 사진을 받았을 뿐이에요. 나머지는 내가 다 위조했죠."

"그들은 어느 나라 사람이었지?"

"난 몰라요. 내 짐작으로는 미국인들이에요. 왜냐면 미국인이 제게 돈을 줬고, 서류를 가져갔으니까요."

잭이 어깨를 으쓱했다. 확실히 몰라 자신이 없던 그가 물었다. "그 사람들 목적지가 어디였나?"

스칼라가 고개를 갸웃했다. "당연히 북한이죠. 난 그들이 평양 대사관으로 출장을 가는 체코 외교관이라고 속이는 서류를 만들었어요."

잭이 말했다. "누군가가 베트남에서 헤이즐턴을 죽였고, 서류를 뺏어 갔지만, 난 그자들이 누군지 모르고, 왜 그랬는지 이유도 몰라. 심지어 난 그 사람들이 여권을 갖고 북한에 도착했는지조차도 몰라."

스칼라가 라이언을 놀라게 했다. "그 사람들 북한에 도착했어요."

"그걸 어떻게 알았지?"

"왜냐하면 지난주에 북한인들이 여기 나타났기 때문이죠. 그들은 더 많은 사람들을 북한에 데려가기 위한 서류가 필요하다고 말했어요. 그들은 거액을 제시했죠. 몇 번이나 수십 명이 북한으로 갈 거라는 말을 했어요. 난 그들에게 이런 일이 내게 얼마나 위험한지 설명해 주려고 노력했어요. 마지막으로 위조했던 다섯 명의 서류들이 거의 들통날 뻔했어요. 내가 그렇게 많은 서류들을 위조할 방법이 없었어요. 하지만 그들은 제 말을 들으려 하지 않고 무작정 위협만 하더군요. 이놈들은 짐승이에요. 난 이런 일이 생기리라고는 꿈에도 몰랐어요."

돔이 코웃음 쳤다. "그래, 넌 북한인들에게 협조하기로 동의해 놓고서, 북한인들과 함께 일하게 될 것을 꿈에도 몰랐다, 이 말인가?"

그가 어깨를 으쓱했다. "이따금 난 EU 여권을 필요로 하는 미국의 어느 조직과 일했죠."

잭이 물었다. "샤프 글로벌 인텔리전스 파트너스지?"

스칼라가 고개를 끄덕였다. "맞아요. 그 사람들이 제게 접근했어요. 난 이것을 예전과 똑같은 일로 생각했는데, 어느 날 북한인들을 위한 서류를 요구하더군요. 그래서 전 놀랐어요. 난 그저 서한의 겉표지 정도로 생각했지만, 그게 진짜 북한으로 가는 여행 서류란 걸 몰랐어요. 미국인은 제게 평소의 2배를 사례비로 줬어요. 그래서 동의한 거죠."

"그 사람이 헤이즐턴이었나?"

"아뇨, 다른 사람이었어요. 영국인이요. 30대. 매우 상냥했죠. 같이 일하기에 즐거운 사람이었어요."

"그리고 어떻게 되었지?"

"그 전날 서류가 준비되었다고 말하자 그 사람이 전화를 걸었어요. 그는 뭔가 잘못 먹어서 아프다고 하면서, 회사의 다른 사람을 공항으로 보내 서류를 가져가겠다는 거예요. 서류를 갖고 가는 사람이 속에 뭐가 들었는지 볼 수 없게 포장해 달라는 부탁을 받았어요. 이 사람은 자기 친구랬어요. 키가 큰 미국인이요. 그가 서류를 받아 갔어요.

난 그걸로 얘기가 끝난 줄 알았어요. 근데 북한 대사관 사람들이 여기 와서, 만일 자기들에게 협조하지 않으면 죽이겠다고 협박했어요. 할 수 없이 그러겠다고 말하면서 여권 인쇄 장비에 접근하려면 하루를 기다려야 한다고 말했어요. 난 그 시간을 이용해서 숨었던 거예요."

"왜 다른 곳으로 도망치지 않았지? 왜 여기 머물고 있었던 거야?"

"그 사람들이 이틀 전 찾아왔어요. 난 은신처에 숨어 있었죠. 그 사람들이 온 걸 알았어요. 그들은 다른 사람들처럼 말하더군요. 여기에 오랫동안 머물렀지만 날 찾지는 못했어요."

라이언은 방을 둘러보았다. "잠깐. 그들이 당신 아파트에 들어왔었다고?"

"네, 온통 뒤지고 다녔죠."

그와 돔은 시선을 주고받았다.

스칼라도 그 모습을 보았다. "뭔데요?"

돔은 단지 이렇게 말했다. "아이고, 망했다."

"뭐가 잘못됐나요?

잭이 다시 일어섰다. "놈들은 여기 도청장치를 숨겨두었을 거야. 뭔가 우리가 돌아왔는지 확인할 수 있는 걸 숨겨놨을 거라고." 그는 스칼라에게서 몸을 돌려 비에리를 불렀다. "개브. 밖에 아직 아무 일 없어?"

비에리는 자신 있게 대답했다. "무덤처럼 조용해."

"알았어." 라이언이 답변했다. "5분 내로 갈게. 감시 잘하고 있어."

"오케이."

몇 초 후, '바라노바' 가 부근의 사무실 건물에 있던 개빈 비에리는 의자에서 후다닥 일어섰다. 사무실 문에서 나는 노크 소리에 개빈은 벌떡 일어나 빙그르 몸을 돌렸다.

그는 처음에 아무 대답도 하지 않았다. 그저 자리에 앉아 누가 왔는지 몰라도 그냥 돌아가기를 바랐다. 할 일이 있었고, 동료들을 실망시키지 않고 싶었기 때문이다.

또 노크 소리가 들렸다.

그는 잭과 돔을 부를까 하다가 그만두고 노크 소리를 무시했다. 어쨌거나 그는 실제 작전에 끼어들기를 원했던 사람이었다. 누군가가 문을 두드릴 때마다 겁먹는 모습을 돔과 잭에게 보이기 싫었다.

다시금 노크 소리가 들렸다. 하지만 그는 쌍안경을 통해 스칼라가 살고 있는 아파트 밑의 거리에 온 신경을 집중시켜, 아무 일도 없다는 것을 확인했다.

이제 그는 열쇠 꾸러미가 딸그랑거리는 소리, 그리고 열쇠가 출입문 자물통에 꽂히는 소리를 들었다. 그는 이 사람이 '그레타(Gretta)'란 이름의 여자 건물 관리인일 거라고 생각했다. 그녀는 전에도 한 번 들른 적이 있었고, 그때도 지금처럼 열쇠를 달그락거렸다. 그는 벌떡 일어나 문으로 달려갔다. 비록 문이 열리지 않도록 고무로 된 도어매트를 잭이 깔아두었지만, 개빈은 만일 그레타가 들어오지 못하면 금방 문제를 일으킬 거라고 생각했다. 그래도 주방으로 가던 길에 그는 스테이크 나이프 하나를 집어서 셔츠 소매 속에 숨겼다.

그가 이렇게 하고 있을 때 문이 열렸고, 그는 그레타가 혼자 들어오는 것을 보았다. 그녀는 나이 든 여자였으며, 그전에 일행이 여기 도착했을 때도 건물 여기저기를 안내하며 보여주었다. 그는 그레타가 위협이 아닌 것을 알았다. 그녀는 팔 밑에 사각형의 공기 필터를 들고 있었다.

그녀는 영어를 하지 못했지만, 무척 상냥했다. 손짓과 웃음으로 자기가 뭘 하러 왔는지를 알려 주었고, 개빈은 그녀를 따라 넓은 사무실로 들어갔다. 그녀가 쳐다보지 않는 사이에 그는 나이프를 소매에서 꺼내 책상 위에 갖다 둔 다음, 재빨리 그녀를 따라갔다.

커다란 실내 구석의 공간에는 '캠퍼스' 공자원들이 세운 감시초소가 높이 쌓아놓은 책상들에 가려져 있었지만, 체격 좋은 이 미국인은 그녀가 뒤편의 다용도실 벽장 속에 있는 난방 기구를 열고 있을 때, 은폐된 장소와 관리인 사이에 끼어들어 시선을 가렸다.

그녀가 일을 마치고 주방을 거쳐 출입문으로 향하자 개빈이 조심스럽게 옆에 붙어서 같이 걸었다. 개빈은 그녀가 걸어가며 약간 호기심 어린 눈초리로 여기저기 두리번거리는 것을 알아챘다. 하지만 그녀가 단지 미국인들이 여기서 도대체 무엇을 하는 건지 궁금하게 여길 것으로 짐작했다. 책상 위에는 아무것도 놓여있지 않고, 주방에는 몇 병의 식수와 식료품밖에 없고, 세입자가 이상하게도 옆에 찰싹 붙어 따라다니는가 하면, 실내에서 어떤 활동이 이루어지고 있음을 알려주는 아무런 징후도 보이지 않았다.

문 앞에서 그레타는 몸을 돌려 개빈에게 뭔가를 말하려는 것 같았다. 대개 그는 언어 장벽을 메우기 위해 기꺼이 제 몫을 다하여 도움을 주곤 했지만, 그는 빨리 자리로 돌아가 감시를 계속해야 한다는 것을 알고 있었으므로, 아무 말 없이 그 자리에 서서 약간 짜증스런 표정을 지었다.

마침내 그녀가 포기했다. 실망한 듯한 미소와 함께 그녀가 말했다. “다 괜찮아요?”

“네, 그레타. 모두 대단히 괜찮아요. 안녕.”

“안녕.” 그녀가 답례하자, 개빈은 문에 코가 닿을락 말락 가까이 선 채로 웃고 있던 그녀의 얼굴 앞에 문을 쾅 닫았다. 그는 뒤로 돌아 창고 사무실을 내리 달려 일하던 책상으로 돌아가, 삼각대 위에 올려놓은 망원경을 들여다보았다.

다행스럽게도 그는 ‘크리스타노바’ 가의 아파트 앞에서 아무런 움직임도 발견하지 못했다. 깊은 안도의 한숨을 내쉬던 그는 한숨의 2/3 지점에서 목젖이 턱 막혔다.

‘잠깐.’

아파트 건물 옆 주차장에 회색 밴이 주차되어 있었다. 개빈은 어제부터 같은 장소를 계속 살펴보았지만, 이 밴은 ‘단연코’ 이곳에 없던 물건이었다. 눈을 가늘게 만들어 쌍안경을 통해 밴의 앞 유리를 들여다보던 개빈은 운전석에 한 명이 홀로 앉아 있는 모습을 볼 수 있었다.

이건 좋은 소식이 아니었다.

그는 주머니 속의 통화 버튼을 눌러 라이언을 불렀다.

“라이언?”

그는 누군가가 자기 통화 버튼을 누르는 소리를 들었지만, 곧이어 헤드셋을 통해 한 발의 총성이 들렸다. 그것은 의심할 바도 없이 잭 라이언 주니어의 목소리였다. “총!”

곧이어 소음기를 통해 새어 나오는, 무엇에 눌린 듯한 나지막한 총성이 울렸다.

25

스칼라의 숙소를 덮친 팀은 일류 공작원들이 아니었지만, 고도로 동기유발된 자들이었으며, 잭 라이언의 입장에서 보자면 확실히 놈들의 숫자가 '더럽게도' 많았다. 북한과 체코 공화국이 외교관계를 갖고 있다는 의미는 북한이 프라하에 대사관을 갖고 있음을 뜻한다. 비록 그것이 도시 서쪽을 한참 벗어난 교외인 제6지구에 위치한 작고, 붉은 벽돌로 지은 옹색한 건물일지라도 말이다. 그러나 작고 허접한 대사관에 한때 리태진의 정찰총국에 소속된 10여 명의 직원, 그리고 정찰총국에 필요한 임무를 수행하기 위한 인민군 경비대원 10여 명이 배치되어 있었다.

이러한 인력 배치는 리태진이 헝가리에서의 임무 수행에 24명을 투입할 수 있음을 의미하는 것으로, 이런 임무 중 하나는 걸음마 단계에 있는 북한의 희토류 산업의 진흥을 위해, 서방측 과학자들을 확보하여 북한으로 끌어들이는 데 필요한 여행 서류를 위조할 수 있는 재간을 갖고 있는 '카렐 스칼라'라는 헝가리 영사관 직원을 제거하는 것이었다. 하지만 스칼라는 지하로 잠수하여 숨어버렸다. 대부분의 대사관 소속 정찰총국 간부들은 그가 헝가리를 벗어나 도망친 것으로 생각했지만, 그들이 이틀 전 스칼라의 집을 찾아갔을 때 TV 수상기 뒤에 도청 마이크를 숨겨두었는데, 20분 전 영어로 말하는 목소리를 대사관 소속 정찰총국 통신관이 들었고, 여섯 명으로 구성된 북한 보안 요원 팀에게 건물로 급히 달려가 무슨 일이 벌어지고 있는지 파악하라는 명령이 하달되었다.

이들이 이동하는 동안 상관으로부터 두 번째 전화를 받았다. 이 전화는 스칼라가 집에 있고, 자신과 북한의 관계에 대해 미국인에게 말해주고 있다고 알려주었다. 갑자기 이들의 임무가 '포획'에서 '살해'로 돌변했다.

이들 중에서 다섯 명만이 무장하고 있었다. 이들은 현지 헝가리에서 제작된 9밀리 CZ 권총을 휴대하고 있었고, 남은 한 명인 운전사는 다른 동료들과 마찬가지로 군대 무술과 해외 공관에 배치되기 전 북한 첩보기관에서 가르쳐준 감시 기술을 갖추고 있었다.

하지만 북한인들의 주요 무기는 권총이 아니라 '인센티브'이다. 지금 당장 부여받은 임무에 실패하는 것은 대원수를 실망시킬 것이며, 이런 죄과에 대한 형벌은 자신의 목숨 또는 가족들의 목숨이 될 것이다. 이들은 5층 아파트로 곧장 달려 올라가, 필요하다면 세 명의 '미국 놈'들을 갈기갈기 찢어놓을 것이지만, 이들은 결단코 임무를 완수하지 않고는 대사관으로 복귀하지 않기로 결심하였다.

카루소는 스칼라의 아파트 안방 침실로 되돌아가 젊은 남자가 입을 옷가지를 집어 들었다. 그와 라이언은 북한인들이 이곳에 도청장치를 해 두었을 것에 대비하여 체코인이 옷을 챙겨 입고 빨리 건물을 빠져나가기를 바랐다. 하지만 스칼라는 여전히 누적된 피로와 벽에 머리를 부딪친 충격으로 정신이 멍한 상태에 있었으므로, 돔은 잭과 자신이 기다리기를 원하는 시간보다 스칼라가 더 시간을 끌며 꿈지럭거릴 것이라고 판단했다. 그래서 돔은 되는대로 바지와 신발과 셔츠를 집어 든 다음, 다른 화장품이며 잡동사니들과 함께 선반에서 찾은 백 속에 처박아 넣었다.

라이언은 복도로 연결되는 현관 옆에 서서 스칼라를 감시하고 있었다. 체코 영사관 직원은 라이언 옆에서, 아치 모양의 입구 맞은편에 있는 소파 위에 앉아 있었는데, 이는 다시 말해서 스칼라가 만일 올바른 방향을 바라보고 있기만 한다면 아파트에 줄지어 몰려드는 괴한들을 제일 먼저 발견하기에 꼭 알맞은 지점에 위치하고 있었다는 뜻이다. 대신 그는 아직도 머리가 욱신거리고 어지러워, 자기 앞의 마룻바닥에 시선을 고정시키고 있었다. 그가 고개를 쳐든 바로 그 순간 아치형 입구에서 두 명의 괴한이 나타났다. 이들은 말할 것도 없이 북한인이었고, 벽에 기대어 서 있는 턱수염 기른 미국인으로부터 불과 2미터 정도의 거리에 있었다. 이 미국인은 아직 두 사람이 들이닥친 것을 모르고 있었다.

스칼라는 이들의 모습에 눈이 휘둥그레지며 자리에서 일어서기 시작했다.

라이언은 개빈 비에리의 전화를 받으려는 찰나에 스칼라가 갑작스럽게 일어나고 얼굴이 기절초풍이라도 할 것 같은 표정을 짓는 것을 발견하고는, 무엇 때문에 스칼라가 이처럼 공포에 질렸는지 알아보려고 뒤를 돌아볼 참이었다. 잭은 아치형 입구를 지나 왼쪽을 겨누는 권총의 끄트머리만을 발견했다. 그는 본능적으로 총구를 향해 몸을 날려, 권총을 잡거나 손목을 후려쳐 권총을 목표물에서 멀리 떨어뜨리려 하였다.

그는 "총!"이라고 소리쳤다. 권총이 발사되었을 때 라이언은 오른손으로는 뜨거운 총열을 붙잡고, 왼손으로는 치명적인 강펀치를 날렸다. 그의 주먹은 괴한의 옆머리에 사정없이 내리꽂혔다. 그래도 그는 괴한의 얼굴을 쳐다볼 겨를도 없이 관심을 온통 권총에 집중시켰다.

그의 왼쪽으로 몇 피트 떨어진 아파트 복도에서 두 번째 총성이 울렸다. 라이언은 그쪽 입구를 통해 몇 명의 괴한들이 떼 지어 달려드는 것을 발견하고는 이들이 총을 마구 쏘아대는 사선(射線)에서 벗어나기 위해, 주먹을 한 대 얻어맞고 까무러친 괴한의 몸을 빙그르 돌려, 날아오는 총탄의 방패막이로 삼았다. 10피트도 채 떨어지지 않은 곳에서 또 한 발의 총성이 들리자마자 라이언은 한쪽 팔이 툭 떨어지는 느낌을 받았다. 그의 등에 총을 맞은 것이다.

라이언은 '선더웨어' 권총집에서 총을 빼내 싸움에 뛰어들고 싶었다. 최상의 조건에서라면 단 1초 내에 그렇게 할 수 있다는 것을 알고 있었지만, 라이언은 복도 한쪽 끝에서 살았는지 죽었는지 모르는 괴한 한 명을 팔로 붙들고 복도 반대편에서 자신을 향해 총탄을 퍼붓는 괴한들의 공격으로부터 몸을 보호하기에 급급하였다. 이런 상황에서 1초란 영겁과 같이 오랜 시간이다. 시체 방패를 밀쳐내고 한쪽 손을 바지춤으로 집어넣어 '스미스 앤드 웨슨' 권총을 뽑아 들려고 했다가는 바지 속에서 손을 꺼내지도 못하고 괴한들의 총에 맞아 쓰러졌을 것이다.

복도에서 괴한들이 고함을 지르며 줄지어 달려들었고, 비좁은 공간에서 세 번째 총소리가 들렸다. 팔에 안겨있던 괴한의 사체가 갑자기 들썩이자 라이언은 더욱 단단하게 온몸을 웅크렸다. 그는 적어도 총을 꺼내려 노력이라도 해 보아야 할 것 아닌가라고 생각했다. 하지만 팔에 안겨 있던 괴한의 사체를 치우고 그렇게 하려는 순간, 그는 왼쪽 눈의 한 모퉁이에서 도미니크 카루소가 검정색 작은 권총을 높이 쳐들고 벽 쪽을 겨냥하면서, 뒤편 침실에서 거실을 향해 쏜살같이 내달리는 장면이 보였다. 벽 뒤에는 카루소가 오른쪽에서 달려드는 줄도 모르고, 적어도 네 명의 북한인들이 라이언을 향해 맹렬히 총을 쏘고 있는 중이었다.

도미니크는 어떤 표적도 볼 수 없었지만, 그는 사촌이 발작을 일으키며 피를 철철 흘리는 사체를 팔에 안고 납작 엎드려 있는 모습을 볼 수 있었고, 마지막 총소리가 들린 방향도 기억하고 있었다. 그는 권총을 자신과 복도 사이의 벽을 향해 허리 높이로 조준하여, 출입문 쪽으로 총구를 수평으로 이동시키면서 한 번, 두 번, 세 번 방아쇠를 당기는 동시에, 사촌 쪽으로 몸을 날려 복도에서 벌어진 상황을 좀 더 자세히 살펴보았다.

도미니크가 몸을 날리는 동안, 권총에서 튀어나간 탄창이 허공에서 둥근 원을 그리며 날아가 거실 바닥에 떨어지면서 공중으로 한껏 뛰어올랐다.

그는 다섯 차례 방아쇠를 당겼고, 조준한 총알이 석벽과 합판을 관통한 지점에서 희미한 연기가 풀썩 피어오르는 것을 보면서, 지금쯤 벽의 반대편에 있던 괴한들이 보이지 않는 총잡이의 기습을 당하고 있다는 사실을 깨닫고 자신에게 총구를 돌려 반격하기 시작할 것이라고 생각했다. 돔은 몸을 잔뜩 웅크려 낮은 자세를 유지하면서 거실을 가로질러 계속 질주했다. 그는 소파 앞의 마룻바닥 위에 온몸이 벌집이 된 채 나동그라져 있는 카렐 스칼라의 시체 위를 뛰어 넘어갔다.

그는 복도로 돌진해 들어오는 동안 총 아홉 발을 사격했다. 아파트 문을 통해 바깥으로 나가 건물의 중앙으로 통하는 복도로 도망치려던 북한인을 발견하고 그의 등을 향해 방아쇠를 당겼다. 중앙 복도로 달아나려 했던 괴한이 한 명뿐이 아닌 것 같기는 했지만, 막상 확인해 보니 출입문 옆의 바닥에 두 명의 사체가 있었고, 라이언의 발치에도 한 명이 죽어 있었다.

돔은 라이언의 앞으로 걸어갔다. 이제 라이언은 무릎을 꿇은 자세에서 권총을 뽑아내고 있었다. 돔의 권총이 비었으므로, 그는 '선더웨어' 권총집에 남아 있던 마지막 여분의 탄창을 꺼내서 갈아 끼웠다. 하지만, 이렇게 하는 와중에 북한인 한 명이 몸을 뒤로 숙이면서 중앙 복도를 살피는가 싶더니 앞쪽으로 권총을 들어 올리는 모습이 눈에 들어왔다.

"엎드려!" 돔은 뒤에서 들리는 고함 소리에 마룻바닥에 가슴을 대고 납작하게 엎드렸다.

쭈그린 자세에서 사촌을 넘어가며 벌떡 일어난 잭 라이언의 손에 쥐고 있던 '스미스 앤드 웨슨' 권총이 굉음을 울렸다. 북한인이 이마의 한가운데에서 좌측으로 1인치 떨어진 지점에 9밀리 총탄을 맞고 뒤로 벌렁 자빠지면서, 들고 있던 권총이 허공으로 날아가 복도에 떨어져 튕겨나갔다.

한바탕 총격전이 끝나고, 잭이 마지막으로 발사한 총알의 뜨겁게 달궈진 탄피가 마룻바닥에 떨어져 뱅글뱅글 돌더니, 아파트에 괴이할 정도의 적막이 흘렀다. 코를 찌르는 지독한 화약 냄새가 실내에 자욱하였고, 푸르스름한 연기가 무겁게 공기를 짓눌렀다. 이처럼 좁은 실내 공간에서 다 합쳐 약 20발의 총탄이 발사되었다.

잭의 앞에 넘어져 있던 괴한이 꿈틀거리며 움직였다. 그는 약간 머리를 들더니 옆에 죽어 있는 동료의 발 앞에 놓인 권총을 잡으려 팔을 뻗었다.

잭은 그의 목덜미 뒷부분에 다시 한 번 방아쇠를 당겼다. 총탄의 충격으로 복도 쪽으로 핏줄기가 솟구쳤다.

잭은 여전히 열려 있는 출입문 쪽으로 총구를 겨누면서 말했다. "내가 세어보니 네 명이야. 몇 명이 더 있지?"

카루소가 재빨리 총을 재장전하며 대답했다. "젠장, 내가 어떻게 알아? 난 금방 여기 왔잖아."

이제 잭은 스칼라를 쳐다봤다. 그는 눈을 뜬 채 죽었고, 눈동자가 뒤집혀 허옇게 보였다. "망할. 우리 표적이 죽었어."

돔은 입구를 향해 총구를 겨누면서 말했다. "맞아."

잭이 비에리를 호출했다. "개빈? 아직 듣고 있어?"

아무런 응답이 없었다.

"개빈, 내 말 들려?"

침묵이 흘렀다.

잭이 다시 소리쳤다. "만약 내 목소리 들리면, 총잡이들이 너한테 가고 있으니 조심해! 절대 이 건물로 오지 마!" 그는 몸을 일으키더니 사촌에게 소리쳤다. "스칼라의 랩톱을 챙겨!" 그러고는 자기 앞에 있던 시체들을 뛰어넘어 문을 향해 달려갔다.

개빈은 '바라노바' 가 사무실 건물의 느림보 엘리베이터 속에 갇혀 꼼짝도 하지 못하고 있었다. 그는 가장 최악의 시점에 동료들과 통신이 두절된 것을 깨달았다. 그는 엘리베이터를 타지 말고 계단으로 뛰어 내려와야 했다고 후회했지만 너무 때가 늦었다.

'젠장, 젠장, 젠장!' 그는 속으로 소리 질렀다.

마침내 지상층에 엘리베이터가 도착하자 그는 밖으로 뛰어나가, 스칼라가 살고 있는 '크리스타노바' 가의 아파트 건물을 향해 인도 위를 질주했다. 뛰어가면서 그는 휴대전화를 내려다보고 잭과 돔과의 통신망을 다시 연결해주는 '전화 회의' 버튼을 눌렀다.

만일 이들이 아직 살아 있으면 전화를 받을 것이다. 무선망이 두절되기 전 이어폰을 통해 그에게 들렸던 총성은 대단히 이례적인 것으로, 마치 건너편 빌딩 안에서 한바탕 전쟁이 벌어지는 것같이 요란하였다.

누군가가 전화를 받는 소리를 듣자마자, 개빈이 눈을 들어보니 어떤 아시아인이 거리 바로 맞은편 스칼라가 살고 있는 건물에서 달려 나오는 모습이 보였다. 개빈은 뛰어가던 걸음을 멈추고 그를 주시했다. 아시아인은 코트 안에 권총을 숨겼다. 몇 명의 다른 사람들이 건물에서 뛰쳐나와 이 무장 괴한의 주변으로 몰려들었다. 이 사람들은 바로 이 괴한이 그들로 하여금 '걸음아 날 살려라' 하고 도망치게 만든 총격전을 일으킨 장본인 중 하나라는 사실을 모르고 있는 것 같았다.

개빈이 호출했다. "잭? 돔?"

거의 숨이 넘어갈 듯한 잭의 음성이 들리자 개빈은 안도의 한숨을 길게 내쉬었다. "우리 여기 있어. 건물에 접근하지 마. 최소한 한 놈이 로비 쪽으로 달려가고 있어."

"그놈은 지금 도망치고 있는 악당이야?"

"그래."

"내가 그놈을 지금 보고 있어. 놈은 운전수가 앉아 기다리고 있는 회색 밴에 올라탔어. 놈들은 지금 현장을 떠나고 있어."

"그냥 가게 내버려둬. 우린 30초 내로 거기로 갈 거야. 당장 보따리 싸서 여길 빠져나갈 준비를 해."

개빈은 오던 길을 되돌려, 사무실 건물을 향하여 달음박질을 시작했다. "알겠어."

세 명의 팀원들은 10분 만에 은신하고 있던 장소를 때려 부수고, 장비와 짐을 챙겨서 메르세데스 벤츠에 올라탔다. 잭이 지하 주차장에서 차를 빼내, 자동차 바퀴에 불이 붙지 않게 조심해야 할 만큼 전속력으로 그곳을 빠져나가는 동안, 뒷자리에서 돔은 아다라에게 전화를 걸었다. 그녀는 첫 번째 신호음에 전화를 받았다. "네에?"

돔은 휴대전화의 암호화 기능이 양호하다는 것을 알았으므로, 자기가 말하는 내용을 굳이 걱정할 필요가 없었다. "아마 당신은 내 말을 믿지 않을 거야."

"다시 한 번 긴급 탈출이 필요한가요?"

"'또 그 소리야', 안 그래?"

"부상자는요?"

"없어. 우린 무사해. 하지만 당장 여길 떠나야 돼."

"상대는 누군가요?"

"북한 놈들이야. 난 그 이상 모르겠고, 놈들도 우리가 누군지 모르는 것 같아. 하지만 헝가리 경찰은 범죄 현장에서 사람들의 증언을 청취하기 시작하는 즉시, 나와 잭의 인상착의와 일치하는 사람들을 지명수배 할 거야."

"범죄 현장이요?" 아다라가 물었다.

"헝가리인 한 명이 죽었어. 우리 목표물. 다른 네 명은 외국인이야. 북한 놈들."

"맙소사, 돔."

"더럽게 미친 짓이 벌어진 거야."

"여기까지만 도착하시면 미국으로 데려다줄게요."

"알았다, 오버."

돔은 통화를 마치고 전화기를 주머니에 밀어 넣었다. 라이언은 뒷좌석에서 소리쳤다. "셔먼이 뭐래?"

"자기가 준비하겠대."

개빈이 처음으로 입을 열었다. "동지들, 미안해." 그는 건물 관리인이 도착하여 어떤 상황이 벌어졌는지를 설명했다. 돔은 그런 이야기를 들을 기분이 아니었으므로 그저 눈을 감고 머리를 뒤로 기댔지만, 잭은 관심을 기울였다.

비에리가 설명을 마치자, 잭이 말했다. "개빈, 만일 네가 감시 지점을 벗어난다고 말해주었더라면, 우리가 대비할 수 있었을 거야. 무슨 말인지 알지, 그치?"

개빈이 말했다. "그래, 알겠어. 상황이 너무 빨리 벌어졌고, 난… 동지들을 놀래고 싶지 않았어."

돔은 여전히 눈을 감고 머리를 뒤로 기댄 채로 말했다. "뭐가 날 '진짜' 놀라게 했는지 알아? 개자식들이 여섯 명씩이나 총을 쏘며 달려들 줄 누가 알았겠어?"

"미안해." 개빈이 다시 사과했다.

차를 타고 공항으로 이동하는 나머지 시간 동안에 침묵이 흘렀다.

26

시카고 오헤어 레이건 공항을 출발하여 비행하는 시간은 불과 90분이었지만, 35세의 CIA 요원 '애덤 야오(Adam Yao)'는 마치 지구를 반 바퀴 돌아 여행한 사람처럼 피곤한 표정으로 비행기 연결 통로를 걸어 올라갔다. 그처럼 지친 듯한 모습에는 그럴 만한 이유가 있었다. 워싱턴 DC로 날아가는 비행기는 지구 반대편에서 시작되어 24시간 계속된 항공 여정의 마지막이었으며, 그의 생체 시계는 엉망진창이 되어 있었다. 지금은 오전 한낮이었건만, 애덤의 두뇌는 한밤중의 어느 시점인 것으로 착각하고 있었다. 이코노미석에서 제대로 잠을 이루지 못한 데다 세계시차의 거의 절반을 지나오느라, 그는 한 발을 다른 발의 앞으로 옮기는 것조차 힘에 버거운 나머지, 걸어가면서 균형을 잡기 위해 수화물 가방에 몸을 기대야 할 정도였다.

싱가포르를 출발하여 워싱턴 DC까지 날아오는 애덤 야오의 여정은 동경과 시카고를 경유해야 하는 지옥 행군 같은 것이어서, 레이건 공항에 도착했을 무렵에는 눈동자가 게슴츠레하게 풀리고 온몸이 욱신욱신 쑤셨다. 시간은 고작 오전 9시 30분이었다. 그는 사무실에 나타나기 전에 만사 제쳐두고 호텔에 들어가 몇 시간 동안 실컷 잠을 자고 싶은 마음이 굴뚝같았다. 하지만 그는 가능한 한 빨리 버지니아 주의 '매클레인'에 도착하라는 지시를 받았다.

그는 차를 한 대 렌트할 계획이었지만, 비행기 착륙 후 전화기를 켜자마자 공항의 도착지역 바깥에서 운전사가 기다리고 있다는 메시지를 받았다. 그는 맡긴 수화물이 없었는데, 지구를 반 바퀴 돌아 여행하는 사람치고는 드문 일이었다. 그래서 화창한 아침 햇살을 받으며 밖으로 나와 보니, 근사한 검정색 '링컨 내비게이터'가 그를 기다리고 있었다.

애덤은 CIA 작전관(operations officer)이었지만, 외교관 신분을 가장한 어설픈 책상물림 스파이와는 격이 달랐다. 그는 젊은 시절 경력의 상당 기간 동안 홍콩에서 비공식 신분, 말하자면 '흑색 요원'의 신분으로 활동했다. 홍콩에서의 임기가 끝난 후, 몇 개월 동안 내근 실무자로 전속되었으나, '흑색 요원' 신분으로 복귀하도록 승인된 바로 그 주에, 그는 지겨운 연방 정부의 관료조직을 필사적으로 탈출하여 자신이 사랑해 마지않는 과거의 임무로 돌아갔다.

그늘 속에서 활동하는 '흑색 요원'으로서의 임무 말이다.

야오의 고용주인 CIA의 본점은 '매클레인'에 위치하고 있지만, 오늘 아침의 행선지는 CIA가 아니었다. 대신 그는 차에 태워진 채 '랭글리(Langley)'의 CIA 본부에서 그리 멀리 떨어져 있지 않은, 울타리와 출입문으로 둘러싸여 있는 '리버티 크로싱(Liberty Crossing)'으로 이동했다.

'리버티 크로싱'의 건물군에는 두 개의 주요 건물이 있었다. 이들은 거의 같은 모습을 하고 있었으며, 연방 정부 직원들은 LX1과 LX2로 불렀다. LX1에는 '국가 대테러 센터', 그리고 LX2에는 '국가정보국 국장실'을 의미하는 'ODNI(Office of the Director of National Intelligence)'가 각각 위치하고 있었다.

CIA가 야오의 고용주였지만, 16개에 이르는 모든 미 정보기관을 통칭하는 모체 조직인 ODNI도 야오의 직속 고용주라고 볼 수 있었다.

그는 입구의 정문에서 신분 확인을 마친 후 건물 안으로 안내된 다음, 또 한번 신분 확인 절차를 거치고 전화기를 작은 로커에 예치시켰다. 그리고 휴대용 전자 스캐너의 몸수색까지 마치자, 드디어 모든 일련의 검색 절차가 완료되어 건물 3층의 사무실로 안내되었다. 그는 지난 10년간 일급비밀 취급 인가 보유자로서 이런 검색 과정을 셀 수 없을 만큼 신물 나게 많이 받아보았다.

그는 잠시 혼자 기다렸다. 그의 앞에 커피가 놓여있었지만, 그는 시카고에서 비행기를 타고 오는 도중에 양껏 마신 커피로 속이 부글거리고 있었으므로, 커피에는 손도 대지 않았다.

애덤은 대체 왜 자기가 미국으로 돌아오라는 호출을 받았는지 알 수가 없었을뿐더러, 무슨 영문으로 여기서 불과 10분만 차를 타고 가면 도착할 수 있는 CIA 건물이 아니라 이곳 LX2에 와 있는지도 알 수 없었다. 그는 이런 일이 벌어지면 머리를 굴려 그럴듯한 이유를 찾아내는 데 일가견이 있었지만, 그 시점에서는 호기심보다 피곤함이 더 심했으므로 그저 자리에 앉아 있을 뿐이었다.

이윽고 회의실의 옆문이 열릴 때까지 말이다.

문이 열리자 애덤이 힐끗 쳐다보더니, 즉시 자리에서 일어났다. 문을 통해 '국가비밀활동부(National Clandestine Service: NCS)'의 부장인 '브라이언 칼훈(Brian Calhoun)'이 혼자 방 안으로 들어왔다. 칼훈은 CIA 소속 스파이 중에서 우두머리이자, 스파이 세계 사닥다리의 맨 꼭대기에 위치한 인물로서, 그가 자기보다 몇 단계나 더 높은지를 애덤 야오가 이해하려면 종이와 펜으로 그림을 그려 보아야 할 정도였다.

작년에 '임무 후 브리핑'이 끝나고 잠시 악수를 나눈 것을 빼면, 그는 한 번도 칼훈을 만난 적이 없었다. 하지만 야오는 칼훈의 팬이었고, 지금 그는 화장실로 달려가 넥타이를 고쳐 맬 수 있으면 얼마나 좋을까 하는 심정이었다. 그는 자신의 몰골이 형편없다고 생각했다. 애덤 야오는 자신의 외관으로 좋은 인상을 주고 싶어 하는 젊은이였다.

애덤은 NCS 부장이 들어올 때 그 뒤를 얼핏 볼 수 있었다. 그는 뒤에 부하들이 줄지어 따라 들어올 것으로 생각했지만, 칼훈은 옆문을 닫고는 웃는 낯으로 회의실을 가로질러 걸어왔다.

"이보게, 정말 골 때리는 비행이었어, 안 그래?"

"아, 전 괜찮습니다, 부장님."

"그렇다면 자넨 나보다 낫구먼. 언제나 싱가포르에서 워싱턴 DC까지 날아오려면 완전히 까무러친다니까. 호주가 더 심하긴 하지만, 훨씬 더 힘들진 않아."

애덤이 말했다. "비행기 타고 오는 동안에 눈 좀 붙였습니다. 몸 상태 양호합니다, 부장님." 그건 사실이 아니었다. 하지만 그는 칼훈이 고작 비행기 여행에 대한 불평이나 들으려고 여기 온 것이 아니라고 생각했다.

"앉게."

두 사람은 커다란 테이블에 앉았다.

"난 5층에 있는 자네의 통제관과 이야기를 나눴지. 난 자네가 지난 9개월간 작성한 대부분의 보고서들을 읽어 봤다네. 대단히 일을 잘 하더군."

"감사합니다, 부장님." 애덤은 자기도 모르게 이 말이 튀어나왔다. 그의 마음은 오늘 이런 일이 벌어지는 이유를 짐작하느라 어지럽게 빙빙 돌고 있었다. 승진? 이런 일이라면 그는 놀랐을 것이다. 그가 새로운 직책을 받은 것은 불과 얼마 전의 일이기 때문이다. 그가 알지 못하는 상관 중 누군가가 나서지 않는 한, 애덤을 '흑색 임무'에서 빼내 랭글리로 옮겨 올 수는 없을 것이다. 그리고 그가 지금보다 여섯 단계 더 높은 지부장으로 승진되지 않는 한, 브라이언 칼훈은 그의 승진에 관여할 수 없을 것이다.

따라서 애덤이 보기에, 칼훈이 여기 와 있는 이유는 새로운 작전이 생겼기 때문이다. 그가 얼마나 철저하게 신분을 위장하거나, 혹은 그가 무슨 일을 하거나 관계없이, 특출한 '흑색 요원'은 언제든지 다른 곳으로 전출될 수 있었다. 하지만, 애덤이 볼 때 NCS 부장이 그처럼 쪼잔한 작전 명령이나 내릴 사람 같지는 않았다.

"현재까지 자네의 싱가포르에서의 임무는 훌륭해. 그리고 홍콩에서의 성과도 대단하더구먼."

"대단히 감사합니다." 애덤이 말했다.

"하지만 우리가 자네를 불러들인 이유는 우리에게 새로운 기회가 생겼고, 자네를 그 임무에 가장 적합한 사람으로 판단하였기 때문이지."

"새로운 작전 말입니까?"

"맞아, 그럴 가능성이 높아."

애덤이 "알겠습니다."라고 했지만, 그의 목소리에는 혼란스런 기색이 역력하였다.

칼훈이 고개를 갸웃했다. "뭐가 잘못되었나?"

애덤이 송구스럽다는 듯 웃으며 말했다. "제가 혼란스럽게 생각하는 걸 눈치채셨군요. 이런 일이 있으면 통상 제 통제관, 또는 과장 정도가 미리 제게 알려줍니다. 부장님 같은 분이 직접 새로운 임무에 대해 말씀해 주시는 건 놀라운 일 정도가 아닙니다."

이제 칼훈이 웃을 차례였다. "야오, 지금 자네가 들은 건 아무것도 아냐."

마치 무슨 신호라도 받은 듯, 똑같은 옆문이 열리더니 DNI 국장인 '메리 팻 폴리'가 방으로 들어왔다. 애덤은 얼른 자리에서 일어났고, 칼훈도 마찬가지로 일어섰다.

야오는 정보기관의 부서장들을 최소한 서너 명의 수행원이나 부하들을 거느리지 않은 모습은 본 적이 없었다. 칼훈과 폴리가 모두 아무도 대동하지 않고 자신과 만나고 있다는 사실이 야오에게는 당혹스러웠다.

"애덤, 안녕."

"국장님."

"당신이 싱가포르에서 날아왔다고 들었어요."

"네 그렇습니다, 국장님."

"그런데 당신에게 샤워할 시간도 안 주고, 이리 오라고 했단 말인가요?"

당황한 애덤은 얼굴이 빨개졌다. "그렇게 제가 엉망으로 보입니까?"

미소로 답변을 대신한 메리 팻은 칼훈과 야오와 함께 회의실 테이블에 앉았다. 그녀가 칼훈에게 물었다. "어디까지 말씀하셨나요?"

"이 친구는 아직 '이게 뭔 씻나락 까먹는 소리야?'의 단계에 있어요."

폴리가 한바탕 웃었다. "불행하게도, 애덤, 정부의 어떤 직원들은 바로 그 단계에서 경력의 전부를 보내기도 해요. 그러나 당신은 아녜요. 내가 다 설명해 줄게요. 먼저, 난 이미 브라운이 '당신의 보고서를 좋아해요'라며 당신에게 의무적으로 들려주어야 되는 레퍼토리를 다 마친 것으로 생각해요."

"어… 네, 국장님."

"그렇다면 본론으로 들어갑시다. 애덤, 중국의 광산 분야에 대해 어떤 것을 알고 있나요?"

이 질문에 몇 가지 이유로 놀란 애덤이 눈살을 찌푸렸지만, 적어도 이 주제에 관한 한 그는 자신이 있었다. "꽤 많은 것을 압니다. 제가 홍콩에서 어느 회사의 조사 컨설턴트로 신분을 위장하고 비밀 요원으로 활동하였을 당시, 저는 여섯 개의 중국 국영 광산회사 중 두 개 회사와 상당히 많은 마찰이 있었습니다. 그 회사는 '치날코와 민메탈(Chinalco and Minmetals)'입니다. 이들은 서방 회사로부터 기술을 훔쳐내고 있었고, 저는 이런 범법 행위를 밝히는 일을 하고 있었습니다."

"특히 희토류 광산과 관련해서는 어땠나요?"

그는 미국 정부에서 가장 직위가 높은 정보기관의 책임자들과 ODNI 회의실에 앉아 있었기 때문에, 아직도 썩 컨디션이 좋지는 않았다. 하지만 이제 그는 이 작전이 자신에게 제시되는 방식보다는 이 미스터리한 작전 자체에 더 흥미를 갖게 되었다. "그건 중국에서 엄청나게 중요한 산업입니다. 희토류는 중국의 산업에서 '최고'의 위상을 갖고 있고, 전 세계 희토류 채굴과 공급의 90% 이상을 차지하고 있습니다."

"계속하세요." 메리 팻이 말했다.

애덤이 웃었다. 만일 이것이 자신에 대한 시험이라면, 그는 이제 막 정답을 알려줄 셈이었다. "전 세계에는 모두 합쳐서 17개의 희토류 광산이 있는데, 매장되어 있는 희토류의 분포 면에서 한 종류의 광석이 다른 종류의 광석보다 상대적인 비중이 더 클 수도 있지만, 여하튼 채굴된 모든 희토류들은 원광석의 상태이기 때문에 다른 곳으로 보내 가공 과정을 거쳐야 합니다.

희토류는 '무거운' 희토류와 '가벼운' 희토류의 두 가지 범주로 구분됩니다.

중국이 세계 희토류 광물의 대부분을 캐내는 데는 몇 가지 이유가 있습니다. 우선 노동비용과 환경에 악영향을 주는 가공 과정에 대한 환경기준이 무시할 수 있을 정도로 미미한 덕분에, 생산된 희토류에 값을 싸게 매길 수 있습니다. 하지만 중국이 공급을 독점하는 주된 이유는 거대한 희토류 매장량이 발견되었기 때문입니다. 쉽게 말해 중국의 희토류 매장량은 다른 나라들보다 많습니다. 따라서 중국이 다른 나라보다 희토류를 더 많이 캐낼 수 있는 겁니다. 중국은 희토류 생산의 폭발적 증가로 골치 아픈 문제에 직면했습니다. 제조업 부문에서 다른 상품에 대한 수요가 증가한 것과 마찬가지로, 제조업 부문이 더 많은 희토류를 사용하기 시작하였고, 이러다 보니 결과적으로 수출량이 감소하여 희토류라는 상품의 가격이 올라가게 된 겁니다.

호주는 미국과 마찬가지로 지난 몇 년간 희토류 생산을 증가시켰지만, 이들은 희토류 산업에서 애당초 중국의 적수가 못 됩니다."

"왜 그렇게 생각하죠?"

"중국은 항상 서방세계와의 경쟁에서 상대적 이점을 갖고 있습니다. 그들의 노동비용은 터무니없이 낮고, 광산은 별도의 비용을 지불할 필요도 없이 정부의 토지에서 원석을 캐내고, 이런 곳에 적용되는 환경 규제라는 것은 사실상 무용지물입니다. 반면에 우리는 희토류 원석을 채취하고 가공하기 위해 중국보다 훨씬 더 많은 비용을 지불하고 있습니다."

칼훈이 야오의 등을 때려 그를 놀라게 했다. 그는 메리 팻을 바라보며 말했다. "어때요, 야오가 자기 업무에 정통한 사람이라고 말씀드렸죠?"

애덤이 설명을 추가했다. "저는 중국의 희토류 채굴 사업, 희토류 업계에서의 주요 행위자들, 그리고 희토류 원광석이 매장되어 있는 지역을 훤히 꿰고 있습니다. 그리고 저는 채굴 기법과 원석 가공의 전반적 의미를 이해하고 있지만, 희토류 광산의 '가스 세정기'를 가동하는 방법 같은 것에 대해서는 확실히 모릅니다."

메리 팻이 말했다. "우린 당신이 광산의 수직갱으로 내려가 직접 원광을 캐내라고 요구하지 않겠지만, 당신이 이미 그 산업에 대한 상당한 지식을 보유하고 있기를 기대해요."

애덤이 말했다. "그 정도는 됩니다." 그는 많은 사항들에 겸손한 태도를 보였지만, 지난 몇 년 동안 중국, 홍콩, 그리고 싱가포르에 직접 가서 중국 경제에 온전히 몰두한 경험이 있었으므로, 이에 대하여 해박한 지식을 갖고 있다는 점을 누구에게도 자신 있게 말할 수 있었다.

그러자 메리 팻이 물었다. "중국의 '불법' 희토류 광업에 대해서는 어떻게 생각하나요?"

그는 자신감이 약간 떨어지는 목소리로 이렇게 대답했다. "네. 그걸 '깡패 광산'이라고 합니다. 중국 조직범죄 집단이 운용하는 불법적인 사기업은 내몽골과 다른 여러 곳에 거대한 희토류 광산을 보유하고 있습니다. 이들이 번창하는 비결은 현지 그리고 해당 지역의 정부가 이들로부터 이득을 얻기 때문입니다. 깡패들이 뇌물 같은 걸 먹이는 겁니다." 그는 낄낄거리며 웃었다. "그리고 만일 국영 광산이 환경기준에 미달된다면, 깡패 광산의 소유자들은 말할 것도 없이 훨씬 심할 겁니다."

폴리는 칼훈에게 몸을 돌리고 고개를 끄덕였다. 애덤은 그가 일종의 테스트를 통과했음을 알게 되었지만, 시험 통과로 무슨 대가를 얻을 것인지는 알 수 없었다. 칼훈은 팔꿈치를 대고 몸을 앞으로 숙였다. "우리는 엄청나게 골치 아픈 문제와 동시에, 엄청나게 좋은 기회를 동시에 갖고 있다네."

"절 중국 광산에 들여보내려 하십니까?" 애덤은 한때 중국 정부가 홍콩에서 그를 죽이려 했던 것을 알고 있었다. 정말이지 아슬아슬했었다. 그가 중국 정부의 손에 거의 죽을 뻔했었기 때문에, '정보 누설'이 발생하여 누군가가 야오와 그의 활동에 대하여 첩보를 중국에게 제공한 것이 틀림없었다. 그는 중국에 들어가서 활동하라는 제안에 쌍수를 들어 환영하지는 않았지만, 자기가 겪은 특이한 상황을 반드시 두 사람에게 상기시켜 주어야 할 의무감을 가진 것처럼 보인다는 사실에 어색함을 느꼈다.

하지만 칼훈은 머리를 흔들고 말했다. "아냐. 자네가 단시간 내로 중국에 들어가 신분을 위장하여 자리를 잡기를 바라지만, 우리에겐 자네가 그렇게 하는 데 자신 있게 도움을 줄 수 있는 방법이 있어. 대신 자네의 궁극적인 행선지는 다른 곳이야."

애덤이 약간 긴장을 풀었지만, 그런 모습을 보이지 않으려 조심했다. "알겠습니다. 제가 어디로 가길 바라십니까?"

메리 팻이 나섰다. "당신의 파일을 보니 한국어도 할 줄 알던데요."

"그저 약간 할 줄 압니다. 전 서울에서 교환학생으로 고등학교에서 한 학기를 다녔고, 그 후 대학에서 한 학기를 배웠죠. 학교에서는 한국어를 전공했고, 홍콩에서 '흑색 요원'이던 시절에는 한국어 야간학교를 다녔습니다."

두 사람은 젊은 요원에게 고개를 끄덕여 보였다. 이들은 이런 사실들을 이미 알고 있었다.

애덤은 약간 걱정스럽게 다음 질문을 하였다. "저를 '남'한에 보내시려는 거죠? 맞습니까?"

폴리나 칼훈이 즉시 대답하지 않자 애덤이 이렇게 중얼거렸다. "설마 농담은 아니시겠죠."

이제 메리 팻이 대답했다. "만일 우리가 당신을 북한에 들여보낼 방법이 있다고 말하면 어떻게 하시겠어요?"

"그렇다면 저에게 좀 더 많은 첩보를 달라고 정중하게 요청드리겠습니다."

실내에 긴장감이 팽팽했지만, 폴리가 웃음을 보였다. "이해해요. 거의 2년 전 북한에서 일하던 중국 지질학자와 광산업자가 중국과의 북쪽 국경 지대에 위치한 정주 지역의 산악에서 희토류가 매장된 것을 발견했어요. 그들은 시험 수직갱을 파서 원광석을 확인한 다음, 희토류 채광을 위한 인프라를 구축하기 시작했지요."

애덤은 이와 비슷한 이야기를 전에 들었으나, 이를 좀 더 자세히 살펴보아야 할 정도로 그의 관심을 끌지는 못했다.

메리 팻이 말했다. "그리고 약 1년 전, 최지훈이 중국 광산 업체를 국경 밖으로 쫓아냈어요."

"왜요?"

"우리도 모르지만, 아마도 어떤 계약상 문제가 있었던 것 같아요. 우리가 알기로는, 새로 임명된 국영 광산 사장인 황 아무개란 사람이 최근 정주광산에서 작업할 인부로 불법 중국 광산회사에 소속된 근로자들을 들여왔다고 해요. 확실히 그는 북한이 외부의 도움이 없으면 희토류 채굴이 불가능하다는 걸 알고 있을 만큼 똑똑한 사람이에요. 깡패 광부들은 이런 작업에 없어서는 안 되는 사람들이죠."

"빈틈없는 자로군요."

"이런 깡패 광산 업체는 대단히 경험이 많고 잘 조직되어 있지만, 채굴이 전공이지 광석의 가공은 할 줄 몰라요. 북한인들은 지금 자기들 힘으로 원광을 가공하고 있는데, 중국과의 계약을 파기한 후에는 중국에 원석 가공을 맡길 수 없었기 때문에, 불법적인 깡패 광산이 오로지 해외에서 처리 기술과 인력을 확보할 목적으로 상하이에 유령회사를 세웠지요." 그는 잠시 중단했다. "여기까지 이해할 수 있겠어요?"

야오는 그저 고개를 끄덕이며 계속하라고 재촉했다.

"이 회사는 캘리포니아의 희토류 광산에서 일하는 중국인을 접촉하고 있었지요. 우린 얼마 동안 이 사람에 대한 감시망을 가동시킨 덕분에 이런 걸 알아낼 수 있었던 거예요. 처음에는 이 사람이 중국 정보기관의 첩자라고 생각했지만, 그렇지 않았어요. 사실은 정반대였죠. 그는 미국인 희토류 광산 업체인 '뉴코프(NewCorp)'란 회사에서 인재들을 빼내라는 임무를 받고 미국에서 고용된 '깡패 광부' 출신이었어요.

우린 깡패 광산회사와 캘리포니아에 있는 그들의 요원 사이에 주고받는 통신망을 도청할 수 있는 능력이 있어요. 또 우린 특수 인력에 관한 한, 정주의 희토류 가공공장이 무엇을 필요로 하는지 알고 있어요. 불과 2주일 전 그들이 희토류 광산과 가공공장에서 일할 한 무리의 사람들을 또다시 북한에 들여보낸 것으로 미루어 보면, 이들은 그 일을 할 수 있는 적임자를 물색하려고 엄청 서두르고 있다는 것을 알 수가 있죠. 우리의 계획은 그가 희토류 원광석의 처리에 사용되는 핵심 기술을 알고 있는 중국계 미국인을 구했다고 깡패 광산 업자에게 알려주는 거예요. 그 사람, 즉 우리가 보낸 사람은 상하이로 날아가 깡패 광산 업자와 합류한 다음, 다른 중국인들 속에 섞여서 평양으로 들어가게 되죠. 그는 북한 정부의 통제를 받아 정주의 광산으로 가서 일하게 될 겁니다."

이런 이야기를 듣고 야오가 대경실색했다. 이건 '엄청난' 작전이었다. "그리고 무슨 수를 써서라도 미국으로 보고하란 말씀이죠?"

이번에는 칼훈이 대답했다. "맞아. CIA 과학기술부에서 북한에 들여보낼 수 있는 통신장비를 갖고 있지. 그들의 말에 의하면 이런 장비는 탐지 불가능하대."

애덤은 여전히 무덤덤한 표정을 하였지만, 설령 이런 '탐지 불가' 장비가 어떤 이유로 북한에서 들통이 나더라도, '과학기술부'의 돌대가리들이 담벼락 앞으로 끌려나와 총살당하는 일은 없을 거라는 생각을 지울 수가 없었다. 만약 애덤이 북한에 들어간다면 이런 운명에 처할지도 모를 일이었다.

그는 힘없는 목소리로 "훌륭하군요."라고 중얼거렸다.

메리 팻이 그의 의구심을 감지했다. "북한인들은 단지 광부들과 가공 전문가들을 불러들일 뿐만 아니라, 장비들도 들여보내려 노력하고 있어요. 우린 '요원'과 통신장비를 동시에 보내지 않아요. 통신장비는 우리 '요원'이 정주 광산에서 접근할 수 있는 컴퓨터 속에 내장될 거예요. 우린 불가리아에서 북한으로 다음 주에 컴퓨터들이 선적될 거라는 첩보를 갖고 있어요. 우린 이들 컴퓨터 중 한 대를 변형시켜 그 속에 통신장비를 숨겨둘 겁니다. 해당 '요원'이 장비를 사용하는 현장을 들키지 않는다면, 그 '요원'은 이 장비를 마음 놓고 활용할 수 있을 거예요."

"네, 부장님, 알겠습니다." 그는 메리 팻이 일반적 용어로 말하면서도, 여전히 북한에 들어가는 사람을 "우리 요원(our asset)"이라고 표현하는 것에 주목했다. 확실히 그녀는 그가 북한에 들어가는 것에 동의하기를 바라지만, 어떤 것도 예단하지 않고 있었다. 애덤은 메리 팻의 그런 점이 맘에 들었다.

그가 물었다. "정주광산에 있는 우리 '요원'으로부터 얻으려는 특정한 정보가 무엇인가요?"

메리 팻이 대답했다. "위성사진만 보아서는 우리가 필요로 하는 것을 모두 알아낼 수가 없어요. 광산 내에 제재조치를 위반한 장비가 들어가 있는지? 다른 나라에서 온 사람들이 그곳에서 일하고 있는지? 전문가들은 있는지? 기술사들은? 얼마나 빠른 시일 내에 북한이 광산에서 이윤을 창출하기 시작할 것인지?"

"북한 내에서 활동하는 CIA 요원들은 몇 명인지 질문드려도 될까요?"

메리 팻이 고개를 흔들었다. "그런 첩보를 말해줄 순 없어요. 내가 말해줄 수 있는 것은 당신이 북한에서 아무런 네트워크도 없는 상태에서 활동해야 될 거라는 사실 뿐이에요."

애덤은 답변이 그 정도일 거라고 짐작했었다. 만일 그가 북한에 잠입한다면, 하나부터 열까지 모든 일들을 스스로의 힘으로 해내야 한다. 그러나 골칫거리는 그것뿐만이 아니었다. "한 가지 꼭 묻고 싶은 게 있어요. 우리가 북한에 관해 갖고 있는 다른 모든 문제들을 두루 고려해 보았을 때, 이번 일이 그처럼 대단한 이슈가 된 건가요? 제 말씀은 지금 북한이 유엔 제재를 어기면서 불법 채광산업에 개입하고는 있지만… 만일 제가 북한에 들어간다고 하면, 광산 활동보다 더 중요한 뭔가를 파악하도록 노력해야 하지 않을까요?"

메리 팻이 말했다. "그래요, 그럴 수만 있다면 그렇게 하셔야 돼요. 믿을 수 없을 정도로 기막힌 우연의 일치로 보이고, 또 기대하기로는 우리가 그런 기회를 잘 활용할 수 있기를 바라지만, 아무튼 크기가 4먼 6천 평방마일 정도인 나라에서, 정주광산은 공교롭게도 '서해 위성발사기지(Sohae Satellite Launching Station)'에서 불과 24마일밖에 떨어지지 않은 곳에 위치하고 있어요. 서해기지는 북한이 ICBM을 발사한 장소예요."

"제가 보기엔 아마도 북한에 들어가는 것보다 여기 버지니아에 편안히 앉아서 그런 우연의 일치를 더 쉽게 활용할 수 있을 거 같은데요. 북한에서 24마일이라고 하면 엄청 먼 거리처럼 보이거든요."

그녀가 미소를 지었다. "그러게 말이에요. 그런데 우리가 당신을 북한에 보내는 이유는 서해기지 때문이 아녜요."

메리 팻이 고개를 저으며 말했다. "라이언 대통령은 미국 입장에서 정주광산이 '중요정보요구(critical intelligence need)'라고 말씀하셨어요."

애덤은 그 말이 허풍처럼 들렸다. 그는 메리 팻 폴리를 개인적으로 모르지만, 그녀가 철두철미하고 빈틈없는 태도로 평판이 높다는 점은 익히 알고 있던 터였다. "어째서 정주광산이 '중요요구'가 되었나요?"

"왜냐하면 추정치에 의하면 정주 일대의 산악 지대에는 약 2.13억 톤의 중(重)희토류가 매장되어 있는데, 시장 조건에 따라 다르지만 돈으로 치면 대략 12조 달러어치가 되기 때문이죠."

애덤은 양손을 펴서 회의실 탁자를 잡으면서 말했다. "12조 달러라고요? 이건 말도 안 돼요. 안 그런가요?"

"아뇨, 말이 돼요. 북한이 12조 달러라는 돈을 갖고 뭘 사들일 수 있는지를 생각해 보려면 엄청난 상상력이 필요할 거예요, 그렇죠?"

애덤이 천천히 고개를 끄덕였다. "놈들은 그 돈으로 러시아나 중국에서 만들어 낸 핵무기와 탄도미사일을 고스란히 살 수 있겠군요. 기술과 지적 자본(intellectual capital)도 살 수 있어요."

메리 팻이 테이블 쪽으로 몸을 숙였다. "북한은 이 모든 것들을 살 수 있지만, 이것들보다 훨씬 더 중요한 뭔가를 살 수 있을 거예요. 바로 친구들이죠."

"친구들이라구요?"

"유엔에서의 투표 말이에요. 국가들을 매수해서 공식적인 제재조치에 반대하게 만드는 거죠. 지금으로서는 이 나라들과 교역 상대국이 될 수 있을 거라고는 꿈도 꾸지 못할 거예요. 하지만 일단 테이블 위에 엄청난 거금이 올려지면, 지금은 북한 같은 깡패국가와 절대로 협력하지 않겠다고 맹세하고 있는 많은 나라들이 갑자기 그런 이슈에서 융통성을 발휘하기 시작할 겁니다."

"맞아요."

매리 팻이 덧붙였다. "누군가 북한 밖에 있는 사람이 북한 사람들에게 정주광산의 희토류를 채굴하는 권리를 벌써부터 사들이고 있어요. 엄청난 돈을 쏟아부으면서 말이죠. 이런 경화 지불액은 북한의 미사일 프로그램을 확대하는 데 사용되고 있어요. 지난주 북한 연안 외곽에서 압수된 로켓 튜브도 이런 돈으로 구매한 것이고, 우리도 모르는 사이에 훨씬 더 많은 돈이 오가고, 훨씬 더 많은 대량살상무기 확산이 이루어지고 있다는 겁니다."

칼훈이 말했다. "이제 당신은 왜 북한의 정주광산이 미국에게 '명백하고 현존하는' 위험인지 아시겠지요, 그렇죠?"

애덤은 겨우 들릴락 말락 한 목소리로 대답했다. 그는 여전히 어안이 벙벙했다. 그가 말했다. "알겠어요. 북한이 경화를 손에 쥐는 건 나쁜 일이군요."

메리 팻이 고개를 끄덕이며 말했다. "자, 당신 얘기로 돌아갑시다. 만일 당신이 이번 작전을 수락한다면, 알아야 할 것이 있어요. 이건 당신의 경력에 별 도움이 안 될 거예요. 왜냐면 당신은 반드시 이럴 필요가 없기 때문이지요. 북한으로 잠입하는 이번 작전은 별다른 보상도 없으면서 100% 위험한 임무예요."

애덤이 어깨를 으쓱했다. "폴리 국장님, 누구나 이렇게 말하겠지만, 전 승진을 바라지 않아요. 단지 도전을 원할 뿐이에요."

메리 팻은 잠시 그를 바라보더니 눈길을 다른 데로 돌렸다. "남편과 난 우리가 하는 일을 너무 좋아한답니다. 이런 일을 하다 보면 수천 번 열 받는 일이 생기고, 수백만 번 짜증나는 일이 생기지만, 그럼에도 불구하고 가장 중요한 건 이런 일에 짜릿한 흥분을 느낀다는 거예요, 그렇지 않나요?"

애덤이 빙그레 웃었다. "두말하면 잔소리죠."

칼훈은 말없이 고개를 끄덕였다.

메리 팻이 말했다. "우리가 보기에 당신을 북한에 들여보내고, 정착시키고, 또 본부에 보고하도록 만드는 모든 계획이 빈틈없이 짜인 것 같아요. 난 그저 당신이 자원해서 북한에 가려는지 알고 싶을 뿐이에요. 어때요?"

애덤은 망설임이 없었다. "자… 그렇게 해 보시죠."

메리 팻이 말했다. "좋아요. 하지만 한 가지 기억해 둘 것은 사람들이 정주 광산을 '깡패 광산'이라고 부르는 데는 그만한 이유가 있다는 겁니다. 당신은 상하이 공항의 비행기에서 내리는 순간부터 위험한 사람들 속에 섞이게 될 거예요."

"이해합니다."

"가장 중요한 건 시간이에요. 그래서 우린 당신에게 아주 빠른 속도로 최신 첩보들을 제공해 줄 거예요. 여기서 며칠 머문 다음 당신은 캘리포니아로 가서 당신의 전설을 계속해서 이어가는 데 필요한 기술을 익혀야 해요. 일단 오늘은 푹 쉬세요. 내일 아침부터 준비 작업에 들어가기로 하죠."

온몸을 관통하는 아드레날린의 힘이 애덤 야오의 입을 통해 다음과 같은 말을 뱉어 놓았다. "전 지금 당장 시작할 수 있어요."

메리 팻이 머리를 가로저었다. "안 돼요. 당신의 담당 정보국장이 호텔로 돌아가 샤워를 하고 취침하라는 지시를 내렸어요. 당신은 내일 아침이 되면 그런 지시에 고마워할 거예요. 사람을 시켜 당신에게 음식과 세면도구와 갈아입을 옷을 보내 줄게요. 내일 아침 CIA가 당신을 데리러 와서, 당신이 캘리포니아를 떠나기 전에 신속하게 작전계획 수립을 시작할 거예요."

그가 대답했다. "알겠습니다, 국장님."

27

라이언, 카루소 그리고 비에리가 체코 공화국에서의 임무를 마치고 버지니아 주의 알렉산드리아로 복귀할 무렵, 뉴욕으로 장소를 거처를 옮긴 캠퍼스 작전 팀의 나머지 요원들은 듀크 샤프가 꾸민 새로운 작전을 검토하기 시작했다.

돔과 잭은 맨해튼의 동료들과 합류하기를 학수고대했지만, 주된 이유는 거의 목숨을 잃을 뻔했던 작전의 배후를 철저히 파헤치기 위해서라기보다는 게리 헨들리와 사무실에서 얼굴을 마주 대하는 상황을 피하기 위해서였다.

이들은 미국으로 돌아오는 장거리 비행시간 동안에 위성 전화를 통해 게리에게 상황을 브리핑해 주었으므로, 그의 기분이 단지 불쾌하다고 말하는 것은 대단히 절제된 표현이었다. 게리는 자신이 실전에서 활동하는 요원이 아니었으므로 대개 한발 뒷전에 물러서서 사후 강평 같은 것을 존 클라크에게 넘기곤 하였지만, IT 담당 국장인 개빈 비에리가 은밀 침투작전에서 망을 보는 역할을 담당하고, 비에리가 다가오는 위협에 대해 팀원들에게 경고를 해주지 못함으로 인해 동료들 중 두 명이 거의 목숨을 잃을 뻔한 데다가, 자그마치 여섯 명의 북한인 침입자들을 사살하였고, 또 이런 일들이 모두 유럽 주요 도시의 한복판에서 벌어졌다. 그래서 게리는 두 명의 공작원들에게 비행기가 착륙하는 즉시 볼티모어의 헨들리 본사로 출두하여 자초지종을 설명해야 할 것이라고 단단히 다짐해 두었다.

돔은 그와 잭이 잘못을 저질렀다고 생각하지 않았다. 그의 입장에서 볼 때 일을 망친 장본인은 개빈이었고, 정작 자신과 사촌에게 쏟아지는 비난의 대부분을 받아야 할 사람은 개빈이었다. 하지만 잭은 개빈이 야전 공작원(field operative)으로 훈련을 받지 못한 것에 대한 비난을 받아서는 안 된다는 점을 이해하고 있었다. 돔이 상대방의 컴퓨터 서버를 해킹하지 못한 데 대해서 헨들리로부터 비난을 받을 수 없는 것과 마찬가지로, 비에리는 비밀 침투 공작에서 자신에게 강요된 역할을 제대로 수행하지 못한 것에 대한 책임을 비켜 갈 수 있었다.

하지만 개빈은 구구한 변명을 늘어놓지 않았다. 아니 그 정반대였다. 그는 자신이 실수를 저지른 데 대한 수치심으로 거의 제정신이 아니었다. 비행기가 미국에 도착할 무렵, 돔은 IT 국장에 대한 분노를 더 이상 품지 않을 정도로 마음이 진정되었고, 잭은 비행기를 타고 오는 내내 개빈에게 책임이 자신에게 있는 것이지 그에게 있지 않다고 누누이 설명하였지만, 몸집이 거대한 개빈은 스스로에 대한 자책감을 가눌 길이 없었다.

오늘 아침 게리의 사무실로 직행한 돔과 잭이 프라하에서 벌어진 일들을 설명하려 애쓰는 동안, 개빈은 시무룩한 표정으로 책상에 앉아 일을 하였다. 그는 돔과 잭이 프라하에서 탈취한 카렐 스칼라의 랩톱 컴퓨터를 가지고, 하드 드라이브에서 삭제한 파일들을 심층적으로 복구하는 작업에 매달렸다. 그는 머지않아 자신이 찾던 것을 발견하였다. 3주일 전, 그러니까 콜린 헤이즐턴이 베트남에서 살해되기 1주일 전에 스칼라에게 다섯 명의 사진이 전송되었다. 의심할 여지도 없이 이들 사진은 서류를 만드는 데 사용되었다. 이들은 전형적인 여권에 사용될 남자 네 명과 여자 한 명의 사진이었고, 이들은 제시간에 도착하였다. 그래서 개빈은 안면 인식 프로그램에 사진을 업로드 하였고, 지금 그의 앞에 있는 컴퓨터에서 소프트웨어가 돌아가는 중이었다.

개빈이 시무룩한 표정으로 앉아 있는 동안, 사진 속의 이미지들은 폭, 높이, 넓이, 얼굴에서 차지하는 눈 주위 면적의 형태로부터 코와 윗입술 간의 정확한 공간 관계(spatial relationship)에 이르기까지 수백 가지의 조합을 이루면서 측정되는 과정을 거치고 있었다. 각각의 측정 기준에 따라 도표 상에 매겨진 점수들을 합쳐 각각의 얼굴에 대한 수치를 산출한 다음, 인터넷에 공개된 거의 모든 원천에서 획득한 수백만 개 얼굴의 이미지들은 물론, '파이브 아이즈(Five Eyes)'로 알려진 미국, 캐나다, 영국, 뉴질랜드, 호주 등의 정보기관이 보유한 데이터베이스들과 비교하였다. 컴퓨터는 알려지지 않은 '미지의 이미지'와 현격하게 상이한 수치를 가진 모든 이미지들을 즉각 폐기하지만, 수치가 유사한 이미지들은 보다 세심한 비교의 대상이 된다.

컴퓨터는 추가적인 일치점들을 찾기 위해 각각의 측정치를 점검한다. 만일 귀에서 코까지의 거리가 동일하다면, 컴퓨터는 안구의 깊이를 잰다. 만일 그 값이 알고자 하는 '미지의 이미지'와 유사하다면, 다음으로는 턱 선의 형태를 측정하여 매긴 값들을 비교한다. 만일 그 값이 일치한다면, 컴퓨터는 입술의 형태로 넘어간다.

이런 식으로 수백만 개의 이미지들이 '미지의 이미지'와 비교된다. 물론 이런 과정에는 약간의 시간이 소요된다. 안면 인식 소프트웨어처럼 정확하게 측정한다면 심지어 똑같은 쌍둥이라도 서로 다른 값을 나타내듯이, 모든 얼굴은 제각각으로 다른 모습을 보인다. 하지만 사람들의 얼굴은 육안으로 비슷해 보이지 않더라도 실제로는 거의 똑같은 측정치를 보이는 경우가 많다.

개빈은 스칼라의 컴퓨터에 들어 있던 다섯 명 중 어느 한 사람의 얼굴이라도 알아내려면 앞으로도 몇 시간이 걸릴 것으로 예상했다.

컴퓨터 모니터가 도박장의 슬롯머신보다 빨리 돌아가는 동안, 그는 몸을 앞으로 숙여 양 팔꿈치 사이로 얼굴을 내밀면서, '참 기분이 더럽군.'이라고 생각했다. 그가 프라하에서 저지른 실수에는 변명의 여지가 눈곱만큼도 없었다. 고맙게도 잭 주니어는 개빈에게 그것이 그의 잘못이 아니라고 말해주었지만,

개빈은 자기가 멍청한 짓을 저질렀다는 것을 잘 알고 있었다. 그가 저지른 행동 또는 하지 않은 행동으로 인해 중요한 증인이 비명횡사하였고, 하마터면 두 명의 친구이자 동료들도 목숨을 잃을 뻔했던 것이다.

개빈 비에리는 자기가 저지른 과오를 어떻게 속죄해야 할지 참으로 난감할 뿐이었다.

바로 그때 컴퓨터에서 여자의 목소리가 들리자 그는 화들짝 놀랐다.

"찾던 사람을 발견했습니다."

개빈은 머리를 번쩍 들고 경악한 눈초리로 컴퓨터를 노려보았다. 그는 이처럼 신속하게 사진의 신원이 밝혀질 것으로는 미처 생각하지 못했다.

그것은 40대 중반으로 보이는 빨간 머리의 여자였다. 모니터 화면의 한쪽에는 체코 공화국의 여권 사진에 사용되었던 이미지, 그리고 다른 쪽에는 또 다른 그녀의 사진이 보였다. 사진 속에서 그녀는 강단에 서서 청중들에게 말하고 있는 것이 분명해 보였다. 안면 인식 소프트웨어가 동일한 여자라고 식별한 다른 몇 장의 사진들도 모두 그 밑에 타일 모양으로 가지런히 정렬되어 있었다.

개빈은 어째서 안면 인식 소프트웨어가 그처럼 빨리 빨간 머리의 여인을 찾아냈는지 그 이유를 알 수 있었다. 그 여자는 그녀의 분야에서 널리 알려진 유명 인사였으므로, 인터넷에는 수많은 사진들이 나돌고 있었던 것이다.

그는 몇 분 동안 시간을 더 들여 인터넷 검색으로 여인의 이름과 약력을 재차 확인한 다음, 전화 수화기를 날쌔게 집어 들고는 게리의 내선 번호를 눌렀다.

마땅히 그는 돔과 잭이 게리와 만나고 있는 회의가 끝날 때까지 기다려야 했지만, 이처럼 좋은 소식이 두 명의 동료를 궁지에서 구해낼 가능성이 있을 것으로 생각했다.

헨들리는 첫 번째 벨 소리에 수화기를 집어 들었다. "네, 개빈?" 그의 목소리에 짜증이 섞여 있었지만 개빈은 헨들리의 신경질이 자기 앞에 앉아 있는 두 사람의 젊은이뿐 아니라 전화기 반대편에서 통화하는 자신에게도 향하고 있다는 것을 잘 알고 있었다.

개빈이 말문을 열었다. "게리, 방해해서 미안해요. 하지만 우린 카렐 스칼라에게서 얻은 사진의 신원을 알아냈어요."

헨들리가 한숨을 내쉬었다. "오케이. 그렇다면 이리로 건너오게."

개빈이 마른침을 꿀꺽 삼켰다. 그는 동료들의 곤경을 약간이나마 덜어주기를 바랐지만, 헨들리의 고함 소리 앞에서 혼쭐이 나고 있는 동료들과 나란히 앉아 있기를 바랐던 것은 아니었다.

"어… 그래요. 지금 곧 갈게요."

몇 분 후 헨들리 사무실에 들어선 개빈은 돔과 잭이 전직 상원의원의 책상 앞에 다소곳이 앉아 있는 모습을 발견했다. 헨들리는 책상 뒤의 의자에 앉아 있었지만 개빈이 들어오는데도 일어서지 않은 것은 이례적인 일이었다.

그는 잭 옆에 있던 빈 의자에 앉았다.

게리가 말했다. "빨간 머리 여인의 신원을 파악했어요. 아직 소프트웨어가 다른 네 사람의 신원을 확인하는 중에 있구요."

게리 헨들리는 잠시 기다리더니 한숨을 내쉬었다. 약간 화가 난 것 같았다. "자, 그 여자가 누구라고?"

"아, 미안해요. 이름은 헬렌 파워스(Helen Powers) 박사예요. 호주인이고 지질학자예요."

잭과 돔은 서로 얼굴을 돌려 서로 노려보았다. '지질학자'라고? 두 사람은 의심스런 5인의 여행객들이 핵공학자나 로켓과학자일 것으로 예상했었다.

개빈이 말했다. "확실히 그녀는 호주 지질학계의 거물입니다. 콘퍼런스 같은 데서 찍은 사진도 많아요. 그녀는 주로 호주의 오지에서 희토류 매장 조사에 관여하고 있었어요."

돔은 다른 사람이 생각하고 있던 다른 주제를 끄집어내었다. "도대체 뭣 때문에 지질학 같은 일 때문에 살인사건이 벌어지는 거죠?"

개빈이 잠시 후 자리를 뜨자, 게리는 다시 자기 앞에 앉아 있던 두 사람에게 관심을 돌렸다. "잭, 도미니크. 프라하 사건은 재앙이었어. 당신들이 살아난 건 행운이야. 그리고 당신들의 표적인 스칼라가 북한 사람들이 꾸미고 있는 계획에 대해 더 많은 정보를 우리에게 알려줄 수도 있었을 가능성은 그가 살해됨으로써 끝이 난 걸세."

"'캠퍼스'가 감시 임무를 수행하도록 현장에 투입한 마지막 두 명의 공작원들이 우리가 도착한 지 불과 몇 시간 내에 시체로 발견되었는데, 이런 사실은 아마도 우리가 진행하고 있는 활동을 재평가해야 할 필요성을 제기하는 게 아닌가 생각되네."

잭과 돔은 그저 고개를 끄덕일 뿐이었다. 이들은 지난 몇 시간 동안 단단히 곤욕을 치른 터인지라, 지금은 '캠퍼스'의 사장과 말다툼을 벌일 때가 아니었던 것이다. 하지만 그런 점을 감안하더라도, 잭은 게리의 관심을 다른 화제로 돌릴 필요가 있다고 생각되었다.

잭이 말했다. "지금은 질문드릴 때가 아닌 줄 압니다만, 혹시라도 우리가 뉴욕에 올라가 클라크의 작전을 지원해 줄 수가 있는지 여쭙고 싶습니다. 클라크는 고작 세 명만 데리고 활동하느라 힘에 부친 것 같아서요."

게리가 카루소 쪽으로 몸을 돌렸다. "돔, 오늘 저녁 뉴욕으로 올라가게."

도미니크는 깜짝 놀라 앉은 자세를 고쳤다. 게리가 말했다. "당신은 존 클라크의 부하야. 그러니 이번 일에는 혼자 머리로 판단하지 말고, 존이 당신을 감시 활동에 활용하도록 맡겨두게."

돔은 뉴욕에 갈 생각에 너무 기분이 좋아 이런 정도의 잔소리는 귀에 거슬리지도 않았다. 그는 앞으로 몇 달 동안 클라크와 다른 직원들이 '빅애플(Big Apple)'로 불리는 흥미진진한 뉴욕의 뒷거리를 누비고 돌아다니는 동안, 따분하게 책상머리에 눌러앉아 있을 것으로 생각했었으므로, 뉴욕에 가게 되었다는 생각에 흥분을 가눌 길이 없었다.

그는 싹싹하게 대답했다. "그럼요, 게리."

잭이 눈살을 찌푸렸다. 이 녀석에게는 책상에 주저앉혀 벌을 좀 주어야 되는 거 아닌가?

게리가 말했다. "잭, 당신 말이야. 프라하 작전은 당신 책임이었고, 결과가 형편없이 되었으니, 그 책임을 당신이 져야 되는 거야.

그러니 당분간 책상에 앉아 내근을 하면서, 분석 업무란 게 뭘 의미하는지 상기해 보도록 하게. 우선 헬렌 파워스 박사에게로 가서, 도대체 정주광산에서 무슨 일이 벌어지고 있기에 여러 대륙에서 사람들이 죽어야 하는 것인지 곡절을 캐보도록 해."

"알겠어요, 게리." 잭이 대답했다. 그와 사촌은 곧 자리를 떴다.

복도로 나온 돔은 잭의 어깨에 손을 얹었다. "사촌, 이건 불공평하다. 스칼리의 이피드로 몰래 들어가 보자고 부추긴 장본인은 난데 말이야."

라이언이 어깨를 으쓱했다. "게리가 하는 걸 보면 지금 당장 필요한 곳으로 우릴 보내는 거야. 넌 뉴욕으로 건너가서 샤프 사의 뒷조사를 해봐. 난 여기 남아서, 이번 퍼즐에 맞출 다음번 조각이 뭔지 찾아볼 테니까."

28

리태진 정찰총국장은 그의 계획이 믿을 수 없이 빠른 속도로 진척되고 있는 데 대해 놀라움을 금치 못했다. 보통 때 같으면 굼벵이처럼 느린 속도로 계획이 모습을 드러내더라도 만족했을 터인데, 그 이유는 정보 게임이란 것을 실제 세계에 적용하는 것이 그만큼 어려운 일이기 때문이다. 하지만 그가 꾸미고 있는 새로운 작전—컴퓨터가 고른 암호명은 '파이어 액스(Fire Axe)'이다—은 예상외로 너무 빨리 진척되었다. 만일 '파이어 액스'가 성공을 거두는 날에는 미국 대통령이 암살되는 것으로 클라이맥스를 맞이할 것이지만, 리태진은 성공 가능성에 대해 기분 좋은 느낌보다는 불안감이 더 컸다. 그는 혹시라도 자기 손으로 만들어 낸 소용돌이 속으로 빨려 들어가는 것이 아닌가라는 걱정이 앞섰다.

그는 단지 '파이어 액스'가 단순한 '행운의 개입(fortune intervening)'이며 자신의 행운이 앞으로도 계속되기를 기대했다. 그리고 작전의 매 단계가 진척될 때마다 긍정적인 결과가 나오자, 그는 비록 전보다 더 자신감을 갖지는 못했더라도, 적어도 전체 작전이 성공할 가능성에 대하여 덜 비관적인 관점을 갖게 되었다.

리태진은 최지훈에 대한 신뢰를 송두리째 잃어버렸지만, 그는 대원수가 내린 분석이 전적으로 옳았다는 점만큼은 인정하지 않을 수 없었다. 미국 대통령인 잭 라이언을 죽일 수 있다면, 거의 의심할 여지도 없이 그 다음번 수순인 중거리 ICBM의 획득에도 성공을 거둘 수 있게 될 것이다.

급기야 리태진은 라이언 대통령이 사라진 이후의 세계를 상상하는 몽환에 빠져들었다. 그런 세계에서 북한은 플루토늄 미사일에 핵탄두를 실어 미국이나 서유럽 국가들을 공격할 수 있는 능력을 갖게 될 것이다. 그는 실제로 ICBM을 미국이나 서유럽에 대한 공격에 사용하는 시나리오는 생각하지도 않았다. 아니, 그렇게 된다면 미국의 보복으로 북한 사람들은 모조리 떼죽음을 당하는 신세를 면치 못할 것이다. 하지만 만일 북한이 미사일을 보유하고 그것의 사용을 위협할 수 있다면, 북한의 운명은 송두리째 그리고 무조건적으로 개선될 것이다.

그리고 바로 이런 가능성이야말로 그가 승진 가도를 달리도록 만들어준 원동력이 일부이기도 하였다. 아니 그보다 더 큰 다른 일부분은 리태진으로 하여금 ICBM을 손아귀에 넣기 위해 물불을 가리지 않도록 몰아대는 추동력으로서, 그것은 다름 아닌 자신의 생존 본능이기도 하였다. 그는 설령 '파이어 액스'가 계획대로 완벽하게 들어맞지 않더라도 도중에 중단시킬 여유가 없었는데, 그 이유는 만일 미국 대통령에 대한 암살 시도를 주저했다가는 다음번에 최지훈을 만날 때 죽음을 면치 못할 것이기 때문이었다.

지난번 강동군에 위치한 특각에서 최지훈을 만난 그날 저녁, 리태진은 참모들을 모아 긴급회의를 개최하여 암살 계획의 수립을 지시했다. 거의 즉석에서 계획의 골격이 수립되었다. 사실이지 이론상 세계 지도자들에 대한 암살 계획은 거의 항상 수립되고 있었고, 실제 세계에서도 이따금 정찰총국에 의해 저질러졌으며, 매달 몇 건씩 암살 계획들이 수립되고 있었으므로, 계획을 실행에 옮기기 위한 인프라는 이미 완비되어 있는 것이나 다름없었다.

그리고 지구 상에서 북한보다 국제범죄의 세계에서 잔뼈가 굵은 국가도 찾아보기 힘들 것이다.

북한은 세계의 다른 부분들로부터 격리된 외톨이 신세로 알려져 있지만, 사실 북한의 정보기관은 전 세계적 차원의 음모를 꾸미기에 딱 알맞은 위치를 차지하고 있다. 개인적으로 리태진은 무기를 구매 또는 판매하거나, '강화된 심문' 기법을 익히기 위해 장교들과 첩보원들을 다른 국가로 파견하는 과정에서 여러 정권들의 정보기관 책임자들과 협력하고 있었다.

그리고 북한 정찰총국은 전 세계 거의 모든 주요 범죄집단들과 깊숙이 연계되어 있었다. 이들은 대부분 유럽의 범죄조직들이나 멕시코의 마약 카르텔 등에 메탐페타민(methamphetamine)을 제조 또는 밀매하는 마약 거래로 매년 수백만 달러의 외화를 벌어들이고 있었다. 또한 이들은 위조지폐를 찍어내거나 밀거래하며, 온갖 종류의 불법 무기들을 매매하고 있다.

리태진과 참모들은 '파이어 액스' 계획을 실현시켜 줄 수 있는 '선수들'이 누군지 알고 있었고, 리태진이 암살자를 미국 대통령과 똑같은 장소에 집어넣을 수 있는 네트워크를 보유하고 있다는 사실에는 의심의 여지가 없었다. 하지만 북한에 아무런 후폭풍도 일으키지 않고 그런 일을 저지를 수 있는지의 여부는 전혀 다른 문제였다.

리태진과 그의 부하들은 지난 몇 개월 동안 라이언 대통령의 모든 외국 방문 스케줄들을 주시하고 있었다. 라이언은 별도 일정에 의해 유럽을 두 차례 방문할 예정이었다. 한번은 베를린에서 개최되는 무역 콘퍼런스이고, 다른 하나는 폴란드에서 열리게 될 NATO 정상회담이었다.

또한 그는 앞으로 2주일 반 뒤에 이틀간의 일정으로 멕시코시티를 공식 방문한 다음, 부에노스아이레스로 날아가 회의와 여행에 이틀을 더 보낼 예정이었다.

현재 미국과 러시아의 관계가 악화된 상태에 있다는 단순한 이유 때문에 유럽이 매력적인 가능성으로 떠올랐다. 리태진은 러시아 대통령인 '발레리 볼로딘(Valeri Volodin)'이 라이언 대통령이 죽기를 바라고 있다는 사실을 알고 있었는데, 더 중요한 것은 미국도 그런 사실을 알고 있다는 점이었다. 하지만 러시아 카드를 만지작거리는 것은 거의 불가능에 가까웠다. 사실 그는 모스크바에 끄나풀을 갖고 있었지만, 대부분 소규모의 영세한 컴퓨터 해킹 조직이거나 러시아 국영 무기 거래 회사와의 접촉 창구가 고작이었다. 리태진은 러시아 범죄조직들과 마약도 거래했지만, 그 정도로 엄청난 스케일의 범행을 실행에 옮길 만한 영향력과는 한참 거리가 멀었다.

리태진은 멕시코가 더 맘에 들었다. 시간이 촉박하긴 했지만, 분위기는 완벽했다. 5개월 전 멕시코에서 가장 규모가 크고 악명이 높은 마약 카르텔의 두목 '안토니오 말도나도(Antonio Maldonado)'가 아카풀코에서 연방 경찰과 벌인 총격전의 와중에 목숨을 잃었다. 그 뒤부터 멕시코 남부 도시 게레로(Guerrero)에 근거지를 둔 말도나도 카르텔은 조직이 흔들리기 시작했고, 지도자의 동생 '산티아고 말도나도(Santiago Maldonado)'가 두목에 오르자 과거보다 더욱 변덕스럽고, 더욱 반동적인 모습을 보였다. 소문에 의하면 멕시코 당국은 미군 통신 전문가들의 기술적 도움을 받고 나서야 안토니오 말도나도의 죽음을 확인할 수 있었다고 한다. 비공식적으로 '액티비티(Activity)'로 알려진 이 부대는 20년도 넘는 과거에 '파블로 에스코바르(Pablo Escobar)'라는 콜롬비아 출신 마약왕의 위치를 파악하는 데 결정적인 기여를 했으며, 그 후부터 남미 지역을 들락거리면서 마약과의 전쟁을 치르는 우방국들을 위한 '대타(pinch-hitting)' 역할을 수행했다. 안토니오 말도나도가 카빈 소총의 집중사격으로 벌집이 되었을 당시, 미국이나 멕시코는 미군 군사 고문단이 아카풀코에 존재한다는 사실을 인정하지 않았지만, 그의 동생이자 한결 변덕이 심한 산티아고는 복수를 맹세하였다.

리태진은 말도나도 카르텔에서 일하며 멕시코에서 암약하고 있는 북한의 비공식 블랙 요원을 접촉한 결과, 미국 대통령의 암살 시도를 말도나도가 지원하도록 설득할 수 있을 것 같다는 사실을 확인하였다. 리태진의 첩자에 의하면, 산티아고는 마약 중독자이자 허무주의적 편집광으로서, 설령 자기 생존에 대한 어떠한 우려를 갖고 있더라도 결코 그것을 밖으로 드러내는 법이 없었다. 더욱이 만일 형의 죽음에 책임이 있는 사람들에 대한 보복을 가할 가능성이 있다면, 그는 자신을 맹목적으로 따르는 광신적 추종자들을 보내 아무런 거리낌도 없이 살인을 저지를 수 있는 인물이었다.

그러나 금세 북한은 말도나도가 부하와 총을 보유하고 있기는 하지만, 훈련 수준이 형편없는 부하들이 미국 대통령을 암살하는 것은 가당치도 않다는 사실을 깨달았다.

하지만 리태진은 자신이 암살자를 어디서 발견해야 할지를 알고 있었으므로, 여전히 멕시코 카르텔이 이번 작전에서 결정적 역할을 수행할 수 있을 것으로 판단했다.

그는 대원수에게 귀띔해준 아이디어가 구체적인 모습을 드러내자, 미국 대통령 암살이라는 퍼즐을 해결하기 위한 다른 조각을 찾아다녔다. 리태진은 과거 시리아의 보안총국 책임자로서 내전이 터진 뒤부터 북아프리카에 은신하고 있던 절친한 친구에게 이 사실을 털어놓았다. 리태진은 그에게 독자적으로 활동할 수 있으면서도 최고위층의 암살에 개입될 수 있을 만한 인물을 물색하고 있다고 말해주었다. 그 시리아인은 리태진이 대답해 주지 않을 것을 알고 있었으므로 표적이 누구인지를 구태여 묻지 않았다. 대신 그는 리태진에게 폭탄 제조 전문가 한 명을 접촉할 수 있는 첩보를 제공하는 대가로 수수료를 받기로 하였다. 그의 말에 의하면, 폭탄 전문가는 재주가 비상하고 현재의 상황에서 벗어나기 위한 방법을 찾고 있다는 것이었다. 리태진은 접촉 대상이 시리아인이 아니라는 사실에 놀랐다. 그는 이란인이면서도 이란 정부와 별개로 활동하였는데, 사실 그는 지난 몇 년간 프리랜서 폭탄 제조 전문가로 행세하였다. 리태진은 시리아 정부를 접촉하여 북한에서 훈련을 시킬 적임자를 고용할 수 있는 기회를 요청했다. 시리아 정부가 그런 아이디어를 환영하자 회의가 주선되었다.

'아딜 자리프(Adel Zarif)'라는 이란인은 다마스쿠스 시내에 마련된 시리아 정보부의 안가에서 3년째 살고 있었다. 그의 목에는 헤즈볼라와 '자유시리아

군(Free Syria Army: FSA)'이라는 반군 단체가 내건 현상금이 걸려 있었고, 소문에 의하면 그는 미국 대통령이 내린 사살 대상 명단에도 올라있다고 했다.

헤즈볼라는 자리프가 헤즈볼라 조직을 이탈하여 프리랜서로 전향한 죄목으로, 그리고 FSA는 시리아 내전에서 수백 명의 FSA 소속 전투원들을 살해한 죄목으로 각각 그의 죽음을 원하고 있었으며, 미국의 무인기들은 그가 이라크에서 몇 년을 지내는 동안 폭탄 제조 기술을 적대 세력들에게 전수해 준 데 대한 보복으로 전 세계를 뒤지며 자리프를 뒤쫓고 있었다.

자리프의 특기는 다름 아닌 '급조폭발물(improvised explosive device: IED)' 제조였다.

자리프는 '급조폭발물'이라는 용어에 반감을 보였다. 그의 입장에서 폭발물에 관한 한 '급조(improvised)'된 것이라고는 전혀 없었다. 그는 헤즈볼라 공작원으로 변신하기 전에 테헤란에서 전기공학을 전공하였으며, 1990년대에 헤즈볼라를 위해 폭탄을 제조하고, 남부 레바논 일대에서 팔레스타인 테러리스트들을 위해 자살용 폭탄 조끼를 만들어 주었다. 이라크에서 전쟁이 벌어졌을 무렵 이미 이라크에 와 있던 그는 시아파 민병대원들과 협조하고 있었으며, 헤즈볼라는 그를 다시 본국으로 데려가 강도 높은 훈련을 시킨 다음, 미군 장갑차량들을 파괴시키기 위한 기술을 연구토록 하였다. 그는 마치 나이프가 버터를 자르듯 강철을 격파하는 기발한 저급기술(low-tech)을 발견하여 '폭발성형관통(explosively formed penetrator)' 무기를 제조 및 사용하였다.

자리프는 2005년 최초로 미군 탱크를 격파한 이래, 2007년 무렵에는 이라크 주둔 동맹군을 겨냥하여 연간 33,900회의 IED 공격을 퍼붓는 한편, 자신의 전술에 따라 수백 명의 폭탄 제조 기술자들을 양성하였다.

그는 2011년 헤즈볼라에 의해 아프간으로 활동 무대를 옮겼으며, 그곳에서 자신의 손으로 만든 IED 중에서 가장 규모가 큰 IED를 제작했다. 그는 기폭장치에 2천 파운드의 폭탄을 연결시켜 급수 트럭의 뒤편에 장착하였다. 그런 다음 자살특공대원이 칸다하르(Kandahar)로 트럭을 몰고 가, 영국군 기지 전방 100야드 지점까지 진입하는 데 성공하였으나 저격수의 총탄에 맞아 사살되었다. 그러자 자리프는 죽은 자가 손에 들고 있던 스위치를 격발시켜 폭탄을 터뜨림으로써 주변에 있던 76명을 폭사시켰는데, 죽은 자 가운데 다섯 명을 제외하면 전부 현지인들이었다.

'아랍의 봄'과 시리아 내전이 지역을 휩쓸고 지나갈 무렵, 40대 말에 접어든 자리프는 서로 다른 종파와 부족과 당파들이 자신을 도구로 이용하고 있다는 것을 깨닫게 되었다. 진정한 충성은 오직 자신을 위해서 바쳐야 한다고 결심한 자리프는 프리랜서의 길로 접어들었다.

제일 먼저 시리아 정부가 그를 낚아챘는데, 첫째는 시리아 군대가 도망친 도시에 FSA가 접근하지 못하도록 시리아군의 부비트랩 설치를 도와주고, 둘째는 시장에서 자리프라는 존재를 거둬들여 자신들에게 칼날을 겨누지 못하도록 하는 데 그 목적이 있었다. 자리프와 시리아 정부와의 관계는 '거래적'인 것으로서, 그는 IED의 폭발로 사람들의 신체가 산산조각 나는 것을 전혀 개의치 않았던 것만큼이나 아사드 정권의 흥망에 아무런 관심도 없었다. 하지만 그는 곧 아사드 군대의 제17사단에 배치되어 인계철선으로 온 건물에 폭발물을 설치하였고, 사단이 철수할 때는 도로 양편에 폭탄을 가득 실은 차량들을 줄지어 배치하는 역할을 맡았다.

시리아에서 그의 명성이 자자하였고, 전 세계 정보조직들은 그가 저지른 행동의 흔적을 더듬으면서 그의 위치를 알아내었다. 곧 그는 모든 당사자들이 자신의 목을 원한다는 사실을 깨닫고는 다마스쿠스를 벗어날 수 없음을 분명하게 인식하였다.

리태진의 첩자들은 그를 안가에서 만나, 북한인들의 훈련을 위해 북한을 방문해 달라는 부탁을 하러 이곳에 온 것이 아니라고 털어놓았다. 대신 북한인들은 그를 멕시코시티로 옮겨, 현지 집단의 공작원들과 연결시켜 주고, 그에게 미국 대통령을 암살하는 데 필요한 모든 정보와 자재를 제공할 것이라고 제안했다. 그가 암살에 성공하면 북한 공작원들이 그를 은밀하게 멕시코에서 빼낸 다음, 원한다면 시리아 또는 더 낫기로는 북한으로 데려갈 것이며, 만일 북한으로 간다면 그의 은혜를 감사하게 여길 북한 땅에서 환대를 받으며 여생을 보낼 수 있을 것이라고 말해 주었다. 북한 첩보원들은 그에게 태블릿 컴퓨터 화면을 통해 그가 앞으로 살게 될 집, 즉 함흥시 부근의 해변에 지은 궁궐 같은 저택, 그리고 마음대로 골라 아내로 삼을 수 있는 아름다운 젊은 여인들이 늘어서 있는 사진을 보여주었다.

시리아에서 벗어나기를 원했던 자리프는 멕시코시티 작전을 최선의 기회로 간주하였다. 하지만 그는 즉석에서 동의하지는 않았다. 그는 아름다운 해변에 도착하여 제왕처럼 궁궐 같은 집에서 살 수 있는 유일한 기회는 임무에서 성공하고, 나아가 자신이나 북한이 미국 대통령의 암살에 어떠한 개입도 하지 않았음을 입증할 수 있는 절대적인 '부인 가능성(deniability)'을 확보하는 길뿐이라는 점을 알고 있었다. 그는 북한 첩자들에게 기술적인 질문들을 퍼붓고는, 북한을 직접 방문하여 그곳의 지도부를 만나게 해 줄 것을 요구했다.

리태진은 이런 요구를 좋아하지 않았지만, 달리 대안이 없었다.

비록 시리아 정부는 지난 몇 년 동안 당대 최고의 폭탄 제조 전문가를 마치 죄수처럼 붙잡아 둘 수 있었지만, 북한 정보부 요원들은 시리아 당국을 구슬려 자리프가 시리아를 떠나도록 여행 서류를 건네주도록 만드는 데 성공하였다. 북한인들은 시리아 당국에게 자신들이 자리프를 평양으로 데려가 북한의 직접행동부대(direct-action forces)에게 '폭발성형관통자' 폭탄의 제조 방법을 훈련시켜 주기를 바란다고 둘러대면서, 그 대가로 북한은 자리프가 평양에 머무는 동안 그에게 최근에 입수한 최첨단 한국산 통신장비를 제공할 것이라고 말했다. 최첨단 통신장비에 대한 지식은 그가 원격 기폭장치를 개선하는 데 도움이 될 것이다. 그는 시리아에서 활동하느라 새로운 장비에 대한 접근이 제한적이었으므로, 북한은 시리아 정부에게 평양을 방문하는 자리프의 단기간 여행이 시리아에게 최선의 이익을 가져다줄 것이라는 점을 확신시켜 주었다.

물론 이런 계략은 거짓이었다. 자리프는 멕시코로 여행할 것이며, 그곳에서 미국 대통령을 암살한 다음, 북한의 해변으로 은퇴하여 그곳에서 여생을 안락하게 지낼 계획이었다.

아니 자리프는 북한의 사탕발림에 넘어가 그렇게 믿고 있었다.

자리프는 다음 날 평양으로 이동했다. 그는 평양에서 리태진과 다른 사람들을 만났으며, 그가 암살 계획에 주저하는 모습을 보이자—그는 멕시코인들이 얼마나 유능한지, 그리고 정보기관이 신뢰할 만한지 확신할 수가 없었다—리태진 일당은 그를 비행기에 태워 함흥으로 데려가 미래에 그가 살게 될 저택을 보여주었다.

저택은 실제로 존재하였으며, 실로 웅장하고 인상적이었다. 아름다운 젊은 미녀들이 저택 입구에 줄지어 서서 그를 맞이하였다. 마침내 아딜 자리프는 멋지게 속아 넘어갔다.

사실 맨션은 최고 지도자인 최지훈의 소유지였으며, 리태진은 대원수에게 전화를 걸어, 그가 외국인 회교도 암살자에게 대원수의 저택을 내줄 계획이라고 설명할 계획을 애당초 갖고 있지 않았다.

그건 천만의 말씀이었다. 평양공항의 활주로에서 자신의 경력 중 최대의 작전을 위한 준비를 시작하려는 열망에 어서 빨리 평양을 떠나 멕시코시티로 향하기를 초조히 기다리던 아딜 자리프가 미소를 보이며 리태진의 손을 잡고 흔들자, 슬픈 표정을 띠던 리태진의 멋쩍은 눈동자가 잠시 밝아지면서 미소로 답례를 하였다. 그의 앞에 있는 사람은 '파이어 액스' 작전을 수행하는 동안에 죽음을 맞을 것이며, 이 세상의 어느 누구도 자리프가 평양에 왔었다는 사실을 알지 못할 것이다.

29

에드워드 라일리는 23번가 차고에 자신의 BMW i8을 주차시켜 놓고 목적지를 향해 마지막 여섯 블록을 걸어갔다. 오늘 오후 맨해튼에서는 비가 내리고 있었지만, 이것은 라일리에게는 좋은 소식이었다. 왜냐하면 비가 오지 않았다면 비옷을 입고 있는 것에 대해 구구한 변명을 늘어놓아야 했을 것이기 때문이다. 그는 작전상의 이유로 항상 우의를 입었지만, 맑은 날씨에 그런 복장을 착용하는 것은 이상하게 보였을 것이다.

그는 5분 전, 자신이 설치해 둔 함정이 작동하기 시작했다는 전화를 받았다. 그는 함정에 나타날 때까지 정확하게 얼마나 오래 기다려야 할지 확신이 서지 않았지만, 성공할 수 있는 최선의 기회는 덫에 걸린 희생자가 최대한의 고통을 받고 있는 정확한 시간에 희생자를 붙잡는 것이라는 사실을 잘 알고 있었으므로, 그는 지체하지 않고 자신이 설치해 둔 덫으로 향하였다.

렉싱턴 부근의 29번가에서 그는 인도에서 벗어나 5층짜리 아파트 건물의 밑에 있는 지하실 입구로 몇 발자국 걸음을 옮겼다. 그는 몇 차례 금속 출입문을 두드린 다음, 우산을 접어 출입문 옆에 있던 작은 테이블 위에 올려놓았다.

잠시 후 안에서부터 문이 열렸다. 라일리는 조명이 침침한 좁은 복도를 걸어 들어가 입구에 서 있던 중년의 아시아 여인에게 고개를 끄덕였다.

그녀는 속삭임보다 약간 더 크게 들리는 무거운 목소리로 말했다. "4호실이에요."

라일리는 실내에 있던 어떤 것도 건드리지 않으려 조심하면서 복도를 향해 걸어갔다. 그는 지나가는 길의 벽이나 문의 손잡이에도 몸이 닿지 않도록 주의했다. 심지어 그는 비옷 밑에 받쳐 입은 바짓가랑이가 오른쪽의 벽감(alcove)을 가린 커튼에 스치지 않도록 신경을 썼다.

그렇다고 해서 그가 현장에 지문이나 DNA를 남기지 않으려 애를 썼다는 의미가 아니다. 대신 그는 양손을 옆구리에 단단히 붙이고 바짓가랑이를 발목까지 말아 올렸는데, 그 이유는 라일리가 보기에 이곳이 지극히 불결한 장소였기 때문이다. 그곳은 매춘을 겸한 마사지 업소였고, 라일리는 그곳에 사람들이 수없이 드나든다는 소문을 익히 듣고 있었다.

라일리가 심어놓은 끄나풀은 어떤 사람의 뒤를 밟아 사흘 동안에 두 차례 이곳에 왔다. 그가 노리는 '표적'이 하나의 버릇을 갖고 있다는 점이 명백하였으므로, 라일리는 건물 주인에게 말하기 위해 이곳에 들른 것이고, 미소와 함께 경찰 배지를 보여주면서, 주머니에 현금도 같이 찔러 넣었다. 그는 업소를 담당하는 일본인 '마마상'에게 '표적'의 사진을 보여주면서, 다음번에 이 남자가 이곳에 나타나면 알려달라고 부탁해 두었다. 라일리는 그가 어떻게 습격을 할 것인지를 설명해 주면서, 업소에서 소동을 벌이는 보상금으로 2천 달러를 주겠다고 말했다. 그러면서 그는 그녀가 뉴욕 경찰국에 협조할 경우에는 고마움의 표시로 앞으로는 그녀의 업소에 간섭하지 않을 것이라고 다짐을 해 두었다.

하지만 그의 약속은 어림 반 푼어치도 없는 헛소리였다.

그는 2천 달러의 현찰을 줄 수 있을지 몰라도 뉴욕 경찰국 같은 소리는 턱도 없는 허풍이었다.

그는 '4호실'이라고 표시된 방 앞에서 비옷으로 팔꿈치를 감싼 다음, 딱 한 차례 '쿵' 하는 소리를 내었다. 다른 문과 마찬가지로 안에서부터 문이 열렸지만, 이번에는 미국인이 앞에 나타났다. 키가 크고 건장한 30대의 흑인은 뉴욕 경찰국 소속 형사임을 알리는 배지를 목에 걸고 있었다.

라일리는 브리지포스(Bridgeforth)가 형사가 아니란 것을 알고 있었다. 그는 '샤프 파트너스' 사의 직원이자 라일리의 부하였지만, 배지는 오늘의 속임수를 위해 건성으로 달고 있었던 것이다.

4호실에는 라일리와 브리지포스 말고도 한 명이 더 있었으며, 이런 경우에는 배지가 위력을 발휘하는 법이다. 목재로 만든 마사지 테이블 위에 깡마른 중년의 유럽인처럼 보이는 남성이 속옷만을 걸친 차림으로 앉아 있었다.

라일리가 브리지포스에게 눈짓을 하자, 건장한 흑인이 밖으로 나가면서 문을 닫았다. 그는 방 안에 있던 의자를 무시했다. 대신 그는 문 앞에 서서, 얄팍한 비옷으로 주변의 공기 속을 떠돌고 있는 무수한 미생물들로부터 자신의 몸을 보호하였다.

비쩍 마른 사내의 눈동자에 공포의 기색이 역력했다.

라일리는 이렇게 생각했다. '좋아.'

이 영국인은 완벽한 뉴욕인 악센트를 구사할 수 있었다. 그는 지난 1년간 수백 시간에 걸쳐 발음 훈련에 몰입하였던 덕분이다. 심지어 며칠 동안 뉴욕 시내를 돌아다니면서 자신의 '배역'을 수행하더라도, 그와 접촉하는 어느 누구도 그가 뉴욕 사람이 아니라 영국인이라는 사실을 눈치채지 못할 정도였다.

그는 쉽사리 자신의 존재를 '배역' 속으로 옮겨 갈 수 있었다. 그는 우렁찬 브루클린 발음으로 이렇게 소리쳤다. "뉴욕 경찰국의 리치 킨케이드(Rich Kincaid) 형사요." 그러면서 "부(vice, 副)"라는 수식어를 달았다.

그 남자는 그저 고개를 끄덕이더니 오스트리아인 발음으로 이렇게 말했다. "당신의 동료에게도 말했지만, 난 기소를 당하지 않을 외교관 면책특권을 갖고 있는 사람이오."

라일리는 어깨를 으쓱하면서 자신의 '배역'에 어울리도록 양팔을 넓게 벌리는 제스처를 보였다. "누가 기소한대요?"

"당신이 해야 할 일은…"

"당신이 해야 할 일은 자리에 앉아 주둥이를 닥치는 것이오!"

오스트리아인은 깜짝 놀라 몸을 움츠렸다.

"자, 이제 우리가 현재 어디에 와 있는지 살펴봅시다. 당신의 이름은 '한스 티셔(Hans Tischer)'이고 오스트리아 유엔 대표부 소속이오. 다시 말해서, 내 동료가 미국의 위대한 도시인 뉴욕 시 한복판에서 10대 계집애와 당신이 아랫도리를 맞추는 장면을 카메라로 찍었더라도, 난 당신을 내보내야 한단 말이오."

마사지 테이블에 앉아 있던 사내는 이런 얘기를 듣고 안도의 표정을 감추지 못하였다.

"하지만 난 '뉴욕포스트' 소속 사진사인 내 친구가 이리로 달려와서 이 장면을 취재할 때까지 당신을 잡아 둘 거요."

티셔는 숨을 헐떡거렸다. "노! 안 돼요! 부탁이에요, 이러지 마세요."

"물론 당신은 뒷문으로 도망칠 수도 있겠지. 맞아… 그럴 수도 있어요." 그는 또다시 어깨를 반쯤 으쓱거렸다. "난 진작에 '데일리 뉴스'에 근무하는 내 친구에게 당신이 뒷문으로 도망칠 수도 있으니 그곳을 지키고 있으라고 당부해 두었소. 그러니 난 당신에게 몰래 도망치라고 권할 입장이 못 돼요."

"맙소사. 대체 당신은 왜 내게 이렇게 하는 거요?"

라일리는 한 걸음 다가섰다. "당신이 계집아이와 침대에서 뒹굴고 있는 사진이 신문 1면에 실린다면, 당신은 가족들에게 그 여자아이가 겨우 18살이란 걸 어떻게 설명할 참이오? 가족들이 당신의 설명을 믿기나 할까? 여자아이는 지금 바깥의 앰뷸런스에 있는데, 내가 보기엔 18살보다 더 어린 것 같아, 한스."

티셔는 손에 얼굴을 파묻었다.

"난 당신을 보내줘야 할 입장이지만, 문제는 내가 그렇게 하고 싶지 않다는 말이지. 내가 당신을 보내주기 전에, 언론사에 당신에 대한 얘기를 하지 말라는 법은 없잖소? 내가 말하는 게 뭔 소린지 알아듣겠소?"

티셔는 숨을 죽이며 훌쩍였다.

이제 라일리는 몸을 더 가까이 앞으로 숙이면서 나긋나긋한 목소리로 말했다. “아니면 내가 이 모든 걸 한순간에 없어지게 할 수도 있어요. 아무 이름이나, 사진도 나타나지 않게 말이지. 아무 문제 없이 만들 수 있다니까.”

티셔는 못 믿겠다는 표정으로 라일리를 올려다보았다. “네? 어떻게요?”

라일리는 더더욱 부드럽게 말했다. “한스, 이거 갈수록 흥미진진하군요.” 그는 어깨 너머로 문이 닫혀 있다는 걸 확인했다. “오늘부터 사흘 뒤에 당신이 속한 유엔 위원회에서 절차적 투표가 실시될 예정이오.” 라일리가 예상했던 대로, 그의 앞에 있던 사내의 얼굴에는 ‘혼란’에서 시작하여 ‘분노’를 거쳐 ‘새로운 근심 걱정’ 같은 온갖 종류의 감정이 복잡하게 나타났다.

잠시 후 그가 말했다. “무슨 일인데요?”

여전히 ‘배역’을 수행 중인 라일리는 어깨를 으쓱했다. “지금 당신은 내게 부탁을 해야 할 입장이지만, 나도 당신에게 부탁할 게 있소.”

“당신 누구요? 당신은 경찰관이 아녜요.”

“난 당신이 여자애와 있던 현장을 찍은 사진을 갖고 있는 사람이고, 신문사에 친구들이 득시글거리는 사람이고, 또 나라는 사람은 만일 유엔의 제재 관련 청문회에서 당신이 반대하는 투표를 했다가는 당신을 산 채로 불태워 죽일 수도 있는 사람이오.”

“어째서요?”

라일리가 답했다. “왜냐고? 왜 누군가가 어떤 행동을 하냐고? 왜 당신은 이처럼 더러운 창녀촌에서 어린 여자애 앞에서 바지를 내렸지?” 그건 질문에 대한 답변이 아니었지만, 티셔가 질문하는 요지를 원천적으로 봉쇄하는 효과를 나타냈다.

오스트리아 남자는 바닥을 하염없이 내려다보았다. “별 소용이 없을 거요. 내가 당신이 원하는 대로 찬성표를 던져도 소용이 없단 말이에요. 우리 팀에는 아홉 명이 있어요. 어제 예비 투표를 해 보았는데, 과반수가 안보리 제재

청문회에 찬성했어요. 금요일 투표는 그저 형식적인 절차에 불과한 거예요."

라일리가 웃었다. "당신은 아마도 지난번 예비 투표 이후로 다른 사람들의 입장이 바뀐 걸 알게 될 거요. 마침내 세상이 이 문제에 관해 제정신을 차리고 있단 말이에요."

티셔는 이 남자가 무슨 말을 하는지 깨달았다. 그는 위원회의 다른 동료들에게도 손을 대었다는 뜻이다. 중년의 오스트리아인은 그런 사실을 조금도 의심하지 않았다.

그가 말했다. "내가 반대표를 던지면, 아무도 모르게 날 놓아주겠소?"

"그래요. 난 '뉴욕포스트'에 근무하는 친구에게 내가 잘못 알았다면서, 당신이 여기 온 적이 없다고 말할 것이오. 그 친구와 난 여기를 떠날 것이오. 5분 후 당신은 밖으로 나가 마치 아무 일도 벌어지지 않은 것처럼 일상생활로 돌아가도록 하시오. 당신은 금요일에 반대표를 던지면, 내 동료가 찍은 사진이 담긴 봉투가 당신 책상 위에 있을 것이오. 당신은 그걸 없애 버리고, 오늘의 작은 소동에 대해 완전히 잊어버리도록 해요."

티셔가 말했다. "설마 당신이 북한을 위해 일하는 사람은 아니겠지요? 그렇죠?"

"물론 아녜요. 난 뉴욕 경찰국 소속이에요. 난 그저 잠시 이해 당사자의 편에 서서 잠시 부업을 했을 뿐이오. 이제 그 이야긴 그만합시다."

티셔가 고개를 천천히 끄덕였다. "그래요. 그만합시다."

라일리가 웃음으로 답했다.

30

존 클라크, 딩 차베스, 그리고 샘 드리스컬 등 세 사람은 뉴욕에서 닷새를 보낸 끝에, 29번가의 마사지 업소에 들어가는 샤프 사의 직원 에드워드 라일리의 꼬리를 잡을 수 있었다. 드리스컬은 라일리가 업소에 들어가는 장면을 목격했지만, 그는 계속해서 우산 밑에 몸을 숨긴 채 수백 야드를 더 걸어가 3번 애비뉴의 노점상에서 샌드위치를 산 다음, 음식을 먹는 동안 비를 피할 셈으로 지붕이 덮인 버스 정류장으로 들어갔다. 그는 라일리가 들어간 건물을 볼 수 있는 거리에 있었지만, 그는 배낭에 들어 있는 카메라와 줌을 꺼내 들어야 쓸모 있는 역할을 할 수가 있었다.

하지만 현재 그는 감시 역할을 차베스에게 넘긴 터라, 샌드위치를 맛있게 먹고 있었다.

도밍고 차베스는 반대 방향에서 접근했다. 넥타이를 맨 양복 차림의 차베스는 휴대전화로 누군가와 통화를 하고 있었다. 그는 라일리가 들어간 건물 맞은편의 '두안 리드(Duane Reade)' 약국 안으로 들어가 걸음을 멈춘 다음, 테이블 위에 놓인 우산을 바라보았다. 그가 서 있는 곳은 건물 입구로부터 30야드 이내의 거리에 있어, 건물을 관찰하기에 완벽한 장소였다.

그의 휴대전화 통화가 계속되었다. 반대편 수화기에는 클라크가 있었다.

클라크는 안가로 돌아가 컴퓨터 앞에 앉아, 컴퓨터 지도 위에 나타나는 자기 부하들의 움직임을 주시하고 있었다. 딩이 약국에서 걸음을 멈추자 클라크는 지도 위에서 그의 위치를 발견하였다. 딩이 낮은 목소리로 "내 위치로부터 맞은편 거리에 지하실 입구가 보인다."라고 말하자, 클라크는 '세계지도(Map of the World)' 프로그램을 통해 주변에 대한 정보를 살피기 시작했다.

몇 초도 걸리지 않아 그는 건물이 마사지 업소란 것을 발견했다. 웹페이지에는 전화번호가 수록되어 있었고, 돈을 받고 섹스를 제공하는 매춘 업소라는 노골적인 표현을 쓰지는 않았지만 "아시아인 마사지"라는 표현은 웹페이지를 가득 메우고 있는 란제리 차림의 아시아 여인들의 모습에서 그 의미를 유추할 수 있었다.

클라크는 고질적 스포츠 부상을 치료하기 위해 의사에게 물어서 방문하는 정상적인 마사지 업소가 아닌 것만큼은 분명하다고 확신했다.

그는 자신이 발견한 내용을 딩에게 알려줬다. 그 무렵 딩은 약국 반대편 건물을 샅샅이 훑어보고 있었다. 딩은 아무런 대답도 하지 않고, 휴대전화에 대고 그저 날씨에 관한 헛소리를 계속해서 지껄이면서, 유리를 통해 건물 입구를 주시했다.

라일리가 약 10분 뒤 건물을 나서면서, 본능적으로 샘은 자세를 낮추었고, 그사이에 딩은 차에 오르는 '표적(즉, 라일리: 역주)'의 뒤를 밟았다.

5분 뒤 정장 바지에 앞이 트인 셔츠 차림의 불안한 듯이 보이는 중년 남자가 지하실에서 건물 입구의 계단으로 올라왔다. 샘은 샌드위치 식사를 마치고 배낭에서 300밀리 렌즈가 달린 니콘 카메라를 꺼내 들고 10여 장의 사진을 찍으면서, 얼굴에 '난 네가 누군지 알겠어.'라는 표정을 지었다.

사내는 택시를 부르는 동안 자신이 비를 맞고 있다는 것도 모른 채 서 있는 것 같았다. 샘은 카메라를 가방에 집어넣고는 안가로 발걸음을 돌렸다.

'샤프 글로벌 인텔리전스 파트너스' 사의 본부가 맨해튼의 '어퍼 웨스트사이드'에 위치하고 있었으므로, '캠퍼스'는 근처의 웨스트 79번가의 16층 콘도에 안가를 마련하고 있었다.

안가는 약 2천 평방피트 크기의 침실이 세 개 딸린 콘도로서, 그 위치에서 샤프 사의 움직임에 관한 어떠한 직접적인 감시도 불가능하였지만, 이런 감시는 정상적인 것이 아니기도 하였다. 그들의 의도는 그저 현장에서 뛰고 있는 샤프 사 공작원들을 발견하여, 이들의 움직임, 그리고 이들의 접촉 대상을 알아내는 것이었다.

그들이 샤프 사가 북한과 협력하고 있음을 입증하는 임무는 게리가 전날 회의실에 팀원들을 모두 소집하였을 때 그 중요성이 더욱 무거워졌다.

게리는 회의 시작과 동시에 이렇게 말했다. "여러분 모두는 다음 주 유엔 안보리 제재위원회에서 북한 상황과 관련된 '절차적 투표'가 있을 것임을 알고 있을 것이다. 제재위원회에 소속된 9개 회원국들은 라이언 미국 대통령이 제기한 요청이 안보리 전체회의의 표결에 회부될 수 있는 까다로운 조건을 충족시키는지 여부를 투표로 결정할 것이다.

말할 필요도 없이, 미국 정부는 이런 절차적 투표를 통과시켜야 한다. 그렇지 못하다면 북한으로 통하는 밀거래 통로가 그대로 유지되고, 북한은 날이 갈수록 자신들이 원하는 장거리 미사일을 제조하는 데 필요한 물질과 지식을 사들이는 데 더 가까워질 것이다."

클라크가 질문했다. "만일 이것이 단지 형식적이고 절차적인 투표라면 뭐가 그렇게 걱정됩니까?"

"웨인 듀크 샤프가 걱정거리야. 메리 팻이 들은 소문에 의하면, '샤프 글로벌 인텔리전스 파트너스' 사 직원들이 유엔의 복도를 온통 누비고 다니면서, 샤프 사와 9개 제재위원회 회원국들 간의 회의를 주선하고 있다고 한다."

"그건 불법적인 영향력 행사에 속하는 건데요?"

"두말하면 잔소리지. 폴리 국장은 적어도 유엔 직원이 공식적인 임무를 수행하는 동안 이들과 접촉하지 못하도록 샤프 씨 한 사람 정도는 묶어 둘 수 있지만, '샤프 파트너스' 사의 첩자들이 맨해튼에 쫙 깔려 있다는 게 문제야. 폴리가 걱정하는 건 샤프 사 공작원들이 유엔 직원들에게 접근해서 표를 매수하거나 결과에 영향을 미치는 수법을 동원할지도 모른다는 거야."

딩이 말했다. "그러니까… 말하자면 샤프 사가 북한의 '이익'을 위해 일한다는 거죠, 안 그래요?"

"샤프 사 조직이 베트남에서 한 짓도 마찬가지야. 놈들이 북한의 '이익'을 위해서 일한 것은 분명하지만 그렇게 했다는 직접적인 증거는 없어. 그러니 샤프 사와 그 졸개들이 무슨 흉계를 꾸미고 있는지를 정확하게 파악하는 것이 무엇보다 중요한 거야. 만일 샤프 씨가 직접적이건 간접적이건 북한을 위해 일한다는 걸 발견할 수 있다면, 우린 당장이라도 샤프 사의 활동을 중단시킬 수 있어. 그건 외국의 이익을 위해 협조한 반역죄에 해당되는 거야."

샘 드리스컬이 거들었다. "왜 폴리 국장은 FBI에게 알리지 않는 거죠? FBI가 이리 와서 샤프 사를 감시하면 되잖아요."

게리가 말했다. "샤프 사 활동과 관련된 문제는 항상 FBI나 CIA 입장에서 볼 때, 범행 현장에서 멀리 떨어져 있는 것처럼 보인다는 점이야. 샤프 사의 전직 직원들과 사람들이 아직도 정부 관계자들과 선이 닿아 있기 때문에, FBI가 샤프 사의 활동을 현장에서 덮칠 수 있을 정도로 가까이 접근하는 것이 거의 불가능해. 말하자면 FBI가 그렇게 하려면 상당한 위험부담이 따르기 때문에, 결국 이런 이유로 우리들에게 기회가 찾아온 거야."

이 회의가 끝난 후 클라크는 샤프 사 공작원들에 대한 사냥 계획을 정교하게 수립하였고, 그 결과 몇 시간도 지나지 않아 뉴욕 시내를 뒤져 유엔 제재위원회 지도부를 만나기 위해 분주하게 움직이는 에드워드 라일리의 꼬리를 밟을 수 있게 되었다. 그리고 어떤 일이 벌어지는지를 알아내는 데는 별로 많은 시간이 걸리지 않았다.

빗속에서 마사지 업소를 나서는 사내를 찍은 샘의 사진이 컴퓨터에 올려졌다. 굳이 안면 인식 소프트웨어가 필요하지도 않았다. 유엔 제재위원회에는 남자 일곱 명, 여자 두 명 등 총 아홉 명만이 있었고, 이 사진은 틀림없이 유엔 본부에서 근무하는 41세의 오스트리아인 한스 티셔의 얼굴이었다.

클라크가 말했다. “에드워드 라일리는 샤프 사의 제2인자이고, 그는 작전 국장으로서 모든 일을 앞장서서 이끌고 가는 사람인 것 같아. 이들이 노리는 건 다음 주에 열리게 될 절차상 투표야. 이들은 위원회 대표단에게 영향력을 행사하여, 또 다른 경재 제재에 관한 초안에 반대표를 던지게 만들 속셈이야.”

샘이 말했다. “우린 초장에 샤프 사 놈들의 흉계를 박살 내야 돼. 단지 언론에 샤프 사가 저지르는 짓에 대한 정보를 흘려주는 거야. 언론에 대문짝만하게 보도되면 샤프 사도 못된 짓을 그만둬야 할 테지.”

클라크가 말했다. “나도 동감이지만, 문제는 샤프 사가 얼마나 악랄한 존재인지를 우리도 알잖아. 하긴 샤프 사 말고도 미국에는 비양심적인 사설 정보 회사가 수두룩하고, 게다가 다른 나라에도 미국에서 활동하면서 우리 레이더에 잡히지 않는 비슷한 회사들이 많이 있을 거야. 한술 더 떠서 이해관계가 얽혀있는 국가들도 똑같은 짓을 저지르고 있지. 난 북한이란 나라가 뉴욕에 첩자를 두고 있다는 사실을 조금도 의심하지 않아. 이 첩자들은 제재위원회 지도부를 겨냥해서 공작을 하라는 임무를 받았을 테지만, 우린 어떤 일이 벌어지는지 까맣게 모르고 있어.”

“맞아. 우린 철저하게 계획과 속셈을 숨겨야만 돼. 만일 샤프 사가 자기들의 활동을 누군가가 감시하고 있다는 걸 눈치채게 되면, 우린 이번 사건이 얼마나 큰 것인지를 알아내기 위한 ‘지렛대’를 잃게 될 거야. 우린 샤프 사가 북한을 위해 일하고 있다는 확실한 증거를 잡을 때까지 놈들의 소행을 까발리면 안 되는 거야. 그런 증거를 확보하면 샤프란 사람을 반역죄로 감옥에 집어넣을 수가 있다고.” 이렇게 말하면서 클라크는 음흉한 미소를 지었다. “그리고 정신이 똑바로 박힌 인간에게는 그런 일이 벌어질 수 없을 테지.”

딩이 말했다. “그러니까 우린 계속해서 샤프 씨를 뒤쫓자는 말이죠? 만일 그가 북한인들을 만난다면 잭팟을 터뜨리는 거지만, 만일 마사지 업소에서 딱 걸려든 오스트리아인처럼, 그가 누굴 접촉해서 음모를 꾸미는지를 알게 된다면, 우린 이들을 조용히 접촉해서 투표장에서 허튼짓을 하지 못하도록 압력을 넣을 수 있을 겁니다."

샘은 신발을 벗어 던지고 종아리를 주물럭거렸다. 그는 며칠 동안 거의 쉴 틈도 없이 계속해서 샤프 씨를 미행하면서 감시를 해 왔다. "제 생각엔 지금 우리가 밖으로 나가봐야 할 것 같아요. 샤프 씨는 지금 사무실에 있지만 대략 4시경에는 밖으로 나오거든요."

클라크가 일어섰다. "아냐, 샘. 자네와 도밍고는 여기 남아 있게. 오늘은 내 차례야. 하지만 한 가지 좋은 소식은 돔이 약 2시간 후에 여기 도착하면, 감시할 수 있는 눈동자가 두 개 더 늘어나게 된다는 거야."

31

리태진 정찰국장은 자신이 수행하는 작전의 세세한 사항까지 간섭하는 타입의 사람이 아니었다. 현재 그는 전 세계적으로 100여 건이 넘는 각종 음모와 계획을 추진하고 있었는데, 대부분 효과적으로 잘 진척되고 있었고, 부하들에 의해 어떤 계획이나 음모는 다른 것들보다 훨씬 더 효과적으로 진행되고 있었다.

지폐 위조, 마약 밀매, 시리아와 이라크 및 동아프리카로의 무기 거래, 그리고 이란과 파키스탄으로부터의 무기 구매, 한국과 일본에서의 납치 등이 그것이었다.

그리고 멕시코에서 미국 대통령을 암살하기 위한 '파이어 액스' 계획도 그 일부였다.

그는 '부인 가능성'을 위해 '파이어 액스' 계획에 깊숙이 개입될 수 없었지만, '뉴 월드 메탈 LLC'의 활동은 다른 모든 활동들과는 다른 것이었기 때문에 개인적인 관심과 감시를 늦추지 않았다. 리태진에 관한 한, 대원수는 만일 ICBM을 손에 넣지 못하면 비참한 죽음을 맞게 될 것이라는 협박을 해 둔 터였고, 이제 남은 시한이 2년 남짓이었으므로, 리태진은 '뉴 월드 메탈'과 정주 광산이 성공하지 못하면 목표를 달성하는 것이 불가능하다는 사실을 잘 알고 있었다.

그래서 그는 이들의 활동에 관한 모든 측면들을 예의 주시하고 있었다. 심지어 리태진과 그의 부하들은 듀크 샤프를 직접 고용하지 않았지만, 리태진은 이 미국인에 대해, 그리고 그가 자신의 전반적인 계획에서 맡고 있는 부분에 대해 잘 알고 있었다. 또 그는 유엔에서 치러지게 될 절차상 투표의 중요성을 알고 있었으므로, 오스카 로블라스가 보낸 보고서를 통해 샤프 사의 움직임을 주시하고 있었다.

리태진은 샤프 사가 유엔 직원들을 대상으로 구사하는 강압적인 작전이 훌륭하게 먹혀들어 간다고 생각했으며, 이번 일이 아닌 다른 상황이었다면 뉴욕 시에서 활동하는 미국들로 이루어진 대리 세력(proxy force)의 업적에 만족하였겠지만, 그는 샤프 씨와 그의 부하들이 이번 작전에서 성공하는 것이 얼마나 중요한지를 뼈저리게 깨닫고 있었다.

그런데 이틀 전 프라하에서 모든 상황에 영향을 미칠 만한 모종의 사건이 벌어졌다. 정찰총국 팀은 외국의 전문가들을 정주광산에 몰래 들여오는 데 필요한 서류들을 준비하도록 도와주었던 어느 하급 영사관 직원을 찾고 있었다. 리태진은 이번 상황의 세부적인 면에 관여하지 않았지만, 어떤 국가들로부터 과학자들이 정주광산으로 밀입국하는 소위 '지하 철도'가 존재한다는 사실을 알고 있었는데, 만일 이 국가들이 자국의 과학자들이 북한에 들어간다는 것을 알았다면 단연코 여행을 허락하지 않았을 것이다. 심지어 리태진은 체코인 영사관 직원이 사라졌다는 사실도 모르고 있었으나, 오늘 아침에 읽은 보고서에 의하면 이 사람은 미국인 두 명과 함께 프라하에 소재한 자신의 아파트에 나타났다. 북한인들이 영사를 제거하기 위해 숙소로 쳐들어가기로 서둘러 결정한 이유는 그가 북한이 꾸미고 있는 작전의 중요한 측면을 누설하려는 참에 있었기 때문이며, 살아남은 북한 첩보원들에 의하면 미국인들은 자체의 능력으로 첩보원들의 공격을 격퇴할 수 있는 준비를 갖추고 있었다는 것이다.

이 총격전에서 리태진의 정찰총국 요원 세 명을 포함한 북한인 네 명이 목숨을 잃었다.

리태진은 이번 사건에서 깊은 충격을 받았는데, 그 이유는 정찰국 요원들을 공격한 미국인들이 누구이고, 그의 계획이나 작전에 관해 그들이 어느 정도로 알고 있는지, 또는 그들이 다음에 어떤 행동을 취할 것인지 등등에 대해 전혀 알 수 없었기 때문이다. 그는 즉각 뉴욕 시에서 활동하는 샤프 씨를 떠올리면서, 자신이 필요로 하는 돈을 '뉴 월드 메탈' 사가 계속해서 송금할 수 있으려면 유엔 본부에서 좋은 결과를 얻는 것이 얼마나 절실하게 중요한 것인지를 깨달았다.

리태진은 무작정 팔짱을 낀 채 듀크 샤프로부터 좋은 소식이 오기만을 기다릴 수가 없었다. 그는 자신의 첩보원들을 직접 보내 상황을 점검하고, 필요하다면 더욱 강력한 수단을 동원하기로 작정했다. 그는 부하들에게 심지어 필요하면 미국의 시가지에서 사람을 죽일 수 있는 권한도 부여하였다. 이번 작전에 걸린 이익이 그렇게 하고도 남을 만큼 엄청났기 때문이다.

하지만 미국에 근거지를 둔 정찰국 첩보원들이 리태진에게 보고한 바에 의하면, 샤프 사는 이런 게임에 개입하려 들지 않을 것이다. 전직 FBI 직원인 샤프 씨는 때때로 미국의 국법을 위반하긴 하지만, 직원들을 중무장시켜 직접적인 공격이나 습격을 벌이는 행위는 거부할 것이므로, 리태진은 이를 위한 다른 방법을 모색해야만 했다.

뉴욕의 북한 대표부는 44번가와 2번 애비뉴가 만나는 코너에 자리 잡은 사무실 빌딩의 13층에 자리 잡고 있는데, 이곳은 유엔 건물 입구에서 불과 한 블록 떨어진 거리에 있었다. 북한 대표부를 드나드는 사람들은 FBI의 대정보과 특수 요원들과 다른 미국 정부 기관에서 면밀하게 감시하고 있다. 리태진은 뉴욕에 위치한 정찰총국 사무실에 전화를 걸어, 첩보원들을 그 지역에 보내 리태진을 대신하여 활동하고 있는 듀크 샤프 씨와 그의 직원들을 보호하도록 명령을 내릴 수도 없는 노릇이었다.

그러나 리태진은 뉴욕 내에 자신이 활용할 수 있는 다른 '요원'을 갖고 있었다. 뉴욕에는 20만 명이 넘는 한국인 또는 한국계 미국인들이 살고 있으며, 리태진은 그 지역에 거주하는 수백 명의 북한인 첩자 또는 북한 출신자들에 대한 영향력을 갖고 있었으며, 이들 중 일부는 정찰총국에 소속된 비밀 요원들이었다. 심지어 리태진은 북한을 비판하는 반체제 인사 또는 남한 사람 중에서 북한에 말썽을 일으키는 사람을 제거할 목적으로 뉴욕에 '직접행동' 요원들도 거느리고 있었다. 평양 사무실에서 일련의 회의와 전화 통화를 마친 리태진은 맨해튼에 잠복하고 있는 12명으로 구성된 고도로 훈련된 첩보 부대를 확보한 다음, 이들에게 샤프 사의 활동을 감시한 다음 결과를 평양에 보고하라는 지시를 하달했다.

명령을 내린 지 24시간 내에 맨해튼에 잠복해 있던 북한인들은 '샤프 글로벌 인텔리전스 파트너스' 직원들의 활동을 감시하는 한편, 뉴욕 시내에서의 활동을 개시하였다. 이들에게는 유엔 본부에서 치러진 절차상 투표에 영향을 미치려는 노력이 확실한 성공을 거두도록 보장하라는 임무가 부여되었으며, 동시에 필요한 경우에는 임무의 성공을 위해 어떤 수단이나 자원도 활용할 수 있는 권한이 승인되었다.

32

미국 대통령 잭 라이언에게 공식적인 일과는 끝났지만, 일과가 종료된 모습은 여느 다른 대통령과 별로 다를 것이 없었다. 일과 시간에 소화해야 할 모든 공식적인 책임이 마무리되었으므로, 오늘은 늦은 밤까지 사람들을 만날 계획도 없이 그저 집에서만 지내면 되는, 1년 중에서 몇 안 되는 저녁들 중 하나였다.

저녁 6시에 백악관을 나선 잭 라이언은 캐시(Cathy), 카일(Kyle) 그리고 케이티(Katie)와 함께 '가족 만찬실'에서 저녁을 먹은 다음, 그곳에서 '눈 표범(snow leopard)'에 대한 디스커버리 채널을 관람할 계획으로 있었다. 얼마 전 케이티는 가족들에게 자신은 앞으로 수의사가 될 것이라고 선언하자, 카일이 자기가 케이티보다 '로즈 가든'에서 개를 더 많이 산책시켜 주고 있다고 놀리긴 했어도, 딸아이의 야심만만한 젊은 패기에 한껏 고무된 부모들은 요즘 들어 부쩍 동물에 관한 다큐멘트 프로그램을 자주 시청했다.

케이티는 동물에 대해 배우는 것을 너무 좋아했고, 카일도 동물을 좋아하면서도 앞으로 커서 프로 스턴트맨이라는 직업을 갖기로 맘을 굳혔다. 하지만 카일의 부모들은 그가 뒷마당에 비계(scaffold)를 설치하고 그 밑에 매트리스를 깔아 놓으려는 계획을 허락해 주지 않았다. 이런 구조물은 그에게 반드시 필요한 것이었는데, 하지만 카일은 만일 비계를 세우고 매트리스를 깔아두지 않으면 어떻게 영화에서 나오는 실제 스턴트맨들처럼 건물 위에서 떨어지는 훈련을 할 수 있을 것인지 이해가 되지 않았다.

대통령 잭과 영부인 캐시는 이런 카일의 계획에 단호하게 반대했다. 이들은 뭔가 다른 일—그것이 뭐가 되었든 간에—에 그의 관심을 돌리려고 무진 애를 썼다. 그러나 불과 9살의 케이티가 비록 마당에 떨어진 개똥을 치우는 일을 별로 즐기진 않았지만, 적어도 부모들의 눈으로 볼 때 그녀는 장차 진귀한 동물들을 돌보는 세계적으로 유명한 동물학자가 될 수 있는 충분한 자질을 갖고 있는 것으로 생각되었다.

잭은 방으로 돌아가 TV를 보려고 옷을 갈아입을 참이었지만, 비서가 다가와 메리 팻 폴리가 전화 통화를 원한다고 알렸다.

그는 서재에서 전화를 받았다. "어이, 메리 팻. 뭐 잘못된 일 있나요?"

"아뇨, 대통령님. 모든 게 다 괜찮습니다. 이렇게 번거롭게 해 드려 죄송합니다."

"천만의 말씀을. 무슨 일인가요?"

메리 팻이 말했다. "대통령님, 제 생각에 북한 내부로 인간 자산을 투입하여 정주광산과 제련 활동을 살펴보고 그곳의 상황을 더욱 명확하게 파악할 수 있는 기회가 생긴 것 같습니다. 쉽지는 않은 일이고, 정보관이 큰 위험에 빠질 수도 있습니다."

"잠깐. 당신이 '첩보원'이라고 하지 않고 '정보관'이라고 말했소? 말하자면 당신이 데리고 있는 정보기관 요원들 중 한 사람을 보낸다는 건가요?"

"그렇습니다, 대통령님. CIA 요원입니다. 그는 중국계 미국인이고, 중국인 1세대입니다." 그녀는 대통령에게 그 이상의 첩보를 알려주지 않았다.

라이언은 넥타이를 느슨하게 만들어 뒤로 몸을 기댔다. "말하지만 당신은 내게 '예스냐? 노냐?'를 묻고 있는 거지요? 안 그런가요?"

"맞습니다, 대통령님."

"그 작전은… 기간이 얼마나 걸리나요?"

"정해진 기간이 없습니다만, 우리 요원이 북한에 잠입한 후 2개월 이상 그곳에 머물 것으로는 생각하지 않습니다."

"당신은 그에 대한 모든 지원이 만족스럽다고 생각하나요? 침투 계획은 물샐틈없이 견실한가요? 당신은 그에게 우리가 보유하고 있는 최선의 자산을 제공해 주었다고 생각하나요? 그리고 그는 목표에 대해서 분명하게 이해하고 있나요?"

"질문에 대해 모두 '네'라고 답변드립니다."

"만일 그가 곤경에 처하면 안전하게 구출해 낼 방법이 마련되어 있나요?"

메리 팻이 잠시 뜸을 들였다. "전 대통령님께 그가 받은 훈련, 그리고 만일 그가 위기에 처할 경우에 그를 구출하기 위한 대안들에 대해 말씀드릴 수 있지만, 솔직하게 말씀드리자면, 만일 그가 북한 땅에서 위기에 빠진다면, 북한인들에게 붙잡혀 죽거나, 아니면 즉석에서 처형될 수도 있습니다."

"위기 상황이 발생했을 때 미군들과 협조할 계획은 수립되어 있나요? 물론 남한에는 우리 특수부대가 주둔하고 있잖아요. 그리고 황해에 '프리덤' 전함도 배치되어 있구요. '프리덤' 호에 탑승하고 있는 네이비실 부대가 지난번에 북한으로 들어가던 화물선에서 발사 튜브를 찾아냈지요."

"우린 이번 작전에서 극도의 작전보안을 유지해야 합니다. 만일 우리 요원의 계획이 이곳에서 누출된다면 그는 이미 죽은 목숨이 될 것이고, 장차 우리가 기울이게 될 어떤 노력도 허사가 될 겁니다. 하지만 전 합참에 요원 구출 임무가 하달될 가능성이 있다는 점을 알려주겠습니다." 메리 팻은 합참이 더 많은 첩보를 요구할 것을 알고 있었지만, 그가 실제로 북한에서 도피를 시작하지 않는 한 추가 첩보를 알려주지 않을 것이다.

단지 그런 생각을 하는 것 자체만으로도 메리 팻은 식은땀이 등줄기에 흐르는 것을 느낄 수 있었다.

라이언도 역시 그 점을 생각하고 있었다. 그는 무명의 정보관이 절벽 끝에 서서 반대편 절벽으로 연결되는 밧줄 위에 서 있고, 그 밑에 아무런 안전 그물도 없는 모습을 상상했다. 그런데도 잭 라이언은 그에게 뒤로 돌아 집으로 가거나, 아니면 절벽 끝의 밧줄로 걸어가라는 명령을 내려야 하는 입장에 있었다.

하지만 그는 미래의 모습도 그려보았다. 장차 북한은 미국의 서부 해안을 ICBM의 사거리에 둘 것이다.

그는 잠시 고민하던 끝에 말문을 열었다.

"그를 보내세요." 그는 자신의 목소리가 분별 있는 사람처럼 들렸는지 확신할 수 없었다. 심지어 메리 팻에게조차 단호하게 보이도록 하는 것이 대통령으로서의 임무였다. 만일 그가 동요하는 기색을 보인다면, 그녀가 이번 작전을 감독함에 있어 불필요한 불확실성을 추가시키게 될 것이다. 하지만 그녀는 자신이 대통령으로부터 전폭적인 지지와 지원을 받고 있다는 사실을 알아야 할 필요가 있었다. 그리고 비록 CIA 요원을 북한에 들여보냈다는 사실만으로 앞으로 몇 주일 내에 대통령에게 위장병이 생길지도 모를 일이었지만, 이번 임무의 중요성에 대한 그의 확신에는 의심의 여지가 없었다.

메리 팻이 말했다. "감사합니다, 대통령님. 우린 이번 작전에 가장 우수한 인재들을 투입했고, 제가 직접 매일같이 이들을 만나볼 겁니다."

"메리 팻, 난 당신이 그렇게 할 거란 걸 알고 있어요. 당신과 난 모두 이번 작전에 얼마나 큰 것이 걸려있는지 알고 있어요. 그에게, 그리고 미국에게도 말이에요. 우리가 필요로 하는 정보를 확보하는 즉시 그를 북한에서 데리고 나와야 합니다."

"알겠습니다, 대통령님."

잭은 전화를 끊고 침실로 들어가 옷을 갈아입었다. 침실에 이미 캐시가 와 있었다. 그녀는 거실에서 TV를 볼 때 조깅복을 입기를 좋아했다. 그녀는 남편을 올려다보고 이렇게 물었다. "무슨 일이에요? 뭐가 잘못됐어요?"

잭이 억지로 웃었다. "아무것도 아냐." 침대 끄트머리에 앉은 그는 갑자기

피로감을 느꼈다.

캐시가 그의 옆에 앉았다. "잭?"

"메리 팻이 전화를 했어. 그녀는 젊은 정보관을 위험한 곳에 보내는 작전에 대한 내 승인을 원했어." 그는 잠시 말을 멈추었다. "그래서 난 승인을 해 주었지."

캐시가 그를 끌어안았다. "다른 사람도 아니고 메리 팻이에요, 잭. 그녀는 자신이 뭘 해야 되는지 잘 아는 사람이에요."

그는 어깨를 으쓱했다. "때로는 아주 기분이 좋지 않아. 난 내 승인을 구하는 사람들이 갖고 있는 것보다 더 적은 첩보를 기초로 결심을 내려야 해. 난 그녀가 알고 있는 첩보의 1/5도 모르면서 승인을 해 준 거야. 아마도 이틀 정도 그 작전을 직접 들여다본 다음에 결정을 내렸어야 옳았을 거야."

캐시가 말했다. "잭, 당신 주변에는 가공되지 않은 모든 원자료(raw data)들을 읽어본 다음, 당신이 이해하기 쉽도록 요약하고 정리하는 일을 맡은 사람들이 수없이 많잖아요. 만일 당신이 직접 세부적인 일까지 간섭하려 든다면 자연적인 질서를 훼손하는 것이나 다름없는 거예요."

잭이 미소를 지었다. 부족한 수면으로 눈 주위의 주름살이 더 두드러지게 보였다. "나도 알아. 그리고 난 우리를 위해 일하는 사람들을 신뢰해. 난 단지 이번 일처럼 중요한 사항에 대해서는 가능하면 많은 첩보를 알고 있으면 좋겠다고 생각했어."

"대통령이라도 모든 걸 알 순 없는 거예요."

"맞아, 하지만 난 언제나 더 많은 걸 알고 싶어." 그는 길게 한숨을 내쉬고는 오로지 캐시만이 눈치챌 수 있는 자세로 어깨를 밑으로 푹 숙였다. "맙소사, 이런 짓을 앞으로 2년을 더 해야 하다니. 여기서 마지막 날을 보내고 나면 어떤 생각을 하게 될까?"

캐시는 남편 이마와 눈 주변에 생긴 주름살을 손으로 비비면서 이렇게 말했다. "임기가 다 끝난 후에는 이런 시절을 그리워하겠죠. 하지만 그때가 되면… 우린 쉴 수 있는 시간을 더 많이 갖게 될 거예요."

그는 이제 웃음을 보이며 그녀의 손을 잡았다. "맞아." 그는 한결 기분이 좋아졌다. 약간 기분이 더 좋아졌을 뿐이지만 그것만으로도 자리에서 일어나기에 충분하였다. 그는 일어서서 대통령으로서 착용했던 복장을 벗고, 가장으로서의 복장으로 갈아입었다.

그에게 지금이야말로 하루 중에서 가장 행복한 순간이었다.

33

돔 카루소가 뉴욕에 도착하여 클라크가 세 쌍이 아닌 네 쌍의 눈을 갖게 되자, '샤프 파트너스'에 대한 행동에 대한 정보를 수집하는 '캠퍼스' 작전에 엄청난 차이점이 생겼다.

이번 작전에 도움이 되는 방향으로 생긴 또 다른 변화는 마침내 그들이 에드워드 라일리의 행동거지를 추적할 수 있게 되었다는 점이었다. 라일리가 제재위원회 투표에 영향력을 넣으려는 작전을 책임지고 있고, 그 전날 너절한 마사지 업소에서 미인계를 써먹은 것을 알게 된 클라크와 그 부하들은 혹시라도 라일리가 북한에게 유리하게 적어도 한 표를 어렵사리 확보한 것이 아닐까라고 생각했다.

오늘 밤 라일리가 밤 9시에 차이나타운으로 택시를 타고 가자 샘, 도밍고와 돔도 그의 뒤를 쫓았다. 라일리가 모트 가(Mott Street)에 위치한 거의 텅 빈 만두 전문 레스토랑에 앉아 있는 동안, 샘은 별다른 특징이 없는 흑갈색 세단 속에서 그를 주시하였다. 그는 건물 주변을 네 바퀴나 돌고 난 뒤에야 모퉁이에서 빈자리를 찾을 수 있었다. 하지만 그는 레스토랑을 뒤에서 잘 볼 수 있으면서도, 동시에 모트 가의 남북 양쪽도 모두 잘 관찰할 수 있는 건물 모퉁이 부근의 베이어드 가(Bayard Street)에서 자리를 발견하였다. 일단 차를 세운 다음,

그는 가방에서 카메라를 꺼내 양발 사이에 내려놓았다.

돔은 걸어서 그곳에 도착했다. 그는 지하철로 도착한 다음, 커낼 가(Canal Street)를 가로질러 왔다. 그는 만두 전문 레스토랑을 직접 관측할 수 있는 모트 가에서 두 블록 떨어진 곳으로 갔다. 그는 검은색 폴로셔츠와 카키색 바지 차림이었으며, 모트 가와 커낼 가 사이의 패스트푸드 식당에 혼자 앉아 있었다. 그는 팀원들과 이어폰 장비로 통신을 하였고 샘이 어떤 이유에서건 자리를 비우거나, 라일리가 접촉 상대와 걸어서 레스토랑을 떠날 경우에 더 가까이 다가가도록 만반의 준비를 하였다.

딩은 운동복 바지에 가벼운 땀복을 착용하고 만두 전문 레스토랑의 남쪽과 서쪽에서 천천히 조깅을 하였다. 그가 헤드셋을 통해 거리를 감시하던 샘이 새로운 소식을 전해주는 목소리에 귀를 기울이면서 보행자 길을 따라 콜럼버스 파크를 천천히 돌았다. 그동안에도 그는 혹시라도 샘이 어려움에 빠질 경우에는 즉시 현장으로 달려갈 준비를 하였다.

팀에 단지 세 명만이 있었을 때는 실수를 용납할 수 있는 여지가 거의 없었지만, 클라크는 '어퍼 웨스트사이드'에 위치한 안가로 돌아가 컴퓨터 화면에 나타나는 팀원들의 움직임을 주시하면서, 알렉산드리아에 있는 분석관들과 직접 접촉하면서, 제재위원회 투표에 관계되는 유엔 직원들에 대한 더 나은 방책을 개발하였다.

밤 9시 반이 넘어가자 베이지색 비옷 차림의 여인이 커낼 가와 모트 가 코너에 있던 돔의 위치를 지나, 남쪽으로 방향을 돌렸다. 그녀는 지난 10분간 그가 추적했던 수백 명의 사람들 중 한 명이었으므로, 그녀는 거의 눈에 띄지 않았고 돔은 그녀의 얼굴을 자세히 들여다보지도 않았지만, 2분 뒤 샘이 만두 전문 레스토랑에 들어서는 사람의 모습을 묘사하였을 때, 돔은 금방 그 사람이 자기가 감시하던 위치를 지나간 여자란 것을 깨달았다.

그리고 샘이 그 여자가 에드워드 라일리가 앉아 있던 테이블에 동석했음을 확인시켜주자 돔이 이렇게 말했다. "그 여자는 커낼 가 서쪽에서 걸어왔어.

아마 어딘가에 차를 주차시켰거나 지하철을 타고 왔을 거야."

"알았어." 딩이 말했다. "샘, 가급적 빨리 그 여자의 신원을 파악해야 돼."

샘이 대답했다. "지금 알아보는 중이야." 그의 디지털 니콘 카메라에는 500밀리 렌즈가 장착되어 있었다. 이런 장비를 갖고 이 정도의 거리에서는 창문을 통해 완벽한 사진을 찍을 수 있어야 했다. 그러나 불행하게도 거리의 사정이 별로 좋지 않았다. 주변의 모든 네온사인들이 유리에 반사되어 샘은 그녀의 얼굴을 온전하게 포착할 수 없었다. 현재까지 그는 여인의 머리칼이 검은 브라운 또는 적갈색이고, 쪽 찐 머리를 하고 있으며, 나이가 40대라는 것 외에는 알 수 없었다. 그는 이렇게 말했다. "위원회에는 여자가 두 명밖에 없어." 그는 차의 조수석에서 작은 노트북을 꺼내 컴퓨터 화면을 넘겼다.

그는 첫 번째 여인의 사진을 발견했다. "저 여자는 단연코 미국 출신의 노린 페이지(Noreen Paige)가 아냐…." 그는 두 페이지를 넘겨 다른 사진을 발견했다. "저 여자는 칠레 출신의 말레니 아옌데(Marleni Allende)일지도 몰라. 그렇지만 확신할 수는 없어. 여인의 모습을 제대로 보려면 그자가 움직일 때까지 기다려야 해."

이 말을 마치자마자 그는 테이블에서 사람들이 움직이는 모습을 발견했다. 그는 두 사람들 사이에 뭔가 주고받는 장면을 기대했지만, 그런 일은 벌어지지 않았다. 대신 여인이 손짓을 섞어가며 말을 하자, 라일리는 고개를 뒤로 젖히면서 뭔가 짜증 난 표정을 지었다.

샘은 나머지 대화의 상세한 사항을 지레짐작하면서 이렇게 말했다. "저 남자는 단단히 핏대가 난 거 같아. 이거 흥미진진하구먼."

에드워드 라일리는 칠레 출신의 유엔 직원을 만난 지 10분 후, 그녀의 말을 액면 그대로 받아들이기 시작했다. 그녀의 말은 결코 허풍이 아니었다.

이 망할 년이 마음을 바꿔 먹다니.

라일리는 수중에 2만 5천 달러의 현찰을 갖고 있었다. 두 사람은 며칠 전 페리보트를 타고 맨해튼의 스태튼 아일랜드(Staten Island)로 건너가며 대화를 나누면서 이 액수에 합의했었다. 하지만 그녀는 이틀 뒤 첫 번째 만남에서 약속했던 것을 취소할 구실을 찾아냈지만, 오늘 밤 만나는 것에 대해서는 주저하지 않고 동의했다. 이제 라일리는 그 여자가 반대표를 던지는 대가로 돈을 받는 것에 대해 갑자기 겁을 먹을 수도 있다는 점을 걱정했어야 옳았다고 자책했다.

그는 항상 이런 일이 벌어질 것이라는 걸 알고 있었다. 지금까지 그는 그럭저럭 아홉 명의 유엔 직원들 중 두 명에게 뇌물을 먹였고, 그는 이들 두 명에게 만일 요구하는 것을 들어주지 않으면 뇌물 스캔들을 폭로하겠다고 위협하면서도, 정작 그는 말레니 아옌데에 대해서는 '떼 놓은 당상'으로 안심하고 있었다.

사실 아옌데는 돈 문제로 골치가 아픈 여자였다. 그녀는 칠레의 중산층 가문 출신으로서 국제법 교수가 되어, 자신의 실력만으로 뉴욕의 유엔 본부에서 엄청나게 많은 보수를 받지는 못하더라도 존경받는 지위에 올랐지만, 주변의 남녀들은 온통 더 많은 돈을 벌어 더 잘사는 사람들뿐이었다. 시간이 지날수록 카드의 신용 한도를 넘기지 않으려는 의지가 약화되었다. 뉴욕은 사치스럽게 돈을 쓰기에 더없이 좋은 도시였고, 그녀는 곧 2만 불의 빚을 지게 되었다.

라일리와 '샤프 파트너스'의 직원들은 그녀를 '표적'으로 점찍자마자, 은행구좌를 뒤진 끝에, 단 몇 분 만에 공격해야 할 상대방의 급소를 찾아냈다. 그들이 접근하자 그녀는 깜짝 놀라면서도 재정적 생명줄이 주어질 가능성이 있다는 사실에 확실히 흥분된 것처럼 보였다.

그러나 지금 그는 재정적 곤경에 대한 그녀의 우려를 과대평가하였거나, 조직에 대한 그녀의 충성심을 과소평가한 것처럼 보였다.

그리고 이 때문에 새로운 골칫거리가 생긴 것이다. 그는 그녀의 반대표가 필요했지만, 더 중요한 것은 그녀가 조용히 입을 다물 필요가 있다는 점이었다. 만일 그녀가 유엔 직원들에게 뇌물을 먹이려는 음모가 있었다고 발설하는 날에는 라일리 자신이 그러한 스캔들의 위협에 직면할지도 모르는 노릇이었다.

그는 중국산 칭다오 맥주를 마시면서 1분간 정신을 수습했다. 그런 다음 그는 입을 열어 뉴욕 경찰국 소속인 킨케이드 형사라고 주장하면서 자신의 '배역'에 충실하였다. 그는 브루클린 악센트를 섞어가면서 이렇게 말했다. "이봐요, 말레니. 당신은 오늘 걸어서 이곳에 왔고, 또 이처럼 외딴 곳의 어두컴컴한 곳으로 날 찾아오기를 원했어요. 당신은 마치 '날 좀 보소' 하는 듯 탐정소설 속의 주인공 같은 옷차림을 했어요. 내가 보기에 당신은 당초의 계획대로 따라가기를 원치 않는 사람으로는 보이지 않아요. 그저 내게 당신이 원하는 게 뭔지를 말해주면, 그걸 들어주기 위해 내가 최선을 다할 것이오."

아옌데는 머리를 흔들었다. "바라는 건 아무것도 없어요. 난 원하는 게 없단 말이에요. 내가 이곳에 온 이유는 당신 같은 사람과 다시 만난다는 것이 부끄러웠기 때문이에요. 만일 누군가 날 알아본다면… 정말이지 난 돈이 필요한 것이 사실이지만, 난 범죄자가 아니란 말이에요. 난 내가 몸담고 있는 조직에 대한 책임이 있어요. 난 이런 짓을 할 수가 없어요. 그렇게 하지 않을 거란 말이에요."

라일리는 도전하는 듯한 눈초리로 그녀를 바라보았다. "만일 당신과 같은 찬란하게 의무감을 공유하지 않는 여러 동료들 덕분에 표결에 실패한다면 당신은 어떤 기분이 들 것 같소? 아마도 당신은 반대투표로 덕을 보지 못하는 유일한 사람이 될 텐데요."

"난 당신이 다른 사람들에게도 접근했다는 걸 알고 있어요. 난 사무실 주변에 돌아다니는 사람들의 얼굴에서 그걸 눈치챌 수 있어요. 그들은 모두 위원회에 속한 다른 사람들이 자신들의 비밀을 알고 있는지 궁금하게 여길 거예요. 장담하건대 그들은 모든 사람들이 비밀을 알기를 바랄 것이고, 그래서 모든 사람들은 조용히 행동을 같이할 거예요."

라일리는 눈썹을 치켜세웠지만, 말레니 아옌데는 재빨리 손을 들었다. 그녀의 얼굴에는 두려운 표정이 역력했다.

"전 조용히 갈 거예요. 그건 의심하지 마세요. 난 지금까지 벌어진 일에 대해 입도 벙긋하지 않겠어요. 난 친구나 동료를 해치는 그런 종류의 인간이 아녜요. 하지만 난 이런 짓… 이런 타락한 짓에는 동참하지 않을 거예요."

그녀가 자리에서 일어섰다. "미안해요, 킨케이드 씨. 안녕히 계세요."

두말도 하지 않고 그녀는 뒤로 돌아 문을 향해 걸어갔다.

드리스컬이 주변에 새로운 인물이 도착한 것을 깨달았을 때, 아옌데는 아직도 레스토랑에 앉아 있었다. 베이어드 가와 모트 가가 교차하는 코너에 있던 드리스컬의 위치로부터 약 25야드 떨어진 곳에 헤드라이트를 끈 검은색의 소형 SUV가 정지하였다. 그는 운전대 뒤에 한 사람만 앉아 있는 것을 보았으나, 거리의 양쪽에서 어지럽게 오르내리는 한자 모양의 네온사인에서 반사되는 불빛 때문에 확실하게 알 수는 없었다.

말레니 아옌데—샘은 그녀가 라일리를 만나고 있을 때 얼굴을 완벽하게 촬영하여 신원을 확인했다—는 만두 전문 레스토랑에서 걸어 나와, 검은색 SUV를 향해 모트 가를 따라 걷기 시작하였다.

샘은 라일리와 아옌데 사이에 누군가가 지나가는 것을 발견하지 못했다. 그리고 그는 지금 여인이 방향을 바꿔 걸어가는 모습을 지켜보면서, 그것이 단호한 결의의 표현이라고 해석했다. 그는 아옌데가 상징적으로 그리고 실제적으로 라일리에게 등을 보이는 것 같은 분명한 인상을 받았다.

샘이 말했다. "모두들 잘 들어. 저 여자는 라일리와 게임을 하면서 장난을 치는 게 아냐. 여인은 걸어서 북쪽을 향해 이동하고 있어. 의심스런 차량이 이제 막 코너에 정지했어."

딩이 대답했다. "난 남쪽에서 그곳으로 이동하고 있어."

돔이 말했다. "만일 그 여자가 커낼 가 쪽으로 계속 걸어온다면 내 위치를 지킬 거야."

샘은 그저 어두운 차 안에 앉아 있었다. 지금 당장이라도 도보로 이동하는 그녀의 뒤를 밟고 싶었지만, 그는 당장 시동을 걸어 위치를 노출시킬 수는 없는 노릇이었다. 대신 그는 차분히 차 안에 앉아 그녀가 거리를 건너는 모습을 지켜보았다. 그녀가 길을 건너는 동안 SUV도 앞으로 지나가 그녀와 직접 얼굴을 맞닥뜨렸다. 하지만 지나가던 아우디 승용차가 경적을 울리며 SUV와의 충돌을 피하기 위해 모트 가 쪽으로 방향을 급하게 틀었다.

헤드라이트를 모두 끈 검은색 SUV가 정지하여, 다른 차들이 옆을 지나가게 하였다.

샘이 말했다. "잘 들어. 어쩌면 침략자가 나타난 것 같아. 이 SUV는 그녀의 뒤를 따라갈지 아니면, 그녀를 치고 도망갈지 생각하고 있는 것 같아. 아직은 어떻게 할 것 같은지 모르겠어."

돔이 말했다. "농담하지 마. 맨해튼에서 그런 짓을?"

샘이 말했다. "난 눈에 보이는 대로 판단하는 거야. 잠시만 기다려—."

검은 SUV는 아우디 뒤에서 신호등을 기다린 다음 곧장 베이어드 가(街) 쪽으로 이동하여 칠레 출신 유엔 직원 뒤를 따라갔다. 이제 아옌데는 보도 위로 올라와, 커낼 가와 모트 가가 교차하는 모퉁이의 돔이 있는 곳을 향해 북쪽으로 걸어갔다. SUV 차량은 거리를 달리면서 헤드라이트를 켰다.

재빨리 샘은 만두 전문 레스토랑을 돌아보았다. 에드워드 라일리는 앞문을 통해 밖으로 나가, 활동이 벌어지고 있는 반대 방향인 남쪽을 향해 걸었다. 그는 전화에 대고 이야기를 하고 있었지만 지나치게 흥분하거나 걱정스런 모습은 보이지 않았다.

샘이 말했다. "저 SUV는 이동하기 시작했는데, 다른 팀의 뒤를 쫓거나, 아니면 그녀보다 앞질러 가려는 것 같아. 뭐라고 말할 수는 없지만, 그저 자리를 뜨려는 것 같지는 않아."

딩이 차베스에게 말했다. "그렇다면 우린 직감을 따라야 하는 거야. 난 너와 나란하게 서쪽으로 움직일 테니, 넌 차를 타고 커낼 가 쪽으로 이동하고, 돔은 '표적'이 지나가면 그 뒤를 누가 밟고 있는지 살펴보도록 해."

모두 동의하였고, 세 명의 사내들은 마치 발레 춤을 추듯이, 잘 조율된 이동식 감시 작전을 시작하였다.

딩은 고도로 긴장된 상태에서 혹시라도 대(對)감시(countersurveillance)의 징후가 있는지 주의 깊게 살피면서 이동했다. 하지만 그는 70세가량의 한국인 여자가 더러운 커튼으로 비디오카메라의 렌즈를 겨우 가리면서, 잡화점 위의 2층 아파트 창문에 앉아 있는 모습을 전혀 눈치채지 못하였다. 그녀는 딩이 아래를 지나칠 때 12초 분량의 비디오를 촬영하였다.

1분 뒤 그녀는 현지 연락책인 정찰총국 소속 공작원에게 비디오를 보냈다. 그 뒤의 전화 통화에서 그녀는 남자에게 비디오 속에서 히스패닉처럼 보이는 사람이 오늘 밤 감시하라는 명령을 받은 영국인 옆에 있었던 것이 틀림없다고 말해주었다.

그녀는 단지 망을 보는 파수꾼에 불과하였다. 그 지역에는 정찰국에 소속된 다른 요원들도 있었으며, 이들은 이 노파를 이용하여 만두 전문 레스토랑에서 벌어지는 일들에 대한 정보를 입수하였지만, 그녀는 한 번도 자신의 연락책과 얼굴을 마주 보고 만난 적이 없었을뿐더러, 자신이 부여받은 임무가 무엇인지도 전혀 알지 못하였다.

그녀는 지난 며칠간 이 임무에 투입되었다. 하루에 한 차례씩 그녀는 연락책으로부터 전화를 받았고, 알려준 주소를 따라 레스토랑이나 빨래방이나 식당가 또는 주차장으로 찾아가곤 했는데, 오늘 밤에는 비어있고 열쇠로 잠겨 있지 않았지만 사람이 살고 있는 것이 확실한 차이나타운 부근 모트 가에 위치한 아파트로 갔다.

그런 다음 그녀는 혹시라도 주변에서 평소와 다른 일이 벌어지는지를 날카롭게 주시했다. 두 번째 날이 될 무렵 그녀는 검은 머리의 백인이 매번 같은 장소에 나타난다는 사실을 눈치챘다. 그녀는 사내의 이름을 전해 듣지 못했지만, 그녀가 그의 존재를 알리자, 그녀에게는 그에게 관심을 보이는 다른 사람이 있는지를 살피라는 지시가 내려졌다.

그리고 그로부터 닷새째 되는 지금, 그녀는 마침내 성공을 거두었다.

오늘 밤 어떤 히스패닉 남자가 노파의 눈에 띈 것은 그가 어떤 잘못을 범해서가 아니다. 그는 자신이 노리는 표적에 너무 가까이 다가가거나, 혹은 길거리를 지나는 다른 사람들과 결코 다르게 행동하지도 않았지만, 문제는 노파가 이 남자의 모습을 세 번씩이나 발견했다는 사실이다.

바로 그 사실로 인해 남자의 신분이 들통난 것이다. 노파는 놀라울 정도로 뛰어난 기억력을 갖고 있었다. 사흘 전 아침, 3번 애비뉴에서 키가 작고 머리칼이 검은 40대의 남자가 손에 기피 진을 들고 다른 남자와 걸어가면서 서로 대화에 몰두하였다. 두 사람은 길을 건넌 다음, 에드워드 라일리가 스타벅스에서 접촉 상대와 만나는 장소에서 75야드 정도 떨어진 곳으로 갔다. 한국인 노파는 문방구점인 '홀마크'에 들어가 창문을 통해 밖을 내다보았지만 그저 행인들만이 지나갈 뿐이었다.

이틀 후, 오후가 되자 데님(denim) 바지에 티셔츠 차림의 공사장 인부가 라일리와 그의 공작원들 중 한 사람이 적갈색 벽돌로 지은 건물로 들어간 곳에서 약 한 블록 반 정도 떨어진 주거용 건물의 현관에 앉아 있었다.

그 한국 여인은 공사장 인부로부터 꽤 멀리 떨어진 길모퉁이 수화물 가방 매점을 둘러보다가, 문득 그 인부가 이틀 전에 보았던 양복 차림의 히스패닉 남자일지도 모른다는 생각이 떠올랐다. 만일 노파가 쌍안경을 갖고 있었더라면 확실하게 두 사람을 연결시켜 볼 수 있었겠지만, 자신의 신분을 숨기는 것이 남자의 신분을 밝히는 것보다 더 중요했으므로, 그쯤에서 그만두기로 하였다.

하지만 오늘 밤 노파는 또다시 그 남자를 발견했다. 그는 마치 조깅을 하러 나온 것 같은 차림으로 어둠 속을 달렸다. 그는 사업가이거나, 공사장 인부이거나, 조깅을 하는 사람이거나, 아니면 북한이 노리는 상대 팀의 한 사람일 수도 있었다.

그녀는 그 남자가 혼자라는 사실을 심각하게 의심하였지만, 그에게 다른 동료가 있다는 점을 밝혀내지는 못했다.

노파는 그가 에드워드 라일리의 뒤를 밟는 이유를 알지도 못했고 알려고 하지도 않았다. 그것은 마치 그녀가 에드워드 라일리가 무슨 수작을 꾸미는지 알지 못할뿐더러, 알려고도 하지 않았던 것과 마찬가지였다. 하지만 그녀의 장성한 아들과 딸들은 북한에 살고 있었고, 이곳 뉴욕에서 이따금 정찰총국 요원들과 일하는 동안 자녀들에 대한 좋은 소식들을 듣곤 했다. 마지막으로 그녀가 뉴욕에서 정찰총국의 작전에 동참하였을 때, 그로부터 몇 달 뒤에 아들이 노파에게 보낸 편지에는 자기는 새 자전거, 그리고 여동생은 새 라디오를 선물로 받았다고 적었다. 그들은 왜 그런 선물이 전해졌는지 이유를 알지 못했지만, 대원수에게 감사하면서 그에 대한 변함없는 애정과 충성을 표현하였다.

맨해튼에 살고 있는 한국인 노파는 미국에서의 일이 북한에 있는 가족들에게 행복을 가져다준다는 사실이 흡족하였다. 심지어 그녀는 자녀들을 이곳으로 데려와 같이 살면 좋겠다는 부질없는 생각도 해 보았다.

세 명의 '캠퍼스' 공작원들은 차이나타운까지 서로 잘 협조된 '도약 이동(leapfrogging movements)'을 계속했다. 이것은 마치 일종의 발레와도 같았다. 하지만 검은색 SUV가 다시 나타나자 발레와 같은 협조된 동작이 한층 복잡해졌다. 이번에는 그 SUV가 커낼 가에 나타났던 여인의 뒤를 밟고 있었다. 말레니아엔데는 아무것도 모른 채 앞으로 걸었다. 그녀가 입은 베이지색 비옷과 티셔츠는 길 양쪽에 죽 늘어선 노점상에서 싸구려 짝퉁 물건들을 사러 나온 다른 행인들과 뚜렷이 구별되었다. 아엔데의 뒤에는 그녀를 조심스럽게 미행하는 포드사의 '이스케이프(Escape)' 차량이 교통의 흐름을 따라가더니 거리와 직각이 되게 방향을 틀더니, 잠시 후 커낼 가에 다시 나타났다.

카루소는 여전히 감시의 눈을 떼지 않고 있었다. 그는 '표적'에서 약 100피트 떨어진 곳에 있었으므로, 때로는 포드사가 제조한 검은색 SUV 차량과 나란히 이동하는 경우도 생겼다. 그는 조용한 목소리로 말했지만 그의 목소리는 이어폰을 통해 문제없이 잘 전달되었다. "이거 어쩐지 베트남 사건이 다시 벌어질 것 같은 기분이 드는데. 포드 차에는 네 명이 타고 있어. 놈들은 여자를 바싹 따라붙지는 않고 있지만, 주변에는 민간인들이 엄청 많아."

샘은 차량들의 흐름을 뚫고 앞으로 진진하다가, 이제는 가장 가까운 커낼 가의 지하철역으로 향했다. 아엔데가 레스토랑에서 에드워드 라일리를 만나는 동안, 샘은 클라크를 호출하여 여인에 대한 첩보를 요구했다. 클라크는 '캠퍼스' 분석관들이 알려준 사항들을 큰 소리로 낱낱이 읽어줬다. 이런 첩보를 통해 샘은 그녀가 맨해튼 미드타운의 아파트에 혼자 살고 있다는 것을 알게 되었다.

샘이 보기에 확실히 그녀는 집으로 가고 있지 않았다. 택시를 부르지 않는 한, 십중팔구 칠레 여인은 지하철을 타러 내려갈 것이다.

그는 사방을 둘러보아도 차에서 내려 걸어갈 수 있도록 차를 세워둘 공간을 도저히 찾을 수 없었지만, 앞질러 지하철역 입구에 있다 보면, 아엔데가 옆을 지나갈 때 혹시라도 그녀에게 위협이 될 만한 사람이 있는지를 알아낼 수 있을 터였다.

돔은 아옌데가 자신의 얼굴을 보게 될지도 모른다는 걱정은 하지 않았다. 그녀는 머리를 아래로 숙이고 어깨를 앞으로 구부정하게 늘어뜨린 자세로 걸었다. 혹시라도 아옌데가 어깨 너머로 뒤를 돌아보더라도, 돔은 숱한 훈련을 통해 그녀의 눈동자가 자신을 발견하여 신원을 노출시키기 전에, 몸을 뒤로 돌리는 동작을 정확하게 파악하는 기술을 익히고 있었으므로 별문제가 없을 것이다.

하지만 정작 돔이 걱정하는 것은 포드 차에 타고 있는 남자들이었다. 이들은 돔의 뒤에 있었다가, 다시 옆으로 다가왔다가, 이번에는 거리를 오르내리는 동안 그의 얼굴과 마주쳤다. 그는 놈들이 누군지 모르지만 대(對)감시를 경계하는 훈련을 받은 것 같다고 짐작했다.

그래서 돔은 잠시 걸음을 멈추고 노점상에서 파는 싸구려 티셔츠와 조잡한 지갑 따위를 뒤적거리는 동안, 중간중간에 고개를 들어 아옌데를 미행하는 다른 팀이 그녀와의 거리를 좁히려 하는지 여부를 살폈다.

그는 다시 걸음을 옮기다가 포드 SUV가 미행을 완전히 중단하고 거리를 달려가는 걸 발견했다. 그는 이 사실을 팀원들에게 알려주었고, 팀원들은 모두 SUV가 지하철역으로 달려갈 것으로 짐작했다.

샘이 이어폰으로 물었다. “이제는 어떻게 하지?”

미행하는 장면을 모니터 하고 있던 클라크가 말했다. “너희 두 사람이 결정해. 난 현장에 있지 않고 딩도 아직 상황을 모르고 있어. 돔, 피할 수만 있다면 지하철역으로 내려가지 않으면 좋겠어. 하지만 만일 이 여자가 위험에 빠질 것 같다고 생각되면, 자네들이 역으로 내려가서 아옌데를 보호하도록 승인해 주겠어. 돔? 샘? 내게 응답해.”

샘은 포드 차량이 지하철역 입구에 서 있는 것을 보았다. 두 명의 아시아인이 뒤에서 내려 서둘러 계단을 내려갔다.

돔이 클라크의 질문에 대답하기도 전에 샘이 먼저 말했다. "북한인으로 보이는 두 명의 'FAM'이 커낼 가 지하철역으로 내려가는 걸 보았다. 두 사람은 검정 양복에 옅은 색의 버튼다운식 셔츠를 착용하고 있다."

FAM이란 'fighting-aged males(전투 연령의 남자)'의 약자로서, 이들은 스파이일 수도 있고, 군인일 수도 있고, 아니면 다른 나쁜 짓을 하는 사람일 수도 있다. 물론 FAM은 일을 마치고 집으로 돌아가는 보험 회사 외판원일 수도 있다.

하지만 클라크는 후자가 아닐 것으로 판단했다. "샘, 넌 차에 남아 있어. 딩, 넌 빨리 돔을 따라잡아."

딩이 말했다. "돔은 내 앞에 있어요. 눈에 보여요." 그는 아직도 조깅 중이었다. 조깅복으로 신분을 숨긴 채, 딩은 감시 대상 '표적'과 자신과의 거리를 좁히면서 달리는 중이었다.

클라크가 마지막으로 말했다. "딩과 돔. 아엔데를 바짝 따라붙어. 만일 그래야만 한다면 북한 놈들에게 너희가 거기 와 있다는 걸 보여주되, 여자가 위험에 빠지게 하면 안 돼. 어떤 불필요한 위험도 피하도록 해. 좀 있으면 샘과 나와 교신이 끊길 테니, 최대한 빨리 접촉을 유지하도록 해. 행운을 빈다."

돔의 앞에서 비옷 차림의 칠레 여인은 지하철역으로 내려갔다. 바로 지금 이 순간 남자들이 자신을 주시하고 있고, 또 저 밑에서 또 다른 사람들이 자신이 내려오기를 기다리고 있다는 사실을 까맣게 모른 채 말이다.

34

주중(週中)의 밤 10시 15분이라는 걸 감안하더라도 커낼 가의 지하철역은 놀라울 정도로 조용했다. 하지만 지하철 트랙을 향해 재빨리 이동하는 가벼운 발걸음 소리가 끊임없이 들렸다. 말레니 아옌데는 다른 사람들과 같이 걸어가면서도 여러 걱정거리로 마음이 무거웠기 때문에 주변에서 벌어지는 사정을 전혀 의식하지 못했다.

그녀는 북쪽으로 향하는 지하철을 타기 위해 개표소를 통과하였다. 여전히 아옌데의 마음은 지난 며칠 동안 받았던 스트레스에 눌려 있었다. 그녀는 올바른 결정을 했다고 스스로를 위로했다. 만일 비리의 유혹에 굴복했더라면, 아무리 많은 돈을 받더라도 죽을 때까지 죄책감을 이겨내지 못하였을 것이다. 그녀는 자신을 모범적인 가톨릭 신자로 여겼다. 비록 신용카드 한도를 모두 소진하고, 평생 모아놓은 저축을 탕진하는 등 뉴욕에 와서 몇 가지 실수를 저질렀지만, 적어도 사악한 정권의 이익을 위해 일하는 수상한 사람에게서 뇌물을 받는 것으로는 자신이 처한 고난으로부터 절대로 벗어날 수 없다는 사실을 깨달을 수 있을 정도의 기백은 살아 있었다.

처음에 아옌데는 주변에 신경을 쓰지 않았으므로, 두 명의 젊은 아시아인들이 열차를 타는 방향으로 걷는 행인들의 흐름을 거슬러 플랫폼으로 걸어와,

자신의 바로 정면으로 다가오고 있다는 사실을 모르고 있었다. 잠시 후 그녀는 이들의 움직임을 어렴풋이 감지하고는, 두 사람이 자기가 서 있는 방향으로 다가오는 것으로 생각되었으므로 오른쪽으로 걸음을 옮겼다.

두 남자가 불과 15피트 떨어진 곳에서 그녀에게 접근하려고 걸음의 방향을 바꾸자, 아옌데는 이들을 올려다보았다. 사내들은 조금도 주저하지 않고 그녀의 눈을 바라보면서 계속해서 그녀가 서 있는 방향으로 다가왔다.

화들짝 놀란 아옌데는 걸음을 늦추었다. 그녀는 갑자기 공포에 빠지지 않는 훈련을 받았지만, 아마도 이들이 자기에게 다가와 무슨 말을 하려는 것으로 생각했다.

이들과의 거리가 8피트로 좁혀질 무렵, 그녀는 두 사람이 재킷에 손을 집어넣는 것을 보았다.

이 사람들이 상의 주머니에서 뭘 꺼내려는 것인지 보려고 아옌데의 눈동자가 밑을 향하고 있을 때, 갑자기 그녀의 가슴에서 심장이 덜컹! 밑으로 떨어졌다.

'하나님 맙소사, 이들은 경찰이야, 내가 뭘 했는지 알고 있어.'

바로 그 순간 그녀는 누군가의 손이 등을 건드린다 싶더니, 양 팔꿈치를 꽉 잡는 것을 느꼈다. 그리고 두 남자가 양쪽에 찰싹 달라붙고는, 그녀를 부드러우면서도 확고한 걸음으로 플랫폼을 따라, 앞에 있던 아시아인들을 피해 대각선으로 안내하였다.

그가 스페인어로 물었다. "말레니? 믿을 수가 없군! 그동안 어떻게 지냈어, 내 친구?"

그녀는 아시아인 남자들이 손을 여전히 상의 재킷에 넣은 채 플랫폼에 서 있는 것을 보았다. 이들의 얼굴에는 혼란스런 표정이 뚜렷하였다. 아옌데를 데리고 지하철에 오르던 남자들은 이들의 존재를 눈치채지 못한 것 같았다.

두 사람 중에서 키가 작은 사람이 물었다. "착한 소녀군요." 아옌데 왼쪽에 있던 이 남자는 계속해서 지하철의 트랙 끝으로 그녀를 데려갔다. 그는 마치 자신이 그녀를 알고 있고, 그녀를 다시 만나게 되어 무척 기분이 좋은 것처럼 행동했지만, 확실히 이것은 모두 한바탕 연극이었다.

그녀가 물었다. "당신들 누구예요?" 오른쪽에 있던 남자는 키가 조금 더 크고 턱수염을 길렀다. 그는 지금 아엔데의 뒤에 있는 두 사람의 아시아인들로부터 그녀를 보호하고 있었던 것이다. 기차가 정지하자 플랫폼으로 몇 사람이 더 다가왔다.

말레니는 발음의 악센트로 보아 자기의 등에 손을 대고 있던 라티노가 멕시코인이란 걸 알았다. 그는 부드러운 스페인어로 이렇게 말했다. "우리와 함께 기차에 타요. 우린 친구니까 걱정 마시고."

그녀는 시키는 대로 했지만, 이들을 이해하거나 신뢰해서가 아니라, 단지 플랫폼에 두 명의 아시아인들이 있었고, 이들이 침묵을 지키고 있지만 여차하면 완력을 휘두를 것이 분명하다는 사실을 알고 있었기 때문이다.

지하철의 출입문이 닫히자 차베스는 혹시라도 두 명의 북한인들이 탔는지 확인하기 위해 주변을 둘러보았지만, 밖으로 나가 출구로 향하는 승객들의 무리들 속에서 이들의 모습을 발견할 수 없었다. 차베스는 놈들이 다른 칸에 탔을 가능성이 있다고 생각하지만, 자신과 딩의 갑작스런 출현이 그들로 하여금 잠시 동작을 멈추게 만들기에 충분하였기를 기대했다.

차베스는 아엔데가 자리에 앉는 것을 도와주었다. 그녀는 순순히 따르면서도 겁에 질려 있었다.

그가 말했다. "미스 아엔데. 난 당신을 놀라게 하고 싶지 않아요. 난 당신의 친구예요."

그녀는 핸드백을 움켜쥐며 물었다. "당신들 누구예요?" 딩은 조깅복 바지에 회색 셔츠를 입은 47세의 히스패닉 남자였다. 그는 별로 위협적인 사람으로 보이지 않았지만, 아엔데는 그가 이처럼 위압적으로 자신에게 접근했으므로 혹시라도 강도를 당하는 것이 아닌가 걱정할 정도였다.

"저놈들은 당신이 라일리를 만날 때부터 당신을 미행했던 자들이에요. 우린 놈들이 당신을 해칠 가능성이 있다고 생각했어요. 우린 그런 일이 벌어지도록 내버려둘 수가 없었죠."

"난 라일리란 사람을 몰라요."

"아마도 당신에게 가명을 알려주었을 거요. 내가 말하는 사람은 당신이 20분 전 모트 가의 레스토랑에서 만났던 사람이에요."

아엔데의 얼굴이 빨갛게 상기되었다. "난 모른다니까요—"

"어떤 일이 벌어지고 있는지는 중요하지 않아요. 우린 그저 당신이 안전하기를 바랄 뿐이에요. 부디 우리가 당신과 이야기할 수 있는 곳으로 당신을 데려가도록 허락해 주기 바라요."

"이게 다 무슨 말인지 통 모르겠어요. 정말이에요. 지금 당장 대사관에 전화할 수 있게 해 주세요."

차베스가 말했다. "당신이 지하철에 있으면 안전하지 못해요. 당신을 다음 역으로 데려가서 지상으로 올라간 다음, 우릴 도와줄 친구를 만날 거예요."

갑자기 아엔데가 벌떡 일어섰다. 그녀는 정신적 혼란이 가라앉자, 이대로 가만히 당하고 있을 수만은 없다는 일종의 분노 혹은 자존심 같은 것이 솟아올랐다. "내가 말했잖아요. 지금 당장 대사관과 통화하겠어요."

지하철이 서서히 프린스 가(Prince Street) 역에 들어섰다. 도미니크는 출입문으로 몸을 움직여, 양손을 허리춤 가까이 올린 상태에서, 만일 북한 첩자가 열차 안으로 들어오면 언제든지 총을 뽑을 준비를 하였다.

딩이 말했다. "좋아요. 당신이 원한다면 누구에게도 전화해도 좋아요. 하지만 일단 우린 지상층으로 올라가야 해요, 알겠어요?"

"난 그에 대해 말하기를—"

출입문을 향하고 있던 돔은 아엔데 쪽으로 몸을 돌려 주머니에서 지갑을 꺼냈다. "주목하세요, 여사님." 그는 지갑을 열어 FBI 배지를 보여주었다. "난

FBI 요원이에요. 당신은 우리와 함께 가야 해요."

"난 외교관 면책특권이 있어요."

"그런 헛소리는 집어치워요. 당신은 체포되는 게 아니라, 안전지대로 호송되는 거란 말이에요. 당신은 오히려 이런 일에 감사해야 돼요. 우린 지금 당장 나가야 해요."

마침내 아옌데는 움직이기 시작했지만, 그러기까지 참으로 오랜 시간이 걸렸다.

프린스 가 역에서 대부분 관광객인 것이 틀림없는 15명쯤 되는 사람들이 아옌데가 열차에서 내리기 위해 출입문에 가까이 다가서기도 전에, 이미 그녀에게서 가장 가까운 출입문을 통해 열차에 올라타고 있었다. 앞쪽 출입문을 통해서도 같은 숫자의 사람들이 열차에 탑승했다. 차베스와 카루소가 그녀를 데리고 승객들 사이를 뚫고 가까스로 출입문에 다가섰을 무렵, 그만 출입문이 닫히고 말았다.

열차가 다시 이동을 시작했다.

딩이 돔을 쳐다봤다. "출입구 옆에 그녀에게 딱 붙어 서서 정신 바짝 차리고 있어. 우린 다음 역에서 내릴 거야."

"알겠어."

만일 열차 중간에 많은 승객들이 손잡이를 잡고 서 있지 않았더라면, 딩과 돔은 그들이 타고 있는 열차의 뒤쪽 출입문과 앞쪽 출입문 사이에 있던 두 사람의 아시아인들을 발견했을 것이다. 지난 역에서 이들은 기차에 올라타 승객들 사이를 뚫고 지나면서 자신들의 표적을 찾기 시작했다. 마침내 그들이 뒤쪽 출입문 가까이에서 아옌데와 그녀를 보호하고 있는 의문의 사나이들을 발견하였을 때, 이들과의 거리는 불과 10피트 이내였다. 즉각 북한 첩보원들은 상의 안쪽으로 손을 집어넣었다.

카루소와 차베스는 놈들이 총을 뽑아내는 순간을 제대로 포착했다.

품속에서 총을 꺼낸 북한인들은 중간에 서 있던 중년 여인과 그녀의 장성한 딸을 옆으로 밀쳐내고는 이 광경에 경악한 승객들 속에서 총을 높이 쳐들었다.

두 명의 '캠퍼스' 정보원들도 바지춤에서 각자 무기를 빼 들었다. 돔은 셔츠 아래 허리띠에 차고 있던 '스미스 앤드 웨슨' 40구경 권총을 꺼내 들었고, 차베스는 '선더웨어' 권총집에서 '글락 26' 9밀리 권총을 뽑았다. 권총을 꺼낸 차베스는 말레니 아옌데 앞으로 다가가 몸으로 그녀를 막았다.

북한인들은 미국인들보다 약간 먼저 움직였지만, 정작 권총을 빨리 꺼내든 쪽은 미국인들이었으므로, 네 명은 서로를 표적으로 삼아 겨냥하는 일종의 무승부의 장면을 연출했다.

이윽고 약 30명에 이르는 승객들의 비명 소리와 고함 소리가 뒤섞여 들리기 시작했다.

1.5초 이내에 각각 두 명으로 이루어진 두 개의 팀은 같은 열차 칸에서 서로를 바라보며, 총구를 서로에게 겨눈 상태에서, 손가락을 권총 방아쇠에 집어넣었다. 모두가 팔을 쭉 펴고 권총을 조준하였으므로, 총구와 표적 사이에는 불과 18인치의 공간만이 있을 뿐이었다.

주변에 있던 모든 남녀는 열차 바닥에 엎어지거나 사방으로 흩어져 몸을 웅크렸지만, 네 명의 프로들은 열차 중앙에서 마치 석상처럼 한 치도 움직이지 않았다.

차베스가 보기에 이들은 틀림없이 북한인들이었다. 그는 이들이 해외정보부 소속일 거라고 짐작했다. 차베스는 이들이 뉴욕 시에서 총기를 갖고 활개를 치고 있다는 사실에 놀랐다. 하지만 차베스는 권총이 그저 암살 도구 중에서 점잖은 축에 속하며, 이들이 권총을 휘두르는 데는 그럴 만한 이유가 있을 거라고 생각했다.

차베스 오른쪽에 있던 카루소는 상황이 벌어지자 차베스 바로 앞에 있던 북한인에게 총을 겨누었다. 한편 차베스는 카루소 앞으로 불과 6피트 떨어진 북한인을 조준했다. 북한인들도 서로 교차된 모습으로 표적을 겨냥했다. 그러다 보니 4정의 권총은 마치 완벽한 엑스(×) 자 형태가 되었고, 달리는 열차가 흔들릴 때마다 리드미컬하게 아래위로 출렁거렸다. 차베스는 만일 열차 안의 누군가가 재채기라도 하는 날에는, 자신을 포함한 네 사람이 모두 동시에 각자가 겨누고 있는 표적에 총알을 발사하게 될 것이라고 생각했다.

그는 열차 안에 붙들려 오도 가도 못하는 승객들이 어떤 심정일지를 상상해 보았다. 굉음을 울리는 총성과 함께 네 명의 괴한들이 바닥에 죽어 나자빠지면, 선혈이 사방에 튀어 낭자할 것이 틀림없었다.

만일 이런 일이 벌어진다면 열차에 탄 관광객들에게는 평생 잊지 못할 휴가의 기억으로 남게 될 것이었다.

어느 누구도 처음 몇 초 동안 아무 말도 하지 않았다. 그래서 차베스는 엄숙한 행사의 주인 노릇을 자처했다. "영어 할 줄 알아? 너희 둘 중 영어 할 줄 아느냐고?"

차베스의 총구가 겨냥하는 북한인의 이마는 땀으로 뒤덮였다. 차베스는 자기 앞에 있는 북한인은 쳐다보지 않았다. 왜냐하면 그자는 돔의 책임이기 때문이었고, 그는 돔이 녀석을 알아서 처치해 줄 것으로 믿었다.

차베스가 총구로 조준하고 있던 북한인은 땀을 비 오듯 흘리면서 눈을 크게 뜨고 껌뻑거리긴 했지만, 크게 겁먹은 표정은 아니었다. 그가 말했다. "나 영어 할 줄 알아."

차베스가 고개를 끄덕였다. "좋아요." 그는 약간 웃으면서 팽팽하게 긴장된 분위기를 약간 진정시키려 노력했다. "이거 엉망진창이군, 안 그래?"

북한인은 대꾸를 하지 않았다.

차베스가 계속했다. "장담하건대 너와 네 파트너는, 나와 내 파트너와 마찬가지로, 오늘 밤 무사히 집으로 돌아가기를 바라겠지, 안 그래?"

북한인이 입을 열었지만, 그의 입에서 나온 말은 낮고 후두음이 섞인 한국어였다. 그는 파트너에게 말을 걸었다. 차베스는 그가 파트너에게 자기가 한 말을 통역해 주는 것이라고 생각했지만, 서로 말하는 투가 영 좋게 들리지 않았다.

열차가 좌측으로 덜컹거리며 커브를 돌자 총들이 약간 출렁거렸지만, 여전히 네 개의 총구들은 네 명의 머리통을 서로 겨눈 상태였고, 네 개의 둘째 손가락도 여전히 방아쇠 사이에 약간의 틈을 두었을 뿐이었다.

30대로 보이는 여자 승객이 뭔가를 말하려고 하였으나, 차베스는 뒤도 돌아보지 않고 조용히 입을 다물라고 소리를 쳤다.

차베스가 말했다. "너희들 말이지, 권총을 밑으로 내리고 다음번 역에서 내리는 게 어때? 우린 너희가 그렇게 하도록 내버려두겠어. 사실이지… 너희가 그렇게 해 준다면 정말 고맙겠단 말이야."

두 명 중 리더로 보이는 자가 '노'라고 말하듯 머리를 흔들었다. 땀방울이 관자놀이 밑으로 흘러내렸다.

열차가 8번가 역으로 진입하면서 속도를 늦추었다. 돔은 얼굴에 총구를 겨냥하고 있는 상대방이 놀라기를 원치 않았으므로, 조심스럽지만 단호한 목소리로 이렇게 말했다. "모두들 진정해. 난 연방 공무원이야. 열차가 멈출 때까지 누구도 움직이면 안 되지만, 출입문이 열리자마자 난 모두가 조용하고 질서 있게 열차 밖으로 나가기를 바라."

북한인이 소리쳤다. "노! 누구도 나가면 안 돼!"

차베스가 말했다. "만일 너희 둘 중에서 한 명이라도 저기 민간인들에게 총구를 돌린다면, 우린 너희를 총으로 쏴 죽여버릴 거야." 그 말이 무슨 뜻인지 이해하는 데 약간의 시간이 걸렸다. 차베스가 덧붙였다. "네 파트너에게 내 말을 이해했는지 물어봐."

돔의 뒤쪽의 좌석에 앉아 있던 대학생 나이 또래의 남자가 말했다. "선생님, 제가—"

카루소가 말했다. "당신은 내가 방금 말한 대로 해. 다른 짓 하지 말고."

지하철 열차의 내부는 트랙을 달리며 덜컹거리는 소리를 제외하고는 조용하였지만, 카루소가 뒤쪽에서 누군가가 지갑이나 옷가지를 뒤적거리는 소리를 듣자, 이렇게 소리쳤다. "카메라 폰을 꺼내는 사람은 아마도 총에 맞아 죽게 될 거야. 그렇지 않더라도 내가 붙잡아서 감옥에 처넣겠어. 꼼짝 말고 가만히 있으란 말이야!"

그러자 뒤쪽에서 들리던 부스럭거리던 소리가 즉각 멈추었다.

열차는 8번가 역에서 급정거하였다. 네 사람 모두는 약간 비틀거렸지만 총구를 다시 조준하면서 즉각 × 자 형태를 회복했다. 열차에 타고 있던 남녀들—다행히 늦은 밤이었기 때문에 어린이는 타고 있지 않았다—은 돔이 예상했던 것보다 더 질서 있게 행동했고, 불과 몇 초 만에 열차가 텅텅 비었다.

승객들 중에서 말레니 아옌데가 가장 먼저 열차에서 내렸다. 카루소와 차베스는 북한인들이 틀림없이 생사를 좌우하는 중요한 임무를 부여받았을 텐데도 그녀가 내리지 못하게 가로막는 짓을 하지 않았음을 눈치챘다. 이들은 오직 자신들이 처한 난관에 온 정신을 집중시켰던 것이다.

카루소는 열차가 계속해서 8번가 역에 멈출 것으로 예상했다. 누군가가 기관사에게 열차 내에서 무장 괴한들이 대치하고 있다는 것을 알렸을 것이고, 기관사는 경보를 발령하여 외부에 상황을 알린 다음 그 자리에 멈출 것이다. 하지만 출입문이 닫히면서 열차가 다시 움직이기 시작했다.

그는 자신들이 뒤에서 두 번째 열차 칸에 타고 있다는 것을 깨달았다. 아마도 허둥지둥 열차에서 내린 승객들은 열차 앞쪽 방향의 플랫폼으로 달려가는 것보다는 혹시라도 빗발치는 총알 세례에서 벗어나 지하철 출구로 달려가는 것에 더 관심이 많았을 것이다.

물론 승객들은 모두 지상층으로 올라가면 휴대전화를 통하여, 아니면 첫 번째로 만나는 지나가던 순경에게 열차에서 어떤 일이 벌어지는지를 알려주었을 것이므로, 카루소와 차베스는 열차가 다음번 역인 '유니언 스퀘어'로 이동하지 않을 것임을 알게 되었다.

차베스가 다시 대화를 시도했다. "여자는 가 버렸어. 우리가 서로 총질을 해봐야 아무 소용없다고. 그러니 오늘 밤은 이쯤에서 그만두지 그래."

북한인이 말했다. "우린 외교관 면책특권이 있다."

카루소가 대답했다. "지금 여기서 그거 갖고 있지 않은 사람 있어?"

차베스가 끼어들었다. "이제 총을 내려놔. 기껏해야 이 나라에서 밖으로 쫓겨 나가면 되는 거야. 굳이 서로 피를 볼 건 없잖아."

북한인은 얼굴에서 흘러내린 땀방울 때문에 계속해서 눈을 껌벅거렸다.

그의 파트너가 한국어로 뭐라고 말하자, 두 사람은 한창 열을 내면서 논쟁을 벌였다.

서로 고함을 지르던 두 사람의 말싸움이 갈수록 격렬해졌다. 카루소가 차베스에게 조용히 말했다. "저놈들 맛이 갔어."

차베스가 말했다. "작전 실패에 대한 책임을 놓고 서로 싸우는 거야."

돔이 천천히 말했다. "이놈들 막가파로군."

차베스가 그의 말뜻을 알아챘다. 놈들은 더 잃을 것이 없다는 것을 깨달았던 것이고, 두 명의 '캠퍼스' 공작원의 입장에서 볼 때, 그것은 놈들과 똑같은 난관에 처해 있음을 의미하는 것이었다.

머잖아 지근거리에서 총격전이 벌어질 것이고, 차베스와 카루소 역시 잃을 것이 없었다.

북한인들이 말싸움을 멈추자, 미국인들은 그들이 어떤 결론에 도달한 것으로 받아들였다. 열차가 유니언 스퀘어 역으로 천천히 진입하기 시작하자, 네 사람은 열차가 정지할 때 발생하는 관성으로 넘어지지 않도록 무릎에서 힘을 뺐다. 비록 서로가 말을 주고받지 않았지만, 두 명의 '캠퍼스' 공작원들은 열차가 완전히 멈추어 출입문이 열리기 직전에 북한인들이 총을 쏠 것이라고 짐작했다. 그렇게 하는 것이 살아남는 데 성공할 수 있는 최선의 기회인 동시에, 여기서 무사히 도망칠 수 있는 최선의 기회이기도 하였다.

차베스가 말했다. "돔, 넌 나를 믿지?"

카루소가 그 말을 이해하는 데 잠시 시간이 걸렸지만, 이내 이렇게 말했다. "널 믿어."

영어를 할 줄 아는 북한인이 소리쳤다. "너희들 뭐라고 떠드는 거야?"

차베스가 대답했다. "난 이제 항복한다고 말한 거야."

그는 총을 쥐고 있던 왼손을 천천히 내리고, 마치 북한인들에게 항복한다는 표시를 하듯이 총을 앞으로 내밀었다. 아주 서서히 그는 북한인을 겨누던 총구를 돌린 다음, 검지 손가락 위에 방아쇠를 올렸다. 그러자 손가락에 매달린 권총이 한 바퀴 빙그르 돌면서 위와 아래가 뒤집혔다. 그는 총구로 겨냥하던 북한인에게서 총을 거두면서, 그의 앞으로 총을 직접 내밀면서 이렇게 말했다. "자, 가져가."

차베스가 이렇게 말하자, 그의 앞에 있던 북한인, 즉 카루소를 겨냥하던 북한인이 순간적으로 표적에서 눈을 떼고 자기 앞으로 권총을 내미는 사람을 쳐다보았다. 이처럼 미세한 동작들이 다이내믹하게 변화하자, 딱 0.5초 동안 놀랐던 북한인은 다시 상황을 평가하기 시작했다.

도미니크 카루소는 북한인의 눈동자가 초점을 옮기자마자, 몸을 오른쪽으로 재빨리 돌려 반대편에서 차베스에게 총구를 겨누던 북한인의 이마를 향해 방아쇠를 당겼다.

카루소를 조준하던 북한인이 총성에 놀랐지만, 표적을 다시 겨냥하기 위해 눈동자를 원래 위치로 되돌릴 참이었다. 기습을 당한 것을 깨달은 북한인은 눈으로는 미국인 중 한 사람을 쳐다보고 총구로는 다른 사람을 겨누었지만, 여전히 자신도 다른 총구의 표적이 된 상태에 있었다. 그는 순간적으로 반자동 권총의 방아쇠를 당기기 위해 손가락에 힘을 넣었다.

하지만 그는 결코 방아쇠를 당기지 못했다.

차베스는 집게손가락에 매달려 있던 권총을 돌려 손바닥에 잡으면서, 새끼손가락을 방아쇠울에 집어넣었다. 이렇게 해서 비록 권총의 위와 아래가 뒤집힌 모양이었지만 총구는 여전히 앞에 있는 북한인을 겨냥하였다. 그는 권총이 뒤집힌 상태에서 새끼손가락을 뒤로 잡아당겼다. 발사된 총알이 흉부를 관통하자 북한인이 뒤로 벌렁 자빠졌다. 북한인은 비틀거리며 넘어지면서 열차 천정에 권총을 한 발 발사하였다.

돔 카루소는 자신의 '스미스 앤드 웨슨' 권총을 발사하여, 북한인이 바닥에 쓰러지기 전까지 허공에서 두 발을 더 그의 상체에 명중시켰다.

마침내 기차가 덜컹 소리를 내며 멈추었다. 두 명의 '캠퍼스' 공작원들이 창문으로 플랫폼을 내다보니 수많은 검푸른 경찰 유니폼의 물결이 열차 출입구에서 25야드 떨어진 계단까지 가득 차 있었다. 경찰들은 괴한들이 어떤 차량에 타고 있는지 몰랐으므로, 계단 밑에서 일대 소동이 벌어졌다.

차베스는 경찰들에게 발각되지 않도록 열차 뒤편으로 달려갔다. "터널로 도망치자!"

두 사람은 마지막 객차와 객차 사이의 틈바구니를 통해 열차 트랙으로 내려갔다. 이들은 다른 철로 근처로 가지 않도록 조심하면서 남쪽을 향해 달리기 시작했다.

차량 두 칸을 남겨둔 상태에서, 교통경찰들은 무기를 들고 모든 객차의 칸을 샅샅이 뒤졌다. 이들이 객차에 올라가는 데 30초, 그리고 이미 괴한들이 객차에서 내려 터널로 도망친 것이 아닐지 의심하기까지 1분 30초가 더 걸렸다.

그사이에 카루소와 차베스는 열차와 8번가 사이의 중간을 넘어 도망치고 있었다.

8번가 역에 도착하였을 무렵, 카루소와 차베스는 열차 트랙의 남쪽 방향으로 이동했다. 모든 목격자들이 지하철 객차에서 내려 북쪽 방향의 플랫폼으로 올라갔으므로, 두 명의 '캠퍼스' 공작원들은 아직도 현장에 경찰들이 남아 있을 것으로 예상하였는데, 역시 예상대로였다.

밝은 청색과 검은색 유니폼을 착용한 10여 명의 경찰관들이 카빈총이나

기관총을 들고 목격자들과 행인들 옆에 서 있었다.

하지만 차베스와 카루소는 지하철역을 가로질러 경찰관들이 왁자지껄 떠들고 있는 곳에서 약 50야드 떨어진 남쪽 방향의 플랫폼을 통해 지상으로 올라왔지만, 이들의 존재를 눈치챈 사람은 아무도 없었다.

몇 분 뒤, 샘이 이들을 차에 태웠고, 모두는 얼마 지나지 않아 79번가에 위치한 안가에 도착했다.

도밍고와 도미니크가 생수병과 총구 손질 도구를 갖고 자리에 앉았을 무렵, '캠퍼스'의 IT 팀 멤버들은 이미 지역에서 가동되던 뉴욕 경찰국과 교통 당국이 운용하던 무인 카메라의 녹화 장면을 검토한 결과, 두 사람의 공작원을 포착한 카메라가 없다는 사실을 확인했다. 열차에 타고 있던 어떤 어린이가 휴대전화를 꺼내 이들의 모습을 찍었을 가능성은 항상 남아 있었지만, 이번 사건이 휴대전화에 촬영되었을 가능성은 거의 없었다. 왜냐하면 열차에 있던 모든 승객들이 직접적인 생명의 위협에 직면해 있었고, 휴대전화를 꺼내 들거나 손으로 카메라를 집어 들려고 했다가는 당장 머리에 총알이 박힐 것이라는 것을 잘 알고 있었기 때문이다.

안가의 거실에서 클라크와 함께 몇 시간을 소비하면서 열띤 사후 검토 회의를 거친 끝에, 이들은 운 좋게도 이번 사건에서 자신들의 신원이 탄로 나지 않았다는 결론에 도달했다. 어째서 북한인들이 제재위원회에 소속된 위원 중 한 사람을 결사적으로 죽이려 작정했는지 그 이유를 알 수 없었지만, 샘은 다음과 같이 주장했다. 그 내용이 뭔지는 몰라도 아옌데와 라일리는 그들이 만난 목적과 관련된 어떤 조건에 합의하는 데 실패하였다. 그러자 라일리는 북한인들에게 아옌데가 제재위원들에게 압력을 넣으려는 작전이 진행되고 있다는 사실을 알고 있다고 귀띔해 주었다. 이 소식을 전해 들은 북한인들은 그녀가 비밀을 발설하기 전에 살해하기로 작정하였다.

이런 결론에 도달하려면 많은 추측이 필요하지만, 실제로 모든 사실들은 이런 방향으로 흘러가고 있었다.

클라크가 말했다. "베트남 사건이 다시 벌어지는군. 이번 일에도 북한 놈들이 죽기 살기로 달려들고 말이야. 이런 상황이 벌어지면 어떤 악당들은 그저 중간에 포기하고 도망치거나, 아니면 반대로 고분고분하게 말을 듣지 않는 상대방에게 협박을 하게 되는 거야. 북한 놈들은 치명적인 무기를 사용하는 것도 마다하지 않고 있어. 이런 식으로 놈들은 추악한 게임을 벌이기로 작정한 거야. 그러니 놈들이 앞으로 어떻게 나올 것인지를 짐작하려면, 이런 점들을 반드시 염두에 두도록 해."

35

애덤 야오는 국가정보국 3층에 위치한 유리로 둘러싸인 회의실에 앉아 있었다. 남서쪽을 향한 창문을 통해 야오는 '캐피털 벨트웨이(Capital Beltway)' 위로 달리는 사람들의 모습을 가리고 있는, 초록색으로 뒤덮인 언덕을 내다보았다. 애덤은 이 언덕이 보안을 위해 만들어진 것이라고 확신했지만, 잠시 우거진 녹색 화초를 바라보며 느긋하게 쉬는 것은 기분 좋은 일이었다. 하지만 그럴 시간은 많지 않았다. 잠시 후 그는 책상 위에 수북하게 쌓인 책, 노트며 브리핑 보고서 따위를 내려다보았다.

이제는 공부할 시간이었다.

그는 1주일 동안 북한 동북부의 희토류 광산에 CIA 첩자를 침투시키기 위한 '애크리드 헤럴드(Acrid Herald)' 작전을 준비하기 위해 하루 16시간의 강행군을 했다. 그는 오전에 서부 해안을 출발하여, 진짜 임무가 시작될 중국으로 출발하기에 앞서 추가적인 특수 훈련과 '위장신분' 연습을 위해, 캘리포니아에 위치한 희토류 광산인 '밸리 플로어(Valley Floor)'로 향할 예정이었다.

'애크리드 헤럴드'는 작전의 암호명으로서, 미국 정보기관에서 그런 일이 있다는 것을 어렴풋이나마 알고 있는 사람은 극소수에 불과했다. 작전보안의 목적을 위해, CIA 서울 지부에는 전혀 알리지 않았고, 물론 한국 정보기관 중에서 계획을 알고 있는 사람은 한 사람도 없었다. 왜냐하면 한국 정보 부서의 최상층부에 북한의 첩자가 침투해 있을 가능성이 있기 때문이다.

심지어 CIA 본부에서도 이 작전을 극비로 취급했다. 대신 국가정보국이 위치한 '리버티 크로싱' 건물의 특수작전 본부로 개조된 사무실에서 이번 작전을 지휘하였다.

애덤이 보낸 1주일 중 일부는 암호로 된 단어, 호출부호, 무전 주파수, 그리고 위험 지대에 들어가서 활동하는 몇 주일 동안에 필요로 하게 될 기타 첩보들을 익히는 데 소요되었다. 그의 암호명은 '눈사태(Avalanche)'였다. 이 명칭은 컴퓨터가 그에게 골라준 이름이었는데, 애덤은 단어의 발음을 좋아했다. 그 이유는 특히 최근에 컴퓨터가 어느 남자 첩보원에게 만들어 준 암호명이 '선플라워(Sunflower)'였기 때문이다.

애덤은 선플라워란 이름이 맘에 들지 않았다. 그 사람이 누구였건 간에, 그의 임무가 아무 사고 없이 완수되기를 바랐다. 애덤은 '선플라워' 요원을 구출하기 위해 신속대응군을 요청하는 것은 절대로 즐거운 일이 아닐 것이라고 생각했다.

그는 생각해 보고 말고 할 것도 없이 '눈사태'란 암호명을 수락했다. 이번 작전은 믿을 수 없을 정도로 어렵고 위험한 임무가 될지도 몰랐다. 하지만 애덤은 실제 작전에 뛰어들기 전에, 적어도 본부가 그에게 제대로 된 호출부호는 제공해 줄 것이라고 스스로를 위안했다.

계획상으로 애덤 야오는 정주광산에서 활동하기 위한 컴퓨터 시스템을 배우러 밸리 플로어 광산으로 가게 되어 있었지만, 이미 그는 캘리포니아를 출발할 무렵에는 '위장신분'을 철두철미하게 익혀야 한다는 것을 잘 알고 있었으므로, 마지막 날 오후에는 이곳 국가정보국의 LX2 건물에서 자신의 '위장신분'을 암기하는 데 몰두했다. 이처럼 가공의 인물에 대한 일생을 묘사한 스토리를 배우는 타입의 업무는 그에게 익숙한 것이었으며, 실제로 그는 이런 일을 즐기는 편이었다. 그는 자신이 일종의 배역을 준비하는 배우라고 여겼으며, 비록 무대에서 사용하게 될 모든 대사를 즉석에서 만들어 낼 수 있다고 하더라도, 맡은 배역의 성장한 과정과 환경, 교육, 그리고 인생의 경험 등을 더 많이 알면 알수록 맡은 배역을 더욱 생동감 있게 구현할 수 있을 것으로 생각했다.

그가 사용하게 될 '위장신분'에 따르면 애덤의 이름은 '샨 신(Shan Xin)'으로서, 35세의 기계공학자이자 난창(Nan Chang, 南昌) 출신의 중국인이었다. 그는 시카고 대학에서 유학을 하려고 미국으로 건너왔지만, 그 후 비자 만료 시한을 14년 넘긴 상태에서 미국에 체류하고 있었다. 상하이의 '깡패 광산'에게는 그가 그 뒤로 광산 분야에서 직장을 구하여 원석 처리 기계, 특히 수압식 원뿔형 분쇄기를 작동하는 데 사용되는 컴퓨터의 전문가가 되었다는 이야기를 해 둘 참이었다. 이 분쇄기는 광물의 종류에 따라 그 속에 함유된 희토류 광물이 일련의 처치와 처리를 거쳐 분리될 수 있도록 원석을 정확한 크기의 작은 조각들로 쪼개는 거대한 규모의 분쇄 장비이다. CIA는 중국 깡패 광산 활동에 접근한 경험을 토대로 이미 북한이 1년 전 쫓겨 나간 중국 국영 '시날코(Chinalco)' 사의 시설에서 뜯어낸 거대한 분쇄 기계뿐 아니라 이를 가동하기 위한 수압식 장비도 보유하고 있으나, 중국인들은 최지훈에 의해 국외로 추방되면서 컴퓨터를 갖고 나갔다는 사실을 알고 있었다.

신형 컴퓨터가 불가리아를 거쳐 프랑스에서 들어오고 있으며, CIA는 이미 해운 회사에 있던 컴퓨터 속에 하드웨어를 심어 놓아, 애덤이 국가정보국 본부의 지휘통제실로 통하는 직접 통신 라인 같은 장비를 사용할 수 있도록 조치를 해 두었다.

애덤, 아니 '샨 신'이 지난 18년간 미국에서 살면서 일했다는 사실은 그가 이 장비에 대한 완벽한 지식을 갖고 있고, 동시에 불법 광산회사가 그에 대한 소문을 전혀 들은 적이 없다는 사실을 모두 설명해 주는 것이었다. 물론 모든 비밀 첩보 활동과 마찬가지로, 애덤이 방문한 적이 있다고 주장하는 장소에 실제로 있거나, 애덤이 알고 있다고 주장하는 사람을 실제로 알고 있는 사람이 나타날 가능성이 있었으므로, 임무를 성공적으로 완수하기 위해서는 자신의 '위장신분'을 완벽하게 암기하는 것이 무엇보다 중요했다.

다른 모든 뛰어난 비공식적인 비밀 요원들과 마찬가지로, 애덤은 자신의 실제 인생의 경험을 맡은 역할의 배경 스토리로 활용하는 능력이 탁월했다. 이것은 그의 실체를 숨기는 커버스토리를 지어내는 데에도 도움이 되었는데, 그 이유는 스토리에 더 많은 진실이 개입되어 있을수록 그것이 거짓말인 것으로 들통날 가능성이 더 낮아지기 때문이다.

그리고 그는 자신이 한국어를 할 줄 안다는 사실을 숨길 참이었다. 그와 '애크리드 헤럴드' 작전의 통제관은 북한인이 근로자들 중 어느 한 사람이 한국어를 이해한다는 것을 알고 있을 때보다는 중국인 근로자들 주변에서 더 자유롭게 말할 것으로 가정했다. 물론 북한 경비원들과 불법 중국인 노동자들 간의 관계는 틀림없이 껄끄러울 것이며, CIA는 이들이 중국과 연결되는 채널을 통하지 않고 북한인들로부터 가급적 더 많은 이야기를 듣고 싶어 한다는 것을 알고 있었다.

애덤의 한국어 실력은 별로 신통치 않았지만, 그는 강도 높은 언어 훈련을 통해 한국어 수준을 한 단계 끌어올리는 것에 지금 수행하고 있는 모든 다른 업무들보다 더 높은 우선순위를 두었다. 오늘 아침 그는 CIA 소속 통역관이자 교관이기도 한 한국어 원어민과 어학 실력을 향상시키는 데 몰두했다. 추가로 그는 지난 며칠 동안 저녁마다 녹음된 테이프를 들었다. 이것은 그의 두뇌를 언어를 습득하는 방향으로 약간 틀어주는 효과가 있었지만, 오늘은 광업에 관한 특정적인 어휘들을 배우는 데 초점을 맞추었다.

애덤의 한국어 공부는 버지니아를 출발하여 캘리포니아에 도착할 때까지 계속될 것이다. 대신 그는 '면(Myun)'으로 불리는 자신의 교사와 밸리 플로어로 이동할 것이며, 그녀는 애덤과 함께 저녁마다 한국어를 공부할 수 있도록 아내로서의 역할을 수행하게 될 예정이었다.

36

안가에 커피가 다 떨어지자, 존 클라크는 이런 상황을 도저히 받아들일 수 없다고 판단했다. 한바탕 요란한 총격전을 벌인 끝에, 오늘 아침 샘과 딩 그리고 돔은 모두 '브리지포스'라는 이름의 샤프 사 직원의 뒤를 미행하러 나갔고, 클라크는 재빨리 커피점으로 달려가 커피 한 잔을 사올 수 있는 시간이 있을 것으로 생각했다. 당시 상황으로 볼 때, 그는 그저 따끈한 커피 한 잔을 마시고픈 생각이 간절하였으므로 첫 번째로 만나는 24시간 편의점 '세븐 일레븐'이나 여기서 모두 '잡화점'으로 부르는 자그마한 가게로 들어가면 족했을 것이지만, 실제로 그가 있던 위치로부터 가장 가까운 장소는 숙소로 사용되는 콘도 건물에서 조금만 내려가면 되었으므로, 그는 그곳으로 발걸음을 옮겼다.

클라크는 가게로 들어간 지 10초 후에 뒤로 돌아 나올 생각이었지만, 하필이면 때마침 가게가 엄청 붐볐다. 그의 뒤에 이미 대학생 나이로 보이는 네 명의 아이들이 줄을 서는 바람에 가게 입구가 막힐 지경이 되자, 그는 가벼운 한숨을 쉬며 차례가 돌아오기를 차분히 기다리기로 맘먹었다.

때는 클라크가 생각하기에 지금쯤 대부분의 젊은이들이 일을 하고 있어야 할 오전 9시 45분인데도 가게는 터질 듯이 붐볐다. 커피점은 클라크의 취향에 맞지 않을 정도로 지나치게 최신식 유행을 지향했고, 이런 이유로 그는 눈에 보이는 사람들 중에서 족히 25세는 더 나이가 먹어 보이는 늙수그레한 손님이었다. 그곳은 커피점으로 부르기에는 너무 실내장식이 요란한 패스트 푸드 가게였다. 그는 손으로 백묵을 사용하여 칠판에 써서 벽에 걸어둔 메뉴판을 찬찬히 들여다보면서, 자기가 들고 있는 커피 종류가 인간의 두뇌로 상상할 수 있는 온갖 종류의 커피 열매와 티와 거품들이 한데 뒤섞인 배합물이라는 사실을 발견했다. 그는 눈동자를 굴리면서 시럽이며 캐러멜, 과자 부스러기, 단백질 파우더 등등, 커피에 타 먹을 수 있는 수많은 옵션들을 눈으로 감상했다.

그는 코의 가로막에 구멍을 뚫어 동그란 고리를 끼운, 카운터 뒤에서 일하던 날라리풍의 여종업원에게 혹시라도 '그 망할 놈의' 레귤러커피를 구입할 수 있는지를 물어보고 싶은 마음이 굴뚝같았지만, 천만다행으로 그 시점에는 시간적 여유가 약간 있었으므로, 칠판에 적힌 60 또는 70가지가 넘는 드링크 종류들을 읽고 또 읽으며, 따분한 시간을 죽이고 있었다. 그가 칠판에 적힌 메뉴판을 두 번째로 읽고 있을 무렵, 당시의 손님들에 비해 기이한 주문이었겠지만, 어쨌거나 마침내 간단명료하게 블랙커피 한 잔을 주문할 수 있는 기회가 찾아온 것에 마음이 푸근하게 놓였다.

그의 구매 행위는 원활하게 이루어졌으며, 심지어 마음이 차분히 가라앉은 상태에서 커피와 함께 잡곡류로 만든 베이글도 한 개 산 다음, 뒤편에 놓인 옹색한 테이블에 자리를 잡고 앉았다. 마침 옆자리에 '뉴욕 타임스' 신문이 놓여있어, 그것을 집어 들고 1면 기사를 훑어보기 시작했다.

라이언 대통령은 그가 취한 대북(對北) 정책으로 인해 '뉴욕 타임스'로부터 맹렬한 비난을 받고 있었다. 클라크는 굳이 사설을 읽지 않아도 라이언 대통령이 신문의 욕을 먹고 있다는 것을 알 수 있었다. "스트레이트 뉴스"라는 제목의 1면 머리기사가 라이언 대통령을 통렬히 공격했다. 다음 주에 열릴 절차적 투표는 찬반이 팽팽할 것으로 예상되었고, '뉴욕 타임스' 지는 북한이 은행구좌를 자국 인민들을 돕는 데 사용할 것이라고 약속했다는 기사를 실었다.

북한은 이렇게 할 수 있는 자국의 능력을 제한하는 어떠한 조치도 무고한 인민들을 굶주리게 만들 것이라고 으름장을 놓았다.

'뉴욕 타임스'는 "신뢰하되 검증하라(trust but verify)"라는 논조로 주장했지만, 이는 북한이 해외 은행구좌에 예치된 경화를 교묘하게 사용할 수 있는 여지를 남기는 것이었다. 말하자면 이런 조치는 서방측의 회계 조사 전문가들이 마약, 위조지폐 또는 불법적 무기 판매를 통해 북한이 해외에서 돈을 벌어들이고 있지 않다는 것을 확인하는 데 초점을 맞춰 북한의 금융거래에 대한 불시 점검을 강화할 것임을 북한 당국에게 미리 알려줘 조심하게 만드는 문제가 있는 것이다.

이런 기사를 읽던 클라크가 눈을 크게 부라렸다. 그는 회계사가 아니었지만, 북한인들의 속성을 잘 알고 있었고, 그 덕분에 최지훈이란 인간에 대하면 전문가 수준에 이르렀기 때문이다. 그는 일말의 주저도 없이, 북한을 지배하는 이 미치광이 망나니가 금융 조사관에게 회계장부의 원본을 보여주리라고 믿는 것은 잠꼬대 같은 짓이라는 것을 알았다.

만일 유엔 제재위원회에서 투표가 부결되어 실패하고 만다면, 전 세계적으로 운영되는 북한 최지훈의 범죄 사업은 털끝만큼도 타격을 입지 않게 될 것이다. 그리하여 그는 유엔에게 온통 조작된 회계장부를 넘겨주거나, 아니면 갖가지 애매모호한 핑곗거리를 둘러대고 시간을 질질 끌어, 북한의 최지훈이 합의 사항을 위반하고 있고, 위반을 위해서라면 무슨 짓이건 저지를 것이라는 사실을 유엔이 발표하는 데 5년의 시간이 걸리도록 만들 것이다.

그리고 5년 이내에 최지훈은 몽매에도 그리던 ICBM을 손에 넣게 될 것이고, 그런 일이 벌어지더라도 유엔은 최지훈이 다시는 그런 짓을 저지르지 못하도록 막으려는 어떤 조치도 취하지 않을 것이다.

이런 생각에 열을 잔뜩 받은 클라크는 신문을 테이블에 내던지더니, 어떤 남자가 옹색한 테이블 맞은편에 앉아 있는 것을 보고 재빨리 고개를 들었다.

회색 줄무늬가 섞인 물결 모양의 금발 머리에, 얼굴색이 붉은 이 남자는 만면에 웃음을 띠고 있었다.

'아, 정말 짜증 나.' 클라크는 속으로 생각했다.

그 사람은 '듀크 샤프'였다.

클라크는 전혀 놀란 기색을 보이지 않았고 아무 말도 하지 않은 채, 냉혈한처럼 찬 기운이 느껴지는 눈동자로 쏘아보며 앞에 앉아 있는 사내를 물끄러미 바라봤다.

샤프는 여전히 얼굴에 가득 찬 함박웃음을 거두지 않았다. 클라크는 자신이 샤프의 가식적인 얼굴을 보고 있음을 확신했다. 단추가 두 줄로 달린 콤비 상의와 줄무늬가 그려진 셔츠를 입은 이 사내는, 옷차림으로 미루어 보아 최신 유행의 첨단을 걷는 커피점에 나타날 것이 아니라, 팜비치 해변의 근사한 요트를 타고 있어야 어울릴 것이라고 클라크는 생각했다.

듀크가 말했다. "존 클라크. 참말이지 이게 얼마 만이시던가? 그간 어떻게 지내셨소, 내 친구?" 그가 손을 내밀자 클라크가 마지못해 악수를 나눴다.

그는 듀크가 제 마음 내키는 대로 방망이를 휘두르든가 아니면 협박을 할 때까지 기다려보기로 했다. 하지만 샤프는 서두를 기색이 아니었다.

"가만 보자, 우리가 서로 마지막으로 만났던 것이 언제, 어디서였더라? 내가 FBI를 떠나고 난 다음이고, 당신은 '레인보우' 사에 있었을 때지요. 이제 영국에서는 볼일 다 보셨는가?"

"샤프 씨, 뭘 도와드릴까요?"

"바로 본론으로 들어가시자? 알겠어요, 나의 귀중한 시간을 아껴주시겠다 이 말이군요. 참 존경스러운 말씀이군요." 샤프는 '뉴욕 타임스'를 집어 들어, 클라크가 방금 읽었던 기사를 가리켰다. "눈먼 소도 뒷걸음치다가 이따금 쥐를 잡는 법이오. 난 '뉴욕 타임스'의 광팬은 아니지만, 여기 있는 기사는 제대로 썼습디다. 기사를 보면 북한인들은 나쁜 사람들이 아녜요. 이 사람들은 다른 어떤 나라와 마찬가지로 시장에서 상거래에 참여할 수 있는 권리를 갖고 있어요. 만일 북한이 대량살상무기를 확산하지 않는다면, 얻다 대고 잭 라이언 같은 새대가리가 북한에게 돈을 어디다 예치시켜라, 또 돈은 어디다 써라 하면서 일일이 참견하는 거요?"

이제 클라크는 약간 코웃음을 쳤다. "언제부터 선생께서 '북한 위원회를 위한 페어플레이(Fair Play for the DPRK)'의 열렬한 회원이 되셨더라?" 클라크가 가리키는 것은 다름 아닌 케네디 대통령의 암살범 '리 하비 오즈월드(Lee Harvey Oswald)'이다. 그는 '쿠바 위원회를 위한 페어플레이' 소속으로서, 그 조직은 공산국가 쿠바에 대한 미국 정부의 고압적인 정책에 항의하는 데 앞장섰다.

샤프는 껄껄거렸다. 잠시 후 그가 말했다. "클라크, 이 문제에 관해서 내 말은 하나도 틀린 것이 없지만, 옛날 고등학교 때처럼 쓸데없이 말싸움이나 할 기분은 아니오. 난 당신을 설득시키지 않겠소." 그는 팔꿈치로 짚으며 몸을 앞으로 기울였다. 그는 얼굴에서 웃음기를 거둬들였다. "내 동료가 그러던데, 우연히 어제 '터틀 베이(Turtle Bay)'에서 당신의 동료를 발견했다고 그렇디다. 그게 우연의 일치일 수도 있다고 생각하지만, 신경이 쓰이더군요. 당신도 나처럼 늙은 여우예요. 그리고 당신은 이 세상에 우연한 만남이란 것이 존재하지 않는다는 걸 알고 있어요. 당신의 동료가 하는 짓을 감시하다 보니, 결국 지금처럼 당신에게 연결되지 뭡니까. 내 부하가 작업 중에 있었으므로, 결국 당신도 마찬가지로 작업 중에 있다는 결론에 이르게 된 거요. 지금 당신은 FBI 소속이 아니고, 심지어 훈련 교관도 아니니까, 난 당신이 누군가를 위한 청부 활동을 한다고 생각한 거요."

샤프가 더욱 앞으로 몸을 숙였다. "아마 어떤 사람들은 아직도 당신에게 겁을 먹을지도 모르지. 누가 뭐래도 당신은 늙은 '뱀식가(snake eater)'지 않소. 하지만 내 입장에서 이 문장의 핵심은 '늙은'이란 형용사요."

클라크는 나이가 늙었건 아니건 간에, '뱀식가'가 아니었다. 그런 말은 미 특수부대인 그린베레에 사용되던 용어였고, 클라크는 네이비실 출신이다. 그는 샤프가 양자의 차이점을 알 것으로 기대하지 않았으므로, 애써 틀린 말을 교정시켜 주려 애쓰지 않았다.

올해 60세의 샤프가 말했다. "난 프로로서의 직업적 예의를 지키기 위해 당신 앞에 앉아 있는 거요. 내가 여기 온 이유는, 당신에게 작업 중인 보따리를 챙겨서, 당신네 똘마니들을 펜 스테이션(Penn Station)으로 데려간 다음, 거기서 당신도 합류하여 워싱턴으로 떠나는 기차를 타고 제발 꺼져달라고 부탁하려는 것이올시다. 당신은 여기서 선무당처럼 어설픈 짓만 골라서 하고 있소. 우리 동료들과 당신 똘마니들이 계속해서 서로 부딪치게 되면… 이제 누군가가 다치게 될 거란 말이오."

목구멍까지 치고 올라오는 말을 참느라 클라크의 턱 근육이 잔뜩 긴장되었다. 그는 샤프가 면전에서 무슨 말을 지껄이건 간에, 그것을 단기적이고 전술적인 패배로 감수해야 된다는 것을 알고 있었다. 어쨌거나 샤프는 그의 작전을 망쳐 놓은 것이고, 그것은 실로 뼈아픈 타격이었다. 하지만 클라크는 뭔가 중요한 사실을 재빨리 깨달았다. 샤프는 클라크가 벌이는 비밀 작전의 핵심을 놓치고 있었다. 그는 클라크가 외국의 대사관 또는 유엔 대표부를 위해 대(對)정보와 관계된 계약 활동을 벌이고 있는 것이 틀림없다고 생각했던 것이다. 이런 대정보 활동은 고도로 불법적인 것이었지만, 샤프가 그런 것을 따지는 것은 도덕적 또는 법적인 근거 때문이 아니다. 샤프가 클라크와 말다툼을 벌인 이유는, 샤프와 라일리가 동시에 목표로 삼고 있는 외국의 대표단 중 하나를 클라크가 중간에 나서서 방해하며 보호하려 한다고 생각했기 때문이다.

만일 이 시점에서 클라크가 항변에 나섰더라면, 그런 행위는 샤프가 갖고 있던 의심의 정도를 높일 뿐이었을 것이다. 클라크는 샤프로 하여금 자신이 승리를 거두었고, 또 그것으로 일이 모두 끝났다고 오판하도록 만드는 것이 더 유리하다는 사실을 깨달았다.

두 사람 간의 대화 중에서, 그리고 그의 인생에서 몇 차례밖에 없었던 최초의 사건 중 하나로서, 입을 다물며 말을 아꼈다.

그는 오랫동안, 아주 천천히 고개를 앞뒤로 끄덕이며 말했다. "요즘 세상에선 쓸 만한 사람을 구하기가 쉽지 않아요. 내 동료들이 일을 망치고 말았소.

엿 같은 '키스톤 콥스(Keystone Kops)' 놈들 같으니."

그는 샤프의 눈동자에서 광채가 흘러나오는 것을 보았다. 그의 얼굴에는 필설로 이루 형언할 수 없는 당당함과 권세가 흘러넘쳤다. 무릇 승자는 승리의 영광에 도취해 있더라도, 상대방을 배려하는 너그러움을 보여야 하는 법이다. 그가 말했다. "이보게, 세상을 살다 보면 그런 일도 있는 법일세. 어쩌면 우리 아이들의 운이 좋아서였을 거요."

클라크는 주머니에서 전화기를 끄집어내서 딩에게 전화를 걸었다. 딩이 전화를 받자, 클라크는 이렇게 말했다. "아지트로 돌아가서 몽땅 다 때려 부수게. 그리고 90분 내로 동료들과 함께 펜 스테이션으로 집합해." 잠시 정적이 흘렀다. "시키는 대로 해. 거기서 보자고." 클라크가 전화를 끊고 전화기를 바지 속에 다시 집어넣었다.

샤프의 눈에는 아직도 광채가 사라지지 않고 있었다.

클라크는 한 방 얻어맞은 패자의 신세라는 것을 알면서도 별것 아닌 듯 행동하는 사람이라도 된 것처럼, 멋쩍게 어깨를 한 번 으쓱거렸다. "아, 골 때려. 어쨌거나 돈 버는 일이 생각보다 호락호락하지가 않네. 알량한 일당이나 챙겨보려다가, 이게 뭐람. 당신은 우리가 밥과 술이나 한번 얻어먹겠다고 '포르토프랭스(Part-au-Prince, 아이티 수도)' 같은 너절한 데서도 일할 거로 생각하시겠지."

샤프가 웃음을 보였다. "어이쿠! 난리로군." 샤프는 태연하게 말했지만, 클라크가 보기에 그것은 개수작 같은 소리나 다름없었다. "아무래도 상관없을 테니, 내게 말씀해 보시지. 어떤 대표단을 위해 일하셨나? 내 짐작에는 칠레나 덴마크겠지만, 난 당신의 대답을 듣고 뒤로 자빠질 준비가 되어 있소."

클라크는 마치 사과라도 하듯 손을 어색하게 들어 돌리더니, 다시 한 번 큼지막한 제스처로 어깨를 으~쓱하며 들어 올렸다. "이봐요, 듀크. 우린 놀란 똥개 새끼처럼 사타구니 사이에 꼬리를 집어넣고 도망칠 참이오. 제발 내가 프로로서의 품위를 완전히 상실하여 고객의 신분을 밝히는 짓을 저지르지 않도록 허락해 주시오. 그래야 알량한 자존심이나마 지킬 수 있는 거 아니겠어요?"

샤프가 말했다. "당신은 이 바닥에서 엄청 영광스러운 순간들을 누렸을 것이오. 그 신출귀몰하는 솜씨를 누가 감히 당하겠소. 하지만 누구나 늙어가는 법이오. 누구나 감각이 무뎌지기 마련이지요." 그가 웃음을 보였지만, 그것은 앞에 앉아 있는 늙은이에 대한 가엾은 마음에서 우러나오는 것처럼 보였다. "최고로서의 영광을 만끽했을 때와 마찬가지로, 언제 만사가 끝장났는지 그때를 아는 것도 크나큰 영광일 것이오."

클라크는 아주 천천히 세 차례 심호흡을 하였다. 이렇게 해서 혈압의 수치를 한 단계 억지로 내리누른 다음, 자리에서 일어나 팔을 앞으로 내밀었다. "고맙소, 듀크. 신세를 많이 졌소."

듀크 샤프는 클라크가 내민 손을 잡았지만, 자리에서는 일어나지 않았다.

클라크는 번잡한 커피점에 북적이는 인파를 헤치며 앞으로 나가, 바깥으로 나온 다음, 인가로 빌걸음을 돌렸다. 그는 누군가가 자기를 감시하고 있었을 것으로 짐작했지만, 샤프가 자신이 79번가 커피숍에 있는 것을 알고 있었으므로, 이 말은 결국 클라크가 그 빌딩의 옆에 자리를 잡고 작전을 벌였다는 사실을 틀림없이 알고 있었다는 의미인 것이다.

5분 후, 클라크가 안가로 들어왔다.

샘과 돔이 서둘러 장비를 쌌지만, 딩은 권총을 엉덩이에 찬 상태에서 방 한가운데 서 있었다. 그의 얼굴에는 근심이 가득했다. "괜찮아요?"

"지금 토할 것 같아."

"무슨 일인데요?"

"샤프란 놈이 우리 작업을 망쳐놨어. 그놈이 어떻게 그렇게 했는지 몰라도, 일을 저질러 놨어."

샘이 말했다. "그래서 우리가 떠나야 되는 거예요?"

클라크가 말했다. "아냐. 샘, 넌 여기 남아 있어. 넌 샤프 사 본부 건물 앞에 아파트나 호텔 방을 잡은 다음, 밤낮으로 거길 지키도록 해. 계속해서 건물 전체에 누가 들어오고 나가는지 감시하란 말이야. 그건 짜증 나는 일이겠지만, 안면 인식 프로그램과 비디오 장비를 활용하면 도움이 될 거야."

샘이 말했다. "걱정 마세요."

"나머지는 오늘 모두 돌아간다. 하지만 다시 돌아올 거야."

카루소가 물었다. "유엔 투표는 어떻게 하구요?"

"내 짐작엔 투표가 '반대'로 결론 날 거 같아. 그리고 제재위원회는 북한에 대한 경제제재를 연장하는 안건과 관련해서 청문회를 열지 않을 거야."

카루소는 그 말을 믿을 수가 없었다. "그러니까 샤프가 이긴 거네요? 뭐가 이런 게 다 있죠?"

"그는 전투에서 승리했지만, 그것뿐이야. 난 그놈의 개자식을 거꾸러뜨려 놓을 거야. 그러면 내가 이 세상에서 이룩한 그 어떤 것보다도 짜릿한 희열을 가져다주겠지."

37

이란의 폭탄 제조 전문가 아딜 자리프는 시리아 여권으로 평양에서 아바나로 날아간 다음에, 아바나에서 연결 비행기를 타기 위해 하루를 기다린 끝에 멕시코시티에 도착했다. 심지어 그는 쿠바에서도 북한 정찰총국 요원이 감시를 받았다. 그는 자리프에게 행동의 자유를 허락하면서도 이동의 자유는 허락하지 않았다.

멕시코시티의 베니토 후아레스 국제공항에 도착하는 즉시 정찰총국 요원과 접선할 것이 예상되었지만, 공항의 도착 구역에서 그를 기다린 것은 말도 나도 카르텔에 소속된 조직원 한 사람뿐이었다. 그의 이름은 에밀리오였고, 영어도 말할 줄 알았다. 자리프는 레바논에서 영어를 배웠다. 그의 영어 솜씨는 에밀리오처럼 썩 좋지는 않았으나, 상호 의사소통에는 아무런 문제가 없었다.

두 사람은 함께 멕시코시티 중심가에 있는 '테피토(Tepito)' 구역으로 가는 혼잡한 교차로들을 지났다. 자리프는 세 명의 경비원이 지키는 2층짜리 안가로 안내되었다. 이들 경비원은 모두 20대 초반인 것 같았다.

그에게 안가 뒤쪽 구석의 작은 아파트가 배정되었다. 냉장고에는 자리프가 마시지도 않을 파시피코산(産) 맥주, 그리고 그가 입에도 대지 않을 외국산 음식들로 가득 차 있었다. 하지만 그는 손가락만 까딱하면 에밀리오가 달려오도록 되어 있었으므로, 그에게 고기와 샐러드, 빵과 생수 등을 사 오는 일을 시켰다.

그리고 자리프는 랩톱 컴퓨터도 주문했다. 자리프가 멕시코에서의 암살 작전을 성공시키기 위해서는 해야 할 일들이 참으로 많았다. 그는 하릴없이 무작정 아파트에 죽치고 앉아, 그저 무슨 좋은 일이 벌어지기를 기다릴 생각이 없었다.

첫날이 저물어 갈 무렵, 에밀리오는 자리프에게 깨끗한 휴대전화와 중고 랩톱 컴퓨터를 갖다 줬다. 일단 아래층의 인터넷 카페에 와이파이를 연결시키자, 각종 연구 활동의 시작과 함께 비밀 작전 준비의 막을 올릴 수 있었다.

그는 말도나도 카르텔이 멕시코 연방 경찰에 끄나풀을 갖고 있다는 이야기를 들었다. 자리프는 이 사람들을 미국 대통령이 도착하기 닷새 전에 만나, 대통령 차량 행렬이 이동하게 될 경로를 살펴보기로 했다. 하지만 그사이, 자리프는 거의 모든 시간을 유튜브를 보면서 멕시코시티에 대한 과거 대통령들의 방문 보도 소식을 모으는 데 소비했다.

처음부터 그는 대통령의 도착이 그가 거사를 행동에 옮길 수 있는 최선의 타이밍이라는 사실을 알았다. 비록 대통령의 공식 방문에 대한 정확한 이동 계획을 갖고 있었더라도, 각각의 장소에는 너무나 많은 미지의 변수들이 도사리고 있어, 그의 거사가 성공할 확률은 낮았을 것이다.

하지만 그는 이미 두 가지의 고정 변수가 있다는 사실을 알았다. 하나는 미국 대통령이 베니토 후아레스 공항에 도착한다는 것이고, 다른 하나는 차량 행렬에 탑승하여 시내 중심에 위치한 '국립궁전(Palacio Nacional)'으로 이동한 다음, 그곳에서 로페스 멕시코 대통령을 만날 예정이라는 사실이다.

이용할 수 있는 두 가지의 고정 변수를 갖게 되었으므로, 자리프에게 필요한 것은 과거 대통령들의 차량 행렬이 시내를 어떻게 통과했는지를 관찰하면서 이동 경로에 대한 감각을 갖는 일이었다. 그렇다. 자리프는 미국 비밀경호국이 가능한 범위 내에서 과거의 방문과 달라지도록 변화를 줄 수 있지만,

언제나 어쩔 수 없이 특정한 패턴이 반복되는 현상을 피할 수는 없었다. 말하자면, 과거 사례를 보면 대통령의 차량은 반드시 이동 경로의 시작과 끝에 가장 가까운 지점을 통과할 수밖에 없었던 것이다.

그는 갖가지 비디오, 공식 필름, 스페인어와 영어 그리고 심지어 중국어로 된 다큐멘터리는 물론, 당시의 거리 풍경을 촬영한 수십 편도 넘는 흐릿하고 흔들림이 심한 휴대전화 영상들을 들여다보며, 매 장면들을 꼼꼼하게 조사하여, 비디오 속의 영상이 나타난 장소가 구글 맵스의 정확한 위치와 일치되도록 최선의 노력을 기울였다. 그는 '스트리트 뷰(Street View)' 기능을 사용하여, 자기만의 지도를 만들었다. 이것은 느리고 고통스러운 작업이었지만, 때때로 그는 에밀리오에게 비디오 속에 나오는 거리 또는 건물의 이름을 물었다. 이런 방법을 통해 자리프는 기록상 국제공항에서 출발한 모든 공식 차량 행렬들이 택했을 것으로 추정되는 이동 경로를 알아낼 수 있었다.

이틀 동안 거의 다른 일은 제쳐두고 이 일에 몰두한 끝에, 그는 모든 공식 차량 행렬들이 베니토 후아레스 국제공항을 출발하여 '국립궁전'까지 네 개의 장소를 반드시 지나갔다는 사실을 발견했다.

이런 발견은 진전을 의미했지만, 그는 이런 진전이 거꾸로 이루어지고 있다는 것을 알았다. 자리프가 폭탄을 구할 방법이 없었으므로, 누군가가 폭탄을 가져다주어야 했다. 더구나 그는 자신에게 어떤 폭탄이 주어질지도 몰랐다. 이런 것에 대한 첩보가 전혀 없었기 때문에, 자신의 계획을 행동에 옮길 수 있는 정확한 장소를 콕 집어낼 수가 없었다. 대개 거리의 상태가 그가 선택하는 무기의 종류를 결정했지만, 이번 경우에는 그의 손에 주어지는 무기의 종류가 그것을 설치하게 될 장소를 결정하게 되었다.

3일 차에 접어들자, 자리프는 말도나도 조직원이자 멕시코 연방 경찰에 소속된 두 명의 사내를 만났다. 이 사람들은 임박한 대통령 방문에 대한 세부적인 사항들을 알고 있었으며, 차량 행렬의 전반적인 이동 경로에 관해 자리프가 머릿속에 그리고 있던 가정을 확인시켜 주었다.

자리프는 그들에게 지도에 표시된 네 군데의 장소를 보여주면서, 각각의 장소를 자세히 살펴볼 수 있도록 데려가 달라고 부탁했다. 두 명의 멕시코 연방 경찰관, 에밀리오, 자리프, 그리고 또 한 명의 말도나도 조직원 등 다섯 명은 캐딜락 승용차를 타고 시내를 향해 출발했다.

자리프는 마지막 여러 해를 시리아에서 보냈다. 심지어 정부가 장악하고 있는 다마스쿠스에서조차, 항상 누군가가 공격해 올 것에 대비하여 감시의 눈초리를 번득이는 잘 훈련받고 무장된 소수의 경호원들을 거느리지 않고는 거리에 나선 적이 없었다. 하지만 비록 얼마나 위험한 장소인지에 대해 이야기를 들었음에도 불구하고, 그는 이곳 멕시코시티에서 믿을 수 없을 정도로 편안함을 느꼈다.

그들은 테피토에 소재한 안가에서 몇 블록 떨어진 신호등에서 멈췄다. 그는 인도 옆에서 두 명의 젊은 금발의 여자들을 보았다. 캐딜락 운전사가 창문을 내리고 휘파람을 불자, 그중 한 명의 여자가 웃으면서 영어로 뭐라고 대답을 했다.

멕시코 운전사가 뒷자리에 앉아 있던 자리프를 돌아보며 말했다. "미국 여자아이들이에요." 운전사가 웃자, 자리프가 고개를 돌려 여자들을 노려보며 내심으로 이렇게 중얼거렸다.

'내가 너희들의 대통령을 죽이면 세상이 뒤집힐 거다. 그래도 너희는 무슨 일이 벌어졌는지 모를 테지.'

리스트에 올라 있던 첫 번째 장소는 '오리엔테(Oriente) 172'가(街)였다. 자리프는 공개 출처 비디오 영상에서 국제공항의 VIP 출입문을 출발하는 모든 대통령 차량 행렬이 이곳을 지나는 모습을 보았다. 하지만 즉각 그는 이곳을 잠재적 공격 장소 후보지에서 제외시켰다. 구글 맵스의 '스트리트 뷰'에서 주변에 특별한 문제를 발견하지 못했지만, 직접 현장을 살펴본 자리프는 이 거리의 바로 위쪽에 경찰 검문소가 있는 것을 알게 되었다. 그가 어떤 종류의 폭탄을 설치하건 간에, 그는 그저 폭탄이 담긴 배낭을 땅 위에 놓아두고 사라질 생각은 조금도 하지 않았다. 자리프가 제조한 고성능 폭탄이 제대로 위력을 발휘하기 위해서는 그것을 설치하는 데 안전이 확보된 현장에서 몇 시간이나 소요되어야 할 터였다. 물론 폭탄 설치에는 고도의 신중함이 요구되었다. 불과 두 블록 떨어진 곳에서 돌아다니는 경찰관을 걱정하고 있어서야, 자리프가 폭탄을 제대로 설치할 도리가 없는 노릇이었다.

두 번째 장소는 공항 근처의 창고 지역에 나 있는 널찍한 도로변이었다. 자리프는 그 지역이 밤에 조용하다는 이야기를 들었다. 그것이 좋은 소식이기는 했어도, 자리프는 거리 양쪽의 보도에 인적이 너무 뜸하다고 생각했다. 그가 여기에 폭탄을 설치하는 것은 전혀 문제가 아니었으나, 제아무리 교묘하게 은폐하더라도, 거사가 벌어지기 전에 발각될 확률이 높은 것으로 걱정되었다.

자리프는 공식 행사 전날 비밀경호국이 얼마나 차량 이동 경로 주변을 이 잡듯 샅샅이 수색하는지를 알고 있었다. 거사의 성공 가능성을 높이기 위해서는 이번 비밀 작전에서 폭탄을 눈에 띄지 않도록 숨기는 것이 관건이었다.

세 번째 장소는 차량 이동 경로의 마지막 지점으로서, 대통령의 목적지인 '센트로 이스토리코(Centro Histórico)' 가에 위치한 '국립궁전'으로부터 가까운 거리에 있었다. 이것은 '비달 알코세르(Vidal Alcocer)' 가라고 불리는 '테피토(Tepito)'를 남북으로 관통하는 넓은 도로인데, 한쪽에는 나지막한 건물들, 그리고 다른 쪽에는 주차장들이 늘어서 있었다.

자리프는 처음부터 이 교차로를 유력한 후보지로 점찍어 두고 있었다. 동쪽과 서쪽에서 교차로와 합류하는 2차선 도로의 양옆에 거리 상가가 형성되어 있었는데, 이는 다시 말해서 지금부터 오후 4시까지는 인파가 대단히 붐빌 것임을 의미했다. 반면, 그는 몇 블록 이내에 주거용 건물이 없었던 관계로, 저녁이 되면 주변이 조용하다고 생각했다.

그는 모퉁이에 있던 공사장을 바라보고는 에밀리오에게 물었다. "우리가 저 미완성 건물을 방문할 수 있도록 주선해 줄 수 있나요?"

그를 쳐다보던 에밀리오는 다소 황당하다는 표정을 짓더니, 캐딜락 차에서 내려 거리를 가로질러 걸어가기 시작했다. 잠시 후 자리프가 뒤를 따랐다. 에밀리오는 고개를 숙인 자세로 오렌지색 방수포 가림막 밑을 지나가서는, 자리프를 위해 가림막을 걷어 올렸다.

자리프는 몸을 쪼그려 들어가서는 주변을 둘러보기 시작했다. 분명히 공사장은 작업이 중단된 상태에 있었다. 비록 사방에 콘크리트며, 회반죽과 먼지 냄새가 진동했지만, 지난 수주일 또는 수개월 동안 아무런 작업도 이루어진 흔적이 없는 것이 확실해 보였다.

자리프가 바닥이 형성된 모습이나 콘크리트를 부어 제작한 경사로 등을 미루어 짐작해 볼 때, 이곳은 일종의 주차장으로 만들 계획인 것으로 보였다. 이미 북쪽과 서쪽의 벽체가 세워져 있고, 건물의 중앙에는 3층 높이의 계단의 골격이 형성되어 있었다. 하지만 건물의 남쪽과 동쪽은 비어있는 상태이면서도, 어떤 지역에는 금속 기둥과 철근 격자가 이미 설치되어 있었다.

이곳에 사방을 둘러 벽체들을 세울 계획이 있거나, 적어도 공사 계획이 중단되기 전까지 벽을 세우고 있었던 것처럼 보였다. 하지만 지금은 수십 톤의 콘크리트가 쏟아부어지기를 기다리는, 굵은 철근으로 엮어 놓은 3.6미터 높이의 그물 모양일 뿐이었다.

자리프는 동쪽에 서 있는 철근 격자 쪽으로 걸어가서는, 금속 막대기를 가로세로로 엮어서 만든 격자들 속에 손을 집어넣어 보았다.

'여기야. 바로 이곳이야.' 그는 바깥을 향해 지상에서 3미터가량 위로 솟아 있는 이곳에 폭탄을 만들어 넣고는, 그 주변을 콘크리트로 채울 생각이었다. 만일 그가 폭탄이 터지는 힘을 거리 쪽으로 집중시키기 위해 벽체 뒤에 철판을 설치한 다음, 그 위에 콘크리트를 부어 똑같은 두께로 덮어버린다면, 감쪽같이 새로 세운 벽처럼 보일 것이다.

물론, 자리프에게는 한 가지 골치 아픈 문제가 있었다. 그가 자기 손으로 시내에서 주차장을 세우는 공사를 떠맡을 수는 없는 일이었다.

그가 말했다. "에밀리오. 나와 함께 공사를 할 사람들이 필요해. 그리고 난 어느 누구의 제지도 받지 않고 이곳에서 작업할 수 있어야 돼."

"오케이, 걱정 마세요."

자리프가 웃었다. 아직 그는 이번 작전에 사용될 폭탄에 대해 전혀 모르고 있었고, 그것이 여전히 문제로 남아 있었지만, 현지의 접촉 대상자들로부터 받고 있는 협조와 서비스의 수준에 대해서는 전혀 불만이 없었다. 말도나도 조직원들은 다마스쿠스의 시리아 군대처럼, 일사불란하게 움직이며 절도 있게 행동하였다.

38

프라하에서 참변을 겪은 뒤 미국에 돌아온 개빈은 처음 이틀 동안 아무에게도 도움을 주지 못하는 무용지물 신세였다. 그는 심신이 너무도 철저하게 망가진 나머지 사무실에 겨우 나올 수 있을 정도였으며, 출근하고 나서도 그저 별로 하는 일 없이 책상에 우두커니 앉아 있었다. 그 밖에 하는 일이라고는 동료에게 며칠 전 이 나라 저 나라를 돌아다니는 동안에 걸렸던 독감 핑계를 대면서 변명을 늘어놓을 뿐이었다.

하지만 사흘째 되던 날 그에게 무슨 일인가가 벌어졌다. 그는 현장에서 전혀 쓸모가 없는 존재라는 것이 입증되었으므로, 그나마 사무실에서 다른 사람에게 도움이 되도록 할 필요가 있었다.

이곳 '헨들리' 본사의 IT 부서에 근무하는 개빈의 부하 직원들은 건물 내에 있던 분석관들의 도움을 받아 클라크가 뉴욕 시에서 은밀하게 벌이고 있는 비밀 작전을 감시하고 있었다. 그는 요전 날 클라크가 작전을 중단하였고, 작전에 투입되었던 공작원들이 워싱턴 DC로 복귀하는 중이라는 이야기를 전해 들었다.

부하 직원들이 퇴근하기 위해 컴퓨터를 끄고 있을 때, 개빈은 사무실에서 나와 분석 팀을 이끌고 있는 책임자에게 자신을 클라크에 대한 감시 활동에 투입시켜 달라고 부탁했다.

그는 개빈을 데리고 45분 동안 클라크와 뉴욕에서 활동 중인 그의 팀에 관한 기본적인 정보를 차근차근 알려주었다.

두말할 필요도 없이 비에리 휘하의 일류 해커들은 '샤프' 사의 컴퓨터 네트워크에 해킹해 들어가는 방법을 찾으려 했다. 하지만 그들은 보안이 철저한 네트워크 인프라를 뚫고 들어갈 수가 없었으므로, '샤프' 사를 위해 일하는 인물들의 뒷조사를 시작했다. 그들은 뒤를 캐는 일에서 대성공을 거두었다. 클라크와 그의 팀은 이 첩보를 기초로 비밀 작전을 벌이고 있는 라일리와 그 부하들의 소재를 파악하고, 이들이 유엔 직원들과 만나는 장면을 카메라로 촬영할 수 있었다. 하지만 이들은 '샤프 파트너스'가 유엔 제재위원회의 활동에 적극적으로 개입하고 있다거나 북한이라는 나라를 위해 일하고 있다는 것을 입증할 수 있는 '명백한 증거(smoking gun)'를 확보하지는 못했다.

개빈은 '캠퍼스' 시기 지금 무엇을 해야 되는지를 알고 있었다. 다시 말해서 '캠퍼스' 사가 '샤프' 사의 네트워크에 접근할 필요가 있었으므로, 개빈은 자신의 사무실로 다시 돌아갔다. IT 부서에 근무하는 몇 명 되지 않는 모든 직원들은 퇴근하기 위해 가방을 들고 사무실 문을 나서려는 참이었고, 개빈도 당연히 그렇게 할 것으로 짐작했지만, 개빈은 자기 책상에 앉아 일을 시작했다.

그는 스스로에게 '샤프 글로벌 인텔리전스 파트너스' 사의 네트워크에 침투하는 방법을 기어코 알아내고야 말겠다고 다짐했다.

개빈은 6시간이 지나 자정이 다 되도록 애썼지만 아무런 진전도 없었다. '샤프' 사의 시스템은 난공불락의 요새와 같이 너무도 견고하였다. 하지만 '샤프' 사에게는 불행한 일이지만, 개빈이라는 인물은 호락호락 포기하지 않는 사람이었다. 그는 막대 사탕을 입에 물고는 공격 방향을 바꾸어 본격적으로 '샤프' 사 네트워크의 해킹에 몰두했다.

잭 라이언 주니어는 잠결에 전화를 받다가 침실용 탁자 밑으로 전화기를 떨어뜨렸다. 라이언은 침실 바닥에서 벨을 울리는 전화기를 집어 들기 위해 침대에서 기어 나오기 전에 침대 옆에 있는 시계를 쳐다보니 그때의 시간이 새벽 3시 48분이었다. 하마터면 그는 밀려드는 공포감에 압도될 뻔하였다. 그는 새벽에 전화벨이 울릴 때마다 항상 아버지를 떠올렸다. 그는 한때 자기 아버지가 보는 사람의 관점에 따라 전 세계에서 가장 사랑을 받고, 또 동시에 미움을 받는 사람이라는 사실을 알고 있었다. 그리고 그는 전 세계 어디선가에는 아버지를 해치려는 흉계를 꾸미는 사람이 있다는 사실도 잘 알고 있었다.

발신자 전화번호를 보기 위해 전화기를 집어 든 순간, 그는 이처럼 꼭두새벽부터 전화를 거는 데는 이유가 있을 것 같다는 예감이 들었다. 그 전화는 개빈에게서 걸려 온 것이었다. 밤을 꼬박 새면서 일하던 개빈은 잭에게 꼭 전화를 걸어야 된다는 기분이 들자마자 두 번도 생각하지 않고 전화기를 집어 들었다. 잭은 전에도 개빈이 시도 때도 없이 밤늦게 전화를 건다고 불평한 적이 있지만, 개빈은 그 뒤에도 계속해서 그렇게 했으므로, 잭은 이런 일로는 개빈과 싸우기를 포기하고 있었던 터였다.

역시나 발신자 번호에는 '비에리'라고 쓰여 있었다.

라이언은 백악관에서 걸려 온 전화가 아니기를 다행이라고 안심했지만, 새벽녘에 걸려 온 전화가 마냥 유쾌하지만은 않았다.

"제기랄, 개빈."

"라이언, 너 말조심해. 내가 네게 말해줘야 하는 걸 모두 다 알려주고 나면, 넌 방금 했던 말을 취소해야 될 거야."

잭은 이제 침대보를 몸에 두르고 바닥에 앉아 침대 옆에 등을 기대고 있었다. 그는 하품을 하면서 물었다. "무슨 일인데?"

"듀크 씨가 갖고 있는 '샤프' 사의 네트워크에 쳐들어가려고 지금까지 9시간하고도 43분째 일을 하고 있어. 근데 말이지, 그놈의 회사 IT 직원들 솜씨가 장난이 아냐. 내가 본 것 중에서 인프라가 가장—"

"이봐, 경고하는데 말이야, 5초 내로 용건을 말하지 않으면 당장 전화 끊을 거야."

개빈이 말했다. "네가 베트남에서 봤던 금발의 여자 말이야, 아마도 넌 지난 몇 주일 동안 그런 여자를 꿈속에서 그렸겠지? 근데, 그 여자가 지금 미국에 와 있단 말씀이지. '엘리제 르그랑드(Élise Legrande)'란 가명을 쓰면서 네바다 국경 근처의 캘리포니아에 위치한 희토류 처리 공장에서 일하고 있어."

잭이 벌떡 일어나 침대 옆의 전등을 켰다.

개빈이 말했다. "어때, 이제 관심이 좀 생기셨나?"

"그래 맞아. 네가 갖고 있던 안면 인식 프로그램으로도 그 여자의 신원을 밝혀내지 못했는데, '샤프' 사의 네트워크에 들어가서 알아냈단 말이야?"

"꼭 그런 건 아냐. 난 '샤프' 사 건물에 드나드는 사람들에 대한 안면 인식 프로그램을 돌려봤어. 그런데 어쩌다가 맨해튼의 '그리니치빌리지'에 있는 어느 작은 그래픽 예술 겸 인쇄 회사에서 일하는 여자의 신원을 알게 되었어. 그 여자가 무슨 일을 하는지 들여다보니까 뭔가를 위조하는 데 시간을 보내고 있더라고. 그래서 그녀가 다니는 회사의 뒷조사를 하는 중에, 그 회사가 소유하고 있는 어떤 장비를 발견하게 되었어. 온갖 종류의 배지를 오토캐드(AutoCAD) 프로그램으로 만들어 내는 최첨단 장비였어. 난 그 사실이 정말 흥미롭더라고. 한편으로는 '샤프' 사가 하청업자들에게 자기 회사의 일을 맡기려고, 말하자면 가명으로 여행을 하거나 아니면 신분을 숨길 수 있도록 직원 배지를 위조하려는 것으로 생각했지. 그래서 2시간 동안 씨름한 끝에 프린터의 네트워크에 해킹을 해서 들어가게 되었는데, 아주 깊숙이 침투해 들어가진 못했지만 클라우드 서버에 저장해 둔 파일들을 열어볼 수 있게 되었어. 그 파일에 들어가 여기저기 뒤져보니 그 속에 네가 꿈속에 그리던 금발의 여인에 대한 신상 기록이 풀세트로 나타난 거야. 틀림없이 바로 그 여자야."

"그러니까 그 여자가 희토류 제련 공장에서 일한단 말이야?"

"맞아. 그 여자는 캐나다인 여권과 임시 비자를 갖고 있고, 오타와에 소재한 '트루 알로이(TRU Alloy)'라는 희토류 컨설팅 회사의 직원 신분증을 갖고 있어. 취업 비자를 보면 그 여자가 미국의 희토류 시설에서 일하는 것으로 되어 있고, 또 미국에는 대규모 희토류 시설이라고 해 보아야 한 군데밖에 없으므로, 난 '뉴코프 밸리 플로어(NewCorp Valley Floor)'란 회사의 웹사이트에 들어가 공개 자료들을 뒤적여 보았지. 그 회사의 온라인 게시판에 보니까 '트루 알로이' 사에 근무하는 '엘리제 르그랑드'가 목요일 도착했는데, 그 여자는 새로운 장비를 사용하는 것을 며칠 동안 들여다볼 예정이래."

"개빈, 도저히 믿을 수가 없어. 정말 굉장한 일을 했어."

"나도 알아." 그가 잠시 뜸을 들였다. "하지만 이 정도로는 프라하에서 까먹은 점수를 만회할 수 없다는 것도 알고 있어."

"개빈, 프라하 사건은 내 잘못이야, 네 책임이 아니란 말이야. 그런 식으로 계속 스스로를 자책하지 마. 넌 이 조직에서 너무나 중요한 인재야. 너는 밤사이에 우리 전체 조직이 프라하와 뉴욕에서 달성했던 것보다 더 훌륭한 일을 해낸 거야."

그 말에 개빈은 기분이 한결 나아졌다. "고맙다, 라이언. 그래, 네가 보기에 게리가 널 밸리 플로어에 보내줄 것 같디?"

"나도 그랬으면 좋겠어. 그는 프라하 사건으로 삐져 있지만, 이제 뉴욕에서의 작전이 엉망이 된 지금, 계속 앞으로 전진하는 것 말고 달리 뾰족한 수가 없잖아. 만일에 그 여자가 정말로 '샤프' 사를 위해 일하고 있다면, 그 여자는 우리가 '샤프' 사를 북한과 연결시키는 데 필요한 바로 그 중간고리인 셈이야."

메리 팻 폴리는 폭풍우가 매섭게 몰아치는 오후에 두 번째로 '헨들리' 사의 사무실을 찾았는데, 건물의 분위기는 바깥의 날씨만큼이나 좋지 않았다.

이틀 전 유엔 제재위원회에서 치러진 절차상 투표에서 미국의 라이언 행정부는 패배의 쓴맛을 보았다. 투표에서 과반수의 반대로 부결된 것이다. 따라서 적어도 앞으로 180일 동안 북한을 혼내주기 위한 추가적 경제제재에 관한 청문회가 열릴 수 없을 것이다.

'헨들리' 사 건물의 4층에 위치한 회의실에 참석한 모든 사람들은 이처럼 참담한 결과가 초래된 원인을 알고 있었다. 다름이 아니라 '샤프 글로벌 인텔리전스 파트너스' 사가 유엔 제재위원회에 소속된 몇몇 사람들에게 압력을 행사했기 때문이었다. 하지만 이런 혐의는 미국 법무부가 팔을 걷어붙이고 대대적인 수사에 착수하지 않는 한 밝혀낼 도리가 없었다. 그리고 메리 팻과 '캠퍼스' 사의 모든 직원들이 한결같이 '샤프' 사의 농간을 당장이라도 박살 내고 싶은 마음이 굴뚝같았지만, 어느 누구도 법무부가 앞장서서 북한이 핵탄두가 장착된 ICBM을 손에 넣는 데 걸리는 시간보다 더 오랜 시간이 걸리게 될 수사를 개시하기를 바라지도 않았다.

하지만 메리 팻은 '캠퍼스' 사라면 북한에 관한 비밀 작전을 지휘하는 에드워드 라일리의 음모를 감시하는 데 적격이라고 확신했다. 비록 '캠퍼스' 사는 뉴욕에서 '샤프' 사에게 꼬리가 잡혀 망신을 당하긴 했지만, 이런 일에 굴하지 않고 계속 물고 늘어질 수 있는 자질과 능력을 갖추고 있으면서도, 법무부와 같은 연방정부에 소속된 관료조직을 부패시킬 잠재력은 갖고 있지 않았는데, 이와는 대조적으로 '샤프' 사에 소속된 첩자와 정보원들은 법무부를 제집 드나들듯이 활개를 치며 들락거리고 있었다.

밸리 플로어에 '샤프' 사의 첩자가 침투한 사실을 밝혀낸 것은 실로 엄청난 발견으로서, 이로써 메리 팻 폴리 국장은 '캠퍼스' 사에 대한 신뢰를 재확인하였다. 잭 라이언 주니어가 매리 팻에게 이러한 사실을 귀띔해 주는 동시에, 자신이 솔선해서 그 시설에 잠입하려는 계획을 설명해 주자, 그녀는 이 소식을 '애크리드 헤럴드' 작전에 투입된 애덤 야오에게 반드시 알려주어야 한다고 마음속으로 조용하게 다짐했다. 메리 팻은 '샤프' 사에서 집어넣은 여자 간첩의 존재로 인해 밸리 플로어에 들어가 있는 애덤 야오가 위험에 빠질 이유가 없다—두 사람은 대규모 단지에서 서로 완전히 다른 시설에서 일하고 있었다—는 점을 확신했지만, 설령 그렇더라도 이것은 다시 한 번 점검해 보아야 할 중요한 포인트였다.

그녀의 입장에서 메리 팻은 ‘캠퍼스’ 직원들에게 ‘애크리드 헤럴드’ 작전에 관해 일언반구도 언급하지 않았지만, 그녀는 그들의 작전 수행에 도움이 될 만한 몇 가지 첩보를 전해 주었다. 메리 팻은 이들에게 북한 북서쪽의 정주시 부근에 세워진 광물 처리 시설에 관해 알려주고, 또 북한인들에게 최신 미사일 기술을 구입하는 데 사용될 수 있는 적어도 수천만 달러의 돈을 대주고 있는 수수께끼 같은 외국인 후원자의 존재에 대해서도 귀띔해 주었다.

‘캠퍼스’는 계속해서 ‘샤프’가 벌이고 있는 작전의 배후를 캐보기로 작정했다. 이들은 모두 이것이 훨씬 거대한 북한의 음모 중에서 극히 작은 조각에 불과할 것으로 생각했다. 하지만 어찌 되었건 간에 ‘샤프 파트너스’가 유엔에서의 중요한 투표에 영향력을 발휘했다는 사실은 틀림없이 그것이 대단히 중요한 단서를 제공해 줄 것임을 암시하였다.

39

잭 라이언 주니어는 도밍고 차베스, 그리고 존 클라크와 함께 '헨들리' 사 전용기에 올랐다. 세 사람은 만다린 오리엔탈 호텔에서 각자 다른 방에 투숙했다. 이들은 방에 문제가 없는지 체크해 본 다음, 한데 모여 행동 계획을 조율하였다.

라이언은 다음 날 아침 뉴코프 밸리 플로어에 위치한 공장 시설에 갈 계획이었다. 그의 방문은 미리 주선되었으므로, 라이언은 만반의 준비가 다 된 것 같은 기분이 들었다.

그는 특이하게도 이번 작전에서 전혀 자신의 신분을 위장하지 않기로 작정했다. 이들이 그 공장에서 의문의 여인이 일하고 있다는 사실을 눈치챘을 무렵—이들은 아직 여인의 진짜 신원을 알 수 없었기 때문에, 일단 '엘리제'라고 부르기로 했다—'캠퍼스' 직원 중에서 한 명에 대한 물샐틈없이 완벽하고 확실한 '범례'를 구축한 다음, 사건의 진상을 파악하기 위한 대규모 비밀 작전의 일부를 담당하도록 투입시킬 만한 시간적 여유가 없었다. 그리고 이들이 한 사람을 뽑아 밸리 플로어에 잠입시킬 만반의 준비를 갖출 무렵이면, 아마도 엘리제는 모든 용무를 마치고 이곳을 떠날 것이다.

대신 게리 헨들리는 투자에 관심이 있다는 요지로 한두 군데에 전화를 하더니, 시설에 접근할 수 있는 완벽한 구실을 확보한 다음, 라이언에게 앞으로 24시간 이내에 그곳으로 갈 준비를 하라고 말했다.

라이언이 도착하자 뉴코프 밸리 플로어 회사에서는 아무도 그를 의심하지 않았다. 라이언은 헨들리 사의 회계분석관이며, 그가 여기 온 이유는 크게 보아서는 헨들리 사가 뉴코프사의 주식을 사들이는 방안을 고려하고 있고, 작게는 이 시설에 특별한 관심을 갖고 있기 때문이었다. 중국이 국내 수요를 충족시킬 만큼의 희토류 공급에조차 애를 먹자, 미국은 지난 몇 년 동안 희토류 기업을 육성하고 있었다. 그리고 뉴코프 임직원들이 회사 시설을 둘러보거나 생산과정과 재무 상태를 점검해 보려고 투자 회사에서 나온 회계사나 재정분석관들을 환대하는 것은 매우 흔한 일이었다.

물론 라이언은 거대한 희토류 매장량이 새로이 발견되었고, 비록 매장량이 손쉬운 채굴이 거의 불가능한 지역에서 발견되었다고 하더라도, 이것이 뉴코프 밸리 플로어 사의 주식을 거의 휴지 조각으로 만들 잠재력을 갖고 있다는 사실을 알고 있었다.

확실히 잭은 이곳에서 밸리 플로어 사의 관계자들과 북한에 관해 논의할 계획은 전혀 없었다. 그는 투자에 진심으로 관심을 갖고 있고, 그러한 관심이 합법적인 것임을 보여야 했고, 그렇게 하기 위해서는 지금 자신의 발아래 묻혀 있는 것보다 어머어마하게 더 많은 희토류가 어딘가에서 발견되었다는 헛소리를 지껄일 수는 없는 일이었다.

잭이 이곳의 시설을 찾아온 유일한 목표는 '엘리제 르그랑드'와 접촉하거나, 간첩으로 잠입한 그녀의 진짜 이름을 밝혀내는 것이었다. 잭 라이언이 그녀가 수행하고 있는 임무를 '샤프' 사를 경유하여 북한과 연결 짓기 위해서는, 그녀가 밸리 플로어에서 무슨 일을 하고 있는지를 파악할 필요가 있었다. 만일 그가 이렇게 할 수 있다면, 그는 '샤프' 사의 비밀 작전을 중단시키고, 나아가 뭔지 모르지만 그녀가 꾸미고 있는 고위급 산업스파이 활동을 좌절시킬 수 있게 될 것이다.

르그랑드가 밸리 플로어의 희토류 시설을 방문한다는 회사의 발표에는 그녀가 도착한 뒤에는 '제련품질통제부'라는 부서에서 일하게 될 것이라는 내용이 포함되어 있었다. 말할 필요도 없이 라이언은 캐나다인을 위장하여 활동하게 될 '샤프' 사 직원과 우연히 조우할 수 있기를 내심 기대하면서, 가능하면 빨리 공장 시설이 위치한 지역 전체를 돌아볼 계획이었다.

잭 라이언은 그 여자가 진짜 캐나다인인지 아닌지조차도 모르고 있었지만, 아마도 그렇지 않을 것이라고 생각했다. 굳이 추측하자면, 실제로 그녀는 프랑스인이기 때문에 캐나다인이라는 위장신분을 사용하더라도 자신의 정체를 숨기는 훌륭한 방편이 되었을 것이다. 그가 이렇게 판단한 이유는 캐나다 정보기관은 미국의 정보기관과 비교적 긴밀하게 협조하는데, 지금까지 두 나라의 정보 부서가 그녀의 진짜 신원을 밝혀내지 못하였기 때문이다. 한편 프랑스는 자국의 첩보 요원들에 대한 신분을 대단히 세심하게 보호하여, 캐나다에 비해 미국 정보 부서의 감시망에서 벗어나게 하는 능력이 훨씬 떨어졌다.

라이언은 어느 시점에 가서는 그녀를 만나, 그녀가 갖고 있는 전자 장비를 훔쳐볼 수 있을 정도로 가까이 접근해야 한다는 점을 잘 알고 있었다. 클라크는 그에게 우연한 것처럼 보이게 할 목적으로 누군가를 의도적으로 접촉하는 과정을 의미하는 '조우(bump)'에 특별히 조심하라고 경고했다. '샤프' 사의 직원들 중에서 어리바리한 초짜는 없으므로, 그녀도 무심한 듯이 보이는 적들의 접근에 촉각을 곤두세우고 있을 것이기 때문이다.

그가 노리던 '조우'의 첫 번째 기회는 예상보다 훨씬 빠르게 찾아왔다.

밸리 플로어 사무실에 출근한 첫날 오후, 라이언은 혼자 그 회사에 근무하는 회계사 중 한 명과 만나기 위해, 자신의 임시 사무실에서 나와 복도를 혼자 걸어가고 있었다. 그는 약간 방향감각이 혼란스러웠지만, 그렇게 놀랄 정도는 아니었다. 라이언이 전날 2시간 동안 시설을 돌아본 결과, 그는 밸리 플로어가 총 열 동 이상의 건물로 이루어진 대단히 규모가 큰 시설이란 것을 알고 있었다. 그는 전날 공장 시설 견학에서 노천광산, 정수 처리 단지, 원석 가공 시설, 연구개발 건물 그리고 심지어 이 지역에서 운용되는 모든 차량들을 한데 모아놓은 주차 시설도 둘러보았는데, 주차 시설에서 라이언은 어마어마한 양의 흙을 퍼 나르는 초대형 토목 장비들도 견학할 수 있었다.

이제 라이언은 손바닥에 작은 지도를 내려다보면서 자기가 올바른 방향으로 가고 있는지를 살펴보았다. 그는 약속 장소가 자기 사무실과 동일한 건물에 있다는 사실에 기분이 흡족했다. 정말이지 만일 공장 반대편에서 만나기로 약속했더라면 중간에 길을 잃어버릴 뻔했을 것이다. 라이언이 복도를 절반쯤 지나쳤을 무렵, 그의 왼쪽 편에서 문이 열리더니 호찌민 시의 분주한 거리에서 마지막으로 만났던 여인이 복도로 걸어 나왔다.

잭은 약속 장소를 향해 서둘러 걸어가고 있었지만, 금발의 미녀가 문을 닫기 위해 몸을 뒤로 돌리는 동안에 걸음을 늦추었다. 그녀는 그의 걸음걸이 속도가 바뀐 것을 눈치채지 못했고, 그가 즉석에서 자기소개를 하는 데는 단 1초면 충분했다.

그녀는 라이언 쪽으로 다시 뒤를 돌아보며 웃음을 보였지만, 그가 여인의 인사에 답례를 보이기도 전에 누군가가 뒤에서 부르는 소리를 들었다. "엘리제? 여기 있었군요. 우리가 만나기로 한 장소는 2층 연구실이에요. 그곳에 컴퓨터 서버가 있거든요."

여인은 라이언에게서 눈을 돌려 뒤에서 말을 붙이는 남자를 바라보면서, 프랑스어가 섞인 부드러운 캐나다인의 악센트로 이렇게 말했다. "그래요, 미안해요, 랠프." 그녀는 마치 자신의 실수를 자책하듯 멋쩍게 웃었다. "전 여기서 아직도 어디가 어딘지 헷갈려요."

잭은 멈추었던 걸음을 계속했다. 그는 그녀가 빌딩에 몰래 숨어 뭔가 수작을 꾸미던 중에 거의 들킬 뻔했었음에 틀림없을 것이라고 생각했지만, 상대방이 누가 되었건 간에 관계없이 그녀는 자신이 저지른 짓이 들통나지 않도록 용케 빠져나가는 재주를 갖고 있을 것이라고 확신했다.

그는 복도 끝 모퉁이를 돌면서 뒤를 돌아보자, 그녀가 자기에게 말을 거는 남자와 함께 걸어가는 모습이 보였다. 잭은 그가 전날 공장을 견학하면서 만났던 남자였음을 알아보았다. 그의 이름은 '랠프 바게트(Ralph Baggett)'로서, 뉴코프 밸리 플로어의 IT 국장이었다.

즉각 라이언은 이런 조우가 어떤 중요성을 갖는 게 아닐까 판단해 보려 노력했다. 혹시라도 그녀가 이곳에서의 임무를 수행하는 과정에서 그 남자에게 꼬리를 치려는 것은 아니었을까?

둘 사이에 아무 일도 없는 것 같았으므로, 라이언은 내일 랠프 바게트를 만날 구실을 만들어, 어떤 일이 벌어지고 있는지 염탐해 볼 참이었다.

피스베이거스에 위치한 호텔 숙소로 돌아가기 위해 장거리 운전을 하면서, 라이언은 그녀가 무슨 꿍꿍이속을 갖고 이곳에 왔는지 알아낼 셈으로 알렉산드리아에 있던 개빈 비에리에게 전화를 걸었다. 그는 개빈에게 그녀가 IT 국장이란 녀석과 어울리던 정황, 그녀가 컴퓨터 시스템을 수상하게 기웃거리던 모습, 그리고 이런 것을 미루어보건대 여인은 IT 부서에 특별한 관심을 갖고 있는 것으로 판단된다고 말해주었다.

비에리는 "역시 라이언의 안목은 탁월하셔. 그런 대목에서 남녀 간에 짜릿한 일이 벌어진다니까."라고 말하면서 농담을 했지만, 라이언에게는 그럴 시간이 없었다.

"농담 그만해. 그녀의 꿍꿍이는 뭐야? 짚이는 게 없어?"

개빈은 생각할 필요도 없었다. "패스워드지. 그건 컴퓨터 시스템에 침투하기 위한 자격증 같은 거야."

"그 여자가 그걸 갖고 뭘 하려는데?"

비에리는 뻔한 질문을 한다는 듯, 가볍게 한숨을 내쉬었다. "라이언, 내가 전에도 이런 것에 대해 자세하게 설명해 준 적이 있잖아."

"그래도 좀 알려줘."

"왕국에 들어가는 열쇠 같은 거지. 그 여잔 IT 국장인 것처럼 컴퓨터에 로그인해서, 원하는 바이러스를 심어놓거나, 컴퓨터 드라이브를 지워놓거나, 아니면 컴퓨터를 부적절하게 작동시켜서 IT 시스템 전체에 이루 형언할 수 없는 막대한 물리적 피해를 입히려는 속셈이야. 몇 년 전 우리는 모종의 악성 바이러스를 업로드시켜서 이란의 핵 발전 원자로의 터빈 일부를 못 쓰게 만든 적이 있었어."

잭도 그 사건을 기억하고 있었다. "아니지. 북한이 희토류 시설을 세웠다면, 이들은 캘리포니아 시설에 비해 경쟁에서 엄청난 우위를 가질 것이기 때문에, 두 개의 시설은 아예 경쟁 상대가 안 될 거야. 뉴코프 밸리 플로어 사는 희토류 광물을 채굴 및 처리하는 데 미국인의 임금을 지불해야 되지만, 그에 비하면 북한이 지불하는 임금은 새 발의 피야. 그녀가 여기 온 목적은 밸리 플로어에게 피해를 입히려는 게 아니라, 북한이 원하는 걸 훔치려는 거야."

한참 동안 생각에 잠기던 개빈은 마침내 이렇게 말했다. "라이언, 네 말이 맞아. 그녀가 기계를 작동하는 방법에 관한 지침서, 아니면 전문가가 갖고 있는 회사의 내부 데이터베이스 같은 걸 원하지 않는 한, 나는 확실하게 뭐라 말할 수 없어."

잭은 스스로가 해답을 찾아야 한다는 것을 알았다.

그런 다음 비에리가 이렇게 말했다. "만일 네 생각에 그녀가 밸리 플로어에서 첩보를 빼내려는 것으로 보인다면, 반드시 어딘가에 그걸 저장해 놓아야 할 거야."

잭이 말했다. "컴퓨터 드라이브 같은 데 말이지."

"맞아. 하지만 그렇다고 첩보를 저장하는 데 무슨 거창한 장비가 필요한 게 아냐. 아마도 그녀가 항상 들고 다니는 뭔가에 그걸 저장해 둘 테지. 내 생각엔 휴대전화에 담아놓을 거 같아."

"그러니까… 내가 그 여자의 휴대전화를 몰래 빼내야 한다, 이 말이지? 우리가 프라하에서 해내지 못했지만 말이야."

"그래. 네가 갖고 다닐 수 있도록 페덱스(FedEx)로 대포폰을 하나 보내줄게. 다음에 그 여자를 만나게 될 때, 대포폰 옆에 부착된 작은 커넥터를 여자의 전화기에 연결시키면 그 속에 있던 모든 정보를 복사할 수 있어."

"만일 그 여자의 휴대전화 데이터가 암호화되어 있으면 어떻게 하지?"

비에리는 자신감 넘치는 목소리로 이렇게 대답했다. "아, 틀림없이 암호화되어 있을 거야. 하지만 그래도 복사는 될 것이고, 그걸 여기 가져오면 암호를 풀 수 있어. 네가 잘 몰랐을 테지만, 난 그런 종류의 일에는 한가락 하는 사나이란다."

"나도 알아."

"유일한 문제는 네가 어떻게 여자의 휴대전화를 손에 넣을 것이냐는 거지. 난 네가 그렇게 할 수 있는 솜씨가 있는지를 눈여겨볼 거야."

"개브, 최선을 다할게. 네가 말한 그 전화를 보내줘."

40

대통령의 멕시코시티 공식 방문은 몇 달 전부터 계획되어 있었으며, 이는 비밀경호국 요원들이 거의 그만큼의 기간 동안 관심을 집중시켰음을 의미한다.

이제 대통령의 도착을 불과 닷새 앞둔 지금, 이미 멕시코시티에서 선발대가 며칠째 활동 중에 있었다. 이들은 '인터컨티넨탈 프레지던트' 호텔에 임시 작전 지휘소를 꾸리고, 멕시코시티에 배치되어 있는 비밀경호 요원들, 그리고 풍광이 빼어난 '파세오 델라 레포르마(Paseo de la Reforma)'에 위치한 미국 대사관이 상대하는 멕시코의 법 집행 및 정보 부서들과 접촉하고 있었다.

이번 임무를 맡은 선발대장은 20년 경력의 '데일 허버스(Dale Herbers)'란 이름의 비밀경호국 직원이었다. 비밀경호국에서 대외 업무를 담당하고 있던 허버스는 최근 대통령의 영국 방문에 투입되었다가, 런던에서 직항 비행기를 타고 멕시코시티로 곧장 날아왔다.

경호국 경력 중에서 무수하게 치렀던 다른 모든 대통령의 해외 순방과 마찬가지로, 영국 방문도 아무런 탈 없이 물 흐르듯 완벽하게 치러졌다. 하지만 허버스는 멕시코시티가 자신이 지휘해 본 선발대 임무 중에서 가장 어려울 것이라는 점을 알고 있었다. 그가 입수한 신뢰할 만한 위협, 손쉽게 무기를 구할 수 있는 제도적 허점, 그리고 지역 내에 잘 발달된 범죄 집단 인프라 등을 두루 종합해 볼 때, 허버스는 대통령 방문 준비를 위해 '1급 계획'을 수립하기로 결정했다.

비밀경호국에 대한 일반 대중들의 이미지는 선글라스와 양복을 착용하고, 사각턱을 가진 미식축구의 라인배커(linebacker) 같은 사람들로서, 유사시에 미국 대통령에게 날아오는 총알을 대신 얻어맞기 위해 대통령과 매우 가까이에서 움직이는 사람들이다. 실제로 그런 사람들이 존재하기는 한다. 하지만, 진실을 말하자면 비밀경호 업무란 그다지 특별하거나 새로울 것이 없는 한결 '평범한' 것이다. 잭 라이언 대통령과 같이 움직이는 근접 경호원 한 명이 카메라에 비쳤다면, 대통령 가족의 안전을 보장하기 위해 약 100명의 남녀 경호원들이 보이지 않는 곳에서 활동하고 있다. 그리고 비밀경호국 요원들이 자신들이 경호하는 대상자들에 대한 생명의 위협에 반응하는 매초마다, 그러한 위험이 결코 실현되지 못하도록 방지하기 위해 말 그대로 몇 년간에 해당되는 온갖 종류의 회의들이 이루어진다.

오늘 데일 허버스는 인터컨티넨탈 호텔에 위치한 자신의 스위트룸에 마련된 회의실에서 그런 회의 중 하나를 주관했다. 그것은 멕시코 현지 법 집행기관의 고위급 인사들과 미국 대사관에 배치된 몇몇 기관들의 부서장들 간의 조찬 회동이었다. 오늘 모임의 주제는 이미 알려진 지역 내 잠재적 위협들의 리스트를 훑어보고, 위협이 관리 가능한 수준이라는 데 대하여 모든 관련 조직들이 동일한 수준의 신뢰를 갖고 있는지 여부를 확인하는 것이었다.

회동이 시작되자마자 비밀경호국은 멕시코가 대통령 경호에 중대한 장애를 조성할 것이란 점을 깨달았다. 지도자인 안토니오 말도나도가 6개월 전 총격을 받아 사망한 말도나도 카르텔로부터 신뢰할 만한 위협이 제기되는 한편, 그의 동생인 산티아고 말도나도가 멕시코시티에서 미국 대통령을 상대로 공격을 감행할 능력이 있을 가능성이 거의 없다는 것이 워싱턴 DC에 위치한 정보분석관들의 일치된 의견이었다. 하지만 이들 분석관들은 어느 누구도 말도나도 카르텔 조직과 연루된 누군가가 라이언 대통령에게 비밀경호국이 붙여 준 암호명인 '검객(Swordsman)'에게 '무슨 짓'을 벌이지 않을 것이라고 자신 있게 말할 수는 없었다.

허버스는 간단한 인사말 후에 회의를 본격적으로 시작했다. "오케이. 안토니오 말도나도가 죽은 뒤, 그 동생인 산타아고가 미국을 비난하고 있습니다. 실제로 미국이 멕시코 남서부 도시인 아카풀코에서 벌어진 안토니오에 대한 습격에 개입했는지 여부는 문제가 되지 않습니다. 진짜 문제가 되는 것은 산티아고가 자신의 부하들에게 미국이 개입되었다고 주장하고 있고, 그의 부하들이 무기를 손에 들고 있다는 점입니다. 워싱턴 DC에서 평가한 바에 따르면, 우리가 멕시코에서 겪게 될 위협의 성격은 실제적인 것이라기보다는 정신적인 것입니다. 그래서 우리는 지난 몇 주일에 걸쳐 우리 모두가 동일한 평가를 내리고 있다는 점을 분명히 하려고, 귀측의 여러 기관 및 부서들과 긴밀하게 접촉했던 것입니다.

이제 대통령 순방 일자가 불과 닷새 앞으로 다가왔으므로, 저는 우리 모두가 한자리에 모여 앉아 이러한 위협 그리고 이곳에서 발생할 수 있는 다른 위협들에 관한 우려 사항들을 논의해 보기 위한 마지막 기회를 갖고자 했던 것입니다."

"그래서… 우리는 말도나도의 부하들이 공격을 할 것으로 예상하고 있는 겁니까?"

그는 짙은 콧수염에 더 짙은 선글라스를 끼고 있는 65세의 멕시코인에게로 시선을 돌렸다. 그는 멕시코 연방 경찰의 정보국 책임자였다.

그는 주저하지 않고 고개를 흔들었다. "아뇨. 이들은 게레로(Guerrero) 주의 대부분을 장악하고 있지만, 수도에서는 멀리 떨어져 있고, 다른 카르텔들도 멕시코시티와 거리를 두고 있습니다." 그러고는 어깨를 으쓱하며 말을 이어갔다. "확실히 우리는 수도에서 말도나도 부하들로 알려진 자들을 체포했지만, 그건 아카풀코에서 총격전이 벌어지기 전에 있었던 일입니다. 일단 안토니오 말도나도가 장기판에서 사라지자, 그 집단의 폭력성은 한층 심해졌지만, 반대로 집단의 질서와 규율은 훨씬 약화되었습니다."

허버스는 그것이 무슨 의미인지를 잘 알고 있었다. 그의 발언은 말도나도 조직에 관해 과거에 다른 사람들이 언급했던 것들과 어느 정도 일치하였지만, 그는 새로운 내용이 튀어나오지 않기를 바라고 있었다.

멕시코 마약단속국의 책임자는 허버스가 앉아 있던 테이블의 맞은편에 있었다. "라울(Raúl)? 당신 의견은 어때요?"

머리가 온통 은발인 히스패닉계 미국인이 고개를 끄덕였다. "저도 동감입니다. 일단 안토니오가 살해되자, 말도나도 카르텔의 부하들은 소셜 미디어 사이트에 '검객'을 위협하는 수십 건의 글을 남겼습니다. 우리와 함께 연방경찰은 아카풀코 총격전이 발생한 지 2개월이 지났을 때, 게레로 주(州)의 수도인 이괄라(Iguala)에 소재한 안가를 덮쳐서 DVD를 하나 발견했습니다. 그 DVD에는 RPG를 들고 있던 괴한들이 자기들은 잭 라이언 대통령이 멕시코에 오면 그를 죽여버릴 거라고 말하는 장면이 들어 있었습니다. 우린 그것이 유튜브 같은 소셜 미디어에 업로드되었을 것으로 생각합니다. 하지만 이건 몇 개월 전 일이었고, 최근에는 이런 일이 벌어지지 않았습니다."

허버스도 그 비디오를 본 적이 있다. 비밀경호국이 이런 것들을 놓치는 법은 절대로 없었다.

허버스가 말했다. "하지만 한 가지 맘에 걸리는 게 있어요. 과거 같으면 이 놈들은 우리의 '검객'을 위협하는 온갖 욕설로 트위터를 도배질하거나, 비디오 같은 걸 만들어 유튜브 같은 데 올렸을 겁니다. 하지만 지금 그의 도착일이 다가오고 있지만, 트위터나 인터넷에 과거와 같은 분량의 채팅이 올라와 있지 않다고 들었습니다. 혹시라도 이런 점에 걱정되는 분이 있나요?"

멕시코시티 주재 비밀경호국 지부장이 발언했다. "전 그 점이 우려됩니다. 아마도 놈들이 뭔가 흉계를 꾸미고 있기 때문에 침묵을 지키고 있는지도 모릅니다. 하지만 궁극적으로 제가 보기에 상황은 다른 사람들이 평가한 것과 다를 바가 없다고 봅니다. 놈들은 현재 지리멸렬한 상태에 있어 실질적인 위협을 가할 만한 능력이 없습니다. 분명히 저는 차량 행렬의 경계태세를 강화하고, '검객'의 노출에 대해 '조건부 적색' 수준으로 격상시키기를 원하지만, 말도나도 조무래기들이 대통령 일행에 대한 공격을 감행할 수 있는 능력은 없다고 봅니다."

허버스는 이 문제에 관해 마지막 질문을 던졌다. 그는 대사관의 FBI 책임자에게 눈을 돌렸다. "이들이 다른 범죄조직들과 협조할 가능성이 있나요? 러시아인들이나 쿠바인, 또는 북한인들, 또는 미국 대통령을 노리는 다른 악당들과 말입니다."

FBI 책임자는 즉석에서 그럴 가능성을 일축하지는 않았지만, 확실히 그에 대해서는 의문을 갖고 있었다. "우리는 말도나도와 다른 온갖 다른 종류의 집단들 사이에 이루어지고 있는 거래 관계를 파악하고 있습니다. 말도나도는 러시아에서 무기를 구입하고, 북한에서 마약을 밀반입하여, 그것들을 미국의 조직범죄 집단들에게 팔아넘깁니다. 하지만 놈들이 대통령 암살 같은 엄청난 일을 꾸밀 것으로는 생각되지 않습니다. 그건 지나친 상상의 비약입니다."

허버스가 말했다. "좋습니다." 그는 안건에 10여 건의 다른 중요한 주제들을 갖고 있었고, 당시에 이 주제들은 하나같이 중요한 것이었다.

41

아딜 자리프는 며칠 동안 폭탄 제조에 필요한 물질을 구해달라고 자신의 멕시코인 접촉 상대를 들볶고 있었지만, 에밀리오(Emilio)와 그의 동료들은 그게 뭔지 모르겠다고 하소연하면서, 곧 서방국에서 몇 사람이 도착하면 그 사람들에게 충분히 설명해 보라고 말해주었다.

미국 대통령이 멕시코에 도착하기까지 닷새밖에 남지 않자, 멕시코인들에게 부탁하기에 지친 그 이란인은 자기가 처한 상황에 대하여 북한인들에게 직접 불만을 제기할 수 있는 통로를 물색하기에 이르렀다. 그는 작전 임무가 완료되는 즉시 연락하라는 지시와 함께 멕시코에 있는 북한 정찰총국 팀원 중 한 사람의 전화번호를 갖고 있었지만, 그는 자기가 요청한 사항들이 제대로 받아들여지지 않자, 이에 대한 우려를 전달하기 위해 이 번호로 연락해도 좋을 것으로 판단했다.

상황이 갈수록 심각하게 악화되었지만, 에밀리오는 거듭해서 조금만 기다리면 부탁한 것을 모두 들어주겠다고 약속하면서 자리프를 설득하였다.

마침내 미국 대통령의 도착일이 나흘 앞으로 다가오자, 에밀리오는 안가로 사용되는 아파트 거실의 소파에 자리프와 함께 마주 앉았다.

에밀리오가 말했다. “난 당신이 원하는 품목들을 모두 적은 리스트를 받아 오라는 부탁을 받았어요."

자리프가 고개를 갸웃거렸다. "내게 당신이 뭘 갖다 줄 수 있는지 모르겠군요."

"뭐든지 다요."

"무슨 말씀이죠?"

"우린 멕시코군의 기지에 접근할 수 있게 되었어요. 그건 게레로 주에 위치한 멕시코 육군의 시설이죠. 우린 그들의 무기 창고에 있는 것은 뭐든 입수할 수가 있어요. 당신이 필요로 하는 것이 차의 트렁크에 들어갈 정도로 작은 것이라면 내일까지 가져다줄 수 있어요."

자리프는 깜짝 놀랐다. 그는 여태까지 비료와 휘발유로 폭탄을 만들어야 될지도 모른다고 걱정하고 있었는데, 이처럼 막바지에 와서 TNT를 확보할 수 있다는 희망을 갖게 된 것이다. 하지만 에밀리오는 그에게 TNT 대신에 이미 생산된 군대 포탄을 구해주겠다고 약속했다.

그러나 포탄이라고 해도 TNT보다 별반 더 나을 것이 없었다.

자리프는 자신의 임무를 수행하는 데 어떤 것이 더 나은지를 판단하기 위해 생각에 잠겼다. 대통령은 리무진으로 이동할 것이고, 미국 대통령이 탑승하는 리무진은 그야말로 전설적인 차량이다. 그것은 자리프에게 두 가지 면에서 문제점을 제기했다. 첫째, 만일 그것이 듣던 소문대로 전설적인 차량이라면, 엄청난 분량의 폭약, 아니면 리무진 밑바닥을 관통할 수 있도록 극도로 잘 제조된 폭발물이 필요하였다.

두 번째 문제는 전설적인 대통령 리무진의 구체적인 세부 사항에 관해 알려진 것이 거의 없다는 점이었다. 차량의 중량, 강철의 두께, 차량 제조에 사용된 다른 재질들의 종류, 그리고 가장 취약한 부분의 위치 등은 하나같이 공식적으로 알려진 바가 없었다. 자리프는 엔지니어였고, 그는 양질의 데이터를 가지고 많은 것을 해낼 수 있었지만, 리무진 차량에 대한 조사는 기껏해야 어림짐작, 소문, 과장 아니면 터무니없는 추측 등에 불과했다.

전설이라!

이처럼 온통 베일에 가려진 미지의 차량을 파괴시키려면, 그는 합리적인 범위 내에서 만들어 낼 수 있는 가장 크고 정교한 폭탄을 제조해야만 했다.

그는 에밀리오가 말하는 멕시코 군대의 기지에 뭐가 있는지를 생각해 보더니, 즉석에서 포병 탄약으로 무기를 만들어 내기로 결심했다. 자리프가 알고 있는 한, 모든 현대식 군대는 무기고에 105밀리 포병탄약을 보유하고 있다. 이 탄약을 사용하면 믿을 수 없을 정도로 효과가 뛰어난 급조폭발물을 제조할 수 있다. 그는 이라크, 아프간, 레바논, 그리고 시리아에서 수백 번도 넘게 그것을 만들어 본 적이 있었다.

단 한 발의 고폭탄이나 장갑 관통탄이 대통령이 탑승한 리무진의 측면에서 폭발하면 차량의 파괴는 물론이고, 함께 탑승한 자도 모조리 죽일 수 있을 것이다.

하지만 여기에는 다른 것들도 고려할 필요가 있었다. 대통령은 항상 두 대의 리무진으로 이동하기 때문에, 만일 한 대에 문제가 생기면, 대통령은 그저 다른 차에 옮겨 타기만 하면 된다. 그는 목표 지역에 차량 행렬이 진입하는 순간, 어떤 리무진에 대통령이 탑승할 것인지 알 수 없을 것이기 때문에, 두 대의 차량을 동시에 날려버려야 했다.

자리프는 잠시 더 생각에 잠겼다. 그는 '과잉 살상(overkill)'이 약간 걱정되었다. 많은 민간인 사상자가 발생하면 멕시코인 동료인 에밀리오가 화를 낼 수도 있을 것이지만, 그는 자신이 실패하게 될 것을 더 걱정했다. 만일 그가 잭 라이언을 죽이지 못하면 북한은 자신들의 약속을 지키지 않을 것이다. 그는 네 발의 105밀리 고폭탄을 구해달라고 요청하려는 충동을 억제하고 세 발로 줄인 다음, 그가 이미 적어 준 적이 있는 다른 품목들도 넘겨주었다. 이 모든 것들은 철물 및 공구점이나 취미용 전자 제품을 판매하는 상점에서 구입할 수 있었다.

에밀리오는 아무 말 없이 목록을 훑어보더니 고개를 끄덕이며 이렇게 말했다. "내가 말한 대로, 105밀리 고폭탄은 게레로 주의 군부대에서 가져올 것이고, 나머지 물건들은 어떤 의심도 받지 않도록 여기서 멀리 떨어진 곳에서 구입할 것이오."

자리프가 말했다. "아주 좋습니다. 얼마나 걸릴까요?"

"24시간이오. 물건을 받고 나서 작업을 시작하세요."

42

밸리 플로어에서 사흘째를 맞이한 잭 라이언 주니어는 그가 무슨 일인가를 벌여야겠다는 것을 깨달았다. 전날 그는 거의 모든 시간을 자신의 위장신분을 더욱 확고히 굳히기 위해 반드시 참석해야 하는 각종 회의에 얼굴을 내미는 데 허비하였고, 오늘은 엘리제 르그랑드와 다시 마주치려고 그녀가 일하고 있던 '제련품질통제부'로 두 번씩이나 찾아가며 하루 종일 애를 썼지만 허사였다. 그 여자는 IT 부서에서 시간을 보내는 것 같았으므로, 그는 꾀를 내서 랠프 바게트의 사무실에 잠시 들를 구실을 찾았지만, 막상 그의 사무실에 가보니 IT 국장인 바게트는 같은 시설 내의 다른 곳에서 열린 중요한 회의에 참석하기 위해 자리를 비운 뒤였다.

잭은 다시 자신의 임시 사무실로 되돌아가기 시작했지만, 도중에 늦은 점심을 먹으면서 다음번 행동에 대해 생각해 보기 위해 카페테리아로 방향을 바꾸었다. 그는 걸으면서 자신이 처한 곤란한 처지를 생각해 보았다. 그는 엘리제 르그랑드가 원석에서 희토류를 추출하는 데 사용되는 무슨 수상분리장치(hydroseparation) 장비 같은 것의 작동 상태를 진단한다는 표면적 구실 이외에, 무슨 속셈을 갖고 있는지를 어렵사리 알아내는 데 성공하였다. 더 중요한 것은 동시에 그녀가 이 시설의 IT 국장과 친해지려고 노력한 끝에, 이런 임무에 거의 성공한 것처럼 보인다는 점이었다.

카페테리아에서 라이언은 전날 만났던 회사 중역들 중 두 사람과 우연히 만나, 점심을 먹으면서 이들과 잡담을 나눴다. 몇 분 후 이들이 다른 회의에 참석하기 위해 자리를 뜨자, 엘리제 르그랑드처럼 보이는 여자가 랠프 바게트와 함께 카페테리아로 들어섰다. 잭은 칠면조 샌드위치를 우물거리면서 이들의 뒤에 있었다.

몇 분 뒤 잭은 테이블에 혼자, 그리고 랠프와 엘리제는 테이블 몇 개 떨어진 곳에 각각 앉아 있었다. 잭은 랠프가 자발적으로 르그랑드에게 자기를 소개해 주기를 바랐지만, 분명히 랠프는 동반자의 관심을 다른 사람과 공유할 생각이 없었다. 그가 아름다운 금발의 미녀와 함께 점심을 먹는 모습을 보면서, 라이언은 유행에도 맞지 않는 너절한 옷차림의 IT 국장이 여인을 독차지한 것에 흐뭇해하고 있음이 틀림없다고 생각했다.

그러나 비록 바게트와 르그랑드가 그에게는 눈길조차 주지 않았지만, 실험실 복장 차림에 연구개발 부서 소속 기술자임을 나타내는 배지를 착용한 40대 중반의 여성이 카페테리아에서 드러내 놓고 잭을 노려보고 있었다. 그는 이처럼 턱수염을 기르기 전에는 좀 더 자주 여성들로부터 이런 시선을 받곤 하였고, 지금 시점에서 누군가가 그를 알아본다는 것이 매우 드문 일이기는 하였지만, 그는 여전히 지금 자신에게 어떤 상황이 벌어지고 있는지를 정확하게 파악하고 있었다.

잭은 연구개발실 여성을 무시하려 최선의 노력을 다했으며, 엘리제에게 다가가 스스로를 소개할까 생각도 해 보았지만, 그가 골똘히 이런 생각에 빠져있는 동안, 바게트의 비서가 실내 방송을 통해 그의 소재를 물었다. 바게트는 엘리제에게 양해를 구하고 일어나 사무실로 돌아갔다. 바게트가 카페테리아를 빠져나갈 때, 잭은 그가 손으로 르그랑드의 등을 가로질러 문지르는 모습을 지켜보았는데, 이것은 마치 잭이 6학년 때쯤 한두 번 시도해 보았음직한 어색하고 유치한 애정의 표현이었다.

엘리제는 이런 제스처에 겉으로 드러나는 아무런 반응도 보이지 않았다.

잭이 막 자리에서 일어나 르그랑드의 테이블로 건너가려는 찰나, 연구개발실 소속의 여자가 이제 테이블에서 일어나 얼굴에 미소를 머금는 모습을 지켜보았다.

"점심 식사 하시는데 방해해서 미안해요."

잭이 일어나며 말했다. "천만의 말씀이에요."

"전 단지 당신의 부친을 열렬히 지지하는 사람이란 걸 말해드리고 싶었을 뿐이에요."

잭이 미소로 대답했다. "대단히 고맙습니다. 제 아버지도 감사하게 생각하실 겁니다."

그 여자는 몇 분 동안 침을 튀기며 열심히 말을 붙이더니, 노트북에서 종이를 한 장 찢어내 라이언에게 사인을 해 달라고 부탁했다. 그가 그렇게 하자 그녀는 고맙다고 인사하고는 몇 초 후에 카페테리아를 나섰다.

잭은 건너편에 앉아 있던 아름다운 금발의 여인이 그들의 대화를 듣지는 못했을 테지만, 두 사람 간에 벌어진 장면은 모두 보았음에 틀림없었다. 그는 그녀의 방향으로 힐끗 쳐다보면서 그녀가 자신을 유심히 노려보고 있다는 것을 알아챘다. 그는 여인에게 가볍게 미소를 보냈지만, 그녀는 미소에 답례하지도 않고, 그렇다고 해서 그의 시선을 피하지도 않았다.

'좋아.' 그가 생각했다. '이 정도는 나도 할 수 있다고.'

"안녕하세요." 그는 친근한 미소로 그녀에게 이렇게 말을 붙였다.

그녀는 미소로 답례하지 않았다. 대신 그녀는 노골적인 호기심으로 그를 바라보았다. "전 랠프에게 당신이 누구냐고 물었죠. 그는 당신이 어떤 투자 회사의 회계사라고 말했어요."

"맞아요, 일종의 회계사죠." 잭이 대답했다. 그는 자신이 야무지면서도 여성스러운 목소리에 매혹되어 있음을 발견했다.

"그렇다면 제가 한 가지 질문을 하죠. 무슨 회계사가 황홀한 눈동자로 바라보는 여자에게 사인을 해주는 거죠?"

라이언은 이 프랑스의 여자 스파이와 우연히 마주치기 위한 갖가지 방법들을 궁리해 보긴 했어도, 누군가가 자기의 약점을 불쑥 꺼내 드는 상황에는 미처 준비가 되어있지 않았다.

하지만 그는 재빨리 핑곗거리를 찾아냈다. "당신의 악센트. 프랑스인이죠, 그렇죠?"

"프랑스계 캐나다인이요."

'제기랄.' 라이언은 그렇게 생각했지만 입에 올리진 않았다. "아주 좋아요. 어느 부서에서 근무하시죠?"

"전 외주업체에서 일해요." 그는 여인의 잿빛 눈동자가 자신을 강렬하게 쏘아보고 있다는 것을 느꼈다. 그는 작전을 수행하는 도중에 다른 사람의 존재에 호기심을 나타내는 것이 어떤 기분인지를 알 것 같았다. 그녀가 비록 대화를 먼저 시작했지만, 이것을 일종의 게임으로 생각하고 있음에 틀림없다고 그는 생각했다.

잭이 손을 내밀어 그녀의 손을 잡고 악수를 했다. "잭이라고 해요."

그녀는 "전 엘리제예요."라고 대답했지만, 이렇게 말하면서도 그녀의 시선은 그의 배지를 쳐다보았다. '잭'이란 이름이 크게 쓰여 있었지만, 그 밑에는 소문자로 작은 글씨가 있었다. 그녀가 큰 소리로 읽었다.

"라이언."

그녀는 기묘한 표정으로 그를 바라보면서 눈동자를 굴렸다. "오, 알겠군요. 좀 전의 그 여자는 당신을 미국 대통령이라고 생각했나 봐요."

"실제로, 그 여자는 나를 대통령의 자녀들 중 한 명으로 생각했어요."

그녀가 다시금 눈을 굴리더니, 그가 말하는 것을 듣고는 눈을 크게 떴다. "오… 그녀의 말이 맞나요?"

"맘대로 상상하시죠, 미스 아니면 미시즈 르그랑드."

베로니카 마르텔은 그 질문에 대답을 하지 않았다. 아직도 그녀의 머릿속은 여러 가지 생각으로 복잡했다. 그녀는 틀림없이 라이언 대통령의 성을 말하는 것을 들었음을 기억했다. 대통령에게는 베로니카와 나이가 비슷한 딸, 그리고 어린 두 명의 다른 자녀들이 있었다. 그녀는 다른 아들에 대해서 뭔가를 알고 있었지만, 그에 대해서는 자세한 사항을 많이 기억하지 못했다. 그녀에게는 여러 해 전 잡지 표지에서 대통령 가족 전체의 사진을 본 것 같은 희미한 기억만이 남아 있었다.

그녀가 물었다. "사람들이 말하는 '주니어'가 당신인가요?"

"그래요. 난 캐나다 사람이 나에 대해 그런 이야기를 들었다는 것에 놀랐어요."

엘리제는 천천히 고개를 끄덕였다. "그래요, 당신을 희미하게 기억해요."

라이언은 여인의 눈동자에서 불신과 불안의 그림자를 눈치챘다. 스파이들은 우연히 만난 사람들을 재빨리 의심하는 데 익숙하다. 이것은 우연히 이루어진 만남처럼 보였고, 그녀는 어떻게 이것이 우연이 아닌 다른 무엇일 수 있을지 혼란스러운 심정에 있을 것임에 틀림없었다. 또한 베로니카 마르텔은 대통령의 직계가 어떻게 자신이나 자신의 임무를 위협할 수 있을 것인지를 생각해 보고 있을 것이 틀림없었다.

그녀가 입을 열었다. "정말이지 야릇한 일이로군요."

잠시 후 잭은 자신이 엘리제와 같은 테이블에 앉아 있다는 사실을 새삼 깨달았다. 그녀는 그에게 밸리 플로어에서 무슨 일을 하고 있는지 물었다.

"난 재정분석가에요. 실제로는 회계사가 아니죠. 내가 다니는 회사가 이 광산을 사들였죠. 아니면 적어도 우린 사들이는 방법을 생각 중에 있어요. 난 이곳 사정을 살펴보고, 회사 책임자와 다른 사람들을 만나보려고 여기 온 거예요. 만일 우리가 원하는 방향으로 계산이 맞아떨어지면, 우린 틀림없이 이 회사를 사들일 거예요."

여인은 이런 말을 모두 액면대로 받아들이는 것 같았다. 잭은 실제로 이런 대화가 그녀의 작전에 어떤 영향을 줄 것인지를 바라보면서 즐거운 기분에 젖었다.

그가 물었다. "당신은요? 여기 캘리포니아엔 어떤 일로 오셨나요?"

그녀는 "전 얼마 동안 광산회사에서 일하고 있었죠. 캐나다에서요."라고 대답했다.

비록 그것은 답변이 아니었지만 그것으로 충분해 보였다. 잭은 그녀가 대화를 자신에게 되돌리려 할 것으로 짐작했으나, 여자가 그렇게 하도록 그냥 내버려두지 않았다. 그는 고개를 끄덕이면서 말했다. "계속하세요."

"아, 네. 그러니까, 우린 용해 추출 과정에서 새로운 기법을 개발하여 흥분해 있었고, 뉴코프 밸리 플로어 사는 보유하고 있는 기계들을 우리가 개발한 새로운 변화에 적응시킨 거죠. 전 새로운 아이디어들이 실제 세계에서 실행되는 모습을 지켜보고 있었을 뿐이에요."

라이언은 설명에 고맙다는 듯이 고개를 끄덕였다. 그녀의 설명은 훌륭했다. 아니, 그녀는 대단한 인물이었다. 그는 그녀의 속임수에 거의 넘어갈 뻔했다. 그는 자신의 역할을 수행해야 할 필요성을 느꼈으므로, 그녀에게 새로운 아이디어의 연구에 대해 몇 가지 질문을 하고, 심지어 자신이 여기서 진지하게 투자 기회를 발견하려는 노력의 일환처럼 보이도록 하려고, 그녀가 언급하는 참고 문헌들을 노트에 받아 적기도 하였다.

마침내 그가 말했다. "정말 대단해요. 실제로 그런 일들이 이루어지는 모습을 눈으로 보고 싶군요."

그녀가 고개를 끄덕였다. "먼저 '제련품질통제부'에 연락하셔야 돼요. 그 사람들은 틀림없이 당신에게 화학용해 장비를 보여줄 거예요."

"그렇게 할게요. 당신도 거기 계실 거죠?"

엘리제가 망설였다. 잭은 그녀가 여전히 상황을 파악하는 중에 있으며, 혹시라도 여기서 그와 자리를 함께함으로써 어떤 위험이 닥치지 않을지를 판단하려 애쓰고 있다고 생각했다. 그는 이것이 전혀 예상치 못한 이상한 현상이었으며, 그녀가 혼란스러워하고 심지어 경계의 눈초리를 보이는 것이 전혀 이상할 것이 없다는 것을 알았다.

그녀가 말했다. "만일 당신이 내일 방문한다면, 전 하루 종일 거기 있을 거예요. 그 시간 후에는 안 돼요. 전 모레 아침 여길 떠날 거예요."

"좋아요. 그럼 내일 봅시다."

두 사람은 카페테리아를 나와 엘리베이터를 향해 홀을 걸어갔다. 그는 그녀를 저녁 식사에 초대하고 싶었지만, 두 가지 이유에서 그런 유혹을 참았다. 첫째로 그는 이것이 일종의 놀이인지를 판단하기 위해 그녀의 두뇌가 엄청난 하중을 받게 되는 상황을 원치 않았다. 만일 그가 베로니카 마르텔을 너무 세게 밀어붙인다면, 그가 이곳에서 그녀를 만난 것이 전혀 우연의 일치가 아니라는 사실을 상대방이 눈치챌 우려가 있었다. 오로지 지금 그녀에게서 한 발짝 물러서는 것만이 두 사람의 만남이 우연의 결과임을 확신시킬 수 있는 방법이었다.

그리고 그가 지금 여인을 놓아주는 두 번째 이유는 차베스와 클라크가 이런 사실을 알면 졸도할 우려가 있었기 때문이다. 작전적 관점에서 볼 때, 라이언이 그녀에게 접근하는 것은 대단히 미련한 방책이며, 자신의 신분이 탄로 날 위험을 자초하는 길이다.

잭은 엘리베이터에서 사무실로 올라가려고 위로 향한 화살표를 누르고, 엘리제는 밑으로 내려가는 화살표를 누른 다음 그녀가 근무하는 건물로 돌아갔다. 그들은 악수를 하고 헤어진 다음 각자의 길로 갈라섰다.

잭이 탄 엘리베이터의 문이 닫히기 시작하려는 순간, 그는 누군가가 홀에서 달려오는 소리를 들었다.

어떤 남자가 소리쳤다. "잠시만 기다려 주실래요?"

잭은 문이 닫히지 않도록 손으로 잡고는 잠시 짜증 난 표정을 지었는데,

그 이유는 호텔을 출발해서 숙소로 돌아가려면 장거리를 운전해야 되고, 저녁을 먹기 전에 클라크와 딩에게 엘리제 르그랑드에 대해 설명해 주어야 한다는 것을 알았기 때문이다.

진 바지에 폴로셔츠 차림의 젊고 날렵한 아시아인이 재빨리 엘리베이터에 들어섰다. 그는 어깨에 배낭을 메고 있었고, 처음에는 라이언의 얼굴을 쳐다보지 않으려 시선을 다른 데로 돌렸다.

그는 몸을 돌려 앞을 바라보면서 말했다. “고마워요.”

잭은 자기 사무실이 위치한 층을 누르려고 위를 쳐다보면서 말했다. “천만—”

잭이 고개를 갸웃거렸다. 엘리베이터에 탔던 그 남자도 똑같은 표정을 지었다.

“야오?”

“라이언?”

두 사람은 서로 악수를 하면서도 혼란스런 모습이었다. 라이언이 말했다. “여기서 만나다니, 반가워.”

“어, 나도 그래.”

“무슨 일로 밸리 플로어에 왔느냐고 물어도 될까?” 라이언이 물었다.

야오가 대답했다. “대답할 수만 있다면 하지.”

두 사람 중 누구도 라이언의 사무실이 위치한 층에 도착할 때까지 입을 열지 않았다. 이들은 그저 서로의 얼굴을 쳐다보면서도, 동시에 여기서 이 사람을 만난 것이 어떤 의미를 갖는 것인지를 생각해 보려 애썼다.

마침내 침묵을 지키던 두 사람 사이에서 엘리베이터 문이 닫히기 직전에 잭이 말했다. “맥주 한잔 하겠어?”

애덤이 팔을 뻗어 닫히려던 엘리베이터 문을 잡았다. “난 인사과에 가야 돼. 그다음에는 자유 시간이야. 20분 후에 로비에서 만날까?”

라이언이 고개를 끄덕였다. “그때 보자.”

뉴코프 밸리 플로어 건물에서 가장 가까운 곳의 술집은 15번 주간(州間) 고속도로를 따라 네바다 주와의 경계선 바로 너머에 있었다. 네바다에서 도박을 즐기기 위해 동쪽으로 향하는 첫 번째 미국인들을 낚아볼 셈으로, 캘리포니아가 눈에 보이는 곳에서 싸구려이면서도 번창하는 몇 채의 카지노들이 우후죽순처럼 생겨났다. 라스베이거스로 가려면 아직 30마일 정도를 더 가야 하지만, 그러나 이곳에 밀집된 호텔, 스트립몰, 도박장, 패스트푸드 식당 등으로 이루어진 사막의 오아시스는 멀리 라스베이거스의 번화가까지 차를 몰고 운전할 열의, 혹은 시간이나 휘발유도 없는 사람들이 머무는 중간 기착지 같은 곳이었다.

잭 라이언과 애덤 야오는 '위스키 피터 호텔 앤드 카지노'로 불리는, 특별한 구석이라고는 눈곱만큼도 없는 레스토랑의 뒤편에 있는 테이블을 마주하고 앉았다. 각자 마실 맥주를 주문하면서, 라이언은 '샘 애덤스(Sam Adams)', 그리고 야오는 '샤이너 복(Shiner Bock)'을 골랐다.

처음 몇 분 동안 두 사람 사이의 대화는 카지노와 운전 따위에 대한 겉도는 잡담 수준을 벗어나지 못했다. 이들은 서로 상대방의 꿍꿍이가 뭔지를 살피는 데 분주하였다. 이들의 사이가 비우호적이었던 것은 아니었다. 전부터 서로를 잘 알고 있고, 상대방을 좋아하면서 존경하고 있었다. 하지만 그건 옛날 이야기이고, 지금은 지금이다. 이들은 서로 상대가 어떤 속셈을 갖고 있는지에 대한 호기심이 발동했다.

야오가 말했다. "넌 옛날과 달라 보여."

"턱수염 말이야?"

"그래. 그거랑 근육이 좀 붙은 거 같아."

"남들의 눈에 띄는 게 좀 피곤하군."

"그럴 거야. 네 직업에선 별 도움이 안 될 테니."

라이언이 되물었다. "무슨 직업?"

"신경 꺼." 아담이 한 모금 마시며 맥주잔 너머로 그를 바라보면서 말했다. "지나던 길에 네 친굴 만났어."

"정말? 누군데?"

"메리 팻 폴리."

"훌륭한 여성이지. 어디서 봤어?"

잠시 정적이 흘렀다. "있잖아, 그저 업무 관계로 만난 거야."

"그렇겠지."

"그런데… 그 여잔 누구야?" 야오가 물었다.

"엘리제 르그랑드 말이지? 그 여잔 외주업체 직원이래. 여기 뉴코프 밸리 플로어에서 2주일쯤 머문댔어. 자기 말로는 캐나다 사람이래."

"좋아."

"그래."

또다시 정적이 흘렀다.

이런 식의 대화는 늘상 겉돌기 마련이다.

야오가 말했다. "이봐, 널 만나서 반가워. 하지만 우리들 중 누구도 할 말이 별로 많은 거 같지 않아."

라이언이 대답했다. "맥주만 마시면 되잖아."

이 대답에 야오가 킬킬거렸다. "그렇지, 안 그래? 우린 서로 쓸데없는 소릴 잔뜩 늘어놓을 수 있지만, 너도 알다시피 난 내 속셈을 말할 수 없고, 그건 너도 마찬가지야."

이제 잭 라이언이 다시 손을 내저었다. 그도 야오와 같은 생각을 해 보았고, 야오가 여기 온 목적이 뭔지 알 수는 없더라도, 그는 이 녀석을 이리저리 굴려보면 쓸 만한 첩보를 캐낼 수 있을지도 모른다고 판단했다. "그렇진 않아. 내가 한마디 하지. 내가 주는 첩보는 널 위한 것이니까, 질문은 하지 말도록."

"내가 뭐 잘못한 게 없잖아, 안 그래?"

잭이 말했다. "금발의 여자 말이야?"

"그래? 그 여자가 어째서?"

"갠 간첩이야."

야오는 겉으로 드러나는 반응을 보이지 않았지만, 맥주잔을 치켜들고 한참 동안 들이켰다. 그는 잔을 내려놓으며 이렇게 말했다. "그런 말은 하는 게 아냐."

"그 여자가 여기 온 건 너 때문이 아냐. 내 말은… 그 여자 목적이 너 때문이 아니란 거야. 자기가 캐나다인이라고 말하지만, 난 그 여자가 프랑스 사람인 거 같아. 내 짐작으로는 DGSE(프랑스 대외안보총국) 출신일 거야. 지금은 뉴욕에 본사를 둔 민간 회사에서 일하고 있어."

"이걸 어떻게 알아냈지?"

"난 이 여자의 조직을 감시하는 몇 명 중의 한 명이야."

"몇 명이라고?"

"그래."

애덤이 어깨를 으쓱거리며 대수롭지 않다는 표정을 지었다. "넌 그 여자가 여기서 뭘 하는지 알아?"

"우리가 알기론 그 여자가 여기 온 건 북한이 개발하고 있는 희토류 광산을 위해 협력하는 회사의 기밀을 훔쳐 내려는 거야."

라이언은 그의 반응을 살피려고 야오의 얼굴을 노려보았다.

그러나 애덤은 눈 하나 꿈쩍하지 않았다.

애덤 야오는 프로 선수였다. 비록 그와 라이언이 중국에서 함께 일한 적이 있지만, 라이언은 '애크리드 헤럴드' 작전에 대해 전혀 모르고 있었거나, 아니면 야오는 라이언이 그에 관해 알고 있다는 이야기를 들은 바가 없었다. 하지만 이번 작전을 맡고 나서는 날이 갈수록 수상한 일들이 벌어지고 있었으므로, 이 CIA 정보관은 어떤 것이 맞는지 확신할 수 없었다. 그러나 비록 상대가 현직 미국 대통령의 아들이라고 해도, 그는 자신의 기밀을 털어놓을 생각이 조금도 없었다.

만일 그렇게 한다면 그게 더 이상한 일일 것이다.

야오가 말했다. "홍미롭군. 나와는 관계가 없지만 재밌어. 네가 원한다면 우리 조직에 전화를 해서 그 여자를 알아보라고 할게."

라이언은 야오가 어떤 식으로든 CIA 조직과 선이 닿아 있다는 것을 알고 있었다. 그는 업무상 여기 왔을 것이고, 그러니까 '당연히' 그 일은 북한의 광산과 관련이 있을 것이다.

"꼭 그럴 필욘 없어. 단지 그 여자가 어떤 식으로든 널 위태롭게 만들 수 있다는 걸 알려주려는 거야."

그가 말했다. "그럴 일은 없을 거야. 하지만 관심을 가져줘서 고마워." 그는 옆을 지나가는 웨이트리스를 흘끗 쳐다봤다. "내가 낼게."

두 사람은 바람이 휘몰아치는 주차장으로 걸어갔다. 라이언이 말했다. "만나서 반가웠어, 애덤. 몸조심하게."

"라이언, 너도. 다시 한 번 고마워."

두 사람은 악수를 하고 헤어지고는 각자 차에 올라 라스베이거스를 향해 출발했다.

라이언은 야오가 여기 온 속셈을 알 도리가 없었지만, 그 점이 엄청나게 궁금했다. 야오도 라이언이 왜 여기까지 왔는지 조금도 눈치를 챌 수 없었으나, 라이언과는 달리 그걸 알고 싶지 않았다. 그는 메리 팻에게 라이언이 자기에게 한 말을 전달하겠지만, 그가 아는 첩보라면 그 여자도 이미 다 알고 있을 것이었다.

야오는 캘리포니아에서 벌어지는 일보다는 그가 다음에 향하게 될 곳에 대한 걱정이 더 컸다. 그는 다음 날 아침 비행기로 출발할 것이며, 이번 작전에 뛰어들면서 성공할 수 있을 것이라는 점을 조금도 의심하지 않았다.

43

베로니카 마르텔은 라스베이거스에 있는 팔라초(Palazzo) 호텔 19층의 방으로 돌아가, 지갑을 침대에 던져 놓고, 열려 있던 랩톱 컴퓨터 앞에 앉았다. 그녀가 프로그램 하나를 클릭하고는 커넥터의 한쪽 끝을 휴대전화 밑부분, 그리고 다른 끝을 랩톱에 꽂았다. 엔터 키를 두드리자 금방 전화 속의 내용물, 아니 뉴코프 밸리 플로어 사의 컴퓨터 서버에서 훔쳐 휴대전화에 저장해 두었던 애플리케이션 파일들이 화면에 나타나더니, 클라우드 파일 공유 서비스에 파일들을 업로드 하기 시작했다. 클라우드에서 에드워드 라일리가 이 파일들을 받아서, 이것을 '뉴 월드 메탈 LLC' 사의 누군가에게 전해 줄 것이고, 이것은 다시 북한인들의 손으로 넘어갈 것이다.

베로니카는 이런 사슬의 맨 끄트머리가 어떻게 작동되는지 몰랐고, 또 알려고도 하지 않았다. 그녀가 아는 것이라고는 오로지 자신의 임무뿐이었고, 또 오늘 자신이 완벽하게 임무를 완수했다는 사실뿐이었다.

이것은 결코 쉬운 일이 아니었다. 그녀는 지난 2주일 동안 이곳의 산업에 대해 잘 알지도 못하면서, 동시에 밸리 플로어의 너절한 IT 담당 국장인 랠프 바게트에 대한 열렬한 관심을 거짓으로 연출하는 온갖 역경을 겪고 있던 터였다. 이곳은 직업적 스파이 생활 중에서 부여받았던 최악의 10가지 임무에는 속하지 않을 것이지만, 그녀는 이것 말고 다른 일을 맡았더라면 더 좋았을 것이라고 생각했다.

그럼에도 불구하고 베로니카 마르텔은 멋지게 일을 해냈다. 그녀는 당초 계획했던 대로 바게트의 컴퓨터 서버에 들어가는 패스워드를 훔쳐내지는 못했지만, 그가 패스워드를 입력시킨 다음에 컴퓨터에서 자리를 비운 틈을 타, 컴퓨터 속의 파일들을 다운로드 받는 데 성공한 것이다.

진한 애무를 최소화하고, 또는 바게트와 실제로 섹스를 하지 않고도 이런 일에 성공했다는 사실은 그녀에게 일종의 보너스였던 셈이지만, 사실 이런 목적을 달성하기 위해서라면 무슨 짓이든 할 준비가 되어 있었다.

하지만 작전이 완료된 지금, 베로니카가 할 일이라고는 내일 밸리 플로어 광산으로 돌아가 2주일 일정의 마지막 날을 보내면서, '제련품질통제부'에서 함께 일했던 동료들 중 몇 사람이 주최하는 송별식에 참석하여 저녁 시간을 갖는 것인데, 바게트는 용케도 그녀를 위한 송별식에 초대를 받았다.

베로니카는 고작 2주일밖에 함께 일하지 않았던 사람들이 떠나는 사람을 위해 송별식을 베푼다는 것이 멍청한 짓같이 생각되었다.

만일 그녀에게 선택권이 주어졌다면, 오늘 밤 당장 집으로 가는 비행기에 올라타 이 사람들을 두 번 다시 보려 하지 않았을 것이다.

베로니카가 임무를 완수한 바로 그날, 실제 임무 완수가 그날 벌어진 일 가운데서 두 번째로 흥미로운 사건이었다는 사실은 아이러니가 아닐 수 없었다.

이런 기분에 젖은 베로니카는 휴대전화를 집어 들어 전화를 걸었다. 이미 뉴코프 밸리 플로어 사에서 파일들을 훔쳐 다운로드 해 두었으므로, 이제는 라일리에게 전화를 걸어 이 사실을 알려 주어야 할 시간이었다.

정보관들이 작전보안 또는 개인보안에서 훈련을 받는 첫 번째 과제는 지휘 계통을 따라 전혀 모르는 낯선 이방인들을 상대하는 것이다. 택시를 기다리는 줄에서 알지 못하는 사람과 날씨에 관해 나누는 하찮은 잡담이라도, 그것이 첩보원들 입장에서 아무리 대수롭지 않게 생각될지라도, 작전의 큰 그림을 파악하고 있는 사람에게는 유용한 첩보가 될 수 있다.

캘리포니아 희토류 공장의 애플리케이션 서버에 접근하는 권한을 훔치려는 작전을 벌이던 도중에 대통령의 아들과 조우했다는 사실은 그녀가 관여하고 있는 뉴 월드 메탈 사의 작전에 별로 상관이 없었지만, 이런 사실을 보스에게 알리는 것은 당연한 일이었다. 어떤 임무를 수행하건 간에, 작전보안에 따르면 현장에서 뛰는 첩보원들은 자신의 상관인 통제관에게 뭔가 '이상한' 것이 눈에 띄면 즉각 보고하도록 되어 있다. 그리고 여기서 가리키는 '이상한' 일이란 바로 지금의 상황을 두고 하는 말이었다.

하지만 베로니카는 뉴욕에 있는 라일리에게 전화를 걸려고 하다가 동작을 중단했다.

'잠깐!' 이렇게 하는 것이 내게 도움이 될까?

그녀는 전화를 내려놓고 잠시 생각에 잠겼다. 그리고 생각을 마쳤을 무렵에는 뻔한 결론을 내리기 위해, 오후 내내 골머리를 앓았던 스스로의 어리석음을 책망했다. 그녀는 너무 오랫동안 기업 첩보 활동에 몰두한 나머지, 상관의 자잘하고, 협소하고, 일상적인 지시나 명령을 뛰어넘어, 더 큰 그림을 보는 안목을 잊고 있었다.

이제 베로니카 마르텔의 앞에는 더 큰 기회가 놓였다.

아니, 지금은 마지못해 '샤프 글로벌 인텔리전스 파트너스'가 그려 놓은 행동 강령에 따를 때가 아니었다.

지금은 자기 스스로를 돌볼 시간이었다.

베로니카는 생각했다. 미국 대통령의 아들이랬지? '그래. 이걸 좀 이용해야겠군.'

베로니카는 지난 몇 년 동안 기업정보 활동에 종사하면서 마치 끈 떨어진 연처럼 제멋대로 살아왔지만, 그나마 제정신을 차리고 살 수 있었던 것은 한 가지 희망이 있었기 덕분이었다. 언젠가 프랑스 정보부로 돌아갈 수 있으리라는 그 희망이란 것은 어쩌면 실현될 수 없는 환상인지도 몰랐다. 그녀는 3년 전에 좋지 않은 일로 정보부에서 나왔지만, 나오자마자 다시 되돌아가고 싶은 마음이 굴뚝같았다.

그녀의 오랜 동료들은 이미 그녀를 잊었다고 말했다. 베로니카가 DGSE 고위층 인사들의 눈에 다시 들 수 있는 가능성은 별로 없었다.

그러던 차에, 때마침 '오늘' 이런 일이 벌어진 것이다. 오늘 그녀는 잭 라이언 주니어와 우연히 마주쳤다. 만일 이번 기회를 천천히 그리고 용의주도하게 이용한다면, 그는 프랑스 정보부에 다시 되돌아가는 데 더할 나위 없이 훌륭한 도구가 될 수 있을 것이다. 말하자면, 프랑스 정보부는 그를 통해서 다른 방법으로는 알 수 없는 미국 대통령에 관한 세부 사항들을 파악할 수 있을 것이다.

그리고 그들은 오직 베로니카를 통해서만 그렇게 할 수 있다. 그러므로 이들은 그녀를 '반드시' 다시 받아들여야 하는 것이다.

물론 마르텔은 매력적이고 신랑감으로 손색이 없는 그 총각과의 관계를 시작할 필요가 있었지만, 그 문제는 힘들이지 않아도 저절로 해결될 것처럼 보였다. 잭은 이 세상의 다른 모든 남자들과 전혀 다를 것이 없었다. 그녀가 손가락 하나 까딱하지 않는 동안, 잭 라이언은 자발적으로 마르텔과 자신과의 거리를 좁혀주었다.

그래. 그녀는 라이언과의 교제를 본격적으로 시작할 것이고, 또 그러면서 DGSE와 접촉하여 현직 미국 대통령의 아들이라는 전리품을 가지고 의기양양하게 금의환향할 것이라고 말해줄 것이다.

그러면 프랑스 정보부는 쌍수를 들고 그녀의 복귀를 환영할 것이다.

당연히 그녀는 라이언에게 이런 얘기를 입 밖에도 꺼내지 않을 것이다. 대신, 그녀는 라이언이 다음 날 그녀가 근무하는 곳에 오면 자신을 위한 송별식이 열릴 것이라고 말해준 다음, 바게트를 무시하고 앞으로 끄나풀로 써먹을 라이언과 저녁 시간을 함께 보내면서 교제를 시작할 것이다.

마르텔은 자기도 모르게 미소를 지었다. 맡은 임무를 완벽하게 성공시킨

데 이어, 장차 믿어지지 않을 정도로 쓸모 있는 끄나풀로 써먹을 수 있는 라이언까지 수중에 넣게 되었으니 말이다.

44

애덤은 라스베이거스를 출발하여 로스앤젤레스로 날아가, 그곳에서 다시 에어버스 A330 편으로 중국 동부의 도시인 상하이로 이동했다. 그는 비행기 이코노미 좌석 뒤편에 앉아 휴대전화로 한국어 음성 파일에 귀를 기울이며 시간을 보냈다.

그는 중국에 도착하기 2시간 전에 파일을 삭제하여, 자신의 신체 어디에도 한국어를 공부했다는 기록을 남기지 않았다.

비행기가 착륙한 직후, 애덤은 상하이 푸동(Pudong) 국제공항의 출입국 관리 지역에 들어가 차례를 기다리던 끝에 데스크 뒤에 앉아있던 이민국 관리 앞으로 다가섰다. 그 남자는 '샨 신'이라는 이름으로 되어 있는 애덤의 미국 여권을 받아 들고, 앞뒤를 뒤적이며 훑어보더니 중국 비자가 있는 부분에서 멈추어 그중 한 페이지에 시선을 고정했다.

그는 중국어로 물었다. "중국인이세요?"

"네. 전 18년 전에 중국을 떠나 미국으로 유학을 갔습니다."

"그 뒤로 이곳에 돌아온 적이 없나요?"

"없습니다, 선생님."

"미국인과 결혼했나요?" 이민국 관리는 그가 결혼했는지 모르고 있었지만, 그럴 거라고 짐작했다.

"맞습니다. 전 가족을 방문하려고 온 거예요."

"당신의 중국 여권은 어디 있죠?"

"오래전에 잃어버렸어요. 대사관은 미국 여권으로 여행할 수 있고, 내가 여기 머무는 동안에 출생 기록을 제공하면 새로 중국 여권을 발급받을 수 있다고 말해 주었어요. 여기 있는 모든 기록들은 제 어머니와 있을 때의 것입니다."

그 관리는 야오를 유심히 관찰하더니, 천천히 엄지손가락으로 여권을 넘기기 시작했다. 그는 여권에 찍혀 있는 스탬프들을 점검하고는, 책상 위의 확대경에 갖다 대고 이음새를 자세히 살폈다.

만일 애덤이 이민국 관리의 책상 위에서 무슨 일이 벌어지는지를 알았더라면 불안감이 엄습했을 것이나, 그는 중국 출입국 관리소에서는 으레 그러려니 생각했다. 이민국 관리는 출입국 도장의 흔적을 없애기 위해 여권의 페이지 한 쪽, 혹은 여러 페이지들을 면도칼로 제거한 증거가 있는지를 꼼꼼히 살폈다. 중국을 여행하는 외국인들은 만일 네팔 출입국 스탬프가 찍혀 있으면 입국이 허락되지 않는다.

이민국 관리는 여권 페이지 중에서 사라진 것이 없다는 것을 발견했다. 데스크 앞에 4분 동안 서 있던 야오는 마침내 여권을 돌려받고는 공항의 도착 구역으로 걸어가기 시작했다. '위장신분'에 따라, 이제 그는 중국인 '샨 신'이 되어 있었다.

상하이에 도착한 지 3시간 후, 애덤 야오는 상하이의 쿤샨 교외에 위치한 평범한 건물에 들어섰다. 그는 건물 안에서 엘리베이터를 타고 2층으로 올라가, 아무런 표시도 되어 있지 않은 금속 문을 노크했다. 밖을 내다볼 수 있는 작은 구멍이 잠시 어둑해지는가 싶더니, 문 옆에 달려 있던 인터컴에서 목소리가 들렸다.

그는 중국어로 말하는 소리를 들었다. "이름?"

"샤 신. 나는 후 씨(Mr. Hu)와 약속이 되어 있어요."

그러자 문이 딸깍 소리를 내며 열렸다. 두 사람이 그의 여권을 살펴보더니 조심스럽게 그의 신체를 더듬으며 몸수색을 하면서, 지갑, 휴대전화, 그리고 심지어 시계도 모두 수거했다. 그들 중 한 사람이 말했다. "도청장비들이오. 모든 사람에게서 회수를 하고 있어요."

애덤은 중국에 꼬투리를 잡힐 만한 것을 전혀 갖고 오지 않았으므로, 곧바로 그들은 데스크 뒤편에 무뚝뚝한 표정의 나이가 든 남자가 앉아 있는 사무실로 그를 안내했다. 애덤은 그 사람이 후 씨란 것을 알았다. 왜냐하면 그는 이 직업을 구하기 위해 버지니아에서 이 남자와 비디오 콘퍼런스로 만난 적이 있었기 때문이다. 당시 후 씨는 애덤이 몽골의 깡패 광산 중 하나에서 일하게 될 것이라고 설명하고, 애덤—또는 그가 알기로는 '샤 신'—에게 가급적 빨리 상하이로 나와 추가적인 신원 조회와 채용 절차를 밟기를 바란다고 강조했다.

지난번 스카이프를 통해 콘퍼런스를 가졌을 당시와 마찬가지로 후 씨는 애덤을 진지하게 대했다. 그는 애덤에게 성장 및 교육 배경, 그리고 원추형 수압식 분쇄기를 조작하는 데 사용되는 컴퓨터 시스템에 대한 지식에 대해 물었다. 애덤은 처음부터 이것이 자신의 신원을 파악하기 위한 보안 점검의 일종이 아니라는 것을 확신했다. 대신 후 씨는 '샤 신'이 일을 해낼 수 있는 자격을 갖고 있는지를 확인하기를 원했다. 애덤은 2주일 전 스카이프 인터뷰를 통해 자격이 있는지를 시험하는 모든 테스트를 통과했지만, 야오가 보기에 확실히 후 씨는 신중한 사람이었다.

아마도 CIA가 첩자를 심어둘 것까지 눈치챌 정도로 신중하지는 못했더라도, 자격 없는 직원을 채용하지 않을 정도로는 신중하였다.

마침내 늙은 중국인은 만족하더니, 몇 가지 서류를 끄집어냈다. "우리는 국영 기업이 아니기 때문에 좀 더 비공식적인 방법을 사용합니다."

애덤에게 후 씨의 겸손한 듯한 말투가 재미있게 들렸다. 물론 이 회사는 국영 기업이 아니었을 뿐 아니라, 불법적인 사업체였기 때문이다. 그래도 그는 얼굴 표정을 조금도 바꾸지 않았다.

“당신은 8주일간의 계약으로 일하게 될 겁니다. 그리고 언제든지 원할 때에 떠날 수가 있어요.”

“네.”

“8주일 후에 1주일간 쉬거나, 원한다면 일을 계속할 수 있어요.”

애덤은 자신이 진정으로 일을 원한다는 모습을 보이기를 바랐다. “전 여기서 휴가를 즐기러 온 것이 아니라, 일하러 온 겁니다.”

후 씨는 그의 얼굴을 올려다보더니 고개를 끄덕이며 말했다. “당신은 누구에게도 미국에서 왔다는 말을 하면 안 됩니다. 절대로. 물론 당신은 미국 여권을 갖고 있다는 사실도 함구해야 돼요. 여권은 내가 여기 보관할 겁니다. 그건 정해진 절차예요.”

야오는 그 이유를 알고 있었지만 모르는 척했다. “광산에 있는 사람들이 미국인을 싫어하나요?”

후 씨는 담배에 불을 붙이고는 뒤로 몸을 기댔다. 그는 당연하다는 투로 이렇게 말했다. “당신이 일하게 될 처리 공장은 우리가 말한 대로 몽골에 있지 않아요. 당신이 여기로 오기 전까지는 내가 이런 말을 하도록 허용되지 않았지만, 내가 당신에게 어디서 일할지를 말해주게 되면, 그때 가서 이유를 저절로 알게 될 것이오.”

훌륭한 배우가 다 된 야오는 능청맞게도 진정으로 혼란스럽다는 표정을 지었다. “전 모르겠어요. 제가 어디서 일하게 되는 거죠?”

“오늘 늦게 당신과 다른 43명의 남녀는 공항으로 가는 버스에 탑승할 것이고, 당신은 평양으로 가는 비행기를 타게 됩니다. 광산은 중국 국경에서 그리 멀지 않은 북한 지방의 북쪽에 있어요.”

야오의 눈이 휘둥그레졌다. 그가 입을 열기도 전에 후가 말을 했다. “이건 모두 국영 광산기업의 최상층부에서 결정된 일이오. 일단 평양으로 가는 비행기에 올라타면, 북한 정부의 관리들이 당신에게 입국에 필요한 서류를 건네줄 것이오."

"중국 정부는 어떻게 되는 거죠?"

"중국 정부에 관한 한, 당신은 결코 중국을 떠난 적이 없는 것으로 되어 있을 겁니다."

애덤은 더 이상 불만을 제기하지 않고, '샨 신'이란 이름이 적힌 모든 서류들에 서명을 했다.

후는 한 가지 경고와 함께 애덤과의 만남을 종료했다. "우린 이미 북한 광산에 150명이 넘는 근로자들을 보냈어요. 그 사람들은 두둑한 보수를 받기 때문에 불만이 없지만, 생활 조건이 어렵다고 하소연하고 있어요."

"이해합니다."

"잘 들어두세요. 당신은 항상 간수들의 감시를 받는 시설에서 일하게 될 겁니다. 북한 당국의 의심을 살 만한 어떤 행동도 하지 말고, 맡은 일만 열심히 하세요. 질문하지 말고, 주변을 두리번거리지 말고, 불평하지 말고, 남들의 의심을 살 만한 구실을 주지 마세요. 당신이 이렇게 한다면, 거기서 많은 돈을 벌 수 있을 거예요. 이렇게 하지 않는다면… 여기서 우리가 해 줄 건 별로 많지 않군요."

마치 경고를 잊어버리는 듯, 애덤이 조용히 고개를 끄덕였다. 하지만 진실은 전혀 달랐다. 그는 자신이 향하게 될 장소에 대해 명백한 두려움을 갖고 있었던 것이다.

상하이에서 평양으로 날아가는 에어버스 A319는 베이징에 본사를 둔 중국의 항공기 임대 회사인 '디어 제트(Deer Jet)'가 운항하고 있었다. 비행기에 오른 애덤은 정주로 향하는 몇몇 다른 사람들을 만났다. 모두는 아니지만 대부분은 자신들이 북한으로 가고 있다는 사실에 어리벙벙한 상태였다.

모든 남녀들이 하나같이 교육을 받은 전문가라는 사실이 명백했다. 그들은 애덤과 마찬가지로 광부들로는 보이지 않았다. 그는 희토류 처리 회사에서 근무할 인원들을 모집하려면 후 씨와 그의 깡패 광산회사가 자격을 갖춘 시스템 엔지니어, 컴퓨터 기술자, 그리고 다른 첨단 기술 산업 전문가들을 선발할 필요가 있으며, 이 사람들 중에는 범죄 기록을 갖고 있는 사람이 거의 없다는 것을 알고 있었다. 애덤은 이런 상황을 자신에게 유리하게 활용할 수 있기를 기대했다. 그는 다른 사람들처럼 행동한다면 자신이 향하고 있는 곳에서 더 잘 적응할 수 있을 것이다. 애덤은 주변에서 일어나는 모든 일들에 촉각을 곤두세우면서도, 그가 맡은 한 가지의 구체적인 역할에 전념했다.

일행은 계획된 저녁 7시에 도착하여, 몇 분 만에 비행기에서 내렸다. 애덤은 자신들이 타고 온 비행기가 그 순간에 공항에 도착하는 유일한 비행기라는 느낌이 들었다. 왜냐하면 녹색 군복 차림의 젊은 군인들이 양옆에 길게 줄을 늘어선 외에 터미널이 거의 텅텅 비어 있었기 때문이다.

애덤은 군인들의 사이를 지나, 피곤에 지친 중국인들의 무리 속에 섞여 눈에 띄지 않도록 머리를 숙인 채 걸어갔다. 그런 와중에도 그는 남녀가 섞여 있는 군인들 중 두세 명이 그에게 의심스런 시선을 보내고 있고, 언제든지 사용할 수 있도록 가슴에 북한제 칼라슈니코프 소총을 두른 상태에서, 군인들이 하나같이 인상을 잔뜩 찌푸린 모습을 하고 있는 것을 몰래 훔쳐보았다. 애덤은 소총의 조종간이 표준적인 '안전' 모드에서, 방아쇠만 당기면 반자동으로 사격할 수 있는 모드에 고정되어 있는 것을 눈치챘다.

그는 '맙소사.'라고 속으로 생각했다.

공항으로부터 출입국 관리소를 지나기까지의 여정은 애덤이 평생 경험해보지 못한 것이었다. 중국인 기술자들은 저마다 터미널 중간에 넓게 탁 트인 지역에 있는 각자의 테이블로 보내졌다. 여기서 다섯 명의 무장을 하고 인상을 잔뜩 찌푸린 이민국 관리들이 모든 준비를 마친 상태에서 자리에 서 있었다. 애덤은 자기 테이블로 안내되었고, 그의 뒤에 있던 여군의 더듬거리는 중국어 통역을 통해, 들고 있던 가방을 테이블에 올리고 지퍼를 개방하라는 말을 들었다. 그가 그렇게 하자, 두 명의 관리들이 가방에서 물건들을 몽땅 끄집어내 뒤지기 시작했다. 그런 다음 그는 지갑과 고용계약서, 그리고 여권을 백발 머리의 사내에게 넘겨주라는 지시를 받았다. 이 남자가 서류를 일일이 넘기면서 살펴보는 동안, 네 번째 관리가 애덤의 머리부터 발끝까지 검색하기 시작했다. 그는 속옷만 남기고 옷을 모두 벗으라는 명령을 받았는데, 그는 북한 여군뿐 아니라 자기와 마찬가지로 속옷 차림만 빼고 옷을 벗고 있는 중국인 여자 기술자들이 보는 앞에서 그렇게 할 수밖에 없었다.

북한인들은 애덤이 벗어 놓은 옷을 샅샅이 검사했고, 각 개인들은 손으로 작동되는 금속 탐지기의 검색을 거쳤다.

애덤이 속옷 차림으로 보낸 시간은 다 합쳐서 약 20분 이상이었다. 그는 건장하고 체격이 좋은 젊은 남자였지만, 손에 총을 든 두 명의 젊은 여군이 '엿 먹어!'라는 표정으로 노려보는 것은 일찍이 겪어보지 못한 불편한 경험이었다.

야오는 길게 늘어선 줄의 중간쯤의 다른 테이블에서 들려오는 고함 소리를 들었다. 어떤 남자가 한국어로 목청을 높였다.

"이게 뭐요? 내가 발견한 게 뭐냐고요? 할 말 있으면 해 보시라요."

애덤이 소란스런 현장으로 고개를 돌렸다. 이곳으로 오는 비행기에서 만났던 30세가량 된 중국인 여자가 브래지어와 팬티 차림으로 서서, 이민국 관리가 손에 들고 목청을 올리는 것을 바라보고 있었다. 그녀는 그가 말하는 것이 뭔지 이해하지 못했으므로, 통역을 기다리고 있었다. 중국어를 할 줄 아는 북한인 통역관이 다가와서는 이민국 관리가 밀수품이라고 우기는 물건을 보더니 여자에게 넘겨주었다.

"이건 한국어 사전이오. 왜 당신이 이걸 갖고 있지?"

완전히 혼란에 빠진 표정의 그 여인은 중국어로 대답했다. "왜냐고요? 농담하시는 거예요? 난 한국어를 못한다고요. 난 이걸 공항에서 샀어요. 한국어

몇 마디를 알아듣는 데 도움이 될까 싶어서 산 거예요."

"스파이 짓을 하는 데 도움이 되려고?"

"뭐라고요? 물론 아녜요."

여전히 속옷 차림인 그 여자는 큰 소리로 울음을 터뜨리면서, 팔짱이 끼인 채로 끌려 나갔다. 테이블 위에 그녀의 수화물 가방이 열려 있고, 옷가지들이 테이블과 바닥 여기저기에 어지러이 흩어져 있었다.

애덤은 한마디도 하지 않았다. 그는 그저 그녀가 이번 일로 추방되기만을 바랐다. 그는 여인을 위해 이것보다 더 나은 결과를 상상할 수 없었다. 사실 그는 그녀에게 미안한 마음이 드는지, 아니면 부러운 마음이 드는지 갈피를 잡을 수 없었다.

이미 그에게 북한에 대한 더러운 기분이 엄습했다.

그는 이런 생각에 잠긴 자신을 책망했다. 그는 이렇게 생각했다. '입을 다물라. 애덤, 도대체 넌 북한에 뭘 기대했다란 말이냐?'

길고 긴 입국 과정이 끝나고 일행 중 숫자가 하나 줄어든 상태에서, 애덤과 42명의 남은 중국인 기술자들은 버스에 올라, 어둡고 거의 텅 빈 평양시를 가로질러 '양강도 국제호텔'로 향했다.

애덤은 이곳에 대해 속속들이 알고 있었다. 소문에 의하면 호텔 중에서 오직 26층 한 층만 운용되고 있는 것으로 알려졌다. 다른 층들은 모두 폐쇄되어 있었는데, 그 이유는 북한이 거대한 비즈니스식 호텔을 지었다는 인상을 주려 노력했음에도 불구하고, 평양을 찾는 외국인 사업가들의 숫자가 너무 적은 나머지, 한 번에 20개 정도의 객실이면 충분했기 때문이다.

애덤은 당연히 이곳에 도착한 중국인 기술자가 전날까지 나프탈렌 좀약을 넣어두었던 층으로 안내될 것으로 짐작했다.

이들이 로비에 줄을 길게 늘어서자, 완벽한 복장을 갖춘 통역관 중 한 사람이 이렇게 말했다. "지금부터 방 열쇠를 나눠주겠소. 한 방에 네 명씩 들어가세요. 모두들 26층에서 머물 겁니다."

'와우.' 애덤이 속으로 외쳤다. 그와 동료들은 아마도 호텔에 묵게 될 유일한 손님들이자, 거대한 평양시를 찾아온 유일한 외국인 여행객들일 것이다.

저녁 9시부터 지하실 연회장에서 중국인 기술자들을 위한 조촐한 리셉션이 열렸다. 애덤은 그곳에 가기 위해 다른 사람들과 함께 26층에서 줄을 서서, 통역관들의 무리가 올라와 모두를 데리고 엘리베이터를 타고 내려가기를 기다렸다.

애덤은 이처럼 엄격한 통제에 불편한 마음이 드는 것이 당연함을 알고 있었다. 누가 뭐래도 이곳은 마치 경비가 가장 삼엄한 교도소와 같았다. 그러나 그것은 애덤에게 중학교에 갔을 적의 기억과 비슷한 느낌을 주었다. 당시 어른들은 학생들을 한 줄로 세워놓고 기다리게 하면서, 일거수일투족을 끊임없이 감시했었다.

연회장은 거의 코믹할 정도로 알록달록 장식이 되어 있었고, 중국인 기술자들을 합친 숫자보다 약 5배가 넘을 정도로 규모가 지나치게 컸다. 방에서 일하던 10여 명의 웨이트리스들 중 중국어를 할 줄 아는 사람은 한 명도 없었다. 애덤은 새로 생긴 동료들과 잡담을 나누었지만, 그들 대부분은 너무도 긴장된 나머지 기쁜 마음으로 즐길 기분이 아니었으므로, 대화가 딱딱하고 부자연스럽게 흘렀다. 웨이트리스 중 한 명이 라디오를 켜고 마이크를 그 앞에 들이대자, 라디오에서 흘러나오는 가늘고 신경을 박박 긁는 듯한 혁명가요들이 실내에 가득 울려 퍼졌다. 애덤은 실내에서 벌어지는 장면들을 즐기면서 몇 시간 동안 머물 수도 있었지만, 맥주를 두 잔째 들이키고는 더 이상 마시기를 중단했다. 그는 예민한 신경을 진정시키려면 나이가 50대는 되어야 한다고 생각하고, 술에 취해서는 훌륭한 정보관이 되지 못한다는 사실을 상기하였다. 그래서 그는 거의 빈 맥주병을 들고 바보 같은 웃음을 흘리면서 음악에 맞춰 머리를 끄덕끄덕 흔들었다.

그는 웨이트리스들에게 후한 팁을 주었지만 그에게 사람들의 이목을 집중시킬 정도로 많이 주지는 않았고, 문밖으로 나가자 통역관 한 명이 그를 안내하여 묵고 있던 방으로 데려다주었다.

26층으로 돌아오던 길에 그는 호텔에서 뭔가 다른 것을 발견했다. 그는 소문을 확인할 셈으로 엘리베이터 앞쪽에 있던 통역관 주변으로 몸을 숙이고, 각 층의 번호를 살펴보았다.

맞아. 들었던 소문대로, 애덤은 5층이 존재하지 않는다는 것을 알아챘다. 그는 5층에 북한의 대(對)정보 팀에 소속된 도청 전문가들이 한데 모여 있을 것으로 짐작했다. 그는 이곳 '양강도 국제호텔'에서 그의 말과 행동이 빠짐없이 녹음되고 녹화된다는 것을 알고 있었다. 야오는 이것을 지나치게 걱정하지 않았다. 그는 중국에서 살았으므로, 가혹할 정도로 철두철미한 정보 감시에는 이미 익숙해져 있었다.

그러나 편집광적 보안 통제에 관한 한, 중국은 북한에 비해 마치 한참 등급이 떨어지는 아마추어처럼 보이기 시작했다.

45

베로니카 마르텔에게 매사가 계획대로 술술 잘 풀려갔다. 잭 라이언 주니어에게 접근하려던 목표가 예상보다 훨씬 쉽고 더 빨리 진행되자, 그녀는 벌써부터 자신이 포섭한 끄나풀을 데리고 프랑스 정보부가 있는 파리로 돌아가려는 달콤한 생각에 젖어 있었다.

그는 오늘 아침 9시 이후에 그녀가 일하는 부서로 찾아왔고, 거의 1시간을 각종 장비와 처리 절차들을 노트에 받아 적는 데 소비했다. 그런 다음 그는 그녀가 사용하던 임시 사무실로 돌아가 용해 추출 과정에 대해 약간 더 대화를 나눴다. 그는 마르텔이 시간을 내준 것에 감사함을 표시하며 명함을 서로 주고받았다. 자기에게 맘을 푹 내려놓고 있는 남자가 경계심을 갖고 멀어질 정도로 지나친 관심을 보이지 않기 위해 충분한 시간적 여유를 가진 다음, 그녀는 가능한 한 가장 자연스럽게 지나가는 말투로 동료들이 자신을 위해 베푸는 송별식을 언급하면서, 라이언이 원한다면 참석해도 좋다는 점을 살짝 암시했다. 라이언은 손쉽게 미끼를 물면서 기꺼이 송별식에 가겠노라고 대답했다. 베로니카에게는 다행스런 일이지만, 일과 후에 열리게 될 행사의 주선을 담당한 품질관리부의 여직원이 아직 장소를 결정하지 않았으므로, 그녀는 라이언의 휴대전화 번호를 물어 모든 것이 결정되면 문자로 계획을 알려주겠다고 말했다.

라이언이 몇 시간 동안 자기 사무실로 돌아가 있었지만, 마침내 그녀는 그에게 저녁 8시에 베네치안 호텔에 위치한 고급 바에서 모두가 만나기로 했다고 알려주었다.

베로니카는 단 한순간도 그가 나타나리란 점을 의심하지 않았다. 그는 가벼운 스포츠 코트와 진 차림의 핸섬한 모습으로 8시 15분에 바에 나타났다. 그리고 비록 처음에는 항상 눈에 띄어 짜증 나게 만드는 랠프 바게트보다 멀리 떨어진 곳에 자리를 잡았지만, 라이언은 곧 그녀를 정면에서 마주 볼 수 있는 곳으로 자리를 조금 옮길 수 있었다.

지난 2주일 동안 그래왔듯이, 바게트는 마르텔의 시간과 관심을 독점하기 위해 최선을 다했으나, 프랑스 스파이는 그를 교묘한 솜씨로 다루었다. 그녀는 바게트와 라이언이 모두 자연스럽게 느낄 수 있을 정도로 대화 속에 라이언을 끌어들였다.

잭 라이언 주니어의 입장에서 일이 계획대로 잘 풀려나갔다. 엘리제 르그랑드에게 접근하려는 목표는 예상보다 빨리 그리고 쉽사리 진전되었다. 그는 그날 오전 그녀의 사무실에 들렀고, 그녀와 딱 적당한 시간을 보내는 동안 대수롭지 않은 척하면서 알맞은 정도의 관심을 보여주었고, 마침내 그날 저녁 열리는 송별식에도 초대를 받는 데 성공했던 것이다.

그는 그녀를 다시 볼 수 있게 되었음을 알게 되자마자 안심을 할 수 있게 되었는데, 그 이유는 마르텔의 사무실에서 호젓하게 만나는 것보다 사람들이 몰려있는 혼잡한 곳이 더 자신의 목표를 달성하는 데 용이했기 때문이다. IT 국장인 개빈 비에리는 프랑스 여간첩이 뉴코프 밸리 플로어 사의 서버에서 훔쳐낸 것을 휴대전화에 저장해 두었을 가능성이 가장 높은 것으로 판단하고 있었으므로, 잭 라이언이 그녀의 휴대전화를 슬쩍하는 것이 무엇보다 중요했다. 그래서 소매치기와 다른 날렵한 손재주들을 익혀둔 잭은 다른 사람들이 주변에 몰려있는 사교적 환경에서 여인에게 가까이 다가갈 수 있는 기회를 호시탐탐 노렸다.

그와 팀의 다른 멤버들은 그날 이른 저녁 시간을 그녀의 디지털 데이터를 훔쳐볼 수 있는 방법을 궁리하는 데 소비했다. 라이언은 개빈이 알렉산드리아에서 보내준 휴대전화를 갖고 있었고, 여자의 전화에서 데이터를 빼내 자신의 전화로 옮기기 위해서는 단지 2분에서 3분의 시간만 있으면 충분했다. 그는 송별식 파티가 진행되는 저녁 시간 동안의 어느 시점에선가 이런 목표를 달성할 수 있을 것으로 확신했다. 하지만 라이언의 팀원들은 다른 가능성들도 이리저리 생각해 보았다. 과연 그가 여인으로부터 더 많은 첩보를 빼낼 수 있을 정도로 사교술이 뛰어난 제비족일까? 그 첩보의 세부 사항들은 그녀가 다음에 어디로 향할 것인지, 그리고 그녀가 첩보를 넘겨줄 고객의 신원, 즉 북한에게 수백만 달러를 지불하는 후원자의 신원을 밝혀줄 수 있을까? '캠퍼스' 공작원들은 그녀의 휴대전화 못지않게 엘리제 르그랑드의 머릿속에 중요한 정보들이 담겨 있을 것임을 알고 있었고, 그런 데이터를 어떻게 빼낼 것인지는 여전히 의문으로 남아 있었다.

클라크는 라이언이 여인과 일종의 육체적 관계를 맺는 것에 반대했다. 심지어 잭이 혹시라도 어떤 돌파구를 찾을 수 있을지를 살피기 위해 그녀의 심리 상태를 좀 더 깊이 들여다볼 수 있도록, 송별식 파티가 끝난 뒤 어떠한 목적도 배제한 순수한 술자리를 가지는 방안을 제시한 데 대해서도, 클라크는 미지근한 반응을 보였다.

"라이언, 질문이 하나 있어."

"말해 봐."

"그 여자와 마지막으로 술을 마신 녀석에게 어떤 일이 벌어졌지? 설마 베트남 사건을 잊어버린 건 아니겠지?"

돔은 대화에 귀를 기울이면서 조용히 앉아 있더니, 그 말에 "아이쿠!" 하며 비명을 질렀다.

라이언이 고개를 흔들었다. "너희들이 내 뒤를 감시해 줘야 하잖아."

클라크가 으르렁거리는 듯한 목소리로 말했다. "젠장, 지난번에도 우리가 헤이즐턴의 뒤를 감시해 주고 있었어. 아무리 감시를 잘 해 줘도 그에게는 아무런 소용이 없더라."

시간이 좀 지나자 이 말의 의미가 뼛속 깊이 다가왔다. 하지만 마침내 비에리가 알렉산드리아에서 페덱스로 보냈던 다른 장비를 사용하는 것으로 타협이 이뤄졌다. 그것은 건전지 팩이 내장된 길이가 1센티 조금 넘는 투명한 색깔의 소형 청음장비로서, 마치 작은 보청장비처럼 보이지만, 실제로는 블루투스를 통해 목소리를 송수신할 수 있는 정상적인 이어폰 기능을 수행할 수 있었다. 팀의 다른 요원들이 사용하는 장비와는 달리, 이것은 착용한 사람의 주변에서 나는 소리를 청취할 수 있는 외장형 마이크가 달려있다. 라이언이 이것을 테스트해 보았다. 머리칼이 대부분의 귀를 가릴 정도로 길었으므로, 그가 이것을 착용하자 팀의 나머지 요원들은 그의 주변에서 주고받는 대화를 들을 수 있었다. 클라크에게 더 중요한 것은 라이언이 팀원들이 대화하는 목소리와 팀장인 자신의 지시를 들을 수 있다는 것이었다.

클라크는 라이언에게 송별식 파티에 참석해서 프랑스 여인의 휴대전화를 훔칠 수 있는 최선의 방법을 강구해 볼 것을 승인하였지만, 그 후에는 가능하면 더 많은 첩보를 확보할 수 있도록 신중하게 행동하라고 훈계했다. 그렇기는 하더라도, 클라크는 저녁 시간 내내 라이언의 청음장비에서 들리는 소리에 귀를 기울일 것이며, 심지어 베네치안 호텔까지 따라가서 로비의 상점가에서 벤치 하나를 발견하고는, 라이언이 궁지에 빠질 경우에 대비하여 단 몇 초 만에 현장에 도착할 수 있도록 그곳에 머물기로 결정했다. 하지만 그는 라이언에게 만일 상황이 여의치 않다고 생각될 경우에는, 조금도 주저하지 않고 젊은 라이언의 목을 당장 날리고 작전을 송두리째 중단시킬 것이라는 경고의 메시지를 대단히 분명하게 전달했다.

일과 시간 이후 회사에서 열리는 다른 대부분의 모임과 마찬가지로 송별식 파티는 업무와 관련된 잡담들로 시작되었지만, 술이 두 순배 정도 돌아갈 무렵에는 참석자들의 눈동자들이 풀어지기 시작했다. 엘리제 르그랑드를 빼놓고 말이다. 라이언은 그녀가 개인적 대화를 살짝살짝 피하는 재주를 갖고 있다는 점, 그리고 대개 입을 다문 상태에서 조용히 테이블에 앉은 사람들을 매처럼 날카로운 눈초리로 관찰하고 있다는 사실을 알아챘다.

대부분의 참석자들에게 자녀가 있었거나, 그다음 날 아침 일찍 출근해야 되거나, 혹은 두 가지 모두가 해당되었기 때문에, 1시간이 지나자 12명이 앉아 있던 테이블에 빈자리가 생겨나기 시작했다. 적당히 먹어서는 취하지 않는 선수들은 술잔을 세 번째로 들이켰지만, 칵테일을 제조하는 웨이트리스가 네 번째 잔을 돌릴 무렵이 되자, 오직 라이언, 바게트, 그리고 모두가 캐나다 퀘벡 출신으로 알고 있는 엘리제라는 이름의 여자만이 자리에 남았다.

라이언은 지난 45분간 자신의 목표를 행동에 옮길 기회를 엿보고 있었다. 그는 테이블에 앉아 있던 엘리제의 옆에 슬며시 다가가서 여러 가지 이유를 대면서 휴대전화를 슬쩍하기 위한 수작을 벌일 수도 있었지만, 그에 앞서 휴대전화의 위치를 파악하는 것이 급선무였다. 그것이 엘리제의 주머니? 지갑? 아니면 손에 있나? 새로 익힌 재빠른 손재간을 쓰더라도 그는 엘리제의 옆에 앉아 머리부터 발끝까지 손으로 더듬을 수는 없는 노릇이었다. 그리고 그가 도착한 지 90분이 지나도록 휴대전화의 행방을 전혀 감지하지 못하였기 때문에, 그녀가 스스로 전화의 위치를 노출하기를 바라면서 때를 기다리고 있었다.

그가 지금까지 전화의 위치를 파악하지 못했다는 사실은 그것이 아마도 여인의 지갑 속에 있음을 말해주는 것이었으므로, 마침내 그녀가 테이블 위에 놓여 있던 은색 클러치 백을 집어 들고 안을 열어보는 순간, 그는 행동을 시작했다. 그는 자신의 전화에서 무엇인가를 랩프와 엘리제에게 보여주기 위해 테이블 주변에서 일어서면서, 여자의 오른손을 흘끗 쳐다보았다. 그녀는 손에 전화기를 들고 텍스트 메시지를 점검하고 있었다. 하지만 순간적으로 라이언은 그녀가 들고 있는 전화기가 밸리 플로어에서 1주일 내내 들고 있던 바로 그 전화가 아니란 것을 깨달았다.

'제기랄.' 여자가 전화기를 바꾼 것이다. 그가 할 일은 여자가 이곳 공장 시설에서 내내 갖고 있던 장비에서 데이터를 빼내는 것이었는데, 그 이유는 첩보에 의하면 바로 그 전화에 찾고 있던 자료가 들어있을 가능성이 가장 높았기 때문이다.

그렇다면, 도대체 '그' 전화기는 어디 있는 걸까? 그녀의 방에?

잭은 그녀가 어디에 묵고 있는지 알 도리가 없었다. 엘리제는 그런 첩보를 준 적이 없고, 그는 이런 것을 여자에게서 자연스럽게 빼낼 기회도 아직 갖지 못했다. 그는 그가 만난 적이 있는 다른 모든 방문객들이 뉴코프 밸리 플로어 시설을 찾아올 때와 마찬가지로, 엘리제가 라스베이거스 근처에 투숙해 있을 것으로 확신했지만, 이런 정도의 얄팍한 지식만으로는 다른 '캠퍼스' 공작원을 보내 그녀의 숙소를 염담해 볼 수가 없었다.

잭은 잠시 실례하고는 화장실로 향했다. '캠퍼스' 팀은 그가 하는 말을 빠짐없이 들을 수 있었으므로, 테이블에 앉아 있는 사람들의 귀에 들리지 않을 정도로 거리가 떨어지자마자 잭 라이언은 이어폰에 대고 이렇게 말했다. "모두들 잘 들어. 새로운 상황이야. 그녀는 지금 다른 전화기를 갖고 있어."

차베스가 볼멘소리를 했다. "망했네. 대체 그게 뭔 소리야?"

라이언이 말했다. "내 생각에 개빈의 말이 옳은 것 같아. 다른 전화는 작전 전용이야. 그 여잔 원하는 걸 손에 넣었기 때문에, 그 전화기를 방에 두고 나온 거야. 아니면, 젠장, 나도 몰라. 어쩌면 그 여자의 지갑 속에 들어 있을 '수'도 있겠지."

돔이 말했다. "네가 그 여자 지갑을 뒤져봐야 돼."

그러자 라이언이 쏘아붙였다. "그럼 그 여자가 어디 묵고 있는지 방 번호를 알아야 해."

"어디 묵고 있는데?"

"나도 몰라."

"사촌, 여긴 라스베이거스야. 이 도시에는 12만 5천 개의 호텔 방이 있어. 내가 호텔 방문을 일일이 발로 걷어차 열기를 바라는 거야?"

열 받은 라이언은 몇 마디 욕설을 중얼거리더니 이렇게 말했다. "좋아. 내가 그 여자 지갑을 뒤져서 너희가 원하는 걸 찾아주겠어. 너희들은 여기 앉아서 잠시 편히 쉬고 있으라고."

이어폰을 통해 뭐라고 투덜대는 클라크의 나지막한 목소리가 들렸다. "동지들."

딩이 끼어들었다. "라이언, 그 생각이 좋겠어. 그 여자의 지갑을 체크해보고, 거기 없으면 어디 묵고 있는지를 물어서 우리에게 힌트를 줘. 난 지금 온라인 상태에 있고, 개빈의 IT 해커들이 이 동네의 모든 호텔 기록들을 내 눈앞에 보여주고 있어. 호텔 이름만 알아내면, 그녀의 방 번호를 찾아낼 수 있어. 그러면 네가 그 여자를 데리고 노는 동안, 도미니크를 그 방에 몰래 들여보낼 거야."

비록 딩이 말한 것이 생각보다 쉽지 않을 것이라고 생각했지만, 일단 라이언이 이 생각에 동의했다. "난 지금 자리로 돌아가야 해. 바게트가 그 여자를 납치하려 들지도 몰라."

딩이 대꾸했다. "만약 그랬다가는 프랑스 여자가 그놈의 쌍방울을 걷어차 버릴 거야."

라이언이 화장실에서 자리로 돌아와 보니 바게트는 떠난 상태였고, 엘리제 르그랑드가 커다란 테이블에 혼자 앉아, 클러치 지갑을 무릎에 올린 채 휴대전화를 뒤적이고 있었다.

잭이 다시 자리에 앉았다. "랠프는 어디 갔어요?"

"지금 가야 된다고 하더군요. 당신에게 작별 인사를 전해달라고 하더군요."

라이언은 흐뭇한 표정을 숨기려고 최선의 노력을 다했지만, 클라크의 목소리가 오른쪽 귀에서 들리며 그의 흥분에 찬물을 끼얹었다. "일이 너무 쉽게 풀려가는 게 이상해. 야, 눈 크게 뜨고, 뭔가 이상한 게 없는지 살펴봐."

클라크는 '샤프 인텔리전스' 직원인 그 여자가 라이언을 '노리고' 있을지도 모른다는 점을 넌지시 암시했지만, 라이언은 그의 경고에 코웃음을 쳤다. 그는 엘리제가 자기에게 관심을 갖고 있고, 자신의 매력에 이끌려 이렇게 행동하는 것이라고 생각했다. 그녀가 자발적으로 랠프 바게트라는 성가신 존재를 테이블에서 치워준 것이 라이언과 그의 임무에는 반가운 소식이었지만, 그렇더라도 그것은 여인이 그와 둘이서 약간의 시간을 보내는 것 이상의 목표를 염두에 두고 있다는 증거가 되지는 않았다.

그는 여인이 지갑 속에 휴대전화를 다시 집어넣는 찰나의 순간에, 지갑 속을 제법 자세히 들여다볼 수가 있었다. 그 속에는 다른 전화가 없었다.

이제 라이언은 그녀가 묵고 있는 호텔의 이름을 알아내야 한다는 것을 알았다. 그는 이것을 느긋하게 알아볼 시간적 여유가 없었으므로, 즉시 행동에 착수했다. "베네치안 호텔에 대해 어떻게 생각하세요?"

그는 여인이 이 호텔에 머물고 있다고 생각하여 묵고 있는 방에 대해 뭔가를 말해 줄 것으로 기대하면서 그렇게 물은 것이다.

하지만 그녀는 그저 주위를 둘러볼 뿐이었다. "여긴 베니스 같지 않아요."

"맞아요, 전혀 그렇지 않죠. 그래도 예쁜 곳이에요." 잭이 '모 아니면 도'라는 생각에 단도직입적으로 물었다. "어디 머물고 있나요?"

그녀는 눈을 한 번 깜빡였다. 아마도 그 질문에 놀란 것 같았다.

하지만 이렇게 대답했다. "바로 옆 팔라초 호텔이요."

잭이 물었다. "정말이에요? 그거 재미있군요. 나도 거기 묵고 있는—"

프랑스 여인은 눈을 가늘게 떴다. 라이언은 그녀가 자기 말을 믿지 않는다는 것을 알고는 금세 자기가 일을 망쳤다는 불안감에 사로잡혔다. 그는 돔이 작업을 벌이는 동안 그녀를 좀 더 붙잡아 두기 위한 구실을 원했을 뿐이며,

만일 그가 그녀와 같은 호텔에 묵고 있다고 주장했다면, 어쩌면 두 사람은 같은 장소로 같이 걸어갈 수도 있는 노릇이었다. 클라크가 라이언에게 엘리제란 여자가 행동과학을 전공한 뛰어난 스파이라고 경고했건만, 어쨌거나 라이언은 자신의 운을 믿고 갈 데까지 가보기로 작정했다.

그의 이어폰에서 딩의 다급한 목소리가 들렸다. "지금 그 호텔에 네 방을 잡아놓고 있어."

"몇 호실이죠?" 르그랑드가 물었다. 이 질문은 확실히 그가 말한 것에 대한 도전이었다.

라이언이 눈썹을 치켜세웠다. "무슨 말씀이죠?"

"팔라초 호텔에 당신의 방 번호가 몇 번이냐구요."

'아이고 망했다.' 그는 마술사처럼 허공에서 방 번호를 끄집어낼 수는 없었다. 그녀는 계속 질문을 던져, 그가 거짓말을 하고 있다는 사실을 노출시키려 들 것이다.

딩이 그녀의 질문을 들었다. "2분만 기다려, 라이언! 그때까지 시간을 끌라구."

잭이 미소를 머금으며 말했다. "그건 좀 노골적인 질문이군요. 그렇죠?"

"노골적인 의미로 말한 게 아녜요. 내가 이렇게 묻는 건 당신이 진실을 말하고 있다는 걸 믿지 않기 때문이죠. 당신이 진짜 무슨 일을 하는 사람인지 모르지만, 난 무슨 이유에서건 간에 당신이 내게 거짓말을 하고 있다는 생각이 들어요."

잭이 이렇게 말했다. "당신은 내게 신뢰의 문제를 갖고 있군요. 날 안 믿는다는 거죠." 그는 매우 더러운 기분이 들었지만, 지금 모종의 계략을 갖고 여자를 만나고 있는 중이었으므로 여기서 물러설 수는 없었다.

"내가 당신을 믿지 못하는 건, 내 주변에 진실을 말하지 않는 사람들이 너무 많기 때문이에요. 예를 들면, 바로 지금처럼 말이에요." 라이언은 그녀가 완벽한 방어태세에 돌입했다는 것을 알 수 있었다. 그녀는 잠시 그를 이리저리 탐색해보다가는, 그가 실제로 묵고 있는 장소를 물으며 기습적인 공격을 가한 것이다. 그는 이 대목에서 그만 말문이 탁 막히고 말았다.

마침내 엘리제가 입을 열었다. "잭, 솔직해질 수 있는 마지막 기회를 드리죠. 당신은 어디 묵고 있죠?"

잭이 웃으며 말했다. "갑시다. 내 방을 알려드릴 테니." 이렇게 말하며 그는 숨을 크게 멈추었다.

"허풍 떨지 마세요." 그녀가 얼굴에 요염한 미소를 지으며 말했다. 그녀는 진짜 그의 말을 믿지 않았으므로, 자기가 마침내 그를 궁지에 몰아넣었다는 우쭐한 기분이 들었다. 잭은 그녀가 이런 제스처에 대해 자신이 여인의 옷을 한번 벗겨보려는 수작으로 생각할 것이라고 확신했다.

그는 실제로 뻥을 치고 있었고, 방 열쇠 따위도 갖고 있지 않았다. 하지만 라이언은 자기 앞에 있는 우아하고 단정한 여인이 자신의 제안을 받아들일 것이라고는 상상할 수 없었다. 게다가 여인은 그의 말을 믿지 않고 있었다. 일단 한바탕 허풍을 떨고 나자, 그는 한결 기분이 나아졌다.

그가 말했다. "내 생각에 허풍을 치는 사람은 '당신'이에요. 당신은 나랑 가지 않을 거예요."

그녀는 이 말에 대답하는 대신 이렇게 말했다. "내가 오늘 구글로 당신에 대해 알아봤어요."

"정말요? 바보 같은 헤어스타일에 이빨에 보철을 낀 14살 때의 내 사진을 보고 즐거우셨나요?"

그녀는 웃음기 없는 표정으로 대답했다. "대단히 즐거웠죠. 물론 당신이 '헨들리' 사 직원이란 것도 알게 됐어요."

"당신은 그것'도' 믿지 않는 거로군요?"

그녀는 대답 대신에 이렇게 말했다. "온라인에는 당신에 대한 나쁜 얘기가 없지만, 대학 졸업 후 당신에 관한 소식이 거의 없는 것에 놀랐어요. 마치 당신이 그 후로는 지하로 잠수한 것 같더군요."

이제 라이언은 불안한 기분이 들기 시작했다. 그녀의 직업은 스파이고, 스파이는 쉽사리 의심을 품는 법이다. 하지만 그는 엘리제가 작심하고 정직성에 정면으로 도전하자 화들짝 놀랐다. 라이언은 혹시라도 그녀가 자신이 말한 것보다 더 많은 것을 그에 대해 알고 있지나 않을지, 또 그로 인해 그녀가 기업정보를 훔쳐내는 자신의 작전이 탄로 난 것으로 겁먹지나 않을지 등을 걱정했다.

잭이 대답했다. "온라인에 나에 대한 정보가 별로 없는 건 딱 한 가지 이유 때문이죠. 난 본래 따분한 사람이에요. 그 점이 내겐 도움이 된 거죠. 사람들은 따분한 사람을 보면 지루해지는 법이거든요."

"당신은 잘 알지도 못하는 여자에게 당신이 묵지도 않는 호텔 방으로 가자고 말했어요. 그건 이상한 행동이지만, 그게 따분한 일로 생각되지는 않는군요."

라이언이 말했다. "당신은 '아직도' 날 믿지 않는군요."

"단 한순간도 믿지 않았어요. 당신은 호텔로 날 따라올 구실이 필요했던 거고, 그래서 당신은 그곳에 묵고 있다고 둘러댄 거죠. 당신은 내가 이런 질문을 던질지 몰랐을 거예요. 아마도 당신은 우리가 여기 근사한 바에서 술을 한 잔 더 마시고, 그런 다음 내가 당신의 팔짱을 끼고 '내' 침대로 데려가길 바랐을 거예요."

"당치도 않은 말씀이오."

"경험상 드리는 말씀이에요."

마침내 딩은 잭의 이어폰에 이렇게 말했다. "방 번호 3908번. 주니어 스위트룸이야. 클라크가 프런트데스크에 방 열쇠를 놓아뒀고, 네가 그 여자와 20분만 시간을 더 끌면, 돔이 만다린 호텔에 있는 네 잡동사니들을 팔라초 호텔로 옮겨 놓을 거야."

잭은 자기가 엘리제를 호텔 방으로 데리고 갈 것으로 차베스가 지레짐작하는 것은 성급한 일이라고 생각했다. 잭 라이언은 아직 방 열쇠를 갖고 있지도 않았고, '캠퍼스' 팀의 동료들이 어떻게 남의 눈에 띄지 않으면서 열쇠를 자기에게 건네줄 수 있는지 알 수 없었다.

잭이 자리에서 일어나 이렇게 말했다. "방 번호 3908번이에요." 이것은 엘리제가 품고 있던 전제를 부인하는 것은 아니었지만, 그럼에도 불구하고 그녀에게 도전장을 내민 것이나 다름이 없었다.

처음으로 그녀가 미소를 보였다. "오케이, 잭 라이언 주니어. 팔라초 호텔로 가서 당신 방을 보여 주세요."

순간적으로 잭이 주저했다. '아이쿠, 큰일 났군.'

그러자 잭의 이어폰에서 딩의 고함 소리가 울렸다. "아직 안돼. 젠장! 우린 아직 준비가 안 됐단 말이야!"

잭은 지나가던 웨이트리스에게 계산서를 갖다 달라고 부탁하면서, 그녀가 업무에 지극히 서투른 나머지 계산서를 발행하는 데 하염없이 시간을 끌어주었으면 하는 바람이 굴뚝같았다.

46

자기 사촌이 팔라초 호텔에 머물고 있다고 허풍을 치는 소리를 듣는 순간, 만다린 오리엔탈 스위트룸에 앉아 있던 돔 카루소는 자리에서 벌떡 일어나 라이언의 방으로 달려가, 호텔 방 여기저기에 널려있던 옷가지며 신발, 그리고 컴퓨터와 컴퓨터 부수 기재를 허겁지겁 주워 모아, 방바닥에 굴러다니던 둥그런 모양의 더플백 가방에 아무렇게나 채워 넣었다. 그러고 나서 그는 총알같이 사촌의 옷장으로 달려가 다림질이 잘 된 셔츠와 양복을 둘둘 말아 더플백에 넣고는, 가죽으로 된 세면도구 주머니에 화장품, 면도기 같은 것을 집어넣은 다음, 방문을 향해 날듯이 뛰어갔다. 그는 자신의 가방과 라이언의 더플백을 어깨에 짊어지고 스위트룸을 나왔다.

'캠퍼스' 팀이 라스베이거스에서 타고 다니는 메르세데스 E-클래스 차량의 열쇠는 아래층의 주차 도우미가 갖고 있었다. 만다린 오리엔탈 호텔은 팔라초 호텔에서 남쪽으로 약 1.5마일 떨어진 곳에 있었으므로, 돔은 주차 도우미가 올 때까지 기다릴 생각이 없었다. 돔 카루소는 엘리베이터로 질주하면서 무선망으로 연결되어 있는 팀원들을 한꺼번에 호출하여 자신의 지시를 기다리며 대기하라고 일러둔 다음, 미리 저장해 두었던 번호를 눌러 오늘 밤에 근무하는 주차원 팀장에게 전화를 걸었다.

클라크는 이 호텔에 투숙한 이래 주차원 팀장, 그리고 그의 동료 몇 명과 친근한 관계를 유지하고 있었다.

주차원 팀장이 전화를 받자 돔이 빠른 목소리로 말했다. "앤디, 나 보비야, 필립의 사촌." '캠퍼스' 팀원들은 하나같이 신분을 숨기고 있었고, 클라크는 자신이 우두머리란 것을 절대로 발설하지 못하도록 팀원들에게 입단속을 내린 상태에 있었으므로, 그는 항상 작전에 나설 때는 엉클 조, 엉클 피터 또는 엉클 '아무개'로 가명을 썼다.

"어이, 내 친구. 무슨 일이야?"

"3분 후에 도착할 거야. 만일 트렁크가 열려 있고 키가 꽂혀 있는 상태로 검정색 E-클래스 벤츠가 출입문 앞에 주차되어 있으면 팁으로 50달러를 주겠어."

"알았어, 내 친구!" 앤디가 이렇게 말하고는 전화를 끊었다.

그 무렵 클라크는 이미 베네치안 호텔에 도착한 상태였으므로, 그가 할 일이라고는 옆문을 통해 리셉션 데스크로 달려가는 것뿐이었다. 그는 5분간 달린 끝에 라이언과 프랑스 여인보다 5 내지 6분 먼저 라이언이 묵고 있다고 허풍을 떨었던 호텔 방에 도착할 수 있게 된 것이다.

그는 리셉션 데스크로 가서 앞줄에 서 있던 일본인 사업가 두 명에게 연신 고개를 숙이며 사과의 몸짓을 하고는, 39층의 주니어 스위트룸에 사용할 수 있는 키카드(key card) 두 개를 집어 들었다.

라이언과 엘리제는 검정색 메르세데스 E-클래스 차량이 발레 주차장에 정지함과 동시에 팔라초 호텔의 정문 입구에 도착했다. 카루소는 두 사람으로부터 불과 몇 피트 떨어진 곳에서 차에서 기어 나와, 트렁크에서 가방을 집어

들고는 이들의 뒤를 따라 입구로 들어갔다.

궁궐처럼 으리으리한 로비 안으로 들어선 돔은 이들 옆을 지나 자기 방으로 되돌아가는 사업가 행세를 하며 재빨리 엘리베이터로 향했다.

메인 로비에서 라이언은 엘리제에게 팔짱을 끼며 걸음을 멈추게 하였다. 그는 호사스럽게 꾸민 로비에 고개를 끄덕이며 말했다. "이곳의 바텐더는 믿을 수 없이 훌륭한 마르가리타를 만들어요."

프랑스 여인은 그저 웃으며 고개를 내저었다. "아마 당신은 난생 처음 이 호텔에 들어왔을 거예요."

잭은 무엇보다도 그녀의 의심이 더 흥미롭다는 인상을 풍기려 최선의 노력을 다하면서 껄껄거리는 웃음을 날렸다. "먼저 술 한잔 안 하실래요?"

여인은 다시 고개를 흔들었다. "안 마셔요, 하지만 고마워요. 우리 위층으로 올라갈까요? 아니면 이쯤에서 당신의 거짓된 연극을 그만두실래요?"

"위로 올라갑시다. 내 방에 들어설 때 당신이 어떤 표정을 지을지 정말 기대되네요."

그녀가 어깨를 으쓱했다. "그럼 앞장서세요."

라이언과 프랑스 여인의 25야드 앞에 있던 돔은 모퉁이에 있는 16대의 거대한 엘리베이터에 타거나 내릴 수 있는 탑승대를 향해 전속력으로 달렸다. 16대의 엘리베이터 중에서 절반은 37층에서 10층으로 올라갔다. 클라크는 가까스로 이들보다 20초 전에 엘리베이터 앞에 도착했지만, 그에 앞서 옆에 있던 화분에 방 키카드를 던져 놓고는 돔에게 키카드를 어디에 숨겨 두었는지를 알려줬다. 돔은 화분 속에서 키카드를 집어 들고, 자기 앞에 도착한 첫 번째 엘리베이터에 들어갔다. 그가 39층 버튼을 누르자 엘리베이터가 중간에 정지하지 않고 곧장 목적지로 올라갔다.

존 클라크는 2층에서 엘리베이터를 잡고, 위로 올라가는 도중에 작은 테이프 조각을 꺼내 라이언이 사용할 3908호실 키카드를 붙인 다음, 그것을 출입문 오른쪽 버튼에 고정시켜 두었다. 그는 이렇게 하는 동안에 무선망으로 라이언을 호출했다. "라이언, 잘 들어. 엘리베이터 탑승대로 가면, 맨 끝의 엘리베이터가 네게로 내려올 거야. 그 안에 들어가면 네 키카드가 문 왼쪽 편에 붙어 있을 거야."

존 클라크는 다시 밑으로 내려가도록 버튼을 누른 다음 엘리베이터 밖으로 나왔다.

라이언과 엘리제가 엘리베이터 앞으로 도착하자마자, 마지막 엘리베이터에서 '딩동' 소리가 나더니 문이 열렸다. 잭은 여자보다 먼저 출입문에 들어서는 것이 매너에 어긋난 행동이란 것을 알고 있었으므로, 엘리제의 옆에 서 있다가 반걸음 정도 뒤에서 안으로 들어갔다. 몸을 빙그르 돌려서 엘리제의 시야로부터 버튼을 가린 잭 라이언은 39층 버튼에 키카드가 살짝 테이프에 붙여져 있는 것을 발견했다. 잭은 쉽사리 키카드를 떼어 내고는 재빠른 동작으로 39층 버튼을 눌렀다. 이런 동작을 취하는 내내 잭 라이언은 시선을 엘리제의 얼굴에 고정시켰다.

그는 손을 옆으로 움직여 주머니 속에 키카드를 집어넣더니, 곧바로 그것을 밖으로 꺼내 들었다.

여인은 그의 손에 들린 키카드를 믿을 수 없다는 표정으로 바라보았다.

엘리베이터가 2층에 멈추더니 출입문이 열렸다. 잭과 엘리제는 조용히 텅 빈 타일 바닥을 응시했다. 잭은 늘씬한 프랑스 미인을 바라보고는 미소를 지었다. "정말 아름다운 호텔이에요."

"이런 호텔 처음이세요?"

"아뇨, 그냥 해 본 소리예요."

출입문이 닫히고 그들은 다시 위로 올라가기 시작했다.

존 클라크는 얼굴과 가슴에 굵은 땀방울을 비 오듯 흘리면서 3층 계단에서 밖으로 튀어나오더니, 엘리베이터 탑승대로 달려갔다. 그는 단숨에 엘리베이터에 도착하더니 위로 올라가는 버튼을 눌렀다.

그가 이렇게 하자마자 그는 엘리베이터가 39층에 도착했음을 알리는 벨소리를 들었다. 그는 다른 사람들의 눈에 띄지 않으면서 재빠른 동작으로 엘리베이터에서 내렸다.

클라크는 자신의 앞에서 불과 몇 피트 떨어진 곳에서 문이 열리자 거친 숨소리가 들리지 않게 하려고 호흡을 멈추었다. 순간적인 정적을 깨고 그의 이어폰과 엘리베이터 쪽에서 어떤 여자가 프랑스 악센트로 말하는 소리를 들었다.

"뭐 저런 녀석이 있어요."

라이언이 말을 받았다. "나쁜 자식들 같으니." 그리고 방문이 닫혔다.

클라크는 안도의 한숨을 잠시 내쉬고는 이렇게 말했다. "돔, 내가 두 사람이 조금이라도 늦게 방에 도착하도록 방해를 좀 했어. 애들은 60초 후에 방에 도착할 거야."

거친 숨소리가 뒤섞인 카루소의 대답이 들렸다.

"알았어."

2분 후 잭은 39층에 위치한 '자기' 방에 키카드를 집어넣었다.

그는 열린 출입문을 잡았지만, 엘리제는 그저 멍한 표정으로 그 자리에서 있었다.

방 안에 들어선 그녀는 잠시 뜸을 들이더니 나긋나긋한 목소리로 이렇게 말했다. "도무지 믿을 수가 없군요."

잭은 만면에 웃음을 보이며 뒤따라 들어가서는, 놀라움에 입을 다물지 못하는 여인의 얼굴을 바라보았다. 그는 방 맞은편을 흘끗 쳐다봤다. 도미니크는 이미 잭 라이언의 빨간색 사각팬티를 소파가 있는 거실 바닥의 한가운데에 떨어뜨려 놓았다. 잭은 속으로 신음 소리를 내고는, 다음에 사촌을 만나면 녀석의 엉덩이를 거세게 걷어차 주겠노라고 별렀다.

다른 몇 개의 옷가지들이 어지러이 흩어져 있었다. 침대 위에는 말쑥하게 다린 양복이 올려져 있고, 그의 컴퓨터는 소파 앞의 커피 테이블 위에 놓여 있었다. 약간 서툴긴 하지만, 정말 잭 라이언이 묵었던 방처럼 보였다.

그는 팬티를 주워 들면서 말했다. "미안. 방에 손님이 올 거라고는 생각하지 못했어요."

엘리세는 내답하는 대신에 열려 있던 욕실로 걸어가 안을 들여다보았다. 타일 바닥에 수건이 두 장 떨어져 있었고, 화장대 위에는 뚜껑이 열린 치약 옆에 칫솔이 놓여 있고, 그 옆에는 구강 청결제가 담긴 병의 뚜껑이 열려 있었다.

벽과 샤워장 바닥에는 물기가 축축했다.

그녀는 몸을 돌려 방 한가운데로 뒷걸음치며 걸어갔다.

소파 옆 커피 테이블 위에 얼음에 담긴 샴페인 병이 있었다. 라이언은 최초 예약이 완료된 후 불과 20분도 지나지 않아, 호텔이 이처럼 신속하게 객실에 샴페인까지 가져다 놓은 것에 놀라기도 하고 감탄하기도 하였다. 잭은 샴페인으로 다가가서 얼음에서 병을 꺼내 들었다.

그제야 와인 바구니의 존재를 인식한 엘리제는 재빨리 고개를 갸웃거리며 물었다. "무슨 샴페인이죠? 이런 건 당신이 처음에 체크인 할 때 호텔에서 내놓는 게 아닌가요?"

잭은 순간적으로 머뭇거리더니 이렇게 말했다. "사실 나도 좀 당혹스럽긴 해요."

"방바닥에 당신의 속옷이 떨어져 있던 것보다 더 당혹스러운가요?"

잭이 웃었다. "이 호텔 주인은 공화당원이에요. 난 사람들에게 아버지 이름을 팔고 다니지 않지만, 때때로 사람들은 날 알아봐요. 아마 호텔 주인이 내가 여기서 묵고 있는 걸 알고는 특별 대접을 한답시고 샴페인을 보내는 거 같아요. 매일 저녁마다 말이죠." 잭이 덧붙였다. "내가 달라고 하지도 않았는데 말이에요."

그녀가 대답했다. "그렇군요."

잭은 병마개를 따서 두 잔의 글라스에 샴페인을 따르더니, 엘리제를 데리고 의자로 갔지만, 그의 이어폰에서 계획을 바꿔야 할 지시 사항이 들려왔다.

그것은 겨우 알아들을 수 있을 정도로 속삭이는 도미니크의 목소리였다. "그 여잘 발코니로 데려가. '지금 당장'."

라이언은 '맙소사.'라고 생각했다. 돔은 아직도 호텔 룸의 어딘가에 숨어 있었던 것이다.

잭이 말했다. "오, 내가 잊고 있었어요. 당신은 이 경치를 봐야만 해요." 잭은 그녀를 데리고 발코니로 나가는 내내, 제발 바깥 경치가 근사한 장면이기를 고대하였다.

돔 카루소는 침대 옆의 옷장에서 살며시 기어 나와 문을 닫고는 바닥에 납작 엎드렸다. 그는 시선을 발코니와 사촌의 뒷모습, 그리고 사촌의 데이트 상대이자 더 중요한 표적인 절세미인의 프랑스 여간첩에 고정시킨 상태에서 출입문을 행해 카펫 위를 낮은 포복으로 기어갔다.

엘리제의 시선이 팔라초 호텔의 39층에서 내려다보이는 형형색색 네온의 장식들로 현란한 라스베이거스의 야경에 집중되어 있음을 확신한 돔은 무릎으로 몸을 일으켜 문을 열고 재빨리 그리고 조용하게 밖으로 사라졌다.

그는 홀로 나오자마자 무선망에 대고 이렇게 말했다. "이제 밖으로 나왔어. 딩, 그 여자 방으로 날 안내해 줘."

딩이 응답했다. "이 호텔에 그 여자 이름으로 예약된 방은 없어. 그 여자가 한두 개의 가명을 썼거나, 진짜 이름을 썼거나, 아니면 여기 묵고 있지 않을 거야."

돔이 복도에서 걸음을 멈췄다. "망할. 오케이, 잭, 다시 작업으로 돌아가. 그 여자에게서 알아내."

발코니에서 엘리제는 야경에서 눈을 돌려 라이언을 바라보았다. 그녀의 얼굴은 냉소적이거나 불신에 가득 찬 모습이 아니라, 한결 부드러운 표정으로 바뀌어 있었다.

그녀는 "당신을 믿지 못해서 미안해요."라고 말하며 샴페인을 한 모금 마셨다.

잭도 글라스에 담긴 샴페인을 입으로 가져갔다. "괜찮아요. 자, 이제 '당신'이 이실직고할 차례예요. 어디 묵고 있죠?"

"내가 말했잖아요. 여기 묵고 있다고."

라이언은 잠시 그녀의 얼굴에 나타난 표정을 읽더니 마침내 이렇게 말했다. "난 당신을 믿어요."

이제 그의 이어폰에서 클라크의 목소리가 들렸다. "라이언이 그러는데, 그 여자가 '진짜' 여기 머물고 있단다. 도밍고, 지난달 25일 여자 이름으로 예약된 방이 있는지 찾아봐. 25일은 그녀가 밸리 플로어에 출근하기 전날이야. 지난 2주일 동안 여기 투숙한 여자는 두 명 이상이 되지 않을 거야."

무선망에 잠시 정적이 흘렀다. 엘리제와 잭은 발코니에 서서 라스베이거스의 야경을 내려다보고 있었다.

차베스가 무선망에 이렇게 말했다. "찾았다! 25일에 체크인 한 여자들 중 세 명만이 아직까지 호텔에 남아 있어. 그중에 한 명이 캐나다 온타리오 출신의 '소피 브로차드(Sophie Brochard)'란 사람이야. 방 번호는 3112번이고. 바로 이 여자일 거야."

돔이 말했다. "지금 그리로 가고 있어."

주니어 스위트룸의 발코니에서 잭은 야경에서 눈을 돌려 엘리제가 샴페인 병에서 술잔을 채우려고 안으로 들어가는 모습을 보았다. 그녀는 자기 잔에 샴페인을 채우고, 그의 잔에도 마찬가지로 샴페인을 부은 다음, 술잔을 들고 밖으로 나왔다.

신기하게도 일이 빠르게 진전되어, 이제 그는 사촌이 사라진 휴대전화를 찾기 위해 그녀의 호텔 방을 뒤지는 동안 아름다운 미녀를 붙잡고 있을 핑곗거리를 찾지 않아도 되었으므로, 라이언은 그녀가 떠날 것에 대한 걱정보다는 그녀가 이곳에 더 머물려 할 것을 더 걱정하였다.

그런데 바로 그때, 마침 어떤 신호에 따라 행동하듯, 엘리제가 몸을 앞으로 숙여 그의 입술에 키스를 하였다.

잭은 여인의 행동이 전혀 뜻밖은 아니었고, 자기에게 호감을 갖고 있다는 것을 눈치채고 있었지만, 그녀가 손으로 자신의 머리 뒤를 잡고 더욱 밀착시키려 하자 곤란한 순간을 맞이하였다. 귓속에 숨겨두었던 이어폰 건전지의 끄트머리가 귀 뒤로 늘어뜨려졌다. 잭의 이어폰은 그녀의 눈에 보이지 않았지만, 만일 누군가가 머리칼을 헝클어뜨리면 밖으로 노출되어 사람들의 눈에 띌 수밖에 없었다.

잭이 몸을 뒤로 빼면서 약간 멈칫하는 제스처를 보였다.

클라크는 그의 귓속의 이어폰에 대고 부드러운 목소리로 말했다. "잭, 네게서 아무 송신음도 들리지 않아. 그쪽 사정 이상 없어?"

엘리제가 말했다. "오… 알겠어요. 당신 기혼자군요."

잭이 웃었다. "만일 내가 기혼자라면 당신이 벌써 구글에서 그런 내용을 읽었을 거예요."

"그럼 게이란 말이에요?"

"내가 '게이'였다면 인터넷에도 알려졌겠죠."

"그렇다면?"

"잠깐 화장실 좀 다녀올게요."

여인이 웃었다. "오. 그러세요. 기다릴게요."

엘리제는 스위트룸 안으로 들어와 침대 끝에 앉았다.

라이언은 화장실로 들어가 문을 닫고는 그 자리에 서서 이렇게 자문했다. '이봐, 잭, 여기서 뭘 하려는 거야?'

이때 딩의 목소리가 이어폰으로 들렸다. "잭… 돔이 그러는데 최소한 15분이 걸릴 거래."

"알았어. 문제없어." 그가 대답했다.

'오, 이거 난리로군.'

돔은 3112호실 키카드가 없었지만, 그런 일로 꿈지럭거릴 여유가 없었다. 그는 문에 다가서면서 개빈 비에리와 '캠퍼스'의 IT 천재들이 만들어 준 도구를 꺼내 들었다. 그것은 배럴 커넥터로 연결되는 작은 케이블이 장착된 카드보다 약간 큰 마이크로 제어기였다.

돔은 커넥터를 들고 무릎을 꿇은 자세에서 키카드로 출입문을 잠그는 장치의 바닥을 들여다보았다. 호텔 손님들의 눈에 띄지 않는 이곳에 작고 둥근 모양의 단자(port)가 있었다. 그는 커넥터를 단자에 연결한 다음 장치의 스위치를 켰다.

어떤 브랜드의 키카드식 자물통에는 잠금장치에 사용되는 배터리를 충전하고, 호텔의 위치 코드를 업로드시킬 목적으로 이런 단자가 달려있었는데, 32비트짜리 키로 되어 있는 위치 코드를 입력시키면 호텔 내의 모든 자물쇠를 열 수 있었다. 이것은 호텔의 하우스키핑과 다른 호텔 종업원들이 사용하는 마스터키로서, 이것만 있으면 개별적이고 항상 번호가 바뀌는 키카드가 없어도 어느 호텔 방이건 들어갈 수 있었다.

개빈이 스위치를 돌려 마이크 제어기에 전력을 공급하자, 자물통이 32비트짜리 키를 장치로 보내고, 그 장치는 이 암호를 읽어 해독한 다음, 다시 자물통으로 신호를 보냈다.

슬롯에 아무 키도 꽂혀있지 않았음에도 불구하고, 단 1초도 되지 않아 키카드 입력 슬롯 옆에서 녹색 불빛이 반짝거렸다.

도미니크는 방문을 열고 장치를 해제한 다음, 이것을 배낭에 다시 집어넣었다.

라이언은 주니어 스위트룸의 대리석 욕실에 선 채, 거울에 비친 모습을 노려보면서 침대에 앉아 있는 여인을 어떻게 해야 될지를 궁리해 보려 노력했다.

그는 이처럼 엘리제가 사태를 갑자기 고조시킨 것에 놀랐다. 두 사람은 모두 싱글이자 매력적인 인물이었고, 그녀가 어느 정도의 관심을 나타내기는 했어도, 본질상 그런 감정은 육체적 욕정이라기보다는 호기심 같은 것으로 보였다.

잭은 그녀에게 키스를 할까 생각했다. 그는 끊임없이 이어폰에서 팀원들이 주고받는 대화가 들렸기 때문에 온전히 그런 행위를 즐길 수가 없었다. 귀에 이어폰만 꽂고 있지 않았다면 다른 스토리가 전개되었을 것이다. 하지만 여전히 그는 근무 중이었고, 이런 감정은 진정한 것이 아니었다. 누군가가 여자의 호텔 방을 뒤지는 시간을 갖게 할 목적으로 여자를 데리고 놀아야 된다는 생각은 잭 라이언의 명치에 통증을 가져다주었다.

클라크는 프랑스 여간첩이 그의 신분을 들통내거나, 그에게서 첩보를 빼내거나, 아니면 영향력을 행사하는 등 다양한 방법으로 잭을 노리는 모종의 작전을 펴고 있는 것으로 의심했지만, 잭은 여자가 그렇게 하고 있다는 증거를 찾을 수가 없었다. 클라크는 오로지 첫째도 작전보안, 둘째도 작전보안만을 생각하도록 훈련을 받았지만, 최근 들어 잭은 자신이 상대해야 될 여자들로부터 관심을 받는 빈도가 늘어났다.

그는 화장실 물을 내리고 세면대의 수도꼭지를 틀면서, 이것은 '악의 없는 리얼리티 쇼'가 아니라, 목숨을 좌우하는 위험천만한 게임이라고 스스로에게 다짐했다. 옆방에 앉아 있는 여자는 망할 놈의 북한을 위해 일하는 적대적인 공작원이며, 임무를 수행하는 것 이외에는 그 어떤 것에도 관심을 가질 필요가 없었다.

자기가 노리는 목적, 그리고 지금까지 그 여자를 갖고 놀았을 뿐이라는 사실을 털어놓지 않고는 엘리제를 떼어 놓을 방법이 없었고, 반면에 그녀와 실제로 섹스를 하지 않는 한 이 방에 그녀를 붙잡아 둘 방법이 없었다. 그야말로 잭 라이언에게는 진퇴양난의 상황이었던 것이다.

클라크의 목소리가 이어폰으로 흘러나왔다. "라이언, 무슨 일이야?"

라이언은 귀에서 이어폰을 뽑아내 주머니 속에 집어넣고, 옷에 묻은 물기를 탁탁 털어내고는 화장실에서 나왔다.

이제는 원래의 임무로 돌아가야 할 시간이다.

엘리제는 침대 위에 있었다. 아직도 그녀는 옷을 입고 있었지만, '이리 오세요.'라는 그녀의 눈짓을 보면서 그는 아직도 자기가 난감한 상황에서 벗어나지 못했다는 사실을 깨달았다. 그는 엘리제에게 한 걸음 다가섰다.

바로 그때 그녀의 지갑에서 휴대전화 벨 소리가 울렸다.

그 순간 그녀의 얼굴에 놀란 기색이 비쳤다. 잭은 새가 짹짹거리듯 뚜렷하게 들리는 신호음을 들으며 이것이 특정한 전화번호에서 걸려 온 것이 아닐까라고 의심했다. 그녀는 침대에서 일어나 커피 테이블에 있던 지갑을 집어 들었다. 그러면서 엘리제는 이렇게 말했다. "미안해요 라이언, 난 이 전화를 받아야 돼요."

잭이 대답했다. "그럼요."

"여보세요?"

"여기 라일리요, 당신 '어디' 있어요?"

베로니카 마르텔은 이 영국인의 목소리에서 뭔가 잘못되었음을 직감했다. "이봐요, 레베카. 전화해 줘서 고마워요. 하지만 난 지금 미국에 있고, 여긴 아주 늦은 밤이라구요."

마치 그녀가 아직 한 마디도 하지 않은 것처럼 라일리가 말을 계속했다. "잘 들어요. 당신 호텔 방에 지금 남자가 있을 거요."

"뭐라구요? 그걸 어떻게 알았죠?"

"그런 질문은 하지 말아요. 핵심은 내가 그걸 안다는 사실이오. 내가 모르는 건 그놈이 거기서 뭘 하느냐는 것이요. 하지만 그놈이 뭘 하려는지 알아내려고 지금 사람을 그리로 보냈소. 당신이 어디에 있건 상관없이, 지금 당장 그 호텔 방에서 뛰쳐나가시오!"

라이언은 침대에 걸터앉아 프랑스 여인이 귀에 전화기를 댄 채 뒤를 도는 모습을 바라보았다. 휴대전화로 잠시 대화를 나누더니 다시 몸을 돌려 라이언을 응시했다. 그녀의 얼굴은 살짝 짜증스런 표정에서 분노의 표정으로 돌변했다. 그 표정은 매우 진지하고 매우 어두웠다. 그녀는 눈을 가늘게 뜨고 라이언을 곧장 쏘아보았다.

그는 무슨 일이 벌어지는지 몰랐지만, 이렇게 물었다. "뭐가 잘못됐나요?"

여인이 전화를 끊고는 지갑을 홱 잡아채며 물었다. "당신… 정말… 누구예요?"

"무슨 말씀이죠?" 그는 약간 껄껄거리며 일어서서 그녀에게 걸어가기 시작했다. '떠나지 말아요.' 그는 속으로 이렇게 외쳤다. "당신은 구글에서 날 찾아봤잖아요, 기억해요?"

그가 작은 스위트룸의 중간 정도를 지났을 때 그녀는 몸을 돌려 출입문으로 달려갔다.

“무슨 일이에요? 기다려요.”

하지만 거의 뛰다시피 방에서 나간 엘리제는 이미 사라졌고, 문이 ‘쾅’ 닫히는 소리가 들렸다.

“이런 망할 일이 있나.” 라이언은 주머니를 뒤져 이어폰을 다시 귀에 끼웠지만, 몇 초 후 이 조그만 청음장비를 포기하고 침대 너머로 달려갔다. 그는 침실용 탁자에서 휴대전화를 집어 들고 팀원들을 동시 호출하였다. “돔! 거기서 당장 밖으로 나와! 그 여자가 알고 있어!”

47

카루소는 여자의 휴대전화를 발견했다. 그것은 바퀴가 네 개 달린 휴대용 수화물 가방 속에 있었으며, 그는 1분간 그 속에 전화가 있는지를 살펴본 다음, 20초 만에 가방 자물쇠를 열었다. 프랑스 여인의 호텔 방에 들어온 지 3분 30초 내에, 그는 벌써 개빈이 특별히 제작한 장치에 휴대전화 속의 데이터를 다운로드 받고 있었다.

그가 다운로드를 시작한 지 몇 초도 지나지 않은 바로 그 순간, 라이언이 다급한 목소리로 여자가 방으로 되돌아가고 있다고 경고했다. 카루소는 자기가 이 방에 있는 동안에 여자가 나타나는 것에 대한 두려움보다는 어떻게 자기가 여기 있는 것을 알아냈는지에 대해 더 큰 두려움을 가졌다. 라이언에 의하면, 그 엘리제가 어딘가로부터 전화를 받았다고 했으므로, 돔은 여자가 호텔 복도에 동료들을 불러들였을 것으로 짐작했다. 돔을 본 적이 있는 이놈들은 호텔의 감시 카메라를 눈속임하며 슬쩍 들어왔거나, 엘리제의 방에 도청장치를 달아 놓았을 것이다.

어찌 되었건 간에, 그것은 이 사건에 다른 녀석들이 개입되어 있고, 또 그 놈들이 돔의 존재를 인지했을 것이었으므로, 바야흐로 이제 돔이 궁지에 몰리게 되었음을 의미하였다.

돔은 어찌할 바를 몰랐으므로 무선망으로 클라크를 불렀다. "존?"

"난 로비에서 혹시라도 어떤 놈들이 네게로 가는지 감시하고 있어. 아직 아무도 보이지 않지만, 지금 방에서 나와. 누군가가 이미 그 층으로 갔는지도 몰라."

"이 다운로드가 끝나려면 몇 분이 더 걸려야 돼."

클라크가 말했다. "몰래 그렇게 하기엔 이미 늦었어. 놈들은 그 방에 침입자가 있다는 걸 알아. 전화기를 뽑고 당장 거기서 튀어나와!"

"내게 그렇게 말해주길 바랐어."

카루소는 케이블로 연결된 휴대전화 두 대를 배낭에 집어넣고 방문으로 향했다. 그녀가 묵고 있던 스위트룸은 라이언의 방과 비슷했다. 작은 복도가 주방으로 연결되면서 거실과 침실의 앞문을 가렸다. 복도 쪽으로 뛰어가던 돔이 스위트룸의 작은 복도로 들어서자, 갑자기 출입문 손잡이가 밑으로 내려가는 모습이 보였다.

그가 앞문으로 탈출하기에는 너무 늦었다.

카루소는 몸을 돌려 스위트룸 안쪽으로 달려갔다. 커피 테이블과 소파를 펄쩍 뛰어넘은 다음 발코니 문 앞에 있는 소파 끝으로 뛰어가, 발코니 문을 활짝 열고 밖으로 나갔다.

그의 뒤쪽 방 안에서 누군가가 권총을 쏘는 요란한 굉음이 울리는가 싶더니, 여닫이 유리문이 와장창 깨지는 소리가 들렸다. 돔은 약 2.5미터 높이의 발코니를 두 번에 뛰어넘어, 발코니 바깥에 달려 있는 금속으로 된 난간을 붙잡은 다음, 재빨리 난간을 타고 밑으로 매달렸다. 첫 번째 총성보다 더 가까운 곳에서 두 번째 총성이 울리는 가운데, 31층 건물의 난간에서 허공에 대롱대롱 매달린 돔은 손을 놓치지 않으려 사투를 벌였다.

그는 클라크가 귀에 뭐라고 말하는 소리를 들었지만, 몸을 건물에서 멀리 떨어뜨린 다음 그네처럼 앞뒤로 흔들어, 신체의 움직임에 가속도를 붙이는 데 정신을 집중했다. 그가 막 몸을 앞으로 움직여 그네처럼 앞뒤로 흔들려는 찰나, 금속 발코니 난간을 잡고 있던 손가락이 미끄러지는 것을 느꼈다. 그가 위를 쳐다보자 검은색 복면을 뒤집어쓴 어느 아시아인이 손에 소음기가 달린 권총을 들고 난간에 기대어 있는 모습이 보였다.

돔은 그 사람의 밑에서 그네처럼 크게 신체를 흔들어 마침내 동작이 크게 만들어지자, 밑의 층 발코니에 있던 푹신한 쿠션이 달린 소파를 향해 몸을 날렸다. 그의 몸은 소파를 뚫고 지난 다음, 플렉시글라스로 만든 비스트로(bistro) 테이블을 와장창 깨뜨리며 땅바닥에 나뒹굴었다. 이 충격으로 거의 숨이 멎을 뻔했고, 돔 카루소는 자기 팔과 갈비뼈가 부러진 것을 알았지만, 가까스로 일어나 몸을 돌려 뒤쪽과 위쪽을 쳐다봤다.

위층 발코니에 있던 아시아인 암살자는 돔을 볼 수 없었지만, 그는 발코니에 배를 깔고 납작 엎드린 것 같았다. 이제 위쪽을 쳐다보니 권총을 들고 있는 괴한의 손끝이 앞뒤로 흔들리면서 돔이 서 있는 발코니 쪽을 겨냥하고 있었다.

권총에서 번쩍 불빛이 튀어나오더니 요란한 총성이 울렸다. 총알이 돔의 왼쪽에서 3피트 떨어진 잠겨있는 유리문을 박살 냈다.

그는 몸을 날려 오른쪽으로 엎드렸다.

다시 한 발의 총소리가 들렸다. 이번에는 돔으로부터 더 가까운 유리를 명중시켰다.

벌떡 일어난 돔 카루소는 금속 의자를 붙잡아, 공중에서 의자를 위쪽으로 크게 휘둘렀다. 네 번째로 총성이 들렸을 때, 돔 카루소가 휘두른 의자가 괴한이 들고 있던 권총을 맞혔다. 허공에 둥근 원호를 그리면서 빌딩 밑으로 떨어진 괴한의 권총이 시야에서 사라졌다.

돔은 암살자가 동료들을 데리고 왔는지를 살피기 위해 기다릴 틈이 없었으므로, 몸을 돌려 사방에 흩어진 깨진 유리 조각들을 밟으며 앞으로 달렸다. 다행히 방에는 아무도 없었다. 돔은 몇 초만에 홀에 나왔고, 다시 몇 초 후에는 비상계단에 있었다. 그는 5분 내에 30층 계단을 달려 내려왔고, 그러는 동안 온몸에서 뿜어져 나온 아드레날린이 그의 발걸음을 더욱 재촉했다.

그가 지상층으로 내려올 무렵, 라이언과 클라크가 이미 호텔 밖에 나와 주차원이 메르세데스 벤츠 차를 가져다주기를 기다리고 있었다. 돔은 아무 말도 없이 그들에게 다가갔고, 차가 도착하자 잭을 도와 뒤 트렁크에 가방을 실었다.

이들은 대형 호텔에서 총성이 들렸다는 911 신고를 받은 경찰과 구급 요원들이 동작을 취하기도 전에 라스베이거스의 번화가를 벗어나고 있었다.

라이언이 엘리제의 휴대전화에서 빼낸 파일들을 다운로드 하고 있는 동안, 기진맥진한 '캠퍼스' 팀의 다른 요원들은 안가에서 주저앉았다. 돔이 아다라 셔먼을 전화로 불러 어떤 일이 벌어졌는지를 알려주었고, 요즘 들어 그녀는 이런 소식에 익숙해져 있었던 터였다. 이 도시에서 빠져나가기 위해서는 또 한차례의 소동을 피워야 할 시간이었다.

새벽 1시 반에 걸프스트림 비행기가 라스베이거스 남쪽에 위치한 헨더슨 공항에서 이륙했다.

아다라는 비행이 시작된 첫 1시간의 대부분을 도미니크 카루소를 돌보는 데 소비했다. 그의 몸은 여기저기 상처와 멍 자국으로 뒤덮였지만, 뼈가 부러지지는 않았다. 라이언은 돔의 상처들이 별로 깊지 않을 것으로 생각했지만, 어쩐 이유에서인지 '캠퍼스' 팀 구급 요원인 아다라는 돔의 상처에 지극한 정성을 기울여야 할 필요성을 느끼고 있었다.

돔이 비행기 객실의 뒤편에서 치료를 받고 있는 동안, 나머지 팀원들은 앞쪽 의자에 앉아 그날 저녁에 벌어졌던 사건을 토의했다. 그 호텔에 북한 공작원들이 나타났었다는 사실은 두말할 필요도 없이 확실했다. 이들은 살인 면허를 갖고 있었고, '샤프 글로벌 인텔리전스 파트너스' 직원들이 그들의 앞장을 섰던 것이다. '샤프' 사 직원들이 북한인들과 협조하며 행동했는지 아닌지는 분명치 않았다. 또한 알렉산드리아로 돌아가 개빈 비에리가 엘리제의 휴대전화에서 어떤 정보를 빼내는지를 기다리는 것 외에, '캠퍼스' 팀이 할 수 있는 일은 많지 않다는 데 모두가 동의했다.

이번 작전에서 라이언의 신분이 들통났던 이유는 그가 누군가를 엘리제의 호텔 방으로 몰래 침투시킨 시간과 정확하게 때를 맞춰 그녀로 하여금 방에서 떨어져 있도록 공작을 했다는 사실을 '샤프' 사 요원들이 이미 알고 있었거나, 그럴 것이라는 극도의 의심을 가졌기 때문이다. 엘리제가 자신의 전화가 절취당했다는 사실을 까맣게 모를 것이므로, 원래의 계획대로 사건이 진행되었더라면 라이언은 아무런 타격도 입지 않았을 것이다.

작전보안의 관점에서 이번 작전은 전혀 칭찬할 것이 못 되었지만, 그렇다고 지금에 와서 이들이 달리 할 수 있는 일은 별로 없었다.

임무 수행 후에 이루어지는 디브리핑(debriefing)이 끝난 직후, 모두는 비행기 객실의 의자를 뒤로 젖히고는 잠에 곯아떨어지기 시작했다.

비행기 객실의 전화기 벨이 울렸을 때, 걸프스트림에 탑승하고 있던 피곤에 찌든 '캠퍼스' 요원들의 신체 시계는 새벽 2시 반을 가리켰지만, 워싱턴 DC의 시각은 5시 반이었다.

비행시간 내내 아다라 셔먼은 붕대를 휘감은 채 곤히 잠든 도미니크 카루소의 옆 좌석에 앉아 있었다. 그녀는 전화기로 가서 수화기를 집어 들고, 나긋나긋한 목소리로 말했다. "비행기예요."

"좋은 아침, 미스 셔먼. 나 개빈 비에리예요."

"비에리 씨. 지금 팀원들은 쉬고 있어요."

"오. 모두 귀여운 모습으로 주무시고들 있겠지. 다른 사람들은 자게 내버려두고, 라이언에게만 찬물을 끼얹어 전화를 받게 하세요."

"그럴게요, 선생님."

아다라는 찬물을 끼얹지 않겠다고 말하는 대신, 라이언을 부드럽게 흔들어 깨웠다. 그가 양쪽 눈을 제대로 뜨고 자리에 앉자, 그녀는 전화기를 넘겨주었다.

라이언이 그녀를 쳐다봤다. "비에리예요?"

아다라가 웃으면서 고개를 끄덕였다.

딱 2초 동안 화가 났던 라이언의 얼굴이 흥분으로 환하게 빛나더니 귀에 전화기를 갖다 댔다. "아직 우리에게 해 줄 말이 별로 없지, 안 그래?"

"라이언, 넌 내가 얼마나 위대한 인물인지 잊고 있다구. 돔이 엘리제 르그랑드 전화기에서 빼낸 파일들을 내게 보내줬어. 파일들은 암호화되어 있지만, 우린 몇 달 전 이미 시중에 나도는 보안 소프트웨어를 사용해서 암호를 푸는 방법을 알고 있었지. 그건 별로 어렵지 않은데."

"개빈, 너 참 훌륭해, 하지만 파일 속에서 뭘 발견했는데?"

"그러니까… 그 장치는 삼성 갤럭시 폰이었고, 그 속에는 게임 같은 것들이 들어 있더라구. 신호 벨 소리도 몇 개 들어 있었어."

라이언은 짜증이 났지만 프라하에서 참담한 실패를 겪고 난 개빈이 약간 뻐기며 으스대는 모습이 반갑기도 했다.

라이언의 대답을 기다리던 개빈은 아무 답변도 듣지 못하자 이렇게 물었다. "재미없어?"

"오, 아냐, 재미있어. 그 여자 전화에 무슨 앱(application)이 있던데, 특허를 받은 앱 같았어. 틀림없이 그 여자는 그 앱을 갖고 뉴코프 밸리 플로어 사의 컴퓨터 서버에서 자료를 다운로드 받았을 거야."

"그 앱이 어떻게 작동되는데?"

"앱의 프로그램은 오직 한 가지 목적만을 수행하도록 설계되어 있었어. 그 앱은 연속적으로 이루어지는 일련의 포말선광 셀(froth flotation cells)을 관리하고 작동시키는 거야. 난 그게 정확히 뭔지 모르지만, 그건 내가 있던 부서의 업무가 아니었어."

라이언은 지난 며칠간 공장 시설에서 지냈으므로, '포말선광 셀'이 무엇인지를 정확하게 알고 있었다. "그건 원광석을 투입하는 첨단 세척기야. 여기서 희토류 광석들이 다른 분말들과 분리되지. 만일 이 프로그램이 동시에 이런 장비들을 작동시킨다면, 기본적으로 이게 바로 전체 제련 과정의 중심이 되는 거야."

"빙고! 잭. 확실히 북한인들은 처리 시설을 손에 넣었으면서도, 그걸 작동시킬 프로그램이 없었던 거야. 그래서 놈들은 섹시한 프랑스 여간첩을 캘리포니아의 미국인 처리 공장으로 들여보내 전체 운용 시스템을 통째로 복사해 간 거야."

라이언이 말했다. "우리가 돌아가는 대로, 이 정보를 메리 팻 국장에게 알려줘야 돼. 그녀는 우리보다 이런 일들에 대한 큰 그림을 알고 있어. 이런 정보가 다음에 뭘 해야 할지를 그녀가 알아내는 데 도움이 됐으면 좋겠어."

48

그가 북한에 도착한 다음 날 아침, CIA 요원인 애덤 야오와 그의 동류 중국인 광산 기술자들은 아침 식사로 국수를 먹고, '양강도 국제호텔'의 식당에서 차를 마신 다음, 거대한 호텔 건물의 2층에 위치한 연회장으로 안내되었다.

모두가 의자에 앉자, 경비원 중 한 사람이 단상에 오르더니 강단의 뒤에 자리를 잡았다. 여자 중국인 통역도 그를 따라가 마이크를 잡았다. 통역을 통해, 그 경비원은 모든 참석자들에게 오후에 공항으로 이동하여 비행기를 타고 1시간 동안 날아가 정주로 갈 예정이지만, 오늘 아침에는 이들이 북한과 북한의 관습, 인민들, 그리고 각종 규칙에 익숙해지는 데 도움이 될 강의 시간을 즐기게 될 것이라고 말했다.

속으로 애덤은 고통스러운 듯한 신음 소리를 냈다.

그러자 경비원은 이곳 북한에 머무는 동안에 모든 사람들이 지켜야 되는 '해야 할 일'과 '하지 말아야 할 일'들의 리스트를 미주알고주알 일일이 열거했다. 이들 중 예컨대, 땅바닥에 침을 뱉지 말라는 것은 약간 까다로운 요구 사항처럼 보였다. 하지만 다른 것들은 실로 기이한 것들이었다. 이들은 대원수가 나오는 어떤 사진도 접거나, 구기거나 버려서는 안 된다는 말을 들었다. 여기에는 앞표지에 대원수의 사진이 게재된 신문, 잡지 및 기타 인쇄물 등이 모두 포함되었다. 애덤은 그럼 어떻게 신문을 버리느냐고 묻고 싶었지만, 손을 들고 질문하여 다른 사람들의 주목을 끄는 것이 신상에 이롭지 않다는 것 정도는 알고 있었다.

또 경비원은 라디오는 채널이 모두 중앙정부에 의해 통제되는 오직 특정한 주파수에 고정되지 않는 한, 소지가 금지가 된다고 설명했다. 텔레비전 방송국도 몇 군데뿐이었지만, 그나마 오직 특정 시간에만 방송이 되었고, 심지어 계획된 방송 프로그램들도 중단되기 일쑤였다.

애덤은 이곳에 텔레비전을 보러 온 것은 아니지만, 불만에 찬 사람들 중 일부는 조용한 소리로 투덜거렸다.

경비원이 단상에서 내려간 뒤, 어떤 여자가 무대 위로 올라오더니 대원수, 그 아비, 그리고 중국과의 특별한 관계에 대해 50분에 걸쳐 장광설을 늘어놓기 시작했다. 그 여자는 북한 지도부에 대해 특별한 존경심을 표시하는 용어를 사용하였고, 최씨 일가를 언급할 때는 두 눈에 눈물을 글썽거렸다. 그러면서 전쟁과 기근에서 북한이 살아남은 것은 '큰 형님'인 중국의 덕분이라고 주장했다. 그녀는 북한이 채광, 컴퓨터, 그리고 심지어 공중 비행에 결정적으로 중요한 몇 가지 기술을 발명했다면서, 이 모든 기술 덕분에 인민들이 엄청난 혜택을 보고 있다고 떠벌렸다.

그런 소리는 완전히 그리고 전적으로 사실과 다른 정신병자 같은 헛소리로서, 대부분 중국의 첨단 분야에서 고등교육을 받은 작은 규모의 중국인 집단은 앉은자리에서 분노와 좌절감을 표출했다.

개인적으로 애덤이 이처럼 강도 높은 세뇌 교육에 직접 노출된 적은 처음이었으며, 참으로 등골이 오싹한 경험이었다. 북한 사람들은 폐쇄된 사회에서 살면서 인터넷이나, 위성 TV 또는 심지어 라디오조차 마음대로 접할 수가 없었다.

그래도 애덤의 동료들은 누가 자기들의 급여를 지불하는지, 그리고 바깥 복도에 누가 총을 들고 지키고 있는지도 잘 알고 있었다. 중국인 기술 자문관들 중 어느 한 사람이 일어나 방금 그 여자가 한 말이 잘못되었다고 지적하는 것이 이론상으로는 가능했을지 몰라도, 그렇게 하려는 사람은 아무도 없었다.

북한의 지적, 문화적 및 역사적 우월성에 대한 연설이 끝나자, 오른쪽 문에서 몇 명의 무장 군인들, 그리고 양복을 착용한 나이 든 사람들의 무리가 그 뒤를 따라 들어왔다. 이들 무리 중 가운데에서 키가 작은 사람이 양쪽에 군복 차림을 한 경비원들을 거느리고 나타났다. 애덤은 그 남자 대머리의 꼭대기를 보려고 고개를 뺐다. 곧 대머리의 사나이는 작은 무대로 올라가 마이크를 잡았다.

그가 한국어로 말하면 통역관이 중국어로 통역했지만, 그의 목소리는 차분하고 듣기 편했으므로, 애덤은 중국어로 통역되기 전에도 그가 말한 핵심을 이해할 수 있었다.

"좋은 아침입니다. 그리고 북조선 입국을 환영합니다. 제 이름은 황민호이고, 조선 천연자원 무역회사 사장입니다. 여러분을 이곳으로 초대한 것은 바로 저이고, 모든 분들을 뵙게 되어 매우 기쁘게 생각합니다."

애덤은 특히 자신이 도착한 후 접촉했던 간수들과 경비원들의 꽥꽥거리는 소리와 비교해 볼 때, 그 남자의 목소리가 약간 온순하고 쾌활하게 들린다고 생각했다.

황민호는 잠시 동안 정주의 희토류 광산, 중국과 북한이 다른 프로젝트에서 맺었던 파트너십의 역사, 그리고 중국이라는 나라와 광산 부문에서의 능력 등에 대해 언급하였다. 그가 구사한 단어들은 그보다 앞서 말했던 여자보다 보다 더 유식하면서, 보다 덜 호전적이었다. 그래서 애덤은 청중들의 반응을 살펴보고, 그들이 일종의 안도감을 느낀다는 사실을 인식했다.

그런 다음 황민호는 정주광산의 열악한 조건에 대해 깜짝 놀랄 정도로 솔직하게 평가했다. "여러분들은 이 시설이 지금까지 익숙하게 보아왔던 것들보다 훨씬 초보적이란 것을 알게 될 겁니다. 여러분들께 초현대식 처리 시설을 건축하는 동안 인내심을 가져 주시기를 당부드립니다. 시설을 짓는 데는 시간이 걸릴 것입니다. 그러나 비록 지금은 느리게 시작하지만, 나중에는 엄청난 규모로 성장할 겁니다."

야오는 황민호가 자신의 조국이 갖고 있는 능력에 대해 거의 정신병자와 같이 터무니없는 수준의 경외심을 표시하지 않는 것을 보고 놀랐다. 심지어 황민호가 여기서 중국인 근로자들을 대상으로 발언을 한다는 자체가 신분을 숨기고 활동하는 CIA의 비밀 정보관 입장에서는 대단히 흥미로웠다. 그는 이 남자를 직접 볼 수 있으리라고는 전혀 예상하지 못했었다.

황민호가 말했다. "여러분들은 이주 노동자 신분이지만, 대접을 잘 받게 될 겁니다. 접촉 창구의 역할을 담당했던 분들이 여러분들께 8주일 동안 일하게 될 거라고 말씀드렸을 것입니다. 그런 다음 여러분들은 1주일을 휴가로 받으시거나, 또는 원하시면 계속해서 일하셔도 됩니다."

앞줄에 있던 사람이 손을 들고 물었다. "휴가 때 광산 부근에서 즐길 만한 것이 뭐가 있나요?"

강단에 서 있던 황 사장이 어깨를 으쓱했다. "일하는 거죠."

실내에 있던 사람들이 모두 웃음보를 터뜨렸다.

황민호는 발표를 마치면서 모든 사람들에게 거듭 감사의 인사를 전하면서 "혹시 질문이 있나요?"라고 물었다.

애덤은 다른 사람들이 한결같이 입을 다물고 있을 정도로 지혜롭기를 바랐지만, 몇몇 사람들이 동시에 손을 들었다.

황민호는 손을 든 사람들 중에서 애덤이 듣기로 전자기식 제분 기계 전문가라고 하던 중년 남자를 호명했다. 그는 이렇게 질문했다. "사장님. 광산 시설의 전력망 사정이 어떤지 말씀해 주시겠습니까?"

황민호가 희미하게 미소를 지었다. "우린 근처에 있는 수력발전소에서 전기를 끌어옵니다. 이따금 댐이 전력을 생산하지 않을 때는 공장 기계의 핵심 기능을 유지하기 위해 중국에서 들여온 디젤 발전기를 가동시킵니다. 그곳은 온갖 전등불과 전동차가 다니는 상하이가 아니지만, 정주에 대한 전기 공급은 일과 중에서 가장 중요한 우선순위를 차지합니다." 그가 다시 웃으며 말을 이었다. "밤에는 다음 날 일할 수 있도록 모두 주무실 겁니다. 잠을 자는 데 전등불이 필요하진 않겠지요."

이미 애덤은 그 시설에 대해서, 그리고 심지어 전력 사정이 좋지 않아 정주시 전체가 '소등' 상태가 된다는 것에 대해서도 알고 있었다. 그는 인공위성이 촬영한 칠흑같이 캄캄한 북한의 사진을 본 적이 있었다.

다른 사람은 애덤이 가장 대답을 듣고 싶어 했던 것을 질문했다. "제가 이해하기로 시설은 여전히 건설 중이라고 들었습니다. 언제 그것이 가동될 것으로 예상하시는지 저희가 알 수 있겠습니까?"

황민호가 답변했다. "그 시설의 건축은 완성됐습니다. 우린 바로 지난주에 선적되어 온 컴퓨터를 받았습니다. 다양한 작업장에 이 컴퓨터를 설치하고 가동시켜야 할 책임은 여러분들 모두에게 있습니다. 또한 산업용 분말 처리 장비, 그리고 제련소에 사용될 분쇄기도 설치하여 시험 가동 해 보아야 합니다. 그 외에도, 거대한 장비를 선적한 배가 북한으로 이동하고 있습니다. 이 장비는 곧 여기 도착할 것입니다. 저는 우리가 1개월 이내에 정제된 희토류를 생산할 수 있기를 열렬히 기대합니다."

다음 몇 주일 동안에는 많은 시간을 처리 시설 가동의 시작을 감독하기 위해 그 시설에서 보내게 될 것이라고 말한 다음, 황민호는 중국인들의 공손하면서도 진정에서 우러나오는 박수갈채를 받으면서 연단을 내려왔다.

중국인 기술자들을 태운 버스가 공항으로 이동한 다음, 곧장 활주로에 정지하자, 사람들은 그 자리에서 비행기에 올라탔다. 애덤이 버스에서 내리자 혹독하게 몰아치는 삭풍이 앞날의 험난한 전조를 알려주는 듯했다. 이른 저녁의 하늘을 바라보던 애덤은 짙은 먹구름이 수도의 서쪽에 몰려 있는 것을 발견했다.

애덤은 이것이 불길하게 느껴졌다. 하지만 뒤를 돌아 정주시로 일행들을 태우고 날아갈 비행기를 보았을 때는 더욱 불길한 예감이 들었다.

비행기는 빨간색, 흰색, 그리고 파란색이 뒤섞인 '고려항공'이라는 마크를 달고 있는 보잉 737기였다.

애덤은 거의 700개가 넘는 항공사를 점검하여 점수를 매겨 놓은 전 세계 항공 요금 비교 서비스인 '스카이트랙스(Skytrax)'라는 사이트 어딘가에서, 이 사이트가 딱 한 개 항공사가 한 자리 숫자의 점수를 받았다는 기사를 읽은 적이 있었다.

다름 아니라 바로 북한 국영 항공회사인 '고려항공'이 불명예스러운 '한 자리 점수'의 수상자였다.

애덤은 이 사실을 어디서 읽었는지 기억하지 못했지만, 그가 비행기를 오르면서 차라리 그 기사를 잊고 있었으면 더 좋았을 것이라고 생각했다.

'고려항공'의 비행은 열악했지만, 애덤은 미국에서 이보다 더 심한 비행기를 탄 적이 있었다. 그 비행기가 저녁나절에 쏟아지는 폭우를 뚫고 아무 탈 없이 곽산 비행장에 도착하자, 남녀 탑승객들은 다른 버스에 오른 다음, 놀랄 정도로 잘 닦인 도로를 따라 정주시로 향했다.

다른 버스 여행과 마찬가지로 이번 버스 여행에도 몇 명의 무장 군인들이 앞자리에 앉고, 군복을 입은 군인들을 가득 태운 짙은 올리브색의 트럭이 그 뒤를 바싹 따라왔다. 애덤은 혹시라도 북한인들을 두려워하던 중국인 기술자들 중 한 사람이 달리는 버스에서 뛰어내려 도로 근처의 언덕으로 달려가지나 않을까 걱정했다. 만일 이 사람들이 오늘 아침 환영 모임에서 어떤 여자가 주장했듯이 북한을 진정으로 천국이라고 믿었다면, 외국인들이 이 나라에 가득한 금은보화를 서로 차지하려고 달리는 차에서 뛰어내리는 것도 일리가 있는 짓일 것이라고 애덤은 생각했다.

정주시는 거의 캄캄한 소등 상태에 있었는데, 그 이유는 틀림없이 그날 저녁에 전기가 끊겼기 때문이었을 것이다. 버스의 헤드라이트 외에 그가 볼 수 있는 불빛이라고는 골목길을 달리는 다른 차량들의 헤드라이트, 이상한 손전등 불빛, 그리고 어둠 속에서 인도를 걷는 사람들이 피우는 담뱃불이 고작이었다.

이처럼 칠흑 같은 어둠에 딱 한 가지의 중요한 예외가 있었다. 버스가 거대한 원형 교차로에 접어들자, 중앙에 높이가 12미터에 달하는 군복을 입은 최지훈의 동상이 서 있었는데, 그 동상은 한 손에 쌍안경을 들고 다른 손으로는 중국을 향하여 북쪽을 가리키고 있었다. 전체 동상은 밝은 노란색으로 물들어 있었고, 근처에는 대원수의 영광을 이용하여 덕을 볼 셈으로 작은 거리 상점이 세워져 있었다.

버스가 한 바퀴 돌자 애덤은 창문 유리창에 기대어 밖을 내다보다가 임시 숙소로 사용될 건물의 입구를 발견하고, 갑자기 목젖에서 뜨거운 것이 올라오는 것을 느꼈다. 그는 지난 몇 주일 동안 위성이 촬영한 영상을 통해 바로 이 장소를 연구하였다. 거대한 복합건물의 정문—그것은 마치 제2차 세계대전 당시의 포로수용소 같았다—을 지나면서 애덤은 자신이 고향으로부터 이역만리 떨어진 곳에 왔다는 것을 절감하였다.

한국어로 하달된 명령이 곧바로 중국어로 통역되었고, 곧 애덤은 무리 속의 다른 사람들과 같이 버스 앞에 늘어선 줄에 섰다. 어둠 속에서 잠시 기다리는 동안 애덤은 순간적으로 온통 금속 트레일러들의 행렬로 가득 찬 이 주차장을 마지막으로 보았을 때는 한 손에 스타벅스 커피, 다른 손에는 시나몬 롤을 들고, 버지니아 주 매클레인에 위치한 작고 효율적인 미국 국가정보국의 회의실에 앉아 있었던 것을 기억했다. 이제 마침내 바로 그 장소에 온 애덤은 다른 사람들과 함께 한 줄로 늘어서서, 북한인들이 그들의 머릿수를 헤아리고, 숙소에 체크인 하고, 작은 침대를 나눠주기를 기다리고 있었다.

심지어 자신의 직업 생활을 통하여 수많은 역할을 수행했던 신분 위장 첩보원의 입장에서 보기에도, 이런 장면은 도무지 비현실적이고 공상적인 것으로 생각되었다.

49

미국 대통령이 멕시코시티에 도착하기 사흘 전, 이란의 폭탄 제조 전문가 아딜 자리프는 '비달 알코세르(Vidal Alcocer)' 가와 '호세 헤레라(José J. Herrea)' 가가 교차하는 모퉁이에 위치한 주차장 건설 현장으로 돌아갔다.

저녁 7시가 되어 저녁나절에 내리던 비가 개었고, 어둠이 빨리 다가오자 거리의 상가들이 서둘러 문을 닫았다. 하지만 공사장 주변의 지역은 조용하지 않았다. 에밀리오의 트럭에서 내리자마자 자리프는 공사장의 요란한 소음과 대낮 같은 불빛을 뚜렷하게 느낄 수 있었다. 그는 공사장 경험이 있는 말도나도 조직원 여섯 명이 오후 내내 이곳 공사장에서 일하고 있다는 이야기를 들었다. 시멘트 혼합기와 휴대용 전등을 들고 있는 이들 인부는 자리프가 공사 현장에 머무는 동안에는 그에게서 거리를 두고 떨어져 있을 테지만, 그가 이들을 필요로 할 때에는 즉각 그의 앞에 나타나게 될 것이다.

그는 이미 이곳으로부터 멕시코시티 시내의 북쪽으로 400미터가량 떨어진 '테피토(Tepito)'에 위치한 자동차 정비소에서 그날 오후 내내 무기를 제작하는 데 매달렸다. 세 발의 105밀리 곡사포 고폭탄을 건네받은 자리프는 포탄의 탄두에서 퓨즈를 제거하고 그 자리에 손수 만든 지연신관을 끼워 넣고, 이것을 격발장치에 연결시킨 다음, 각각의 포탄에 뇌관을 단단히 장착시켰다. 그리고 포탄의 뇌관들에는 휴대전화의 발신음으로 작동될 수 있는 신호 장치를 부착했다.

이라크 전쟁 초기에 자리프를 비롯한 폭탄 제조 기술자들은 간단한 차고문(garage-door) 개폐기 같은 전기식 격발장치를 사용하여 급조폭발물의 폭발 명령을 하달했다. 하지만 동맹군이 이런 신호를 전파방해로 차단하는 조치를 강구함에 따라 자리프와 그 일당들은 휴대전화를 사용하기 시작했다.

한동안 휴대전화를 이용한 방식이 위력을 발휘했다. 사실 자리프는 여전히 방식을 거의 시리아에서 준동하는 적대세력들을 대상으로만 사용하였지만, 휴대전화 방식 역시 완벽한 해법은 되지 못했다. 휴대전화의 발신음도 전파방해로 차단되거나 무력화되었고, 사실 전 세계 대부분은 휴대전화의 사용이 불가능한 지역이었다.

하지만 그 외에도 다른 방법들이 강구되었다. 장거리 무선전화기는 미국에서 별 인기가 없으나, 휴대전화의 개통이 어려운 지역에서는 이런 장비가 아주 흔하게 사용된다. 대만의 '스트림텔(StreamTel)' 사는 유선전화 네트워크에 연결되는 대중적 인기를 받고 있는 전화기 모델을 판매하고 있었는데, 이 전화 수화기의 통화 가능 거리는 수십 킬로미터에 달했다. 동일한 회선에 두 개 이상의 수화기를 연결시킬 수 있으므로, 이것은 전파의 방해 또는 차단이 불가능한 장거리 신호 장치로 사용될 수 있었다.

'스트림텔' 사의 전화기 세트는 중동 지역에서 수천 발에 이르는 급조폭발물의 부품으로 악용되었다. 이 회사는 세계시장 판매고의 40%가 이라크, 아프간, 파키스탄 등에서 나온다고 떠벌렸는데, 미국은 이처럼 높은 수요의 원인을 잘 이해하고 있었다.

자리프는 말도나도의 부하에게 시내 전화 판매점에서 이 전화기 한 대와 송수화기 두 세트를 구입하여 멕시코시티로 보내줄 것을 요청했다. 전화기와 송수화기를 입수한 그는 이라크의 모술(Mosul)이나 아프간의 헬만드(Hellmand) 주에서 무수히 그렇게 했던 방식대로 폭발 장치를 제작했다. 비록 이것은 최첨단 장비는 아니었지만, 노련한 폭탄 제조 전문가들은 언제나 실전에서 효과가 입증된 방식이 가장 신뢰할 만한 것이라고 믿고 있었다.

급조폭발물 전체는 어둠이 깔린 직후에 배에서 흔히 사용하는 납작하고 평평한 트렁크 사이즈의 거대한 회전식 공구 상자 속에 숨겨 공사장에 가지고 왔다. 그런 다음 자리프가 외부에서 보이지 않도록 쳐놓은 오렌지색 방수포 가림막 뒤에 혼자 남아 있는 동안, 여섯 명의 인부들은 '호세 헤레라(José J. Herrera)' 가의 인도와 공사장 중간에 이미 건축된 계단통(stairwell)에 시멘트 반죽을 쏟아부었다.

자리프는 사흘 전에 점찍어 둔 콘크리트 보강용 철근으로 만들어진 벽체를 교묘하게 변형시켰다. 오늘 인부들이 벽체 밑에 6피트 높이의 나지막한 목재 케이싱을 제작했다. 이들은 자리프의 지시에 따라 그 위에 목재 프레임을 세워, 높이를 원래 벽체와 동일한 12피트로 만들면서, 위쪽 프레임의 일부에 텅 빈 공간을 마련해 두었다.

사다리를 이용하여 자리프는 급조폭발물의 부품들을 하나하나씩 비계 위로 옮긴 후, 이것들을 조심스럽게 재조립하여 공간으로 남겨둔 부분의 철근 격자 속에 넣으면서, 세 발의 고폭탄이 오렌지색 가림막 맞은편의 6차선 도로를 향하도록 위치를 설정했다.

105밀리 고폭탄 속에는 장약이 가득 들어있지 않았고, 또 곡사포를 사격할 때처럼 기다란 포열을 통과하면서 회전하지도 않을 것이므로, 105밀리 야포 속에 넣어 사격하더라도 발사되지 않을 것이다. 하지만 자리프는 포탄들이 폭발하기 전에 마주 보고 있는 거리를 향해 틀림없이 발사되도록 보장하기 위한 계획을 구상해 두고 있었다. 그는 말도나도 조직원 두 명의 도움을 받아, 90파운드 무게의 철판을 철근 격자 뒤에 숨겨 둔 급조폭발물 뒤에 위치시킨 다음, 목재 널빤지를 이용하여 철근에 철판을 용접하였다. 그가 이 작업을 마치자 철판은 최초의 격발 단계에서 후폭풍의 반동을 이용하여 고폭탄을 전방으로 추진시키는 역할을 수행할 수 있게 되었다.

자리프는 전에도 똑같은 장치들을 무수히 많이 만들어, 이것을 이용하여 50피트 이내에 들어온 적의 장갑을 박살 낸 관록을 갖고 있었다.

노출된 벽체의 위쪽에 급조폭발물을 설치하는 데 거의 3시간이 걸렸다. 그 무렵 자리프는 비닐 백으로 전체 폭발물을 뒤덮고, 뒤쪽의 후폭풍 차단용 철판과 앞쪽의 탄두에 이르기까지 비닐로 칭칭 휘감아 다른 말도나도 부하들의 눈에도 보이지 않도록 철저하게 폭탄의 존재를 은폐시켰다. 그와 그를 돕던 인부들은 비계와 사다리를 치운 후, 마지막 단계로 시멘트 분사기(cement blower)를 들여왔다.

그로부터 3시간이 지난 후 분사기를 이용하여 급조폭발물 주변을 콘크리트로 가득 채웠고, 다음 날 아침 단기간에 건조되는 콘크리트 구조물이 완성되자, 인부들이 벽체 앞쪽에 얇은 석조 베니어판을 부착했다.

다음 날 자정이 될 무렵 벽면의 앞부분이 완성되었다. 미국 대통령이 지나가게 될 '비달 알코세르(Vidal Alcocer)' 가 6차선 도로에 앞면이 알록달록 장식된 거대한 주차장 콘크리트 벽이 세워졌으나, 사실 그 속에는 명령만 내리면 앞쪽의 도로를 향해 발사되어 폭발하게 될 세 발의 105밀리 곡사포 고폭탄이 숨겨져 있었다.

그러나 자리프의 용의주도한 준비 작업은 여기서 끝나지 않았다. 그날 오후 자리프는 에밀리오에게 식료품점으로 데려가 달라고 부탁하여, 도착하자마자 쇼핑 바구니를 들고 양념 코너로 직행한 다음, 쿠민(cumin)과 강황 같은 강렬한 맛과 향을 내는 통조림을 몇 개 집어 들었다.

에밀리오가 물었다. "저녁 식사를 요리하시게요?"

"두고 보면 압니다."

이들은 다시 공사장으로 돌아갔다. 그곳에는 아무도 없었지만, 이들은 이제 벽체 앞의 가림막을 치운 다음, 벽체 주변의 '호세 헤레라(José J. Herrea)' 가를 돌아다녔다. 자리프는 벽으로 가서 양념 통조림을 꺼내 개봉한 뒤, 무릎과 양손을 땅바닥에 대는 모습을 취했다. 그는 기어가는 자세로 천천히 그리고 꼼꼼하게 강렬한 향과 맛을 내는 양념을 바닥과 새로 세운 벽체가 만나는 부분에 쏟아붓기 시작했다. 그는 급조폭발물 바로 밑에 많은 양을 사용한 다음, 사방으로 기어 다니면서 거리가 멀어질수록 점점 적은 양을 바닥에 뿌려, 마침내 주변의 바닥 전체를 빠짐없이 양념으로 도배질 했다.

그는 손에 묻은 먼지를 털면서 일어나더니 주차장의 콘크리트 바닥에 있는 하수구를 향해 걸어갔다. 그는 무릎을 꿇고 앉아 하수구 입구의 쇠창살을 들여다보고는 에밀리오에게 이렇게 말했다. "한 가지 더 남았소. 내게 죽은 동물을 한 마리 가져다주시오."

"뭐라구요?"

"진짜로 죽은 놈이요."

1시간 후 오토바이 뒤에 앉아 이곳으로 다시 돌아온 말도나도 조직의 하수인의 손에는 흰색 쓰레기 봉지가 들려있었다. 그가 이것을 자리프에게 넘겨주자, 봉지를 열던 자리프는 악취에 뒤걷음질을 쳤다. 그 속에는 완전히 썩은 고양이가 들어 있었다.

자리프는 하수구로 다가가 쇠창살을 제거한 다음, 쓰레기 봉지에서 죽은 고양이를 내다 버렸다. 고양이 사체는 불과 2피트 떨어진 배수구가 휘어지는 부분에 떨어졌다.

그는 에밀리오를 쳐다보며 말했다. "이것이 개들의 코에 영향을 줄 거요."

에밀리오가 고개를 끄덕였다. "무슨 개죠?"

"내가 유튜브로 보니, 미국인들은 대통령이 차를 타고 지나가는 지역을 늘 수색합디다. 이들은 폭발물 탐지견들을 데려오겠지만, 여기서 개들은 독한 양념과 죽은 고양이 냄새를 맡게 될 거요." 그는 벽체의 높은 곳을 가리켰다. "설령 그들이 벽을 점검하더라도 그렇게 높은 곳까지는 뒤지지 않을 겁니다. 아무도 밑을 내려다보고 있는 폭탄을 발견하지 못할 거예요."

자리프는 비상한 머리에 스스로 감탄하는 미소를 지었다.

50

애덤은 정주 제련소에 도착한 첫날을 새로운 컴퓨터 터미널을 설치하는 데 보냈다. 비록 컴퓨터가 어디서나 흔히 볼 수 있는 평범한 것이었지만, 그는 프랑스에서 보내온 이 컴퓨터에 거대한 원뿔형 분쇄기를 작동시키는 데 사용할 몇 가지 상업용 광산 소프트웨어 프로그램을 설치했다. 이 소프트웨어는 전혀 복잡할 것이 없는 것들이었지만, 이 도구는 본질상 매우 특정한 목적에 사용되는 것으로서, 애덤이 2주일에 걸쳐 배우긴 했지만, 북한 사람들 중 어느 누구도 기계를 가동하는 훈련이나 경험을 갖고 있지 못하였다.

다시 말해서 원뿔형 분쇄기 프로그램이 PC 중에서 가장 두드러진 것이라는 이유로 인해, 자신이 이 컴퓨터를 사용하도록 승인된 유일한 인물이라는 사실은 애덤에게 더할 나위 없이 좋은 일이었다. CIA의 과학기술부 소속 직원들은 애덤에게 컴퓨터로 본부의 '애크리드 헤럴드' 작전 본부에 암호 메시지를 보내는 방법을 알려주고 훈련도 시켜 주었다.

이 컴퓨터에는 인터넷에 접속되어 있지 않더라도 텍스트 메시지를 송·수신할 수 있는 기능이 하드드라이브와 마더보드가 아닌 컴퓨터 내부의 하드웨어 장치에 연결되어 있었다. 말하자면 그것은 스피커가 달리지 않은 위성 전화로서, 인공위성을 통해 연결되어 텍스트 메시지를 보낼 수 있는 장비의 부품들로 구성되어 있었다. 초소형 장치들은 컴퓨터 타워 내부의 다른 하드웨어들 속에 정교하게 숨겨져 있어서, 설령 북한이 컴퓨터를 분해해 보더라도 컴퓨터 전문가가 아니라면, 수상한 작은 부품들이 마더보드와 전력 공급 장치를 구성하는 다른 부품들과 연결되어 있지 않다는 결론에 도달하기 어려울 것이다. 비록 이 장치들이 무슨 역할을 하는지 식별하는 것이 불가능에 가깝더라도 그것만으로는 뭔가 부족하였다.

이런 것을 두고 CIA 과학기술부의 비밀 작전이라고 부를 수는 없는 노릇이었다. 이들이 실제로 사용한 소형 부품들은 모두 '화웨이(Huawei)'라는 중국 회사가 만든 중국 제품으로서, 북한 정보기관에서 일하는 사람이라면 이 회사가 중국 정보기관과 연계되어 있다는 사실을 잘 알고 있을 것이다.

이처럼 중국산 부품을 사용한 것은 만에 하나 이 컴퓨터가 첩보수집 장비라는 것이 발각되더라도 미국이 아닌 중국이 정주광산에 대한 스파이 활동을 시도한 범인으로 비난을 받게 되도록 보장하기 위한 추가적인 조치였다.

그렇더라도 이런 사실은 애덤에게 눈곱만큼도 도움이 되지 않았다. 북한의 방첩 기관은 미국인 스파이를 잡는 즉시 총살에 처하듯이, 중국인 스파이도 붙잡는 즉시 총살에 처할 것이지만, 적어도 이 와중에도 미국은 발뺌을 하며 책임을 모면할 수 있게 될 것이다.

컴퓨터를 본격적으로 가동시킨 첫날, 애덤은 이보다 더 나은 사무실을 바랄 수 없었을 것이라는 사실을 깨달았다. 그는 건물 2층 높이의 원뿔형 분쇄기와 나란한 작은 독방에 마련된 워크스테이션을 배정받았다. 그는 국가정보국 본부에 메시지를 보내기 위한 안전한 위치를 물색한다면, 이곳이 바로 자신이 원하는 편안한 장소가 될 것이라고 생각했다.

그의 워크스테이션 근처에 있는 분쇄 기계에는 몇 사람이 일하고 있었지만 이들의 대부분은 2층 높이로 설치된 보행자 통로를 통해 이동하였으므로, 애덤은 자신의 워크스테이션이 위치한 기계의 후미진 뒤쪽에서 근무하는 유일한 사람이었던 셈이다. 나아가 다른 근로자들은 기술 엔지니어 또는 광석을 기계에 집어넣는 단순 작업자들이었으므로, 애덤은 설령 이들 근로자들이 자기가 텍스트 프로그램을 열어 국가정보국과 접촉하는 장면을 보더라도 뭔가 이상하다는 느낌을 받지 않을 것이라고 생각했다.

이 원추형 분쇄기는 제련 공장에서 공사가 시작되기 전인 1년 6개월 전부터 이곳에 있었다. 원래 중국의 국영 '시날코(Chinalco)' 사는 이 기계를 동쪽으로 1킬로미터 떨어진 정주광산 내에 설치했었는데, 그 이유는 중국이 운반하기 어려운 거대한 바윗덩어리 같은 원석 대신에, 이것을 가공이 용이한 크기로 작게 분쇄하여 자루에 담아 트럭으로 옮기려는 계획을 갖고 있었기 때문이다. 하지만 북한인들은 거대한 원석을 트럭에 실어 몇 킬로미터 떨어진 처리 시설로 옮기는 데 아무 문제가 없었으므로, 거대한 분쇄기를 광산보다 더 전기가 정상적으로 공급되는 이곳으로 가져왔던 것이다.

중국 정부의 지시에 따라 공장 전체가 참여하는 노래와 스트레칭과 무릎 굽혔다 펴기, 그리고 차를 마시는 15분간의 휴식이 끝난 뒤, 애덤은 첫 번째 메시지를 본부에 보내려는 계획을 가지고 책상으로 돌아왔다. 그는 사방을 둘러보며 자기가 하는 일을 볼 수 있는 사람이 주변에 있는지를 확인했다. 이런 확인 작업이라고 해 봐야 그저 어깨 뒤를 쳐다본 다음, 근로자들이 지나다니는 2층 높이의 보행자 통로를 쳐다보는 것으로 충분했다. 주변에 아무런 문제가 없다는 사실에 만족한 그는 컴퓨터를 켠 다음, 컴퓨터 스크린에 나타난 바이오스(BIOS)로 들어갔다. 바이오스에서 몇 가지 세팅을 바꾼 뒤 엔터 키를 두드렸다.

이제 그에게는 두 가지 선택이 있었다. 숫자 '1'을 타이핑하면 텍스트 프로그램이 가동될 것이고, 숫자 '2'를 타이핑하면 컴퓨터 드라이브에 숨겨놓은 북한에 관한 위성지도가 나타날 것이다. 애덤을 지원하던 CIA의 조력자들은 애덤이 북한에서 탈출해야 하는 긴박한 위기 상황에 처할 경우, 그가 해당 지역을 잘 알아야 하고, 구체적 좌표를 입력시켜야 한다는 점을 미리 예견하여, 은밀하게 그러한 기능을 컴퓨터 드라이브에 심어두었다.

지금 애덤은 도주 중에 있지는 않았고, 그럴 일이 결코 없기를 기대하면서 '1'번을 타이핑한 다음 엔터 키를 두드렸다.

검정색으로 변한 컴퓨터 스크린 우하단에서 작은 커서가 깜빡거렸다.

애덤은 CIA의 과학기술부가 누군가에 의해 비밀 소프트웨어가 우연히 발견되는 일이 없도록 용의주도하게 숨겨두었다는 점을 인정하지 않을 수 없었다.

그는 다시 한 번 주변을 둘러본 다음 재빨리 중국어로 메시지를 입력시켰다. 그가 메시지를 모두 중국어로 입력시킨 것은 어떤 이유에서건 누군가가 중간에 메시지를 가로채더라도, 미국이 작전에 개입했다는 비난을 모면하기 위해서였다.

비밀

수신: 해일(Tidalwave)
발신: 눈사태(Avalanche)
제목: 도착 보고
출처: 눈사태(Avalanche)

1. 모든 것이 정상적임. 빠른 시간 내에 종합 보고 예정.
2. 이틀 전 황민호 박사는 평양에서 '눈사태'와 다른 중국 기술자를 만났음. 그의 발언에 의하면 시설이 가동되기 전에 대규모 장비의 추가적인 한(1) 개의 선적이 도착할 예정임. 장비의 형태에 대해서는 언급이 없었음. 추가적인 확증이 없는 상태에서, '눈사태'는 단독으로 이 사실을 확인할 수 없음.
3. 황민호는 그가 향후 몇 주일 동안 처리 시설에 머물 것이라고 말함

이상, '눈사태'

요약 보고의 말미에 자신의 암호명을 입력시킨 것은 그가 현재 감금 또는 억압 상태에 있지 않음을 알려주는 단서였다. 만일 그가 말미에 다른 표현을 사용하거나 아무런 언급도 없이 보고서를 송신했다면, '애크리드 헤럴드' 작전의 통제관들은 스크린에 나타난 문장들을 액면대로 받아들일 수 없었을 것이다.

애덤이 엔터 키를 두 번 두드리자, 이 보고서는 위성 전화를 통해 디지털 메시지로 발송되었다.

CIA의 과학기술부는 이 부분에 대해 애덤에게 경고해 둔 바가 있었다. 버지니아 주 '매클레인(McLean)'의 CIA 건물에서 훈련을 받았을 당시, 그들은 애덤에게 메시지 송신에 2분 가량이 소요되며, 어떤 것들은 다시 송신해야 되는 경우도 있다는 점을 알려주었다. 랭글리에 위치한 CIA 본부의 과학기술부 요원들은 애덤이 사용하는 프로그램이 최선의 기술로 만들어졌지만, 언제나 기후라는 조건이 고려되어야 하며, 마찬가지로 정주광산의 시설에 위치한 다른 장비들도 문제가 될 수 있다고 말해 주었다.

또 그들은 애덤에게 더욱 흥미로운 첩보를 제공했다. 대부분의 위성 전화는 무수한 상업용 위성 중 하나에 신호를 '발사(blast)'하지만, 애덤이 사용하는 전화기는 북한, 중국의 일부 그리고 일본 상공의 정지궤도에 머물고 있는 NSA의 위성에 신호를 '비추는(beamed)' 기능을 수행한다고 말했다. 또 이들은 애덤에게 결국에는 그가 발송한 신호가 전송될 것이지만, 컴퓨터 화면의 좌에서 우로 '대시(dash)' 기호가 길게 나타나는 형태를 통하여 수신완료 신호가 나타나기를 기다려야 함을 환기시켜 주었다.

1분 30초가량이 지나자 컴퓨터에 이러한 수신완료 신호가 나타났다.

애덤은 이런 장비들을 갖고 현장에서 뛸 필요가 없는 과학기술부의 요원들이 컴퓨터 모니터에 '메시지 송신완료'라는 커다란 그래픽이 껌뻑거리지 않도록 세심하게 조치한 배려에 뜻밖의 즐거움을 느꼈다.

51

메리 팻 폴리 국가정보국장은 미국의 최고 정보관으로서, 당연히 이런 역할은 엄청난 책임과 함께 그녀의 시간 중 많은 부분을 차지하였다.

따라서 그녀가 '헨들리' 본사가 위치한 조지워싱턴 '메모리얼 파크웨이'가를 세 번째로 찾았다는 사실은 전직 사우스캐롤라이나 주 상원의원인 게리 헨들리가 운영하는 비밀 사설 조직이 생산하는 정보 산출물의 중요성을 말해주는 것이었다.

오늘의 회동은 '캠퍼스' 작전 팀 전원을 만나는 자리가 아니었다. 대신 메리 팻과 게리 헨들리, 그리고 잭 라이언만이 회의실에 모였다. 샘은 여전히 '샤프 파트너스'의 활동을 감시하며 뉴욕에 머무르고 있었다. 그리고 이미 베트남에서의 활동에 대한 설명이 완료된 후였으므로 오늘은 별도의 사후 보고가 이루어지지 않을 것이며, 그 때문에 클라크, 차베스, 그리고 카루소는 각자 데스크에서 자신들의 일을 보고 있었다.

라이언은 괴한들과의 총격전, 다른 사람의 주거지에 대한 침투 및 진입 등에 대한 세부 사항을 언급하지 않고, 작전에서 수집된 첩보들을 참석자들에게 알려주었다. 그는 라스베이거스에서 일어났던 사건에 관해 필요한 것보다 더 자세하게 언급하지 않으려 조심했다.

라이언은 어떻게 '샤프' 사 요원들이 호텔의 소프트웨어를 복사하고, 또 이것을 북한인들에게 넘겨준 것이 확실해 보이는지를 설명했다.

메리 팻은 주의 깊게 라이언의 설명을 경청했다. 잭 라이언이 발표를 마치자 그녀는 주위 사람들에게 어느 정도로 말해줄 것인지를 생각해 보는 듯하였으나, 부분적으로는 알려주기로 작정한 것이 틀림없어 보였다. "당신의 첩보는 유익하군요. 우리가 갖고 있는 첩보의 원천도 당신이 우리에게 알려준 것과 일치하는 무엇인가를 탐지했답니다."

잭은 "어떤 원천인가요?"라고 질문할 정도의 초짜가 아니었다.

메리 팻이 말했다. "정주 제련소는 다음 며칠 내로 시설 자재가 선적될 것으로 예상하고 있어요. 우리 첩보원은 무엇이 들어올지는 모르고, 단지 선적될 장비가 대단히 크다는 것만 알고 있죠."

잭 라이언이 말했다. "틀림없이 포말선광 셀(froth flotation cells)이 방금 말씀하신 대형 장비와 일치하는 것 같아요. 밸리 플로어에 있는 것들은 각각의 사이즈가 SUV만 했어요. 그들은 이런 것을 약 10여 개 갖고 있으니, 만일 정주광산이 그런 것들의 선적을 기대하고 있다면, 그건 대단히 규모가 클 겁니다."

메리 팻이 말했다. "만일 정주광산이 다음 주에 이런 셀들이 선적될 것으로 기대하고 있다면, 이것들은 지금 바다 위에 있을 거예요."

라이언과 '헨들리' 사의 직원들은 만일 이 장비들이 벌써 바다 위로 이동 중에 있다면, 미국이 할 수 있는 일이 별로 없을 것으로 짐작했다. 법적으로는 광산 장비의 선적을 막을 방법이 없기 때문이다.

메리 팻은 '리버티 크로싱'으로 돌아가 즉각 CIA에 전화를 걸었다. 몇 분 뒤 그녀 앞에 금융 범죄 수사 전문가들로 구성된 팀이 나타났다. 메리 팻은 이들에게 포말선광 셀이 선적되거나 또는 거래된 흔적을 추적해 줄 것을 요청했다.

이것은 보기보다 까다로운 작업이다. 포말선광 셀은 전 세계적으로 흔하게 거래되는 평범한 상품이 아니지만, 변형된 상품들이 여러 다른 산업들에 사용되고 있다. 추가로 이것은 국제적인 경제제재의 대상이 아니었으므로, 대부분의 공산품들과 마찬가지로 이 제품의 거래 내역이 반드시 기록된 것도 아니었다.

그러나 수사 팀의 실력이 뛰어났다. 조사를 개시한 3시간 내에 이들은 바로 그 물질이 최근에 이동한 4건의 사례를 포착했다. 어느 캐나다 회사는 소프트웨어로 가동될 수 있는 크기와 용량을 가진 아홉 개의 포말선광 셀들을 판매했다. 작년에 도산한 어느 브라질 광산이 보유하고 있던 모든 셀들은 몇 개월 전에 모두 팔려 나갔다. 호주 회사는 바로 지난달에 12개의 맞춤형 셀을 구매했다. 그리고 말레이시아 처리 시설은 새로운 탱크를 업그레이드하고, 구식 셀들을 매각했다.

경제 범죄 수사 팀은 캐나다 회사의 거래 내역부터 추적을 개시했다. 곧 제품들이 여전히 밴쿠버에 머물고 있고, 또 다른 희토류 제련소가 위치한 브라질로 선적될 예정임이 확인됐다. 수사 팀은 그 회사, 회사의 소유주, 그리고 알려진 관련 제휴 업체들을 두 번, 그리고 세 번씩 점검하면서 북한을 위해 가짜 대리인이 셀들을 구매한 증거가 있는지를 집중적으로 살폈다. 하지만 최종적으로 수사 팀은 그 거래가 합법적이었다는 결론을 내렸다.

다음으로 이들은 파산한 브라질 처리 공장을 조사했다. 그 회사와 거래 내역을 심층적으로 파고 들어가 보니, 파산의 진행 과정에서 자본의 상실을 회피하기 위해 한 회사에서 다른 회사로 셀들이 거래된 흔적이 발견되었다. 조사관들은 상파울루에 위치한 CIA 정보관에게 당장 '벨루오리존치(Belo Horizonte)'로 날아가 창고에 있는 물품을 직접 '눈으로' 확인할 것을 요청했다. 기록에 의하면 포말선광 셀들은 창고에 보관되어 있지만, 그 이상은 알 수 없는 막다른 길에 접어들었기 때문이다.

다음으로 호주에서의 거래 내역을 뒤졌다. 앞서 언급된 맞춤형 포말선광 셀들이 말레이시아 '콴탄' 근처의 희토류 시설이 위치한 '라이너스 신소재 공장(Lynas Advanced Materials Plant: LAMP)'으로 선적되는 중이었다. 이것은 세계에서 가장 크고 현대화된 시설 가운데 하나였으며, 호주 희토류의 대부분은 이곳에서 제련되었다. 비록 이 시설이 설치된 지 불과 몇 년이 지났을 뿐이지만, 그 셀들을 업그레이드한다고 해도 별로 놀랄 일이 아니었는데, 그 이유는 그 분야에서의 발전이 새로운 기술을 선도하고 있었고, LAMP가 그중에서 최첨단을 달리고 있었기 때문이다.

이로써 남은 거래는 하나뿐이었다. LAMP에서 반출된 구식 셀들은 모두 어디로 갔을까?

즉각 수사 팀은 경보 사이렌을 울렸다. 기계는 서류상으로만 존재하는 유령회사에 넉 달 전 팔려 나갔던 것이다. 그 회사는 파산하여 온데간데없이 공중으로 사라졌지만, 파산하기 전에 자본을 싱가포르에 소재한 지주 회사에게 이전하였다.

이는 적어도 단기적으로 일종의 막다른 골목과 같은 상황을 조성했지만, 수사관들은 자신의 상관들이 조속한 답변을 목이 빠지게 기다리고 있다는 사실을 알고 있었다. 이들은 그 물질의 물리적 소재에 관심을 돌렸다. LAMP는 호주 회사였으므로, 미국 CIA 국장인 제이 캔필드와 그의 카운터파트인 호주 정보국장 사이에 전화 통화가 이루어진 후, CIA 수사관들과 호주 사업가들 간 회의가 소집되었다. 호주인 사업가들은 수사관들을 말레이시아 동부의 해안 항구인 '코타바루(Kota Bharu)'에 소재한 말레이시아 선적 회사 직원들로 안내하였다. 그들은 콴탄에서 몇 대의 트럭에 실려 온 수십 개의 커다란 궤짝들이 코타바루에 위치한 창고에 보관되고, 그다음에는 45피트 높이의 선적 컨테이너에 옮겨진 후, 불과 14일 전 배에 실었다고 확인해 주었다.

이 배는 마닐라로 항해하여, 그곳에서 화물을 하역하여 민간 차량에 실려 다른 곳으로 이동했다.

이로써 수사관들은 또 다른 막다른 골목에 접어든 것처럼 보였으나, 수사 팀 중 누구도 포기하려 들지 않았다. 수사관들은 '애크리드 헤럴드' 작전에 관해 전혀 알지 못하는 CIA 정보원들이 그 장비가 다음 며칠 이내에 도착할 것임을 누설하였음을 간파하고, 북한으로 이동하는 선적들을 살펴봄으로써 반대 방향에서 이 문제에 접근하기 시작했다. 인도네시아 국적 화물선인 '샌 페르난도 치프텐(San Fernando Chieftain)' 호는 마르세유를 출발하여 목적지인 북한으로 항해를 시작했다. 항해 도중에 그 배는 몇몇 항구를 경유할 것이며, 그중 하나가 마닐라로서, 불과 엿새 전에 이곳을 지나갔다.

수사 팀 전원이 그 화물선의 뒤를 캐기 시작한 결과, 곧 얼마 후에 기계류라고만 명시된 45피트 높이의 선적 컨테이너 네 개가 마닐라 항구의 화물 목록에 기록되었음을 파악했다. 그리고 이제 '샌 페르난도 치프텐' 호는 불과 30시간 후면 북한의 영해에 도착할 예정이었다.

경제 범죄 수사 팀은 자신들이 발견한 사항들을 지휘 계통으로 보고하였고, 사안의 중요성을 전혀 인식하지 못한 채, 다음 날부터는 뭔가 다른 사안들, 말하자면 자신들이 맡고 있는 전체 범위에 속하는 사안들로 관심을 돌렸다.

소식을 전해 들은 메리 팻 폴리 국장은 필요한 첩보를 모두 받았음을 인식했지만, 그 자체만으로는 아무런 문제도 해결할 수 없었다. 만일 선적된 물품들이 경제제재 대상에 묶여 있지 않는 한, 어떤 선박이 북한을 목적지로 삼아 항해하고 있다는 증거를 발견하더라도 이 물품들이 북한에 도착하지 못하도록 막을 방법은 없었다.

하지만 메리 팻은 북한이 '황금 알을 낳는 거위'의 생산을 개시하는 데 단 하나의 퍼즐 조각만이 필요하며, 바로 그 퍼즐 조각이 불과 하루 뒤면 북한에 도착할 것으로 보인다는 사실로 이끌어주는 증거를 대통령도 알아야 할 필요가 있다고 결론지었다.

그녀는 직접 대통령 비서실장인 '아니 반 담'에게 전화를 걸어 즉각 대통령과 만날 수 있는 시간의 주선을 요청했다. 아니는 대통령이 멕시코 공식 방문을 준비하기 위해 하루 종일 각종 회의에 참석하느라 사무실을 들락거린다고 말하면서도, 아무 군말도 없이 그녀의 요청을 수락했다.

50분 후 백악관 입구에 도착한 메리 팻 폴리는 이미 수백 번도 넘게 방문한 적이 있는 대통령 집무실로 안내되었다. 그녀는 대통령이 소파에 앉아 맞은편에 앉은 저명인사처럼 보이는 사람이 뭔가 방금 말한 것을 듣고 웃음을 터뜨리고 있는 모습을 보았다.

라이언 대통령은 자리에서 일어나 폴리를 주멕시코 미국대사인 '호레이쇼 스타일스(Horatio Styles)'에게 소개시켜 주었다. 대통령은 불과 이틀 전 워싱턴에 온 스타일스 대사가 자신과 함께 에어포스원을 타고 멕시코를 공식 방문을 하는 길에 임지로 복귀할 것이라고 설명했다.

소개가 끝난 후 스타일스 대사는 대통령 집무실을 떠나 국무부로 돌아갔다. 그가 떠나자마자 라이언이 말했다. "대단한 친구죠. 그는 해병 장교로 전 세계 곳곳에서 근무했지만, 남미에 푹 빠져들었어요. 그는 대령으로 제대한 다음 콜롬비아 대학에서 남미 연구로 박사학위를 받았어요. 아마도 그는 직업 외교관이 아니면서 대사로 복무하는 사람들 가운데 국무부에서 가장 유능한 인물일 겁니다. 만일 그가 조금만 더 제 기량을 발휘한다면 영락없이 국무장관감이 될 거예요."

"그렇군요."라고 메리 팻이 말하자 대통령이 다시 자리에 앉았다.

"오케이, 훌륭한 인물을 대사로 발탁한 나의 총명함을 자랑하는 걸 들으려고 국장이 여기 온 게 아니란 걸 나도 알아요. 무슨 일인가요?"

그녀는 정주광산으로 향하는 장비가 선적되어 북한으로 이동하고 있다는 것, 그리고 그것이 본격적인 희토류 제련이 개시되기 전에 북한에게 필요한 마지막 주요 부품일 것이라는 사실을 대통령에게 말해주었다.

라이언 대통령은 신중하게 경청했다. 그의 첫 번째 질문은 그녀를 조금도 놀라게 하지 않았다. "이 첩보는 우리가 광산에 보낸 새로운 출처에서 나온 건가요?"

"부분적으로는 그렇습니다." 메리 팻은 대통령의 친아들이 결정적인 첩보를 제공해 주었다는 말은 하지 않았다.

잭 라이언 대통령은 그녀의 생각을 읽어 내려고 국가정보국장의 얼굴을 한참 동안 뚫어지게 주시했다. 그는 국장의 목소리에 뭔가 애매한 구석이 있음을 눈치챘고, 그런 말투에 진작부터 익숙해진 터였다. 그의 측근들은 항상 뭔가를 숨겼다. 그는 이런 것이 맘에 들지 않았지만, 그런 행동을 이해했다.

그의 마음은 메리 팻으로부터 발등에 떨어진 문제로 옮겨갔다. 유엔 제재위원회는 북한에 대한 추가적 경제제재를 표결에 부치기를 거부했다. 라이언 대통령은 이러한 표결이 '은둔의 왕국'이 핵미사일 기술을 확보하는 데 사용하게 될 경화에 접근하는 통로를 틀어막는 데 결정적으로 중요하다는 점을 알고 있었다. 그는 일방적으로 취할 준비가 되어 있는 조치들을 생각해 보았다. 그는 아직 결론에 도달하지 못했지만, 그가 이런저런 방안들을 궁리해볼 시간적 여유가 없었다.

그는 당장 행동에 나서야만 되었다.

"메리 팻, 우리가 과거 몇 개월 동안에 학습한 바에 의하면, 증거가 명확하고, 그리고 그러한 증거들은 하나같이 정주 시설이 북한의 핵무기 프로그램을 위한 자금 조달 수단으로 사용된다는 점을 가리키고 있어요. 난 국가안보회의를 소집하여 정주에 소재한 희토류 광산과 북한의 희토류 가공 시설이 미국 안보에 대한 '명백하고 현존하는 위협'임을 언급하면서 대통령 명령을 하달하고, 우리의 군사적, 정보적 및 외교적 노력을 총동원하여 그 시설의 본격적인 가동을 막을 것을 지시할 예정이에요."

그는 이렇게 덧붙였다. "난 그 시설을 공격하지 않을 겁니다. 그렇게 하면 북한은 서울에 포병과 미사일을 비 오듯 무차별적으로 퍼부을 것이지만, 난 전쟁을 제외한 모든 조치를 총동원할 거요."

메리 팻은 대통령의 이처럼 결연한 태도를 본 적이 거의 없었다. "네, 대통령님. 하지만 만일 대통령님이 해군에게 선박을 나포하기를 원하신다면, 앞으로 24시간 내에 결정하셔야 됩니다. 그렇지 않으면 그 배는 북한 영해에 들어갈 겁니다."

라이언 대통령이 머리를 끄덕였다. "나도 알아요. '밥 버지스(Bob Burgess)' 국방장관을 당장 불러서 명령을 하달할 겁니다. 밥이 해군을 보내 그 선박을 나포할 즈음, 난 대통령 명령에 서명을 하겠죠." 라이언은 안경 밑으로 코를 비볐다. "당장 우리에게 불똥이 튀겠지만, 이건 어쩔 수 없는 결정이에요."

메리 팻 국장은 잠시 후 백악관 집무실을 나섰다. 그녀에게는 할 일이 있었다. 라이언 대통령이 서명할 수 있도록 '행정 명령'을 작성하는 데는 불과 몇 시간이면 충분하기 때문에, 아마도 국가안전보장회의까지 소집되지는 않을 것이다. 하지만 메리 팻은 일단 행정 명령이 하달되면 한바탕 싸움이 불가피하게 될 것임을 알고 있었다. 행정 명령은 법률과 동일한 완전한 권한과 효력을 가지며, 명령의 하달과 함께 메리 팻과 국방부 · 국무부에 소속된 국가정보국장의 카운터파트들은 어떠한 수단과 방법도 가리지 말고 정주광산이 북한 핵무기 프로그램에 자금을 조달하지 못하도록 만들라는 임무를 부여받게 될 것이다.

그리고 모든 미국 연방 정부가 나서서 상호 통합된 방식으로 전투를 치르게 될 것이지만, 국가정보국장은 이번 싸움의 최선봉에는 누구의 도움도 받지 못한 채 혈혈단신으로 북한에 침투한 젊은 CIA 정보관이 있다는 사실을 뼈저리게 인식하고 있었다.

52

공항에서 '국립궁전(Palacio Nacional)'까지 대통령 차량 호송 행렬이 지나게 될 경로를 살피던 미국 비밀경호국의 선발대장 데일 허버스(Dale Herbers)는 멕시코시티에서의 선발대 임무를 1주일째 수행하고 있었다. 오늘의 경로 답사는 계획에 따른 것이었다. 그는 경로 답사를 이곳에 도착한 후 일찌감치 마칠 수도 있었지만, 대통령의 멕시코시티 방문 중에 여러 곳의 고정된 장소에서 치러질 다양한 행사의 안전을 확보해야 하는 다른 책임들을 먼저 완료한 다음, 경로 답사는 실제 방문 일자가 가까워질 때까지 미뤄두고 있었다. 거리에서의 상황은 박물관, 레스토랑, 정부 건물 또는 관광 명소에서의 상황보다 더 빨리 변하는 법이므로, 허버스는 다른 대부분의 선발대장들과 마찬가지로 대통령이 이동하게 될 경로에서의 현장 감각을 느껴보기를 원했다.

37세의 비밀경호국 선발대장과 10여 명에 이르는 특수대원들의 선임 요원, 그리고 차량 행렬 경호를 담당한 여러 멕시코 사법 및 경찰 당국의 카운터파트들은 이틀 후 계획된 대통령의 공항 도착 시간과 정확하게 맞춰 정오에 '베니토 후아레스(Benito Juárez)' 국제공항을 출발하였다. 이들은 차량 행렬을 집결시켜 '헌법광장(Plaza de la Constitución)'을 향하여 출발했는데, 이곳은 궁전이 위치하고 있고 공항에서 출발한 대통령의 차량 대열이 정지하게 될 거대한 원형 광장이었다.

선발대 임무 중에서 가장 중요한 부분은 차량 행렬이 방향을 틀기 위해 속도를 줄여야 되는 병목과 관중들이 모여드는 장소를 식별하는 것이다. 오늘 그의 역할은 미국과 멕시코의 경호 및 경비 요원들을 차량 행렬이 이동하는 핵심 지점들에 배치하고, 대통령이 도착하기 전인 지금 당장에 해결할 수 있도록 여타 잠재적 위협들을 식별하는 것이었다.

대통령의 코드명인 '검객'이 이곳 멕시코에서 참석하게 될 모든 공식 행사는 일반 대중들에게 공개된 장소에서도 열릴 예정이며, 모든 관중들과 참석자들은 검색대를 거쳐야 할 것이다. 이것은 관중과 참석자들이 금속탐지장치를 거치거나 휴대용 금속탐지봉의 검색을 받아야 됨을 의미하는 것이다. 그리고 물론 모든 가방들도 검사의 대상이 될 것이다. 하지만 차량 행렬이 지나가는 경로에 있는 모든 창문, 옥상, 골목, 보도 위에 올라선 민간인들이 밀집한 곳, 그리고 옆길에 세워둔 모든 차량들을 일일이 확인하여 안전을 확보하기는 불가능한 일이다.

차량 행렬이 도심지를 통과하는 것은 골치 아픈 일이었지만, 비밀경호국은 이런 일에 숙달되어 있었다. 이동하는 동안 대통령은 일종의 '버블'에 둘러싸여 있을 것인데, 이는 근접 경호원, 그의 차량에 바짝 붙어 따라가는 대규모 대(對)테러 팀, 그리고 이동 경로를 연하여 건물 옥상과 바리케이드에 고정 배치되어 임무를 수행하는 비밀경호 요원 등이 제공하는 누에고치와 같은 보호막을 가리키는 비밀경호국의 용어다.

대통령 방문에 대비하여 멕시코시티에 미리 도착해 있는 200명 이상의 비밀경호국 요원들은 거의 빠짐없이 공항에서 출발하는 차량 행렬의 경호에서 일정한 역할을 맡아, 제1 방어선을 형성할 것이다. 또한 멕시코 연방 경찰은 도로 바리케이드, 오토바이 호송, 교통 통제 및 군중 감시 등에 600명을 투입할 것이다.

그리고 허버스에게는 자기가 좋아하는 일이 한 가지 더 남아 있었다.

바로 대통령의 전용 차량인 '야수(The Beast)'가 그것이다.

대통령 리무진은 고도로 변형된 고객 맞춤식 캐딜락 DTS 차량으로서, 이 차는 엄청난 무게와 크기 덕분에 '야수'라는 별명을 얻게 되었다. 하지만 방탄 유리와 두꺼운 장갑 철판은 그저 차량의 특징 가운데 두 가지에 불과하다. 펑크가 나더라도 굴러갈 수 있는 '런플랫(run-flat)' 타이어, 야간 감시 장비, 실내 산소 공급기, 비화(秘話) 통신망도 차량의 보안 조치를 구성하며, 아울러 차량 행렬에는 똑같은 두 대의 차량이 항상 같이 달리고 있으므로 대통령 탑승 차량에 문제가 발생하면 즉각 백업 차량으로 옮겨 탈 수 있도록 되어 있다.

허버스는 '검객'이 선임 근접 경호관인 '앤드리아 프라이스 오데이'가 운전하는 동안에는 '야수' 안에 머물도록 요청받았다는 사실을 전해 들었지만, 이것은 전혀 문제가 될 것 같지 않았다. 어떤 대통령들은 차량 밖으로 나와 군중들에게 반갑게 악수를 나누기를 좋아하지만, 이것은 라이언 대통령의 스타일이 아니었다. 허버스는 그를 다정하고 가까이 다가가기 쉬운 사람으로 생각했지만, 라이언은 공직자로 근무하는 23년 동안 자신의 주변에서 일했던 그토록 많은 다른 정치인들의 유전자를 공유하지 않았다. 라이언은 선거의 승리에 반드시 필요한 경우가 아니면 사람들을 만나는 자신의 방식을 바꾸려 들지 않았다.

선발대 요원들의 호송대는 경로를 따라 이동하는 동안 여러 차례 정지하였으며, 그럴 때마다 이들 모두는 차량 밖으로 나왔다. 허버스는 한 무더기의 열린 창문들, 발코니같이 잠재적 저격수들이 감시 위치를 차지할 수 있는 발코니 같은 것들에 신경을 곤두세웠다. 심지어 자신이 이동하는 경로 가까이로 접근하는 좁은 골목이나 옆길 등에 대해서도 혹시라도 이들을 폐쇄시킬 필요가 있는지를 직접 살펴보기를 원했다.

이들 호송대는 숙달된 집단으로, 많은 지점에서 정지하면서도 차량 이동 경로의 절반에 대한 점검을 제시간에 완료할 수 있었다. 하지만 이제부터 이들은 범죄율이 높은 '테피토'를 지날 차례로서, 전체 멕시코시티 중에서 '테피토'는 별도의 관심이 필요한 요주의 지역이었다.

데일 허버스가 대통령의 멕시코 공식 방문 준비를 시작하였을 때, 그와 그의 직원들은 곧 '에제(Eje) 1'가에서의 짧은 직선거리가 특별한 관심의 대상이 되어야 한다는 점을 간파했다. 이동 대형에 포함된 모든 차량들은 길게 직선으로 형성된 6차선 대로를 지나거나, 아니면 '테피토'와 '센트로' 구역의 좁고 구불구불한 2차선 거리를 통과해야 했다. 비밀경호국이 대통령을 예측 가능한 경로로 이동시키기를 피하려 애썼던 것 못지않게, 그나마 그렇게 하는 것이 더 낫다는 결론에 도달했다. 왜냐하면 그렇지 않고 인접한 건물들로 둘러싸인 협소하고 조밀한 뒷골목을 통과할 경우에는 차량 행렬이 2배나 더 자주 방향을 회전해야 했고, 또 그처럼 범죄가 들끓는 지역에서 대로나 거리로 이동하는 경우보다 훨씬 더 천천히 이동해야 했기 때문이다.

아니, '비달 알코세르' 가로 불리는 '에제 1'가는 의심할 바 없이 차량 행렬이 택해야 할 최선의 경로였다.

따라서 이제 허버스는 그곳에 도착하여 날카로운 눈초리로 일대의 모든 구석구석을 살피고 있었다. 그는 네 명의 비밀경호국 직원, 그리고 네 명의 멕시코 연방 지구 경찰관들을 대동하고 차량 이동 경로 중에서 유달리 취약한 이 지역을 발로 걸으며 답사하였다. 허버스가 이곳으로 다가올 차량 행렬을 위한 준비 사항들을 여러 상이한 조직들에게 지시하는 동안, 이들은 그의 지시를 종이에 받아 적거나 태블릿 컴퓨터에 기록하였다.

허버스는 '비달 알코세르' 가와 '호세 헤레라' 가가 만나는 모퉁이에 인도를 따라 12피트 높이의 벽이 세워진 공사장이 있고, 인도 다음에는 헤레라 가의 서쪽을 연하여 거리 상점이 죽 늘어서 있다는 점에 주목했다.

멕시코 형사는 그들이 어떻게 바리케이드를 세워 차량 행렬이 지나는 통로로부터 거리 상점을 차단할 것인지를 설명해 주었고, 즉시 거리를 가로질러 걸어가던 허버스는 공사장 남쪽 끝에 있던 오렌지색 방수포 밑에서 고개를 숙이고 지나갔다. 다른 사람들은 그를 따라 공사장으로 들어왔다.

그와 경호 팀은 공사장 안에서 몇 분 동안 시간을 보내며 주변을 걸었다. 그는 혹시라도 숨겨진 무기, 저격수가 숨어있을 만한 은거지, 혹은 정상을 벗어나 뭔가 특이한 것이 있는지를 살폈다.

그가 새로 말끔하게 콘크리트로 세워진 공사장 동쪽 벽으로 향하자, 뭔가 죽은 동물의 썩은 악취가 사방에 진동하는 것을 감지했다. 다른 사람들도 그 냄새를 맡았다. 그로부터 30초도 지나지 않아, 멕시코의 연방 지구 경찰관 한 명이 주차장 바닥의 폐쇄된 하수구에 손전등 불빛을 비췄다.

그가 말했다. "고양이."

허버스가 직접 그것을 살폈다. "불쌍한 고양이가 하수구 속에 있다가 입구를 막는 바람에 그 안에 갇혔음에 틀림없어."

그는 그것에 대해 두 번도 다시 생각하지 않았다.

다음으로 허버스는 콘크리트 벽을 바라봤다. 손전등을 들고 있던 경호원 중 한 사람이 벽을 따라 걸으며, 허리 높이와 머리보다 약간 높은 지점에 테이프를 둘렀는데, 이는 벽체 속에 몰래 숨겨진 공간이 없다는 점을 확인하는 것이었다.

폭탄 탐지견을 데리고 벽을 따라 걷자, 벽과 바닥의 이음새를 냄새 맡던 개가 갑자기 머리를 뒤로 빼며 재채기를 했다. 개는 계속 걸으면서 이 지역에 대한 냄새를 맡으려 했지만, 또다시 재채기를 했다.

허버스는 탐지견을 데리고 있던 경찰관을 쳐다보며 개가 재채기를 하는 이유를 물었다.

그 경찰관은 이렇게 말했다. "공사장 먼지요. 돌가루와 회반죽 가루 때문이죠." 그는 계속 걸어갔다. 몇 초 후 이들은 옆에 있던 콘크리트 계단으로 이동했다.

허버스는 몇 분 동안 이 지역을 찬찬히 살폈다. 그는 양동이에 라디오가 한 대 있는 것을 발견하고, 그것을 집어 들고는 양동이 위를 발로 걷어차며 그 라디오가 다른 것에 연결되어 있지 않다는 것을 확인했다. 그가 라디오를 켜자 귀청을 때리며 시끄럽게 아코디언을 연주하는 음악이 흘러나왔다. 그는 라디오를 끄고 다시 양동이 위에 올려놓았다.

허버스는 데리고 있던 비밀경호국 직원들과 멕시코 연방 경찰관들 모두에게 이렇게 지시했다. "이 장소를 테이프로 봉쇄하고, 차량 행렬이 지나는 동안 모퉁이 외곽에 경찰들을 배치하도록."

멕시코 경찰관 중 한 명이 말했다. "'호세 헤레라' 가 외곽 바리케이드 뒤에 차량 두 대를 준비하겠습니다. 경찰관 네 명이 리무진 행렬을 보려고 바리케이드 주변에 몰려들 군중과 거리 상점을 감시할 겁니다. 또 저는 두 명을 추가로 배치하여 방수포 밑을 지나 공사장으로 몰래 들어가지 못하도록 막을 예정입니다."

"좋습니다." 허버스는 이렇게 말한 다음, 선발대 부(副)단장을 불렀다. "릭, 이곳에 우리 요원 두 명도 배치하게."

"그렇게 하겠습니다."

"계단 꼭대기에 저격 총을 배치해. 그렇게 하면 우리가 거리의 전체 지역을 한눈에 볼 수 있게 될 거야."

릭이 상관의 지시 사항을 노트에 적었다.

이들은 공사장에서 나와 다음번 병목 지점으로 향했다. 그곳은 서쪽으로 방향을 꺾는 지점으로서, 여기를 지나면 '국립궁전'에 이르는 '센트로 이스토리코' 가 깊숙이 들어갈 수 있었다.

아직도 허버스와 경호 팀은 대통령이 앞으로 48시간 내에 도착하기 전에 말썽 많은 이 지역에서 아직도 10가지가 넘는 문제점을 점검해야만 했다.

53

라스베이거스에서 이틀간 본부의 지시를 기다린 끝에 마침내 베로니카 마르텔은 에드워드 라일리로부터 뉴욕으로 날아오라는 명령을 받았다. 그녀는 호텔에 체크인 하지도 않은 채, 곧장 '샤프 글로벌 인텔리전스 파트너스' 빌딩으로 차를 몰고 가, 그곳에서 '샤프' 씨의 사무실이 위치한 5층으로 안내되었다.

라일리는 샤프 씨와 함께 사무실에 있었지만, 놀라울 만큼 거의 아무 말도 하지 않았다. 대부분 샤프 씨가 말을 하면서, 지난 2주일간 밸리 플로어에서 벌어졌던 그녀의 행동을 질책했다.

마르텔은 일찌감치 자신이 잭 라이언 주니어를 접촉했던 사실을 발설하지 않기로 작정했다. 처음부터 그 점을 말했더라면 그녀에 대한 의심이 해소되었을 것이나, 이제 마르텔은 자신이 밸리 플로어에서 첩보 활동을 벌이는 바로 그 시점에 라이언이 나타난 점을 설명할 도리가 없었으므로, 그저 이 사실을 무시하기로 결심한 것이다. 만일 그녀가 라이언의 행동, 말하자면 자기에게 관심을 가졌기 때문에 나타났을 것으로 생각되는 라이언의 행동을 일러바쳤더라면, 아마도 그녀는 무능한 간첩이거나, 라이언과 내통하는 배신자로 간주되었을 것이다.

그리고 베로니카는 한순간도 라일리가 그녀를 무능한 간첩이라고 믿지 않을 것으로 생각했다.

그녀는 자신을 무능하다고 생각하지는 않았지만, 욕심이 많았다는 점은 전적으로 인정했다. 그녀가 일상적인 기업정보 수집 작전에서 벗어나, 장차 자신에게 중요한 끄나풀 역할을 하게 될 연락책을 모집하려 시도하였고, 그러는 과정에서 기업정보 임무를 소홀히 했던 것은 어리석은 행동이었으며, 이런 점에서 그녀는 터무니없이 자만하는 허점을 보였다.

이제 그녀가 할 수 있는 일이라고는 피해를 최소화하는 것이었다. 마르텔은 자신이 라이언을 연락책으로 모집하려 시도하고, 또 '샤프' 사가 부여한 임무를 망각했음을 보여주는 어떠한 증거도 모두 숨긴 채, 다른 제3의 곳에서 비밀 작전이 발각된 결과, 부당하게도 '샤프' 사로부터 피해를 받은 장본인은 바로 자신이라고 주장하였다.

이런 억지 주장은 놀라울 정도로 잘 먹혀들었다. 샤프 씨는 알 수 없는 괴한이 처음에는 베트남에서의 '뉴 월드 메탈' 작전에 나타난 다음, 이곳 뉴욕에서의 비밀 작전에 모습을 드러내더니, 마침내 라스베이거스에서도 등장했다는 점을 인정했다. 샤프는 베로니카가 베트남과 라스베이거스 작전에는 관여했지만 뉴욕에서의 작전에 대해서는 전혀 몰랐으므로, 어떤 이유에서건 간에 작전보안이 누설되어 휴대전화가 도둑맞고 비밀 작전이 탄로 난 것에 대한 책임을 그녀에게 돌릴 수 없다고 말했다.

마르텔은 열을 올리면서 자신의 행동에 대한 변명을 늘어놓으면서도, 라일리를 비난하지 않도록 조심했다. 그 이유는 라일리가 자신의 상관이면서 앞으로도 함께 일해야 되는 사람이고, 바로 이 순간 샤프 씨의 사무실에 있기 때문이었다.

그녀는 라일리가 회의 시간 내내 불안한 침묵을 유지하고 있었으므로 라이언의 소행을 낱낱이 까발려 버릴까도 생각해 보았지만, 이렇게 하는 것이 자신의 유죄 또는 약함을 인정하는 것으로 비칠 것이 염려되었다.

회의가 끝나자 듀크 샤프는 어쩌면 며칠간, 하지만 그 이상은 아니라고 말하면서 베로니카에게 뉴욕에 머물고 있으라고 지시했다.

그날 오후 그녀는 맨해튼 남동쪽 지역에서 민박집을 발견하고 자기 이름으로 민박집을 예약했다. 이러는 동안 베로니카 마르텔은 개인보안을 깜빡한 채 인터넷에서 예약을 진행시켰고, 굳이 사람과 대면할 필요가 없이 민박집의 우편함에서 키카드를 받았다.

그곳은 일반 가정집이 아니었다. 마르텔이 묵을 숙소는 엘리베이터가 없는 3층에 위치한 작은 방이었지만, 실내에서 프랑스의 파리 같은 기분이 약간 느껴졌다. 민박집은 뉴욕 시의 성냥갑처럼 비슷비슷한 호텔보다 나았으며, 라스베이거스에서 흔히 볼 수 있는 야하고 조잡한 카지노 호텔보다는 '훨씬' 나았다.

샘 드리스컬은 1주일 반 동안 '샤프 글로벌 인텔리전스 파트너스' 본부에 들락거리는 모든 사람들을 감시하고, 촬영하고, 검토하는 일을 맡고 있었다. 그는 콜럼버스 가에 위치한 듀크 샤프의 건물 북쪽에서 거리 맞은편에 자리 잡고 있었으므로, 건물에 들어가는 사람들의 모습을 잘 볼 수가 없었다. 하지만 건물에서 나가는 거의 모든 사람들의 사진을 찍었고, 이들의 사진을 얼굴 인식 프로그램에 넣어 돌렸다.

열흘째 되던 날 그의 지루한 임무가 마침내 성과를 거두었다. 건물에 들어가는 엘리제 르그랑드라는 이름의 여자를 발견한 것이다. 라이언은 그녀의 이름을 특별히 언급하면서, 샘에게 그녀가 떠난 후 어디로 가는지 추적해 주면 고맙겠다고 신신당부해 둔 터였다.

샘은 거의 1주일 반 동안 이곳의 원룸 오피스텔을 떠난 적이 없었으므로, 여자의 뒤를 밟는 일이 더할 나위 없이 즐거웠다. 1시간 뒤 마르텔이 건물을 나설 무렵, 샘은 12단짜리 기어가 달린 자전거와 배낭을 옆에 준비해 둔 상태에서, 미국 자연사박물관 옆의 인도에 위치한 공원 벤치에 앉아 그녀가 지나가기를 기다렸다. 마르텔이 택시를 잡자, 그는 자전거를 타고 뒤를 쫓아 남쪽으로 몇 블록 떨어진 커피숍에 앉아 태블릿 컴퓨터로 뭔가 작업을 하고 있는 그녀를 따라잡았다.

1시간 동안 차를 마시면서 아이패드를 뒤적이던 그녀는 다른 택시를 잡았다. 이번에 샘은 그녀를 쫓아가는 데 애를 먹었다. 왜냐하면 그녀는 미드타운으로 계속 내려가더니, 로어 이스트사이드에서 내렸기 때문이다. 만일 그가 차를 운전하거나 오토바이를 탔더라면 그녀를 놓쳤을 테지만, 자전거를 타고 있던 샘은 차량 흐름과 교통법규를 요리조리 피하면서, 마침내 그녀가 클린턴 스트리트에 도착하여 택시에서 내리는 것을 발견했다. 마르텔은 아파트 건물 앞의 난간에 매달린 키박스에 번호를 입력한 다음, 전자식 키카드를 꺼내 들고, 문 쪽으로 수화물 가방을 운반했다.

샘은 3층에서 전등불이 켜지기를 기다린 다음 자전거 페달을 밟고 77번가와 콜럼버스 가를 향해 전속력으로 달렸다.

다음 날 아침 일찍 일어나 옷을 차려입은 마르텔은 카페에서 아침 식사를 마친 뒤, 동네 마켓으로 걸어갔다. 그녀는 이곳에 잠시 머물게 될 예정이므로, 음식과 마실 것, 그리고 꽃도 몇 송이 골라 잡화점 카트를 그득 채운 다음 이것들을 모두 들고 민박집으로 돌아왔다.

3층 계단을 오르며 이것들을 모두 들어 나르느라 애를 먹은 끝에, 마침내 집 앞에 도착하여 키카드로 문을 열고는, 또다시 낑낑거리면서 한 아름 구입한 식료품이며 잡동사니들을 집 안으로 들여놓았다. 그녀는 일을 마치고 뒤를 돌아 거실로 향하더니, 갑자기 돌부처같이 그 자리에 얼어붙었다.

그녀는 공포에 질린 표정이 얼굴에 나타나는 것을 느꼈으므로, 이런 표정을 애써 억누르면서 아무렇지 않은 듯한 모습을 보이려 애를 썼다.

그녀가 물었다. "내가 있는 곳을 어떻게 알았죠?"

잭 라이언 주니어는 발을 꼰 채 소파에 앉아 있었다. 검은 회색 세로줄 무늬 양복에 와인색 넥타이 차림의 라이언은 더할 나위 없이 침착하게 보였다.

"때로는 낡은 방식이 효과를 발휘할 때가 있어요."

"당신이 '샤프' 사 건물을 감시했단 말이에요?"

"내 동료가 그랬죠."

"뭘 원하죠?"

"베로니카, 앉아요."

자신의 실명을 듣는 순간 다시금 공포감이 몰려왔지만, 그녀는 라이언의 말에 따라 자리에 앉아, 또다시 태연한 척한 모습을 보이려 애를 썼다. "아파트에 어떻게 들어왔어요?" 라이언이 즉답을 피하자, 그녀가 다시 말했다. "내가 짐작해 볼게요. 당신은 라스베이거스에서 내 호텔 방에 몰래 들어올 때 사용했던 방식대로 아파트 열쇠 코드를 해킹했어요."

라이언이 말했다. "때로는 새로운 방식이 효과를 발휘할 때가 있어요."

"당신은 누굴 위해 일하는 거죠?"

라이언은 대답하지 않았다.

"그 아버지에 그 아들이군요. 당신은 CIA인가요?"

그는 머리를 흔들었다. "난 사람들을 알아요. 그게 전부예요. 이것을 금지하는 법은 없어요. 때때로 그들은 도움을 필요로 해요. 자신의 정체를 밝혀야 할 사람은 당신이에요."

"기업정보는 기업 그 자체만큼 오랜 역사를 갖고 있어요. 난 아무런 부끄러운 짓도 하지 않았다구요."

라이언이 껄껄거리며 여자의 약을 올렸다.

"당신은 나에 대해 뭘 알고 있죠?"

"베로니카 에메 마르텔, 38세. 프랑스 랑부예 태생. DGSE에서 7년간 근무하는 동안 매우 높은 평가를 받았음. 그런 다음 당신은 프랑스 국회의원의 보좌관과 스캔들을 일으켰죠." 라이언은 이것을 읽은 것이 아니라 머릿속에 외우고 있었다. "내 생각에 이건 프랑스에서 별일이 아녜요. 재수 없게도 의원 보좌관의 부인이 사회당 사무차장이 아니었다면 말이죠."

베로니카는 팔짱을 꼈다. 이는 자신을 위험으로부터 지키려는 조건반사적 행동이었다.

"당신이 그릇된 결정을 내렸지만, 이런 행동이 당신의 스파이 경력에 타격을 주지 말았어야 했어요. 하지만 당신은 DGSE에서 쫓겨났고, 듀크 샤프 씨가 그걸 알고 기다렸다는 듯이 당신을 낚아챘어요. 그래서 당신은 다시 스파이 세계로 돌아온 거죠."

"잭, 아주 훌륭해요. 당신은 첩보의 출처를 갖고 있어요. 그렇다고 해도 당신이 내 아파트에 무단 침입할 권리는 없어요."

이제 라이언은 꼬고 있던 다리를 풀고 정면을 응시했다. "콜린 헤이즐턴이 살해되던 날 저녁, 내 동료들이 그곳, 호찌민 시에 있었소."

마르텔은 아무 반응도 보이지 않았다. 그녀는 이름을 몰랐지만, 누가 헤이즐턴인지는 알 것 같았다. 그래도 그녀는 아무 말도 하지 않았다.

"내 동료들은 그날 밤 당신을 찍은 사진을 가져왔고, 얼굴과 이름을 연결시키는 능력도 있었지만, 당신이 누군지는 밝히지 못했어요. 내 짐작에 DGSE나 '샤프' 사가 당신의 이미지와 함께 모든 파일들을 삭제한 것 같군요."

"다 지우진 않았어요, 확실히. 그렇지 않았으면 당신이 여길 찾아오지 못했겠죠."

"당신은 이 민박집을 렌트하는 데 실명을 사용했어요. 내 동료들은 베로니카 마르텔을 찾아다녔고, 당신에 대한 몇 가지 참고 자료도 발견했어요. 사진은 못 찾았지만, 일단 그들이 이름을 알게 되었으므로 사진은 필요 없게 되었죠."

"당신이 원하는 게 뭐죠? 난 호찌민 시에서 이 사람을 죽이지 않았어요. 난 당신이 말하는 게 뭔지 통 모르겠어요."

"북한인 암살자들이 베트남에 나타났고, 체코 공화국, 라스베이거스, 그리고 바로 뉴욕에도 나타났어요. 당신이 임무를 성공시키는 동안 계속해서 사람들이 죽어 나갔어요."

"그건 내 임무가 아녜요."

"맞아요. 그건 에드워드 라일리의 임무지만, 당신은 그의 부하예요. 자, 지금부터 당신은 내 동료들이 라일리를 북한과 곧장 연결시킬 수 있도록 도와주셔야 해요."

그러자 그녀가 웃었다. "웃기는 소리 말아요. 그는 북한을 위해 일하지 않아요."

"편리하게도 그가 필요로 할 때마다 북한인 자객들이 나타났어요. 내겐 그것으로 충분해요."

"만일 그것이 사실이라면, 그들은 지금 여기 있을 거예요, 안 그래요?"

"날 믿어요. 긔징스럽게도 놈들은 여기 있을 거예요. 하지만 당신이 위치하고 있는 구역 곳곳에 동료들이 잠복하면서 북한인들을 기다리고 있고, 당신의 숙소에 도청장치가 있는지도 점검했어요. 당분간 북한인들은 당신의 존재를 잊어버렸던 것 같아요. 내 짐작으로 당신은 라스베이거스에서 벌어진 사건 때문에 작전에서 배제되어 있어요."

"당신 말이 사실이길 바라요. 만일 내게 할 일이 없다면 브뤼셀로 돌아가 모든 일들을 잊어버릴 거예요."

"베로니카, 당신은 자기가 얼마나 위태로운 상황에 있는지 모르고 있어요. 당신은 '샤프' 사를 위해 일하는 한, 위험에서 벗어날 수 없어요. 북한인들은 당신이 배신했다고 생각하는 순간, 콜린 헤이즐턴에게 했던 것과 똑같은 짓을 당신에게 저지를 겁니다."

라이언은 그녀가 앉아 있는 곳으로 가로질러 걸어가, 그녀 앞에서 무릎을 꿇었다. 그는 그녀에게 너무도 가까이 다가갔으므로, 그녀는 라이언이 자기에게 키스를 하려는 것으로 생각했다.

"우리가 당신을 보호할 수 있도록 우리를 도와주세요."

"난 아무런 보호도 필요 없어요. 당신은 여기서 나가세요." 라이언도 물러서지 않았다. "당신은 라스베이거스에서 날 속였어요. 난 다시는 속지 않을 거예요."

"그건 속임수가 아녜요. 난—"

"당신이 날 체포하려는 거예요? 그래요? 이건 CIA가 할 일이 아녜요." 그녀는 미소를 지었다. 그녀는 잠시 어리둥절했지만, 이제 자신감을 되찾은 기분이 들었다. 그리고 그녀는 앞에 서 있는 건방지고 도도한 남자에게 무슨 말을 해야 할지 몰랐다. "나가요!"

"부탁이에요, 베로니카."

"나가라니까요!"

잭 라이언 주니어는 한숨을 내쉰 다음 펜을 꺼내 잡지에 자기의 전화번호를 적어 주었다. "내 동료들이 이곳에서 누군가를 감시하고 있어요. 만일 마음이 바뀐다면, 또는 어떤 어려운 일이 생겨 내 도움이 필요하다면 전화를 하세요. 그러면 누군가가 몇 분 내에 이리로 올 겁니다."

베로니카는 일어서서 문을 가리켰다. "나가요!"

라이언은 아파트를 떠나면서, 뒤에 서 있는 저 여자가 북한인들이 목적을 달성하기 위해 얼마나 필사적인지를 조금도 모르고 있음을 확신했다.

54

국제법이라는 것에 관련되는 한, 대통령 행정 명령이 있고 없고, 아니면 법적 또는 정당화시킬 수 있는 근거가 있고 없고는, 미국 해군 함정이 시속 15노트의 속도로 항해를 지니는 인도네시아 국적 컨테이너 수송선 '샌 페르난도 치프텐' 호에 승선 및 조사하는 데 아무런 상관도 없었다.

사실 그 배는 북한의 평양 남서쪽 항구인 남포항으로 향하는 중이었다. 그러나 그 화물선이 목적지라고 밝힌 곳이 북한이었으므로, 6일 전 마닐라 터미널에서 항해를 시작하기 직전, 국제 확산 전문가들에 의한 검색을 마친 터였다. 화물들은 선하 목록과 일치하였다. 그것은 식량 원조 물자, 차량 부품 및 북한의 거대한 탄광 산업에 사용될 기계류 등인 것으로 확인되었다. 또한 그 배는 전체 항해 일정 기간 동안 자동 선박식별 시스템을 가동시킬 것이며, 선박의 움직임에는 아무런 수상한 점도 발견되지 않았다.

요컨대, '샌 페르난도 치프텐' 호는 모든 규칙을 준수하고 있으므로, 조타실에 서 있던 선장은 쌍안경으로 배 이물의 3마일 지점을 가리키며 길길이 화를 내었다. 때는 늦은 아침나절이었지만 거센 돌풍으로 하늘이 시커멓게 변하여 시계가 약간 가리긴 했지만, 그가 쌍안경으로 보고 있는 물체에는 의심의 여지가 없었다. 그것은 거대한 미 해군 전함인 '프리덤' 호로서, 그 함정은 '샌 페르난도 치프텐' 호 앞에서 항로를 가로막았다.

함정의 무선 호출이 선장의 혼란과 분노를 한층 부채질했다. 미 해군이 승선을 요구하자, 선장은 무슨 근거로 미 해군이 그렇게 할 수 있느냐고 항변하였고, 이에 대해 해군은 유엔 안보리 결의안 1874호를 인용했다.

인도네시아 선장은 그 답변에 격분하며, 정상적으로 작성된 서류가 보관되어 있고, 화물선이 지나는 경로도 이미 문서로 제출된 상태라고 따졌다. 하지만 미 해군은 그가 제시하는 이유를 들으려 하지 않았다. 이들은 선장에게 무장 승선 부대가 이미 화물선으로 이동하는 중에 있음을 알리며, 선장과 승무원과 화물의 안전을 위해 배를 완전히 정지시켜 해군의 모든 요구에 순순히 응할 것을 요구했다.

선장은 즉각 인도네시아의 본사를 호출했다. 바로 그 시점에 선장은 본사에 불만을 터뜨리는 외에 달리 할 수 있는 일이 없었는데, 그 이유는 비록 선장의 말이 옳더라도 미 해군을 대상으로 전투를 벌일 수는 없는 노릇이었기 때문이다.

10시 56분, 네이비실 제5팀인 에코 소대의 대릴 릭스 소대장은 공기 주입식 군용 쾌속정 '조디악(Zodiac)'에 서서, 등 뒤로 HK416 카빈 소총을 돌린 채, '샌 페르난도 치프텐' 호 승무원이 내려둔 도선사용(導船士用) 사다리를 기어 올라갔다.

지난번 그의 소대가 프랑스로부터 몰래 밀반입되는 로켓 부품을 발견하였던 선박 차단의 경우와 마찬가지로, 소대원들은 바다에서 위로 배에 오르는 '상향식' 승선을 실시할 것이다. 에코 팀의 급습과 동시에, 이번에 이들의 카운터파트인 본즈 해크워스(Bones Hackworth)의 브라보 팀은 이물로부터 불과 지척의 거리에서 점점 가까이 접근하고 있는 헬기에서 강하하는 '하향식' 승선을 시도할 것이다.

이는 통상적인 유엔 제재조치의 시행 방식이 아니었다. 통상적으로 그와 그의 동료들은 정확하게 어디서 무엇을 살펴야 할 것인지에 대한 구체적인 정보가 없는 경우에는 화물선의 컨테이너나 화물을 무작위로 검사하였다. 하지만 오늘의 차단 작전에서 그는 그가 무엇을 살펴보고 어디서 그것을 찾아낼 수 있는지에 대한 구체적인 정보를 받았다. 해당 정보가 비록 지휘 계통을 지나면서 일부 내용이 걸러지고, 서울에 위치한 제5팀의 정보관과의 위성 전화 통화로 전달되긴 했어도, 대릴 릭스 소대장이 이해하는 바에 의하면 그 정보는 국방정보국에서 나온 것이다.

서울의 제5팀 정보관은 그에게 45피트 높이의 선박용 컨테이너 네 개를 개봉하여 검사하라고 지시했다. 그는 심지어 컨테이너가 위치한 선반의 번호, 그리고 배에서 그것을 찾을 수 있는 장소까지 알고 있었다.

이상하게도 컨테이너 속에서 무엇을 찾아야 하는 것인지에 대해서는 아무런 첩보가 없었지만, 릭스 소대장은 이 화물선을 급습한 그와 동료들이 미사일 부품 같은 또 다른 수상한 물건을 발견하게 될 것이 뻔하다고 생각했다.

지난번 차단 작전에서 '에메랄드 인데버' 호가 강력히 저항했던 점을 상기한 릭스 소대장은 이번 차단이 그때보다 더 쉬울 것으로 안심할 수 없다는 것을 잘 알고 있었지만, 아직까지 화물선 승무원들이 네이비실 대원들이 발견하려는 것들을 숨기려 들거나, 이들의 작전을 방해하려 한다는 증거는 찾지 못했다.

'참으로 이상한 일이다. 이거 뭔가 너무 쉽게 일이 풀리는걸.' 릭스는 갑판에 오르면서 이렇게 생각했다. 릭스와 동료들이 조타실을 점령하는 동안 해크워스와 그의 팀원들은 엔진실로 향했다. 10분 만에 14명의 승무원 모두는 갑판에서 네 명의 감시를 받고 있는 가운데, 나머지 네이비실 대원들은 제2번 화물 선반으로 직행했다.

정보관이 말한 대로, 그곳에 컨테이너들이 있었다. 컨테이너 출입구의 번호가 통보된 숫자와 일치했다.

그리저와 헨드릭스가 앞으로 나가 첫 번째 컨테이너의 봉인을 뜯어냈다. 이들이 출입문을 개방하자, 릭스는 총구 끝에 달린 랜턴으로 내부를 살폈다. 그는 불빛을 아래위, 그리고 좌우로 꼼꼼하게 비췄다.

헨드릭스는 그 뒤에 서 있었고, 네덜란드 특수부대원은 릭스가 생각했던 바로 그 말을 입에 올렸다. "소대장님, 그 정보 엉터리군요."

컨테이너 내부에 핵 물질 따위는 없었다. 미사일 부품도 없었다. 대신 석대의 거대한 원형 기계가 옆으로 눕어져 있었고, 릭스는 그것을 산업용 규모의 대형 보일러라고 생각했다.

거대한 기계마다 옆에 달린 파우치 속에 송장이 들어 있었다. 릭스는 소총을 내려놓고 헬멧에 달린 전등 빛을 비추어 송장의 내용이 정확하게 무엇인지 살폈다.

"포말선광 탱크(froth flotation tanks)."

그리저는 기계 옆에 쓰여 있는 글씨를 쳐다보며 말했다. "이건 광산 제련 장비야."

소대장은 아무 대답도 없이 다음번 컨테이너로 가서 봉인을 뜯어냈다.

20분 후 릭스 소대장은 화물선 고물의 뒤편에 서서 위성 전화기를 귀에 갖다 대었다. "타이푼 메인, 여기는 타이푼 액추얼."

"여기 타이푼 메인. 송신하라, 액추얼."

"화물선 수색은 실패다."

"실패한 것으로 알겠다. 뭘 발견했나?"

"대량살상무기 부품은 없다."

잠시 침묵이 흘렀다. "알았다. 뭘 발견했나, 액추얼?"

릭스가 설명했다. 그는 오랫동안 답변을 기다렸고, '타이푼 메인'이 자기가 마지막으로 송신한 내용을 수신했는지를 점검해 보려는 찰나에, '메인'에서 답변이 왔다.

"여기 타이푼 액추얼. 잘 들어라. 이 컨테이너들은 화물선에서 하역할 것이다. 귀관은 서울에서 컨테이너 운반 장비가 도착할 때까지 배에 머물도록 하라. 귀관은 컨테이너 하역 작업을 감독한 다음, 화물선과 남은 화물들을 돌려보내도록 하라."

릭스는 고개를 갸웃거렸다. "어… 알았다. 한 가지만 확인하겠다. 우리가 이 광산 장비를 압수해야 되고, 또 이 장비를 하역할 때까지 배를 붙잡아두는 것으로 이해하면 되겠는가?"

"타이푼 메인이 타이푼 액추얼에게 알린다. 그렇다."

릭이 잠시 뜸을 들였다. "우리가 그렇게 해도 되겠는가?"

"소대장, 우린 귀관에게 이미 그 물건이 대량살상무기와 관련되어 있다는 이야기를 해 주었다. 알겠나?"

릭스는 손가락을 방탄복과 방탄 헬멧 아랫부분 사이에 좁은 틈새로 집어넣어 긁었다. "알겠다, 타이푼 메인. 타이푼 액추얼 교신 끝."

릭스 소대장이 화물칸에 있는 팀원들에게 돌아가자, 그곳에 그리저, 헨드릭스, 그리고 해크워스가 기다리고 있었다. 에코 소대는 승무원들을 풀어주고 출항을 허용하라는 지시가 내려질 것으로 짐작하고 있었다. 릭스가 말했다. "모두들 잘 들어. 만일 누가 묻거든, 우린 그저 대량살상무기 같은 걸 발견했다고 말해야 한다."

그리저가 소대장을 바라보며 물었다. "뭐라고 하셨죠?"

"핵무기 부품이라고 했다."

헨드릭스가 말했다. "그 기계들은 세탁기처럼 생겼던데요."

"야, 헨드릭스. 나도 몰라. 아마 북한 놈들은 세탁기로 ICBM을 만들지도 몰라. 내가 아는 건 단지 우리가 이 기계를 남한으로 갈 선박에 옮겨 실어야 된다는 것뿐이야."

헨드릭스가 말했다. "그러니까… 이건 일종의 강도질이네요, 그렇죠? 우린 해적이 되는 건가요?"

릭스는 그저 어깨를 으쓱했다. "국가 지도부에 계신 분들이 자기들이 무슨 짓을 하는지 잘 아시겠지 뭐."

헨드릭스가 말했다. "그렇다면 미국 대통령이 자기가 뭘 하시는지 안다는 말인데. 우리가 손 놓고 있다가는 북한 놈들이 무슨 짓을 저지를 거야. 놈들의 물건을 훔치면 북한에서 난리가 나겠지."

릭스가 말했다. "헨드릭스. 난 네가 대통령이 될 때까지 기다릴 수가 없어. 넌 벌써 뭘 해야 하는지 다 알고 있잖아."

"소대장님, 제가 어케 대통령이 됩네까? 난 네덜란드 출생인데요."

릭스가 몸을 돌려, 남은 소대원들에게 계획을 알려주기 위해 주갑판을 향해 걸어갔다. 그는 빈정대는 말투로 이렇게 중얼거렸다. "그래, 참 한심한 일이야, 헨드릭스."

55

샘 드리스컬이 베로니카 마르텔의 아파트 건물을 감시한 지 불과 12시간이 지날 무렵, 검은색 BMW i8이 건물 앞에 정지하여 거리에 주차했다. 때는 한밤중이었고 폭풍우가 몰아쳐 굵은 빗방울이 거리에 쏟아지고 있었으므로, 샘은 자신의 감시 지점에서 차량의 번호판을 식별할 수 없었다. 아니 그럴 필요가 없었다.

그는 차량의 주인공이 누군지 알고 있었다.

그는 '샤프 글로벌 인텔리전스 파트너스' 본사를 감시하는 동안 건물 주차장에서 에드워드 라일리가 그 차에서 내리는 모습을 여러 차례 본 적이 있었고, 그때마다 라일리가 차량을 고르는 안목에 탄복하지 않을 수 없었다.

이곳에서 드리스컬의 임무는 혹시라도 북한인들이 마르텔을 감시하는지 여부를 살펴보는 것이었다. 라이언은 북한인들이 마르텔을 추적하여 여기까지 왔는지는 몰랐지만, 북한의 희토류 제련에 도움을 주려는 비밀 작전에서 마르텔이 배제된 것처럼 보이자, 그녀가 헤이즐턴과 같은 비참한 최후를 맞이하는 것이 아닌지 걱정되었다. 그럴 가능성은 낮아 보였지만, 그는 자신의 걱정을 우연에 맡기기를 원치 않았다.

샘이 라이언을 호출하자, 라이언이 잽싸게 대답했다.

"어이, 샘. 뭔 일이야?"

"에드워드 라일리가 방금 마르텔의 아파트 앞에 도착했다는 걸 알려주려는 거야."

"그놈이 확실해?"

"녀석이 타고 다니는 차를 본 적 있어?"

"아니? 무슨 차를 몰고 다니는데?"

"BMW, i8."

"끝내주는군. 신분 위장에는 별로지만, 멋진 차야."

"맨날 똥차나 몰고 다니던 놈이 지금은 그런 차를 탄다니까."

"누가 아니래. 그놈이 거기 뭘 하러 온 거지? 내 짐작으로는 마르텔에게 새로운 임무를 주거나, 해고시키려는 것 같아. 놈은 혼자 왔어?"

"응. 녀석을 따라온 다른 놈들이 있는지 거리를 살폈지. 여긴 지금 비가 내리고 있지만, 내가 알기론 오늘 밤에 음흉한 북한 놈들은 여기서 어슬렁거리지 않을 거 같아."

"오케이. 그런데, 누군가가 네게로 갈 거야."

"누군데?"

"우리들 모두야. 클라크는 우리가 모두 뉴욕 시로 돌아가야 된다고 했어. 우린 지금 달리 할 일이 없지만, 마르텔을 잘 감시해야 돼."

"내가 알기론 뉴욕에서 우리 작전을 망쳐 놓은 건 '샤프' 사 녀석들이야. 네가 직접 거리에 나서려고?"

"우리가 보기에 마르텔은 북한인들의 감시 대상이 아니고, '샤프' 사에게 고자질을 한 건 북한 놈들인 것 같아. 그렇더라도 우리가 여기저기 돌아다니며 모습을 드러내면 안 된다고 생각해. 아마도 우린 네가 있는 곳에서 머물러야 될 거야."

샘이 말했다. "그거 잘 됐네. 장정 다섯 명이 욕실이 한 개밖에 없는 좁아터진 아파트에서 하루 종일 피자나 먹고 있을 걸 생각하니 가관이군."

라이언이 "대학 생활처럼 말이야."라고 말하자, 샘이 툴툴거렸다.

에드워드 라일리는 폭풍우가 쏟아지는 속에서, 청바지와 검정색 스웨터 차림에 휴대전화와 우산만을 들고 왔다.

그는 베로니카가 내온 차를 사양했다. 두 사람은 거실에서 서로를 마주 보고 의자에 앉았다. 그녀는 그의 행동거지에서 뭔가 문제가 생겼다는 것을 알 수 있었다.

"무슨 일이에요?"

라일리가 앞으로 몸을 숙였다. "어젯밤 우리 시각으로, 미 해군이 북한으로 보내는 포말선광 탱크를 운반하던 화물선을 정지시키고, 기계를 압수해 갔어요."

베로니카는 아무런 대답도 하지 않았다. 스파이 출신인 그녀는 미국이 밸리 플로어에서 훔친 자신의 핸드폰으로부터 다운로드 받은 자료에 기초하여 그 기계의 존재를 알게 되었을 것이라고 짐작했다.

그리고 그녀는 라일리가 라스베이거스에서 벌어진 사건에 관해 누군가 책임을 져야 할 희생양을 필요로 한다는 사실도 알고 있었다.

"당신도 알다시피, 듀크 샤프 씨는 당신에게 엄청 화를 내고 있어요. 그는 미국인에게 첩보를 알려준 장본인이 당신이라고 생각해요. 마찬가지로 북한인들도 길길이 뛰고 있소."

이 말에 마르텔은 눈을 굴렸다. "그건 완전히 터무니없는 소리예요. 어떻게 했는지는 몰라도 누군가가 비밀 작전을 망쳐놓은 거라고요. 그들은 자기들이 찾고 있는 것이 무언지 정확하게 알고 내 호텔 방에 몰래 들어온 거예요."

"그런데 당신은 누가 그런 짓을 했는지 모른다는 거죠?" 라일리가 물었다.

그녀는 그의 눈동자를 응시했다. 그녀는 진실을 알고 있었지만, 어떻게 거짓말을 해야 되는지도 알고 있었다. "전혀 몰라요."

틀림없이 라일리는 그녀가 변명을 대며 수세적인 태도를 보이기를 원했을 것이나, 그런 태도는 마르텔의 스타일이 아니었다. 그녀가 말했다. "아마도 당신이 그 문제에 대한 답을 찾는 데 도움이 될 수 있을 거예요. 당신은 내 호텔 방에서 벌어진 일을 아는 사람 같아요. 당신이 내 방에 도청장치를 달아 둔 게 아닌가요? 당신이 내 방에 카메라는 달아둔 거죠? 그랬어요? 당신은 내가 속옷을 갈아입는 걸 몰래 봤나요? 내가 잠자는 것도?"

라일리는 고개를 흔들었다. 이제 그를 수세에 몰기 위한 그녀의 노력이 실패로 돌아갔다. 그는 조금도 태연한 표정을 바꾸지 않았다.

"내 동료들이 호텔에 있었어요. 당신 방에는 이미 도청장치가 설치되어 있었고."

마르텔은 놀라움에 몸을 움찔했다. "당신 동료들이?"

"이 사람들을 '이해관계 당사자'라고 부릅시다."

"당신이 말하는 건 북한 사람들인가요? 누구죠? 정찰총국 사람들이에요?"

라일리는 고개를 끄덕이며 시인했다.

"그러니까 지금 당신이 '뉴 월드 메탈'이 아니라, 북한인들과 '직접' 거래하고 있다는 거죠?"

라일리는 그 말을 부인하지 않는 대신 이렇게 말했다. "12조 달러예요. 당신의 멍청한 머리로 그 숫자를 생각해 볼 수 있겠소?"

"그게 광산의 가치란 말인가요?"

"그래요. 여기에는 믿을 수 없을 정도로 엄청난 사업에 초반부터 뛰어들 수 있는 기회가 기다리고 있어요. 바로 그러한 사업의 특성 때문에 오직 소수의 사람들만이 개입되어 있는 거죠. 대신, 북한에서는 오직 국영 회사만이 희토류를 채굴할 수 있고, 나라 밖으로 희토류를 내다 파는 일을 도맡는 외국인 회사도 단 한 개뿐이에요." 라일리가 손가락을 하나 내밀었다. "단 한 개의 회사요."

"그게 '뉴 월드 메탈'이로군요."

"그 회사가 이번 주에 북한으로 장비와 인력을 들여오는 작전을 벌였던 거죠. 오스카 로블라스는 100여 개 회사를 거느리고 있고, 또 100개의 회사를 더 만들 거예요. 선적, 물자, 구매, 마케팅… 등등." 라일리는 이제 미소를 지었다. "대외 보안. 모든 벤처 회사는 점점 커지다가 마침내 그 가치가 폭발적으로 늘게 될 겁니다. 왜냐하면 로블라스는 북한이 선택한 사람이기 때문이죠. 일단 북한이 포말선광 셀의 선적을 받게 되면, 그 누구도 북한의 앞길을 가로막을 수가 없을 거예요."

"그런데 그게 당신에게 무슨 도움이 되죠? 당신은 샤프 사의 직원인데요."

라일리는 그 말에 손사래를 쳤다. "난 내 자신의 사람이오. '듀크 샤프'는 북한에 대한 나의 개입을 기업정보 분야로 제한시키려고 혈안이 되어 있죠. 난 기회가 점점 더 커지고 있고, 샤프 사의 시각이 너무 편협하다는 걸 알고 있어요. 언젠가 북한은 나를 이해하게 될 겁니다."

베로니카가 고개를 끄덕였다. "그러니까 당신은 직접 북한인들과 접촉하고 있고, 그들에게 당신이 도움을 줄 수 있다고 말했단 말이죠? 당신은 샤프 사보다 훨씬 더 북한을 도울 수 있을 거라고 말했을 테죠. 그리고 당신은 북한인들이 원한다면 그들이 미국의 길거리에서 사람을 죽이는 걸 도울 테죠."

"난 양쪽 모두에 도움을 줄 거예요. 당신이 오스카 로블라스까지 고려한다면, 3자 모두에게 말이죠. 샤프 사는 그럴듯한 부인 가능성을 마련해 두고 있어요. 난 직접 로블라스, 그리고 북한의 정찰총국 국장인 리태진을 위해 일하고 있단 말이오."

"그들이 당신을 끼워 주던가요?"

"그렇게 하도록 만들 생각이오."

베로니카는 자신이 듣고 있던 말들을 모두 생각해 보았다. 그녀는 왜 라일리가 이런 이야기를 자신에게 털어놓는지 이해할 수 없었다. 그녀가 라일리를 배신하여, 샤프 씨에게 회사의 제2인자가 사장을 제치고 고객들을 직접 상대로 한다고 일러바칠 수도 있었다.

오랜 세월 동안 스파이 생활에서 잔뼈가 굵은 그녀는 자신의 본능을 믿을 수 있을 정도가 되었으며, 짧은 순간 혹시라도 자신이 이곳에서 위험에 빠진 것이 아닌지 의심해 보았다. 라일리는 라스베이거스 사건의 앙갚음으로 자신을 제거하려는 것이 아닐까?

그녀는 앞으로 몸을 숙이며, 혹시라도 그가 갑작스런 움직임을 보이면 부엌으로 달려가 칼을 빼 들 준비를 했다. 그럴 가능성은 별로 없었지만, 처음부터 '뉴 월드 메탈' 작전에 걸린 이해관계가 늘어나고 있었다.

라일리가 말했다. "아직도 내 말을 모르겠다면, 당신은 샤프 사와 볼 장 다 본 거예요. 당신이 라스베이거스 사건에 책임을 져야 해요."

"하지만—"

"직접 샤프 씨에게 전화를 해보시지. 난 그 사람의 명령을 전달하러 여기 온 사람이니까."

라일리가 덧붙였다. "하지만 당신이 그에게 더 이상 쓸모가 없더라도, 내겐 아직 쓸모가 있지요."

마르텔은 그 말을 이해했다. 아니 적어도 그렇다고 생각했다. 이제 그녀는 몸을 뒤로 젖혔다. 이제 마르텔은 자신의 안전을 걱정하던 희미한 근심을 까맣게 잊어버리고, 대신 좌절과 분노로 몸을 떨었다. 라일리는 자신의 계획 속에 그녀를 끌어들이려는 것이다. 마치 그녀가 말 한마디에 당장 태도를 바꾸는 싸구려 스파이처럼 취급하면서 말이다. 그는 자신이 샤프 사로부터 마르텔이 해고되도록 뒤에서 조종하여, 그녀가 라일리와 손을 잡는 외에 달리 방법을 찾을 수 없도록 만들려는 것이다.

웃기는 소리. 그녀는 북한인들로부터 감시를 당하고 있었는데, 이제 라일리가 북한이라는 불량 정권을 위한 살인사건에 자신을 종범으로 끌어들이려 협박을 하는 것이다.

그렇게 해서는 파리의 DGSE로 복귀하려던 계획이 수포로 돌아갈 것이다.

그녀가 말했다. "난 듀크 씨에게 연락해서, 내 입장을 설명할 수 있도록 일대일 면담을 요청할 거예요."

"당신은 그렇게 할 수 없을 거요."

"정말 내가 그렇게 할 수 없을 거라고 생각해요? 두고 봅시다. 내가 원한다면 샤프 씨가 마누라와 침대 속에 있더라도 그를 만날 수 있어요."

그는 라일리의 턱 근육이 긴장되었다가 다시 풀리는 모습을 보았다. 그러더니 그의 눈이 가늘게 옆으로 찢어졌다.

이제 그가 일어서서 문으로 걸어가기 시작하자, 그녀가 소리를 지르면서 뒤를 따랐다. "당신은 자기 잘못을 남 탓으로 돌리고, 분수도 모르는 야심으로 판단력이 흐리멍덩한 사람으로 소문이 났어요. 그런 일이 이태리에서 벌어졌고, 그 때문에 이제 당신은 쪽박을 차게 될 거예요."

그는 밖으로 나가려고 출입문 손잡이에 손을 댔다가, 뒤로 돌아 그녀를 바라보았다.

그녀가 계속 소리를 질렀다. "당신은 북한인들이 샤프 씨보다 당신을 믿을 거라고 생각해요? 로블라스가 그럴 것 같아요? 샤프 씨는 이 작전을 맡지도 않았다고요. 그는 꼭두각시예요. 그들도 알아요. 나도 그 작전을 책임지지 않았다고요. 당신이 그래야만 된다면 라스베이거스 사건에 대해 날 비난하세요. 하지만 베트남과 뉴욕에서 벌어진 일은 나와 아무런 관계도 없다고요. 그건 당신 책임이에요. 실패에 대해 책임질 사람은 바로 당신이라고요."

이제 그녀는 미소를 지었다. 그녀는 화가 난 그의 얼굴에서 주저하는 표정을 읽었다. "내가 직장에서 쫓겨날지 모르지만, 당신도 마찬가지 신세가 될 거예요, 라일리."

그는 몸을 돌려 그녀를 정면으로 바라보며 숨을 거칠게 내쉬었고, 분노에 이글거리는 눈동자가 옆으로 길게 찢어졌다. 마침내 그는 주저하는 태도를 버리고, 뭔가 행동에 나설 준비가 된 것처럼 보였다.

"왜 그래요?" 그녀가 물었다.

그는 한 걸음 앞으로 다가서더니 손을 들어 그녀의 얼굴로 가져갔다.

베로니카는 그가 자신을 끌어당겨 키스를 하려는 것으로 생각했다. 그녀는 평생 살면서 이런 경험을 수도 없이 많이 했다. 남자들이란 항상 그러했다. 서로 극심한 언쟁을 벌인 다음에는 극심한 격정의 순간을 맞이하게 되는 법이다. "내가 이렇게 했다고 당신 거시기가 발기된 거예요? 내가 당신을 원한다고 생각해요? 당신 미쳤어요?"

하지만 그는 그녀를 가까이 끌어당기지 않았다. 대신 그는 손가락으로 그녀의 가녀린 목을 감싸더니 억세게 움켜쥐었다.

그녀는 그를 밀치려 애썼다. "당신 뭐—"

베로니카 마르텔의 목소리가 고함 소리로 변하더니, 다시 공포에 질린 비명으로 바뀌었다.

라일리는 그녀에게 몸을 던져 바닥에 쓰러뜨렸다. 그가 있는 힘을 다해 목을 짓누르자, 그녀의 발과 팔이 사납게 버둥거렸지만, 그는 용케도 도리깨 같은 손발의 공격을 요리조리 잘도 피했다.

그가 마르텔의 목젖을 단단히 움켜쥐며 질식시키는 동안, 여자의 머리칼이 코를 간지럽힐 정도로 몸을 그녀의 귀 가까이로 깊숙이 숙여 이렇게 속삭였다. "멍청한 베로니카. 넌 너무도 팽팽하고 우아하고 냉정한 여자야. 내가 왜 여기 왔는지 이유를 알려줬잖아. 넌 아직도 내게 쓸모가 있다고 말이야. 난 너를 내게로 데려가려고 온 게 아냐. 내가 여기 온 건 누군가 희생양이 필요했기 때문이지. 화가 난 북한인들이 길길이 날뛰고 있어… 그러니 누군가가 죽어야 되는 거야."

30초 후 라일리의 손에서 그녀의 몸이 축 처졌지만, 그는 계속해서 귀에 대고 부드러운 목소리로 말했다. "이건 네 잘못이야. 이건 샤프의 잘못이기도 해. 하지만, 그들은 날 알아. 그들은 내가 독한 놈이란 걸 고맙게 생각하고 있어. 그들은 내가 샤프 씨 같은 놈이 아니란 걸 알지." 그는 이제 그녀가 죽었다는 것을 알았으므로, 천천히 손아귀에서 그녀의 머리를 딱딱한 마룻바닥 위로 내려놓았다.

그가 몸을 일으키며 이렇게 말했다. "난 한번 한다면 하는 놈이야."

56

동이 트자마자 일어난 아딜 자리프는 기도용 돗자리를 펴고 메카를 향해 무릎을 꿇었다. 그는 기도를 마친 다음 돌아앉아, 에밀리오가 잠에서 깨기를 기다렸다. 마침내 젊은 멕시코인이 부스럭거리더니, 채 20분도 지나지 않아 자리프의 방문을 두드렸다.

그들은 조용히 아침을 먹고 나서, 잠시 동안 텔레비전을 봤다. 오전 10시경 현지 뉴스 데스크에서는 벌써부터 임박한 잭 라이언 미국 대통령의 도착에 대해 보도하고 있었다. 자리프는 기자가 말하는 내용을 알아듣지 못했으나, 텔레비전에 비치는 '국립궁전'과 공항을 사진으로 보았고, 에밀리오는 그의 옆에서 번역을 해주느라 분주했다. 자리프는 기자의 보도 내용을 듣고 대통령의 예상 도착 시간과 공식 방문을 위한 스케줄 등, 그가 이미 알고 있는 몇 가지 사항을 확인했다.

제아무리 TV 기자가 그날 밤 만찬에 베풀어질 음식들에 대해 신나게 떠들어 대더라도, 잭 라이언은 만찬을 먹지 못할 것이다. 그리고 아무리 '헌법광장'이 크고 아름답더라도, 잭 라이언은 멕시코 대통령과 걸어서 그곳을 방문하지 못할 것이다. 왜냐하면 그는 그곳에 도착하기 전에 이미 죽을 것이기 때문이다.

하지만 이란인은 한 가지 흥미로운 뉴스를 들었다. 이 뉴스에서 자리프는 미국의 퍼스트레이디가 남편을 동반하지 않는 대신, 다음 날 오후에 멕시코시티로 날아올 것이라는 것을 처음 알게 되었다. 보도에 의하면 그 여자는 일종의 의사였지만, 에밀리오는 퍼스트레이디가 어떤 의사인지에 대해서는 방송에서 듣지 못했다. 에밀리오가 영어로 통역해 준 것에 의하면, 그녀는 메릴랜드에서 해야 할 중요한 일이 있어, 이것을 마친 다음에 멕시코로 온다는 것이다.

자리프는 속으로 그 여자가 계획했던 대로 오늘과 다음 날 하루 종일 일할 수는 없게 될 것이라고 중얼거렸다. 남편의 사지가 수천 개의 조각으로 갈가리 찢겼음을 알게 되면, 그녀는 다시는 일하지 못할지도 모를 것이다.

오전 11시, 게레로 출신의 말도나도 공작원들이 두 사람을 차에 태우러 왔다. 그들은 멕시코시티에 대해 제대로 잘 모르고 있었으며, 목적지로 이동하는 동안에 여러 군데에서 길을 잃었다. 에밀리오는 차의 뒷자리에서 그들에게 소리를 질렀고, 그들도 에밀리오에게 고함을 질렀다. 자리프는 두 사람의 덥수룩한 모습, 그리고 시내 사정에 대해 깜깜한 모습에 기가 질렸다. 그는 상스러운 카우보이처럼 생긴 녀석들이 대통령 암살을 위해 이동하는 동안에 경찰에게 붙잡혀, 안전한 북한에서 새로운 인생을 시작하려던 자신의 계획이 송두리째 망가지지나 않을지 노심초사했다.

자리프는 혹시라도 유죄의 증거가 될 수 있는 어떤 것도 몸에 소지하지 않았다. 그는 단지 휴대전화, 즉 폭탄에 격발 명령을 내리는 데 사용될 장거리 무선전화, 그리고 전화기 건전지를 충전시키기 위한 충전기만을 들고 있었다. 자리프는 잘못해서 전화기가 너무 일찍 폭탄을 폭발시키는 신호를 보내는 일이 벌어지지 않도록 건전지를 전화기에서 빼놓고 있었다. 하지만 자리프는 바보 같은 말도나도 공작원들이 사람들의 시선을 끄는 날에는 자기가 경찰의 심문을 받게 될 것이고, 경찰이 그가 외국인이란 것을 알게 되면 유치장에 가둘 것이라는 점을 알고 있었다.

자리프가 걱정했지만, 그들 일행은 무사히 목적지에 도착했다. 현장에 도착해 보니, 군중 통제용 바리케이드가 벌써 세워져 있었고, 호세 헤레라 가의 거리 상점에 상당한 규모의 군중들이 바리케이드 근처에 몰려들었으므로, 자리프는 이들에게 더 이상 가까이 가기를 원치 않았다. 경찰들이 이미 바리케이드에 배치되어 있었고, 어두운 색깔의 피부에 검은 턱수염과 콧수염을 기른 이란인은 그가 주변의 다른 멕시코인들과 크게 다르지 않다고 생각했지만, 자신의 믿음을 시험함으로써 어여쁜 아시아 소녀들이 득실거리는 북한의 해변에서 안락한 은퇴 생활을 즐길 수 있는 기회를 날려버리고 싶지 않았다.

그래서 아딜 자리프와 에밀리오는 사람들의 눈에 띄지 않도록 뒤로 물러났지만, 이런 행동이 그들의 계획에 아무런 위협도 되지 않았는데, 그 이유는 폭탄을 폭발시키기 위해 가까이에 접근해야 할 필요가 없었기 때문이다.

에밀리오가 '고르도'라고 부르는 말도나도 공작원은 이미 거리 맞은편, 교차로 다른 쪽의 바리케이드 가까이에 자리 잡고 있었다. 그는 북쪽에 위치한 거대한 주차장이 시야를 가리지 않았던 덕분에, '비달 알코세르' 가의 몇 블록을 한눈에 바라볼 수 있는 거의 완벽한 지점을 차지하고 있었다. 또 그는 아이패드를 들고 대통령 차량 행렬을 찍어, 즉시 에밀리오의 아이폰으로 보내줄 예정이었다.

'고르도'는 폭탄의 폭발과 동시에 현장에서 즉사할 것이다. 자리프는 에밀리오의 전화기에 나타난 그의 이미지를 보는 순간 그 사실을 간파했지만, 그는 에밀리오에게 아무 말도 해 주지 않았다.

그들이 시장을 돌아다니며 시간을 죽이고 있는 동안, 에밀리오가 말했다. "다른 사람들이 공격을 위해 폭탄의 폭발음을 기다릴 거예요."

자리프는 무슨 말인지 이해가 되지 않았다. 그는 고개를 옆으로 갸웃거렸다. "다른 사람들이라니?"

"게레로에서 온 12명이 공격에 가담할 거예요. 그들은 이곳에 숨어 기다리고 있어요. 그들은 모두 '염소 뿔'을 갖고 있죠."

"그게 뭔데요?"

에밀리오가 잠시 생각했다. "염소 뿔."

이란인은 아직도 멕시코인이 말하는 것이 뭔지 몰랐다.

"있잖아요… AK-47. 두 명은 RPG를 갖고 있어요. 일단 폭탄이 터지면 그들은 군중 속에서 튀어나와 총을 쏘기 시작할 거예요." 에밀리오가 함박웃음을 지었다. "정말이지 한바탕 난리가 나겠죠."

자리프는 격분했다. "아무도 이런 말을 내게 하지 않았소."

"진정하세요. 이건 좋은 일이에요. 그들은 라이언 대통령의 죽음을 확인할 거예요."

"아니오, 그러지 못할 거예요. 그들은 대통령이 오기도 전에 군중들 속에서 발견될 것이고, 어떤 사람들은 미국인들에게 경고할 거예요."

에밀리오는 이 말에 손사래를 쳤지만, 자리프는 말도나도 조직의 두목과 대화할 것을 요구했다. 에밀리오는 몇 분간 자리프의 공포심을 달래기 위해 노력하더니, 마침내 휴대전화 번호를 눌러 잠시 수신자와 통화를 했다. 에밀리오의 통역으로 진행된 대화에서 자리프는 조직 두목에게 말도나도 부하들을 군중들 사이에서 빠져나오게 하여, 차량 행렬이 이동하게 될 경로의 동쪽으로 한 블록 떨어진 곳에 배치하도록 설득했다. 그는 일단 폭발음이 거리를 진동시키면, 말도나도 조직원들이 한 블록 달려가 그곳에서 마음껏 총을 쏘아도 좋다고 설명했다.

조직 두목은 졸개들을 넉 대의 픽업트럭에 태워 '니콜라스 브라보' 가에 주차하고는, 폭발음이 울릴 때까지 기다린 다음에 현장으로 달려가라는 명령을 내렸다. 트럭 두 대가 '호세 헤레라' 가 남동쪽, 그리고 다른 두 대가 '국립 궁전'의 북동쪽으로부터 대통령의 차량 행렬을 덮칠 예정이었다.

자리프는 이들이 이미 그 무렵 죽어 있을 잭 라이언 대통령에게로 달려가, 아직 살아 있을 수백 명의 경찰과 비밀경호실 요원들에 의해 학살될 것이라는 점을 알고 있었다. 하지만 그것은 그가 걱정할 일이 아니었다. 임박한 거사에 대해 아무런 밀고도 없을 것임을 느낀 자리프는 기분이 한결 좋아졌다. 그래서 그와 에밀리오는 스타벅스로 걸어 들어가, 아이스커피를 주문한 다음, 의자에 앉아 휴대전화에 나타난 비디오를 들여다보았다.

이란인은 비디오카메라를 보면서 폭발 명령을 내릴 것이지만, 그는 자신이 세계적 지도자를 아이폰으로 암살하는 최초의 사람이 될 것임을 확신하였다.

57

대통령 전용기인 에어포스원이 오후 12시 5분에 착륙했다. 조종사는 비행기를 활주로의 미리 예정된 지점으로 몰고 가, 그곳에서 이동식 계단을 밑으로 내렸다. 즉시 붉은 카펫이 깔리고, 40명의 의장대원들이 양쪽에 늘어섰다.

폭탄 탐지 요원인 K9 팀, 대테러 SWAT 팀, 그리고 여섯 개의 연방 정부를 대표하는 수백 명의 다른 미국인 경호 요원들이 이미 공항에 도착해 있었다. 이들은 1주일 전 선발대와 함께 멕시코시티로 오거나, 인원과 장비를 가득 실은 C-141 수송기 편으로 하루 전날 이곳에 도착했다.

비행기 주변에 수십 명의 비밀경호국 요원들이 부채 모양으로 산개했다. 그 속에 포함된 선발대장 데일 허버스는 다른 팀원들과 함께 광활한 베니토 후아레스 국제공항을 조망할 수 있는 지점을 차지했다. 선발대 임무가 이제 완료되었으므로, 평소 같으면 다음번 장소로 이동했을 테지만, 그는 이곳 멕시코에서의 경호상 필요로 인해 대통령이 도착하고, 차량 행렬로 국립궁전으로 이동한 다음 호텔에 들어갈 때까지 이곳에 머물러야 했다.

비행기가 착륙한 지 20분 후, 경호대장인 앤드리아 프라이스 오데이가 계단 층계참에 서자, 몇 초 후 미국 대통령 잭 라이언이 에어포스원에서 나와 계단 아래로 걸어 내려왔다. 이때 음악은 연주되지 않았다. 그것은 공식 국빈 행사가 아니라 공식 행사였으므로, 국빈 행사에 비해 화려함이나 주변 분위기가 한 단계 밑이었다.

그래도 라이언은 계단 아래에서 멕시코 외무장관과 몇몇 다른 고위 관리들의 영접을 받았으며, 그가 그곳에서 대부분 통역을 거쳐 담소를 나누는 동안, 멕시코 주재 미국대사인 호레이쇼 스타일스가 비행기에서 조용히 계단 밑으로 내려왔다. 그는 대통령을 따라 영접 대열에 선 다음, 라이언과 오데이와 함께 리무진에 올랐다.

앞쪽에 주차해 있던 '야수'들의 범퍼 깃대에서 작은 멕시코 깃발들이 나부꼈다. 대통령의 전용 차량에 방문국의 깃발을 게양하는 것은, 외국을 방문할 때 해당 국가에 존경심을 나타내기 위해 필요한 조치였다. 앞쪽 리무진은 의장대 행렬 바로 너머에 위치하고, 뒤쪽 리무진의 뒷문은 붉은 카펫과 정확하게 줄을 일치시킨 상태에서 문을 열어 놓았다. 경호대장 오데이는 장신의 라이언 대통령이 몸을 굽혀 차 안으로 들어갈 때까지 문을 잡고 서 있었다가, 스타일스 대사가 검정색 리무진 뒤쪽에 들어간 후 출입문을 닫고, 팀과 차량에게 출발 명령을 하달했다.

오데이는 라이언이 탑승한 리무진의 조수석 앞쪽, 그러니까 운전사인 미첼 딜레이니 옆에 앉았다. 차량 행렬이 앞으로 이동하자 두 명의 경호관들이 차량 옆에서 달리다가, 공항 출구에서 행렬 뒤에 이동하던 차량 속으로 뛰어올라탔다.

대통령 전용 리무진 앞에는 다른 '야수'가 있었고, 그 앞에는 비밀경호국, 백악관, 그리고 국무부 직원들을 태운 10여 대의 검정색 15인승 밴이 달렸다. 차량 행렬 선두에는 수십 대의 멕시코 경찰차가 달렸고, 맨 앞에는 21명의 멕시코 연방 경찰 소속 순찰 차량들이 이미 더 많은 숫자의 경찰들이 도로를 봉쇄해 둔 교차로를 질주하였다.

대통령의 차량 뒤에는 근접 경호원들을 태운 두 대의 밴이 달렸고, 세 대의 특수 개조 밴이 대테러 팀을 태우고 있었다. 뒷문이 열린 이들 차량에 가득

탄 무장 병력들은 거리 양옆을 주시하였고, 이 차에는 병력들이 해치를 열고 일어서서 공중으로 사격할 수 있는 스탠드가 장착되어 있었다. 네 번째 대테러 차량은 SWAT 요원들을 위해 더 많은 무기와 경호 장비를 적재하였다.

이러한 경호 부대 본대 뒤에는 이동식 지휘 통제 차량에게 붙여진 비공식 명칭인 '로드러너(Roadrunner)'가 따라왔는데, 이 밴에는 대통령과 그의 팀이 외국에서 운전하는 동안에도 비화 통신망을 사용할 수 있도록 각종 최첨단 통신 장비가 가득 실려 있었다.

로드러너 뒤에는 두 대의 흰색 16인승 밴이 기자들을, 그리고 또 다른 12대의 SUV와 승용차들이 다른 VIP를 태웠다. 대통령과 이동하는 기자들과 다른 참모들이 대통령보다 먼저 비행기에서 내렸으므로, 이 모든 차량은 하나같이 만원이었다.

미국의 차량 행렬은 총 35대의 차량으로 구성되어 있었고, 80대 이상의 멕시코 차량이 추가되었으나, 이들 대부분은 제복 차림의 연방 경찰이 탑승한 오토바이였다.

선두 언론 차량은 신문사, 텔레비전 방송국, 통신사 등의 소속 기자 16명이 몰려 앉아 콩나물시루같이 혼잡했다. 운전사 뒤쪽의 첫째 줄 중간에 27세의 CNN 기자인 '질 크로즈비(Jill Crosby)'가 앉아 휴대전화로 무선 감도를 점검하고 있었다. 난생 처음으로 해외 근무에 나선 그녀는 비록 자신이 일하는 워싱턴 지부에 비해 멕시코시티에서 무선 신호를 받는 데 아무런 어려움이 없다는 말을 들었지만, 자기 눈으로 이것을 확인하고 싶었다.

그녀는 휴대전화에서 네 개의 막대기를 발견하고 안도의 한숨을 내쉬었는데, 이는 무선전파가 강력하게 잡히고 있음을 의미하였다.

대통령과 같이 여행해 본 적이 한 번도 없었던 질 크로즈비는 오늘 오후에 남자 친구 외에는 누구에게도 전화를 걸기를 원치 않았고, 유사시에 대비하여 만반의 준비를 갖추고 싶은 심정이 들었다. 그녀가 이곳까지 멀리 온 것은 불교에서 말하는 '만트라(mantra)'였다. 어쨌건, 온몸으로 온갖 부지런을 떨고 또 그 어떤 것도 우연에 맡기려 들지 않는 한, CNN 직원으로서 그처럼 어린 나이에 대통령과 함께 에어포스원에 올라타는 거창한 임무를 부여받는 일은 일어나지 않을 것이다.

'야수'의 뒷좌석에서 라이언 대통령과 스타일스 대사는 병에 든 생수를 마시며 오직 잠시 동안만 의전에 관해 이야기를 나누었는데, 그 이유는 대통령이 대사가 겪었던 옛날 전쟁 이야기를 듣고 싶어 했기 때문이다. 전직 해병 장교였던 스타일스 대사는 그레나다, 파나마 등에서 근무했으며, 중동 지역에서 군대 생활을 마쳤다. 그는 특히 대통령 같은 인물에게 과거의 행적에 대해 장황하게 늘어놓는 타입이 아니었는데, 사실 대통령은 젊은 대사보다 약간 더 긴 흥미로운 스토리를 갖고 있었다. 하지만 자신이 한때 해병 장교였던 라이언 대통령은 스타일스 대사에게 마치 정신이 온통 매료된 대학생처럼 그가 장교로 복무했던 당시에 대한 질문을 쏟아내었다.

때는 북한의 평양 시간으로 새벽 2시 18분이었지만, 리태진은 군복을 차려입고 정찰총국 사무실의 책상에 앉았다. 사무실 맞은편에는 32인치 텔레비전의 채널이 미국 방송국인 CNN에 맞춰져 있었다. 리태진과 함께 조선인민군 군복 차림의 여자 통역관이 사무실에 있었다. 그녀는 왜 새벽 시간 내내 그 자리에 앉아 미국 텔레비전 뉴스를 통역해야 되는지에 대한 아무런 설명도 없이 그곳에 오라는 명령을 받았다.

지금 이 시간 CNN 방송국은 오하이오 강의 범람에 관한 이야기를 다루는 정오 뉴스를 보도하고 있었다. 여군 통역관은 리태진에게 즉각적이고 자신 있게 보도된 내용을 설명해 주었지만, 리태진은 통역관으로서 그녀의 능력을 인정해 주는 외에는 별다른 흥미를 보이지 않았다. 그의 마음은 다음 몇 분간의 중요성을 생각하며 갈피를 잡지 못했다.

그는 의심과 분노의 감정을 가지고 이번 작전에 뛰어들었지만, 계획이 진전됨에 따라, 시리아 암살자에 관한 스토리의 조각들이 뭔가 하나의 그림을 형성하며 척척 맞아 들어감에 따라, 그리고 말도나도 카르텔의 행동에 관해 은밀히 감시하고 있는 멕시코시티 주재 정찰총국 스파이들의 보고를 받을 때마다, 그는 전체 사업의 성공 가능성에 관해 조심스러우면서도 낙관적인 기대를 갖기 시작했다.

축복인지 저주인지 알 수 없어도, 하나의 계획이 다음의 계획으로 착착 넘어갔다.

리태진이 살기 위해서는… 라이언이 죽어야 했다.

그는 손을 허공으로 내저어 여군 통역관의 통역을 중간에 가로막았다. 오하이오가 물속에 빠져 익사하건 떠내려가건 리태진은 상관할 바가 아니었다.

"중요한 뉴스가 방송될 때까지 잠깐 쉬거라."

통역관은 불편한 듯 침을 삼켰다. "죄송합니다만, 무엇이 중요한지 제가 어떻게 알 수 있습니까?"

리태진의 슬픈 듯한 눈동자가 깜박거리더니 밝게 빛나면서, 늘 찡그리고 있던 이마의 주름살을 위로 추켜올렸다. "알게 될 거다."

'야수'가 코스타리카 가를 지나 왼쪽으로 방향을 틀어 비달 알코세르 가로 접어들자 바리케이드 뒤에 서 있던 작은 그룹의 군중들이 손을 흔들었다. 대부분은 그를 만나게 되어 반가운 표정이었지만, 몇몇 화난 듯한 젊은 남녀는 그가 읽을 수 없는 글씨로 쓰인 플래카드를 흔들었다.

라이언이 스타일스에게 몸을 돌렸다. "아카풀코에서 벌어진 말도나도 카르텔의 살인사건 때문에 골치깨나 아팠겠어."

스타일스가 말했다. "멕시코 주재 대사로서 말씀드리자면, 적어도 일반

대중들을 다루는 데 있어 외교적으로 어려운 시간이었다는 점을 자백합니다. 말도나도 형제들이 멕시코 서부 지역의 상당한 지역에서 일부 대중적인 지지를 받고 있기 때문입니다."

라이언이 고개를 끄덕였다.

"하지만 제가 잠시 해병 장교로서 한 말씀 드려도 되겠습니까?"

"그렇게 하게."

"그 망할 놈의 새끼를 죽여야 됩니다."

잭이 다시 고개를 끄덕였다.

스타일스 대사가 몸을 앞으로 숙이며 말했다. "전 대통령님이 마음껏 말씀하지 못하시더라도 이해합니다. 하지만 우리가 아카풀코에 우리 공작원을 배치하는 방안을 어떻게 생각하시는지 무척 궁금합니다."

라이언은 냉정한 표정으로 이렇게 대답했다. "대사, 난 긍정도 부정도 할 수 없다네." 그는 마지막 문장을 작은 윙크로 끝마쳤다.

스타일스 대사는 창밖을 내다보며 말했다. "대통령님, 그 말씀을 들으니 정말 기운이 납니다."

차량 행렬로부터 네 블록 떨어진 곳에서 20대의 멕시코인 한 명과 40대의 이란인이 스타벅스 후미진 구석의 작고 둥근 테이블에 앉아 휴대전화에 몸을 숙이고 있었다. 나이 든 남자는 손에 흰색 무선전화기를 들고 있었지만, 그것을 양발의 배낭 사이에 올려놓은 채, 테이블 밑에 숨겼다. 누군가가 이들을 주시하고 있었다면 두 사람이 땀을 흘리고 있다는 것을 알아챘을 것이지만, 커피점에 있던 다른 손님들은 서로의 대화와 일에 열중하고 있었다.

아딜 자리프는 행여나 첫 번째 리무진 행렬을 놓칠세라, 열심히 휴대전화에 나타나는 비디오 영상을 주시하였다. 고르도는 자리프가 원하였던 것보다 더 자주 카메라를 움직였고, 주변에 있던 군중들이 그를 밀칠 때마다, 카메라

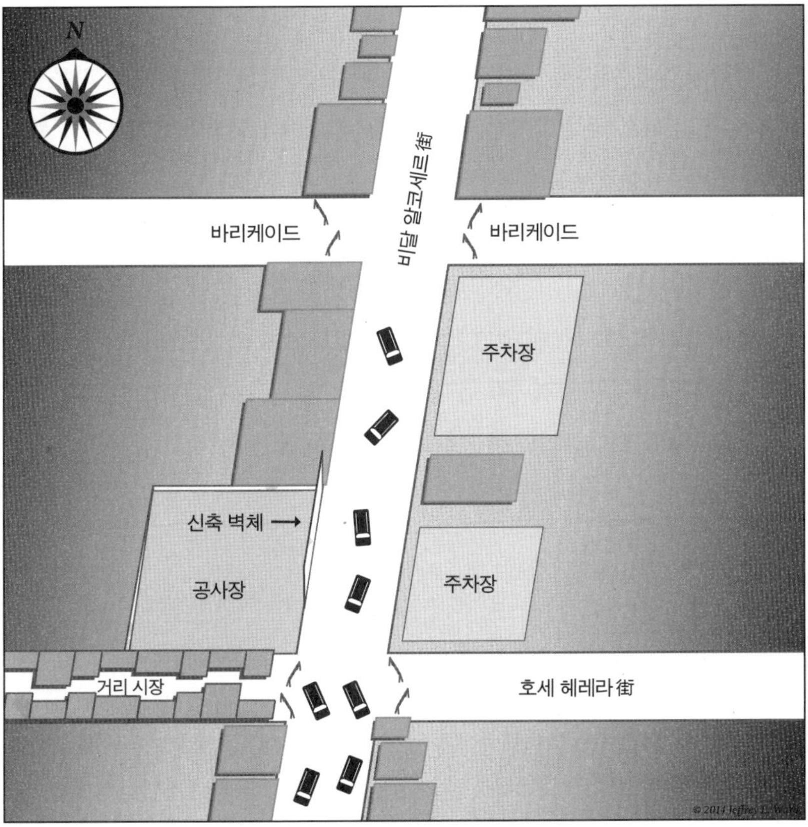

멕시코시티에서의 매복

가 위로 올라갔다가 다시 제자리로 내려오면서 영상이 갑작스럽고 심하게 흔들렸다.

하지만 자리프는 새로 세워진 벽체 앞으로 검은색 밴의 행렬이 지나고, 산들바람에 작은 멕시코 국기를 나부끼면서 크고 검은색의 첫 번째 리무진이 통과할 때, 비디오 영상이 에밀리오의 작은 휴대전화 화면의 한가운데에 뚜렷하게 나타나는 것을 보고 알라신의 선물이라고 생각했다.

스타벅스 뒷자리에서 아딜 자리프는 작은 목소리로 이렇게 중얼거렸다. "신은 위대하다!"

이와 동시에, 테이블에 같이 앉아 있던 말도나도 조직원인 에밀리오도 이렇게 말했다. "똥이나 처먹어라."

자리프는 무선전화기의 버튼을 눌러 전화를 연결했다.

심지어 세 블록이나 떨어진 스타벅스에서도 지축을 뒤흔드는 거대한 폭발음으로 귀가 먹먹했다.

58

짙은 회색 구름이 사방에 있던 모든 사람들, 그리고 모든 것들을 뒤덮었다.

거리 전체, 주변의 골목, 서쪽의 거리 상점 가장자리, 그리고 동쪽의 야외 주차장 등, 폭발 지점에서 반경 25야드 이내에 있던 모든 것들은 온통 연기와 먼지, 그리고 작은 콘크리트 부유물 등으로 뿌옇게 가려졌다.

사방으로 반경 25야드에서 50야드 거리에서 밖에 서있던 사람들 중 상당수가 폭발의 위력으로 죽거나 기절하거나 정신이 혼미해졌다. 고막이 폭발음으로 충격을 받아 귀에서 윙윙거리는 소리를 냈다. 사람들은 뇌진탕을 일으켜 평형감각을 상실했다.

거기서 사방으로 다시 25야드를 더 나간 반경 속에 있던 차량은 엉망으로 부서지고 사람들도 혼란에 빠졌다. 이곳까지 날아온 파편에 맞아 사망자가 생기고, 유리창이 깨지고, 차의 알람 소리가 요란하게 울렸다.

몇 초 이상 비명을 지른 사람은 아무도 없었으며, 극도의 혼란과 믿을 수 없는 충격이 자연스러운 공포의 감각을 짓눌렀다.

비밀경호국의 데일 허버스는 '검객'이 탑승한 리무진으로부터 여섯 번째 앞에 있던 밴에 탑승한 다섯 명 중 한 명이었다. 뒤에서 일어난 폭발로 그가 타고 있던 SUV의 지붕으로 잔해들이 우박처럼 쏟아져 내렸지만, 백미러로 후방을 보던 운전사는 페달을 밟고 앞으로 달릴 준비를 했다. 만일 그들이 공격을 받고 있다면, 첫 번째 규칙은 가급적 빨리 대통령을 구출하여 교전 지역을 이탈하는 것이다.

하지만 자신의 뒤에 발생한 검은색 구름 기둥의 엄청난 크기로 인해 그는 통상적인 규칙에 의문을 갖게 되었다. '야수'가 제 발로 굴러서 살상 구역을 벗어날 수 있을까?

운전사는 무엇을 해야 되는지를 파악하기 위해 마이크로 무선망을 호출했지만, 동시에 다른 30여 명의 경호원들이 한꺼번에 무선망에 등장하자 서로의 교신음이 중복되어 엉망진창이 되었다.

허버스는 차량에서 선두 경호원이었으므로, 다른 지시가 없다면 그가 다른 네 명의 동료들을 지휘해야 됨을 알았다. 그는 폭발의 규모로 미루어 아직 파괴되지 않은 차량들 중에서 자신의 차량이 대통령에게 가장 가까울 것으로 생각했다. 하지만 그는 '검객'을 찾기 위해 운전사에게 검은 구름 속으로 차를 후진시키도록 명령할 수 없음을 깨달았는데, 그 이유는 그가 알고 있는 한 대통령이 부상을 당한 채 거리에 누워있었기 때문이다.

대신 허버스는 용감한 결정을 내렸다. "차를 정지시켜 도로의 차선을 개방한 다음, 모두 차에서 내려, 엄폐를 한 다음, 철수하라!"

운전사는 차량의 가속페달을 밟아 6차선의 가장자리로 이동하여 후속하는 차량들이 그렇게 할 수만 있다면 가급적 신속하게 지나가도록 공간을 열어주었다. 그런 다음 다섯 명의 경호관들은 권총을 뽑아 허공을 지그재그로 조준하면서 차에서 신속하게 내렸다. 물론 이들은 이런 행동으로 위험에 빠졌지만, 이들이 '야수가' 움직일 수 있는 상태인지, 아니면 조금도 피해를 입지 않았는지를 알지 못하고는 더 이상 임무를 계속 수행할 방법이 없었다. 그래서 모든 비밀경호국 요원들은 자신들의 첫 번째 임무가 대통령을 엄호하고 대피시키는 것임을 알고 있었으므로, 허버스와 동료들은 거대한 회색 구름을 향하여 맹렬히 앞으로 달리기 시작했다.

거의 즉시 허버스는 도로 가장자리에 차를 세운 것이 어리석은 행동이었음을 직감했다. 비달 알코세르 가 남쪽으로 이동하는 차량은 전혀 없을 것이다. 그들은 유리창이 모두 박살 나고, 타이어가 너덜너덜 찢어진 채, 연기를 내뿜으면서 옆으로 누워있거나 도로와 직각을 이루며 널브러져 있는 부서진 밴들을 지났다. 이들 SUV는 10여 명의 장정이 밀지 않는 한 도로 중앙에서 움직이지 않을 것이며, '검객'의 안전이 확보될 때까지 걸음을 멈출 시간이 없었다.

여기저기 파괴된 차량에서 몇몇 사람들이 기어 나왔지만, 허버스는 시체들이 도로 주변과 자동차 운전대 위에 널려있는 모습도 발견했다.

그의 오른쪽으로 호세 헤레라 가의 바리케이드 뒤쪽에 몰려 있던 군중들은 땅바닥에 엎드려진 거대한 사체 수집소같이 보였다. 허버스는 이곳에서 걸음을 늦추며, 잠재적 위협에 대비하여 총구를 겨냥하였지만, 그가 목격한 유일한 움직임이라고는 조용한 군중들의 사체 더미 속에서 살아남은 몇몇 생존자들이 비틀거리거나 괴롭게 버둥거리는 동작뿐이었다.

그의 이어폰으로 뭔가를 경고하는 듯한 고함 소리가 들렸으나, 지금 마치 100여 대 차량의 알람 소리가 여섯 가지 가락을 내며 한꺼번에 울리는 것처럼, 각자의 고성이 다른 사람들의 고성을 누르려고 소리를 지르는 바람에 허버스는 어떤 소리가 누구의 목소리인지 알 수가 없었다.

그는 위협을 발견하지 못하였으므로, 군중으로부터 몸을 돌려 마지막으로 알려졌던 '야수'의 위치를 향해 정장 구두와 신사복 차림으로 죽을힘을 다해 달려갔다. 그의 이어폰에 현장에서 뛰어다니는 요원들의 목소리가 들렸으나, 아직도 대통령 경호대장인 오데이의 목소리는 들을 수 없었다.

두꺼운 연기 구름의 가장자리에 도착하여 그 속으로 달려가는 순간, 그의 뒤에서 요란한 총소리가 울렸다. 그가 뒤를 돌아보기도 전에 그는 무기에서 나는 뚜렷한 소리를 알 수 있었다. 그것은 AK-47로서, 이는 비밀경호국이나 멕시코 연방 경찰이 절대로 갖고 다니지 않는 무기였다. 그는 손목에 달린 마이크에 소리를 지른 것과 동시에 주변에 있던 수십 명의 남녀 경호 요원들이

동시에 고함을 쳤다. "전투 개시!"

즉각 그는 AK 소총이 내뿜은 총알들이 군중들의 방향에서 날아와, '탁탁' 거리는 매우 높은 음을 내며 거리에 서 있는 그의 옆을 지나 공기를 가르는 소리를 들었다.

총성의 근원지를 찾으려고 사방을 두리번거리던 허버스가 거리에 서 있던 곳으로부터 도심지 방향인 연기 구름 뒤쪽에서, 아직도 숨이 붙어 있던 비밀경호국 요원들은 차량에서 비틀거리며 빠져나와 구름 기둥을 향해 이동하기 시작했다. 그들은 차에서 내리는 도리밖에 없었는데, 그 이유는 그들 앞에서 불에 타고 있는 차량들이 길을 가로막고 있었기 때문이다. '로드러너'는 옆으로 누운 채 부서져 있었다. 거대한 폭발음이 울린 지 거의 30초가 지났건만, 아직 밖으로 기어 나온 사람은 아무도 없었다.

폭발로 목숨을 잃지 않은 대테러 팀 요원들은 붕대를 감싸고 있거나, 어두운 구름 속에서 방향감각을 잃은 채, 육안이나 이어폰을 통해 어떤 정보라도 얻을 수 있기를 필사적으로 바라면서 M4 소총을 들고 앞으로 달렸다.

이들은 연기 속에서 표적을 발견하려고 사방으로 총구를 휘휘 내저으며, 자신들이 방향감각을 되찾을 수 있도록 도와줄 수 있는 누군가 또는 무엇인가가 가까이에 있는지를 찾으려 노력했지만 허사였다.

몇 초 후, 갑자기 이들이 위치하고 있던 장소의 남쪽 방향에서 요란한 AK 소총 소리가 들리자, 이들은 재빨리 사방으로 몸을 날렸다. 이들 뒤쪽인 북쪽에서도 더 많은 총성이 울렸다. AK 자동소총 소리에 대하여 비밀경호국 요원들은 들고 있던 권총의 짧고 날카로운 스타카토 총성으로 응사했다.

회색 구름의 북쪽 가장자리에 있던 대테러 팀은 인도로부터 접근하는 두 대의 픽업과 교전을 벌였으나, 이들 뒤편에서 피어오른 연기와 먼지가 부풀어 오르는 구름 떼처럼 이들을 감쌌다.

천지 사방에서 제각각으로 울려 퍼지는 총성들의 소음을 뚫고, 비밀경호국 요원들이 끼고 있던 이어폰, 헤드셋, 그리고 차량의 무전기에서는 귀청을 찢을 듯한 높고 날카로운 비명 소리가 울렸다.

"RPG(Rocket Propelled Grenade, 로켓추진식 수류탄)!"

가까스로 눈을 뜬 잭 라이언 대통령은 눈물처럼 생각되는 무엇인가를 없애보려고 눈을 연신 깜빡거렸다. 손을 얼굴에 가져가 비벼보더니 끼고 있던 안경이 없어진 것을 알았다. 이번에는 손을 머리 뒤로 가져갔다. 머리에서 피가 흐르고 있었다.

그는 거대한 폭발이 있었다는 것을 전혀 몰랐다. 섬광을 보거나 천지를 무너뜨릴 듯한 굉음도 듣지 못했다. 그는 일종의 거대한 교통사고가 일어난 것이 아닌가 생각했다. 이제 비로소 그는 자신이 어색한 자세로 오른쪽으로 누워있고, 양발이 머리보다 높은 곳에 있다는 것을 알았다. 그의 옆에 있는 스타일스 대사의 사체는 만신창이가 되어 있었다. 뭔가 이상하게 '번쩍'하는 것이 있기는 하였다. 왜냐하면 그가 기절하기 전에 마지막으로 기억하는 것은 햇살이 화창한 아름답고 청명한 오후였기 때문이다.

대통령 전용 리무진 '야수'는 거꾸로 뒤집혀 있었다. 그는 몇 초 후 이런 사실을 분명히 알게 되었지만, 차량의 유리창 너머로 보이는 것이라고는 마치 그들이 컴컴한 호수에 처박힌 것같이 짙은 회색뿐이었다.

이것은 일어날 수 없는 불가사의한 일이었다. 그는 자신이 꿈을 꾸고 있는 것이 아닐까 생각하며, 생각을 또렷이 하려고 고개를 세차게 흔들었다. 그러자 둔탁하면서도 사방을 쑤시는 듯한 통증이 머리 오른쪽에서 느껴졌다.

"대통령님?"

"그래, 앤드리아. 난 괜찮아."

그는 괜찮지 않았지만, 목숨은 붙어있었다. 앞자리에 앉아 있던 앤드리아

프라이스 오데이도 거꾸로 매달린 상태였다. 그녀가 대통령의 목소리를 듣기를 원했으므로, 그는 앤드리아의 요구에 따랐던 것이다.

이제 라이언은 팔을 앞으로 뻗어 호레이쇼 스타일스 대사의 등에 손을 갖다 댔다. 리무진의 천정에 거의 평평하게 누워있는 그는 아무런 움직임도 보이지 않았다. 라이언은 스타일스 대사를 흔들어 깨우려 했지만, 그의 몸을 흔들자 머리가 힘없이 옆으로 떨어지며 얼굴이 라이언을 향했다. 그는 눈을 뜨고 있었지만 눈동자가 허옇게 뒤로 뒤집혔다. 라이언은 그의 목이 부러진 것을 알았다.

그는 "스타일스가 죽었어!"라고 오데이에게 소리쳤지만, 그녀는 이 말을 무선 마이크에 전달하고는 아무 대답도 하지 않았다.

이제 라이언은 리무진 밖에서 울리는 총성을 들었다. 총성은 두 개의 방향에서 나는 것 같았다. 커다란 폭발음이 뒤쪽 가까이에서 들렸는데, 이는 마치 RPG가 차량에 명중할 때 나는 소리 같았다.

오데이가 말했다. "우린 차 안에 있어야 합니다. 우리가 산소와 장갑의 보호를 받고, 우리가—" 그녀는 말을 멈추었다.

잭은 이제 몸을 왼쪽으로 돌려 무릎을 꿇은 자세를 취했다. 오른쪽 팔이 말을 듣지 않는 것 같았지만, 그래도 양복을 착용한 상태에서 팔이 제자리에 붙어 있었고 피도 흘리지 않았으므로, 팔에 무슨 문제가 생겼는지 알 수가 없었다.

그는 앤드리아를 쳐다보고는 그녀가 왜 말을 멈추었는지를 깨달았다. 자욱한 연기가 차의 실내를 가득 채우기 시작했다.

그녀는 그를 돌아다보았다. "잘 들으십시오. 이 자리에 가만히 계십시오. 제가 돌아서 문 쪽으로 갈 겁니다."

그녀는 라이언의 대답을 기다리지 않았다. 대신 앞쪽의 조수석 문짝을 발로 걷어차 땅바닥 위에 구르면서 떨어졌다.

이제 라이언은 운전사에게 소리쳤다. "이봐, 미치(Mitch)! 괜찮아? 여기서 나가야 돼!" 운전사는 안전벨트를 착용한 상태에서 거꾸로 매달려 있었다. 그는 라이언 쪽으로 머리를 돌렸지만, 대답하지는 않았다.

앤드리아가 라이언의 창문에 나타났다. 그녀는 뒤집힌 차량의 출입문을 힘껏 잡아당겨 좁은 틈바구니를 만들었다.

라이언은 이제 리무진에서 몸을 빼내 거리로 굴러 내렸다. 그는 리무진이 거리의 한가운데 있던 자리로부터 약 20피트나 멀리 날아와 길모퉁이에 떨어진 모습에 놀라움을 금치 못했다.

라이언은 기침을 콜록거리면서 차량 내부에서 들이마신 연기를 뱉어낸 다음, 두 발로 일어서기 시작했다. 오데이는 라이언이 리무진 옆으로 기대도록 하여, 무릎을 꿇은 자세에서 처음으로 주변을 둘러봤다. 대테러 팀의 전투장비를 착용한 두 사람이 자욱한 연기를 뚫고 달려왔다. 이들은 총을 높이 든 자세로 달려오면서 공상과학영화에 등장하는 '광검(光檢, lightsabre)'처럼, 총구에 달린 레이저빔을 자욱한 연기 구름에 이리저리 어지럽게 비추었다. 그들은 라이언 대통령 주변에 대형을 형성하여 차단선을 구축한 다음, 엄청난 규모로 피어오르는 짙은 연기와 먼지 속에서 표적을 찾기 위해 노력했지만 아무런 소용이 없었다.

이번에는 양복과 넥타이를 착용한 제3의 특수부대원이 나타났다. 그의 얼굴과 다리는 핏자국으로 범벅이 되었지만, 그래도 두 발로 돌아다닐 수 있을 정도였다. 그는 뒤집힌 리무진에서 운전석 문짝을 열어 특수부대원인 '미치 딜레이니'가 밖으로 기어 나오는 것을 도와주었다. 라이언은 운전사가 리무진이 뒤집혀 떨어지는 충격으로 아직도 방향감각을 찾지 못하고 얼떨떨한 상태에 있다는 것을 알았다.

오데이는 대여섯 개의 불타는 잔해들을 헤치고 폭발 지역으로부터 서서히 벗어나 '야수'에게 다가가기 위한 차량—어떤 차량이건 상관없었다—을 무선으로 호출했다. 그녀는 뭔가 장갑 보호를 제공해 주는 무엇인가에 태워 '검객'을 살상 지역에서 대피시켜야만 했으나, 현시점에서는 바퀴가 네 개 달리고 시동만 제대로 걸린다면 족하다고 생각했다.

라이언 대통령은 스타일스 대사를 차에서 끌어 내리려 애쓰는 동안, 경호원들은 주변에서 그를 단단히 에워쌌다. 두꺼운 연기가 이들의 시야를 가려 두 개의 방위각에서 벌어지는 공격을 눈으로 볼 수 없어 혼란을 가중시켰으나, 그것이 한편으로는 폭발 지역을 관측하려는 공격하는 측의 시계도 가려주는 효과가 있었으므로, 그들은 대통령이 방탄 리무진에서 밖으로 나와, 길모퉁이에 무릎을 꿇은 자세로 노출된 상태에 있다는 사실을 알 도리가 없었다.

시커먼 연기 구름을 뚫고 남쪽으로부터 무엇인가가 '쉭쉭' 바람을 가르며 빠르게 다가오는 소리가 들렸다. 아무도 그것을 직접 볼 수 없었고, 제시간에 그것이 무엇일지를 알아차리고 몸을 웅크릴 여유도 없었다.

RPG가 리무진의 옆구리에 명중하면서, 주변에 있던 사람들을 모두 땅바닥에 쓰러뜨렸다.

거대한 폭발음이 울리는 순간 그 뒤에는 언론인들을 태운 16인승 밴이 달리고 있었는데, 폭발의 충격으로 차량의 몸체가 흔들리고, 폭발물의 잔해들이 차량을 덮쳐 앞 유리창 여러 군데를 깨뜨렸다. 우박처럼 쏟아지는 폭발물 잔해에 얻어맞은 백미러들이 밴 옆으로 날아가면서 조수석 방향의 유리창들을 모조리 깨뜨려 놓았다. 믿을 수 없는 만큼 요란한 폭발음과 함께 무수한 파편과 부서진 차량들의 조각들이 날아들자, 놀란 탑승자들은 머리를 손으로 감싸면서 황급히 몸을 숙였다.

선두 밴의 운전사는 백악관 공보실 직원으로서 훈련받은 경호관이 아니었으나, 그는 비상사태에서의 행동 요령을 배워서 알고 있었다. 그가 해야 할 일은 일단 대로에서 벗어나, 만일 그 지역에서 후방으로 후퇴해야 한다는 결정이 내려질 경우에는 앞에 가던 밴의 경호원들을 위해, 그리고 만일 전방으로 달려가 도움을 주어야 하는 경우에는 뒤따라오던 밴의 경호원들에게 각각

길을 터주는 것이었다.

하지만 폭발음이 울린 지 10초 후에도 밴의 운전사는 전혀 움직이지 않았다. 급조폭발물이 도로 건너편에서 폭발하면서 맨 뒤의 곡사포탄에서 쏟아진 고폭탄 파편들에 얻어맞아 밴의 앞바퀴가 송두리째 날아갔다.

선두 언론사 차량에 탑승하고 있던 사람들 중에서 네 명의 언론인들이 깨진 유리 조각들에 부상을 입었고, 더 많은 사람들이 폭발의 충격으로 방향감각을 상실했다. 하지만 CNN의 질 크로즈비 기자는 멀쩡했다. 그녀는 둘째 줄에서 폭스(Fox) 사 기자인 제프 하크스(Jeff Harkes) 옆자리에 앉아 있었다. 운 나쁘게도 얼굴 전체에 유리 조각들이 박힌 하크스가 오른쪽 귀에 생긴 흉측한 상처를 손으로 감싸는 동안, 크로즈비는 그의 다리 위를 지나 기어 나와 문짝 손잡이를 움켜쥔 다음, 힘껏 잡아당겨 문을 열어젖혔다. 다른 사람들이 서로의 상처를 치료해주거나 밴에서 기어 나오려 애쓰는 동안, 질 크로즈비는 연기가 자욱한 폭발 현장을 향해 달음박질쳤다.

총소리가 나기 시작할 무렵, 그녀는 주머니에서 휴대전화를 끄집어낸 다음 CNN의 애틀랜타 본부에 전화를 걸고 있었다. 크로즈비는 폭발의 충격으로 90도 각도로 옆으로 나뒹굴어 있는 부서진 밴을 지나, 남북으로 뚫린 6차선 대로의 서쪽으로 향했다. 몸을 숙인 자세로 SUV를 지나 달려가던 그녀는 반대편에서 똑같이 생긴 밴이 화염에 휩싸인 모습을 발견했다.

그때 무엇인가가 부근에서 폭발하자, 그녀는 땅바닥으로 쓰러졌다. 크로즈비는 하마터면 온몸이 RPG 폭발로 산산이 찢겨나갈 뻔했다는 사실도 모른 채, 비틀거리며 일어나 다시 앞으로 달려갔다. 갈수록 그녀의 부근에 있던 사람들의 고함 소리가 커졌다.

질 크로즈비가 두꺼운 회색 연기의 장막 속으로 막 들어섰을 때, 그녀의 프로듀서가 전화를 받았다.

"크로즈비예요! 대통령 차량 행렬이 공격을 받았어요! 지금부터 생방송할 거예요!"

어깨에 총을 멘 두 명의 대테러 팀 요원들이 그녀 옆을 지나 달려가더니 앞쪽의 연기 속으로 모습을 감추었다.

허버스는 대통령에게 다가가려던 생각을 포기했다. 이제 그의 임무는 교전 지역 남쪽에 있던 두 대의 픽업트럭에서 발생한 적대 행위를 진압하는 것이었다. 이들 차량은 수많은 사상자들의 무리 앞에 정지했다. 허버스는 거리에서 엎드린 자세로, 마치 적절한 엄폐물인 양 착각하면서 자신의 차량 문짝 뒤에 웅크린 채 자신에게 AK 소총을 쏘아대는 흰색 픽업트럭 운전사 중 한 사람에게 응사했다. 허버스와 동료들은 40밀리 실탄을 집중 사격하여, 얄팍한 금속 문짝 뒤에 숨어 있던 괴한을 사살했다.

그는 오데이가 자신이 '검객'과 함께 '야수'에 있지만, '야수'가 파괴된 상태라고 말하는 무선 송신을 청취했다. 그녀는 두 번째 '야수'를 자기 쪽으로 오도록 호출했지만, 허버스는 응답하는 소리를 듣지 못했다.

그는 무엇이 잘못되었는지에 대해 1초도 더 생각하지 않았다. 그런 생각은 나중에, 더 나중에 생각하면 될 일이고, 지금은 오직 총격전에서 살아남는 일만이 지상 과제였다. 그래서 골목길에서 들이닥치는 괴한들에게 총을 쏘아대느라 탄창을 모두 비운 그는 더 많은 괴한들을 상대하기 위해 탄창을 다시 끼우고 총알을 재장전했다. 권총으로 다시 표적을 겨냥할 무렵, 그는 저 건너편 호세 헤레라 가(街)의 그늘 속에서 번쩍이는 섬광을 보았다. 순간적으로 섬광의 크기가 커지자, 그는 그것이 날아가는 RPG라는 것을 알아챘다. RPG가 지상에서 5피트 높이로 그의 머리 바로 위를 지나 허공에 긴 꼬리 연기를 남기며 날아가더니, 표적에 충격하면서 폭발하는 굉음이 울렸다.

그는 미합중국 대통령이 바로 그 옆에 서 있는 상태에서, RPG가 부서진 대통령의 전용 리무진을 명중시키지 못하기를 간절히 바랐다.

허버스는 RPG가 날아온 방향으로 사격을 가했다. 텅 빈 로켓 튜브를 들고 혼자 서 있던 괴한이 충격을 받자 몸을 숨겼다.

그런 다음 허버스는 차량 주변을 두리번거렸다. 그는 더 이상 대통령이 살상 지역 부근에서 기다리면 안 된다는 사실을 깨달았다. 불과 50피트 떨어진 곳에 유리창이 부서졌지만 타이어가 멀쩡한 밴이 길 위에 서 있었다. 그는 비밀경호국 요원이 운전대로 뛰어오르고, 다른 한 명이 열려있는 조수석 문짝 밖에서 바닥에 납작 엎드리는 모습을 보았다.

허버스는 벌떡 일어나 검정색 SUV 쪽으로 달리기 시작했다.

59

지난 45초 동안, 라이언 대통령은 두 번째로 무릎을 꿇은 자세로 기었다. 옆구리에 대롱거리며 매달린 오른팔에는 시시각각 통증이 엄습했으나, 고통의 와중에서도 그는 앤드리아가 이마에서 피가 솟구치고 얼굴이 밑을 향한 자세로 엎어져 있는 모습을 발견했다.

그는 눈 속으로 모래 같은 것이 파고들지 못하도록 연신 눈을 깜빡거리면서 그녀에게로 기어갔다. 그녀는 불과 5피트 떨어진 곳에 있었건만, 그 거리가 1마일처럼 멀게 느껴졌다.

주변의 모든 사람들은 들고 있던 저마다의 무기로 사격하면서, 날카로운 고함을 지르며 경고를 했다. 헬리콥터 한 대가 너무 낮게 날아오는 통에 소용돌이 같은 회오리바람이 두꺼운 연기를 걷어냈다. 두 명의 경호원들은 라이언 대통령의 등에 손을 댄 채, 시종일관 사격 자세를 유지하면서 이따금 의심스런 표적에 실제로 사격을 가하자, 시뻘겋게 달구어진 탄피가 쨍그랑거리며 거리에 떨어지는 소리가 요란하게 울렸다. 라이언 대통령은 두 손으로 앤드리아의 머리를 감싸 안았다. 그녀의 눈은 감겨 있었고, 입은 약간 벌어져 있었다. 그는 머리를 그녀의 입과 가슴에 대 보았지만, 아무 소리도 들을 수 없었다.

그녀는 숨을 쉬지 않고 있었다.

이제 대테러 팀 요원들이 라이언을 부축하여 일으켜, 뒤집혀 있으면서도 그나마 상대적으로 안전한 리무진으로 데려가려 했지만, 라이언은 왼팔로 그들의 부축을 뿌리쳤다. 그런 다음 그는 앤드리아의 코를 손으로 막고는 인공호흡을 시작했다.

그는 수십 년 전에 인공호흡 교육을 받은 적이 있고, 아들인 카일이 태어났을 때 그의 부인이 기억을 되살릴 수 있도록 보수 교육을 시켜주었으므로, 그는 인공호흡의 기본을 잘 알고 있었다. 그는 사방에서 울리는 총소리에도 아랑곳하지 않고, 심지어 부근의 주차장 벽에 RPG가 명중하여 세 번째 폭발음이 울리는 와중에서도 그녀의 입으로 짧으면서도 강하게 숨을 불어 넣으며, 한 손으로는 흉부 압박을 계속했다.

그가 세 번째로 인공호흡을 실시하자 그녀에게서 반응이 나타났다. 그녀가 짧게 숨을 내쉬고 얼굴을 잔뜩 찌푸리며 불쾌한 표정을 지었지만, 마침내 그는 앤드리아가 살아난 것을 알았다.

라이언 대통령이 그녀에게 뭔가 말을 건네려는 순간, 보도의 아래쪽 골목에서 검정색 밴이 나타나더니 불과 10피트 옆에서 요란하게 타이어를 끄는 소리를 내며 정차했다. 이제 몇몇 위기진단 · 대응 팀 요원들이 앤드리아 프라이스 오데이로부터 라이언 대통령을 떼어 내 데려갔다.

그가 "잠깐!"이라며 소리를 질렀지만, 이제 대통령 라이언은 명령을 내릴 입장이 아니었다.

젊은 요원이 대통령을 차량으로 끌고 가면서 "그녀는 우리에게 맡기십시오!"라고 소리를 쳤다.

차의 뒷문이 열리자 요원들은 거칠게 라이언을 차 안으로 밀어 넣는 동안, 방탄복을 착용한 사내들이 사방에서 그를 에워쌌다. 그는 잠깐 어깨 너머로 오랜 동료가 길바닥에 꼼짝도 하지 않고 누워있는 모습을 보려 했지만, 그의 머리 위에 있던 근접 경호 팀 요원 한 사람이 대통령의 머리를 거의 바닥까지 밑으로 내리누른 다음, 그를 자신의 몸으로 덮었다.

라이언은 고통으로 비명을 질렀다.

운전대를 잡고 있던 경호원이 다른 동료들에게 소리쳤다. "전방에 무장 괴한들과 장애물이 있다! 뒤로 돌아갈 수 있나?"

차량 행렬 뒤에 있던 두 명의 대테러 팀 요원들이 달려왔다. "양호! 후방 50피트에 장애물이 있지만, 그 뒤로는 안전해!"

다른 요원이 소리쳤다. "달려!"

운전사인 허버스는 부서져 널브러진 차량들에 충돌하지 않도록 어깨 너머로 후방을 주시하면서 총알 같은 속도로 잽싸게 차를 후진시켰다. 허버스가 뒤로 차를 모는 동안 다른 요원은 자신의 헤드셋에 고함을 질렀다.

특수부대원 '데이비스 링클레이터(Davis Linklater)'는 비밀경호국 무선망에 대고 고함을 질렀다. "'검객'이 이동한다! 방향은 북쪽, 모두 길을 비킨 다음, 차가 지나가면 대형을 갖추도록!" 그는 운전대에 앉은 허버스를 쳐다보며 물었다. 지금부터 대장은 허버스였다. "어디로 가지?"

허버스는 백미러로 비치는 뒤편의 도로에서 눈을 떼지 않고 이렇게 대답했다. "공항으로!" 옆으로 누운 채 불타고 있는 대테러 차량을 옆으로 밀어내느라 SUV 차체가 온통 요란하게 덜컹거렸지만, 그는 계속해서 전속력으로 차를 후진시키며 달렸다.

세 블록 떨어진 스타벅스 커피점에 있던 모든 사람들은 거리 시장의 저 멀리 끝에서 벌어진 폭발 현장을 보려고 밖으로 뛰어나가거나, 바깥을 바라보려고 창문 쪽으로 몰려들었다.

이 와중에서도 딱 두 명은 예외였다. 에밀리오와 자리프는 호세 헤레라 가로 나와 왼쪽으로 꺾은 다음, 폭발 현장에서 서둘러 멀리 떠나기 시작했다. 하지만, 젊은 멕시코인 에밀리오는 뒷걸음질 치면서 경이에 찬 눈으로 거대한 구름 버섯을 바라보았다.

눈이 휘둥그레진 그는 "오, 맙소사"라고 중얼거렸다. 자리프는 이 어린 녀석이 뭘 기대했는지 알 수 없지만, 방금 벌어진 정도의 엄청난 참사는 아니었을 것이라고 생각했다.

그는 자리프 쪽으로 다시 몸을 돌려 걸음을 재촉했다. "오 마이 갓! 저거 참 엄청나군요."

불과 반 블록쯤 걸어갈 무렵 자리프는 총소리를 들었다. 하지만 막상 콩 볶는 듯 요란한 총소리가 나자 그것은 그에게 즐거운 음악 소리처럼 상쾌하게 들렸다. 그는 들려오는 것이 AK 소총의 총성이라는 것을 알았다. 그리고 그는 여러 개의 AK 소총이 불을 뿜는 소리를 들었다. 기관총처럼 주기적으로 둔탁한 소음을 내는 AK 소총의 총소리는 비명처럼 수십 대 차량에서 울리는 알람 소리, 그리고 머리 위에서 정신없이 날아다니는 헬기 소리와 절묘한 조화를 이뤘다.

바야흐로 이제 막 극단적인 혼란의 소용돌이가 시작되었으며, 여전히 첫 번째 RPG가 폭발하기도 전이었다.

1시간 전에 차에서 내려주었던 두 명의 말도나도 조직원들이 다시 이들을 트럭에 태우고 북쪽에 마련된 안가로 향하기 시작했다.

비밀경호국 소속 데이비스 링클레이터(Davis Linklater)는 밴 뒷좌석에서 양발을 활짝 벌리고 미합중국 대통령의 몸 위에 올라탄 상태에 있었다. 그는 라이언 대통령의 몸, 코트 밑, 그리고 등짝 등 온몸을 손으로 더듬었다. 라이언은 링클레이터의 손이 오른쪽 어깨를 건드리자 고통에 움찔했다. 노련한 특수부대원 링클레이터는 대통령의 눈동자가 초점을 잃고 있다는 것을 알아챘다.

"대통령님, 어디를 다치셨습니까?"

라이언이 고개를 돌리자 오른쪽 어깨에 이루 말할 수 없이 극심한 통증이 느껴졌다. "여기야." 그가 대답했다.

"어디 말입니까?"

라이언은 퉁퉁 부풀어 오른 왼쪽 손목을 내려다보며 "내 손목."이라고 하더니, 잠시 후 "내 어깨도 부러진 것 같아."라고 말했다.

이번에 링클레이터는 라이언 대통령에게 더욱 가까이로 다가가서 쇄골을 더듬었다.

라이언이 비명 소리를 질렀다. "아야!"

링클레이터가 말했다. "쇄골이 부러졌습니다."

라이언도 심란한 표정으로 고개를 끄덕였다. "앤드리아? 앤드리아 상태는 어때?"

링클레이터가 대답했다. "솔직히 저도 모릅니다, 대통령님. 우린 대통령님을 돌보고, 비행기로 모시고 가서 미국으로 돌아갈 겁니다."

"우린 앤드리아를—"

"지금 현장에는 수백 명의 경찰관들과 위기 사태 초기 대응 요원들이 있습니다. 그들이 앤드리아를 잘 돌볼 것입니다. 제가 약속합니다."

"자네가 좀 알아봐 주게."

"그렇게 하겠습니다만… 일단 에어포스원에 타야 합니다."

운전대를 잡고 있던 선임 경호원인 데일 허버스는 자신이 이미 1주일 전부터 이곳에 와있던 것을 더없는 행운으로 생각했다. 천만다행으로 그는 GPS를 들여다보지 않고도 공항으로 가는 길을 알고 있었다. 왜냐하면 GPS가 유리창에서 떨어져 나가 행방불명이 되었기 때문이다. 그는 차량 행렬이 지났던 도로를 벗어나면서, 차량 행렬이 통과한 뒤에 교통이 재개됨에 따라 극도로 혼잡해진 도로를 우회하려 애를 썼다.

그는 차량 경적을 울려대며 빠른 속도로 교차로들을 통과했다. 이 차에는 장갑 보호 기능이 없었지만 파란색 경광등이 달려있어, 운전하는 내내 끊임없이 경광등을 번쩍거렸다. 오른쪽으로 방향을 급하게 들어 '에제 2 노르테 트란스발(Eje 2 Norte Transval)' 가에 형성된 교통 정체 행렬과 나란히 질주하던 허버스의 이어폰에 링클레이터의 목소리가 들렸다.

"현재까지 이상 없어, 데일! 하지만 대통령님이 골절, 그리고 알 수 없는 내상(內傷)을 입으셨어."

"알겠어!"

차에는 허버스, 대테러 팀 소속 사수 두 명, 그리고 '검객' 근접 경호대원인 데이비스 링클레이터 등, 총 네 명의 무장 인원이 타고 있었다. 이들이 매복 공격을 받았던 장소를 벗어나자 링클레이터와 두 명의 사수들은 대통령과 함께 뒤에 있었지만, 대테러 요원 중 한 명이 반짝거리는 검정색 군화로 다른 동료들의 머리에 사정없는 통증을 안겨주면서 앞쪽 조수석으로 기어왔다. 앞좌석에 앉은 그는 차량 계기판 위로 공격용 소총과 엽총을 올려 좌우, 그리고 후방을 날카롭게 감시하는 동안, 카빈 소총을 휴대한 다른 대테러 요원은 링클레이터와 '검객' 옆에서 무릎쏴 자세를 취하고 뒤쪽 유리창을 응시하면서 후방으로부터의 위협에 대비했다.

링클레이터가 '검객'을 돌보는 동안, 데일 허버스는 운전대를 잡은 상태에서 연신 무선망으로 이런저런 지시를 내렸다. 물론 운전 중에 이렇게 무선 통화를 하는 것이 바람직하지 않았지만, 그는 그렇게 함으로써 차량에 탑승한 모든 사수들이 위협의 감시에 온 정신을 집중시키기를 원했다.

허버스가 나머지 근접 경호대원들에게 자신의 위치를 알려주자, 금세 차량을 몰고 비밀경호국 요원들이 뒤에서 허버스의 밴을 따라잡아, 대통령 전용기인 에어포스원의 주변을 보호하는 '버블'을 보강시켜주고, 다른 차량들도 전용기로 질주하는 밴을 따라 공항까지 동행하였다.

용케도 10여 대가 넘는 멕시코 연방 경찰 오토바이들이 폭발 지역을 빠져나가는 검정색 밴에 따라붙었고, 특수부대원을 가득 태운 두 대의 밴도 불과 100야드 뒤에서 온갖 색깔의 경광등을 비추면서 공항으로 향하는 후송 차량 대열에 합류했다.

뒷좌석에서 대통령의 부상 상태에 대한 최초 평가를 마친 링클레이터는 이 내용을 에어포스원에서 대기하고 있던 대통령 주치의 마우라 핸드워커(Maura Handwerker)에게 알려주어, 대통령 도착에 미리 대비토록 했다.

링클레이터가 무선통신을 마치자, 라이언 대통령이 팔을 뻗어 그가 입고 있던 코트의 옷깃을 잡으며 물었다. "사망자가 몇 명인가, 데이비스?"

"아직 모릅니다, 대통령님." 그는 고개를 흔들었다. "많습니다."

"자네가 본 걸 말해보게."

"전 대통령님 뒤로 두 번째 차에 타고 있었는데, 급조폭발물이 터져 앞에 있던 SUV에 명중했습니다. 전 그 차에서 뛰어나오는 사람을 못 봤습니다. 스타일스 대사를 봤는데 돌아가신 듯했습니다. 전용차 운전사도… 사망했습니다."

잭 라이언 대통령은 눈을 감았다. "딜레이니." 미치 딜레이니는 그와 함께 2년간 근접 경호대에서 근무했다. 라이언이 그를 보았을 때는 살아 있었으나, 그것은 RPG가 '야수'에 명중하기 전의 일이었다.

"네, 대통령님."

"그 외에 뭘 보았지?"

"대테러 팀이 나타나 그 개새끼들을 엄청 죽여 놨습니다. 죄송합니다, 대통령님. 제가 조금 흥분했습니다."

"괜찮아, 데이비스." 라이언 대통령은 옷깃을 다시 놓아주면서 그의 등을 토닥거려 주었다. "놈들이 누구였건 간에, 그놈들은 거의 틀림없는 개새끼들이야."

60

모든 사람들이 '로드러너'를 호출하고 있을 때, 질 크로즈비는 때마침 이동식 지휘통제차량인 '로드러너' 바로 옆에서 지난 1분 30초 동안 땅바닥에 쓰러져 있었다. 그녀의 사방에서 격렬한 총격전이 벌어졌다. '로드러너' 건너편에 있던 크로즈비는 밴 한 대가 인도를 따라 맹렬히 후진하여 달려와 하늘을 보고 뒤집힌 대통령 리무진으로 다가오더니, 다시 그녀의 뒤쪽으로 사라질 때까지 그 모습을 지켜보았다.

하지만 비록 당시에는 SUV로부터 몸이 가려져 있지는 않았지만, 불과 75피트 떨어진 곳에 나뒹굴고 있는 온갖 잔해들에 넋을 잃고 시선을 고정시키고 있던 바람에 하마터면 이 장면을 놓칠 뻔했다. 그건 다름 아닌 '야수'였다. 대통령 전용 리무진은 반 토막으로 부러진 채 검은 연기를 내뿜으며 불타고 있었고, 새까맣게 그은 사체가 아직도 뒷좌석에 묶여 있었다.

크로즈비가 대통령 차량 행렬을 본 것은 그때가 처음이었으므로, 실제로 똑같이 생긴 리무진이 두 대라는 것을 전혀 모르고 있었다. 그녀는 바로 앞에 있던 차에 다름 아닌 대통령이 탑승하고 있었음에 틀림없다고 생각했다.

그로부터 2분 후 총성과 폭음이 잠잠해졌고, 그와 거의 동시에 그녀는 검정색 양복과 선글라스 차림의 비밀경호국 요원들이 거리 한복판에서 불타고 있던 리무진으로 달려와 소화기로 불을 끄기 시작하는 것을 보았다. 다른 대테러 팀도 나타나 주변 건물들에 더 많은 위협이 도사리고 있는지 몰라 이들을 엄호했다.

불을 끄려고 그 많은 사람들이 애를 쓰는 장면을 지켜보는 그녀는 무슨 일이 벌어지는지를 확신했다. 그녀는 한 점의 의심도 없이 자신이 지금 죽은 미국 대통령 잭 라이언과 호레이쇼 스타일스 미국 대사의 시신들을 보고 있다고 생각했다.

크로즈비는 카메라 폰으로 이 장면을 촬영했지만, 전화기 수화기에서 흘러나오는 목소리를 듣고는 촬영을 중단하고 즉각 전화기를 입으로 가져갔다.

그녀는 휴대전화기로 지금의 장면을 비디오로 촬영하여 라이브로 방송되기를 원했지만, 프로듀서는 방송되는 장면을 취사선택할 수 있도록 녹화하라고 그녀에게 말했다.

애틀랜타의 엔지가 재빨리 생방송 TV에 전화를 연결시켰다. "CNN이 질 크로즈비가 멕시코시티 사고 현장에서 전화로 우리와 연결되어 있습니다. 바로 그곳에서 대통령 차량 행렬이 공격을 받았습니다. 질, 제 목소리 들리나요?"

"돈, 저 여기에 있어요. 저는 지금 대통령 차량 행렬에 대한 지속적이고 끈질긴 매복 공격의 한복판에 서 있습니다. 폭탄인지 미사일인지는 몰라도 뭔가 거대한 물체가 폭발하더니, 그 후에 총소리와 규모가 작은 폭발음이 들렸습니다. 차량 행렬이 이동을 중단해서 저는 기자단을 태운 밴에서 내려 대통령을 찾으려고 연기 속을 뚫고 헤매다가, 차량 잔해와 시신들을 발견했습니다. 그런데 저는 지금 서 있는 곳에서 몸을 숨길 엄폐물을 찾아야 합니다."

"지금 당신은 대통령을 볼 수 있나요?"

그녀는 잠시 휴대전화로 촬영하더니 다시 전화기를 입으로 가져갔다. 사이렌 소리, 고함과 비명 소리, 그리고 저공비행하는 헬기의 소음들이 온통 뒤섞여, 크로즈비는 있는 힘을 다해 소리를 지르지 않으면 안 되었다. "리무진이 불에 타고 있습니다. 리무진 뒷좌석에 있는 두 사람의 시신을 볼 수 있습니다.

적어도 한 명은 앞자리에 있어요."

"자 지금은 말을 아주 조심해야 합니다. 당신은 대통령이 리무진에 있다고 확신하시나요?"

질은 그 질문을 이해하지 못했다. 대통령이 리무진 아니고 다른 어디에 있다는 거지?

그녀는 힘주어 자신 있게 말했다. "난 라이언 대통령과 스타일스 대사가 이 차에 타는 걸 봤어요. 돈, 난 지금 그분들의 시신을 촬영하고 있다고 믿어요."

애틀랜타의 앵커는 보도의 진위를 확인할 방법이 없으며, 현장에서의 보도 내용이 순식간에 바뀔 수 있다고 시청자들에게 주의를 환기시켰다.

하지만 그것은 문제가 아니었다. 비달 알코세르 가와 호세 헤레라 가의 길모퉁이에서 급조폭발물이 터진 지 3분 20초도 되지 않아, 어느 기자가 전국에 보도되는 방송에서 대통령이 암살되었다고 주장하였다.

리태진 정찰총국장은 CNN이 폭발 현장을 보여주기를 바랐지만, 대신 어떤 흑인계 미국인이 방송국 데스크에 앉아서 말하는 모습만을 비춰주었다. 그러다가 사이렌 소리를 뚫고 어느 여기자가 영어로 소리를 지르는 숨넘어가는 목소리가 들렸다. 그는 여기자가 말하는 것을 통역으로 귀 기울여 들었다. 그는 급조폭발물 공격이 성공을 거두었다는 확인되지 않은 보도가 나오자 연신 고개를 끄덕였다.

비디오가 보도된 지 몇 초도 지나지 않아, 헬기에서 찍은 영상이 나왔다. 여군 통역관은 그것이 멕시코 방송으로서 CNN을 통해 보도되고 있다고 말했다. 맑고 화창한 거리를 엄청나게 커다란 연기 구름이 뒤덮었다. 저 멀리 아스라이 거대한 멕시코시티의 시가지가 계곡 아래에 광활하게 펼쳐져 있었다. 카메라는 불에 타고 있는 자동차 몇 대의 잔해들에 줌을 맞추었다. 더 많은 승용차들과 SUV들이 여기저기 아무렇지도 않게 나뒹굴고 있었고, 초기 위기대응 팀 요원들이 사방에서 현장으로 몰려들었다.

리태진은 거대한 폭발 지역이 생겼다는 소식에 기분이 흡족했다. 그는 보병이 아닌 군사정보원 출신이었지만, 이 정도의 전투피해 평가 정도는 알고 있었고, 피해 지역이 야전포병 부대에 배치된 곡사포에서 발사된 실탄의 충격보다 더 크다는 것을 깨달았다.

피해 반경 내에 있는 어느 누구도 살아남지 못했을 것이다.

리태진은 암살이 성공을 거두었음을 확신했지만, '파이어 액스' 작전에서 더 중요한 핵심적 요소, 즉 새벽 3시가 지났지만, 그 사실의 진위를 확인하는 작업이 남아 있었다. 그래서 그는 여군 통역관이나 자기 자신도 당분간 사무실을 떠날 수 없다는 것을 잘 알고 있었다.

공항에 위치하고 있던 미국의 비밀경호국 연락 팀은 멕시코 연방 경찰 책임자에게 대통령을 태운 차량이 5분 내에 북쪽 VIP 출입문으로 들어올 것이며, 만일 출입문에서 누구라도 차량을 세우려고 했다가는 차량으로부터 총알 세례를 받게 될 것이라고 경고했다.

공항의 멕시코 당국은 이런 상황에서 걸리적거리지 않는 것이 상책임을 알고 있었지만, 막상 차량 행렬이 닥치고 보니 장난이 아니었다. 선임 근접 경호관 데일 허버스는 14대로 이루어진 차량 행렬의 중간에서 차를 몰았다. 어떤 차에는 비밀경호국 요원들이 탑승하고 있었으나, 대부분 차량은 전적으로 미국 대통령의 후송 작전만을 위해 투입된 멕시코 경찰이 운전대를 잡았다. 이들 모두는 사이렌과 경광등을 울리면서 질주하여 출입문을 지난 다음, 에어포스원 앞에서 찢어지는 듯한 타이어 소음을 내며 정지했다. 대부분의 미국 경호 인력들이 아직도 매복 공격을 당한 장소에서 돌아오는 중에 있었으나, 벌써 25명의 무장한 비밀경호국 요원들이 비행기 주변을 에워싸고 있었다. 이들 모두는 하나같이 손에 권총이나 기다란 장총 또는 소총을 들고, 머리를 재빨리 빙글빙글 돌리면서 주위의 위협 지역을 하나하나 점검하였다.

링클레이터, 허버스, 그리고 두 명의 대테러 팀 요원들은 대통령이 차량에서 내리는 것을 부축하였다. 전용기에서 승무원으로 근무할 두 명의 공군 상사들이 들것을 가지고 기다렸으나, 대통령은 제 발로 걸어서 비행기 트랩 계단을 올랐다. 그는 약간 몸을 구부정하게 숙이고, 오른팔이 대롱대롱 매달리고, 얼굴에 고통스런 표정이 역력했지만, 양옆에 선 승무원으로부터 최소한의 도움을 받으면서 보잉 747 비행기의 객실 출입문까지 걸어 올라갈 정도의 힘은 남아 있었다. 라이언 대통령의 뒤로 거대한 대형을 이룬 남자들이 어깨에 저격용 장총을 메고 계단 밑까지 따라왔다. 이들 모두는 뒷걸음질 치면서 저 멀리 터미널이나 공항 주변의 벌판에 고성능 조준경을 겨누었다.

일단 비행기에 올라탄 라이언 대통령은 일어서 있기 위해 벽을 손으로 짚었지만, 그 자리에 주저앉고 말았다.

주치의인 마우라 핸드워커 박사는 비행기 입구에서 기다리고 있다가 대통령을 맞이했다. 그녀는 이미 해치 바로 옆의 작지만 최신식 장비들을 갖춘 의무실에 있던 많은 물품들을 꺼내, 불과 10여 피트 떨어진 비행기 앞부분의 대통령 스위트룸으로 옮겨 놓았다. 이렇게 하여 의무실에는 '검객'이 누울 수 있는 충분한 공간이 마련되었고, 핸드워커 박사는 필요하다면 엑스레이 촬영을 비롯하여 필요한 모든 조치를 취할 수 있는 공간적 여유를 갖게 되었다.

라이언은 그의 스위트룸으로 조심스럽게 옮겨진 다음, 침대 위에 눕혀졌다. 그의 얼굴은 고통과 경미한 쇼크 증세로 거의 잿빛이었고 이리저리 긁힌 이마에 피가 덕지덕지 말라붙어 있었다. 이번 방문에 동행한 핸드워커 박사와 에어포스원 전용기 소속 간호사들은 즉시 직물을 자르는 가위로 대통령의 양복을 잘라내기 시작했다.

비서실장 '아니 반 담'은 이번 여행에 동행하지 않았다. 대신 데이비드 데트머(David Detmer)라 불리는 33세의 젊은 비서실 직원이 의료 전문가로부터 멀찌감치 떨어진 뒤편에 서 있었다. 그는 말하면 들릴 수 있을 정도로 가까이 있었으므로, 라이언 대통령이 그의 이름을 부르자 데트머는 머리를 스위트룸에 밀어 넣었다.

"저 여기 있습니다!"

"보안 전화 갖고 와!"

"부통령도 소식을 듣고, 지금 캘리포니아에서 워싱턴으로 복귀하는 중이랍니다."

라이언이 고개를 흔들자 새삼스러운 통증이 머리를 쑤셨다. "아니에게 통화하려고. 그다음으로 캐시에게."

핸드워커 박사는 데트머를 노려봤다. 왜냐하면 그녀는 대통령을 노려볼 수 없었기 때문이다. 그녀는 이렇게 말했다. "대통령님, 지금은 여기 반듯이 누워 쉬셔야 합니다. 쇄골이 부러졌고, 손목도 골절된 것 같아요. 뇌진탕이 있는지는 MRI 촬영을 해 봐야 알겠지만, 그건 워싱턴에 돌아가서 해도 됩니다. 지금 우리는 대통령님이 뇌진탕 증세를 갖고 있다고 가정하고 있으므로, 지금은 반듯이 침대에 누워계셔야 합니다. 지금부터 팔을 움직이지 못하도록 고정시키면 어깨 통증도 한결 나아질 겁니다."

"좋아, 하지만 먼저 전화를 몇 통 해야 돼."

"대통령님, 먼저 상처를 소독하고 깨끗이 닦아낸 다음 움직이지 않도록—"

의사와 말다툼을 하는 것은 라이언의 머리를 약간 맑게 하는 효과가 있었다. "박사, 난 당신의 일을 못 하게 하려는 게 아니지만, 당신도 내가 일을 볼 수 있도록 해야 돼요. 지금 러시아의 볼로딘(Volodin) 대통령과 다른 몇몇 미치광이 친구들에게 내가 여전히 살아서 숨 쉬고 있다는 걸 알려줘야 한단 말이에요!"

핸드워커 박사는 대통령이 도착하기 전에 들여놓았던 냉습포를 가슴에서 떼어 내, 그것으로 왼쪽 팔목을 감쌌다. 그녀는 대통령을 쳐다보지도 않고 이렇게 말했다. "누군가 대통령님을 위해 전화를 붙잡고 계셔야 돼요. 지금은 양

팔을 사용하실 수가 없어요."

비화 장비를 갖춘 객실에 전화기가 연결되어 있었고, 데트머는 아니 반담 비서실장과 연결되어 있었다. 그는 헤드셋을 들고 에어포스원 소속 간호사들 틈바구니를 빠져나와 라이언 대통령의 머리에 가져다 놓느라 애를 먹었다. 잭 라이언 대통령이 기침을 하고는 입을 열었다. "아니?"

"맙소사, 대통령님. 지금 어때요?"

라이언은 얼음장처럼 차가운 냉습포가 부상을 입은 왼손 팔목을 누르자 몸을 움찔했다. "앤드리아가 다쳤어. 미치 딜레이니는 죽었고. 스타일스 대사도 죽었다네. 근접 경호 팀에 있었던 친구… 필립인가 하는 친구."

"죄송합니다만, 누구라고—"

"필립 와인가르텐. 30살도 안 된 것 같아. 난 그 친구가 거리에 엎어져 있는 걸 봤어."

"대통령님은 어떠세요?"

잭은 산만한 표정으로 말했다. "난 괜찮아. 지금까지 어떤 조치를 취했나?"

"지금 백악관 안보회의가 대통령 긴급작전본부에서 열립니다. 부통령이 지금 캘리포니아에서 복귀하는 중입니다."

'대통령 긴급작전본부(Presidential Emergency Operations Center)'는 핵폭탄의 투하에도 끄떡없이 견딜 수 있는 상황실이다.

아니가 계속했다. "현장에 있던 CNN 기자가 대통령님이 돌아가셨다고 말했습니다. 그 보도가 방송을 타고 전 세계 소셜 미디어로 퍼졌지만, 아무도 속은 사람은 없습니다. 전 대통령님이 생존해 계시다는 사실을 듣자마자, CNN 보도국장의 휴대전화로 전화를 해서 그 방송을 즉시 취소하라고 말했습니다. 그 자식은 제가 자기를 갖고 노는 줄 알았어요. 난 그 사람에게 엉터리 보도를 취소하든가, 아니면 만일 소련인들이 대통령님이 돌아가신 줄 알고 중부 우크라이나를 전면 침략하기로 결정했다면, 그 사건에 대해 당신이 책임을 져야 한다고 따졌습니다."

아니 비서실장이 말하는 동안, 라이언 대통령은 비행기가 이륙을 위해 활주로에서 가속도를 내는 것을 느낄 수 있었다. 그는 불과 3분 전만 하더라도 비행기 출입문 해치를 닫을 수 있을 수 있으리라고는 생각할 수도 없었지만, 이미 그들은 활주로 위를 맹렬히 질주하고 있었던 것이다. 대통령 주변을 에워싸고 스위트룸에 있던 사람들은 저마다의 일로 너무 바쁜 나머지, 한 사람도 의자에 앉아 안전벨트를 매려고 하지 않았다. 라이언 대통령은 양발에 차가운 기운을 느끼고는 누군가가 바지를 벗겨서 그럴 것을 생각했지만, 누운 자세에서 고개를 들어 하반신을 바라보는 것조차 너무 고통스러웠으므로, 그저 우두커니 누워 천정을 올려다볼 뿐이었다.

아니가 말했다. "MSNBC 뉴스 보도에 의하면, 이집트의 모슬렘 형제단(Muslim Brotherhood), 이슬람 국가(Islamic State), 그리고 탈레반들이 저마다 이번 폭탄 공격이 자신들의 소행이라고 주장한답니다."

라이언이 대답했다. "성명 발표를 준비하게. 모든 사람들에게 내가 살아 있는 것을 알리게 말이야."

아니가 말했다. "미리 브리핑 룸에 기자들을 준비하겠습니다. 대통령님이 비행기에서 내리시는 대로 저와 함께 같이 가시죠."

이때 복도에서 누군가가 휴대전화를 대통령 스위트룸으로 들이밀었다. 라이언의 젊은 보좌관들 중 한 명이 소리쳤다. "영부인 전홥니다, 대통령님!"

잭 라이언은 아니에게 잠시 기다리라고 말하고는 누군가가 머리에 씌워진 헤드셋을 벗겨 휴대전화를 귀에 갖다 대 주기를 기다렸다. 그는 좀 더 편한 자세를 취하려고 몸을 뒤척이다가, 어깨를 들쑤시는 새삼스런 통증 때문에 이빨 사이로 '쉬쉬' 소리를 내며 신음을 뱉어냈다. 재빨리 전화를 받아 든 그는 말했다. "여보. 나 괜찮아. 내가 먼저 전화하려고 했어, 미안해."

"잭, 당신 목소리를 듣고 싶었어요. 사랑해요." 라이언은 캐시의 목소리에서 고통과 공포를 감지했다. "자, 이제 난 핸드워커 박사에게 가야 돼."

잭 라이언은 아내가 자신이 말한 몸 상태를 믿지 않는 것에 놀라지 않았다. 그녀는 남편인 잭이 의사가 아니라는 것, 그리고 그가 아무리 심각한 문제라도 그럴듯하게 둘러댄다는 것을 잘 알고 있었다. 그는 전화기를 내려놓기 전에 물었다. “아이들도 알아요?”

그가 말하는 아이들이란 카일과 케이티였지만, 캐시도 그 말뜻을 알고 있었다. “아직 몰라요. 이곳에 공격 소식이 들렸을 때, 야외 학습 중이었어요. 비밀경호국 직원들이 애들을 백악관으로 데려오고 있어요. 내가 집에 가면 아이들에게 뭔가를 말해줄 참이에요.”

“애들에게 내가 집에 갈 거라고 말하세요.”

“누구 짓이에요, 잭? 말도나도 짓인가요?

“전혀 몰라. 난 무슨 일이 벌어졌는지도 모르겠어. 차를 타고 있었는데, 정신 차리고 눈을 떠보니 뭔가가 산더미처럼 쌓여있었어요. 나 이제 가야 돼요. 마우라 박사에게 전화 넘겨줄게.”

그는 이제 다시 아니에게 관심을 돌렸다. 그는 불과 몇 분 전까지만 해도 쇼크에 빠지기 직전의 상태에 있었지만, 평소의 익숙한 일처리 솜씨, 위기관리 능력, 책임의 위임 등의 덕분에 지금은 머리가 한결 맑아졌다. 고통은 아직 가시지 않았으나, 머릿속은 뭔가에 집중할 정도가 되었다. “러시아인들은 뭘 하고 있지?”

“잔뜩 긴장하고 있습니다.”

“그게 다야?”

“그들이 알래스카 공역 주변에 폭격기를 띄웠지만 그건 평소에도 있었던 일입니다.”

“그래. 1시간 내로 국무장관과 국방장관에게 브리핑하라고 일러두게.”

“여기 다 준비해 뒀습니다.”

“아냐, ‘아니’. 장관들이 영국, 러시아, 중국의 카운터파트들과 전화를 해서—”

“대통령님! 그건 이미 말씀하셨잖아요. 발등에 떨어진 급한 불은 우리가 여기서 해결할 겁니다. 대통령님이 상처를 치료하는 동안에도 지구는 여전히 돌아갑니다."

잭 라이언은 아니 실장의 말을 거의 무시했다. "당장 리스트를 만들어. 난 지금부터 목이 쉴 때까지 전화통을 붙들고 계속 말할 거야. 모든 사람들에게 내가 아직 강하고 대통령직을 수행하고 있다는 걸 알려야 돼.

그리고 말이야, 성명도 발표해야 해. 생방송으로. 카메라 앞에서. 우린 비행기가 착륙할 때까지 기다릴 수 없어. 당장 비행기에서 해야 된다고."

라이언은 주치의가 간호원들을 둘러보는 것을 알아챘다. 그들은 아무 말도 하지 않고 그의 어깨에 냉습포를 누르는 것에 집중했지만, 그는 이들의 눈초리가 뭘 말하는지를 알았다.

라이언은 억지로 하반신을 내려다봤다. 그의 신발들은 바닥에 있었고, 검정색 바지는 가위로 잘라져 있었으며, 피로 물든 거즈가 오른발 밑을 뒤덮고 있었다. 그의 양복 상의와 와이셔츠도 벗겨졌고, 간호사가 오른팔을 붕대에 칭칭 감아 몸 가까이에 붙여두었다. 왼팔도 압박붕대에 싸여 옆구리에 있었다. 그는 얼굴에 긁힌 상처가 치료되지 않고 그대로라는 것을 알고 있었지만, 그런 것은 우선순위 리스트의 맨 밑바닥에 있는 사소한 문제였다.

그는 간호사를 쳐다봤다. "상태가 그렇게 안 좋아?"

그녀가 말했다. "저보고 상처를 말끔히 닦으라고 명령하시면 그렇게 하겠지만, 지금은 휴식을 취하셔야 합니다. 부러진 쇄골도 고정시켜 두어야 되기 때문에 지금은 셔츠를 입혀드릴 수가 없어요."

잭이 다시 아니 반 담 비서실장에게 말했다. "지금 당장 생방송 준비를 하게. 내가 육성으로 성명을 발표할 거야. 여기 있는 언론사 기자단 중에서 한 명을 이리로 보내 녹음하게 할 거야."

뒤에 서 있던 데트머가 말했다. "대통령님, 죄송합니다. 비밀경호국이 우리가 이륙하기 전에 기자단을 모두 내리게 했습니다."

"제길." 라이언이 말했다.

데트머가 제안했다. “제가 말씀을 녹음하겠습니다.”

“그래.” 잭이 말했다. “백악관에서 발표하면 누군가가 그게 가짜라고 주장하겠지만, 우리가 착륙하기 전에 육성 녹음과 내 사진을 함께 방송에 내보내야 돼.”

마우라 박사가 말했다. “제가 이마에 붕대를 감아 드릴게요. 그래야 사진을 찍어도 그럴듯하게 보일 테니까요.”

61

폭탄 공격이 벌어진 35분 후, 에밀리오, 두 명의 말도나도 조직원, 그리고 아딜 자리프는 안가로 사용되는 아파트에 도착했다. 계단을 오르던 네 사람이 남쪽을 바라보자 거대한 검은 연기 기둥이 하늘로 뭉게뭉게 피어오르고 있었다. 지금은 다소 옅어지긴 했어도, 상공에서 대여섯 대의 헬기가 빙글빙글 돌아다니고 있어 멕시코시티 상공의 공기 색깔은 여전했다.

자리프는 밤이 되기를 기다리면서 뉴스 보도가 희소식을 알려주기를 목이 빠지게 고대했다. 계획에 따르면 말도나도 조직원들이 그를 게레로 주로 데려가고, 그곳에서 아카풀코를 떠나 쿠바로 향하는 비행기를 탄다는 것이었다. 쿠바에 도착하면 기다리던 북한인 첩보원들이 그를 평양으로 데려갈 것이다.

그리고 자리프는 한시바삐 그곳을 벗어나고 싶어 안달이 나 있었다.

험상궂게 생긴 조직원 중 한 명이 먼저 문을 따고 아파트에 들어선 다음, 바로 뒤에 다른 조직원이 따라 들어갔다. 그런 다음 에밀리오, 그리고 마지막으로 자리프도 뒤를 따랐다.

세 명의 멕시코인들은 맥주를 찾으러 주방으로 갔지만, 자리프는 곧장 복도를 지나 뒤편의 화장실로 향했다. 그는 몇 시간 전 길을 떠난 후 소변을 볼 시간이 없었다. 화장실에서 일을 보는 동안에 기다리던 보도가 TV에 방송되지는 않을 것이었다. 이제 막 바지 지퍼를 내리려던 그는 아직 등에 짊어지고 있던 배낭을 벗지도 않은 상태였다. 바로 그때 거실에서 고함 소리가 나더니, 이번에는 에밀리오가 소리를 지르는 것이 들렸다.

그는 화장실 밖으로 고개를 내밀고 거실로 향하는 복도를 내다보았다. 파란색 작업복을 입은 환경미화원 차림의 아시아인 세 명이 자리프와 말도나도 조직원들의 바로 뒤를 따라 아파트에 들어왔던 것이다. 이들의 손에는 기다란 소음기가 달린 검정색 권총이 들려져 있었다. 이들은 손에 맥주를 들고 마시며 선 채로 TV를 보고 있는 에밀리오와 다른 두 사람들을 향해 총을 쐈다. 괴한들은 세 명의 멕시코인들에게 각각 여러 발의 총알을 발사했다.

불의의 총알 세례를 받은 이들의 사체가 비틀거리며 쓰러져 경련을 일으키자, 시뻘건 선혈이 카펫에 흥건했다.

자리프는 황급히 화장실로 다시 뛰어 들어가 문을 잠갔다. 욕조 위의 높다란 벽에 작은 창문이 있었다. 그는 손을 뻗어 창문을 연 다음, 좁은 창문 틈바구니로 몸을 들어 올려 빠져나가기 위해 발버둥 쳤다.

그의 뒤에 잠겨있던 화장실 문짝으로 10여 발의 총알이 쏟아져 들어왔다. 있는 힘을 다해 창문 틈으로 몸을 밀어 넣은 끝에, 자리프는 가까스로 창밖의 작은 발코니로 뛰어내릴 수 있었다. 그는 발코니 끝으로 구른 다음 옆쪽으로 몸을 날려, 먼지가 자욱한 아래층 주차장 바닥으로 떨어졌다. 어깨 너머로 위를 쳐다보니 화장실에서 와자지껄 떠드는 소리와 함께 창문으로부터 몇 발의 총성이 더 울리더니, 주차장 바닥에 있던 자리프 주변으로 총알들이 어지러이 날아다녔다. 자리프는 주차되어 있던 차량들 틈으로 뛰어들고는, 반대편을 향해 죽을힘을 다해 재빨리 기어갔다.

그는 움츠리며 몸을 일으킨 다음, 거리 쪽으로 뛰어가 달리는 차량들 속을 헤집으며 도로를 통과했다. 도로 반대쪽에 도착한 자리프는 인도를 따라 몇 블록을 더 뛰어갔다.

그는 거리를 달리면서, 아리따운 아시아 여인들과 해변의 저택을 그리던 달짝지근한 꿈이 연기처럼 사라지는 것을 느꼈다. 그는 어디로 가서 무엇을 해야 되는지 알지 못했으므로, 무작정 도시의 거리를 달릴 뿐이었다. 자리프는 부탁받은 대로 모든 일을 다 해주었건만, 망할 북한인들이 그를 죽이려고 자객들을 보냈던 것이다.

리태진은 평양의 사무실에 앉아 멕시코 주재 정찰총국 책임자의 전화를 참을성 있게 기다리고 있었다. 마침내 이란인 폭탄 제조 전문가가 살해되었다는 보고를 받으면 집으로 돌아가 몇 시간 눈을 붙인 다음, 다시 사무실로 돌아올 참이었다. 그리고 리태진은 대원수 사무실에서 룡성 특각으로 그를 초대하여 개인적으로 축하해 주겠다는 전화가 오기를 고대했다. 그는 이번 사건으로 뭔가 신선한 기회가 마련될 것으로 기대했다.

그가 때를 기다리고 있는 동안, 여군 통역관은 CNN에서 흘러나오는 보도를 끊임없이 통역해 주었다. 그는 완전히 넋이 나간 황홀한 상태로 CNN 소식에 빠져들었다. 이제 TV 화면에 불에 타고 있는 리무진이 등장하였고, 부서진 리무진 중간에 까맣게 숯덩이가 된 사체들이 희미한 이미지로 처리되기는 했지만, 통역관은 방송기자가 그것이 대통령과 멕시코 대사라고 말하고 있다고 전했다.

통역관은 영어로 방송되는 내용을 열심히 통역했다. "… 잭 라이언 대통령을 태운 차량 행렬에 대한 무자비한 공격… 우리는 사상자, 상당수의 사상자가 발생했다는 소식을 들었습니다. 아마도 수십 명, 어쩌면 그보다 훨씬 숫자가 더 많을 것 같습니다."

이제 리태진의 귀에 통역관의 이야기는 건성으로 들렸다. 그는 어떻게 하면 자리프를 쥐도 새도 모르게 죽여버릴 수 있는지를 생각했다. 아직 이자에게는 북한 인민들에게 헌신할 수 있는 일이 남아 있었다. 물론, 여기에는 공식적인 발표가 있을 수 없었다. 만일 북한이 미국 지도자의 암살에 연루되었다는 사실이 폭로되는 날에는, 미국은 마지막 핵미사일까지 남기지 않고 모조리 북한에 퍼부을 것이다. 그들은 지난 70년간 호시탐탐 적당한 때와 적당한 구실을 기다려온 전쟁광들이 아니던가!

리태진은 자신의 비밀 작전에 조금이라도 실수가 발생하면 이런 구실을 주게 될 것으로 우려하면서도, 자신의 계획에 확신을 갖고 있었다. 이제 TV 화면에는 헬기가 공중에서 촬영한 영상이 등장했다. 멕시코시티의 한 블록 전체에 처참하게 부서진 채 불타고 있는 차량들, 박살 난 상점들의 유리창, 거리에 어지러이 흩어진 온갖 종류의 잔해들을 지켜보던 리태진은 더욱 자신의 계획을 확신하게 되었다.

이제 TV 방송은 백악관으로 옮겨갔다. 통역관은 대변인이 성명을 발표할 예정이라고 말했다. 리태진의 얼굴에 미소가 떠올랐다. 바로 이것은 그가 기다리던 발표였다. 화면에 등장한 사람은 대머리의 60대 남자였으며, 마치 대학교수처럼 작은 안경을 쓰고 있었다. 리태진은 그 남자가 군대에서 복무한 적이 없다는 것을 알 수 있었다. 그는 바로 그 사실만으로도 리태진의 경멸을 받아 마땅했다.

그 사람이 미국인이란 것은 전혀 문제가 되지 않았다.

여군 통역관이 말했다. "정찰총국장 동지, 이 남자의 이름은 아널드 반 담이고, 대통령의 비서실장이자 가장 가까운 보좌관입니다."

리태진은 낄낄거렸다. "만일 그가 가장 가까운 보좌관이었다면, 그 차에 대통령과 함께 있었을 테지."

"맞습네다."

그 미국인은 다소 성급하게 서두른 나머지 우물쭈물하는 모습을 보였고, 앞에 놓은 작은 종잇조각을 내려다보며, 감정을 추스르기 위해 잠시 뜸을 들였다. 마침내 그는 카메라를 응시했다. "신사 숙녀 여러분. 약 40분 전, 멕시코시티 현지 시각으로 12시 35분, 이곳 워싱턴 시각으로 오후 1시 35분, 미합중국뿐 아니라 자유세계 전체에 대한 사악하고 비겁한 공격이 저질러졌습니다.

신원을 알 수 없는 괴한들이 대통령이 탑승한 차량 행렬에 폭탄, 소총, 그리고 로켓으로 매복 공격을 감행했습니다. 라이언 대통령이 타고 있던 장갑차량은 최초 폭발로 기능을 상실하였고, 다른 몇 대의 차량들도 고장 나거나 파괴되었습니다."

남자 방송기자가 거의 고함을 지르듯 물었다. "대통령이 살아 있습니까?"

아니 반 담은 즉시 고개를 끄덕였다. "대통령은 아주 건강하게 살아 있습니다. 그는 현재 에어포스원에 탑승하여 워싱턴으로 복귀하는 중입니다."

리태진은 통역관의 팔을 낚아채고 그에게 가까이 끌어당겼다. "살아 있다고?"

"그렇습네다, 총국장 동지."

이제 TV의 여기자가 소리를 지르자, 통역관이 한국어로 말했다. "그는 부상을 입었나요?"

"대통령은 약간 부상을 입었는데, 몇 군데 골절상이 있는 것 같습니다. 그의 정신은 또렷한 상태에 있습니다. 전용기에서 주치의가 그의 부상을 치료해 주고 있습니다."

"그가 언론에 말해줄 수 있나요?"

"공항의 안전 문제로 인해 기자단이 전용기에 탑승할 수도 없었고, 그렇게 하도록 승인되지도 않았습니다. 대통령이 음성 메시지를 녹화한 것으로 알고 있는데, 제가 그것을 받는 즉시 각 언론사에 배포할 예정입니다."

MSNBC 소속의 젊은 남자 기자가 물었다. "왜 비디오 메시지는 없는 겁니까?"

아니가 말했다. "솔직히, 우린 에어포스원에 안전한 비디오 콘퍼런스를 준비할 시간적 여유가 없었습니다."

"아니, 우리가 그를 볼 수가 없는데, 어떻게 그가 진짜 라이언 대통령이란 것을 알 수 있나요?"

아니가 그 남자를 한참 동안 바라봤다. "자, 당신은 방금 탈레반이 폭탄 공격을 자신들의 소행으로 인정했다고 보도했지요? 당신은 그 사실을 직접 확인했나요, 아니면 단지 그것을 보도했나요?"

"그러니까, 우린—"

"난 당신이 오디오에 나오는 목소리가 잭 라이언 대통령임을 믿건 믿지 않건 상관없어요. 그냥 그것을 전달해 줄 뿐이에요. 그는 몇 시간 내로 워싱턴에 도착할 것이고, 그렇게 되면 모든 의심들이 잘못이었음이 입증될 거라고 확신합니다."

앞줄에서 다른 질문이 나왔다. "지금 누가 나라의 1인자인가요?"

반 담이 말했다. "존 패트릭 라이언이 미합중국의 대통령입니다. 그 사실에는 변함이 없습니다."

평양 사무실에서 리태진은 TV 대신, 옆에 앉아 있던 여군 통역관을 바라봤다. "그가 살아 있고 비행기에 타고 있다고?"

"그렇습네다, 총국장 동지."

리태진은 머리를 흔들었다. 처음에는 천천히, 그러고는 좀 더 빠르게 머리를 흔들어댔다. "거짓말이야. 비행기에 있는 것은 그의 시체야. 그들은 몇 시간 시간을 벌려는 수작이야. 일단 비행기가 워싱턴에 내리고, 모든 소식들이 제대로 알려질 때가 되면, 그들은 대통령이 비행기에서 죽었다고 주장하려는 거야."

"그렇습네다, 총국장 동지."

리태진은 자리에서 일어나 뒷짐을 지고 돌아다니기 시작했다. 몇 초 후 전화벨이 울리자 그는 전화기로 달려가 난폭하게 수화기를 집어 들었다. "그래?" 그는 고개를 끄덕였다. "뭐라고? 자리프가 살아 있어? 빌어먹을 놈! 그 녀석을 당장 찾아내. 그렇지 않으면 네 가족들은 모두 이번 주말에 청진 감옥에 끌려갈 줄 알아!" 그가 전화기를 사정없이 내려치자 여군 통역관이 울음을 터뜨렸다.

'캠퍼스' 팀원들 모두는 베로니카 마르텔을 감시하던 샘 드리스컬을 돕기 위해 뉴욕 시로 몰려들었다. 그녀는 오늘 아파트를 떠나지 않았지만, 팀원들은 이미 늦은 오후였기 때문에 곧 움직임이 있을 것으로 예상했다.

클라크는 두 번째 렌터카를 빌리러 나갔고, 나머지 팀원들은 거실에 앉아 개빈 비에리와 전화 회의를 하려는 참이었다. 갑자기 클라크가 거의 달리다시피 문으로 들어왔다. 그의 갑작스런 행동에 혼란과 두려움을 동시에 느낀 딩, 돔, 샘, 그리고 잭이 재빨리 자리에서 일어섰다. 클라크는 문을 닫고는 TV를 응시했다. 그는 TV가 꺼져 있는 것을 알고 곧장 거실을 지나 침실로 달려갔다. 달려가면서 그가 소리쳤다. "라이언, 따라와."

라이언이 일어나 다른 동료들을 둘러보았다. "내가 뭘 잘못했다는 거지?" 클라크는 이미 복도를 달려가고 있었다.

몇 초 후 라이언은 침실에 도착했다. 클라크는 그에게 바짝 다가갔다. 잭은 클라크에게 무슨 일이 생긴 것으로 걱정했지만, 클라크의 눈동자에서 뭔가 다른 낌새를 눈치챘다. 라이언은 자기가 더욱 두려워해야 될 무슨 일이 닥친 것을 직감했다.

"무슨 일이에요?"

"이봐, 당신 아버님의 차량 행렬이 멕시코시티에서 공격을 받았어. 언론에는 온통 그 뉴스로 난리가 났어."

라이언은 입술을 약간 움직였지만, 말을 할 수가 없었다.

"어떤 일이 벌어졌는지는 아무도 몰라. 내가 게리를 전화로 불러내서 지금 대기하고 있지만, 언론 보도를 보면 더 많은 것을 알게 될 거야."

클라크는 케이블 방송사 중 한 곳에서 이미 대통령의 암살 소식을 보도하고 있다는 것은 언급하지 않았다. 대신 그는 이렇게 말했다. "자네 어머니께 전화를 드려보게."

바로 그때 거실에 있던 라이언의 전화기가 울렸다. 그는 거실로 달려가 잠시 전화기를 들여다보고는, 전화기를 집어 들어 번호를 확인했다.

그것은 어머니 전화였다.

그는 손사래를 쳤다. "아버지 돌아가셨어요?"

"아버지는 다치셨어. 하지만 마우라 박사가 그러는데 지금 괜찮으시대."

잭은 무릎이 후들거리는 것을 느꼈다. 그는 소파에 털썩 주저앉아 앞으로 몸을 숙였다. 재빨리 그는 클라크에게 엄지를 치켜세웠지만, 다른 사람들은 여전히 무슨 일이 벌어지고 있는지를 모르고 있었다.

클라크가 TV 리모컨을 손에 쥐었다.

잭이 물었다. "누구 짓이에요?"

"아직 몰라."

"만일 그것이 멕시코에서 벌어졌다면, 그건 산티아고 말도나도와 그 밑에 있는 또라이 같은 놈들의 짓이 틀림없어요."

"오늘 오후에 조지워싱턴 병원에 올 수 있겠니? 아버지가 집에 오시면 널 보고 싶어 하실 거야."

앰뷸런스 사이렌이 거리에 울리자 라이언은 전화기에서 머리를 떼었다. 앰뷸런스는 그들이 있는 장소 바로 맞은편의 작은 건물 앞에서 정지했다. 라이언은 창가로 다가섰다. 다른 '캠퍼스' 요원들도 뒤를 따랐다.

"잭?" 어머니가 말했다. "아직 듣고 있니?"

"다시 전화 드릴게요."

"병원에 올 거니?"

"갈게요." 그가 전화를 끊는 순간, 두 명의 응급 구조원들이 건물로 달려가, 어느 입주민의 안내를 받아 안으로 들어갔다.

클라크가 샘을 바라보자, 샘은 클라크가 아무 말도 하지 않았으나 즉시 행동에 들어갔다. 그는 계단을 뛰어내려 거리를 가로질렀다. 이미 개를 데리고 산책하던 두 명의 이웃 주민들이 앰뷸런스 근처에 걸음을 멈췄다. 몇 초 뒤에 어떤 여자가 아파트 건물에서 나오더니 잡담을 나누기 시작했다.

샘은 뒷걸음을 쳤지만 대화 소리를 충분히 들을 수 있는 거리에 있었다.

5분 후 그는 거리를 다시 건너 아지트로 복귀했다.

"아파트 관리인이 여자 시체를 발견했대요. 세입자래요."

라이언은 의자에 앉아 있었다. TV 화면의 CNN 방송은 아니 반 담의 발언을 보도하고 있었다. 그는 TV 화면에서 눈을 떼지 못하면서도, 베로니카가 죽었다는 사실을 믿을 수가 없었다. 불과 그가 앉아 있는 곳에서 100피트 떨어진 곳에서 말이다.

샘 드리스컬은 주저하지 않고 마르텔을 죽인 자가 누군지 말했다. "그건 북한인들이 아냐. 건물 뒷문으로 들어가려면 반드시 그 옆에 있는 골목을 지나야 되는데, 거기서 모든 것을 다 볼 수가 있어. 내가 24시간 감시 비디오를 설치해 뒀는데, 그걸 돌려보니 내가 마지막으로 마르텔을 본 이후에 그곳을 드나든 사람은 딱 한 사람이었는데, 그건 바로 에드워드 라일리야."

차베스가 말했다. "라일리가 자기 공작원을 죽였다고? 왜?"

아무도 그 이유를 몰랐다.

손 위에 얼굴을 올리고 잠시 소파에 혼로 앉아 있던 라이언에게 갑작스런 피로감이 엄습했다. 마침내 그가 자리에서 일어섰다. "미안해 동지들. 워싱턴으로 돌아가 봐야 돼."

클라크도 같이 일어섰다. "공항까지 데려다줄게." 그는 다른 팀원들을 바라보며 말했다. "남은 사람들은 라일리를 감시하도록 해. '샤프' 측도 우리가 뭘 하는지 알고 있으므로, 뉴욕 거리에서 우리가 활동하기는 만만치 않을 거야. 하지만 난 샤프가 이번 사건에 개입되었다고는 생각하지 않아. 샤프 씨 같은 미꾸라지는 뉴욕에서 자기 요원들의 목을 자를 정도로 무식하지 않거든. 뭐가 되었든지 간에, 이번 사건은 뭔가 다른 일이야." 그는 잠시 TV를 바라봤다. 그는 당장이라도 멕시코로 달려가 매복 공격을 저지른 자들을 사냥하고 싶은 심정이 굴뚝같았다. 그리고 그는 팀원들도 자기와 같은 생각이란 것을 알았다. 그는 팀원들을 당면한 임무에 집중시킬 필요가 있었다. "정신들 바짝 차리게. 라이언…. 출발하자."

62

라이언 대통령은 전용기 기수에 위치한 대통령 스위트룸 주위에 있던 사람들에게 몸을 일으켜 달라고 부탁했다. 이번 녹화에서는 목소리만 녹음되겠지만, 그렇다고 침대에 누워 천정만을 쳐다보면서 말을 할 수는 없는 노릇이었다. 적어도 그 순간의 중요한 의미로 인해, 그는 몸을 일으켜 똑바로 앉아야 할 필요가 있었다. 처음에 주치의와 공군 간호사들은 대통령에게 일어서지 말도록 조언할 참이었으나, 그의 눈동자에서 굳건한 결의를 발견하고는 일어서려 애쓰는 대통령의 조력자들로 재빨리 변신했다. 마침내 그들은 대통령을 부축하여 작은 책상에 딸린 의자에 앉혔다.

일단 라이언 대통령이 자리에 앉자, 그의 오른팔은 가슴을 가로질러 벨트에 묶여 있었고, 왼팔은 냉습포에 눌려 있었다. 핸드워커 박사와 간호사들은 뒷걸음질하여 대통령이 자리를 비운 침대 끝에 걸터앉았다. 비서실장 보좌관 데이비드 데트머가 스위트룸으로 들어섰다. 그는 어느 비서관에게서 빌려온 소형 디지털 녹음기를 들고 와, 무릎을 꿇은 자세로 대통령에게 내밀었다.

잭 라이언은 정신을 집중시키려 애썼다. 신체적 아픔을 잊는 데 도움이 되었던 아드레날린은 사라지고, 시시각각 불편한 통증이 강도를 더했다. 이제 어깨와 목을 짓누르는 둔탁한 통증이 마치 수백만 개의 바늘처럼 고통스럽게 찔러대는 바람에, 이따금 격렬한 고통으로 온몸이 들썩거릴 지경이었다.

하지만 그는 육체적 고통을 정신력으로 버텼다. 그는 데트머에게 이렇게 말했다. "말할 것도 없지만, 난 성명서를 준비하지 않았어. 그래서 내가 하는 말은 일종의 즉석연설 같은 게 되겠지만, 후세를 위한 역사적 기록에서 이런 점이 잘 고려되면 좋겠어."

"자신감을 가지십시오, 대통령님. 잘 될 겁니다."

라이언은 목청을 가다듬고 말문을 열었다. "저는 잭 라이언 대통령입니다. 지금 저는 에어포스원에서 여러분들께 말씀드리고 있습니다. 우리는 지금 전투기의 호위를 받으며 비행하고 있고, 몇 분 뒤에는 미국 공역에 진입할 것입니다."

사실 그들은 미국 공역에서 아직 1시간 이상 떨어진 곳에 있었지만, 그의 육성 연설이 언론에 배포될 무렵에는 '몇 분 남았다'는 말이 정확할 것이다. 그의 연설은 위기를 틈타 이득을 취하려는 미국의 기회주의적 적대국들이 날뛰지 않도록 흥분을 가라앉히는 데 초점을 맞추었다.

"저는 폭탄 공격에서 약간 다치긴 했지만, 더 중요한 것은 저의 동료와 친구들 중 일부가 목숨을 잃고, 더 많은 사람들이 다쳤다는 사실입니다. 저는 아직 얼마나 많은 사람들이 사망했는지 모르지만, 여러분들이 기도하시는 분이라면, 오늘 아무런 이유도 없이 목숨을 잃고, 부상을 당한 분들을 위한 저의 기도에 동참해 주시기를 바랍니다."

갑자기 피로를 느낀 그는 목소리에 활기를 되찾기 위해 잠시 뜸을 들였다.

"비록 이번 공격이 누구 소행인지는 아직 모르지만, 저는 많은 멕시코 시민들, 그리고 연방 경찰관과 사법 당국 관계자들이 목숨의 위협을 무릅쓰고 대통령 차량 행렬을 보호하는 장면을 개인적으로 직접 목격했다는 사실을 미국 국민들에게 강조하고자 합니다. 저는 무고한 멕시코 시민들의 희생이 우리의 목숨 못지않게 소중할 것이라는 점을 확신합니다. 오늘의 공격을 감행한 자가 누가 되었건 간에, 그리고 아직 범인이 누군지 아직 모른다는 사실을 상기시켜 드리면서, 여러분 모두에게 훌륭한 멕시코 국민들이 미국 정부의 보존을 수호하기 위해 싸우고 목숨을 잃었다는 점을 기억해 주시기를 당부 드립니다. 제가 로페스 대통령께 전화를 걸 수 있게 되는 즉시, 그와 멕시코 국민들에게 감사의 마음을 전할 것입니다. 지금까지 그의 조국 멕시코는 많은 고난의 순간들을 견뎌냈습니다. 저는 멕시코 대통령께 일단 미국으로 돌아가 상처를 치료한 다음, 멕시코시티로 다시 돌아가 계획했던 대로 그분을 만날 것이라고 말할 것입니다.

그리고 지금, 오늘의 만행을 저지른 자들에게 말하고자 합니다. 당신들의 목표는 미국 정부의 무력화였을 것이다. 내 목소릴 듣고 이제 당신은 실패했다는 것을 깨닫게 될 것이다. 난 당신들이 항상 해 왔던 행동을 다시 반복할 것이라고 생각한다. 당신들은 도망쳐, 숨을 곳을 찾을 것이다." 라이언 대통령은 목소리를 낮췄다. "당신이 오늘 실패한 것처럼, 당신은 도망쳐 숨으려는 노력에서도 실패할 것이다. 왜냐하면 우린 당신을 기필코 찾아낼 것이기 때문이다. 그리고 당신이 미국과 어떤 원한을 갖고 있건 간에, 그것은 아무것도 아닐 것이다. 왜냐하면 오늘 당신은 제대로 임자를 만났기 때문이다. 미국은 당신이 받아야 마땅한 대접을 받을 때까지 결코 쉬지 않을 것이다.

난 워싱턴으로 돌아가는 즉시 카메라 앞에서 기자회견을 가질 것입니다. 그동안… 미합중국에 신의 가호가 있기를 기도합니다."

라이언이 고개를 끄덕이자, 데트머는 녹음을 마쳤다.

스위트룸에 디지털카메라가 들어왔고, 라이언 대통령의 얼굴이 스위트룸 벽에 붙은 대통령 인장 앞에 나타나도록 렌즈를 맞추더니 사진을 촬영했다. 하지만 그가 방금 대통령 임기 중에서 가장 중요한 연설 중 하나를 속옷 차림으로 마쳤다는 사실은 어디에도 기록되지 않았다.

다시 침대에 눕자마자, 라이언은 데트머를 불렀다. 그가 머리맡에 나타나자, 라이언이 말했다. "데이비드, 아니에게 녹음을 보내는 즉시, 오로지 한 가지 일만 하도록 하게. 앤드리아 프라이스 오데이의 상태를 파악해서 내게 알려주게. 만일 그녀가 멕시코 병원에 있다면, 의사들에게 우리는 그들이 원하는 것을 모두 들어줄 것이라고 말하게. 알겠나?"

"네, 대통령님."

잭은 눈을 감고 오른쪽 어깨의 통증이 아닌 다른 무엇인가를 생각하려고 애를 썼다.

아니 비서실장은 녹음이 완료된 지 30분 이내에 언론 매체에 녹음 내용을 배포했다. 주식시장의 다우존스지수는 매복 공격이 있은 지 최초 1시간 내에 1천 포인트가 빠졌으며, 주식 거래가 1시간 동안 중단되었다. 라이언 대통령이 아직 살아 있다는 '생명의 증거'가 나간 이후, 거래가 재개되어 다우존스지수는 619포인트를 회복했다. 오늘 하루 동안 주식시장이 요동칠 것이지만, 월스트리트는 처음에 우려했던 정도와는 한참 거리가 멀었다.

아딜 자리프는 북한인 괴한들이 안가를 덮친 후 1시간도 안 되어 버스 정류장을 발견했다. 어디로 가야 될지 몰랐던 그는 톨루카로 향하는 버스에 올라탔다. 톨루카는 약 40마일 떨어진 서부의 중심 도시였다. 그가 오후에 톨루카에 도착하자 매일 내리는 호우가 한바탕 쏟아졌다.

온기가 느껴지는 소나기 속에서 인파들로 붐비는 시내 거리를 걷다가 싸구려 호스텔을 발견하고, 하룻밤 묵을 방을 예약했다. 신분증이나, 여권이나, 신용카드를 제시하라는 요구가 없었고, 카운터 뒤에 앉아 있던 늙은 남자는 그의 영어 발음에 이상한 악센트가 섞여 있다는 사실을 전혀 눈치채지 못했다.

자리프가 묵은 방은 온통 빈대가 득실거리고 곰팡이 냄새가 코를 찔렀지만, 그는 이곳에서 편안한 안식을 느꼈으므로, 구석에 있는 작은 테이블에 앉아 머리를 밑으로 떨군 채, 계획을 세우는 데 몰두했다.

계획을 세우는 데 1시간이 걸렸지만, 만일 다른 대안들이 있었더라면 더 많은 시간이 소요되었을 것이다. 사실이지 그는 수중에 거의 돈이 없었고, 스페인어를 할 줄도 몰랐고, 멕시코에 친구라고는 한 명도 없었다.

그가 할 수 있는 것은 두 가지, 아니 오직 두 가지 뿐이었다. 그는 쿠바에 있는 북한 정보원의 이메일 주소와 접촉할 수 있는 전화번호를 갖고 있었다. 그리고 그는 이런 첩보를 갖고 있었으므로, 이것이 세상에 폭로되는 날에는 미국이 당장 북한이란 나라를 콩가루로 만들어 버릴 것이 틀림없었다.

따라서 자리프가 택할 수 있는 대안 중 하나는 공갈 협박이었다.

그는 휴대전화를 탁자에 올리고 의자를 끌어당겨 전화기 카메라 화면에 얼굴이 잡히도록 위치를 잡은 다음, 전화기로 비디오를 녹화하기 시작했다. 그는 영어로 말했다.

"내 이름은 아딜 자리프이다. 북조선인민공화국이 접촉했을 당시, 난 다마스쿠스에 살고 있었다. 나는 멕시코시티에서 잭 라이언 대통령을 암살하도록 고용되었다. 거사가 완료되면 내게 북한의 해변 도시 함흥에 망명지를 제공해 주고…"

그는 불과 4분 만에 녹화를 전부 마쳤지만, 그 속에는 비밀 작전의 전모에 대한 설명이 들어있었다. 그는 비디오 파일을 쿠바에 있는 북한 연락책의 이메일 주소에 보냈다. 그런 다음 뒤이어 휴대전화로 문자메시지를 보냈다.

'나는 이 비디오를 미국의 모든 신문사와 방송국에 이메일로 보낼 것이다. 내 요구가 무엇인지를 듣고자 한다면 1시간 이내에 연락하라.'

20분도 지나지 않아 전화가 걸려 왔다. 자리프는 북한인에게 멕시코에서 일대일 대면으로 200만 불을 줄 것을 요구했다. 정찰총국 요원은 자신이 모든 준비가 되는 대로 이란인에게 전화를 하겠다고 말했지만, 이란인은 그의 면전에 코웃음을 치며, 북한인들이 전화기를 추적할 수 있을 것이므로 지금 사용하는 전화기를 부숴버린 다음, 18시간 이내로 다른 전화기로 정찰총국 요원에게 연락할 것이라고 말했다.

자리프가 멍청한 바보였다면 대여섯 차례의 중동 전쟁에서 지금까지 살아남지 못했을 것이다. 자기가 뱉은 말을 그대로 실천에 옮기는 사람인 자리프는 호스텔 뒤편에서 전화기를 벽돌로 박살 낸 다음, 새로운 전화기와 오늘밤에 묵을 새로운 숙소를 찾아 길을 나섰다.

그는 200만 불로 무엇을 할 것인지는 알지 못했다. 그는 여전히 아무런 서류나 친구도 없었다. 그는 돈을 많이 갖고 있는 것이 그렇지 않은 것보다 훨씬 나을 것이라고 생각했지만, 과연 무사히 멕시코를 빠져나가 어딘가에서 숨을 곳을 찾을 수 있을 가능성에는 긴가민가했다.

그것은 완벽한 계획이 아니었지만, 그런 것은 다음에 고민할 문제였다. 왜냐하면 그는 북한인들이 기회만 있으면 자기를 죽이려 들 것임을 잘 알고 있었기 때문이다.

63

오늘 아침 애덤 야오는 정주에서 매일 아침마다 그러하였듯이 수탉이 우는 소리와 함께 자리에서 일어났다. 그는 임시 트레일러 숙소의 벽에 걸려 있는 시계를 보고, 시간이 겨우 5시 35분이라는 것을 알았지만, 이미 잠이 다 깬 상태였으므로 침대에서 굴러 나와 화장실로 갔다.

몇 분 뒤 그는 여덟 명의 다른 남녀들과 공유하는 숙소에서 나와, 아스팔트로 만들어진 주차장에서 스트레칭을 시작했다. 그날 아침은 안개가 조금 끼고 날씨가 쌀쌀했다. 아직 바깥은 어두컴컴했으나, 휘영청 밝은 보름달이 아침 안개를 뚫고 환하게 비쳤다. 요리사들은 아침 7시가 되어야 식사와 티와 국수를 준비해 줄 것이고, 중국인 기술자들은 8시가 되어야 제련소로 가는 데 20분이 소요되는 버스에 올라타기 시작할 것이다. 따라서 애덤은 이 틈을 타, 지금 오직 자신만이 사용할 수 있는 수단을 활용하여 정보를 얻어보기로 작정했다. 그는 오늘 아침 숙소 부지 주변을 둘러싼 울타리 내를 구보로 달리면서, 어떤 정보를 발견할 수 있는지 시험해 보기로 했다.

조깅을 하던 그는 따분하고 피곤한 표정의 몇몇 북한인 경비병들이 자기를 힐끔 쳐다본 다음, 곧바로 담배를 피우며 잡담을 계속하는 것을 알아차렸다. 애덤은 임시 숙소 단지 근처의 호텔을 지나면서, 주차장에 몇 대의 검정색 승용차와 밴이 서 있는 것을 발견했다. 그는 이 차량들이 전날 저녁 평양에서 도착한 황민호의 소유임을 알고 있었다.

애덤은 뭔가 중요한 일이 벌어지고 있다는 것을 직감했다. 전날 작업장에서 그는 일일 광물 분쇄량의 쿼터를 줄이라는 명령을 받았다. 그로부터 사흘 전까지만 해도 그는 12시간의 작업량인 800킬로그램의 분쇄된 원석을 생산하라는 지시를 받았지만, 어제 이 생산량이 고작 100킬로그램으로 줄어든 것이다.

그는 아무 질문도 하지 않고 잠자코 지시에 따랐지만, 휴게실에서 다른 중국인 기술자들은 자기들의 작업장에서 일어난 변화를 이야기하였고, 그중 한 명은 조만간 도착할 예정이었던 분리 장비의 수송이 지연될 것이라고 북한인 작업 감독관이 말한 것을 전했다. 애덤은 이런 소문이 기껏해야 간접 첩보 정도라는 것을 알았지만, 황민호가 그날 저녁에 도착했다는 사실은 혹시라도 북한인들이 모종의 위기를 겪기 때문이 아닌지 의심스러웠다.

그는 울타리 내부를 두 바퀴째 돌다가, 다른 사람이 저 멀리 울타리가 설치되어 있지 않은 주차장 근처에서 천천히 조깅하는 모습을 발견하고 놀랐다. 그 사람과 너무 멀리 떨어져 있었고, 아직 사방이 너무 어두워서 확실히 볼 수가 없었지만, 애덤은 그 사람이 호텔의 손님임에 틀림없을 것이라고 짐작했다.

애덤이 조깅 속도를 늦췄다. 잠시 그는 달리던 사람이 키가 작고 말라 보였으므로 황민호가 아닐까 생각해 봤다. 하지만 곧 그는 이런 가능성이 없다고 판단했는데, 그 이유는 황민호는 대머리였지만, 그 사람은 분명히 머리숱이 있었기 때문이다.

다음번 바퀴를 돌던 애덤은 이번에는 그 사람이 울타리의 반대편에 도착하는 순간에 자기도 울타리 근처에 도착하도록 속도를 조절했다. 애덤은 무엇보다 그 사람이 궁금하였다. 이제 그는 그 사람이 호주에서 온 외국인 노동자들 중 한 명일 가능성이 있을 것으로 예상했다. 애덤은 호주인들을 제련소에서 본 적이 있었는데, 비록 그들 중 누구도 제련 공장에서 일하지 않는데도, 그들이 모두 호텔에 묵고 있다는 것을 알고 있었다.

그는 자신의 조깅 속도를 완벽하게 조절하는 데 성공했다. 울타리 반대편에서 다가오는 사람에게 가까이 다가가면서 애덤은 자신이 착각했음을 깨달았다. 그 사람은 남자가 아니라, 전에도 몇 번 본 적이 있는 빨간 머리의 호주인 여자였다.

그녀는 웃으면서 다가와 손을 흔들었다. 애덤도 계속 달리면서 손을 흔들어 주었다.

아직 그보다 앞서서 달리던 그녀가 가까이 다가오자, 그녀는 그에게 크게 소리를 지르며 인사했다. "니 하오."

백인 여자가 중국어를 하는 것에 놀란 애덤은 걸음을 늦췄다. 그는 여자에게 고개를 끄덕여주며 "니 하오"라고 답례했다.

그녀는 이제 완전히 걸음을 멈췄다. "나 하오 마?"

애덤도 걸음을 멈췄다. "저는 좋습니다. 당신도요?"

그녀는 여전히 중국어로 더듬거리며 말했다. "저도 좋아요. 제 이름은 파워스 박사입니다. 호주인이에요."

"저는 샨 신이라고 합니다. 중국인이고요. 중국어 잘 하시는군요."

"고마워요. 저는 중국 센젠(深圳) 대학에서 공부를 했어요. 제 남편이 센젠 대학을 졸업했거든요."

사실 그녀의 중국어 솜씨는 호주 억양이 강하게 섞여 있어 고작해야 괜찮은 정도였지만, 애덤은 그의 가슴이 쿵쾅거리는 것을 느꼈다. 아마도 그는 이 여자로부터 자기 정체를 전혀 드러내지 않고도 어떤 첩보를 얻을 수 있을 것 같았다.

하지만 그는 천천히 움직여야 하며, 상대로부터 의심을 사지 않도록 조심해야 한다는 사실을 알고 있었다. 그는 아주 흔해빠진 일상적인 대화로 시작했다. "당신은 매일 조깅을 하시나요?"

그녀가 대답했다. "이것 말고는 할 게 없어요. 정주에서 무슨 일을 하시죠?"

"전 광물분쇄처리부에서 원뿔형 분쇄기의 컴퓨터 운용을 맡고 있어요. 지난주에 여기 도착했죠. 당신은요?"

"전 지질학자예요. 여기 온 지는 한 달이 넘었어요."

애덤이 웃으며 머리를 끄덕였다. "아주 좋군요."

그녀는 머리를 흔들었다. 애덤은 어둠 속에서도 그녀가 슬픈 표정을 하고 있다고 생각했다.

그가 말했다. "집에서 정말 멀리도 오셨군요."

그녀는 망설이지 않고 솔직히 털어놨다. "제겐 아이가 둘 있어요. 아들과 딸이요. 아이들을 정말 보고 싶어요."

"이해가 갑니다. 저도 아들과 딸이 있어요."

그녀의 표정이 약간 밝아졌다. "정말요? 얼마나 사랑스러우실까. 애들 이름은 뭐죠?"

확실히 이 여인은 지루하고 외로운 생활을 하고 있었음에 틀림없었다. 애덤은 아이들의 이름과 나이, 그리고 심지어 성격까지도 꾸며내 들려줬다. 이는 '거울 반사 효과'라고 하는 것으로, 책에 등장하는 가장 오래된 사회공학 기교이며, 실제로 대단히 강력한 효과를 발휘하는 수법이기도 하다.

"아이들 사진 갖고 계세요?"

애덤은 어깨를 축 늘어뜨렸다. "말이죠, 그 사람들이 상하이에서 개인 소지품을 몽땅 압수했어요. 그 속에 사진이 있었거든요. 하지만 무슨 상관있어요? 지금은 밤에 잠자리에 들기 전에 나의 작은 딸 랜펜(Lanfen)의 눈동자도 들여다볼 수가 없는걸요."

애덤은 훌륭한 배우였다. 파워스 박사는 그가 말하는 한 마디 한 마디에 감쪽같이 속아 넘어갔다. 그는 이런 거짓 연기에 기분이 언짢았다. 아마도 그녀는 훌륭한 인물이면서도 이곳에 오려는 잘못된 결정을 내렸을 것이다. 하지만, 그에게는 할 일이 남아 있었다. 임무 수행 중에 자칫 어설프게 연기를 하다가는 정체가 탄로 나, 자칫하면 목숨을 잃을 '수'도 있는 것이다.

파워스가 말했다. "전 여기 온 게 후회돼요. 당장이라도 돌아가고 싶지만, 그들은 시설이 가동되기 전까지 우릴 내보내지 않으려 할 거예요."

애덤은 이 기회를 놓치지 않았다. 그는 자신이 서두른다는 것을 알았지만, 이처럼 절호의 기회를 놓칠 수는 없는 노릇이었다. "전 그때가 언제가 될지 걱정돼요. 어제 북한인들은 제련 공장이 제시간에 가동되지 못할 거라고 말했거든요. 어떤 장비가 도착하기로 되었었는데, 도착이 지연되었다나 봐요. 당신은 떠나고 싶어 하시지만, 저는 안 그래요. 내가 살던 곳에서는 광산에서 직장을 구할 수가 없거든요. 전 그 장비가 곧 도착하지 않으면, 그 사람들이 저보고 돌아가라고 할까 봐 걱정이 돼요."

파워스는 애덤의 근심에 손사래를 쳤다. "포말선광 셀의 도착이 늦춰지긴 했어요. 하지만 걱정 말아요. 황 사장이 곧 장비들을 더 들여놓을 거예요. 그는 그렇게 '해야' 돼요."

"그렇게 '해야' 된다고요?"

"다 돈 때문이죠. 북한인들은 제련소에서 희토류 생산이 시작되기 전까지 돈을 벌지 못해요. 제련소가 가동되는 바로 그날, 북한은 외국인 파트너로부터 5억 달러를 받게 되어 있어요."

그가 말했다. "그렇군요. 당신은 이걸 어떻게 아셨죠?"

이 말을 뱉은 순간 그는 질문이 한참 앞서 나갔다는 것을 직감했다. 그녀는 대답을 주저하면서, 아무도 두 사람의 대화를 지켜보고 있지 않다는 것을 확인하려고 주위를 두리번거렸다. 애덤이 짐작하기에, 파워스 박사는 방금 한 말이 걱정될 것이다. 왜냐하면 그녀는 그런 사실을 알면 안 되었기 때문이다.

비밀 임무를 수행 중인 CIA 정보관 애덤은 첩보의 출처인 파워스 박사를 어떻게 안심시켜야 되는지를 잘 알고 있었다. 그는 한바탕 웃었다. "아마도 박사님은 제게 더 이상 말씀을 하지 마셔야 될지 몰라요." 그는 미소를 지으며 말했다. "전 단지 컴퓨터 기술자예요. 곧 공장이 가동될 거라고 생각하신다니

기분이 좋군요. 전 거기에만 관심이 있거든요."

그녀는 긴장을 풀었고, 1분 뒤 두 사람은 울타리 라인의 반대편을 따라 각자 다른 방향을 향하여 조깅을 시작했다.

3시간 뒤, 애덤은 컴퓨터 단말기 앞에 앉아 '애크리드 헤럴드' 작전 본부에 보낼 보고서를 타이핑하고 있었다. 그는 파워스 박사의 이름을 쓰거나 그녀를 언급하는 내용을 기록하지 않았는데, 그 이유는 설령 비밀리에 수행하는 자신의 임무가 발각되더라도 그녀가 이 사건에 연루되기를 원치 않았기 때문이다. 하지만 그는 북한이 제련 공장의 가동 첫날 5억 달러를 받게 될 것이라고 그녀가 말한 내용은 보고서에 포함시켰다.

그처럼 엄청난 액수의 돈이 어디서 오고, 또 어떤 용도에 사용될 것인지에 대하여 알고 있던 애덤은 세발이지 제련 공장의 가동이 시작되는 끔찍한 날이 절대로 닥치지 않기를 고대했다.

64

잭 라이언 대통령을 노린 폭탄 공격이 1만 마일이나 떨어진 자신의 고향에서 벌어졌을 때, '오스카 로블라스 데 모타'는 싱가포르의 '팬 퍼시픽' 호텔의 스위트룸에서 곤한 잠에 빠져 있었다. 다음 날 아침까지 늦잠을 자던 그는 아침 9시가 되어 개인 비서 중 한 명이 깨워준 후에야 그 소식을 알게 되었다.

아침 9시부터 10시까지 그는 흰색 목욕 가운 차림으로 소파에 앉아 미국과 멕시코 위성 채널을 통해 TV를 지켜봤다. 지금 화면에는 휴대전화로 찍은 매복 공격 장면, 헬기에 탑승한 방송기자의 카메라 영상, 보안 카메라에 잡힌 비디오 등이 보도되는 중이었다. 전체 공격 장면을 여러 다양한 각도에서 잡은 수많은 동영상들이 신물이 날 정도로 보도되었다.

그는 해당 구역의 정부 부처에 근무하고 있는 대여섯 명의 친구들에게 전화를 걸었다. 그에게도 정신을 차릴 수 없을 정도로 무수히 많은 전화들이 걸려 왔다. 모든 사람들은 그 공격은 산티아고 말도나도의 짓이라고 입을 모았지만, 로블라스는 한순간도 그 말을 믿지 않았다. 기고만장한 말도나도는 자신들의 소행이라고 주장했지만, 그들은 멕시코시티 근처에 얼씬도 거리지 못하는 찌질한 집단이었다. 틀림없이 로블라스 집단이 멕시코시티에서의 공격에 나서도록 내몰렸을 수도 있지만, 로블라스는 이들이 그 정도로 엄청난 규모의 공격을 성공시킬 수 있는 능력을 갖고 있다고 생각하지 않았다. 그는 최근에 이들이 작은 소도시 '게레로'의 시장을 암살하려던 계획이 실패한 것을 알고 있었다. 이런 허접한 오합지졸들이 단련된 수십 명의 경호원들을 죽이고 미국 대통령에게 부상을 입혔다고?

소가 웃을 일이었다.

로블라스의 머리 한구석에 리태진의 모습이 떠올랐다. 북한의 정찰총국장은 이런 짓을 저지를 수 있는 자들을 휘하에 거느리고 있을 것이고, 말도나도 일당 속에도 끄나풀을 갖고 있을 터였다. 이번 공격의 동기는 의심할 여지도 없는 것이었다. 희토류 제련 공장을 가동시켜, 여기서 마련된 달러로 ICBM을 손에 넣으려던 리태진의 계략이 좌절되었다. 이 두 가지 시도를 좌절시킨 장본인은 다름 아니라 멕시코시티에서 가까스로 죽음을 모면한 미국 대통령이었던 것이다.

오전 11시, TV 화면에서 눈을 떼어 낸 로블라스는 샤워를 마친 후, 은행가들과의 오찬 모임을 위해 옷을 갈아입으면서도, 이번 사건이 북한인들의 소행일지도 모른다는 의심이 점점 더 커졌다.

그는 북한인들이 그런 짓을 저질렀다는 데 화가 나지 않았지만, 그들이 거사에 실패하였다는 데 화가 났고, 그런 짓이 '자신'이 태어난 도시에서 벌어졌다는 사실에 '매우' 화가 났다.

그가 수행원들을 대동하고 리무진으로 향하려던 참에 비화 장치가 달린 위성 전화에서 벨 소리가 울렸다. 전화를 받고 첫마디를 듣자마자, 그는 자신의 짐작이 옳다는 것을 확신했다.

"여보세요?"

전화를 건 사람은 리태진의 통역관 중 한 명으로서, 그는 영어로 말했다. "안녕하세요. 리태진 총국장 동지의 인사를 전합니다."

로블라스는 인사에 대한 답례 대신, 이렇게 말했다. "내 도시에서 무슨 일이 벌어진 거요?"

리태진이 대답했다. "현시점에서 내가 아는 것이라고는 세계 언론에서 보도되는 것뿐이오."

"난 당신 말을 믿지 않소. 이건 말도나도 짓이 아니오. 그건 당신이나 러시아가 저지른 짓이에요."

"그럼 러시아인 짓이겠죠." 통역관은 멕시코인으로부터의 대답을 한참 동안 기다렸다.

마침내 로블라스가 말했다. "만일 당신이 이번 사건에 조금이라도 관련되어 있다면, 당신 자신과 광산을 위해 말해두거니와, 당장 뒤처리를 말끔하게 하시오."

오랫동안 침묵이 흘렀다. "설거지 거리가 좀 남아 있기는 해요."

"대체 그게 무슨 말이오?"

리태진이 말했다. "어떤 자가 우리에게 연락을 했소. 그 사람이 어제 사건을 일으킨 것 같아요."

"듣고 있소."

리태진은 지금 멕시코 어딘가에 있는 이란인이 거액을 내놓으라고 협박한 것에 대해 설명했다.

그가 말을 마치자 로블라스가 말했다. "그건 내가 상관할 바 아니오. 왜 내가 이런 일에 끼어들어야 되나? 난 당신이 저지른 짓에 책임이 없단 말이오."

리태진이 차분하게 대답했고, 통역관은 그 말을 거의 기계적으로 통역했다. "당신에게 책임이 없을지도 모르지만, 이번 사건에 신경이 쓰일 거요."

"뭔 소릴 하는 거요?"

"당신은 이미 정주광산에 엄청난 시간과 노력을 투자했어요. 당신은 막대한 투자에 대한 보람을 거두기 바로 직전에 와 있어요."

"내게 협박하는 거요?"

"천만에. 하지만 이런 말씀을 드리기로 하죠. 만일 미국인들이 어제 미국 대통령을 암살하려던 장본인은 북한이라고 잘못된 결론을 내린다면, 정주광산에서 금싸라기 같은 희토류가 생산될 수 있을 거라고 생각하시나요?"

로블라스는 그의 말뜻을 알아챘다. 만일 전쟁이 벌어진다면 북한이 질 것이다. 그리고 만일 북한이 진다면 로블라스도 모든 것을 잃게 것이다.

이것은 단순한 사업상 제안일 뿐이었다. 위험 대 보상. 이런 생각에 머리를 굴리던 그는 잠재적 보상이 더 크다고 느꼈다. 누군가를 보내 암살자를 처치하는 데는 높은 잠재적 위험이 따르지만, 임무가 성공을 거두었을 때 얻을 수 있는 잠재적 보상에 비하면 아무것도 아니었다.

그리고 리태진의 말이 옳았다. 로블라스는 이미 이 사업에 막대한 돈을 투자해 놓은 터였다. 그러니 이제 와서 자객을 보내라고 전화를 거는 것쯤은 일도 아니었다.

리태진이 재촉했다. "멕시코에서 벌어진 일을 해결할 수 있는 사람을 알고 있소?"

로블라스는 머리를 숙이고 부들부들 떨고 있는 손을 내려다보았다. 그는 이런 일에 끌려들어 가고 있다는 사실에 피가 거꾸로 솟는 것 같았다.

하지만 그가 알고 있는 자가 있기는 했다. 그는 멕시코인이 아니었다. 로블라스는 섣불리 멕시코 사람을 보내, 까딱하다가 책임을 몽땅 뒤집어쓰는 미련한 짓을 할 위인이 아니었다. 그는 북한이 책임에서 빠져나갈 수 있는 '그럴듯한 부인 가능성(plausible deniability)'의 겉치레를 유지하기 위한 모종의 조치가 필요했다. 그는 부하들을 보내 에드워드 라일리를 접촉도록 할 생각이었다. 라일리는 '샤프' 사의 직원이자 '샤프' 씨의 부하이기는 했다. 샤프 씨 같으면 로블라스의 제안을 듣고 펄쩍 뛰며 도망칠 궁리를 했을 것이나, 라일리라면 기꺼이 그 일을 맡을 것이다. 라일리는 무슨 짓이건 가리지 않을 놈이니까 말이다.

그 녀석이라면 이번 일의 뒤처리를 말끔히 해 줄 수 있을 것이다.

로블라스가 말했다. "당신 첩보원 중 한 사람의 연락처를 주시오. 그 번호를 내가 고른 사람에게 주겠지만, 그 뒤에 무슨 일이 벌어질지는 나도 모르오.

이미 내가 말했듯이, 난 이번 사건과 아무 관련이 없소."

리태진이 말했다. "때로는 당신의 통제 범위를 벗어난 사건들도 잘 해결해 주셔야 오해가 없는 법이오."

이 대목에서 로블라스는 북한 해외정보부 책임자의 전화를 끊어 버렸다.

잭 라이언 주니어는 백악관 직원이 그를 차에 태워 병원에 데려다주기 위해 오기 전, 알렉산드리아 콘도에서 90분 동안 정성을 들여 수염을 말끔히 깎았다. 그는 마치 다른 사람 같았다. 아니, 적어도 그는 덥수룩하게 수염을 기르기 전인 옛날의 모습을 되찾은 듯한 기분이 들었다. 그것이 바로 오늘 수염을 깎은 이유였다. 그는 만일 누군가가 그의 사진을 찍더라도, 정체를 자연스럽게 숨기려고 수염을 기르는 어설픈 잔재주를 벌였다는 구설수에 오르고 싶지 않았던 것이다. 수염은 다시 자랄 것이다. 하지만 만일 수염을 기른 새로운 모습이 사람들에게 공개적으로 알려진다면, 앞으로 수염을 길러본들 별 도움이 안 될 것이다.

오늘의 방문은 가족들만의 사적인 것이었지만, 라이언은 언론이 움직이는 생리를 잘 알고 있었다. 병원 근처에는 공포에 질린 대통령 가족들의 사진을 찍어 돈푼깨나 벌어보려는 얼치기 사진사들이 떼거리로 몰려 있을 것이다. 라이언은 오늘 밤의 TV 보도나 내일의 조간신문에 자기 얼굴이 등장하지 않도록 모든 수단과 방법을 동원할 것이지만, 혹시라도 그런 일이 벌어질 때에 대비하여 '캠퍼스'에 소속된 직원이 아닌 옛날의 모습으로 돌아갈 필요가 있었다.

밤 9시 직전, 병원의 물품 운반용 뒷문을 통과한 그는 응접실로 안내되었다. 그곳에서 그는 누나인 샐리, 어머니, 그리고 어린 동생들 케이티와 카일을 만났다. 응접실에는 수십 명의 경찰과 비밀경호국 직원들이 있었지만, 눈치 빠르게도 그들은 가족들이 따로 만날 수 있는 공간을 마련해 주었다.

9시 30분, 그들은 대통령의 병실로 들어갔다. 여러 차례에 걸쳐 잭 라이언은 아버지가 몇 주 동안 엄청난 고통에 시달릴 것이지만, 그의 부상은 생명을 위협할 정도가 아니라는 말을 들었다. 사실 라이언이 보기에 아버지는 뒤집힌 리무진에 나타났던 사진에 비하면 상태가 좋은 것 같았다. 하지만 잭 주니어는 아버지의 건강 상태가 부실하다는 사실을 깨닫고 충격을 받았다. 체격이 단단하고, 에너지가 넘치고, 두 눈이 초롱초롱하던 아버지가 지금은 환자복을 걸친 채 누워 잠들어 있었다. 그의 콧속에 산소 튜브가 끼워져 있고, 보기 흉할 정도로 커다란 반창고가 이마에 붙어 있었다.

주치의인 마우라 핸드워커 박사는 대통령이 비틀거리는 걸음으로 간신히 에어포스원에 올라탄 이후로 그의 옆에서 딱 붙어 있었다. 즉시 그녀는 가족들이 도착하기 직전에 대통령에게 진통제를 처방해 주었으므로, 오늘 밤에는 통증을 느끼지 않을 거라고 가족들에게 설명하면서 사과의 말을 전했다. 마우라 박사는 대통령이 몇 시간씩이나 진통제를 맞지 않으려고 자신과 실랑이를 벌였지만, 끝내 그처럼 커다란 통증이 계속되다가는 한숨도 잠을 이루지 못할 것이고, 다음 날에는 완전히 초주검 상태가 될 것이라고 설명해 준 뒤에야 기분이 누그러졌다고 말했다.

막상 대화의 상대가 되어야 했을 라이언 대통령이 잠에 빠져있자, 가족들은 침대 옆에 서서 잠자는 모습을 지켜볼 뿐이었다. 잭은 몇 달씩이나 누나를 만나지 못했고, 케이티와 카일은 오빠가 언제 백악관에 들렀는지 기억도 나지 않는다며 푸념을 늘어놓았다.

잭은 어머니의 눈을 쳐다봤다. 그는 그녀의 얼굴에서 근심의 표정을 읽었지만, 그것은 단지 남편뿐 아니라 아들에 대한 염려 때문이었다. 그녀는 대체 아들이 어떤 일을 하고 있기에, 최근 들어 이처럼 부쩍 왕래가 뜸한 것인지 궁금했다. 그는 어머니를 포옹하며 안심시켜 주려고 최선을 다할 뿐이었다. 막상 그가 해 줄 수 있는 말이 그다지 많지 않았기 때문이다.

대화가 잭 라이언 주니어에서 다른 화제로 옮겨 가자, 그는 붕대를 감은 채 고통 속에 있는 아버지를 내려다보면서, 도대체 어떤 '개자식'들이 이런 짓을 저질렀는지를 생각하며 분개했다.

모든 사람들은 하나같이 산티아고 말도나도를 장본인으로 지목했지만, 잭이 지금 내기를 걸어야 한다면, 아마도 그것은 말도나도를 꼭두각시로 내세운 러시아 대통령의 짓이라는 데 판돈을 걸었을 것이다.

바로 그때 바지 속에 넣어 두었던 전화기의 진동이 울렸다. 그는 가족들에게 잠시 양해를 구하고 병실을 빠져나와 복도로 향했다. 문가에 서 있던 두 명의 비밀경호국 직원들은 잭이 다른 곳으로 가지 않으려는 것을 알고는 몇 걸음 더 물러섰다.

휴대전화 화면의 발신자 ID를 보니 차베스에게서 걸려 온 전화였다.

"어이, 딩."

"미안. 네가 아버지와 같이 있는 걸 알아."

"괜찮아."

"아버지 어떠셔?"

"터프한 분이야."

"두말하면 잔소리지."

"뭐 잘못된 거 있어?"

"암만해도 뭔가가 '이상'해. 우리가 오후 내내 라일리의 뒤를 밟았지만 아무 소용없었어. 그래서 녀석이 나타날 만한 곳을 샅샅이 뒤졌지. 하는 수 없이 개빈에게 가서 도움을 청했어. 너한테 고백하지만, 우린 처음부터 개빈에게 갔어야 됐어. 개빈은 녀석이 타고 다니는 BMW에 '로잭(LoJack)'이라는 보안 장비를 몰래 달아 흔적을 추적했어."

"거참 신통하군."

"맞아. 알고 보니 2시간 전에 라일리는 테터보로(Teterboro) 공항으로 차를 몰고 가서, 장거리 주차장에 차를 세웠더군. 라일리가 출발한 직후, 우린 녀석의 목적지가 어디일지 30분 정도 고민해 봤어. 그자가 올라탔을 가능성이 있는 회사 소유 비행기는 대여섯 대 정도야. 하지만 비행기 소유주와 목적지를 살펴보고 딱 한 군데만 제외하고 나머지 회사는 일단 조사 대상에서 배제했어. 그러고는 샤프 사나 라일리 중 어느 누구도 그 회사와 거래한 적이 없을 거라고 판단했지."

"그러니까… 그자가 어디 갔다고 생각해?"

"잭… 우리 생각엔 녀석이 멕시코시티로 간 거 같아."

잭은 아버지가 누워있는 병실 쪽으로 고개를 돌렸다. 그는 유리 칸막이를 통해 샐리가 케이티를 들어 올려 침대 끝에 앉혀주는 것을 지켜보았다. 여동생은 잠들어 있는 아버지의 볼에 키스를 하며 눈물을 참으려 애쓰고 있었다.

라이언의 목소리가 한 옥타브 밑으로 내려갔다. "그자가 거기서 뭘 하려는 거지?"

딩이 말했다. "우리도 몰라. 하지만 우리가 직접 가서 알아봐야 할 거 같아. 라일리는 안티과 은행에 세워둔 유령회사 소유로 되어 있는 비행기를 타고 갔어. CIA가 금융 범죄 수사에 사용하는 '인터링크(Interlink)'라는 데이터베이스로 개빈이 그 유령회사를 조사해 봤더니, 그 회사가 '그루포 파시피코(Grupo Pacífico)'라는 회사로 연결되더래. 그 회사는 멕시코 억만장자로 알려진 '오스카 로블라스 데 모타'가 소유한 석유 · 가스 및 광물 회사야. 그루포 파시피코는 듀크 샤프 사의 겉으로 드러난 고객이 아니지만, 샤프 사 본부가 있는 어퍼 웨스트사이드 일대에서 죽치면서 그곳을 드나드는 사람들에 대한 안면 인식 작업을 하고 있는 샘의 말에 의하면, 그루포 파시피코 회사의 중역 몇 사람이 듀크 사장을 찾아와 만난 적이 있다는 거야."

라이언이 말을 받았다. "맙소사, 보통 일이 아니군." 그는 딩이 한 말이 무슨 뜻인지는 몰랐다. 라일리의 여행과 암살 음모와의 연결 가능성은 여전히 지나친 억측이었으므로, 그럴 가능성을 진지하게 생각해 보기는 쉽지 않았다. 하지만 적어도 라일리가 암살 공격이 벌어진 날, 그리고 뉴욕에서 백주 대낮에 살인사건을 저지른 다음 날 멕시코시티로 달려간 것은 특별히 골치 아픈 문제임에 틀림이 없었다.

딩이 말했다. "우린 오늘 밤에 출발할 거야. 거기 도착해서 놈을 어떻게 추적할 수 있을지 자신이 없지만, 우리에게도 생각이 좀 있어. 클라크가 그러던데, 만일 네가 아버님과 같이 있어야 한다면 남아 있어도 된다면서도, 혹시 네가 빠져나올 수 있으면—"

라일리는 벌써 움직이고 있었다. "1시간 내로 공항으로 갈게."

딩이 말했다. "알겠어. 아버님께 우리 안부도 전해 드리렴."

65

에드워드 라일리는 오스카 로블라스가 소유한 유령회사 중 하나의 명의로 되어 있는 회사 전용기를 타고 뉴저지에 위치한 테터보로 비행장에서 출발하여 멕시코시티의 베니토 후아레스 국제공항으로 곧장 날아갔다. 새벽 3시에 도착한 그는 운전사가 딸린 렌터카 뒷좌석에 올라 멕시코시티 인근의 특급 호텔인 '폴란코'로 향했다.

그는 비행기를 타고 오면서 계획을 세우느라 잠을 자지 못했으므로, 새벽에 몇 시간 동안 눈을 붙인 다음, 오전 9시가 막 지날 무렵 호텔을 찾아온 방문객을 맞았다. 그를 찾아온 손님은 북한의 정찰총국 소속 '김'이란 자로, 그는 라일리에게 전날 저녁 쿠바에서 막 도착했다고 말해 주었다. '김'은 바로 자리프가 접촉했던 인물이며, 자리프가 실제로 북한으로부터 200만 달러라는 돈을 뜯어내려고 협박하고 있음이 분명해지자 쿠바에서 멕시코시티로 달려온 것이다.

라일리는 요구한 액수가 비교적 적다고 생각했지만, 자리프가 왜 그만큼의 액수를 요구했는지 이해하였다. 그 폭탄 제조 전문가는 은행에 쉽게 접근하기 어려웠으므로 현금을 들고 다녀야 할 것이고, 200만 달러는 한 사람이 쉽게 운반할 수 있는 최대의 액수였다.

만일 자리프가 유로화로 요구했더라면 더 많은 액수를 챙길 수 있었을 테지만, 아마도 자리프가 이 사실을 몰랐거나 아니면 서방국에서는 달러화가 더 쓸모 있을 것으로 생각했기 때문일 것이다.

'김'은 라일리의 호텔에 도착하기 직전에 자리프와 전화 통화를 했다. 그 이란인은 반드시 누군가 아시아인이 아니면서 영어를 사용할 줄 아는 중개인을 요구했다. 자리프는 중개인이 밤 8시에 돈을 받아, 톨루카에 소재한 '시네폴리스(Cinépolis)'라는 영화관에서 자기에게 전달해 줄 것을 요구했다.

그 '중개인'이 바로 라일리였던 것이다.

이미 북한은 자리프의 공갈에 따라 돈을 주어서는 안 된다고 결정했다. 그를 살려두고, 또 그가 '파이어 액스' 작전에 대한 세부 사항을 폭로할 수 있도록 그냥 내버려두는 것은 결코 적절한 대안이 아니었으므로, '김'은 구태여 그 돈을 구하려 시도하지도 않았다.

라일리는 북한인들의 전반적 평가에 동의했지만, 로블라스의 부하들은 만일 증거를 없애기 위해 현금이 필요한 경우에는 언제든지 연락할 수 있도록 현지 은행원의 전화번호를 그에게 건네줬다. 비록 라일리는 오스카 로블라스가 자리프의 입을 막기 위한 액수 정도는 손쉽게 마련할 수 있을 것임을 알고 있었지만, 돈을 주더라도 자리프가 암살 음모에 북한이 개입되었다는 사실을 발설하지 않으리라는 보장은 전혀 없었다.

그러므로 해결책은 딱 하나, 즉 자리프를 반드시 죽이는 것이다.

하지만 라일리는 그렇다고 해서 무턱대고 길거리에서 자리프를 총으로 쏘아 죽일 수는 없는 노릇이었다. 그자는 암살 음모에 북한이 개입되었음을 자세히 설명한 비디오를 만들어 두었다지 않은가. 따라서 비장의 카드를 숨겨놓지 않은 상태에서, 자리프가 돈과 비디오 파일을 맞바꾸기 위해 약속 장소에 나타난다면, 그는 실로 어처구니없이 완벽한 바보 멍텅구리일 것이다. 그 폭탄 제조 전문가는 벌써 누군가에게 그 비디오 파일의 사본을 맡겨두었거나, 우편으로 특정 주소에 발송했거나, 아니면 자기가 갖고 있지 않은 컴퓨터 어디인가에 파일을 저장해 두었을 것이다.

라일리는 자리프가 자신의 안전을 확보하기 위해 어떤 조치를 강구해 두었는지 알아야 할 필요가 있었으며, 그런 첩보를 얻을 수 있는 방법은 딱 한 가지뿐이었다.

라일리는 자리프를 붙들어 밤새도록 무자비하게 고문을 해야 하는, 길고도 불편한 밤을 머리에 떠올렸다.

그는 이런 고문을 할 수 있는 안전한 장소가 필요했지만, 특급 호텔인 폴란코의 객실은 그런 짓을 저지르기에 적당한 곳이 아니었다. 그는 로블라스가 알려준 은행원에게 단지 1만 달러만 필요하다고 말하면서, 이번 작전이 끝나면 모두 돌려줄 수 있을 것으로 예상했다. 하지만 그에게 더 필요한 것은 앞으로 24시간에서 48시간 동안 누구의 방해도 받지 않는 장소를 구하는 일이었다. 그 은행가는 로블라스 혹은 로블라스의 부하와 접촉하려는 생각이었던지, 전화로 몇 분 동안 라일리를 기다리게 하더니, 다시 전화기로 돌아와 주소를 하나 알려줬다. 그는 그곳이 수도의 남쪽으로 1시간 정도 떨어진 산악 지대에 위치한 '쿠에르나바카(Cuernavaca)'라는 도시의 개인 별장이라면서, 아무도 그를 성가시게 굴지 않을 것이라고 말했다.

다음으로 '김'과 라일리는 어떻게 아딜 자리프를 붙잡을 것인지를 논의했다. 라일리는 이런 직업적 스파이 생활 중에서, 전에도 공갈 협박의 요구에 따라 현찰을 날라준 적이 있었다. 그는 100달러짜리 지폐를 기준으로, 100만 달러 정도는 보통 크기의 학생용 배낭에 쉽사리 들어간다는 것을 알고 있었다. 그는 근처의 백화점으로 들어가 두 개의 검정색 배낭을 구입한 다음, 중고 책 서점에서 가방을 채울 수 있을 정도로 넉넉하게 싸구려 중고 책을 샀다.

일단 미끼를 준비한 그와 '김'은 톨루카로 차를 몰고 갔다. 그곳에서 두 사람은 영화관과 주변 거리를 자세히 살폈다. 때는 오후 3시가 막 지났으므로, 자리프가 아마도 그 지역에 있지 않을 것임을 알면서도, 라일리는 어째서 자리프가 하필이면 이곳을 자신이 요구한 돈을 전달받는 장소로 골랐는지를 생각해 보고 싶었다. 영화관 주변의 건물 블록을 두 바퀴 돌아본 라일리는 그 해답을 알았다.

그는 자신의 결론을 '김'에게 설명했다. "영화관에서 빠져나가는 출구가 많이 있어요. 여섯 개 상영관에는 각각 화재 비상구와 주 출입문, 그리고 로비로 나가는 뒷문이 있지요. 자리프는 함정에 빠질 것을 걱정하고 있어요. 우린 모든 출구를 봉쇄할 필요가 있어요."

"그럼 우리가 어떻게 해야 된다는 거죠? 우리 둘밖에 없는데, 당신은 건물 안에 있어야 하고."

라일리가 말했다. "현지 똘마니들을 고용할 수도 있지만, 그렇게 하려면 시간적으로 여유가 없어요."

'김'은 이런 일을 자기가 책임져야 된다는 것을 이해했다. "내가 멕시코시티에 있는 우리 정찰총국 요원들을 불러 모으죠."

"아녜요. 만일 자리프가 아시아인들을 보게 되면 도망칠 겁니다."

'김'은 잠시 더 생각해 보더니 이렇게 말했다. "더 좋은 생각이 있어요. 내가 전화를 한번 해 볼게요."

늦은 오후, 10명의 쿠바 정보부 요원들이 두 대의 지프차에 나눠 타고 도착했다. 북한인들은 쿠바와 좋은 업무 관계를 유지하고 있었고, 쿠바 정보부는 멕시코에서 대규모 비밀 작전을 벌이고 있었다. '김'은 이번과 같은 극단적인 작전 협조를 위해 리태진에게 직접 보고해야 되었지만, 라일리는 이런 방식이 맘에 들었다. 자리프는 스페인어 세계에 아무런 경험도 없는 이란인이었으므로, 라일리는 쿠바인들이 거리에 돌아다니더라도 북한인들이 돌아다닐 때만큼 소란을 일으키지 않을 것으로 생각했다.

쿠바인들은 모두 무장을 하고 있었고, 비록 이곳 '톨루카' 출신은 아니었지만, 적어도 어떻게 하면 멕시코라는 지역에 잘 뒤섞여 들어갈 수 있는지를 알고 있었다.

그들은 북한이 미국 대통령의 암살 음모를 주도한 장본인이라는 사실을 까맣게 모르고 있었다. 그들은 자신들이 해야 될 일이라고는, 그저 공산주의 국가의 친구들이 인질과 몸값의 맞교환 장소에서 납치범을 체포하는 것을 도와주고, 피해자들의 억류 장소를 이실직고할 때까지 인질범을 붙들어 두는 것이라고 생각했다.

밤 8시, 라일리는 어깨에 배낭 한 개를 걸치고 다른 하나는 손에 든 채, 영화관 입구에 들어섰다. 그는 매표원의 머리 뒤에 붙어 있는 상영 시간표에 나오는 첫 번째 영화의 티켓을 구입하여, 자리프가 지시한 대로 영화관 내에 있는 구내매점에서 5분간 기다렸다. 자리프가 이렇게 하는 이유는 대형 영화관 어딘가에 숨어 자신을 식별하는 것이 용이하기 때문이라고 라일리는 생각했다.

5분간 기다린 후, 라일리는 구입한 티켓의 영화가 상영되는 영화관으로 들어가 계단을 오른 다음, 맨 앞줄에서 티켓에 적힌 자리를 찾았다.

거의 동시에 불빛이 어두워지더니, 라일리는 어떤 사람이 혼자 계단을 올라 그에게 다가오는 것을 발견했다.

자리프는 자리에 앉아 이상한 듯이 그를 쳐다봤다. 라일리가 말했다. "당신은 북한인도 보기를 원치 않았고, 또 영어를 말하는 누군가를 원했어요."

이란인이 고개를 끄덕였다. "난 당신이 멕시코인인 줄 알았소. 당신은 누구요?"

"난 동업자요. 그 이상도 아니고. 어제 오해가 있었소. 그래서 오늘은 그걸 바로잡고 싶군요." 그는 옆 좌석에 놓아둔 배낭 두 개를 손으로 탁탁 두드렸다.

"돈을 보여주시오."

라일리는 셔츠 속으로 손을 넣어 100달러짜리 지폐 뭉치를 꺼냈다. 그는 자리프의 무릎 위로 돈뭉치를 아무렇지 않은 듯 던졌다. 마치 가방 속에는 엄청나게 더 많은 돈이 들어있다는 투로 말이다.

"만 달러요. 나머지는 여기 있소." 그는 다시 가방을 손으로 두드렸다. 자리프는 돈뭉치를 바라보고는 주머니에 쑤셔 넣었다. "가방을 주시오."

"안 돼요. 먼저 전화기, 그리고 당신이 만들었다는 비디오를 주시오." 자리프가 전화기를 건네자, 라일리는 그가 만든 비디오를 찾아 뒤적였다. 과연 전화기에 파일이 들어 있었으므로, 그는 전화기를 주머니 속에 넣었다.

그런 다음 라일리는 그에게 몸을 가까이 숙였다. "우린 당신이 그 비디오를 다른 데 사용하지 않았다는 걸 알아야 돼요."

"안전한 장소에 비디오 사본이 하나 남아 있소. 내가 돈을 받아 이곳을 떠나고 난 다음, 당신에게 전화를 해서—"

그는 라일리가 그의 머리를 앞뒤로 흔들고 있었으므로 말을 중단했다. "그건 내가 알 바 아니에요, 친구. 내가 한 말씀 드리지. 당신은 만 달러를 챙겼소. 난 199만 달러를 아직 갖고 있을 거요. 당신이 내가 원하는 '모든 것'을 건네줄 준비가 되어있다면, 그때 가서 내게 전화를 하시오."

자리프가 그의 말문을 막으려 했지만, 라일리는 자리에서 일어났다. 그는 중앙 출입문을 통해 영화관을 나갔다. 그는 밖으로 나오자마자 '김'을 불렀다. "내 생각에 그놈은 뒷문 중 한 곳으로 빠져나가고 있을 거요."

"쿠바인들이 대기하고 있어요."

아딜 자리프는 라일리를 만난 상영관에서 나와, 영화관의 다른 상영관 중 한 군데로 걸어 들어가 화재 비상구로 향했다. 지금 그는 혼란스럽고 겁먹은 상태에 있었다. 전화기와 현금의 교환은 마치 물 흐르듯 진행된 것처럼 보였는데, 갑자기 그 영국인이 자리를 박차고 일어나더니 밖으로 나가 버린 것이다.

화재 비상구를 통해 빠져나가려던 자리프는 그제서야 그의 행동이 모두 속임수였다는 것을 깨달았다. 그에게 더 줄 돈은 없었던 것이다. 왜냐하면 아까의 회동은 그가 영화관에 들어온 것을 확인하는 수순에 불과했기 때문이다.

그는 복도에 가죽 잠바 차림의 젊은이 두 명이 서 있는 것을 보았다. 그들은 영화관 주변의 거리에서 흔히 볼 수 있는 멕시코인처럼 생겼으므로, 처음에 그는 이들을 경계하지 않았다. 하지만, 그가 가로등 밑을 지나 계속 거리를 걸어가면서, 기다란 그림자가 계속해서 그를 뒤쫓아 오는 것을 발견했다.

검정색 지프차가 골목의 반대편에서 나오더니 그의 바로 옆에서 정지했다. 자리프는 뛰어서 달아나려고 몸을 돌렸지만, 네 명의 괴한들이 그의 주변을 에워쌌다. 이들은 그를 인도 땅바닥에 넘어뜨리고는 지프차로 질질 끌고 갔다.

누군가가 베갯잇을 그의 머리에 씌우더니, 양팔을 뒤로 비틀어 전기용 테이프로 단단히 묶었다.

그는 괴한들이 스페인어로 대화하는 소리를 들었지만, 그 속에 영국식 악센트가 섞인 영어도 들렸다. 그것은 바로 전에 영화관에서 만났던 남자와 똑같은 목소리였다. "당신, 그 파일을 어디에 보냈지?"

"난 그걸 업로드 해 두었소."

"인마, 거짓말하지 마. 네 전화를 체크해 봤어. 넌 아바나에 있는 우리의 친구 외에는, 어느 누구에게도 전화기로 이메일을 보내거나 문자메시지를 보내지 않았거든."

"난 케이블을 사용했소. 컴퓨터에 업로드 해 두었다니까요."

"'어떤' 컴퓨터?"

자리프가 주저했다. "내게 돈을 주면 말해 주겠소."

"더 줄 돈이 없어. 네 목숨을 살릴 수 있는 기회가 남아있을 뿐이야. 그리고 그것도 네가 말하는 돈처럼 서서히 사라지고 있단다. 말해!"

자리프는 자신이 택할 수 있는 대안을 생각해 보았지만, 아무런 대안도 찾을 수 없었다. 그들에게 사실대로 말할 수 있지만, 그러면 더 이상 이용 가치가 없기 때문에 그들은 틀림없이 자리프를 죽일 것이다. 아니면 그가 입을 열지 않을 경우, 그들은 그를 고문할 것이다. 결국 그는 처음부터 죽임을 당하거나, 아니면 사실을 털어놓은 다음에 죽음을 맞이하게 될 것이다.

차량 어딘가에서 주먹이 날아오더니 자리프의 턱을 강타했다. 영국인이 소리를 질렀다. “망할 놈의 비디오가 어디 있는 거야?”

자리프가 살아남을 수 있는 유일한 길은 이리저리 핑계를 대면서, 알라신이 살려주기를 바라는 것뿐이었다.

그가 입속에 고인 피를 뱉어내자, 그것은 베갯잇 안쪽을 적셨다.

그리고 그는 이렇게 중얼거렸다. “알라후 아크바르(Allahu akbar: 신은 위대하다).”

“에이, 망할 녀석. 놈을 별장으로 끌고 가. 오늘은 기나긴 밤이 될 거야.”

66

지난 24시간 동안 '캠퍼스' 사의 공작원들은 라일리의 뒤를 쫓고 있었다. 그들은 오늘 아침 6시 15분에 멕시코시티 공항에 도착했다. 이들이 타고 온 비행기 '걸프스트림'은 의도적으로 라일리가 몇 시간 전에 탑승했던 비행기가 위치한 동일한 고정기지 지원센터(fixed-base operator)에 멈추었다. 딩 차베스는 근무 중인 지원센터 매니저에게 얼마 전에 도착한 비행기에 대해 물었다. 처음에 매니저는 매우 솔직한 태도를 보이지 않았으나, 100달러짜리 지폐 두 장의 주인이 바뀐 다음부터는 갑자기 기억났다는 듯, 라일리가 타고 왔던 비행기에 대해 몇 가지 자세한 사항들을 설명해 주었다. 딩은 이 대화를 통해, 단 한 명의 승객만을 태운 리무진 차량 회사의 이름을 확인했다. 이 리무진 회사에 전화를 하여 똑같은 운전사를 불러냈다. 하기야 새벽 3시부터 7시 사이에 돌아다니는 리무진 차량이 거의 없기는 했다. 시내로 이동하는 동안 리무진 운전사와 딩과의 친근한 대화는 '벤 프랭클린'이라고 이름을 둘러댄 다른 두 명의 '캠퍼스' 공작원의 합류로 더욱 유쾌하게 흘러갔다. 운전사는 차베스 일행을 그 영국인이 오늘 아침 일찌감치 리무진에서 하차했던 특급 호텔 폴란코에 내려줬다.

오전 10시가 되었을 무렵, '캠퍼스' 팀 전원은 호텔 주변에 자리를 잡았다.

카루소와 라이언은 렌트한 오토바이, 클라크와 드리스컬은 SUV 차량인 2010년 '닷지 두랑고(Dodge Durango)'에 타고 있고, 차베스는 렌트한 메르세데스 벤츠를 발레파킹장에 세워뒀다. 각자는 사방에 분산되어 있으면서도 이어폰을 통해 무선망에 연결되어 있었다. 차베스는 호텔 로비에 남아, 양복 차림에 커피를 마시면서 현지 조간신문인 '엘 디아(El Día)'를 읽고 있었다.

건물 내에는 아시아인들이 많이 있었다. 그 호텔은 외국인 사업가들에게 인기가 많았다. 그래서 클라크가 모든 요원들에게 전화로 라일리와 공범인 북한 사람들이 호텔로 들어올 가능성에 주의를 집중시키라고 지시했지만, 호텔에 많은 아시아인들이 드나들고 있던 탓에, 북한인들이 나타났다는 결정적인 정황을 찾기가 어려웠다.

마침내 정오 무렵, 차베스의 짐작에 정찰총국 소속 첩자가 틀림없는 날렵한 체구의 아시아인들과 함께 라일리가 엘리베이터에서 내렸다. 정찰총국 첩자와 라일리는 발레파킹장에 세워둔 렉서스 SUV에 올라탔다.

다섯 명의 미국인들은 앞서거니 뒤서거니 하여 렉서스 차량의 이동을 감시하면서, 멕시코시티로부터 약 1시간 정도 떨어진 톨루카까지 라일리와 그 동료의 뒤를 밟았다. 이들은 두 사람이 아주 천천히 영화관 주변을 빙빙 돌더니, 카페로 차를 몰고 가, 1시간가량 전화로 누군가와 통화를 하는 모습을 지켜봤다. 그러더니 라일리는 곧 백화점에서 이런저런 물건들을 사고 나서, 서점에 들어가 신기하게도 중고 책을 여러 권 구입했다.

이른 저녁나절, 렉서스 차량은 쇼핑센터 주차장에 정지하였고, 곧 그 옆에 검정색 지프차들도 정차했다. 이 무렵 '캠퍼스' 요원들은 이들의 눈에 띄지 않기 위해 약 100야드 정도 떨어진 곳에 흩어져 있었다. 돔과 잭은 육교 위, 차베스는 벤츠를 탄 채로 인접 주차장, 그리고 드리스컬과 클라크는 맞은편 거리 사무실 빌딩 안에 각각 위치했다. 이들은 '표적'들로부터 멀리 떨어져 있으면서도 쌍안경이나 각종 관측 장비를 이용하여 10여 명의 히스패닉 계통의 남자들이 라일리와 북한인들과 만나는 것을 볼 수 있었다.

라일리와 북한인이 새로 도착한 차량들의 주변에 다가설 무렵, 차베스는 무선으로 클라크를 호출했다. "존, 네가 그 근처에서 제일 오래 있었잖아. 뭔 일인지 알 수 있겠어?"

"별로 좋지 않아. 다 합쳐서 10여 명 될 거 같아. 놈들은 상의 밑에 무기를 숨기고 있어. 새로 온 녀석들이 라일리에게서 지시를 받는 것 같고. 놈들이 주차장에서 이런… 이런 식으로 모이는 걸 보니, 곧 시작될 작전에 대한 브리핑을 해 주는 것 같군. 내 짐작엔 곧 무슨 일이 벌어질 거야."

카루소가 덧붙였다. "그건 아마 라일리나 평양에서 온 놈들이 완력을 사용하지 않고는 해결할 수 없는 일이겠지."

클라크가 맞장구를 쳤다. "맞아. 우리가 할 수 있는 일은 그저 놈들을 추적하는 거야. 그리고 놈들이 허리춤에서 총을 꺼내더라도, 우린 쥐 죽은 듯이 숨어있어야 된다고."

곧 라일리가 이끄는 무리들이 차량 석 대에 올라타고 도시 중심가로 달렸다. 그로부터 10분 뒤, 클라크는 이들의 목적지를 알려 왔다. "녀석들은 바로 전에 둘러봤던 극장으로 되돌아가고 있어."

과연 라일리 일행은 정확하게 그런 행동을 보였다. 라일리는 영화관 입구에서 몇 블록 떨어진 곳에 이르자 렉서스에서 내렸고, 렉서스 차량은 계속해서 앞으로 이동했다. 이때 지프차들은 잽싸게 인도 쪽으로 달렸다. 돔은 지프차 중 한 대의 뒤를 밟아, 남쪽으로 두 블록 떨어진 주차장까지 추적했다. 라이언은 다른 지프차들이 북쪽으로 두 블록 떨어진 골목길에서 시동을 걸어 둔 채로 대기하고 있는 것을 발견했다.

나머지 '캠퍼스' 요원들은 사방에 흩어져 자리를 잡은 상태에서 기다렸다. 차베스는 영화관으로 들어가 표를 구입했다.

곧 라일리가 영화관 안으로 들어가 아무것도 사지 않고 매점에 서 있었다. 차베스는 그가 배낭을 두 개 들고 있는 것을 보았다. 처음에 그는 배낭들이 폭탄일 것으로 생각했으나, 순간적으로 그것이 중고 책 서점에서 들고 있던 가방임을 기억했다.

그러자 곧 그에게 뭔가 그림이 그려졌다. 그는 이어폰에 달린 무선망으로 이렇게 말했다. "라일리가 이곳 톨루카에서 이동식 책방을 차린 최초의 인물이 아니라면, 그는 모종의 교환을 위해 여기 온 거야. 그는 내가 보기에 돈 가방 같은 것을 두 개 들고 있어."

클라크가 말했다. "헌책으로 가득 채우고 말이야?"

"그렇다니깐."

샘 드리스컬이 물었다. "한 명을 상대하는데 뭣 때문에 10명씩이나 필요한 거지?"

클라크가 답했다. "곧 나쁜 일이 벌어질 것으로 '생각'되거나, 아니면 나쁜 일이 벌어질 것을 '알고' 있기 때문이지."

"말하자면 놈들이 누군가를 처치할 생각이란 말이지?"

딩이 말했다. "아니면 그저 누군가를 붙잡으려 할 수도 있어. 나도 모르지만 말이야. 이거 흥미진진하겠는걸. 팝콘 좀 사야 될 거 같아."

20분 뒤, '캠퍼스' 요원들은 렉서스와 두 대의 지프차의 뒤를 밟으며 도시를 벗어나 남쪽으로 향했다. 이들은 하나같이 라일리와 그의 하수인들이 거리에서 방금 납치한 사람의 정체가 누군지 궁금했다.

미국의 잭 라이언 대통령은 자신이 비참한 지경에 있지 않다는 모습을 일부러 보이기 위해, 참으로 비참한 시간을 보내고 있었다. 오늘 아침 일어난 이후, 모든 행동은 하나같이 남에게 보이기 위한 연극이었다. 의사들에게는 소염제 외에는 진통제가 필요 없다는 연극을 했는데, 왜냐하면 약 기운에 취해 뻗어있기를 원치 않았기 때문이다. 폭스와 워싱턴포스트 같은 기자들에게도 연극을 했다. 기자들은 폭탄 공격을 받은 후, 지난 24시간 동안 대통령이 얼마나 잘 견디고 있는지를 보이기 위한, 잘 통제되고 미리 짜둔 각본에 따르는 5분 동안의 방문을 취재했다.

5분간의 연극에는 앤드리아 프라이스 오데이의 남편인 패트릭 오데이와의 짧은 전화 통화가 포함되었다. 앤드리아는 아직 멕시코시티에서 부상을 치료받는 중이었고, 그녀의 남편이 곁을 지키고 있었다. 그녀의 부상 등급은 '위독'에서 '심각'으로 낮춰졌지만, 의학적으로 유도된 혼수상태에 빠져 있었다. 미국인 의사들은 앞으로의 치료 방향에 대해 멕시코 신경과 전문의들과 상의했다. 잭 라이언은 앤드리아 남편이 듣고 싶어 하는 것은 대통령 자신이 얼마나 온몸의 쑤시는 고통과 통증에 시달리고 있는지에 대한 불평이 결코 아니라는 사실을 잘 알고 있었으므로, 그에게는 자신의 상태가 양호하며, 그녀의 신속한 회복을 위해 기도한다고 말해주었다.

그는 세계 정상급 지도자들과의 전화 통화, 그리고 비디오 메시지를 통해 수십 명의 지도자들에게 자신의 상태를 알리는 연극을 통해, 라이언 대통령이 이끄는 미합중국이 여전히 건재하다는 것을 동맹국들에게 확신시켜 주는 데 초점을 맞추었다.

당연히 남편을 염려하고 있을 아내 캐시가 그 이상의 걱정을 하지 않도록 연극을 했다. 이 세상이 아빠를 해치려는 괴물들로 득시글거린다는 생각으로 공포에 빠지지 않도록, 아이들을 위해서도 더 큰 연극을 했다.

하지만 순수하고, 한 점의 꾸밈도 없는 마음속의 진실을 나눌 수 있는 사람은 오직 한 사람뿐이었다. 아니 반 담이 그 일을 떠맡았다. 대단히 어렵고 힘든 그 일을 말이다. 의사와 간호사들이 대화를 들을 수 없을 정도로 멀찌감치 물러나고, 가족들이 마침내 눈을 좀 붙이기 위해 백악관으로 돌아가고, 언론사 기자들이나 쾌유를 비는 방문객들이나 호기심에 달려온 온갖 종류의 구경꾼들이 빠져나가자, 마침내 라이언은 아니에게 참고 참았던 불평불만을 마음껏 쏟아냈다.

"저기 서 있는 '래치드'라는 간호사 말이야. 저렇게 꽉 끼는 옷을 입고 있으면 어떡하냐고! 망할 놈의 저 여자와 마우라 박사는 내 목구멍에 무지막지하게 큰 진통제를 집어넣으려고 난리를 지겼다니까. 내가 그래도 명색이 대통령인데, 찌질한 좀비 신세로 만들면 되겠어? 난 그 여자들이 러시아 스파이가 아닌지 조사시킬 참이야. 그리고 비밀경호국에 근무하는 녀석들이 어제 사고가 났을 때 말이야… 내가 한마디 하지. 녀석들이 해야 하는 임무가 뭔지 나도 알아. 그래도 그렇지, 다친 앤드리아를 내가 도우려는데 말이야, 젊은 놈들이 거 무슨 봉제 인형처럼 나를 차 안으로 집어 던지지 뭔가."

아니는 라이언의 입에서 나오는 불평과 근심 걱정을 한마디도 놓치지 않고 경청했다. 그 뒤에도 대통령이 늘어놓은 불평불만은 열 가지가 넘었다. 그는 대통령이 침을 튀기며 떠드는 동안, 필요한 경우에는 노트에 적기도 하고, 전적으로 공감한다는 표시로 고개를 끄덕이며 장단을 맞췄다. 마침내 입에 담기도 힘든 갖가지 독설과 욕설들이 마무리되자, 아니는 몇 차례 고개를 더 끄덕거리고는 이렇게 말했다. "대통령님. 만일 지금처럼 살아 계시지 않았다면, 온몸이 쑤시거나 욕설을 하지도 못했을 겁니다." 그는 미소를 지으며 말을 이었다. "확실한 건, 대통령님이 지금 살아 숨 쉬고 있다는 것이고, 또 하마터면 어제 당할 뻔했던 끔찍한 가능성을 생각해 보면, 그래도 지금이 그런 끔찍한 가능성보다는 훨씬 낫다는 겁니다."

"자넨 내가 말하는 걸 한 가지라도 제대로 들었나?"

"그럼요. 제 생각에 대통령님은 러시아 놈들이 공격하지 않았다는 사실에 기분이 상하신 것 같아요. 당신께서는 미국에 대한 러시아의 공격을 막아낸 장본인이 바로 나라고 생각하셨지만, 막상 당신께서 유고를 당한 것으로 생각하면서도 러시아가 여태 공격을 개시하지 않고, 뭔가를 궁리하며 미적거리고 있거든요."

"재미있는 얘기군, 아니."

"한 가지 진담으로 말씀드릴 게 있습니다. 메리 팻 국장이 밖에서 기다리고 있어요."

잭 라이언이 고개를 끄덕였다. "들어오라고 해. 그녀는 나를 너무 잘 알아서, 아무리 행복한 표정을 보여도, 그게 연극이란 걸 금방 알아. 그러니 굳이 메리 팻에게는 연극을 하지 않아도 돼."

잠시 후 메리 팻 폴리가 들어오자, 아니는 밖으로 나갔다. 그녀는 잭의 상태, 그리고 기분이 어떤지, 의사들이 어떻게 대하는지를 물었고, 잭은 잠시 볼멘소리를 늘어놨다. 하지만 이미 아니에게 충분히 뚜껑 속의 열기를 빼낸 상태에 있었으므로, 더 이상 머리끝까지 열 받을 일은 남아있지 않았다.

마침내 그녀가 말했다. "제 생각에 대통령님은 이번 폭탄 공격의 범인을 찾는 작업이 어디쯤 와 있는지를 알고 싶어 하실 것 같군요. 우린 조사를 시작한 지 하루밖에 안 됐지만, 뭔가를 좀 알아냈어요."

"뭘 알아냈소?"

"현장에서 죽은 말도나도 부하들이요. 10여 명쯤 돼요. 그중에서 네 명만 말도나도 카르텔 소속이고, 나머지는 모두 말도나도 문신과 신분증을 갖고 있어요. 이런 물증들을 연결시키면 말도나도 집단이 제집 안방처럼 차지하고 있는 게레로 주로 연결됩니다."

"폭탄은 어디서 난 거지? 난 폭탄에 대해 아무것도 기억나는 게 없어. 난 정신을 차리고 깨어나면서 무슨 교통사고가 난 줄 알았거든. 모든 사람이 그러던데 엄청난 폭발이었대."

"105밀리 곡사포의 고폭탄 세 발입니다. 멕시코 군에서 빼낸 것 같습니다."

"맙소사." 라이언이 중얼거렸다. 그는 해병대 근무 시절에 105밀리 곡사포가 뭘 하는 무기인지 잘 알고 있었다. 폭탄 공격에 105밀리 포탄이 사용되었다는 것은 좋은 소식이 아니었다.

"고폭탄 한 발이 선두 리무진을 명중시켰어요. 그 속에 타고 있던 비밀경호국 직원 네 명이 현장에서 즉사했습니다. 1초 뒤에는 두 번째 폭탄이 대통령님이 타고 있던 리무진의 앞부분에서 터졌어요. 만일 리무진이 15피트만 앞에 있었다면 모든 게 다 끝장날 뻔했습니다, 대통령님."

라이언 대통령은 이 말의 뜻을 알아듣는 데 잠시 시간이 걸렸다.

"리무진이 완전히 뒤집혔습니다. 스타일스 대사는 차가 뒤집히는 바람에 목이 부러졌어요. 자비롭게도 그는 앉아 있던 자리에서 즉사했어요. 마지막 세 번째 폭탄이 타고 계시던 리무진 뒤쪽에서 터졌습니다. 그 바람에 대테러팀이 타고 있던 밴, 그리고 그 옆에 있던 차량도 피해를 입었습니다."

잭은 자신의 목숨을 아직까지 지탱해 주고 있는 온갖 전선들과 튜브들과 붕대들을 내려다보았다. "아니?"

전화기를 내려다보던 반 담이 대답했다. "네?"

"이리 와서 내 손을 흔들어 보게."

아니가 다가와 손가락으로 움직이지 않는 대통령의 왼손을 가볍게 쥐었다. 라이언의 오른팔은 붕대로 칭칭 감싼 채 가슴을 가로질러 묶여 있었다.

"내가 조금 전에 말한 건 다 잊어버리게. 난 이 세상에서 가장 운 좋은 사람이야."

"다 잊었습니다, 대통령님."

"내가 자네에게 소리를 지른 건, 내가 어떤 다른 사람에게도 소리를 지를 수 없기 때문일세."

"저도 잘 압니다."

라이언이 말했다. "내가 백악관을 떠나면, '잭 라이언'이라는 사람이 얼마나 형편없는 인간인지에 대한 비밀스런 얘기들을 자네가 맘껏 써도 좋다는 허락을 미리 해 주네. 자네가 그런 얘길 쓰면 떼돈을 벌 거야. 아, 짜증 나는군. 그러면 내가 그 책의 서문(forward)을 써 줘야 하잖아!"

반 담과 메리 팻 두 사람은 말없이 미소를 지었다. 아니가 말했다. "제가 여기를 나갈 때 가장 바라는 건, 뉴잉글랜드에 있는 어느 작고 조용한 대학으로 가는 것입니다. 거기서 학생들에게 분쟁해결 같은 과목을 가르치면서 머리를 식히고 싶습니다."

이번에는 라이언 대통령이 껄껄거렸다. 그것은 폭발 공격이 벌어진 어제 이후로 그가 보여준 최초의 진짜 웃음이었다. "거 괜찮은 생각이야. 내가 그 수업을 들어야겠구먼."

"대통령님이 오시면 제가 불편할 겁니다. 왜냐하면 대통령님 자신이 되풀이되는 사례 연구의 대상이 되시기 때문이죠."

67

에드워드 라일리와 그 일당이 거의 밤 11시가 되어서야 로블라스의 은행원이 알려준 쿠에르나바카(Cuernavaca)의 주소지 근처에 도착했다. 그곳으로 가는 구불구불한 언덕길에는 가로등이 없었지만, 몇 마일을 지나오는 동안 보았던 집들은 하나같이 커다란 대문이 달린 으리으리한 대저택들이었다. 이곳은 마치 특정한 부유 계층이 모여 사는 동네 같았다. 라일리는 멕시코시티에서 별로 멀지 않은 이 동네가 아마도 부근에서 가장 잘사는 사람들의 별장 지대일 것으로 생각했다.

그는 은행가가 한적한 시골집의 주소를 알려 주었을 것으로 예상했지만, 막상 실제 주소에 도착해 보니 생각과는 전혀 딴판이었다. 지나오던 도로 옆에서 보았던 다른 저택들처럼, 그곳도 수목이 울창한 산등성이에 세워진, 거대한 대문이 달린 저택이었다. 주택단지 중앙의 외딴 언덕에 높다랗게 자리 잡은, 초현대식 우주 시대를 연상케 하는 이 저택의 외곽은 휘황찬란한 빛을 내는 조명에 물들어 있었다. 그것은 거의 해자(垓字, moat)에 버금가는 대형 수영장으로 둘러싸인 개인 저택으로, 도로에서 바라보면 마치 계곡 아래를 굽어보며 밤하늘에 두둥실 떠 있는 흰색 유리로 뒤덮인 우주선처럼 보였다.

라일리와 그 무리들은 길이가 족히 200야드에 이르는 구불구불한 차도를 지나 집 앞에 차를 세웠다. 라일리는 자리프를 지프차 중 한 대에 태워둔 상태로 네 명의 무장한 쿠바 정보국 요원들이 주변을 에워싸도록 지시를 내린 다음, 그러는 동안 라일리와 '김'은 대저택의 앞문으로 걸어 들어갔다. 언덕 아래에서 보았던 다른 저택들처럼, 이 집의 문도 열려 있었다. 대신 실내의 전등이 모두 켜져 있었고, 천정에 달린 선풍기가 원통형으로 생긴 거대한 방의 꼭대기에서 천천히 돌아가고 있었다. 이 방에서 천정으로부터 바닥까지 족히 2층 높이가 됨직한 유리창을 통해 바깥을 내다보면, 폭포와 분수들로 완벽한 조화를 이룬 아름답기 그지없는 뒷마당의 풍광이 고스란히 시야에 들어왔다.

실내 장식의 대부분은 건물 외관처럼 온통 백색이었다. 거대한 방을 지나 끌려 들어온 자리프는 의자에 온몸이 묶였다. 그리고 라일리는 이 저택의 주변에 아무도 없을 것이라는 이야기를 들었지만, 미리 쿠바인들을 사방에 풀어 지상과 건물을 샅샅이 수색했다. 그들이 발견한 것이라고는 풀장이 딸린 저택, 따로 지어놓은 게이트하우스, 차고, 그리고 몇몇 부속 건물들뿐이었으며, 모든 것을 다 뒤져 본 다음에야 그들은 정말로 이곳에는 자신들만 있다고 확신했다.

북한 정찰총국 첩보원인 '김'은 쿠바인 두 명에게 외곽에서 지상 순찰을 맡도록 하고, 다른 여섯 명을 주 건물 부근에 배치했다. 이렇게 해서, 세 명은 2층의 발코니 바깥, 그리고 세 명은 인질과 함께 실내에 배치했다.

자리프는 지난 1시간 동안 이곳으로 차를 타고 오는 내내 입을 열지 않았다. 라일리가 머리에 씌웠던 베갯잇을 벗길 때에도 아무 말도 하지 않았다. 그의 눈이 밝은 조명에 적응하는 데 다소 시간이 걸렸지만, 막상 호화찬란한 실내를 둘러보고는 혼란스런 표정이 역력했다.

라일리는 그의 앞에 놓인 소파에 앉았다. "자, 이제 슬슬 시작해 보실까?"

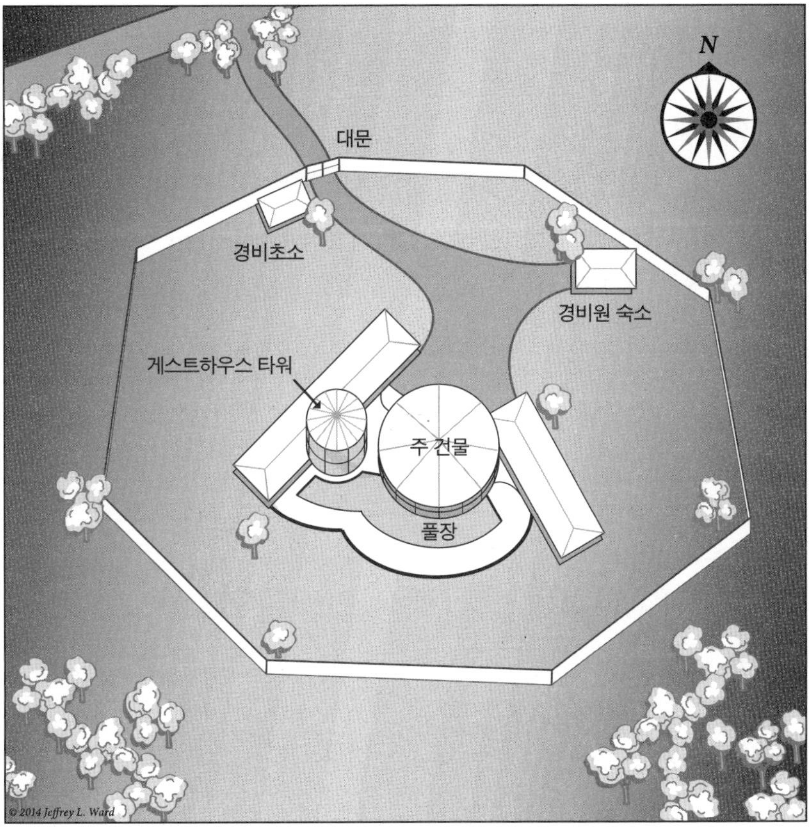

쿠에르나바카의 대저택

'캠퍼스' 요원들은 들키지 않으면서 라일리 일당의 차량 행렬을 따라잡느라 애를 먹었다. 이렇게 하는 것은 어려운 임무였다. 하지만 감시대형을 이룬 네 대의 차를 모는 운전사는 다름 아닌 차량 추적 전문가들이었다. 톨루카 바로 외곽에서 라일리와 그 일행이 교외를 빠져나가 다시 멕시코시티로 되돌아가지 않을 것으로 보이자, 카루소와 라이언은 액셀러레이터를 힘껏 밟아 빠른 속도로 이들 '표적'을 앞질러 달린 다음, 뒤따라오는 라일리 일당이 지날 곳으로 판단되는 지점의 샛길에 숨어 있었다. 매번 라일리와 다른 세 대의 차들이 이런 지점을 지나갈 때마다, '캠퍼스' 팀에 속한 차량 한 대는 이들의 눈에 띄지 않도록 인접한 도로로 빠져나가거나, 절대적으로 불가피한 경우에는 직접 이들을 추월하는 방식으로 상대방의 눈을 속였다.

어둠과 조용하면서도 끈질기게 추적추적 내리는 저녁나절의 빗줄기가 이런 추격 작전에 도움을 주었지만, 클라크는 놈들에게 들키지 않고 언제까지나 이런 식으로 미행을 계속할 수 없다는 것을 알았다.

마침내 라일리는 고속도로에서 벗어나 쿠에르나바카로 접어들어, 다른 차들과 함께 도심지를 관통하며 지나갔다. '캠퍼스' 요원들은 몇 분 동안 이들의 행방을 놓쳤다. 천만다행으로 차베스는 옆길을 통해 언덕배기를 오르는 차량 석 대의 후미등을 발견했다. 그래서 상호 치밀하게 조율된 차량 운전 기술을 동원하고 몇 차례 엉뚱한 길로 접어드는 시행착오를 겪은 끝에, '캠퍼스' 요원들은 뉴욕으로부터 줄곧 뒤를 밟아 온 사나이의 행방을 되찾는 데 성공했다.

밤 11시가 막 지날 무렵, 렉서스와 두 대의 지프차는 현대식 대저택의 정문을 통과했다. 당시 클라크와 드리스컬만이 라일리 일행에 바싹 따라붙었는데, '표적'과는 구불구불한 도로 아래로 약 150야드 떨어진 곳이었다. 그래서 처음에 이들은 '표적'이 도로를 벗어났다는 사실을 몰랐다. 하지만 잽싸게 오던 길을 되짚어 이동하여, 언덕 아래에서 우주 시대를 연상하는 건물 앞에 주차된 차량들의 불빛을 볼 수 있었다.

클라크는 팀원들을 무선망으로 호출한 다음, 알렉산드리아에 있는 개빈에게 누가 이 저택을 소유하고 있는지 파악하여, 뭔가 알아내는 즉시 알려달라고 말했다. 동시에 그는 팀원들에게 작전 계획을 설명해 주었다. "두 명은 지상층 내부로 들어가, 건물 뒤편으로 이동한다. 목표는 놈들이 영화관 뒤에서 납치한 사람의 사진을 촬영하는 것이다. 라일리는 그 사람을 납치하려고 그 먼 길을 왔을 텐데, 대체 인질이 누군지 알아야겠다."

드리스컬과 라이언에게는 오로지 각자의 배낭에 들어 있는 장비에만 의존하여 외곽을 감시하는 임무가 주어졌다. 드리스컬은 당대 최고의 카메라, 그리고 라이언은 검정색 두건과 야간 관측경을 각각 갖고 있었다. 두 사람은 모두 '스미스 앤드 웨슨' 권총을 차고 있었지만, 10명도 넘는 괴한들과 총격전을 벌일 생각은 조금도 없었다.

더구나 지금 시점에서 보면, 납치된 인질은 이들에게 아무런 의미도 없는 존재가 아니던가.

이들은 라일리와 그 일당들이 맨션에 도착한 지 30분 후, 인접 건물에서 울타리를 넘어 들어와, 피칸 나무 숲 속에 몸을 숨겼다. 라이언은 몇 분 동안 40밀리 야간 관측 장비를 들여다보며, 주변에 개나 사람들이 없다는 것을 확인했다. 하지만 그 지역에 특별한 문제가 없다고는 했지만, 이들의 발걸음은 땅바닥에 널린 피칸 열매들로 더디게 움직였다. 처음 25야드를 걸어가는 동안, 발밑에서 딱딱 소리를 내며 깨지는 피칸 열매들이 요란한 소음을 냈다.

가까스로 이들은 피칸 열매가 없는 공터에 도착했다. 여기서 라이언은 저택을 다시 한 번 면밀히 살폈다. 그는 어떤 사내가 타워에서 자기 쪽으로 몸을 돌리고 있는 모습을 보았다. 그래서 라이언과 샘은 나무 쪽으로 뒷걸음질하여 울타리를 따라 평행하게 이동하여 건물의 훨씬 뒤편으로 움직였다.

이들은 순찰 중인 두 명의 감시를 피해 숨을 만한 곳을 발견하고, 건물 뒤쪽의 작은 연못 주변에 심어져 있는 야자나무 수풀 속에서 몸을 납작하게 엎드렸다. 이들이 숨어 있는 곳은 주 건물의 뒤쪽 끝에 위치한 수영장과 울타리의 중간 지점이었다. 이곳에서 이들은 주 건물 뒤쪽의 전체를 한눈에 조망할 수 있었다.

드리스컬은 니콘 카메라를 꺼내 500밀리 렌즈를 끼우더니, 건물 내에서 가장 널찍하고 전등불이 밝게 켜진 방에 초점을 맞췄다. 초점이 맞춰지기가 무섭게 드리스컬은 렌즈 속에서 에드워드 라일리가 방 안을 분주하게 왔다 갔다 하는 모습을 볼 수 있었다. 그는 사진을 몇 장 찍었다. 그 방에는 오늘 정오 무렵 멕시코시티의 호텔에서 처음으로 발견했던 아시아인도 있었다. 샘은 그 사람의 모습도 카메라에 담았다. 이들과 함께 히스패닉계로 보이는 강인하게 생긴 세 명의 괴한이 있었다. 그 옆에는 라일리가 저녁나절에 톨루카에서 납치한 신원을 알 수 없는 사람이 앉아 있었다.

샘은 이 남자의 사진을 몇 장 찍으면서, 이어폰으로 무선망에 조용히 속삭였다. "이 불쌍한 친구가 지금 얻어맞고 있어. 북한인이 그를 다그치며 뭔가를 말하게 하려는 거 같아."

클라크는 아직 건물 밖에 있었다. "라일리도 심문을 하고 있어?"

바로 그 순간 샘은 라일리가 말하는 것을 보았다. 곧 아시아인이 다시 인질을 손찌검했다.

"내가 보기에 그런 거 같아. 놈들의 얼굴을 찍은 사진을 개빈에게 보내고 있어."

알렉산드리아에 위치한 개빈은 사진 영상들이 도착하는 대로 안면 식별 작업을 서두르기 위해 벌써부터 만반의 준비를 갖추고 있었다.

샘이 이미지를 보낸 지 불과 5분 뒤, 무선망에 연결된 모든 사람들을 불러내는 '회의 전화(conference call)' 모드가 작동되었다.

"동지들, 나 개빈이야. 방금 내가 받은 이미지를 업로드 했어. 그 이미지와 일치되는 사진이 있으면, 약 30분 후에 누군지 알아낼 수 있을 거야."

"괜찮아. 근데 이 건물에 대해 알아봤어?"

"주인은 멕시코 은행이야. CIA 자료를 뒤져보니, 그루포 파시피코로 연결되더군."

라이언이 말했다. "라이언이 바로 그 비행기를 타고 온 거야."

개빈 비에리가 쾌재를 불렀다. "빙고. 실제 소유주는 오스카 로블라스야. 이 집 주소는 개인 주택의 주소 같지가 않아. 아마 이곳을 다른 사람에게 빌려줬거나, 아니면 여기서 파티 같은 걸 여는 데 사용하는 것 같아. 돈 많은 사람들에게 흔히 나타나는 현상이라서, 우리 같은—"

갑자기 대화가 끊겼다. 클라크가 말했다. "개빈? 내 목소리 들려?"

"어… 안 들려. 하지만 내 말 안 믿을 거야. 안면 인식이 완료되었는데…."

"농담하지 마."

"아냐, 농담 아니라고." 개빈 자신도 화들짝 놀란 것 같았다. "오, 알겠다. 난 원래 사진 이미지들이 지명 수배자들에 대한 FBI와 CIA 데이터베이스를 먼저 거치도록 프로그램을 짜 뒀거든. 이렇게 하면 시간을 절약할 수 있지. 왜냐하면 구태여 모든 데이터베이스를 이 잡듯 뒤지지 않아도—"

잭 라이언 주니어는 개빈 비에리의 설명에 끼어들었다. "개빈, 그놈이 대체 누구야?"

"어, 쏘리. 일급 지명 수배자를 수록한 FBI의 데이터베이스에 따르면, 그 사내의 이름은 아딜 자리프이고, 나이는 48세, 국적은 이란."

존 클라크는 다른 팀원들에게 말했다. "우린 그자가 누군지 알아."

그 말은 사실이었다. '캠퍼스'의 모든 팀원들은 아딜 자리프가 지난 15년 이래 가장 악명 높은 테러리스트 겸 폭탄 제조 전문가라는 사실을 잘 알고 있었다.

카루소가 나섰다. "그게 무슨 소린지 다들 알겠지, 그치?"

클라크가 말했다. "어제 터진 건 IED(급조폭발물)였단 말씀이야."

대저택 주변을 에워싸고 있던 다섯 명의 사내들에게 그 말의 의미가 서서히 다가왔다. 잭의 아버지인 미국 대통령을 노린 암살 미수범이 바로 자신들의 눈앞에 있다는 사실 말이다.

한편 이 말은 라일리와 북한도 음모에 개입되었음을 의미하는 것이었다. 아무도 다른 10명의 괴한들이 누구인지 몰랐지만, 만일 이것이 잭 라이언 대통령에 대한 공격과 관련되어 있다면, 이자들과 섞여 있는 히스패닉 괴한들은 말도나도의 하수인들일 것이다.

클라크가 말했다. "우린 이 사실을 멕시코 사법 당국에 신고하지 않을 거야."

즉각 이 말에 대해 만장일치의 합의가 이뤄졌다. 어느 누구도 건물 안에 있는 놈들이 도망치기 전에 멕시코 당국이 이곳을 덮칠 능력이 있다고 확신할 수 없었다. 그러자 클라크가 덧붙였다. "우린 '헨들리' 사에 전화를 해서, 메리 팻에게 이 사실을 알려주라고 할 수도 있어. 그러면 메리 팻은 법무부와 접촉을 할 거고, 법무부는 FBI 요원들을 단체로 묶어 여기로 데려올 거야. 어젯밤에 사건이 벌어진 후, 틀림없이 FBI도 멕시코시티에 사람들을 대기시켜 놨을 테지."

아무도 입을 열지 않았다.

"아니면 지금 우리가 아딜 자리프를 잡으러 가는 거야. 건물 안에는 10여 명이 있어. 난 라일리는 별로 신경 쓰이지 않아. 북한 정찰총국이 똘마니들을 훈련시켜 놨을 테지만, 우리가 지난 몇 주일 동안 놈들을 상대해 봤잖아."

라이언이 말했다. "나머지 녀석들은 틀림없이 말도나도 패거릴 거야. 놈들의 전투력은 말이야, 허접 그 자체야."

클라크가 대답했다. "우린 놈들이 누군지 아직 확실히 몰라. 가장 가능성 높은 시나리오는 놈들이 말도나도 부하란 거야. 만일 그렇다고 하면, 우리가 저 건물을 덮치더라도 승산이 있다는 거지."

샘이 제일 먼저 입을 열었다. "우린 라일리와 손잡고 일하는 놈들이 누군지 전부 알지는 못하잖아. 여차하면 녀석이 헬기를 불러, 잔디밭에 내리게 한 다음 놈들을 태우고 사라지면 그만이야. 그렇게 되면, 우리가 얻은 거라고는 사진 몇 장이 고작일 거야."

이미 잭 라이언 주니어는 자기 앞에 서 있는 건물을 덮치기로 결심을 굳혔다. 다른 '캠퍼스' 동료들이 합류하건 아니건 상관없이 말이다. 그들이 바로 자기 아버지를 죽이려던 놈들이고, 원수는 외나무다리에서 만난다고, 놈들은 바로 코앞에 있는 것이 아닌가. 무선망을 통해 건물에 대한 공격 여부를 동료들이 논의하는 것 자체가 그에게는 부질없는 말씨름으로 들렸다. 동료들이 도와주지 않는다면 자기가 살아남을 확률이 제로라는 것을 알면서도 말이다.

클라크가 말했다. "좋아. 우리가 저 건물을 급습하기로 한다. 우리에겐 폭약, 방탄조끼, 저격용 소총이나, 적들에 대한 첩보, 또는 탈출 계획 같은 것이 전혀 없어. 하지만 우리에겐 권총이라는 무기, 기습의 이점, 그리고 반드시 이렇게 해야 할 절박함이 있다. 난 모든 사람들의 의견을 듣고 싶고, 그 의견을 지금 당장 듣기를 원해."

팀원들은 5분 동안 기습 계획을 수립했다. 계획을 세우는 동안, 돔 카루소는 건물 동쪽의 벽을 타고 넘었다. 그곳은 라이언과 드리스컬이 위치한 북쪽에서 약 200야드 떨어진 지점이었다.

그는 자카란다(jacaranda) 나무에 꽃이 활짝 피어있어, 그 밑에 낮은 포복으로 기어 들어가면 몸을 숨길 수 있는 훌륭한 은신처가 될 수 있었다는 사실을 발견했다. 일단 몸을 숨긴 카루소가 무선망으로 속삭였다. "저 개활지를 어떻게 통과하지?"

도밍고 차베스가 대꾸했다. "놈들의 주의를 딴 곳으로 분산시키는 거야. 내게 생각이 있어."

에드워드 라일리는 이란인이 고통을 견뎌내는 인내심에 탄복했다. 지금쯤 그의 턱과 콧잔등이 부서지고, 두개골에도 금이 갔을 것이고, 이빨도 서너 개 날아갔을 것이다. 입과 코에서 시뻘건 피가 흘러나오고, 왼쪽 눈 밑은 시커멓게 부풀어 올랐다. 하지만 그는 "알라후 아크바르"라고 소리를 지를 뿐이고, 라일리는 그 말을 자기에 대한 욕지거리로 알아듣고 있었다.

이 영국인은 시계를 봤다. 그는 오늘 중으로 이 모든 사건을 매듭짓고 싶었지만, 지금 상태로 보아서는 어림도 없었다. 그럴 가능성이 별로 없기도 했지만 설령 이자가 지금 입을 열더라도, 라일리는 자리프가 비디오 파일을 업로드 해 두었다고 주장하는 컴퓨터의 위치를 찾아내야 하는 숙제가 남아 있었다. 그는 멕시코에 자리프의 조력자가 있는지, 아니면 그저 도서관이나 전자 제품 상가에 갔었는지, 아니면 휴대전화에 비디오 파일을 업로드 하여 다른 무작위 주소로 메일을 보냈는지 여부를 도통 알 수 없었다. 라일리가 확신한 바에 따르면, 북한을 전날 벌어진 암살 음모에 연결시킬 수 있는 증거가 어딘가에 남아 있을 것이다.

갑자기 위층에서 소동이 벌어졌다. 누군가가 앞문 발코니에서 스페인어로 소리를 쳤다. 라일리는 주변의 쿠바인을 쳐다봤다.

영어를 할 줄 아는 쿠바인이 방에 들어와 라일리와 '김'에게 말했다. "차 한 대가 차도로 들어온대요. 벤츠 차요. 운전사는 한 명뿐이고요."

라일리는 이것이 어떤 위협으로는 들리지 않았지만, 뭔가 처리해야 될 문제 같았다. 그는 영어로 말한 쿠바인과 앞문으로 향했다. 자리프는 눈에 보이지 않도록 딴 곳에 치워뒀다. 왜냐하면 앞문은 널찍한 거주 공간을 가리면서 위층으로 올라가는 계단이 달린 거대한 출입문이었기 때문이다.

라일리가 앞문을 열고 보니, 이제 막 검정색 벤츠에서 내린 40대 중반으로 보이는 말쑥한 차림의 남미 사람이 서 있었다. 넥타이는 느슨하게 내려져 있었고 셔츠는 단추가 풀린 상태였으며, 계단을 오르면서 발걸음이 약간 비틀거렸다.

라일리가 말했다. "무슨 용건이죠?"

"뭐라고요?"

쿠바인도 그에게 말했다. 남자는 쿠바인이 대답하기도 전에 벌써 출입구에 올라왔다.

쿠바인이 말했다. "저 친구 말이, 오스카 아저씨가 어디 있냐고 묻고 있어요."

"오스카 로블라스라고?"

"네." 남자가 말했다. 확실히 그는 술에 취해 있었다. 라일리는 스페인어 발음이 꼬이는 것을 눈치챘다. "오스카 아저씨요."

"이 사람에게 오스카 로블라스가 오늘 밤 이 집을 우리에게 빌려줬다고 말하시오. 원한다면 오스카에게 전화를 할 수 있지만, 전화하려면 밖으로 나오라고 하시오. 우린 지금 중요한 사업상 회의를 하고 있는 중이오."

라일리는 손을 사내의 가슴에 대고 문 쪽으로 밀었다. 남자는 약간 비틀거리더니 뭔가를 말했다.

"떠나기 전에 화장실을 사용할 수 있느냐고 물어요. 용무가 급하대요."

라일리는 이 남자를 몇 초 동안 쏘아봤다. 마침내 그가 말했다. "좋소. 물론이죠."

남미인은 고개를 끄덕이고는 뒤쪽 방으로 연결되는 복도로 향했다. 10피트 정도 움직였을 때, 그는 머리에서 2피트 떨어진 곳에서 권총의 공이가 '딸깍'하며 내는 소리를 들었다. 그 소리는 티끌 하나 없이 말끔하고 엄격하게 잘 청소된 현대식 저택의 입구에서 기묘한 메아리를 울렸다.

"안녕, 도밍고 차베스 님. 이곳을 방문해 주시다니 영광이올시다."

68

차베스는 공중에 손을 올리고 천천히 몸을 돌렸다. 이제 라일리가 앞에 나타났다. 그의 얼굴에는 흥분을 감추지 못하는 표정이 드러났고, 손에 들린 베레타(Beretta) 92 권총이 차베스의 가슴을 겨냥했다. 그 총은 라일리가 옆에 서 있는 괴한에게서 받은 것이 틀림없었다.

45초 전, 차베스가 집 안으로 걸어 들어오는 순간부터 두 가지 대단히 좋지 않은 사건이 있었다. 한 가지는 분명했다. 라일리가 그를 알아본 것이다. 딩은 도대체 어떻게 라일리가 자기를 한눈에 알아봤는지 이해할 수 없었다.

하지만 두 번째 것은 더 나쁜 소식이었다. 히스패닉 사내가 문 앞에서 말을 하는 순간, 차베스는 그가 멕시코 서부에서 엉터리 훈련을 받은 어수룩한 똘마니가 아니라는 것을 깨달았다. 그는 쿠바인으로, 교육을 받은 유식한 남자였다. 이 쿠바인이 북한 스파이들, 이란인 테러리스트, 그리고 뉴욕에 위치한 사설 영국인 첩자와 관련되어 있다는 사실 하나만으로도, 차베스는 이자와 다른 아홉 명의 동료들이 쿠바 정보국 소속이라는 것을 분명히 알 수 있었다. 딩은 쿠바인들이 총 솜씨가 탁월한 사수들이고, 바깥에 있는 네 명의 동료들이 놈들을 섣불리 상대했다가는 큰코다칠 것임을 알고 있었다.

라일리는 차베스를 큰방으로 데려가 의자에 앉아 있는 자리프 옆에 세웠다. 그러더니 그는 주변에 있던 다른 두 명의 쿠바인들을 쳐다봤다. "건물을 봉쇄해. 다른 사람들에게도 알려. 녀석은 CIA 첩자야. 아마도 이놈의 동료들이 근처에 있을 거야." 왼쪽에는 두 명의 쿠바인들이 차베스에게 총을 겨누고 있었다. 라일리는 차베스로부터 불과 6피트 앞에 서 있었다. 문을 열어 주었던 쿠바인은 작은 백업용 권총을 꺼내 들고, 차베스 오른쪽으로부터 10피트 지점에 있었다. 북한인도 소파에 앉아 있었다. 하지만 차베스가 보니, 손에 무기를 들고 있지는 않았다.

라일리가 '김'에게 말했다. "이놈은 1주일 전 뉴욕에서도 날 따라다녔지. 그때 놈은 다른 동료들과 함께 있었소. 미국인 첩자들 말이오. 만일 이자들이 여기 있다면, 우린 지금 떠나야 돼요."

'김'이 말했다. "어서 차에 탑시다."

"우선 자리프를 처리합시다." 라일리는 흠씬 두들겨 맞아 만신창이가 다 된 이란인을 권총으로 가리켰다. 자리프는 어떤 일이 벌어지고 있는지를 어렴풋이밖에 알지 못하는 것처럼 보였다. "동무, 시간이 없소. 지금 총을 쏴야 해요. 우선 무릎뼈를 쏘고, 다음에는 발목, 그리고 고환. 마지막으로 머리를 쏘는 거요."

그는 자리프의 무릎에 총을 겨눴다. 공포에 질린 이란인이 소리를 지르자, 차베스가 펄쩍 뛰어나가 라일리의 총을 낚아챘다.

라일리는 차베스가 단 한 걸음에 두 사람과의 거리를 좁히며 자기 쪽으로 달려오는 것을 알고, 차베스 쪽으로 권총 자루 밑부분을 그에게 휘둘렀다. 라일리의 손목을 잡은 차베스는 방향을 틀어 방 안에 있던 다른 무장 괴한 쪽으로 겨냥하였고, 라일리가 발작적인 동작을 보이는 순간 손에 쥐고 있던 권총이 격발되었다. 총이 발사되자 9밀리 총알이 초속 330미터의 속도로 날아가, 쿠바인의 오른쪽 어깨에 명중했다. 창졸간에 재수 없이 총알을 얻어맞은 이 괴한은 고꾸라지면서 차베스의 머리 위쪽의 벽으로 총을 발사했다.

이제 차베스는 라일리에게 강렬한 박치기 공격을 가해, 차가운 타일 바닥에 자빠트렸다. 라일리가 넘어지는 순간, 차베스는 거의 신기에 가까운 곡예 솜씨를 보이면서, 그가 손에 들고 있던 권총을 허공에서 뽑아냈다. 차베스는 권총을 북한인에게 겨눴으나, 일단 그가 자신의 총을 꺼내려는 모습을 보이지 않자, 2층 방향으로 총구를 돌렸다. 그 위에서 무장한 쿠바인이 아래를 내려다보고 있었다.

차베스는 자기 바로 뒤에 있는 자리프가 자칫하면 쿠바인이 사격한 총알에 맞을 수 있다는 것을 직감했다. 그는 몸을 홱 돌려 이란인이 앉아 있던 의자를 힘껏 걷어차는 동시에, 어깨 뒤로 권총을 발사하여 2층에 있던 쿠바인이 계속해서 머리를 들지 못하도록 만들었다.

차베스는 한쪽 눈의 구석으로 북한인이 에드워드 라일리의 바로 뒤를 따라, 거실을 통해 위층으로 올라가는 계단으로 달려가려는 동작을 포착했다.

또 한 명의 쿠바인이 2층에 나타나는 찰나, 차베스는 위층으로부터 날아오는 총알에 얻어맞지 않도록 자리프의 옷깃을 쥐고 바닥으로 질질 끌고 갔다. 차베스는 두 명의 쿠바인이 2층 난간 위로 올라가 밑을 굽어보며 아래를 겨냥하고 있는 사이, 복도의 출입문을 통해 제3, 그리고 제4의 괴한들이 나타나는 것을 보았다. 차베스는 4:1의 총싸움에서 모든 위협 요인들을 한꺼번에 제거할 수 없다는 것을 알았다.

이때 부엌문을 통해 달려온 잭 라이언 주니어와 도미니크 카루소가 손에 들고 있던 '스미스 앤드 웨슨' 권총을 휘두르자, 총구에서 연기가 뿜어져 나왔다. 복도의 출입문으로 들어온 두 명의 괴한은 모두 숨을 곳을 찾아 엎드렸지만, 한 명만이 무사히 벽 쪽으로 뒷걸음치며 목숨을 부지할 수 있었다. 다른 한 명의 괴한은 흰색 타일 바닥에 붉은 핏자국을 흩뿌리며 뒤통수 방향으로 고꾸라졌다.

위층에서 괴한들이 밑으로 총을 갈겨댔지만, 이제 차베스는 그중 한 명을 정조준할 수 있는 위치에 있었다. 그는 계속해서 위층에서 쏘는 총알에 맞지 않도록 소파 주변으로 자리프를 끌어다 놓으려 애쓰는 동시에, 위층에 있던 사나이에게 방아쇠를 당겼다. 그 순간 복도 출입문을 통해 더 많은 괴한들이 들이닥치자, 황급히 묵직한 소파 뒤로 몸을 날렸다.

샘 드리스컬은 저택의 서쪽에서 피칸 나무 가지로 올라가, 2층 발코니로 펄쩍 뛰어 올라갔다. 그의 착지 동작이 대단히 정숙했으므로, 권총을 뽑아내 뒷문으로 살금살금 이동하던 중, '캠퍼스' 팀원들이 예상했던 것보다 훨씬 빨리 아래층에서 총소리가 나기 시작하자, 걸음을 재촉했다.

뒤편 타워에 괴한이 한 명 있었으나, 샘이 녀석을 처치하려고 모퉁이를 돌면서, 집 안에서 들리는 총소리의 근원을 알아볼 셈이었던지, 그 괴한이 미닫이 유리문을 지나가는 모습을 발견했다. 샘은 유리문을 통해 들어가, 재빨리 비어있는 손님용 침실로 향했다. 그는 복도 쪽으로 고개를 숙이며, 머릿속에 지금 어떤 장면이 벌어져 있는지를 상상해 보았다. 그의 왼쪽으로는 서너 개의 문과 어두컴컴한 복도, 그리고 오른쪽에는 층계참에서 끝나는 복도가 있었다. 층계참에서 계속해서 총성이 들렸지만, 여기서 웅크린 자세로는 아무도 발견할 수 없었다.

그가 복도 쪽으로 발걸음을 움직인 바로 그 순간, 발코니로부터 물러났던 쿠바인이 샘의 왼쪽에 있는 방에서 밖으로 나왔다. 불과 1.2미터를 사이에 두고 두 사람은 서로를 동시에 쳐다봤다. 가까운 거리에서 서로 권총을 쳐들자, 권총이 공중에서 서로 부닥치면서 바닥으로 떨어졌다.

샘은 상대방의 얼굴을 향해 내리쳤지만, 쿠바인은 옆으로 몸을 돌려 피하고는 칼을 뽑아 들었다. 샘도 칼을 갖고 있었으나, 굳이 꺼내려 하지 않았다. 대신 그는 날쌔게 달려들어 사내의 팔을 움켜쥐었다. 복도의 벽에 세차게 부닥친 사내들은 동시에 바닥에 나뒹굴었다. 샘은 어렵사리 괴한의 몸 위에 올라탔지만, 곧 얼굴이 천정을 향한 채 밑으로 깔리는 신세가 되었다. 쿠바인은 칼을 빼 들어 샘의 몸통으로 내리눌렀지만, 샘은 여전히 쿠바인의 손목을 쥐고 있었다. 그는 칼날이 가슴을 꿰뚫지 못하도록 칼을 쥔 쿠바인의 손목을 위로 들어 올리려 필사적으로 기를 썼다.

라이언은 거실 건너편 주방에서 카루소와 함께, 몇 명의 괴한들이 들이닥친 출입문을 향해 총을 쏘고 있었다. 딩은 방 한가운데 있던 소파 뒤에서 무릎을 꿇은 자세였고, 자리프는 아직도 딩 옆에서 테이프로 의자에 묶인 상태였다.

라이언은 샘이 위층에서 혼자라는 사실을 깨달았다. 사실상 두 사람이 괴한들 전체를 상대하고 있었다. 이들은 순찰 중인 괴한 두 명을 조용히 칼로 처치하고 집 안으로 들어갔다. 이때 순찰 중이던 다른 한 명이 앞쪽에 나타난 것을 보았지만, 북한인과 라일리가 위층 계단으로 뛰어가는 것은 아무도 눈치채지 못했다. 만일 이들이 이미 무기를 갖고 있었거나, 층계참에 쓰러져 있는 동료들로부터 총을 주워 들었다면, 이층에 있는 샘은 심각할 정도로 수적인 열세에 빠질 것이었다.

라이언은 계단으로 달려갈 수 있는 틈새를 발견했으나, 넓은 거실의 노출된 공간을 가로질러야 했다. 아홉 발들이 탄창에 단지 네 발의 총알밖에 남지 않았으므로, 그는 차베스의 뒤로 달려가면서, 출입구로 들어온 괴한들의 총격에 몸을 노출시켰다. 차베스와 카루소는 라이언이 뭘 하려는지를 보았으므로, 그들은 괴한들로부터 시선을 돌리려고 몸을 드러내고는, 다시 고개를 숙이기 전에 각각 한 발씩의 총알을 날렸다.

라이언은 계단 위로 뛰어 올라가, 출입구로 들어온 괴한들의 사선(射線)에서 벗어나기 위해 벽 쪽으로 몸을 날려 세차게 부닥친 다음, 다시 몸을 일으켜 총구를 아래위로 흔들면서 앞으로 달려갔다.

존 클라크는 대저택의 정면 출입구 앞에서, 타고 있던 차량의 브레이크를 힘껏 밟았다. 차량 쪽으로 총알이 날아오자, 재빨리 몸을 굴려 자갈로 포장된 진입로 위로 떨어졌다.

탈출용 차량을 운전해야 하는 임무는 차베스의 몫이었지만, 예상보다 일찍 총격전이 시작되자 그는 계획대로 일이 돌아가지 않을 것을 깨닫고는, 직접 총싸움의 와중에 끼어들기로 작정했다.

그는 대형 SUV의 차량 덮개 뒤에서 일어나, 왼손으로 발코니에 있던 괴한에게 총알을 날렸다. 이마에 정통으로 총을 맞은 사내는 난간 위에서 밑으로 떨어져 클라크가 몰고 온 차의 지붕 위로 떨어졌다.

그러자 클라크는 앞문 쪽으로 달리는 동안, 팀원들에게 출입구로 들어갈 때 자기에게 총을 쏘지 말라고 무선망을 통해 경고했다.

라일리와 북한의 정찰총국 소속 스파이는 층계참 옆에 있던 첫 번째 방으로 숨어들었다. 라일리가 억지로 창문을 열어젖히고 있었지만, 북한인은 바깥에서 벌어질지도 모르는 저항에 대비하여 총을 갖기를 원했다. 층계참으로 다시 뛰어간 그는 두 명의 쿠바인이 바닥에 죽어 나자빠져 있는 것을 발견했다. 이들은 아래층 거실에서 날아온 총알을 맞았던 것이다. 그는 한 명이 갖고 있던 권총을 집어 들고, 위층 복도의 계단으로 달려갔다. 그는 탈출로로 사용될 수 있는 창문, 혹은 적어도 미국인들이 쏘아대는 총알로부터 바리케이드처럼 몸을 숨길 수 있는 방이 있는지를 살폈다.

복도에 들어선 그는 앞쪽에서 누군가가 움직이는 것을 보았다. 총을 쏘려고 권총을 치켜드는 찰나, 그는 턱수염을 기른 어느 미국인이 죽은 쿠바인 첩자의 몸을 뒤집으며, 복도 바닥에 떨어진 총을 주워 들려는 모습을 보았다. 그 미국인은 총을 집어 들더니, 북한인 쪽으로 몸을 돌려 총구를 겨눴다.

이때 북한인이 총을 발사했다. 이와 동시에 그는 총알이 가슴에 박히는 강렬한 충격을 느끼며 바닥에 나뒹굴었다. 입안에는 피가 가득 고이고, 눈동자가 도저히 움직일 수 없을 정도로 무겁게 느껴졌다. 그는 눈이 완전히 감기기 전에 용을 쓰면서 억지로 머리를 쳐들었다. 발끝을 지나 복도를 쳐다본 그는 약간의 안도감을 느꼈다. 왜냐하면 턱수염을 기른 미국인도 가슴에서 피를 흘리며 바닥에 쓰러져 있었기 때문이다.

"샘이 쓰러졌다! 샘이 쓰러졌다!" 라이언은 죽은 북한인 뒤로 몸을 날리면서 이어폰에 소리를 질렀다. 그는 가슴에 칼날이 박힌 채 죽어 있는 쿠바인의 시체를 뛰어넘어, 샘 드리스컬의 옆으로 달려가 무릎을 꿇었다. 샘의 눈은 감겨 있었고, 그의 입술이 살짝 달싹거렸다. 그의 얼굴이나 몸에서는 아무런 움직임도 없었다.

"샘!"

라이언은 총상을 입은 부위를 압박했다. 그 지점은 가슴 바로 위였다. 지금까지 훈련받은 경험, 그리고 그가 갖고 있던 상식은 샘이 살아남을 수 없을 것임을 알려주었다. 하지만 라이언은 계속해서 상처를 압박하면서, 이어폰으로 다급하게 도움을 요청했다.

아래층에서 1분 정도 총격전이 더 벌어졌다. 마침내 총소리가 멎었을 때, 카루소가 제일 먼저 라이언에게 달려왔고, 뒤를 이어 클라크와 차베스도 뛰어왔다. 차베스는 베갯잇을 머리에 씌운 자리프를 데리고 있었다.

샘 드리스컬은 죽었다. 모두에게 뻔한 사실이었지만, 존 클라크는 엄숙하게 샘의 사망을 선언했다. 카루소와 라이언은 시체를 아래층으로 옮겨 아무 말도 하지 않고 SUV 차량에 실었다. 그동안 차베스는 사지를 결박한 이란인을 차 뒤쪽에 태웠다.

이들은 몇 분 동안 한마디도 말을 하지 않고 차를 몰고 출발했다. 마침내 카루소가 침묵을 깨고 아다라 셔먼에게 전화를 걸어, 30분 이내로 전용기를 준비해 달라고 부탁했다.

이들의 감정은 서글픔에서 시작하여, 분노를 거쳐, 격렬한 작전을 마친 후에는 어김없이 찾아오는 억눌린 아드레날린의 찌꺼기로 치달았다. 그러자 곧 이루 형언할 수 없는 극도의 피로감이 몰려들었다.

'캠퍼스' 팀원들 중에서 마침내 입을 열기 시작한 것은 라이언이었다. 그는 방금 벌어진 상황에 대해서는 일언반구도 없이, 어느 누구도 해답을 알고 있지 못하였지만, 모든 사람이 알고 있었던 질문만을 던졌다.

"도대체 라일리란 놈에게 무슨 일이 벌어진 거야?"

에드워드 라일리는 자빠지고, 두 발로 겨우 일어나고, 또다시 넘어지기를 반복하면서 어두운 언덕을 달려 내려가고 있었다. 그의 이마에서 피가 나오고 옷은 엉망으로 찢어졌으며, 잡목 숲을 통과하고 울타리를 기어올라 땅바닥에 떨어지느라 여기저기 부닥친 팔다리에서 피가 흥건하게 흘러내렸다.

그는 이미 1마일을 족히 달렸다고 생각했다. 하지만 사실 그가 이동한 거리는 1마일에 훨씬 못 미쳤다. 그는 어딘가에 전화를 갖고 있었으므로 이것을 사용할 수도 있었지만, 그는 여전히 생명을 보존해야 하는 위급한 상황에 있었으므로, 생존에 대한 원시적 본능이 행동을 지배했다.

그는 거의 목숨을 잃을 뻔했다. 비밀 작전이 너무도 철저하게 파산했기 때문이다. 따라서 미국으로 돌아가, 자기가 수행한 임무에 대해 보여줄 것이 전혀 남아있지 않았다. 말하자면 임무 수행에 실패한 것이다.

그는 다른 어떤 행동 방책도 생각할 겨를이 없었으므로 무작정 언덕 아래를 향해 달릴 뿐이었다.

69

리태진은 고함을 치거나, 소리를 지르거나 협박하지도 않았다. 대신 그는 아무런 대답도 하지 않았다. 그는 그저 수화기를 내려놓고 눈을 한 번 깜빡거렸나. 그의 서늘한 눈빛에 아무런 표정도 나타나지 않았다. 하기야 지금 사무실에는 리태진만이 앉아 있을 뿐이었다. 그래서 원하는 대로 마음껏 말하거나 행동할 수도 있었지만, 지금 그의 소망은 잠시 침묵을 지키는 것뿐이었다.

암살자를 뺏겼다. 아마도 미국인들 손에 들어간 것 같았다.

그의 계획은 실패했다. 미국 대통령은 여전히 살아 있고, 머잖아 북한의 개입이 만천하에 드러날 것이다.

'파이어 액스' 작전이 처참하게 파멸한 것이다.

그는 다시 눈을 깜빡였다. 새로운 결의로 눈동자가 약간 반짝이는 것 같았다. 그는 수화기를 집어 들고, 비서가 대답하기를 기다렸다.

"네, 총국장 동지?"

"기술부에 있는 사람과 통화를 하고 싶군."

"박 국장을 부르겠습니다. 잠시만—"

"아냐, 기술장비부 사람을 부르게. 특별 프로젝트 담당하는 사람 말이야. 작은 장비에 대해 내가 기술적 질문을 하려고 그래."

"알겠습니다. 리 동무가 물품 및 공급 담당 부국장이었습니다."

"그럼 리 동무를 불러."

그가 전화를 기다리는 동안, 가슴에 주렁주렁 매달린 훈장들을 내려다봤다. 때때로 애정 어린 손길로 훈장들을 똑바로 펴곤 했지만, 지금은 완벽한 상태였다. 가로와 세로로 줄을 완벽하게 맞추고 말이다.

"총국장 동지? 저는 리현철이라 합니다. 제가 무엇을 도와 드리면 좋겠습니까?"

리태진은 평소보다 약간 늦게 장갑으로 보호된 승용차를 타고 귀가했지만, 그의 아내는 그에 대해 한마디도 하지 않았다. 그녀는 이미 저녁 식사를 준비해 주었고, 두 명의 아이들도 목욕을 마치고 식탁에 앉아 있었다. 리태진은 진입로에서 잠시 걸음을 멈추고 운전사에게 손을 흔들었다. 그의 아내는 이 모습을 이상하게 생각했지만, 이에 대해서도 아무 말도 하지 않았다.

집에 들어서자 아내가 코트 벗는 것을 도와주려 했지만, 그는 오늘 오후에 감기 기운이 있으므로 그냥 입고 있겠다고 말했다. 그가 들고 있던 가방을 아내가 받으려니, 그 속에 들어 있는 서류를 저녁 먹으면서 보아야 한다며 그냥 두라고 일렀다.

그녀는 웃으면서 고개를 숙여 인사했다. 그리고 두 사람은 저녁 식사를 하러 테이블로 갔다.

그는 서류 가방을 테이블 밑에 내려놓고 아들과 딸에게 키스를 했다. 그리고 아이들이 오늘 학교에서 있었던 일들을 재잘거리는 이야기를 들었다. 아이들은 오늘 국립 예술 박물관에 새로 들여온 대원수의 초상화를 보러 갔다고 했다. 그것은 선생님이 말했던 것보다 훨씬 화려하고 거대한 것이었다.

리태진은 웃으며 고개를 끄덕거리고는 자리에 앉으며, 손목시계를 들여다보았다.

매일 밤 저녁 식사 전에 그들은 거의 모든 가족들처럼 위대한 지도자를 칭송하는 노래를 불렀다. 보통 그의 아내가 곡을 골랐다. 리태진이 오늘 좀 이상하게 행동했지만, 아내는 오늘도 평소와 다름이 없을 것으로 짐작했다. "저녁 식사가 다 식겠어요. 짧은 노래 어때요?" 아이들에게 웃으면서 그녀가 말했다. "전 '경애하는 지도자님, 차가운 눈 위를 걷지 마세요.'란 노래를 기억해요. 너희들도 알지?"

아이들이 웃으며 손뼉을 쳤다. 그 노래는 아이들이 가장 좋아하는 곡이었다.

하지만 리태진은 고개를 흔들었다. "오늘은 하지 말자. 오늘 밤에는 손을 잡고, 함께 앉아, 우리 가족을 생각하자. 대원수가 아닌 우리들 가족 말이야. 오늘은 대원수를 생각하지 말자."

아이들이 고개를 갸웃거렸다. 아내도 혼란스런 눈빛으로 그를 바라봤다.

이때 현관에서 노크 소리가 났다. 리태진의 아내가 일어나 문으로 가려 했지만, 그녀를 자리에 다시 앉혔다.

그녀가 말했다. "문에 누가 왔어요."

리태진은 아내에게 웃음을 보인 다음, 아이들을 바라보며 다시 웃었다.

바로 그 순간 문짝의 경첩이 떨어져 나가면서, 문틀이 통째로 뜯겼다. 녹색 군복을 착용한 무장한 군인들이 총을 높이 쳐들고 고함을 치르며 집으로 달려 들어왔다.

아이들은 자리에서 벌떡 일어서려 했지만, 리태진은 아이들의 팔뚝을 잡아 자리에 앉혔다. 그의 아내는 충격과 공포에 질려 소리를 지르면서도 자리에서 일어나지는 않았다.

이때 리태진의 왼팔이 딸아이의 팔뚝을 놓더니, 테이블 밑으로 손을 내렸다. 그는 눈을 감고 서류 가방의 손잡이에서 뭔가를 세차게 잡아당겼다. 딱 1초 후 2킬로그램에 달하는 '셈텍스(Semtex)' 사가 제조한 플라스틱 폭약이 터지면서 집 안 전체가 폭발했다.

오늘 밤 청진 수용소의 개들은 굶주리게 될 것이다.

황민호 사장은 정주의 희토류 생산 시설의 2층에 마련된 임시 사무실에 앉아, 손에 들린 봉투를 노려봤다. 평양에서 방금 도착한 우편배달원이 봉투를 건네주며, 리태진에게서 온 편지라고 말했다.

참으로 이상한 일이었다. 리태진은 전화를 걸 수도 있을 텐데 말이다. 황민호는 밀봉된 봉투를 뜯어, 그 속에 밀봉된 속 봉투에서 종이 한 장을 꺼내 들었다. 황민호는 리태진이 손으로 쓴 글씨라는 것을 알고 놀랐다.

> 친애하는 황민호 동무.
>
> 우리는 지난해에 많은 것을 성취했습니다. 함께 공유했던 영감이 우리로 하여금 이러한 노력을 경주하도록 내몰았지만, 단순한 동기유발만으로는 우리가 지금까지 이룬 성공을 달성할 수 없었을 것입니다. 우리의 계획은 건전하였고, 우리는 그 누구도 예상할 수 없었던 혁혁한 성과를 이뤘습니다. 앞길에 거대한 장애물이 도사리고 있음을 고려해 볼 때, 우리가 거의 성공을 목전에 둘 정도로 가까이 다가선 것에 대해 우리 스스로를 자랑스럽게 생각해야 합니다.
>
> 저는 정주광산의 개발에 지속적인 도움을 드릴 수 없게 된 것을 유감으로 생각합니다. 제 후임자가 임명되면, 그가 이러한 노력에 있어 저보다 더 훌륭한 인물이기를 기대합니다.
>
> 전도에 행운이 있기를 빕니다.
>
> 리태진

황민호는 도대체 이해할 수가 없었다. 정주광산을 가동시키기 위한 활동을 리태진이 마음대로 중단시키기로 결정하는 것은 생각할 수도 없는 일이었다. 그는 미세한 경련을 일으키는 손으로 수화기를 집어 들어, 평양의 리태진 사무실로 전화를 걸었다. 벨 소리가 울리는 동안 시계를 들여다봤다. 때는 아침나절이었다. 리태진이 마땅히 사무실에 있어야 할 시간이었다.

남자 비서가 전화를 받았다. 황민호는 자기 신분을 밝히고, 리태진에게 직접 연결해 줄 것을 부탁했다.

"죄송합니다. 사장 동무. 리태진 동무는 어젯밤 집에서 발생한 폭발로 돌아가셨습니다."

황민호는 한동안 말을 할 수 없었다. 마침내 그는 입을 열었다. "그의 가족들은요?"

"불행하게도, 모두 돌아가셨습니다."

황민호는 고개를 끄덕거리고, 남자 비서에게 감사하다고 말하면서 전화기를 내려놓고는, 머리를 책상 밑으로 숙였다.

그 망할 녀석이 자살을 한 것이다. 황민호는 이 사실을 조금도 의심하지 않았다. 황민호는 국영 TV에 나온 방송 이외에 미국 대통령을 노린 암살음모에 대해 아는 바가 전혀 없었다. 국영 TV는 북한이 개입되어 있다는 미국의 주장을 한마디도 언급하지 않았으므로, 그는 어째서 정찰총국장이 스스로 폭탄을 터뜨려 가족들을 모두 폭사시키려 했는지 알 수 없었다. 하지만 그는 리태진의 동기에 대한 생각으로 더 이상의 시간을 소비하지 않았다. 대신 그는 즉각 자신이 조금 전에 처했던 상황으로 돌아갔다.

황민호는 자신이 택할 수 있는 대안들을 생각해 봤지만, 곧 대안이란 것은 존재하지 않는다는 것을 깨달았다. 리태진이 편지에 쓴 말은 옳은 이야기였다. 그들은 작년에 많은 것을 성취했고, 성공을 목전에 두었었다. 하지만 지금 리태진이 사라진 시점에서 황민호가 희토류를 채굴, 처리, 수송 및 판매할 수 있는 가능성은 제로였다. 그는 희토류 생산 주기의 모든 단계를 통해, 오스카로블라스와 해외에서 활동하게 될 정찰총국의 적극적인 개입이 필요했다.

지난 1년간 황민호 사장은 지칠 줄 모르고 열심히 일했다. 심지어 최근 미 해군에게 포말선광 기계를 압수당했을 때에도 앞만 바라보고 전진할 수 있었다. 하지만 이제 리태진이 사라진 지금, 그는 모든 것이 사라졌음을 깨달았다.

이러한 깨달음과 함께 말할 수 없이 깊은 서글픔과 절망감이 엄습했다.

희토류 공장의 가동이 실패하면, 그는 실패에 대한 책임을 지고 죽음을 맞이할 것이다. 그는 이 사실을 줄곧 생각해 봤지만, 무엇보다 아이들에 대한 생각이 더 앞섰다. 그는 하나도 잘못한 것이 없었다. 그들은 몸과 마음을 다하여 전심전력으로 대원수라는 존재를 떠받들고 숭배했지만, 바로 그 대원수가 머지않아 그들에게 죽음을 선사할 것이다.

아이들이 아버지의 잘못으로 죽게 되는 것이다.

그에게 이는 너무도 불공평한 것처럼 보였다.

황민호는 책상 밑으로 떨구었던 머리를 천천히 들어 올렸다. 아니다. 황민호는 실패하지 않았다. 실패한 사람은 리태진이고, 그래서 그는 비겁한 최후를 택한 것이다. 어째서 그의 실패로 인해 황민호의 아이들이 희생되어야 한단 말인가?

고정된 황민호의 시선에서 결연한 각오가 비쳤다. 그는 무작정 이대로 다른 누군가의 실패에 대한 대가를 치르는 고통을 당하지 않을 참이었다.

54세의 황민호 사장은 수화기를 와락 집어 들고 비서를 불렀다.

"중국농업은행 싱가포르 지점을 연결해. 부지점장 '창란'과 통화하겠어."

그는 전화 연결을 기다리면서 새로 세운 계획을 생각해 봤다. 창란은 중국인이었으며, 그가 마지막으로 평양을 방문했을 때, 창란의 직원 중 한 사람은 북한 정부 관리 중 어느 특정인의 개인적인 삶에 대해 날카로운 질문을 던졌다는 보고를 받은 적이 있었다. 황민호의 부하는 그 사람의 행동을 보안 부서에 알려야 되는지 물었지만, 황민호는 그에게 입을 다물라고 말했다. 창란의 중앙농업은행은 정주광산의 운용에 중요한 존재였고, 그가 약간 가십성 화제를 입에 올렸다는 이유로 편집광적인 국가 보안기관이 중요한 금융기관의 중역을 괴롭히는 것은 황민호가 결코 바라는 바가 아니었다.

황민호는 그가 중국 정보기관 소속이라고는 생각하지 않았지만, 분명히 베이징 정가에 연줄을 갖고 있을 것이고, 베이징 정가는 그를 북한의 국가안전부와 연결시켜 줄 수 있을 것이었다. 그리고 비록 창란은 친구가 아니더라도 동료인 것은 틀림이 없었다. 그러므로 창란은 황민호와 중국에 있는 다른 사람들과의 연결 고리 역할을 맡을 수 있으며, 바로 그 중국 사람들은 황민호를 도와 그와 가족들을 살리는 유일한 방법을 강구할 수 있도록 도와줄 것이다. 여기서 말하는 유일한 방법이란 바로 '탈북 · 망명'을 말한다.

CIA 소속 '국가비밀활동부'의 부장인 '브라이언 칼훈'은 어디서 국가정보국 국장을 찾을 수 있는지를 알고 있었다. 칼훈이 지금까지 세 차례에 걸쳐 메리 팻 폴리 국장을 만나러 왔을 때, 그에게 돌아온 것은 '애크리드 헤럴드' 지휘 본부가 위치한 아래층으로 내려갔다는 답변이었다. 이번에 칼훈이 오피스 스위트가 위치한 3층으로 직접 전화를 걸자, 메리 팻 국장은 컴퓨터며 각종 통신장비들이 발 디딜 틈 없이 꽉 들어찬 방에서 나와 한적한 개인 사무실에서 전화를 받았다.

"안녕, 브라이언. 내가 또다시 '애크리드 헤럴드' 작전 상황실의 뒷전에서 어슬렁거리는 걸 어떻게 아셨는지 몰라."

칼훈이 대답했다. "국장님 타이틀이면 당연히 이 건물의 어느 곳이라도 마음대로 어슬렁거릴 수 있는 책임과 권한이 있는걸요. 아무튼 제 전화를 받아 주셔서 고마워요. 우린 촌각을 다투는 긴급 첩보를 좀 입수했어요."

"말씀하세요."

"북한이 사용하는 해외 구좌를 폭넓게 조사하는 과정에서, 싱가포르에 위치한 중국은행 지점의 활동을 감시하고 있었습니다. CIA 싱가포르 지부는 국가정보국과 합동으로 은행 주요 간부들의 각종 통신 내용들을 도청하는 프로그램을 운용하고 있었어요. 지금까지 이 새로운 프로그램에서 별로 쓸 만한 첩보를 건지지 못했는데, 갑자기 대박이 터진 겁니다."

"계속해요."

"북한 국영 광산의 황민호 사장이 이 은행의 중역과 접촉을 했어요. 틀림없이 황민호가 오랫동안 사귀었던 사람 같아요. 그는 중국에 망명하고 싶다고 말했어요."

"맙소사! 왜요?"

"우리도 모릅니다. 우린 황민호에게서 직접 그 말을 듣거나, 은행 간부가 그런 말을 하는 걸 들은 적은 없어요. 그 은행 간부는 황민호와 그의 가족이 가능한 한 빨리 북한에서 빠져나가기를 원한다는 사실만을 전달해 줬어요. 황민호는 자기 발로 중국으로 갈 수 있는 방법이 없지만, 다음 주 평양에서 중국인 광산 관계자들을 만날 거랍니다."

메리 팻은 칼훈이 말하는 내용을 정신없이 노트에 받아 적었다. 그녀가 말했다. "그가 북한에서 도망칠 궁리를 하는 건, 아마도 정주광산을 가동하는 데 실패했기 때문일 거예요."

칼훈이 동의했다. "그는 틀림없이 총살당할 거라고 생각하고 있어요. 그가 이처럼 탈출을 절박하게 원하는 다른 이유를 생각해 낼 수가 없군요."

"왜 그가 특히 중국을 콕 집어서 접촉하려는지 이유를 알고 있나요?"

"중국 사람들을 알기 때문이고, 그 이상은 아니에요. 그가 모르는 사실은 자기가 알고 있는 싱가포르의 은행가가 이런 일에 말려들기를 원치 않는다는 사실이죠. 그 은행가는 아직 중국인들과 접촉하지 않았어요. 우리는 언제 그 은행가가 베이징의 동료에게 전화를 걸어 조언을 구했는지를 알아냈어요. 중국인 동료는 은행가에게, 전화를 걸거나 또는 싱가포르 주재 중국 대사관을 경유하지 말고, 이 사건을 직접 중국의 국가안전부로 가져가라고 말하면서, 자기가 비행기를 타고 토요일에 중국으로 갈 예정이라고 하더군요."

"황민호는 중국 사람들이 와서 자기를 데려가 줄 것으로 생각하나요?"

칼훈이 말했다. "그가 어떤 생각을 하는지는 분명치 않지만, 중국인들이 황민호의 망명 의사를 알게 되면, 공은 중국 쪽으로 넘어갈 겁니다. 중국이 눈치를 채기 전에, 우리가 이 사흘간의 황금 같은 공백 기간을 이용할 방법이 없는지 궁금합니다."

메리 팻에게는 하나의 아이디어가 있었다. 비록 그것이 성공할 가능성이 매우 희박하지만, 때때로 역대 최고의 대성공을 거둔 정보 작전도 처음에는 거의 가망이 없는 것처럼 보이는 기회에서 출발했다는 사실도 알고 있었다. 그녀가 말했다. "부장님이 가능하면 빨리 이곳 '애크리드 헤럴드' 지휘 본부로 내려오시면 좋겠어요. 두 사람이 머리를 맞대고 이번 일에 '눈사태'를 개입시킬 계획을 세워 보십시다."

"즉시 내려가겠습니다."

70

애덤 야오는 북한이 그를 중국으로 돌려보낼지도 모른다는 점을 진정으로 염려하고 있었는데, 이런 염려는 거의, 정말이지 '거의' 그에게 웃음을 자아내는 코미디 같은 것이었다. 지난 사흘간 그는 원추형 분쇄기에서 광석 분말을 생산하지 말라는 명령을 받았다. 포말선광 탱크에 넣으려고 준비해 둔 희토류 원광석은 플라스틱 덮개로 비를 맞지 않도록 가려진 상태에서, 제련소 옆의 궤도 차량에 방치되어 있었다. 더 이상 광석 분말을 보관할 공간도 없었으므로, 황민호 사장은 전기를 절약하기 위해 애덤이 맡던 제련 공정을 중단시키라고 지시했다. 지질, 정비, 야금 등 일부 다른 부서는 여전히 가동되고 있었지만, 어느 곳에서도 원광석을 필요로 하지 않았으므로, 애덤은 할 일이 없었다.

애덤은 여기 온 이래 황민호를 두 차례 본 적이 있었다. 한 번은 그가 공장 시설을 지나갈 때, 그리고 다른 한 번은 SUV에서 내린 그의 가족들과 호텔로 걸어갔을 때였다. 그는 이곳에 가족들을 데려온 것이 이상하게 생각되었지만, 그렇다고 지나치게 이상한 행동도 아니었다. 그래도 그는 명색이 사장이었으므로, 원하는 것은 무엇이든 할 수가 있었다. 야오는 두 차례에 걸쳐 키가 작은 황 사장을 보면서, 어딘가 확실히 침울한 데가 있다고 느꼈다. 애덤은 그의 이런 모습을 보면서 아마도 제련 공장 가동에 어려움이 있음을 의미하는 것으로 생각하여 기쁜 마음을 감추지 못했지만, 그것은 야오에게 닥친 문제이기도 했다. 왜냐하면 지난 사흘간 '애크리드 헤럴드' 본부와 교신할 수 없었기 때문이다.

그는 지금처럼 공장 가동이 중단된 틈을 이용해서 파워스 박사로부터 추가적인 첩보를 얻으려 애썼다. 야오는 거의 매일 아침마다 조깅을 하면서 그녀를 만났다. 때로는 그저 1분, 어떨 때는 그보다 길 때도 있었다. 그녀는 황 사장 못지않게 스트레스를 받고 있었지만, 그 이유는 정반대였다. 그녀는 어설픈 중국어로나마 애덤에게, 새로운 포말선광 탱크가 도착할 예정이지만, 언제인지는 모르겠다고 알려줬다. 매일 그녀는 갈수록 점점 더 이곳을 떠나 뒤도 돌아보고 싶지 않다고 말했다. 포말선광 탱크의 도착이 지연되자 그녀의 절망감은 극에 달했다. 그녀는 당장이라도 공장 가동이 시작되는 것을 본 다음, 집으로 돌아갈 수 있기를 고대했다.

애덤은 오늘 드디어 기회를 잡아 보리라고 작심을 했다. 그는 근무 교대조 담당자에게 기계를 가동하는 컴퓨터의 상태를 진단해 볼 필요가 있다고 둘러대면서, 이런 진단은 하루도 기다릴 수 없는 것으로서, 그 이유는 만일 기계에 대한 물리적 수리가 필요하다면 지금처럼 공장 가동이 중단된 시점에 처리해야 된다고 덧붙였다. 그의 근무 교대조 담당자는 플로어 매니저와 상의한 끝에, 애덤이 컴퓨터를 사용할 수 있도록 애덤이 담당한 작업구간 전체에 20분간 발전기를 돌려 전력을 공급하는 데 동의했다.

사실 애덤의 속셈은 혹시라도 '애크리드 헤럴드' 작전 본부에서 보낸 메시지가 있는지 점검하려는 것이었다.

그가 일하는 층에 전기가 들어왔을 때, 애덤은 이미 컴퓨터 단말기 앞에서 기다리고 있는 중이었다. 그는 컴퓨터를 켠 다음, 주변에 아무도 없이 혼자 있다는 것을 확인하고는 시스템 바이오스에 은밀히 내장된 통신장비를 연결했다. 그가 머릿속에 암기하고 있던 행동 순서를 따르자, 메시지 하나가 그를 기다리고 있었다. 그는 아직 최신 첩보를 보고하지 않았으므로 그런 첩보를 요구하는 것으로 걱정했지만, 막상 메시지를 열어보니 예상과는 전혀 다른 것이었다.

메시지를 읽어가던 야오는 아래위가 붙은 작업복을 입은 몸속에서 심장이 쿵쾅거리며 뛰는 것을 느꼈다.

그는 나지막한 목소리로 거의 들리지 않을 정도로 중얼거렸다. 이번에는 영어로 말이다. "오… 마이… 갓."

비밀

수신: 눈사태(Avalanche)
발신: 해일(Tidalwave)
제목: 황민호의 탈북 · 망명 가능성
회수/구출
출처: 싱가포르 신호정보

1. 싱가포르 지부에서 도청한 신호정보에 의하면, 국영 광산회사 황민호 사장은 중개인에게, 중국으로의 망명 의사를 표명했음. 중개인의 이름은 '창란'으로, 그는 중국인 은행가이자 황민호의 지인임. 그의 동기는 알 수 없으나, 분석 팀의 출처에 의하면, 제련 공장 가동의 시간표에 문제가 생긴 이후 개인적 신변 안전을 우려했기 때문으로 보임. 중국 정부는 중개인을 통해 황민호의 망명 의사를 접수하지 못했으나, 앞으로 48시간 이내에는 알려지게 될 것임.
2. 눈사태는 중국의 비밀 요원으로 신분을 위장하여, 황 사장과 앞으로 24시간 이내에 접촉, 그의 망명 의사를 확인할 것. 그에게 북한에 남아 있을 경우의 위험에 대해 알려줌으로써 망명 의지를 북돋울 것. 그를 좌표 39 45′ 58.04″ – 124 50′ 50.21″로 데려올 것. 그는 중개인에게 가족을 동반할 것이라고 알려줬다고 함. 가능하다면 그의 가족도 데려오도록 귀하에게 권한을 부여함.

3. 귀하의 도착은 인공위성으로 모니터 할 것이며, 귀하의 탈출은 공중으로 이루어지게 될 것임.

이상, '해일'

야오는 메시지에 찍힌 날짜를 보았다. 그것은 어제 보낸 것이었다. 48시간의 일정이 절반으로 줄어든 것이다.

그는 첨부된 파일을 열었다. 그것은 북한 북서부와 중국 국경 지역에 대한 위성 지도로서, 그의 구출 예정 장소가 표시되어 있었다. 그곳은 선천시 서부에서 길고 곧은 비포장도로가 끝나는 지점으로서, 바다 방향으로 그가 지금 앉아 있는 곳에서 서쪽에 있었다.

위성 지도를 최대한 확대해 보니, 도로 끝에 양계장 같은 건물이 보였다.

애덤이 중얼거렸다. '그러니까, 내가 황민호의 집에 가서 문을 두드리고, "당신이 망명한다고 들었어요. 갑시다. 당신 차를 써도 될까요?"라고 말하라는 건가?'

그렇다, 틀림없이 그래야 될 것 같았다.

'그런 다음엔 뭘 한다? 공중 구출이라고? 정말? 헬기가 망할 놈의 북한 땅 한가운데로 곧장 날아와 양계장에 내린다는 건가?'

야오가 메시지를 닫자, 자동적으로 지워졌다. 그가 막 새로운 메시지를 타이핑하려는 찰나에 원추형 분쇄기의 반대편에서 발걸음 소리가 들렸다.

한국인이 중국어로 말했다. "샨, 시간 다 됐어요. 발전기가 1분 후 정지합니다."

'제길.' 불이 꺼지자 그는 컴퓨터를 닫고 밖으로 나왔다.

애덤은 거의 잠을 못 잤지만, 그래도 아침이 찾아왔다. 그는 새벽 5시 30분에 숙소에서 밖으로 나온 다음, 잠시 스트레칭을 한 후에 매일 반복하는 조깅을 시작했다.

파워스 박사가 그곳에 있었으므로, 달리기를 멈추고 잡담을 나눴다. 그녀는 평소보다 한결 우울하고 시무룩한 것처럼 보였지만, 새로운 일은 벌어지지 않았다. 그녀는 언제 집으로 돌아갈 수 있을지 전혀 알 수 없어, 날이 갈수록 우울증이 심해졌다.

어제 저녁 내내 다음번 수순을 궁리해 둔 애덤은 지금이야말로 기다리던 때라는 것을 알았다. "당신에게 작은 부탁이 있어요."

그녀가 고개를 끄덕였다. "뭔데요?"

그는 주변을 둘러보며 아무도 없는 것을 확인하고는, 철망으로 된 울타리의 틈새로 접은 종이를 한 장 내밀었다. 그녀가 그것을 보았다.

그가 말했다. "지금 열지 말아요. 그걸 황민호 사장에게 전해줄 수 있어요? 오늘 제가 그 사람을 만날 수 있을지 몰라서 그래요."

그의 당부에도 불구하고 그녀가 종이를 펼쳤다. 그것은 중국어로 쓰여 있었다. "전 중국어를 할 줄 알지만, 읽지는 못해요. 이게 무슨 말이죠?"

애덤은 기분이 좀 상했지만, 이것은 신분을 위장한 비밀첩보 활동의 일환이었다. 상대방이 어떻게 행동할 것인지를 오판한 결과였다. 어젯밤 침대에서 그는 파워스 박사가 묻지도 않고 자신의 부탁을 들어줄 확률이 75%라고 판단했었다. 그런데 지금 그는 완전히 잘못 판단한 것이다. 그가 말했다. "말해드릴 수 없어요. 그건 공장에 대한 이야기예요. 공장의 상태에 대한 우려 사항을 기록한 거죠. 그는 당신에게 화내지 않을 거예요. 당신은 글씨를 읽지도 못하시잖아요."

그녀가 흠칫하며 경계하는 표정을 지었다. "당신 누구시죠?"

"누군지 아시잖아요. 샨 신."

그녀는 이제 대단히 수상하다는 표정을 지었고, 애덤은 이 호주 여인과의 관계에 지나치게 의존한 것이 아닌지 염려되었다. 그는 울타리 틈으로 손을 내밀었다. "그거 말이죠, 걱정 마세요. 제가 직접 그에게 전해 줄게요."

하지만 파워스는 종이를 주머니에 집어넣었다. "그가 아침에 출근하기 전에 로비에서 만날 거예요. 그는 가족들과 이곳 식당에서 아침 식사를 해요. 그건 우리 같은 외국인 계약 근로자들은 누릴 수 없는 사치죠. 가족들과 시간을 보내는 거 말이에요." 그녀가 말을 멈추더니 계속했다. "가만 있자, 당신은 내가 그 사람에게 종이를 건네주는 게 다른 사람들 눈에 띄지 않기를 바라겠죠, 안 그래요?"

애덤이 고개를 끄덕였다.

"그건 틀림없이 공장의 상태에 대한 거죠?"

그가 다시 고개를 끄덕였다.

"그 사람이 공장 상태에 신경 쓸 거라고 생각하세요?"

"아마도 아닐 거예요."

그녀가 어깨를 으쓱했다. "좋아요. 만일 운이 좋다면, 불평불만이 많다고 북한 사람들이 저를 집으로 쫓아 버리겠죠. 에이 모르겠다, 한번 해볼게요."

애덤이 말했다. "먼저 제게 어떤 일이 벌어질지 한번 두고 보시죠."

"좋은 생각이에요."

71

듀크 샤프는 어퍼 웨스트사이드의 암스테르담 애비뉴의 '나이스 마딘'이란 이름의 레스토랑의 뒷자리에서 홀로 점심을 먹고 있었다. 그는 뉴욕 타임스 신문을 읽으면서 앞에 놓인 터키와 아보카도로 만든 샌드위치를 집어 들어, 대단히 목이 마른 김에 진 마티니를 한 모금 마셨다.

신문의 1면에 나온 톱기사는 사흘 전 벌어진 잭 라이언 대통령에 대한 암살음모에 대한 기사인데, 바로 그 기사가 샤프의 식욕을 단번에 망쳐버리고 말았다.

미국 정부는 암살 공격에 북한이 연루되었다는 증거를 갖고 있다고 주장했다. 그들은 정보의 출처를 밝히지 않았는데, 현재 시점에서 볼 때 그것은 출처나 확실한 근거도 없이 백악관이 흘린 것처럼 보였지만, 그래도 뉴욕 타임스 신문은 그것을 기사에 게재한 것이다.

샤프는 아마도 기사가 거짓일 것으로 생각했지만, 그렇더라도 이런 거짓말은 그에게 엄청난 금전적 피해를 입힐 것이었다. 라이언 행정부는 멕시코시티에서 벌어진 대학살극에 대한 범인을 지목하는 특단의 조치를 취하기도 전에, 북한에 대한 제재조치를 강화하기 위한 모든 조치를 강구하고 있었다. 라이언 대통령이 미국 대사 중 한 명, 아홉 명의 비밀경호국 직원들, 그리고 37명의 멕시코인을 죽이고, 150명이 넘는 사람들에게 부상을 입히고, 그중 수십 명의 생명이 위독한 피해를 입힌 데 대한 범인으로 평양을 지목하는 것을 믿을 수가 없었다.

샤프는 이렇게 생각했다. '누군지 어떻게 알랴. 아마도 그 사람들이 북한에 뭔가 앙심을 품고 있는 것 같군.' 하지만 그런 앙심은 그것이 무엇이 되었건 간에, 지극히 지엽적이고 억지로 꾸민 핑계일 것이다. 미국은 자신의 입맛대로 비난받기를 원하는 상대를 골라 비난을 퍼부을 것이다. 바로 이런 사실로 인해 샤프는 부아가 치밀었다. 왜냐하면 샤프 사와 오스카 로블라스의 뉴 월드 메탈 사와의 계약은 북한이 국제 희토류 시장에서 적정한 지분을 차지한다는 전제에 기초한 것이기 때문이다.

갑자기 신문 읽기를 중단한 샤프 씨는 천천히 앞으로 신문을 내려놓으면서, 신문 너머로 누군가를 응시했다.

샤프의 테이블 맞은편 의자에 존 클라크가 앉아 있었다. 그의 얼굴은 평온해 보였고, 다리를 꼰 자세로 몸을 뒤로 기댔다. 이 늙은 녀석이 그 옛날 뱀이나 잡아먹던 특수부대원처럼 아직도 주위를 어슬렁거리고 있다니!

듀크는 사내의 얼굴에서 자신만만한 표정을 읽으며, 갑자기 밀려오는 불안하고 낯선 기분을 떨쳐내려 애썼다. 그는 짐짓 자신 있는 목소리를 내려고 꾸몄다. "아이쿠, 클라크 씨. 이렇게 뵙게 되다니 참으로 기쁘기 한량없소이다!"

"듀크 씨, 난 하나도 기쁘지 않소. 당신은 지금 염라대왕과 같이 앉아 있는 줄 아시오."

샤프는 신문을 접어 무릎에 올린 다음, 몸을 앞으로 숙였다. "뭔 소리셔?"

"만일 오늘 이후에도 장난질을 계속할 수 있을 거라는 희미한 환상을 갖고 있었다면, 지금 당장 그따위 기대를 버려야 할 거요. 왜냐하면 당신의 목숨은 이제 끝난 거나 마찬가지기 때문이오."

샤프가 껄껄 웃었다. "내가 당신을 몇 주일 전 뉴욕에서 내쫓았지. 내 기억이 옳다면 당시 상황은 이렇지 않았을 거요. 만일 당신이 내게 무슨 꿍꿍이를 갖고 있고, 감히 뉴욕으로 다시 돌아와 뭔가 거창하고 자신만만한 약점을 잡고 있는 것처럼 떠벌린다면… 좋소, 한번 얘기를 들어봅시다."

"당신 눈으로 보는 게 좋을 거요."

듀크 샤프가 눈을 깜빡였다. "보라고?"

클라크가 테이블 밑에서 손을 들었다. 그 손에는 가로-세로가 8인치-10인치 크기의 사진들이 한 뭉치 들려 있었다.

"이 사진에는 모두 촬영 시간이 찍혀 있지만, 그런 것들을 시시콜콜하게 보여주면서 당신을 지루하게 하진 않을 거요."

"이게 다 뭐요?"

클라크는 어안이 벙벙한 듀크 앞에 놓인 '터키와 아보카도' 샌드위치 위에 뺨을 때리듯 사진을 한 장씩 찰싹찰싹 내던지면서 이렇게 말했다. "이건 당신 부하인 에드워드 라일리와 당신을 찍은 사진이오." 그것은 두 사람이 샤프 파트너스 본사를 나서는 사진이었다. 그는 다른 사진도 떨어뜨렸다. "이건 당신 직원 베로니카 마르텔이 당신 회사에 들어가는 장면이고."

더 많은 사진들이 빠른 간격으로 듀크 앞에 떨어졌다. "이건 당신의 심복 에드워드 라일리가 마르텔의 아파트에 들어가는 모습이고, 이건 라일리가 마르텔의 아파트에서 나오는 장면이오. 그리고 이건 마르텔이 시체를 담은 백에 담겨 수레에 실려 나오는 모습."

샤프는 고개를 갸웃거렸다. 그는 무슨 말인가를 꺼내려 했지만, 존 클라크는 그에게 말할 틈을 주지 않았다. "이건 멕시코로 날아간 당신의 직원 라일리가 당신 고객인 오스카 로블라스 데 모타가 소유한 저택에 있는 장면이오."

그가 또 하나의 사진을 샤프의 가슴팍으로 집어 던지자, 샤프는 날아오는 사진을 손으로 잡았다. "그건 당신 직원 라일리가 북한 정보기관 첩자와 함께 있는 모습이오."

"이게 무슨 망할—"

"이건 당신 직원 라일리, 북한 정보기관 첩자, 그리고 의자에 묶여 있는 불쌍한 친구의 사진이오. 그 사람 이름은 아딜 자리프이고, 미국 대통령을 암살하려던 자요."

샤프는 더듬거리며 설명하거나 빈정거리려는 시도조차 하지 않았다. 얼굴색이 백지장 다 된 샤프는 클라크를 올려다보며 무슨 말인가를 하려고 입술이 달싹거리는 듯싶더니 곧 닫히고 말았다.

클라크가 샤프 쪽으로 몸을 기울였다. "아무 말씀도 안 하신다? 좋아… 내가 도와드리지. 사진이 가짜라고 말해 보시오."

듀크가 고개를 갸웃거렸다.

클라크는 고개를 끄덕였다. "계속하시지."

"그러니까… 그 사진은 가짜요. 완벽한 위조품이야. 내 변호사가 그걸—"

클라크는 몸을 다시 뒤로 젖혔다. "자리프는 살아 있소. 현재 미국의 보호를 받고 있고, 종달새처럼 잘도 지저귀고 있다오. 자리프는 라일리가 범인이라고 지목했고, 우린 비디오를 증거로 갖고 있소. 멕시코 경찰도 쿠바 정보기관 첩자를 두 명 붙들어 놨지. 이들은 부상을 입긴 했어도 입을 열고 있고, 쿠에르나바카에서 당신 부하와 함께 일을 저질렀다고 자백할 것이오. 틀림없이 쿠바 정보부는 당신에게 열불을 낼 테지. 왜냐하면 이곳에 와서 총알 세례를 받고 나서야 비로소, 누가 암살음모의 주범인지 대통령 암살 용의자가 까발리기 전에 그를 붙잡아서 죽여 버리려던 계획에 자신들이 애꿎은 공범으로 끌려들어 갔다는 사실을 깨달았을 테니 말이오."

마침내 샤프의 입에서 더듬거리는 목소리가 나왔지만, 이는 클라크의 예상보다 훨씬 더 애처롭게 들리는 것이었다. "존… 당신 말이지, 내 말 믿어야 돼요. 난 이번 사건과 전혀, 아무런 상관도 없다고요. 눈곱만큼도 아는 게 없다니까요. 틀림없이 라일리란 놈이 내 뒤통수에서—"

"샤프, 이제 다 끝났소. 모든 게 말이오. 당신은 감옥에 들어가거나, 감옥에 들어가지 않으려 앞으로 10년 동안 발버둥 치는 동안에 갖고 있는 돈을 몽땅 탕진하게 될 거요. 이 동네, 이 나라, 아니 이 지구 상에 다시는 당신과 손잡는 사람이 없을 거요. 왜냐하면 그렇게 하는 순간 그 사람도 황천길로 가게 될 테니 말이오."

"당신… 뭐… 뭘 원하는 거요?"

이제 클라크가 껄껄거렸다. "당신이 골로 가는 거. 그 이상은 아니오."

"자, 자, 이러지 맙시다!" 이제 샤프가 다급하게 소리치자, 레스토랑에 앉아 있던 사람들이 모두 구석에 앉은 두 늙은 남자를 바라봤다.

클라크는 아무 말도 하지 않았다.

끝내 그는 흥분에 들뜬 것 같은 속삭이는 소리로 이렇게 말했다. "라일리. 그러니까 라일리란 놈의 모가지를 잘라 쟁반에 얹어 드릴게."

"필요한 조치긴 하지만… 그것으로는 충분치 않소."

"그놈이 제멋대로 저지른 짓이오. 제멋대로 굴었다고. 내가 놈을 찾아내고야 말겠소."

"어떻게?"

"그놈이 거래를 하려고 수작을 부리고 있소. 그 소리를 로블라스에게 들었어요."

"무슨 거래요?"

샤프는 망설였지만, 그 망설임은 찰나에 불과했다. 그는 닳고 닳은 능구렁이 같은 자였다. 무조건적으로 협조할 것처럼 보이는 것만이 그가 보일 수 있는 유일한 연극이었다. "태국에 북한으로 보낼 희토류 처리 장비가 있어요. 그는 나 몰래 북한에 그걸 보내려 했지만, 내가 그의 수작을 눈치챈 거요. 러시아 수송기에 그걸 실어 내일 출발한대요. 만일 당신이 서두르면—"

클라크는 입술에 손가락을 세우며 듀크에게 입을 닥치라는 제스처를 보이더니, 손가락을 까딱하며 누군가를 불러들였다. 그는 젊고, 머리칼 색깔이 짙고, 단정하게 턱수염을 깎은 사내였다. 그는 진한 청색 양복에 선글라스를 착용했다.

그는 FBI 신분증을 휙 끄집어내더니 눈앞에서 흔들었다.

"웨인 샤프 씨, 난 FBI 소속 특별수사관 카루소라고 해요. 일어나시죠."

샤프가 머뭇거렸다. 레스토랑에 있던 사람들이 이 광경을 노려봤다.

존 클라크는 다리를 꼬고 앉아 얼굴에 의기양양한 미소를 지었다.

카루소가 말했다. "난 두 번 다시 요구하지 않겠소. 일어서든가, 아니면 당신 얼굴이 바닥을 향하도록 자빠트린 후, 모가지를 내 무릎으로 짓눌러 드리겠소."

마지못해 샤프가 일어서자, 카루소는 그의 몸을 돌려 수갑을 채웠다.

애덤 야오는 다른 세 명의 기술자들과 함께 원뿔형 분쇄기 상단에 설치된 보행자 통로에 앉아 있었다. 때는 오후 6시였고, 오늘 하루도 온종일 그가 일하는 층에 전기가 들어오지 않았지만, 그래도 양초와 손전등은 밝힐 수 있었다. 네 사람은 차갑게 식은 채 잠자고 있는 기계 위에 자그마치 9시간씩이나 죽치고 앉아 있었다. 이들은 담배를 피우거나 잡담을 나누면서, 북한이 언제나 제정신을 차리고 공장을 정상적으로 가동하려는지 모르겠다며 의아하게 여겼다.

어떤 남자가 분말 처리를 담당하는 층의 중간에 나 있는 컴컴한 보행자 통로를 향해 걸어 올라왔다. 네 사람은 모두 그 남자가 황민호 사장이란 것을 알아보고는, 그를 마중하기 위해 보행자 통로에서 밑으로 내려갔다. 지금까지 그는 공장 시설 중에서 이쪽 파트에 관심을 보인 적이 전혀 없었지만, 지금은 새삼스럽게도 원뿔형 분쇄기의 웅장한 모습에 넋을 잃은 듯, 경이로운 표정을 지었다. 그는 분쇄기 주변을 돌아다니며, 어두운 불빛 아래서 기계를 점검하는 시늉을 보였다.

야오는 다른 세 사람과 함께 줄을 섰다.

이제 황민호가 이들을 쳐다보며 중국어로 말했다. "당신들 중에서 컴퓨터를 다루는 사람이 누구죠?"

애덤이 한 걸음 앞으로 나왔다. "샨 신이라 합니다, 사장 동무."

황민호가 그를 한참 동안 노려봤다. 애덤도 황민호가 일을 망치지 않기를 간절히 고대하면서, 마주 쏘아봤다.

황 사장이 말했다. "기계의 업데이트를 위해 구입해야 될 소프트웨어에 대해 질문이 있어요. 내 질문을 받아 줄 사람이 당신인가요?"

"그렇습니다, 사장 동무."

"그렇다면 날 따라오시오."

애덤이 건물 뒤편의 행정 업무를 처리하는 구역으로 그를 따라갔다. 그는 여기에 와 본 적이 없었다. 계단을 올라간 애덤은 실험실 가운을 입은 차림으로 방에서 나오는 헬렌 파워스 박사를 보고 놀란 표정을 지었다. 그녀는 황민호에게 고개를 까딱하고, 애덤을 보고 놀라면서도 아무 말도 하지 않았다.

이들이 사무실에 들어가자 황민호가 문을 닫았다. 그는 긴장된 모습이었다. 그도 그럴 것이 지금까지 그의 행동은 눈속임을 위한 연극이었지만, 지금부터는 진정한 감정을 보여야 되었기 때문이다.

그가 물었다. "우리는 서로 구면인가요?" 그것은 이상한 질문이었지만, 애덤은 황 사장이 자기가 중국 정보부 출신이라는 사실을 확인하고 싶어 한다는 것을 알았다.

"아뇨, 사장 동무. 하지만, 우리에게는 두 사람 모두가 알고 있는 친구가 있지요. '창란'이란 사람 말이에요."

황민호는 안도의 한숨을 내쉬었지만, 그 후에도 여전히 불안한 기색이 역력했다. 그는 애덤의 손을 잡아 흔들었다.

"난 당신이 여기 공장 시설 내부에, 처음부터 내내 와 있었다는 걸 까맣게 몰랐어요."

애덤은 계속해서 중국어로 말했다. 황민호도 중국어를 곧잘 하는 것 같았다. "난 당신이 여기서 가족을 데리고 있다는 걸 알아요."

"맞아요." 황민호는 재빨리 대답했다. "우리 오늘 밤 빠져나갈 수 있나요?"

"내일 아침이 더 나아요. 당신이 출근하는 시간에요. 우린 당신의 차를 이용할 수 있어요."

"그리고 우린 국경으로 갈 건가요? 거기 가는 길을 알아요?"

애덤은 무슨 말을 해야 할지 몰랐다. 그는 그가 생각해 낼 수 있는 한, 최대한의 진실을 말하기로 작정했다. "우린 공중으로 이동할 거예요. 내가 당신과 가족들을 데리고 선천 부근의 장소로 가면, 누군가가 우릴 공중으로 데려갈 거예요."

황민호가 말했다. "하지만 우린 지금 떠나야 돼요. 당신이 생각하는 것처럼 시간이 많지 않아요."

"무슨 말씀이죠?"

"중국인 기술자들이 오늘 밤 떠날 거예요."

"뭐라구요?"

"희토류 처리 시설이 무용지물이 돼서, 작업에 투입된 근로자들을 돌려보낸다고 해요."

"어째서요? 뭐가 바뀌었는데요?"

놀란 황민호의 눈동자가 왕방울만 해졌다. "정말 모르세요?"

이번엔 애덤이 말했다. "제가 모르는 게 뭐죠?"

"정찰총국장 리태진이 어제 자살했어요."

애덤은 내심 '오, 제기랄.'이라고 생각했다. 그는 그런 경악스러운 소식에도 꿈쩍하지 않고 의연한 모습을 보일 필요가 있다는 것을 알았으므로, 그저 고개를 끄덕이며 물었다. "리태진이 정주광산과 무슨 관계가 있죠?"

황민호가 말했다. "리태진은 우리가 제련소를 가동시킬 수 있는 유일한 희망이었죠. 우린 아직 포말선광 탱크를 손에 넣지도 못했어요. 그래서 유일한 희망은 가족들을 데리고 중국으로 도망치는 겁니다."

이제 일분일초가 중요하다는 것을 인식한 애덤은 그 의미를 잠시 생각해 보았다. "좋아요. 만일 북한인들이 제련소 가동이 불가능하다고 판단한다면, 당신을 죽이려 들지도 몰라요. 그러니 우린 오늘 밤에 이곳을 빠져나가야 해요."

황민호가 말했다. "우리 가족과 함께요."

"그래요. 그래서 미리 준비를 해 두었죠. 우린 당신들 세 명을 태울 수 있어요."

"다섯 명."

"아니, 다섯 명이라뇨?"

"우리 부모님도 포함해서요."

애덤이 머리를 흔들었다. 그는 마치 따지듯이 계속해서 중국어로 말했다. "당신의 누구라고요? 부모님? 천만에, 안 돼요. 난 모두를 데려갈 수 없단 말이에요."

"걱정 말아요. 바다와 가까운 휴가용 별장에 부모님을 모셔다 놨어요. 정주에서 차로 불과 20분 거리죠."

"우린 당신 부모님을 데려갈 수 없어요."

"그러면 난 안 갑니다."

애덤은 당장 벽을 주먹으로 내리치고 싶은 충동을 느꼈다. 그는 1분가량 생각해보더니 이렇게 말했다. "좋아요. 당신 차를 타고 호텔로 갑시다. 당신 가족을 데리고 별장으로 가서, 부모님을 모시고 탈출 지점으로 이동합시다."

"당신의 다른 공작원은 어떻게 하지요?"

"어떤 공작원이요?"

"파워스 박사. 호주인."

"그녀는 공작원이 아니라, 당신에게 쪽지를 건네주었을 뿐이에요."

"내 보좌관이 그녀가 그렇게 하는 것을 보았어요. 그들은 그녀가 이번 일에 개입되어 있다고 생각할 겁니다." 황민호가 시선을 돌렸다.

애덤이 말했다. "북한의 안전보위부가 그녀를 죽일 거예요, 그렇죠?"

"네, 그래요. 물론 그렇게 할 겁니다."

그는 영어로 중얼거렸다. "빌어먹을!"

"뭐라고요?"

"그냥 영어로 말했어요. '많으면 많을수록 좋다'는 뜻이죠."

72

5분 후 황민호는 사무실로 돌아가 직원들에게 차를 갖고 호텔로 돌아간 다음 부모님을 방문할 계획이라고 설명해 주었다. 그들은 당연히 황 사장의 부모가 평양의 집에 있는 것으로 알고 있었으므로, 그는 이들의 생각을 혼란스럽게 만들 만한 말을 꺼내지 않았다.

황 사장이 이런저런 일들을 처리하는 동안, 애덤 야오는 헬렌 파워스 박사와 함께 지질학 연구소에 있었다. 연구소에 두 사람만 있었다는 사실은 그들 모두에게 다행스런 일이었는데, 왜냐하면 애덤은 지금부터 영어로 말을 하기로 작정했기 때문이다.

그는 자기가 중국 스파이라고 말하면, 헬렌이 그곳을 빠져나가는 데 성공할 확률이 높지 않다고 판단할 것으로 생각되었다. 야오가 완벽한 영어로 대화를 시작하는 순간, 그녀는 이 사람이 누구를 위해 일하는지를 알아내려 정신을 집중시켰다. "파워스 박사. 정말로 이곳에서 빠져나가기를 원하시나요?"

"난… 당신 미국인인가요?"

"만일 다른 사람에게 그런 말을 입 밖에 꺼내면 당신을 죽여버릴 거요. 그런 말을 해 봤자 기껏해야 의심만 살 것이고, 최악의 경우에는 내 옆에 있는 벽에 세워 당장 총살을 하게 될 거요. 내 말 무슨 소린지 알겠소?"

"다른 사람들에게 말하다니, 내가 뭐 미쳤어요? 내가 이 사람들을 좋아하는 줄 아세요? 이놈들은 개자식들이라고요."

"황민호와 난 떠날 거예요. 우리가 떠난 뒤에 만일 당신이 여기 남는다면 위험에 처할 겁니다."

"빨리 가서 지갑을 가져올게요."

애덤은 은색 '평화 프론토(Pyonghwa Pronto)'라는 황민호의 북한제 7인승 SUV에 올라타 운전대를 잡았다. 황민호가 앞자리에서 애덤 옆에 앉고, 중간 열에는 그의 아내와 두 명의 아이들이 자리를 잡았다. 그들은 모두 혼란스러운 상태에 있었지만, 얌전하게 침묵을 지켰고, 황민호는 가족들에게 아무 걱정도 하지 말라고 말해주었다.

맨 뒷줄에 앉은 헬렌 파워스 박사는 북한의 번방 시역으로 운전해 가면서 필요 이상으로 차량에 관심이 집중되지 않도록, 빨간색 머리를 검정색 모자 속에 집어넣으려 애쓰고 있었다.

일행이 별장에 가까이 가다가자, 황민호가 중국어로 애덤에게 말했다.

"고유(Go-you)." 황민호가 부드럽게 속삭였다.

애덤이 황민호에게 고개를 돌렸다. 그는 이 북한인이 했던 말을 분명하게 들었지만, 그가 무슨 말을 하려는 것인지 잘 몰랐다. '고유'란 중국어로 '개'를 뜻한다. 그는 한국어를 알고 있었으므로, 맞는지 확인해 보기로 했다.

"'개' 말이에요?"

황민호가 계속해서 중국어로 말했다. "네. '개'요."

"개가 어때서요?"

"당신은 최지훈이 날 총살시킬 거라고 말했죠. 당신 말은 틀렸어요. 그는 나를 절대로 총살시키지 않을 거예요. 나를 굶주린 개들에게 먹이로 던져 줄 거란 말이에요."

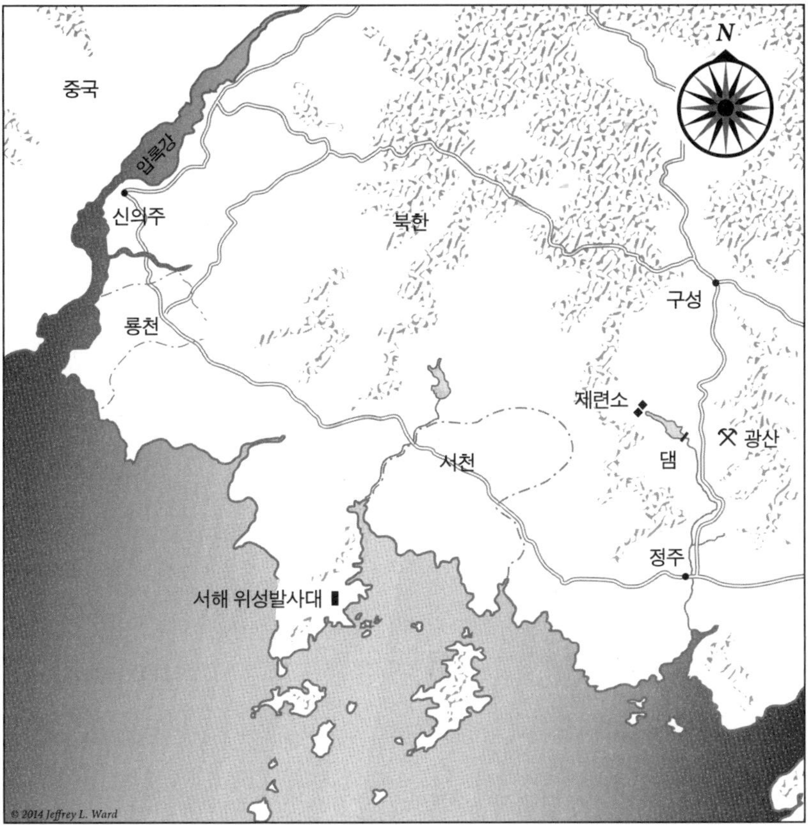

북한 북서부

애덤이 다시 고개를 전방의 도로 쪽으로 돌렸다. 그는 운전대를 단단히 잡았다. "우리도 그런 소문을 들었어요. 우리 정보기관의 분석관들은 그것을 과장된 소문이라고 생각했죠."

"소문이 아녜요. 놈들은 전임 정찰총국장인 강 장군도 작년에 그런 식으로 죽였어요."

'오 마이 갓.' "당신은 어떻게 아셨죠?"

"리태진 국장이 말해줬어요. 전임자가 죽을 때, 자기도 그곳에 있었대요." 잠시 침묵이 흐른 후, 그가 말했다. "리태진이 가족과 함께 자살한 것은 전임자와 똑같은 고통을 겪지 않으려 했기 때문이에요."

애덤 야오는 몸을 부르르 떨었다. 그는 어떻게 해서든지 '애크리드 헤럴드' 작전 본부에 자기가 이동하고 있다는 사실을 알리고 싶었다. 작전 본부는 공중, 말하자면 북한 전역을 감시하는 KH-12 인공위성을 통해 자신의 움직임을 주시할 것이라고 말했다. 하지만 길 잃은 양 같은 불청객들을 태워야 할 애덤으로서는 자기들을 태우러 오는 헬기가 모두를 태울 수 있을 정도로 큰 것이기를 고대했다.

그들은 저녁 7시에 별장에 도착했다. 그곳은 전혀 외딴 곳에 있지 않았고, 판에 박은 듯이 똑같이 생긴 100여 채의 작은 주택들 가운데 하나였다. 이들 별장은 우표 모양의 울타리들로 둘러싸인 채 해변에서 바다를 내려다보고 있는 거대한 주택단지였다. 바다 쪽에서 차가운 바람이 불어왔고, 밝은 달빛 덕분에 황민호는 부모가 있는 별장을 제대로 찾을 수 있었다. 수많은 북한인들은 굶주림으로 고통을 받고 있지만, 불과 수천 명의 당 간부들은 휴가용 별장을 소유하는 호사를 누렸다. 황민호의 가족도 '가진 자' 중 하나였으며, 애덤 야오가 보기에 별것 아니었겠지만, 북한이라는 나라에서 별장이란 것은 인구의 99%는 꿈도 꿀 수 없는 어마어마한 사치였다.

애덤이 말했다. "좋아요. 우리가 계획했던 대로 합시다. 빨리요. 질문에 대답하지 말고, 그저 부모님을 데려오세요. 가방은 챙기지 말고요. 입고 있는 옷가지, 그리고 앞으로 24시간 동안 필요한 약만 챙겨 오세요."

황민호는 그저 고개를 끄덕였다.

황민호를 제외한 모든 사람들은 차에서 기다렸다. 황민호는 차에서 내려 앞문으로 걸어갔다. 그는 문을 노크한 다음 잠시 기다렸다.

애덤은 운전석 창문을 밑으로 내렸다. 그는 문 앞에 서 있는 황민호로부터 불과 7~8미터 떨어져 있었으므로, 황민호가 연로할 것으로 짐작되는 부모에게 지금 당장 떠나야 한다는 말을 어떻게 하려는지 지켜볼 생각이었다.

나이 든 남녀가 문 앞의 현관으로 나왔다. 황민호의 아버지는 손을 아들의 어깨에 얹었다. 그는 불안한 자세로 아들에게 몸을 기댔다. 애덤은 늙은이가 아들에 기대 몸의 균형을 잡는 것으로 생각했지만, 금방 그가 아들에게 무엇인가를 하려고 가까이 다가간다는 것을 알았다.

"아버지, 무슨 일이세요? 빨리 서둘러야 돼요."

애덤은 이 말에 걱정이 되었다. 그들이 어딘가로 간다는 사실을 늙은이가 어떻게 알았지?

아버지가 뭐라고 중얼거렸다. 애덤은 무슨 말인지 몰랐지만, 그는 황민호도 그 말을 이해하지 못한다는 것을 알았다.

"아버지, 뭐라고요?"

"망신이다. 넌 집안의 망신이야! 넌 우리에게 수치를 안겨줬어."

애덤은 즉각 문을 열고 차에서 내린 다음, 문 앞을 향해 작은 진입로 위를 달려갔다. "황 사장!"

이번에는 늙은 노파가 소리를 질렀다. "대원수님은 네놈의 배신에 복수를 내리실 게다." 노파는 앙상하고 허약한 주먹으로 아들의 귀싸대기를 갈겼다. 주먹은 얼굴을 비스듬하게 때렸을 뿐이지만, 그는 마치 헤비급 선수의 강펀치를 맞은 것 같은 반응을 보였다.

"어머니!" 기겁한 황민호가 고함을 쳤다.

애덤은 늙은 노부부가 아들에게 주먹질을 시작하려는 찰나에, 이들의 중간에 끼어들었다. 주먹질의 대부분은 애덤의 등에 내리꽂혔지만, 전혀 아무런 통증도 주지 않았다.

그가 중국어로 말했다. "자, 갑시다!"

황민호의 노부모가 괴성을 질렀다. "배신자! 중국 놈과 손을 잡다니!"

애덤 야오는 황민호의 얼굴에서 눈물이 흐르는 것을 보았다. 그의 얼굴에는 부모가 자신에게 등을 돌린 것을 믿을 수 없다는 표정이 역력했다.

그래도 황민호는 떠나지 않으려 했다.

애덤이 소리쳤다. "당신 부모가 당신을 신고했단 말이오! 지금 여길 빠져나가야 돼요!"

그저 황민호는 작은 현관에 서 있을 뿐이었다. 가까이에 있는 그의 부모는 아직도 아들에게 주먹과 손톱으로 달려들 태세였다. 중간에 끼어있던 애덤은 한 팔로 양쪽을 떼어두려 애썼지만, 그 와중에 눈 바로 위에 주먹을 한 대 얻어맞았고, 기세등등한 늙은이들의 아드레날린 수치는 갈수록 높아지는 것 같았다. 만일 야오가 마음먹은 대로 늙은 부부를 처리했더라면 주먹을 한 방씩 먹여 땅바닥에 눕혀놓았을 것이지만, 이렇게 했다가는 황민호가 불같이 화를 낼 것이고, 이렇게 되면 이미 꼬여가고 있는 임무 자체가 위태로워질 것이라는 점을 잘 알고 있었다.

그는 황민호에게 소리 질렀다. "부모님은 잊어버리세요!" 그는 이제 황민호의 아내가 SUV에서 내리는 모습을 보았다. 그는 한국어로 그녀에게 소리쳤다. "차 안으로 들어가!"

"안 돼!" 이렇게 울부짖는 황민호의 얼굴은 딱딱하게 굳고, 양쪽 눈이 가늘게 찢어졌지만, 얼굴 위로 눈물이 하염없이 흘러내리고 있었다.

애덤이 소리쳤다. "황민호! 당신 애들이오! 지금 당장 도망치지 않으면, 민희와 두호는 살아남지 못할 거요!"

54세의 황민호는 애덤을 돌아보고는 눈을 약간 크게 떴다. 마침내 그는 몸을 돌려 차를 향해 걷기 시작했다.

애덤은 부모를 마지막으로 돌아보았다. 그들은 믿을 수 없을 정도로 왜소하고 바싹 말랐지만, 눈동자 속에서 이글거리는 분노는 야생동물을 연상시킬 정도였다.

황민호는 차량 진입로를 가로질러 걸어가자, 연로한 부모들이 뒤를 쫓았다. 황민호가 부모에게 몸을 돌릴 수 없도록 뒤를 막고 있던 애덤은 늙은이들을 향해 주먹을 불끈 쥐고 허공에 휘두를 뿐이었다. 비록 노인들의 폭행으로 자신과 황민호의 가족, 그리고 호주인 지질학자가 맞아 죽는 한이 있더라도, 애덤은 80살이 넘은 노부부에게 손을 댈 생각은 조금도 없었다.

그는 운전대에 뛰어 올라가 차량을 급하게 후진시켜 비포장도로로 다시 나온 다음에 전진 기어를 넣었다. 그가 액셀러레이터를 있는 힘껏 밑으로 내리밟자, 자그만 SUV는 좌우로 약간씩 비틀거리면서 화살처럼 비포장도로 위를 질주했다.

그의 앞쪽의 작은 도로에서 차량들의 헤드라이트 불빛이 보였다. 하이 빔을 올린 여러 대의 차량이었다. 애덤은 마치 그들이 길을 비키기를 바라기라도 하듯, 전속력으로 그쪽으로 달렸다. 불과 20야드 전방에서 그것이 군인들을 태운 트럭임을 발견한 애덤은 도로에서 벗어나, 별장 앞에 세워진 우표 모양의 나지막한 울타리를 박살 내면서 야지를 달렸다. SUV는 울타리를 차례차례 박살 내더니, 텃밭 쪽으로 크게 튀어 오른 다음, 다시 반대편으로 떨어지고는, 또다시 길게 늘어선 울타리들을 차례로 부서뜨리기 시작했다.

울타리 위를 질주하는 동안, 그는 요란한 총소리가 나는 것을 들었다. SUV에 타고 있던 사람들은 모두 살려달라고 비명을 질렀지만, 공중으로 솟구친 차량은 별장 지대의 마지막에 이르러 오른쪽으로 방향을 급하게 틀고는, 언덕 아래를 향해 가속도를 높이며 날아갔다.

"당신이 부모에게 전화를 했어요! 그들에게 우리가 간다고 말이에요. 그랬죠?" 애덤이 다그쳤다.

그저 고개를 끄덕이는 황민호의 얼굴에서 눈물이 쏟아져 내렸다. 그의 뒷자리에 앉은 아내가 그에게 소리를 질렀고, 아이들도 너무 놀란 나머지 거의 호흡이 멈출 지경이었다. 파워스 박사는 어린아이들을 달래려 있는 힘을 다했지만, 한국어를 할 줄 몰랐던 파워스에게 아이들 달래기는 애당초 불가능한 과업이었다.

이들의 머리 위로 헬기가 두 대 나타났다.

"꽉 잡아요!" 애덤이 한국어로 소리치더니, 갑자기 오른쪽으로 방향을 틀었다.

어둠 속에서 언덕을 질주해 내려가는 차량의 밑바닥에 튀어 오른 진흙과 돌멩이들이 부딪치는 소리가 요란하게 들렸다.

그는 황민호에게 소리쳤다. "이 도로는 어디로 가는 거죠?"

"개울로 가요. 언덕 아래로 곧장 내려가면 개울이 나와요."

"얼마나 깊죠?"

황민호가 생각하더니 이렇게 말했다. "지금은 아주 얕아요. 거의 바닥까지 물이 말랐을 거예요."

애덤은 자신의 계획을 별로 좋아하지 않았지만, 다른 대안이 없었다. 그는 갑자기 헤드라이트를 껐다.

"뭐 하는 거예요?"

"헬기로 따라오는 놈들이 야시 장비를 갖고 있지 않기를 바랄 뿐이오."

그는 헤드라이트를 다시 켜고, 속도를 천천히 줄여야 한다는 강렬한 본능을 억누르고 있었다. 마침내 차량이 언덕의 밑바닥에 이르렀다고 생각한 애덤은 헤드라이트를 다시 켜더니, 오른쪽으로 방향을 돌려, 왼쪽으로 보이는 바다에서 멀리 떨어지기 시작했다. 그는 약간 속도를 늦췄지만, 할 수 있는 한 최대한의 속도를 유지했다. 달리는 SUV는 바닥이 마른 시냇물의 자갈들 위에서 거칠게 덜컹거렸다.

SUV를 몰던 애덤은 멀리서 헬기의 불빛을 보았다. 헬기들은 SUV를 찾기 위해 길을 따라 날아다니고 있었으므로, 시냇물이 말라붙은 작은 계곡의 바닥에 머물러 있는 한, 그리고 주변의 식물들이 이들의 이동을 가려주는 한, 애덤과 일행들은 안전했다.

애덤이 황민호에게 물었다. "괜찮으세요?"

아직도 울고 있던 그 북한인은 멍한 표정으로 고개를 끄덕였다. 비록 황민호는 가족들과 함께 차를 타고 있었지만, 부모가 자신을 배신한 이후에는 갑자기 이 세상에 혼자뿐이라는 생각이 엄습했다.

애덤이 말했다. "당신은 이렇게 도망치는 수밖에 없었어요. '최가(崔哥)'가 당신네 가족을 모두 죽였을 거예요."

그러자 황민호는 고개를 돌려 손가락으로 애덤을 가리키며 분노에 찬 욕설을 퍼부었다. "당신은 비열한 중국 놈 하수인이오! 감히 대원수님을 호칭하면서 '최가'라고 부르다니!"

야오가 속으로 생각했다. '맙소사. 이 사람도 다른 북한인들과 똑같이 단단히 세뇌 교육을 받았구먼!'

73

잭 라이언 미국 대통령은 아직 여행, 특히 지구를 반 바퀴 이동하는 여행을 할 정도로 건강이 회복되지 못했으나, 그럼에도 불구하고 여행길에 오르기로 결심했다. 이번 여행은 주치의, 아내, 그리고 골절 부상, 연조직(soft-tissue)의 손괴, 그리고 과중한 피로의 위험 등에 대해 조금이라도 알고 있는 모든 사람들의 의사를 거스른 결정이었지만, 이 나라의 대통령인 라이언은 이들 모두의 의견을 기각할 수 있는 위치에 있었다.

그는 중국의 '링' 주석이 중국 · 북한 간의 관계 악화를 논의하기 위해 언제든지 만날 용의가 있다고 제안하였을 때, 라이언 대통령은 이틀 전부터 전 세계 각국의 지도자들과 전화 통화를 하고 있었다. 중국의 제안을 그저 대통령이 살해되지 않은 것이 다행이라고 말하는 의례적인 상투어 이상으로 생각한 라이언은 '링' 주석에게 중국에서 만나 비공개 회담을 갖기를 원한다는 전갈을 보냈다.

'링' 주석이 "언제든지"라고 화답하자, 라이언 대통령은 3일 후에 회담을 가질 것을 제안했던 것이다.

통역관들은 3중으로 체크하여, 미국 대통령이 토요일 베이징에 도착할 것이라고 말한 사실을 확인했다. '이번 주' 토요일 말이다.

전화 통화가 끝난 지 1시간도 안 되어, 메리 팻 폴리 국장이 라이언 대통령의 병실에 거의 뛰어들다시피 허겁지겁 들어와, 이란인 폭탄 제조 전문가가 멕시코시티에서 생포되었고, 대통령 차량 행렬에 대한 공격을 감행하기 전에 평양을 방문했다는 흥미로운 사항들을 자세히 실토했다고 라이언 대통령에게 보고했다. 북한의 개입에 대한 이론의 여지가 없이 명명백백한 증거를 입수한 라이언 행정부는 이 소문을 언론에 누출시켜, 가뜩이나 따가운 의심의 눈초리를 받고 있는 멕시코 정부의 부담을 덜어주었다. 라이언은 법무부와 국가정보국에게 입수한 첩보의 전반적인 세부 사항에 함구할 것을 지시하였는데, 그 이유는 대통령 자신이 선택한 시간과 장소에서 그 첩보를 이용하기를 원했기 때문이다. 이것을 가리켜 바로 국정 운영의 경륜이라고 하는 것이다. 말하자면, 어차피 그것이 일반에 공개될 바에는, 이것이 공개되는 과정에서 미국에게 이득이 되는 무엇인가를 챙기자는 것이다.

라이언 대통령과 폴리 국장은 대통령이 직접 베이징을 방문하는 자리에서, 직접 중국의 '링' 주석에게 북한의 개입에 관한 정보를 알려주기로 결정했다. 그 소식을 들은 '링' 주석은 전율할 것이다. 그는 미국이 북한 정권을 겨냥하여 취하는 어떠한 조치라도 한반도의 안정을 위협할 것임을 알고 있었으므로, 전쟁과 대량 난민의 위기, 그리고 중국이 '연좌(guilt by association)'에 노출될 가능성 등을 우려했다. 중국이 이처럼 노심초사하게 될 이유는 간단하다. 중국과 북한이 지난 7년간 최악의 관계에 놓여있을 때에도, 북한은 여전히 국경을 인접한 어떠한 다른 주요 공산주의 국가들보다도 중국과 더 가까운 우호 관계를 유지했었기 때문이다.

그리고 메리 팻 국장은 라이언 대통령에게 '애크리드 헤럴드' 작전에 대해 보고했다. 북한의 희토류 처리 시설을 파악하는 기회로 시작했던 작전이 대대적인 정보 작전에서의 '대박'으로 변모한 것이다. 지금 황민호는 가족들과 망명하기 위해 북한을 탈출하는 중이었다. 황민호는 망명지를 중국으로 생각하고 있었다. 라이언 대통령은 만일 황민호의 망명이 성사되면, 어떻게 북한이 희토류로 획득한 국부를 자국의 인민들을 위해서가 아니라, 핵미사일 보유고를 늘리는 데 탕진했는지를 만천하에 폭로할 수 있는 누군가를 손에 넣게 될 것임을 알았다. 만일 만사가 계획대로 착착 이루어진다면, 그리고 황민호를 구워삶아 그가 알고 있는 것을 온 세상에 까발리게 만든다면, 라이언은 내일로 예정된 '링' 주석과의 회동을 계기로, 양대 초강대국이 상호 공통적 문제를 해결하는 데 협력할 수 있는 기회가 마련될 것임을 알았다.

이렇게 함으로써, 라이언은 그래 봬도 자기가 그렇게 무능한 지도자가 아니라는 것이 입증되기를 바랐다. 비록 입으로 말하고 발로 걷는 데는 지장이 없었지만, 여전히 왼쪽 팔은 깁스, 그리고 오른팔은 붕대 신세를 면하지 못하고 있었다. 명색이 대통령 전용기의 스위트룸 사무실이란 곳에, 대통령의 지시에 수족같이 움직이는 온갖 수행원들이 득시글거렸건만, 망할 놈의 콧잔등이 간질거려도 시원하게 긁어줄 사람 하나 없다는 사실에 기가 막힌 나머지, 라이언은 말할 수 없이 심기가 불편했다.

한밤중의 어둠을 뚫고 애덤 야오는 북한제 SUV를 몰고, 길고 똑바로 난 비포장도로를 천천히 내려가고 있었다. 그는 주도로에서 약 2.4킬로미터를 벗어나 끝까지 비포장도로를 달린 끝에, 양계장 건물에 도착했다. 여기서 그는 엔진을 끄고 밤하늘에 조용히 귀를 기울였다.

아무 소리도 없었다. 닭장에 있던 몇 마리 닭들이 '꼬꼬'거리는 소리, 근처의 언덕에 빽빽이 들어찬 소나무들을 훑으며 지나는 스산한 바람 소리뿐, 이쪽으로 날아오는 헬기 소리는 들리지 않았다.

이제 애덤은 겁이 났지만, 뒤에 앉아 있던 아이들은 곤하게 잠들어 있었다. 황민호와 그의 아내는 소곤거리며 대화를 나누고 있었다. 아내는 아직도 겁에 질린 표정이었으나, 황민호는 자기보다는 아내를 달래는 데 더 솜씨가 나아 보였다. 황 사장의 얼굴색은 하도 놀란 나머지 새하얀 백지장 같았다.

9살 난 딸 민희가 갑자기 일어나 주위를 둘러보더니, 두호도 똑같이 그렇게 했다. 몇 초 후 애덤도 무슨 소리를 들었다. 그것은 대단히 고음으로 '윙~' 거리는 소리로서, 희미하면서도 갈수록 더 크게 들렸다.

애덤에게 이것은 비행기, 심지어 아주 작은 비행기 소리로 들리지 않았다. 그렇다고 그것은 절대로 헬기 소리가 아니었다. 그렇더라도 애덤은 모두에게 일어나라고 말했다.

일단 비포장도로로 나오자, 모두는 그 소리를 더 잘 들을 수 있었다. 그것은 분명히 일종의 프로펠러 소리였지만, 마치 잔디 깎는 기계와 흡사한 소리를 냈다.

애덤이 제일 처음 발견했지만, 그는 자기가 보고 있는 것이 무엇인지 알 수 없었다. 뒤편의 캄캄한 하늘보다 더 어두운 색깔의, 날개가 달린 유령 같은 비행체가 나무 위로 날아왔다.

그러자 황민호도 그것을 봤다. "이게 뭐지?"

그것이 사람들의 바로 머리 위로 날아오더니, 갑자기 방향을 틀어 그들이 서 있는 도로 위에 반듯하게 착륙했다.

애덤이 말했다. "이건 무인기야, 드론이라고 해." 그것은 의심할 여지도 없이 미국산 '프레데터(Predator)'였다. 하지만 황민호나 그의 아내는 그것이 무엇인지 몰랐을 것이다. 비행체가 가까이 다가오자, 애덤은 양옆에 미국 성조기가 달려있지 않은 것에 흐뭇했다.

황민호가 물었다. "이게 여기 뭐하러 온 거죠?"

"나도 전혀 몰라요."

이때 두호가 하늘을 가리켰다. "저기 또 한 대가 와요."

두 대의 프레데터가 차례차례 도로에 착륙하여, 애덤 야오로부터 15미터가량 떨어진 곳에 멈췄다.

그가 중얼거렸다. "이거 참 웃기는군."

갑자기 비행체에 메시지나 장비가 있을 것이라는 생각이 들자, 애덤은 프레데터 한 대에 가까이 다가갔다. 그는 커다란 바구니가 바닥에 매달려 있는 것을 봤다. 그것은 2인용 안락의자 같은 크기였으며, '당김'이라고 쓰인 공기 분사식 해치가 달려있었다.

애덤이 해치를 잡아당기자, 그 장치가 조개껍데기처럼 분리되더니, 약 45 센티미터 정도 밑으로 내려왔다. 애덤이 그 속을 들여다보니, LED 불빛이 안을 비추고 있었다.

그 안에는 두 개의 침낭과 위성 전화가 들어있었다.

그가 위성 전화를 집어 들자, 전화기가 깜빡거리면서 어딘가에서 전화가 걸려 오고 있었다.

애덤은 황민호와 그 가족들로부터 떨어진 곳으로 걸어가 속삭였다. "눈사태."

"안녕하세요, 눈사태. 귀하는 지금 미국 전함 '프리덤(Freedom)' 호에 위치한 전술작전본부와 통화하고 있습니다. 이 회선은 '해일(Tidalwave)' 작전 본부로 중계되고 있으며, 우리는 KH-12 인공위성을 통해 귀하의 움직임을 관찰하고 있습니다."

"알겠습니다."

"귀하의 화물 상태는 어떻습니까? 우리에게 당신 외에도 성인 세 명과 아이 두 명이 보입니다."

"모두 여섯 명입니다. 귀중한 화물을 포함한 성인 세 명, 그리고 아이 둘입니다."

"다른 성인은 누군가요?"

"파워스 박사라는 호주인 여성을 데려왔습니다. 그녀의 비밀 활동이 노출되어 위험에 처해 있습니다."

잠시 정적이 흐르더니, "알았습니다."라는 대답이 돌아왔다.

"우리는 이 바구니를 타게 되는 건가요?"

"그것은 인명 구조용 장비입니다. 바구니 하나에 어른 한 명과 남자아이

한 명이 들어가세요. 또 하나에는 성인 여자 두 명과 여자아이가 타십시오. 우리는 호주인에 대해서는 몰랐습니다. 우리는 예비 UAV를 귀하의 위치로 급히 보내겠지만, 앞으로 5분간 기다리셔야 된다는 것을 말씀드립니다."

애덤은 황민호와 그의 아내가 영어를 알아듣지 못했지만, 대화 내용이 들리지 않도록 더욱 조용한 목소리로 말했다. "이 허접한 물건이 제대로 작동되기나 할까요?"

"걱정 마세요, 눈사태. 그 UAV들은 일급비밀 장비입니다. 암호명으로 '프리버드(Freebird)'라고 하죠. 이 장비들을 시험해 본 결과, 요구되는 하중 요건을 훨씬 초과하는 한 대당 135킬로그램을 견딜 수 있어요. 바구니들은 가압(pressurized) 상태가 아니기 때문에, 낮은 고도로 비행하는 동안 덜컹거리는 기분을 느낄 겁니다. 하지만 너무 심하진 않을 거예요."

"오…. 알겠어요. 내가 끼어 들어갈 여지는 없나요?"

"귀하가 데려온 새로운 친구의 몸무게가 20킬로그램 이하라면 문제가 없지만, 권하고 싶진 않습니다."

애덤은 말하려고 했지만, 수화기 건너편의 남자 목소리가 기다리라고 말했다. 잠시 후 전화로 다시 돌아와서는 불안한 목소리로 말했다.

"눈사태, 잘 들어요. 귀하가 위치한 지역으로 군용 헬기가 이동하는 것을 감시하고 있어요. 현재 속도라면 앞으로 12분 후에 도착할 겁니다. 즉시 화물을 장비에 태워서, 해치를 닫고, 숨을 곳을 찾으세요. 나머지는 우리가 알아서 할 겁니다."

"알았어요." 그는 이렇게 대답하면서 더욱 굳건하게 마음을 다잡았는데, 그 이유는 '프리버드'를 타고 날아갈 생각에 기분이 들떠서가 아니라, 북한군 헬기들이 이쪽으로 쳐들어온다는 것을 알았기 때문이었다. 따라서 지금처럼 길바닥에 서서 앞으로 어떻게 하면 좋을지를 고민하는 것은 미련한 방책이었다.

그는 황민호에게 달려가 중국어로 말했다. "빨리요. 당신과 가족들은 이 비행기에 올라타세요."

"이건 비행기가 아녜요!"

과연 황민호의 말은 백번 옳았다. 애덤도 그 점은 인정했다. 하지만, 그는 단호한 모습을 보여야 한다는 것을 알았다. "이들은 완벽하게 안전한 비행기예요. 우리는 항상 이런 걸 타고 다녀요."

"조종사는 어디 있는데요?"

애덤은 수천 마일 떨어진 곳에 있는 조종사가 그들을 안전하고 편안하게 데려다줄 것이라고 말하려다, 곧 이런 생각을 접어두고, 황민호를 시키는 대로 따르도록 달래기로 작정했다.

그래서 그는 이렇게 말했다. "당신이 착륙하면 그들을 만나게 될 거예요. 이건 원격조종으로 움직이는 UAV예요."

"난… 난 그게 뭔지 몰라요."

"대원수가 보낸 헬기가 10분 내로 날아와요. 북한군이 당신과 가족을 붙들면 어떤 일이 벌어지는지 알아요?"

애덤은 자신의 논리가 설득력을 보일 것임을 알았지만, 황민호의 태도가 즉석에서 180도 바뀌는 것에 놀랐다. 황민호가 말했다. "지금 갑시다."

"바로 그거예요."

실제로 아이들을 태우기가 더 쉬웠다. 이들은 아무런 불평도 하지 않고, 애덤이 아이들을 비행체에 태우도록 했다. 애덤은 두호를 프레데터에 태우자, 황민호가 그 뒤에 기어 들어갔다. 애덤이 민희를 다른 프레데터에 집어넣은 다음, 파워스를 황민호 아내와 함께 태웠다.

그곳에는 아이를 한 명 더 태울 공간이 있었지만, CIA 공작원이 들어갈 정도는 아니었다. 애덤은 바구니 두 개의 버튼을 눌렀다. 그는 "행운을 빌어요."라고 말하려다 그만뒀다. 대신 그는 중국어로 말했다. "잠시 후에 만납시다."

첫 번째 UAV가 다가오는 헬기들과 반대 방향으로 기수를 돌리더니 똑바로 난 도로 위에서 가속도를 붙였다. 두 번째 UAV도 방향을 틀어, 첫 번째 UAV를 불과 100야드 뒤에서 따라갔다.

UAV들은 차례차례 상공을 박차고 올랐다. 애덤은 비행기들이 푸르른 언덕 위로 올라가는 모습을 지켜보면서, 위장을 쥐어짜는 듯한 통증을 느꼈다.

비행체들은 불과 1분도 안 되어 밤하늘 속으로 사라졌다.

그는 탈출 작전을 지켜보는 동안에 작아진 위성 전화 목소리를 들었다. "프리덤 호, 마지막 말을 다시 반복해 주기 바랍니다."

"조심하세요. 세 번째 UAV가 남쪽으로부터 접근하고 있습니다. 비행기가 착륙할 수 있게, 길옆으로 비키세요."

"알았습니다."

애덤은 SUV 옆에 서려고 뛰어가면서, 프레데터가 도착하는 소리를 들었다. 이번에 날아오는 UAV가 다른 것들보다 고음의 붕붕거리는 엔진 소리를 냈으므로, 요전의 UAV보다 더 빨리 날아오는 것을 알 수 있었다.

도로 옆의 언덕을 넘어온 비행 물체가 마지막으로 착륙 준비를 하면서 점점 더 고도를 낮췄다.

그러더니 엄청난 화염을 일으키며 공중에서 폭발했다.

애덤은 강렬한 화염의 불빛으로부터 눈을 가리면서 위성 전화에 대고 소리를 질렀다. "프리덤, 방금 전에 UAV가 격추됐어요!"

잠시 후 응답이 왔다. "알았다, 눈사태. 날아오던 북한군 헬기들이 공대공 미사일을 발사하여 격추시켰어요. 지금 당장 그곳을 빠져나가세요!"

애덤은 SUV로 뛰어 들어가 시동을 걸었다. 그는 액셀러레이터를 힘껏 밟아 도로를 따라 위로 달렸다. 오른쪽으로부터 두 대의 공격용 헬기가 저공비행으로 SUV를 덮칠 듯 달려들었다. 이들은 애덤의 머리 위로 날아가더니 급선회를 하여 다시 그가 이동하는 방향으로 따라붙었다.

그는 액셀러레이터를 바닥까지 밟았다. 애덤이 도로를 따라 언덕 위쪽으로 질주하자, 헬기 두 대가 공중에서 지상 사격 자세를 취했다. 그가 달리는 앞쪽의 도로를 따라 기관포탄들이 우박처럼 쏟아져 내렸지만, SUV에서 멀찌감치 떨어진 곳에 떨어졌다.

애덤은 헬기가 또다시 지상으로 사격을 퍼부으면 살아남지 못할 것을 알았다. 그가 고속도로에 도착하려면 아직 반 마일이 남아 있었고, 고속도로를 달리는 차량은 식은 죽 먹기처럼 손쉽게 처치할 수 있을 것이다. 그는 당장 SUV에서 내려 나무 속으로 숨어야 했다.

그는 똑바로 나 있는 비포장도로를 최대한 빨리 달릴 수 있도록 북한제 SUV 차량을 엔진의 마지막 한계까지 밀어붙이고는, 기어를 중립으로 놓았다. 그는 차 문을 열어젖힌 다음, 도로 옆의 낮은 풀밭 위로 뛰어내렸다. 주인 없는 SUV는 계속 앞으로 굴러갔다.

허공에서 몇 바퀴 빙글빙글 공중제비를 하며 뛰어내린 애덤은 지면에 떨어지면서 무릎을 바위에 세차게 부딪쳤다. 땅바닥에서 구르기를 멈춘 애덤은 두 발로 일어나 절뚝거리며 언덕의 수풀 속으로 움직였다.

헬기들이 차량을 향해 사격을 퍼붓는 소리가 들리더니, 엄청난 폭발음이 울렸다. 연료 탱크에 총격을 받은 SUV는 애덤이 있던 뒤쪽의 도로 위에서 불타고 있었다.

그는 불타고 있는 SUV 속에 시체가 없다는 것을 발견할 때까지 가능한 한 오랫동안 자기를 뒤쫓지 않기를 고대했다.

비록 그는 부상을 입었지만, 운이 매우 좋았다고 생각하면서, 자신이 얼마나 죽음의 문턱에 가까이 갔었는지를 생각하며 진저리를 쳤다.

불현듯 그는 SUV 속에 위성 전화를 두고 나온 것을 깨달았다.

절망감에 풀밭 위로 털썩 주저앉은 애덤은 주먹으로 땅바닥을 내리쳤다. 압록강까지 가려면 아직도 20마일이 더 남아 있었다. 중국은 국경의 반대편이고, 중국이 북한인들을 반갑게 맞이해 주는 것도 아니었다. 하지만 그나마 애덤이 기댈 수 있는 것은 강을 건너 중국으로 도망치는 길뿐이었다. 애덤이 있는 힘을 끌어모아 절뚝거리며 언덕을 올라가자, 다리 밑으로 피가 흘러내렸다.

74

두 대의 프리버드는 동한만 위를 지나, 인천을 향해 남쪽으로 날았다. 두 대의 미 해군 소속 시호크(Seahawk) 헬기가 혹시라도 기계 고장을 일으켜 SUV가 바다 위에 불시착할 것에 대비하여 호위 비행에 나섰다. 하지만 이륙한 지 95분 만에, UAV는 무사히 오산 공군기지에 착륙했다. 이는 프레데터 프리버드가 실제로 공중 탈출 작전에 투입된 첫 번째 및 두 번째 사례로 기록되었다.

CIA 직원들이 바구니를 개방하자, 비록 황민호와 그의 딸이 비행 도중에 여러 차례 구토를 했지만, 그 속에 타고 있던 모든 사람들은 살아 숨 쉬고, 잠이 깨고, 정신이 또렷한 상태였다.

황민호는 활주로에 떨어지듯 내리더니 아들이 바구니에서 기어 나오는 것을 도왔다. 일단 두호가 땅바닥에 내리자, 황민호는 아내와 딸에게 달려가 품에 안았다.

그러고서야 황민호는 자기들이 미국인들에 의해 둘러싸여 있다는 사실을 깨달았다.

20분 후 그는 활주로의 행정 건물 속에 마련된 회의실에 앉았다. 그는 마실 생수와 갈아입을 의복을 지급받았지만, 아무도 그에게 직접 말을 걸지 않았다. 이때 60대로 보이는 미국인 여자가 미 공군 군복을 착용한 한국인 여자와 함께 회의실에 들어섰다. 한국인 여자는 황민호에게 자기가 통역관이라고 알려줬다. 고개를 끄덕이면서도 황민호의 눈은 자기 앞에 있는 다른 여자를 바라보았다. "나는 누군가 책임 있는 사람에게 말하고 싶소." 통역관이 그의 말을 영어로 통역했다.

메리 팻 폴리가 대답했다. "난 미국의 통합 정보기관을 담당한 국장입니다. 저라면 괜찮겠어요?"

황민호가 통역관을 바라보고는 메리 팻에게 시선을 돌렸다. "네, 당신이라면 좋습니다."

그녀는 20분간 황민호라는 사람이 누구이고, 무엇을 알고 있고, 어떤 첩보를 갖고 있는지를 파악했다. 그 후 메리 팻은 1시간 동안 회의실을 비웠다.

다시 돌아온 그녀가 말했다. "지금부터 우리 조건을 알려드리겠어요. 우리는 당신이 갖고 있는 모든 첩보를 알기를 원해요. 당신이 관여했던 활동의 모든 것을 말이죠. 만일 우리에게 준 첩보가 만족스럽다면, 대신에 우리는 당신을 미국의 정치적 망명자로 받아들일 것입니다. 만일 한국으로 가기를 원한다면, 그렇게 해 드릴 수 있다고 확신하지만, 최종적인 결정권은 남한 정부에게 있습니다."

황민호가 천천히 고개를 끄덕였다. 그는 중국에 갈 수도 있는지를 물을까 생각했다가 그만두었다. "당신의 조건에 동의합니다."

"좋아요. 당신의 디브리핑을 즉시 시작합시다."

그는 이 말에 놀랐다. "전 매우 피곤합니다. 좀 쉬고 난 다음, 나중에 시작하면 안 되나요?"

폴리가 고개를 흔들었다. "그런 말씀은 꺼내지도 마세요. 황 선생님, 사람들의 목숨이 달려 있습니다. 당신의 부인과 아이들은 쉬어도 좋지만, 나와 당신은 할 일이 많이 남아 있답니다."

황민호가 한숨을 내쉬었다.

국립 지리정보국(National Geospatial-Intelligence Agency: NGA)의 애넷 브롤리 분석관은 오전 동안 평양에 있는 기차의 객차들을 살펴보는 데 시간을 보내면서, 북한인들이 정주에 위치한 희토류 노천광산으로 수송할 목적으로, 구리 또는 석탄 광산에서 떼어 낸 부품들, 즉 채광 장비를 북쪽으로 이동시키는 증거가 있는지를 살폈다.

그녀는 북한 철도망에서 그다지 흥미로운 것을 발견하지는 못했지만, 몇 분 후에 입수될 새로운 위성사진이 광산에 대해 더욱 분명한 그림을 보여줄 수 있을 것이라는 희망의 끈을 붙들고 있었다.

흘끗 시계를 쳐다보던 애넷은 컴퓨터 모니터에서 고개를 들어 자신의 상관인 마이크 피터스 대령이 쏜살같이 자기에게 달려오는 모습을 봤다.

"안녕, 마이크."

"나랑 갑시다."

"미안해요, 보스. 지금 갈 수가 없어요. 곧 국립정찰국에서 보내주는 정주 광산 사진을 보려던 참이에요."

"이건 부탁이 아녜요. 당신과 내가 즉시 5층에 위치한 '버블'로 출두하라는 명령을 받았어요."

"맙소사." 브롤리는 이렇게 말하면서, 책상에서 일어났다. "우리에게 무슨 문제가 생긴 건가요?"

"몰라요. 하지만 우리가 2분 이내로 가지 않으면 문제가 생길 거예요."

브롤리와 피터스는 '버블'로 알려진 보안 통신실로 안내되었다. 그들은 빈 탁자의 영상을 보여주는 모니터 앞에 앉았다. 그 뒤에는 오산 공군기지 표지

판이 보였다.

몇 분 뒤 그들은 모니터가 놓인 책상의 옆으로 그림자가 움직이는 것을 보았다. 두 명의 국립 지리정보국 직원들은 혼란스런 표정으로 서로의 얼굴을 바라봤다.

잠시 후 피터스가 쭈뼛거리며 어렵사리 말문을 열었다. "여보세요?"

피터스의 발언과 거의 동시에, 메리 팻 폴리 국장이 책상에 앉았다. 그녀의 눈동자는 스크린에 초점이 맞춰지지 않았으며, 곧 그녀가 누군가와 대화하고 있는 것이 분명해졌다. 그녀는 고개를 끄덕이더니, 앞에 놓인 모니터를 보았다. 메리 팻은 무엇인가에 쫓기듯 서두르며 근심스러운 표정을 지었으므로, 이런 모습에 충격을 받은 애넛 브롤리는 공포에 질렸다.

폴리가 말했다. "좋아요. 미안하지만, 당신들 이름을 모르겠어요."

피터스가 자기와 부하 직원의 이름을 말했다. "국장님. 저는 국립 지리정보국 소속 마이클 피터스 내팅이고, 이 사람은 제 사무실에서 근무하는 애넷 브롤리 분석관입니다. 국장님, 저희가 무엇을 도와드리면 좋겠습니까?"

"귀하의 부서에서 북한에 소재한 정주광산의 희토류 처리 시설에 관한 첩보를 작성하고 있었지요?"

"그렇습니다, 국장님." 피터스가 말했다.

브롤리는 보스의 목소리에서 불안한 긴장감을 느꼈다.

카메라에 보이지 않는 누군가가 폴리 국장에게 뭐라고 말하자, 그녀가 고개를 끄덕였다.

"브롤리 양, 내가 듣기에 미국 정보 담당자들 중에서 귀하보다 이 지역에 대해 더 잘 아는 사람이 없다고 하더군요."

브롤리는 그 말이 사실인지 여부를 알 길이 없었다. 왜냐하면 그 지역에 어떤 다른 활동들이 벌어지고 있는지 전혀 몰랐기 때문이다. 그녀가 아는 것이라고는 그곳의 광산뿐이었다. 그녀가 대답했다. "저는 지난 2년 동안 북한의 북서부에 위치한 산악과 능선들에 초점을 맞추고 있었습니다."

폴리가 고개를 끄덕였다. “지금부터 귀하들에게 드리는 말씀은 암호로 분류된 비밀 내용이에요.”

브롤리는 고개를 천천히 끄덕이면서, 식은땀이 목을 따라 등줄기로 내려오는 것을 느꼈다.

폴리가 말했다. “우리는 정주광산에 CIA 정보관을 보냈어요. 어젯밤 그는 탈출 작전 도중, 적들에게 활동이 발각되었어요. 지금 현재 그의 행방이 묘연하며, 우리는 그가 부상을 입었을 것으로 짐작하고 있어요.”

브롤리의 입술이 움직이며, 아무 소리를 내지 않으면서도, ‘오 마이 갓’이라는 모양을 그렸다.

피터스가 물었다. “그가 어떤 종류의 차량을 몰고 있는지 알고 계시나요?”

“그는 북한산 SUV를 몰고 있었는데, 그 차량은 헬기 사격으로 파괴되었어요.”

“그가 안에 타고 있었나요?”

“우리가 입수한 신호정보에 의하면, 북한인들은 누군가를 찾기 위해 시골 지역을 샅샅이 뒤지고 있어요. 우리는 북한인들이 찾고 있는 것이 그 사람이기를 바라고 있죠. 우린 그를 위성으로 추적했지만, 그가 몰던 차량을 북한 헬기가 파괴한 뒤부터 행방을 놓쳤어요. 우리는 헬기의 공격 후, 그 부근에 있는 어느 개인의 온열을 감지했지만, 그 사람과의 통신이 두절되었어요.”

피터스가 말했다. “그러니까 통신이 안 되고 있다는 말씀이군요.”

“불행하게도, 현재 우린 그 사람과 통신을 하지 못하고 있어요. 우린 그의 위치도 모르고 있어요. 국립 지리정보국과 CIA가 우리에게 제공한 위성 영상을 토대로 그의 구출 계획을 수립해 보려 했지만, 모든 대안들은 하나같이 가망이 없어요. 우린 그가 무엇을 할 수 있는지, 그리고 그가 무엇을 하려는지 전혀 모르고 있어요.”

브롤리가 고개를 끄덕였다. “저희에게 5분 이내로 대낮에 촬영한 최신 영상들이 들어올 겁니다. 만일 그 지역에 경찰, 정부, 혹은 군대의 이례적인 활동이 나타난다면, 어쩌면 제가 그 증거를 찾아낼 수 있을지도 몰라요. 그것을 출발점으로 삼아 어디서 그 사람…을 찾아야 될지 알 수 있을 겁니다." 그녀는 적당한 용어를 찾아냈다. "그 정보관 말이에요."

폴리가 말했다. "그 정보관의 암호명은 눈사태예요. 그는 중국계 미국인이랍니다."

브롤리가 손을 들었다. "만일 우리가 그를 찾아내거나, 그가 어디 있는지에 대한 증거를 찾아낸다면… 그에게 해 줄 수 있는 일이 있을까요?"

폴리는 고통스런 표정을 지으면서 입술을 오므렸다. "브롤리 양, 솔직히 말해서 나도 모르겠어요. 우리의 옵션은 매우 제한되어 있어요. 하지만 만일 우리가 눈사태를 찾을 수 없다면, 단언컨대 그는 살아남을 가능성이 전혀 없어요."

브롤리가 고개를 끄덕였다. "제가 그를 찾아낼게요." 그녀는 왜 자기가 그런 말을 했는지 몰랐지만, 일단 입 밖으로 튀어나오자 그녀는 자기의 말을 실천에 옮겨야 된다는 것을 알았다.

애덤 야오는 왼발을 앞으로 쭉 내민 상태에서, 오른발로만 자전거 페달을 밟았다. 부풀어 오른 무릎 때문에 그는 다리를 구부릴 수가 없었다. 그래서 그가 할 수 있는 것이라고는 고통스럽지만 천천히, 그리고 한 발로 자전거 페달을 구르는 것뿐이었다.

그는 선천시 교외의 작은 마을에서, 자전거 보관대에 자물쇠로 묶여 있던 자전거를 훔친 다음, 대부분 비포장도로를 따라, 그리고 심지어 들판과 언덕을 마다 않고, 한 발로 달릴 수 있는 최대한의 빠르기로 자전거를 몰았다. 평균 시속이 빨라야 고작 3마일에 불과한 굼벵이 같은 속도였지만, 그래도 앞으로 전진하는 도리밖에 없었다.

그는 유일한 희망이 압록강에 도착하여 강을 건너는 것임을 알았다. 하지만 강에 도착하는 것조차 버거운 일이었다. 고속도로와 작은 마을에 순찰대원들이 쫙 깔렸고, 이른 아침부터 하늘 위를 이리저리 날아다니는 헬기를 피하려 몸을 숨겼다. 몇 시간 후 날이 밝자, 사정은 더욱 곤란해졌다. 해가 뜰 무렵 양호한 은신처에 숨어있지 못한다면, 그는 이미 죽은 목숨이나 마찬가지일 것이었다.

그리고 압록강을 건너는 것이 갈수록 어려워졌다. 물론 다리가 있었지만, 경비대가 철통같이 지키고 있을 것이다. 물살은 수영으로 건너기 불가능할 정도로 빠를 것이며, 모든 나룻배, 심지어 밀수꾼들이 이용하는 조각배들도 당연히 북한 당국에게 잘 알려져 있을 것이고, 근처에 적의 첩자가 출몰하고 있다는 것을 알고 있을 터이므로, 오가는 나룻배들에게 더더욱 감시의 눈초리를 번득일 것이다.

그의 다리는 무릎 옆에 찢어진 상처에서 피를 흘렸다. 당연히 상처를 꿰매고, 상처 부위를 높이 올려 압박을 가해야 했지만, 애덤은 그저 셔츠를 찢어, 천 조각으로 상처를 감쌀 수 있을 뿐이었다. 상처에서 끊임없이 피가 흘러나왔다. 그래서 애덤은 너무 많은 출혈로 인해, 얼마나 몸이 버틸 수 있을지 몰랐다.

영리한 애덤은 자신이 곤경에 처해 있다는 것을 알고 있었다. 하지만 그가 할 수 있는 것이 무엇이던가? 그저 한쪽 발로 페달을 아래위로 밟으며, 날이 밝기 전에 조금이라도 북쪽으로 가기를 바랄 뿐이었다.

'버블'에 앉아 있던 애닛 브롤리의 앞에는 비디오 콘퍼런스를 통해 남한의 오산 공군기지와 연결된 모니터가 있었다. 그녀는 랩톱을 바라봤다. 메리 팻 폴리 국장은 마찬가지로 랩톱을 보면서 화면의 반대편에 앉아있었다. 이들은 모두 컴퓨터 스크린에 나타난 일련의 위성사진들을 보고 있었던 것이다. 애닛이 컴퓨터 화면에 사용하는 스타일러스 펜으로 메모를 하자, 메리 팻은 즉시

스크린에서 애넷이 기록한 내용들을 읽을 수 있었다.

애넷이 말했다. "여기 보세요. 경찰차와 사람 몇 명이 근처에 서 있어요."

"이게 뭐죠?"

"그건 아파트 건물 밖에 있는 자전거 보관대랍니다. 이곳은 선천시 외곽이고, 눈사태가 사라진 곳에서 그리 멀지 않습니다. 제 생각에 누군가가 자전거를 훔친 것 같아요. 북한에서 절도는 매우 드문 일인데, 그 이유는 자전거를 훔쳤다가는 처형되기 때문이죠. 제 짐작으로는 눈사태가 수송 수단으로 자전거를 챙긴 것 같습니다. 이곳에서 북쪽으로 이동한 거죠."

"그걸 어떻게 아나요?"

"서쪽은 바다입니다. 동쪽은 북한 땅이고, 남쪽은 그를 추적하는 군인들이 득실거리고 있습니다. 북쪽에 압록강이 있지만, 반대편은 중국입니다. 어느 쪽이든 그에게는 괴로운 선택이 되겠지만, 북쪽보다 더 나은 대안은 없는 듯합니다."

메리 팻이 재촉했다. "좋아요, 계속하세요."

"우리가 추산하기로 그가 자전거로 시골길을 이동하는 속도는 시간당 7마일입니다. 저는 그 사람과 비슷한 나이의 남자들이 이동하는 속도, 그리고 북쪽으로 이동할 때의 전진 상황 등을 고려해서 판단한 겁니다. 실제로 자전거에 따라 평균 속도는 10마일에 가깝지만, 눈사태는 검문소와 인구 밀집 지역들을 피하려 할 것이기 때문에, 거기서 30%를 빼야 됩니다."

애넷 브롤리는 훨씬 북쪽으로 영상을 움직이더니, 이미지를 크게 확대했다. 그곳은 일종의 개활지로서, 남쪽으로 비포장도로가 나 있고, 대부분은 평지였다.

폴리 국장은 들판에서 아무것도 보지 못했다. "내가 뭘 보면 되지요?"

"이곳이 텅 비어 있다는 사실에 주목해야 합니다. 지금은 오전 7시예요. 만일 그가 이곳으로 온다면, 7시 이후에 그곳에 도착할 것으로 예상됩니다."

"왜 그가 특별히 이곳으로 올 거라고 생각하시죠?"

브롤리는 화면을 바꿨다. "이것 때문입니다." 그것은 바로 좀 전의 이미지와 동일한 장소에서 찍은 것이지만, 한 가지 예외가 있었다.

폴리가 사진을 들여다봤다. "이거 자전거예요? 들판에 놓여있는 게?"

"그건 논 위에 눕혀 놓은 자전거입니다. 하지만 그건 보통 자전거가 아녜요. 그것은 북쪽의 함평 지구에 소재한 강제 수용소 25번 건물에서 만들어 낸 '갈매기'란 상표가 붙은 자전거입니다. 북한 사람들은 이 자전거를 사려고 주문을 한 뒤 3년이나 4년 동안 기다려야 돼요. 당신이 운이 좋고, 돈이 있다면 말이죠. 전 북한에서 '갈매기' 자전거를 저렇게 아무렇게나 들판에 둘 사람은 아무도 없을 겁니다. 더구나 이처럼 가난한 산악 지대에서는 말할 것도 없는 거죠.

또 있습니다. 이 자전거는 8시와 9시 사이에 나타났어요. 그 시간은 우리가 예상했던 그의 도착 시간, 그리고 그가 처한 상황을 고려한 것보다 늦은 시간입니다."

"그게 당신에게 어떤 의미를 주나요?"

브롤리가 무겁게 입을 열었다. "그 사람이 심각한 부상을 입었다는 겁니다."

"그러니까… 그가 지금 어디 있는 거죠?"

"만일 그가 붙들렸다면, 논으로 이어지는 차량 바퀴 자국을 보았을 겁니다. 제가 체크해 봤는데, 논에 물이 차 있지 않았지만, 봄비에 젖어 바닥에 물기가 많았어요. 매년 이맘때쯤이 되면, 이런 트럭 타이어들은 몇 주일씩이나 흔적을 남기게 마련입니다. 그가 도보로 걸어온 사람들에게 붙잡혔더라도, 우리는 뭔가 어지러운 흔적을 볼 수 있었을 겁니다. 하지만 이런 것들이 전혀 없어요."

"만일 그가 다른 곳으로 걸어갔다면, 그런 흔적을 발견할 수 있나요?"

"아닙니다. 지금의 영상 해상도를 갖고는 발자국을 찾아낼 수 없습니다." 브롤리가 웃었다. "그랬으면 오죽 좋겠어요. 하지만, 한 사람이 허리 높이의 벼 잎이나 곡식 사이를 지나간 흔적도 잡을 수가 없을 겁니다. 비록 수백 야드에 걸쳐 발자국들이 나 있더라도, 그것만으로는 범위가 너무 좁고 흐릿해서, 위성사진이 분명한 흔적을 잡지 못합니다."

"그러니까, 다시 질문드리는데, 그는 지금 어디 있죠?"

브롤리는 레이저 포인터를 사용하여 압록강 변에 위치한 초승달 모양의 나무숲을 가리켰다. 숲의 한쪽에 작은 낚시터 오두막의 지붕이 보였지만, 그 지역에 사람이 있다는 흔적은 보이지 않았다.

"제 생각에 그는 이 나무들 속에 숨어있습니다. 제가 압록강의 중국 국경을 체크해 보니, 중국인 국경수비대원들이 바글바글하더군요. 그들에 관한 한, 뭔가 흥분될 만한 굉장한 사건이 벌어진 징후가 발견되지 않았으므로, 결론적으로 그는 아직 강을 건너지 않은 겁니다.

따라서, 그는 여전히 나무숲 속에 있다는 의미죠. 만일 그가 강을 건널 수 있을 정도로 건강하다면, 밤을 이용하여 건너려고 기다릴지도 모릅니다. 하지만, 강에 소용돌이가 많고, 1년 중 지금 같은 시기에 물살도 상대적으로 빠릅니다."

"그걸 어떻게 알죠?"

"'세계지도'란 프로그램에 연결되는 링크가 있습니다. 거기에 압록강을 건넌 미국인들이 글을 올렸습니다. 뗏목이나 카약을 타고 강을 건넌 모험적 여행가들이 올렸어요. 스파이가 아니고요. 그걸 생각해 보면 그 사람들이 미친 것처럼 보이지만, 실제로 세상에는 미친 사람들이 더러 있고, 그런 사람들 덕분에 우리가 도움을 받는 겁니다. 만일 그가 수영을 하거나 뗏목을 타고 건넌다면…." 브롤리가 이 대목에서 주저했다. "설령 그가 시도하더라도, 눈사태가 건널 수 있을 가능성은 없습니다."

메리 팻 폴리 국장이 말했다. "이건 참으로 믿을 수 없는 솜씨로군요, 브롤리 양. 정말 대단한 일을 하셨어요."

"감사합니다." 애넷이 대답했다. "그저 눈사태에게 더 많은 도움이 되었으면 좋았을 텐데, 그렇지 못해 아쉽습니다."

"지금 누군가 다른 사람이 눈사태를 위해 뭔가 조치를 취해야 합니다. 만일 우리가 그를 그곳에서 데려 나오게 된다면, 그건 당신들 덕분이에요."

1시간 후, 한밤중이 다 되어 애넷 브롤리는 컴퓨터를 닫고 사무실을 나섰다. 그녀는 집으로 돌아가 스테퍼니와 함께 저녁을 먹고 싶었다. 그녀의 딸은 언제나 불평불만을 늘어놓았지만, 애넷은 딸아이가 격동의 사춘기 시절을 무사히 보내도록 도와주는 최선의 방법은, 비록 그런 노력이 감사의 마음으로 보답을 받지 못하더라도, 아이의 옆에 있어주는 것이라고 생각했다. 딸아이는 아빠가 죽은 다음에 더욱 소란스럽고 요란한 사춘기 시절을 보내는 중이었다.

그녀가 일어나 지갑을 들려고 할 때, 책상의 전화벨이 울렸다. 아마도 그것은 스테퍼니에게서 온 전화일 것이다. 엄마에게 집에서 함께 저녁을 먹지 않을 거라고 말하려는 것이다. 그녀는 짓궂게도 자기 엄마가 퇴근하기 직전까지 기다렸다가 그런 말을 하는 것을 즐겼다.

애넷이 전화를 받았다. "브롤리."

"미국 대통령님 전화입니다, 끊지 말고 기다리세요."

"뭐라고요?" 대답이 없었다. 그녀의 가슴이 뛰었지만, 곧 제정신으로 돌아왔다. "피터스 대령님, 그런 농담 하지 말아요. 제게 할 일이 많아요."

바로 그때 수화기 너머에서 의심할 바 없는 잭 라이언 대통령의 목소리가 들려왔다. 그녀는 방 주위를 둘러보고, 아직도 퇴근하지 않고 사무실에 남아 있던 두 명의 동료들에게, 손짓 발짓으로 공포에 질린 제스처를 보였지만, 그녀를 주시하는 사람은 하나도 없었다.

"브롤리 양, 잭 라이언입니다."

그녀는 목청을 가다듬었다. "네, 대통령님."

"질문 하나 드리죠, 약 10분 후, 난 중국의 주석과 한자리에 앉게 될 겁니다. 내가 그 사람에게 북한 땅에 남아 있는 우리 CIA 요원에 대한 정확한 첩보를 주는 것이 결정적으로 중요합니다. 폴리 국장은 내게 당신의 결론을 알려 주었고, 내게도 그 말이 설득력 있게 들리지만, 단도직입적으로 질문을 합시다. 그가 그곳에 있다고 말할 때, 당신은 그 사실을 얼마만큼 확신하시죠?"

애넷은 전화기를 잡고 있는 손이 떨리는 것을 알아챘다. 그녀는 수화기를 더 가까이 귀에 갖다 댔다. 그녀는 책상에 놓인 대통령의 사진을 바라봤다.

"대통령님, 저는 그가 나무들 속으로 들어갔다고 확신합니다. 100퍼센트입니다. 그리고 저는 누군가가 그를 잡으러 그곳에 갔다고 믿지 않습니다. 다시 말씀드리지만, 저는 그 말씀에 100퍼센트 자신이 있습니다. 유일하게 알 수 없는 한 가지 요소는 그가 압록강에 들어갔는지 아닌지 여부입니다. 저는 그가 아직도 나무들 속에 숨어 있기를 진심으로 기대하지만, 그것을 확실히 알 수 있는 유일한 길은 그곳에 직접 가서 그를 찾아보는 겁니다."

대통령은 서두르는 듯이 즉각 대답했다. "귀하의 일솜씨는 정말 훌륭했어요. 내가 분석관이었던 시절에 당신이 보유하고 있는 기술의 일부라도 갖고 있었더라면 좋았을 것이지만, 더 많은 소음이 추가된다고 해서 더 아름다운 음악이 연주되지는 않는다는 것 정도는 알고 있어요. 그 많은 일들을 그처럼 멋지게 처리했던데, 나는 당신의 멋진 솜씨에 정말 감탄했어요."

"감사합니다, 대통령님. 과찬의 말씀을 듣자니 영광입니다."

"당신이 무슨 말을 하는지 알겠어요. 대부분은 생색도 나지 않는 힘든 일이었단 말씀이죠." 그가 잠시 뜸을 들였다. "아무튼… 고맙소."

"멕시코 사건으로 가슴이 아픕니다. 기분이 좀 나아지셨나요?"

"매일이요. 이젠 가야 돼요. 굿바이."

애넷 브롤리의 손에 들렸던 수화기가 끊어졌다. 몇 초 후, 그녀는 대통령과의 대화가 실제로 이루어졌는지 아닌지 긴가민가해하며 스스로에게 물어보고 있었다.

75

라이언 대통령은 중국의 '링' 주석과 직접 대화를 시작한 지 90분이 아직 경과하지 않았다. 하지만, 그는 때때로 완고하고, 때때로 호전적인 초강대국과 지난 2년간 양자 접촉을 통하여 이룩했던 실질적 성과보다도 더 많은 것을 이미 성취했다고 생각하기에 이르렀다.

중국의 신임 주석과 얼굴을 맞대고 정상회담을 가진 것은 이번이 처음이었으므로, 그는 지난 90분간 이룩한 진전의 절반을 친근한 개인적인 업무 관계 덕분으로 돌리기를 원했다. 하지만 그가 보기에 '링' 주석은 변함없이 중국 공산당이 지도자들의 선출에 핵심적 역할을 담당한다는 면에서, 다른 여타의 고위급 공산당 간부들과 전혀 다를 것이 없었다. 아니, 이번 회담의 성공은 대부분 라이언 대통령이 위협과 선물의 양면전술을 구사한 덕분이었다.

회담에서 최우선 과제는 중국 주석에게 멕시코시티에서 벌어진 암살음모에 북한이 개입된 사실에 관한 자세한 사항들을 알려주는 것이었다. 라이언 대통령은 직접 증거를 갖고 있지 않았다. 하기는 전형적인 정상회담에서 지도자들이 사진이나 증인들의 진술서 등을 뒤적이지는 않는 법이다. 대신 라이언 대통령은 '링' 주석에게 지난 사흘간 미국이 아딜 자리프에게서 입수한 첩보를 마지막 한 조각까지 제공했다.

미국 대통령이 제공한 첩보에 '링' 주석은 아연실색했다. 그리고 라이언은 70세의 중국 공산당 지도자가 자신이 기대했던 것만큼 이번 사건이 중국에 어떤 영향을 미칠 것인지에 대해 근심하는 기색을 완연하게 보인 것에 내심 흐뭇했다.

그런 다음 라이언 대통령은 북한 최지훈이 미국 본토를 사정거리에 둘 수 있는 핵미사일의 확보에 병적으로 집착하고 있는 점을 하나하나 자세하게 거론했다. 또다시 '링' 주석의 안면에는 이것이 자국의 안보에 미치는 위협과 관련하여 심각한 우려가 드러났다.

라이언 대통령은 '링' 주석이 자국과 자신을 위해 바람직한 것이 무엇인지를 알고 있다는 점을 간파했다. 그는 임박한 위기 사태에 직면하여, 미국의 장단을 맞추지 않을 수 없을 것이다. 이 지구 상에서 그가 가장 먼저 피해야 할 것은 자국의 국경 부근에서 핵무장 국가들끼리 전쟁을 벌이는 사태일 것이다. 그리고 중거리 미사일 확보를 위한 최지훈의 공세적인 노력, 그리고 세계 지도자들을 암살 대상으로 지목하는 북한 정권의 행태는 이 지역을 가차 없는 전쟁의 위협으로 몰아넣는 것이었다.

냉엄한 용어들로 이러한 위협 요인들을 설명한 라이언 대통령은 이제 선물 보따리를 내놓았다. 그는 '링' 주석에게 북한 국영 천연자원 무역회사 사장 황민호의 망명 사실을 알려줬다. 그는 미국의 보호를 받고 있으나, 라이언은 중국도 그를 접촉할 수 있도록 허락하고, 나아가 그를 전국 TV와 라디오 프로그램에 출연시킬 수 있는 기회를 주겠다고 제안했다. 황민호는 어떻게 북한의 최고 지도자가 중국 광산업자들을 추방함으로써, 자국을 위해 필사적으로 요구되는 수조 달러의 가치에 이르는 막대한 희토류를 탕진하는 어처구니없는 절차를 개시했는지에 대해 까발릴 준비가 되어 있었다. 이 모든 것은 그가 미국을 공격할 수 있는 핵무기 보유를 원했기 때문이다. 이러한 북한 지도자 최지훈의 무모한 시도는 자칫하면 그 과정에서 한반도 전체를 폐허로 몰아넣을 수도 있었을 것인바, 북한 인민들에게 그런 사정을 알릴 필요가 있었다.

라이언 대통령은 중국의 언론 중에서, 주로 라디오 방송이 북한 내 수십만 가정에 전달될 수 있다는 사실을 알고 있었다. 프롤레타리아 계층의 소민들은 공식적으로 인정된 채널 외에는 모두 전파가 차단된 정부 지급 라디오만을 갖고 있었지만, 거의 대부분의 북한 엘리트 계층은 중국에서 송출된 방송, 때때로 편리에 따라 한국어로 번역된 방송을 수신할 수 있는 변형된 라디오를 청취하고 있었다.

몇 시간 내로 황민호는 미국인 경호원들에 둘러싸인 채 베이징으로 날아갈 수 있었다. 그가 북한 주민들에게 정주광산에 대한 소문을 확신시키는 것은 실로 중대한 의미를 갖는 것이었다. 왜냐하면 최고 지도자라는 최지훈은 예측이 불가능한 인간이라는 사실이 입증되었기 때문이다. 그가 밀수해 들여오려던 광산 장비가 압수되고, 그가 미국 대통령 암살음모에 개입되었다는 비난이 쏟아지고, ICBM 기술이 차단되고 있던 마당에, 이제는 북한 정찰총국 국장이란 사람이 자살하는 사건이 벌어진 것이다. 최지훈은 상처받은 동물 신세가 되었고, 모든 사람들은 그가 야생동물처럼 난폭하게 행동할 것으로 예상했다.

이제 최지훈은 그러한 세인들의 예상에 조금도 어긋나지 않았다. 어제 최지훈은 서해에 단거리 로켓 두 발을 발사하고, 남한의 도서 지역에 포탄 두 발을 퍼부었다.

라이언 대통령은 그가 기대할 수 있는 확실한 시나리오는 최지훈이 내부로부터 제거되는 것이었다. 그리고 국내 반란을 일으킬 수 있는 최선의 기회는 북한의 엘리트 계층에게 최지훈이 핵무기에 대한 무모한 집착으로 인해 그들의 운명에 부정적인 영향을 미쳤다는 사실을 확신시키는 길이었다.

그리고 이런 점에서 라이언 대통령과 '링' 주석은 견해의 일치를 보았다. 그들은 최지훈이 권좌에서 쫓겨날 경우, 미국과 중국 두 나라가 모두 이득을 보는 일만 남을 것이라고 판단했다. 라이언 대통령은 '링' 주석에게 희토류 광산의 가치, 그리고 그것이 중국에 대해 가지는 잠재적 값어치에 대해 알고 있다고 설명해 주었다. "만일 중국의 광물 회사들을 북한으로 다시 들여보낼 수 있다면, 그것은 중국 경제에 말할 수 없이 큰 축복이 될 것입니다."

링 주석이 고개를 끄덕이며 물었다. "우리가 어떻게 최지훈에게 이것을 중국에게 허락하도록 제안하렵니까? 북한에게 캘리포니아에 이르는 미사일을 주겠다고 제안하지 않으면서 말입니까?"

라이언 대통령이 말했다. "중국은 북한에 대해 많은 긍정적 영향력을 행사할 수 있습니다. 황민호의 발언은 북한 인민들로 하여금 최지훈을 몰아내도록 압박하는 효과를 보일 것입니다."

"그것은 가능한 일입니다. 우리는 권력의 핵심부에 있는 많은 사람들과 우호적인 관계를 유지하고 있습니다."

라이언도 그것을 알고 있었으므로, 그가 다음에 던지게 될 질문의 해답을 알고 있었지만, 동시에 그는 그런 해답이 중국에서 도청한 정보를 통해서만 나온다는 것도 알고 있었다. 물론 그는 이런 사실을 누설할 수 없었으므로, 보르쇠처럼 입을 다물었다.

"최지훈의 숙부, 그 사람의 이름을 깜빡 잊었는데… 그는 중국 주재 대사였지요, 그렇죠? 그에게 어떤 일이 있었던가요?"

'링' 주석이 고개를 끄덕였다. "최상우라고 합니다. 우리는 그와 대단히 긴밀한 관계를 갖고 있었지요, 그의 조카는 그 관계가 너무 긴밀하다고 의심했고, 그래서 불행하게도 최지훈이가 최상우를 감옥에 처넣었습니다."

라이언이 거들었다. "마치 그 사람이 최지훈 대신에 권좌에 올랐더라면 중국에게 이로웠을 것으로 들리는군요."

'링' 주석이 동의했다. "이것은 생각할 수 있는 최선의 결과일 것입니다." 잠시 말을 멈추더니 그가 말을 계속했다. "물론 최상우의 현재 건강과 여러 조건에 따라 달라질 겁니다만. 아시다시피 북한 형무소에 갇힌 죄수들을 재교육시키려는 시도가 있었습니다. 정치범 수용소에서처럼 심하지는 않지만, 그래도 우리는 최상우가 권좌를 차지할 능력을 갖고 있는지를 면밀히 평가해야 할 것입니다."

라이언 대통령이 말했다. "만일 최상우가 새로운 지도자로 등극하게 된다면, 중국은 일대 모험을 하게 될 겁니다. 그자가 현재 권력을 잡고 있는 최지훈보다 더 나은 사람인지는 누구도 알 수 없습니다."

깊이 생각에 잠긴 '링' 주석이 고개를 끄덕였다. "정곡을 찌르는 말씀을 하셨습니다."

라이언은 이 문제가 제대로 처리되고 있다는 느낌을 받았다. 황민호는 북한 엘리트 계층에게 중국이 북한의 광산 활동에 참여해야 한다고 말할 것이다. 하지만 그는 최지훈이 아직 권좌에 머물러 있는 동안에는 그런 말을 하지 않을 것이다.

라이언이 갑자기 화제를 돌렸다. "주석님. 긴히 상의를 드려야 할 문제가 있습니다."

"아무런 관계가 없는 사안입니까?"

"네, 아무 관계가 없습니다. 저는 주석님께 도움을 청하고자 합니다. 우리 국민 중 한 명이 지금 북한에 있습니다. 그는 부상을 입은 상태이고, 우리가 그 사람을 구출하는 것이 절대적으로 중요합니다."

링 주석에게 통역을 해 주자, 그가 이렇게 물었다. "말하자면 북한에 미국의 비밀 첩보 요원이 있다는 말씀입니까?"

라이언이 어깨를 으쓱했다. "저는 그 사람의 직업이 뭔지 말씀드릴 준비가 되어 있지 않습니다. 하지만 제가 주석님께 거짓말을 하지 않는다는 사실을 인정해 주시기를 바랍니다."

중국의 주석이 고개를 약간 까딱거렸다.

"원하시는 게 뭡니까?"

"그는 중국에서 볼 때 압록강의 남쪽 국경으로부터 불과 1킬로미터도 안 떨어진 곳에 있습니다."

"우리에게 국경 통과 지점을 개방하라고 요구하시는 겁니까?"

"아닙니다, 주석님. 제 요구는 그것보다 더 큽니다. 저는 주석께서 사람들을 보내, 그를 데려와 주십사고 부탁드리는 겁니다."

"부탁하신 사항은 불가능한 것 같아 걱정입니다. 방금 우리가 합의한 사항들에도 불구하고, 중국과 북한이 우호적이고 개방적인 관계를 유지하는 것은 대단히 중요합니다. 이런 문제에서 뜻하지 않은 스캔들이 발생하여 곤욕을 치르게 될 가능성이 너무 큽니다."

"첫 번째 사안의 성공은 두 번째 사안의 긍정적 해결에 따라 좌우됩니다."

중국 주석은 통역관에게 몸을 돌리고는, 그 말을 반복해 달라고 부탁했다. 라이언은 자기가 구사한 어휘에 상대방이 혼란을 느끼는 모습을 보았으나, 스스로 무슨 뜻인지 깨닫도록 내버려 뒀다. 마침내 통역관을 통해 링 주석은 이렇게 말했다. "모든 거래가 바로 이 한 사람에 따라 좌우된다는 말씀이신지요?"

라이언은 조금도 주저하지 않았다. "네, 바로 그게 제가 드린 말씀입니다. 이 남자가 구조되어 목숨을 건지는 것이 양국의 국가이익에 부합됩니다."

링 주석은 아직도 경악스런 표정을 지었으나, 라이언 대통령은 전광석화 같은 속도로 머리를 굴렸다. 뭔가 기회를 발견한 중국인은 이렇게 말했다. "만일 제가 부탁을 들어준다면, 우리 정보관이 이 사람과 잠시 동안 면담하는 기회를 갖기를 원합니다."

라이언은 이미 그 말에 대한 대답을 준비하고 있었다. "그가 갖고 있는 첩보는 우리가 당면한 이슈에 대한 것이지, 그 이상은 아닙니다."

"그렇더라도, 제가 부탁하는—"

"이 사내가 중상을 입었을 가능성이 높습니다. 저는 그 사람을 이곳, 베이징으로 데려오기를 원합니다. 필요하다면 저는 출발을 늦출 계획입니다. 만일 주석님께서 그렇게 해 주신다면, 그가 면담을 할 수 있을 정도로 컨디션이 양호하고, 또 면담에 우리 측 요원들의 동석이 허락되는 조건에서만, 면담이 주선될 것이라는 점을 개인적으로 약속드립니다." 이 대목에서 라이언은 미소를 지었다. “저는 이 사람이 모든 일들로 인해 대단히 혼란스런 상태에 있을 것으로 생각됩니다.”

링 주석이 물었다. “언제 당신의 첩보원을 구출해 주기를 원하십니까?”

라이언 대통령이 말했다. “1시간 이내면 좋겠습니다, 주석님.”

링 주석은 그 말에 충격을 받은 듯, 그저 통역관을 멍한 표정으로 노려볼 뿐이었다.

76

애덤 야오는 압록강을 연하여 무성하게 자란 나무들 속에 누워있었다. 그의 뒤로는 약 50야드 떨어진 곳에 자갈길이 있었다. 그는 거의 하루 종일 트럭들이 쉴 틈도 없이 분주하게 앞뒤로 오가는 소리를 들었다. 그는 몸을 잘 숨기고 있었기 때문에 그들은 애덤을 발견하지 못했다. 하지만 그는 북한 군인들이 트럭에서 내려 강변에 자라난 수풀 속을 뒤져보기로 결정한다면, 그는 강물의 거센 물살 속으로 기어 들어가거나, 아니면 여기서 붙들려 죽기를 기다릴 수밖에 없다는 것을 알았다.

그리고 강물은 너무 차가워 헤엄쳐 건널 수 없었다. 특히 지금처럼 부상으로 신체가 허약한 상태에서는 말할 나위도 없었다.

애덤의 무릎은 포도송이처럼 흉측한 모양으로 부풀어 올랐고, 달리는 SUV에서 뛰어내린 후 24시간이 지난 현시점에서, 커다랗게 절개된 상처는 세균에 감염된 흔적이 뚜렷했다. 그는 자전거에서 논바닥에 떨어진 뒤 약 50야드를 기어갔으며, 1시간 전에 일어서려 했지만, 양쪽 다리에 전혀 체중을 실을 수가 없었다.

그는 이런 상태로는 한 발짝도 움직일 수 없다는 것을 알았다. 때는 뼈를 깎는 추위가 기승을 부리는 참으로 끔찍한 밤이었다. 그는 이제는 죽을 때가

다 된 모양이라고 중얼거렸다. 그는 평생을 살면서 얼어 죽는 것은 언제나 끔찍한 일이라고 생각한 적이 있었지만, 지금은 그런 운명을 받아들여야 한다는 것을 알았다. 적어도 평안한 마음으로 말이다.

때때로 바로 그의 머리맡에서는 아니지만, 확실히 도로 위에서, 그리고 심지어 압록강을 지나는 보트들에서 사람들의 목소리가 들렸다. 그는 사람들이 말하는 소리를 알아듣지 못했지만, 잠시 후 이제는 정신을 잃어 헛소리를 듣고 있는 게 아닌지 생각해 보기 시작했다.

그가 숨어 있는 나무 밑에서 훨씬 밑에 있는 도로를 걸어가는 사람들의 발자국 소리가 들렸지만, 그는 흰옷 차림의 남자들이 바로 머리 위에서 자신을 내려다볼 때까지 전혀 인기척을 눈치채지 못했다. 누군가 근처에 다가온다는 것을 알고, 갑자기 그의 눈이 휘둥그레졌다. 그리고 그는 백설처럼 하얀 위장복을 착용한 무장 군인들이 나무에 숨어 있는 자신을 에워싸고 있다는 것을 알았다.

날이 너무 어두워 복장이 희다는 것 외에는 알 수가 없었으나, 애덤은 그들이 북한 특수부대원들일 것이라고 짐작했다.

군인들 중 한 명이 그의 머리맡에 무릎을 꿇고 있는 동안, 다른 두 명이 상처를 입은 다리를 치료하기 시작했다. 애덤은 다른 군인들이 자기를 지켜주려는 듯, 총을 들고 나무숲 속에서 방어 자세를 취하는 모습을 보았다.

대체 이게 무슨 일이지?

머리맡에 앉은 사내가 중국어로 말했다. "야오?"

대체 이자가 어떻게 내 이름을 알고 있지? 그는 고개를 흔들었다. "우." 말도 안 돼.

"미국이 우릴 보냈어요."

"당신네들을 믿을 수 없소."

"당신이 원하는 대로 믿으세요. 우린 당신을 들것에 실어, 강을 건너 중국으로 데려갈 겁니다."

그리고 애덤 야오는 그저 그들이 하자는 대로 내버려뒀다. 그는 이 사람들과 말다툼할 처지가 아니었기 때문이다.

에드워드 라일리는 태국의 치앙라이 국제공항 건너편에 위치한 5층 아파트의 꼭대기에 서 있었다. 그는 손에 쌍안경을 들고 희미한 전등 불빛을 찾으며 활주로 전체를 둘러봤지만, 야간의 어둠 속에서 쌍안경은 거의 아무런 쓸모도 없었다.

'대체 그자들은 어디 있는 거야? 몇 시간 전에 이미 여기 와 있어야 되는데 말이야.'

멕시코에서 당면한 위험으로부터 가까스로 몸을 피한 라일리는 오스카 로블라스를 접촉하여, 그에게 자기가 여전히 건재하다는 소식을 알렸다. 그는 로블라스에게 자신의 능력과 영향력을 과장하여 떠벌렸다. 그러고는 로블라스에게 자기가 아직도 쓸 만한 존재라는 것을 입증하려면 어떻게 해야 되느냐고 물었다.

라일리는 로블라스의 대답에 거의 기겁을 했다. 로블라스는 그에게 포말 선광 탱크에 관한 자세한 설명과 함께 해당 장비의 크기와 중량을 알려주면서, 이 거대한 산업용 장비를 북한에 수송하는 데 관련된 특별한 문제점들을 적시했다.

그래서 이제 라일리가 태국에 와 있는 것이다. 그는 천신만고 끝에, 지금까지 북한인들과 로블라스가 해결하지 못한 한 가지 과업을 달성했다. 지난 5일 동안, 라일리는 자기가 갖고 있는 온갖 종류의 재간을 하나도 빠짐없이 동원했다. 그는 평소 관리해 오던 끄나풀을 활용하고, 물밑 거래를 성사시키고, 오랜 친구들의 네트워크를 이용하고, 그리고 자기에게 신세를 진 모든 사람들을 낱낱이 불러내 보답을 하도록 요구했다. 이처럼 보이지 않는 자산들을 총동원한 덕분에, 라일리는 멕시코에서 몸을 피해 아시아로 건너오고, 러시아 화물 회사 및 태국인 사업가들과 협상을 벌일 수 있었던 것이다.

만일 그가 이번 일도 성공시킬 수 있다면, 로블라스와 북한은 황금 알을 낳는 사업에서 라일리가 위험을 무릅쓸 만한 가치가 있는 자산이라고 평가하게 될 것이다. 비록 미국인들에게 비밀 작전이 탄로 나, 멕시코시티에서 벌어진 가증스런 암살음모의 종범으로 수배를 받는 처지가 되긴 했어도, 여전히 약속을 지킬 수 있을 정도의 쓸 만한 존재이므로, 그들은 라일리를 버리지 않고 같은 편으로 인정해 줄 것이다. 그것이 라일리의 바람이었다.

그는 이곳 공항에 러시아 안토노프 화물기 두 대의 착륙을 주선했고, 일단 비행기들이 도착하면, 라일리가 할 일이라고는 브라질을 출발하여 해상으로 수송되고 있는 신형 포말선광 탱크 세트의 도착을 눈이 빠지게 학수고대하는 로블라스에게 전화를 걸어 연락해 주는 것뿐이었다. 만일 계획대로 비행기들이 도착하면, 라일리는 이 파란만장한 장비들을 북한으로 보내, 미국인들과 그들의 해상봉쇄를 우회할 수 있게 될 것이다.

그러나 아직 그 망할 러시아 놈들은 나타나지 않았다.

그는 부지런히 전화를 걸어, 포말 탱크들이 배에 실려 이동 중에 있다는 사실을 확인하고, 또 북한이 포말 탱크 판매업자에게 대금을 지급하도록 미리 일러두었다.

하지만 러시아 화물기가 태국에 도착하지 못한다면, 모든 거래는 엉망진창이 될 것이다.

그는 다시 쌍안경을 들었다. 아무것도 보이지 않았다. "이 망할 놈의 비행기는 대체 어디 있는 거야?"

그는 쌍안경을 내려놓고 고개를 돌려 계단 쪽을 바라봤다.

갑자기 그의 눈에 40피트 정도 떨어진 희미한 불빛 아래 누군가가 서있는 모습이 보였다.

"누구세요?"

"이곳까지 머나먼 길을 달려온 나그네올시다."

라일리는 이 사내를 알아보지 못했으나, 미국인이란 것은 짐작할 수 있었다. 라일리는 총을 갖고 있지 않았지만, 상대방도 무기를 갖고 있는 기색을 보이지 않았다. "FBI?"

사내가 고개를 흔들었다.

"그럼, 누구요?"

"내 이름은 잭이오."

그래도 라일리는 누군지 몰랐다.

"차베스의 친구."

'아.'

"베로니카의 친구요."

'뭐라고?'

라일리는 계단을 향해 달아날 생각을 했지만, 이 남자는 그를 가로막을 대세였다. 당장이라도 머리를 박고 달려들어 주먹을 날린 다음, 어떻게 되겠지라는 기대를 가질 수도 있었지만, 라일리는 그런 종류의 용렬한 싸움꾼이 아니었다.

"뭘 원하시오?"

"당신을 미국으로 데려가러 왔소이다."

"당신 혼자서? 아니면 친구도 데려오셨나? 쿠에르나바카에 있었던 작자들 말이오?"

자칭 잭이라는 남자가 말했다. "내겐 친구가 많지만, 솔직히 말해서, 이건 나 혼자 처리하고 싶소."

라일리는 거의 머리를 끄덕일 뻔했으나, 냉정하게 생각을 가다듬은 다음, 남자에게 달려들었다.

그는 계단 옆에 있던 남자 쪽으로 달리지 않았다. 방향이 반대였다.

건물의 끝으로 말이다.

바로 옆에 다른 아파트 빌딩이 있었지만, 그 건물과의 사이는 폭이 15피트인 골목길로 나뉘어 있었다. 이웃 건물의 옥상이 한 층 더 낮았으므로, 라일리는 그곳으로 몸을 날릴 수 있을 것으로 생각했다. 그는 앞으로 달리면서 최대한 속도를 높였다. 그가 도망칠 수 있는 유일한 방법은 공중에서 도약하여, 두 건물 사이의 75피트를 날아가는 길 뿐이었다.

잭 라이언 주니어는 라일리가 5층 건물 옥상에서 뛰어내리기 전에 그를 붙잡을 수 있을 것으로 생각했다. 그는 뭐라고 고함을 지르며 뒤를 쫓아가, 라일리를 붙잡거나 아니면, 건물 끝에서 라일리가 주저하기를 바랄 수도 있었다. 하지만 라이언은 그저 우두커니 선 채, 그 영국인이 허공으로 몸을 솟구치는 모습을 바라볼 뿐이었다. 라일리는 공중에서 다리를 구르고 팔을 도리깨처럼 돌리더니, 아파트 건물 밑으로 사라졌다. 라이언은 그가 반대편 옥상에 떨어지는 소리를 듣지 못했다. 대신 그는 길고 날카로운 비명이 아득하게 멀어지는 소리를 들었다.

그는 땅에 떨어지는 소리를 듣지 못했으나, 즉시 그의 이어폰에서 목소리가 들렸다.

차베스가 물었다. "라이언! 누군가가 떨어지는 걸 봤어! 너 괜찮아?"

"나 괜찮아. 그놈이 떨어지는 거 봤어?"

"골목길 중간에 얼굴을 땅에 박고 떨어졌어."

잭이 말했다. "그거 꼴좋게 됐군."

"맞아."

이제 무선망에서 클라크의 목소리가 들렸다. "내 말 잘 들어. 보따리를 싸자고. 우리가 지금 출발하면, 알링턴 국립묘지에서 열리는 샘의 장례식에 도착할 수 있을 거야."

옥상에서 고개를 끄덕인 라이언은 계단을 향해 걸어갔다.

애덤은 다른 비행기를 탈 수도 있었지만, CIA는 가급적 그를 빨리 중국에서 데려 나오기를 원했다. 다음으로 베이징을 출발하는 미국 정부의 비행기는 에어포스원으로 알려진 흰색의 거대한 보잉 747기였다.

라이언 대통령은 애덤을 데리고 나오기 위해 이틀간 출발을 연기했으며, 그동안 실로 흥미신신한 시간을 보냈다. 북한에서 벌어진 쿠데타가 24시간도 못 되어 성공을 거뒀다. 황민호가 북한 인민들에게 전하는 연설로 시작된 쿠데타는 대원수가 병에 걸려 그가 태어난 산속에서 당분간 건강을 회복하는 시간을 가질 것이라는 사실이 북한 국영 TV에 보도되는 것으로 대미를 장식했다.

평양에서는 아이들이 병원에서 태어나므로, 그가 지금 어디 있는지 아무도 몰랐지만, 잭 라이언은 그곳이 어디건 아무런 상관이 없다고 생각했다.

그것은 무혈 쿠데타였다. 최지훈의 경호대가 저항했지만, 조선인민군이 일으킨 쿠데타는 불과 며칠이 아닌 몇 시간 만에 북한의 권력 지형을 송두리째 뒤바꿔 놓았다.

모든 세상 사람들은 중국이 쿠데타를 묵인했다고 말할 것이다. 중국이 북한군에 강력한 영향력을 행사하고, 황민호로 하여금 북한 인민들에게 최지훈 정권의 극악한 타락상을 폭로할 수 있도록 북한 언론을 통제하고 있었던 것은 틀림없는 사실이었다. 하지만, 정주광산의 전모를 드러내는 데 있어 미국이 발휘한 역할, 또는 혈혈단신으로 이번 사건에 온몸을 던진 미국인 첩보원의 활약에 대해서는 아는 사람이 거의 없을 것이다. 소문에 의하면 중국이 정주광산에 누군가를 심어놨다고 한다. 그 사람을 호주인 지질학자가 도와준 것이다. 호주 멜버른에 가족이 있는 그녀가 갖고 있던 중급 정도의 중국어 실력이 한반도가 미치광이 독재자로부터 해방되는 데 작은 역할을 수행했다는 것이다.

파워스 박사는 그저 집으로 돌아온 것에 감지덕지했다. 그녀는 미국인 첩보원, 무인 항공기에 올라탄 사실, 그리고 미국 공군기지에 도착한 일들에 대해 함구했다.

CIA는 언론사 기자들은 물론 대통령을 수행하는 행정 직원들의 눈에 띄지 않도록 하면서 애덤 야오를 에어포스원에 태웠다. 보이지 않도록 커튼으로 가려진 후에 들것에 실린 어떤 남자가 비행기에 올라탔다는 사실을 아는 사람은 거의 없었다. 그의 존재를 아는 사람들이라고는 CIA 정보관들, 그리고 그를 대사관으로부터 데리고 온 의사와 간호사들, 그리고 비밀경호국에 소속된 두 명의 직원들뿐이었다. 요즘 들어 비밀경호국은 비록 애덤 야오가 다리에 붕대를 칭칭 감고 들것에 실려 들어왔지만, 애덤을 포함한 모든 사람들을 꼼꼼하게 점검하고 있었다.

야오는 대사관 의무실에서 의식을 되찾은 후부터 우울한 기분이 되었다. 그는 의사들의 직접적인 질문에 대답하면서도, 다른 말은 많이 하지 않았다. 그에게서 디브리핑을 받으려는 사람은 아직 한 명도 없었다. CIA는 디브리핑과 관련된 엄격한 규정과 절차를 갖고 있었으며, 무엇보다 정보관들의 건강이 최우선이었다. 미국은 중국에게 야오를 면담할 수 없다고 알렸지만, 중국은 이미 국경 남쪽인 북한에서 벌어지고 있는 사태로 정신이 없을 지경이었으므로, 이 문제로 별다른 소동을 일으키지 않았다.

에어포스원이 서해 상공을 비행할 무렵, 라이언 대통령은 부상을 입은 CIA 첩보원을 만나기 위해 의무실로 들어왔다. 애덤 야오는 설령 목숨이 달려 있더라도 몸을 일으켜 세울 수가 없었다. 심지어 그렇게 하는 것이 대통령에게 존경을 나타내는 것을 알면서도, 애덤의 몸이 말을 듣지 않았다.

하지만 가까스로 그는 링거 주사액이 흘러 들어가는 연약한 손을 들었다.

라이언이 말했다. "야오 씨, 당신을 만나게 되어 영광입니다."

"저도 마찬가집니다, 대통령님." 약 기운과 피곤에 지친 목소리가 희미하게 들렸지만, 그의 의식은 또렷했다. 그는 대통령을 올려다봤다. 대통령의 왼쪽 팔에 있는 깁스, 그리고 오른팔은 붕대 속에 있었다. "맙소사! 괜찮으십니까?"

라이언이 웃었다. 이 사람이 지난 1주일 동안에 벌어진 무수한 사건들을 다 놓쳤기 때문이다.

"난 괜찮아요. 내가 듣기로 당신도 괜찮아질 거라더군요. 동상이 좀 걸렸대요. 무릎이 깨지고, 깊은 상처가 생기고, 가벼운 감염 증세가 있지만, 며칠 뒤면 다 나을 거래요."

애덤은 그저 고개를 끄덕일 뿐이었다. 그는 그 외에 아무 말도 하지 않았다.

라이언은 뭔가 문제가 있다는 것을 직감했다. "뭔가 걱정되는 게 있나요?"

"대통령님, 이런 부탁 드려 죄송합니다. 배은망덕한 소리로 들리시겠지만, 제가 알고 싶은 게 있습니다. 혹시 저를 데리고 나오려고 중국과 모종의 거래를 하신 건 아닙니까?"

라이언은 주저하지 않고 대답했다. "전혀 없었어요. 난 이미 중국 주석과 합의된 거래에 당신 문제를 마지막에 추가시켰을 뿐이에요. 그 거래는 양국의 이익에 부합되는 것이었죠." 그가 어깨를 으쓱했다. "젠장, 그 거래 덕분에 모두에게 도움이 되었어요. 마지막에는 북한 주민들에게도요. 그렇다고 이 사람들이 당장 제게 감사의 편지 쿠키 상자를 보내오진 않겠지만."

애덤은 길고 긴 한숨을 내쉬며 한결 가벼운 기분이 들었다. 그는 웃으며 말했다. "북한 사람들이 만든 쿠키는 정말 더럽게 맛없을 겁니다. 제가 그건 장담합니다."

"그거 참 훌륭한 정보로구먼." 라이언 대통령은 이렇게 조크를 하면서 깁스에 들어있는 야오의 팔을 두드려줬다. "내가 뭘 좀 갖다 드릴까?"

"지금은 필요한 게 다 있습니다. 감사합니다."

그러자 라이언이 진지한 표정을 지었다. "귀하가 이룩한 업적은 믿을 수 없을 정도로 큰 기여를 했어요. 황민호가 우리에게 입을 열고, 희토류 광산에 대해 전 세계에 알리는 성명을 발표했어요. 최지훈이 사라진 북한에서 장차 어떤 일이 벌어질지 예측하기는 힘듭니다. 우린 혼란이 단기간에 끝나기를 바라지만, 장기적으로는 긍정적인 효과를 보일 겁니다."

"정주광산에서 일하는 외국인들은 어떻게 하죠?"

라이언이 말했다. "황민호가 우리에게 첩보를 줬어요. 그래서 우린 그가 그런 내용을 공개적으로 언급하기 전에, 그런 첩보를 호주, 프랑스, 캐나다에게 전해줄 생각이에요. 이 나라들은 북한에게 직접 자국 국민들을 돌려보내 달라고 호소할 필요가 있어요. 우리가 할 수 있는 건 그 정돕니다."

라이언이 덧붙였다. "당신의 노고에 뭐라고 감사해야 될지 모르겠군요. 당신은 정말 많은 것을 희생했어요.

당신을 북한에 들여보낸 장본인은 바로 나예요. 내가 북한에서의 인간정보 활동이 형편없는 수준이라고 정보기관 간부들에게 불평했을 때, 그 사람들이 이런 상황을 개선시키기 위한 노력에 박차를 가할 것이란 점을 알았습니다. 그리고 그것은 누군가 젊은 남자 또는 여자가 위험을 무릅쓰고 북한에 들어가야 됨을 의미했지요. 난 그 임무를 조금도 가볍게 여기지 않았어요. 위험한 임무를 수행하도록 젊은이들을 감언이설로 꼬드긴 이 나라의 지도자란 사람들이, 젊은이들이 어찌 되었건 신경 쓰지 않는다는 것도 압니다. 하지만 한때 나도 정보 부서에서 일한 적이 있어, 당신들 입장을 누구보다 잘 이해해요. 하지만 오래전의 일이죠."

"대통령님도 정보기관에서 일하셨다는 것을 저도 압니다. 그리고 저는 대통령님이 저를 그곳에 보내주셔서 감사하다는 것을 말씀드리고 싶습니다. 제가 조금이라도 기여했다는 것에 기쁨을 느끼고 있습니다."

애덤이 기침을 하자, 라이언 대통령은 그가 뭔가 다른 말을 하기를 원한다는 것을 눈치챘다.

"그게 뭐죠?"

애덤이 말했다. "난 대통령님의 아드님을 만났습니다. 훌륭한 분이죠."

잭이 나지막하게 껄껄거렸다. "어디서 만났는지 물어도 되나요?"

애덤이 어깨를 으쓱했다. "함구하렵니다."

잭은 그를 그냥 내버려뒀다. 마침내 그가 일어섰다. "야오 씨. 빠른 쾌차를 빌어요. 당신의 조국은 당신을 필요로 한답니다."

"알겠습니다, 대통령님."

잭 라이언은 에어포스원의 사무실로 올라가 전화를 몇 통 걸었다. 혼수상태에 있던 앤드리아가 의식을 회복하여 지금은 말을 할 수 있게 되었다. 그녀는 나음 날 아침 남편과 어린 아들과 함께 비행기를 타고 미국으로 돌아갈 예정이다. 라이언은 즉시 그녀에게 그녀가 자신에게 베풀어준 모든 것에 감사한다는 말을 전하고 싶었다. 그가 그녀의 목소릴 듣고 싶어 하는 것만큼, 그는 그녀도 자기의 목소리를 듣고 싶어 한다는 사실을 알았다. 왜냐하면 비록 그녀는 대통령으로부터 5천 마일 떨어진 병원의 침대에 누워있지만, 그는 여전히 그녀가 경호해 주어야 할 피보호자였으므로, 멕시코에서 대통령의 안전을 지켜주지 못한 데 대해 불안감을 가지고 있을 것이기 때문이다.

라이언은 고통으로 몸을 움찔하면서 책상에 앉았다. 그러고는 비서에게 전화를 걸라고 부탁했다. 전화를 기다리면서 그는 책상 위에 놓인 가족들의 사진을 바라봤다. 그는 아직도 몇 년 더 나라를 위해 일해야 했다. 그런 다음에는 온전히 가족들에게 돌아가게 될 것이다. 그는 모든 가족들이 찍은 사진을 들여다보면서, 그들이 지난주 캐시가 걸었던 바로 그런 전화를 받을지도 모르는 가능성을 걱정하지 않는 날이 오기를 바랐다.

라이언은 미소를 지었다. 그런 날이 다가오고 있었다.

그러더니 라이언은 아들의 사진을 바라봤다. 얼굴에서 그의 미소가 사라졌다. 하지만 그런 날은 캐시에게 금방 돌아오지는 않을 것이다. 그의 아들은 몸을 사리지 않고 위험에 몸을 던졌고, 그런 위험에서 가까스로 몸을 피할 수 있었다. 라이언은 그런 적이 한 번뿐이 아니었다는 것을 알았다. 또 그는 언젠가 모든 비밀경호국 요원들의 남편과 아내와 부모들이 자기에게 전화를 걸어, 대통령의 아들이 임무를 수행하던 중에 목숨을 잃고 말았음을 알리는 날이 다가올지도 모른다는 것을 알았다. 라이언이 그것을 생각하는 것만으로도 온몸이 부들부들 떨렸다. 그래서 그는 생각해 낼 수 있는 유일한 것을 행동에 옮겼다.

그는 조용히 눈을 감고, 평화를 위해 기도를 올렸다.

끝

톰 클랜시 Tom Clancy

18권이 넘는 작품이 뉴욕타임스 넘버원 베스트셀러에 선정될 정도로 인기 있는 작가였다. 그의 처녀작인 '*The Hunt for Red October*'는 발간과 동시에 극찬 속에서 날개 돋친 듯 팔려 나가더니, 레이건 대통령이 이를 "완벽한 소설"이라고 선언한 직후 단숨에 베스트셀러의 반열에 올랐다. 논란의 여지도 없이 클랜시는 탁월한 리얼리즘과 진실성, 흥미진진한 플롯과 면도날처럼 짜릿한 서스펜스를 능수능란하게 버무리는 초절정의 대작가이다. 2013년 10월 톰 클랜시가 작고한 이후, 잭 라이언 시리즈는 마크 그리니에 의해 연작되고 있다.

마크 그리니 Mark Greaney

마크 그리니는 국제관계와 정치학 학위를 갖고 있는 학자이자 소설가이다. 그는 톰 클랜시와 함께, '*Locked On*', '*Threat Vector*', '*Command Authority*' 같은 베스트셀러들을 공동 집필했다. 또 그는 '*The Gray Man*', '*On Target*', '*Ballistic*', '*Dead Eye*' 등의 작품을 단독으로 저술하여 자신의 '*Gray Man*' 시리즈에 포함시켰다. 이런 소설들을 쓰기 위해 그는 15개국 이상을 여행하고, 각종 무기 사용법, 전장에서의 응급처치술, 근거리에서의 전투기술 등을 익히기 위해 군과 경찰에서 훈련을 받기도 했던 열혈남이다.

역지 **송승종**

미국 미주리 주립대 국제정치학 박사학위를 받고, 현재 충남대학교 교수로 재직 중이다.

북한의 미국 대통령 암살음모사건

FULL FORCE AND EFFECT

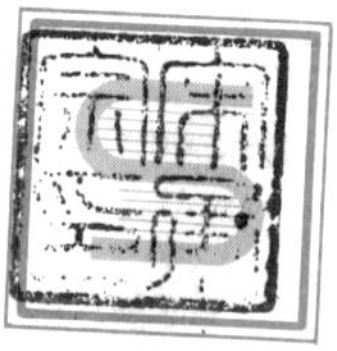

2016년 3월 20일 초판 인쇄
2016년 3월 25일 초판 발행

지은이 마크 그리니 | **옮긴이** 송승종 | **펴낸이** 이찬규 | **펴낸곳** 북코리아
등록번호 제03-01240호 | **전화** 02-704-7840 | **팩스** 02-704-7848
이메일 sunhaksa@korea.com | **홈페이지** www.북코리아.kr
주소 462-807 경기도 성남시 중원구 사기막골로 45번길 14
우림라이온스밸리2차 A동 1007호
ISBN 978-89-6324-474-7(03840)

값 27,000원